FRANZISKA WULF

DIE LETZTEN SÖHNE DER FREIHEIT

BASTEI-LÜBBE-TASCHENBUCH
Band 12982

Originalausgabe
Copyright © 1999 by Bastei Verlag Gustav H. Lübbe GmbH & Co.,
Bergisch Gladbach
Printed in Germany August 1999
Einbandgestaltung: Manfred Peters
Titelfoto: Nach einem Gemälde von Charles Gleyre.
19. Jahrh. Musée des Beaux – Arts, Lausanne
Satz: hanseatenSatz-bremen, Bremen
Druck und Bindung: Ebner Ulm
ISBN 3-404-12982-2

Sie finden uns im Internet unter
http://www.luebbe.de

Der Preis dieses Bandes versteht sich einschließlich
der gesetzlichen Mehrwertsteuer.

Prolog

Noch färbte das Glühen der untergegangenen Sonne den Horizont, als sich über den versammelten Männern, Frauen und Kindern bereits die ersten Sterne zeigten. Zwei Feuer warfen ihren zuckenden Schein auf Rinder, Pferde und die Druiden, die unter der alten, heiligen Eibe ihre Opfer darbrachten. Es war Beltaine, der Beginn des Sommers, das wichtigste Fest im Jahr. Mit leuchtenden Augen beobachtete ein fünfjähriger Junge den Gottesdienst. Noch war Duncan zu jung, um mit den anderen Knaben das Vieh zu bewachen. Doch bald würde auch er die Pferde und Rinder in der Nacht vor Beltaine hüten dürfen!

Er sah zu seiner Mutter auf, die sein schlafendes Schwesterchen auf dem Arm trug. Liebevoll lächelte sie ihm zu und streichelte sein volles, blondes Haar, als hätte sie seine Gedanken erraten. Dann stimmten die Druiden einen Gesang an und begannen, das Vieh zwischen den beiden Feuern hindurchzutreiben. Dieses Ritual sollte es vor Krankheiten schützen.

Doch ihr Gesang wurde übertönt von dem hellen, durchdringenden Klang einer Trompete und dem Geräusch unzähliger Waffen und Rüstungen. Pfeile schwirrten durch die Luft, und mehrere Druiden brachen tödlich getroffen zusammen. Ein Aufschrei ging durch die Versammelten.

»Römer! Die Römer kommen!«

Augenblicklich wandten sich alle zur Flucht. Das Sirren der Pfeile übertönte beinahe die Schreie der verzweifelten

Männer und Frauen, die versuchten, ihre Familien vor den anrückenden Römern in Sicherheit zu bringen.

»Duncan, hör mir gut zu!« Die Mutter kniete vor ihm nieder. »Nimm Nuala und such euch ein Versteck! Bleibt dort, bis die Römer fort sind!«

»Warum willst du nicht mit uns kommen?«

»Duncan, es ist nicht der Zeitpunkt, um mit dir zu streiten! Du mußt tun, was ich dir sage!« Sie gab ihm einen hastigen Kuß auf die Stirn. »Lauf, mein Junge, und paßt auf euch auf!«

Gehorsam nahm Duncan seine Schwester an die Hand und zog sie mit sich fort. So schnell er konnte, lief er zu einem Gebüsch und kroch mit ihr hinein. Während Nuala sich weinend an ihm festklammerte, beobachtete Duncan, was geschah. Römische Soldaten mit blutigen Schwertern liefen dicht an dem Gebüsch vorbei. Er sah, wie ein Soldat einer Frau die Kleider vom Leib riß, sie zu Boden stieß und sich auf sie warf. Ein Mann in einer glänzenden Rüstung stand an einem der Feuer. Er war kleiner als die meisten der Soldaten, und doch schienen die anderen seinen Worten zu gehorchen.

Allmählich wurde es ruhiger. Als die Römer jedoch begannen, die heilige Eibe zu fällen, flammte der Widerstand der Überlebenden erneut auf. Duncan sah, wie seine Mutter versuchte, die Soldaten an der Schändung des Heiligtums zu hindern, doch sie wurde überwältigt. Zwei Soldaten zerrten sie zu dem Mann am Feuer. Auf einen kurzen Befehl hin zog einer der Soldaten sie brutal an den Haaren nach hinten und schnitt ihr mit einem Dolch die Kehle durch. Mitleidlos lächelnd sah der Römer in der glänzenden Rüstung zu. Ein Schmerz, als würde ihm jemand ein glühendes Eisen ins Herz stoßen, durchfuhr Duncan. Während sich seine Augen mit Tränen füllten, packte ihn ohnmächtige Wut. Vielleicht war er noch nicht alt genug, um alles zu verstehen, was um ihn vorging. Aber er war alt genug, um zu hassen. Die Flammen erhellten das Gesicht des Römers und brannten sich ebenso un-

auslöschlich in Duncans Gedächtnis ein, wie ein Wort, welches immer wieder ertönte und von dem er vermutete, daß es ein Name war.
»Agricola ...«

1

Es war ein sonniger Tag. Der Sommer war für britannische Verhältnisse ungewöhnlich warm. Die Stimmung unter den Soldaten der Zweiten Legion, die zum Großteil aus Italia und der Provinz Narbonensis stammten, stieg deutlich. Doch dies lag nicht nur an der angenehmen Witterung. Der eigentliche Grund war die Ankunft des Feldherrn Julius Frontinus mit der Zwanzigsten Legion und drei Abteilungen Hilfstruppen. Nur zwei Tagesritte entfernt lagen die Dörfer der Silurer. Innerhalb der vergangenen Monate hatte die Zweite Legion durch diesen Stamm empfindliche Verluste hinnehmen müssen. Die genaue Kenntnis des unwegsamen, sumpfigen Geländes hatte den Kelten den entscheidenden Vorteil gebracht, und nahezu jeder römische Aufklärungstrupp war von ihnen aufgespürt und angegriffen worden. Doch mit der Ankunft des Frontinus sollte sich das Glück zugunsten der Römer wenden, die Unterwerfung der Silurer stand unmittelbar bevor. Drei Jahrzehnte nach dem erfolgreichen Feldzug des Kaisers Claudius und der Besetzung Südbritanniens würde nun bald ganz Britannien fest in römischer Hand sein.

Bereits seit zwei Stunden beriet Frontinus mit den Legionskommandeuren, den Lagerpräfekten, den Präfekten der Hilfstruppen und dem Primopilus der Zweiten Legion über die, wie sie hofften, letzte und entscheidende Schlacht. Die neun Männer standen an einem Tisch, auf dem eine Karte der Gegend ausgebreitet war.

»Wieviel sind es?« Julius Frontinus' Stimme hatte einen scharfen, befehlsgewohnten Ton. Seine wäßrigen blauen Augen durchbohrten die Offiziere der Zweiten Legion fast mit ihrem Blick.

»In den beiden Dörfern jenseits der Hügelkette leben fünfhundert waffenfähige Männer«, erklärte Marcus Brennius Quintus. Er war über Vierzig und stand am Ende seiner Soldatenkarriere. »Die beiden Fürsten haben nach der Schlacht vor zehn Tagen bei anderen Stämmen Verstärkung angefordert. Es sind inzwischen etwa dreitausend Mann. Doch wie unser Spion berichtet, sind seit drei Tagen keine neuen Truppen in den Dörfern mehr eingetroffen.«

Frontinus blickte mit gerunzelter Stirn auf die Karte hinab und dachte angestrengt nach. Der Kaiser selbst hatte mit der Zweiten Legion vor fast dreißig Jahren in Britannien seine größten Triumphe als Feldherr gefeiert. Und ausgerechnet diese Legion war nun nicht in der Lage, einen Haufen wilder Barbaren zu besiegen! Dies warf nicht nur ein schlechtes Licht auf die in Britannien stationierten Soldaten. Es konnte auch ihn selbst in den Augen des Kaisers in Ungnade bringen. Nein! Er war nicht gewillt, in seinem ersten Amtsjahr als Statthalter Britanniens eine Niederlage hinzunehmen. Folglich mußten die Silurer, mit welchen Mitteln auch immer, besiegt werden!

»Nur dreitausend Mann! Das dürfte kein Problem sein!« Er deutete auf die Karte. »Noch heute positionieren wir unsere Geschütze und die Hilfstruppen auf diesen beiden Hügeln. Die Zweite Legion marschiert zu diesem Wald, die Zwanzigste Legion verbirgt sich hinter dieser Hügelkette.« Er stellte Figuren, welche die Legionen symbolisieren sollten, an die entsprechenden Stellen der Karte. »Da die Kelten heute Lugnasad, ihr Erntefest, feiern, werden sie die Truppenbewegungen nicht bemerken. Morgen schicken wir eine der Hilfstruppen nach Norden, ihrem Lager entgegen. Diese Einheit wird den Feind in eine Schlacht verwickeln und sich dabei immer weiter nach Süden zurückziehen. Sobald die Silurer in dem Tal angekommen sind, bringen die Truppen auf der südlichen Hügelkuppe die Geschütze in Position und erwarten die Barbaren in Gefechtsstellung. Auf ein Signal hin rückt die Zweite Legion von Nordosten und die Zwanzigste von Westen vor, so daß der Feind eingekesselt ist. Bei unserer deutlichen Übermacht bleibt ihnen dann nur noch die Kapitulation oder der Tod.« Er sah in die Runde. »Wir müssen nur sicher sein, daß die Silurer unsere Truppen auch angreifen!«

»Unser Spion kann diesen Auftrag übernehmen. Kenneth ist ein ehrgeiziger und zuverlässiger Mann!« erklärte der Legionskommandeur der Zweiten Legion. »Im Gegensatz zu seinen Stammesgenossen hat er erkannt, daß es besser ist, die römische Sache zu unterstützen!«

»Laßt ihn holen, damit ich ihm seinen Auftrag persönlich mitteilen kann!«

Augenblicklich wurde der Befehl des Feldherrn ausgeführt, und wenig später erschien ein hochgewachsener rothaariger Mann. Er trug eine Hose, ein besticktes Hemd und einen leichten, wollenen Umhang. Um seinen Hals hing ein massiver goldener Ring. Höflich verbeugte er sich vor Frontinus.

»Es ist mir eine Ehre, Euch begrüßen zu dürfen. Wenn mir auch meine barbarische Kleidung der Situation unangemessen erscheint. Ich muß Euch aber um Verständnis bitten. Wenn ich meinen Dienst für Rom versehen soll, dürfen die Silurer keinen Verdacht schöpfen.«

Julius Frontinus war erstaunt über das vollendete, akzentfreie Latein und die guten Manieren des Kelten. Marcus Brennius hingegen schüttelte sich innerlich vor Ekel. Er mochte Kenneth nicht. Obwohl der Kelte dem römischen Heer bereits häufig wertvolle Informationen geliefert hatte, war er in Marcus' Augen nichts als ein verabscheuungswürdiger Verräter seines eigenen Volkes.

»Wir haben einen Auftrag von größter Wichtigkeit. Morgen um die Mittagsstunde mußt du den Fürsten melden, daß du unweit dieses Tales zwei Kohorten gesichtet hast.« Frontinus deutete auf die Karte. »Du mußt sie dazu bringen, diese Soldaten mit ihrem gesamten Heer anzugreifen.«

Der Kette warf einen kurzen Blick auf die Karte.

»Das wird nicht schwierig sein!« antwortete er. »Die Silurer werden Euch wie Schafe in die Falle gehen. Der Sieg gehört Rom!«

»Wieviel Gold verlangst du für deinen Dienst?«

»Kein Gold, nur eine Gefälligkeit!« Der rothaarige Kelte lächelte. »Wenn Ihr die Silurer unterworfen habt, jagt Connor davon und setzt mich an seiner Stelle als Fürst ein! Er ist Euer stärkster Widersacher. Wenn ich aber an seiner Stelle herrsche, werden die Steuern gezahlt, und ich werde meinem Volk römische Lebensart beibringen. Ihr werdet nie wieder mit Aufständen der Silurer rechnen müssen!«

»So sei es!« Frontinus blickte in die Gesichter der Männer, die ebenfalls beifällig nickten. »Der Sieg gehört Rom!«

Die Sonne stand hoch am Himmel und beschien die niedrigen, strohgedeckten Häuser der Silurer. Hühner liefen, von lachenden Kindern gejagt, über die staubigen Wege. In den Pferchen vor den Häusern grunzten Schweine. Mädchen in buntbestickten Kleidern waren damit beschäftigt, Wolle zu kämmen. Überrascht sahen sie von ihrer Arbeit auf, als ein rothaariger Reiter in rasendem Galopp durch das Dorf preschte. Ohne das Pferd zu zügeln, sprang er vom Rücken des Tieres und eilte im Laufschritt auf das größte Haus im Dorf zu.

»Wo ist Connor? Ich muß mit ihm sprechen!«

Ein breitschultriger, etwa fünfzigjähriger Mann trat aus dem Haus. Massive goldene Reife schimmerten an seinen Oberarmen. Sein langes Haar war bereits ergraut, doch er bewegte sich mit der Geschmeidigkeit und der Kraft eines jungen Mannes.

»Was gibt es, Kenneth? Wo warst du so lange? Ich habe dich bereits gestern erwartet!«

»Connor, ich habe Römer gesehen! Sie marschieren durch das kleine Tal südlich der Zwillingshügel direkt auf uns zu!«
»Römer? Wie viele sind es?«
»Etwa sechshundert Mann. Nur Fußsoldaten, keine Reiter!«
»Und keine weiteren Truppen?« erkundigte sich der Fürst ungläubig.
»Nein!«
Connor lächelte. Kenneth war sein bester Kundschafter, und er vertraute seinen Worten.
»Die Götter haben unsere Gebete erhört! Reite zu Donal und berichte ihm davon. Wir erwarten ihn am heiligen Hain!« Connor ergriff einen Dolch und streckte die Waffe in die Höhe. »Männer, in den Kampf!«
Die tiefe, volle Stimme des Fürsten hallte laut durch das Dorf. Innerhalb kurzer Zeit begannen alle waffenfähigen Männer mit den Vorbereitungen für die Schlacht. Noch keine Stunde war vergangen, als fast zweitausend schwerbewaffnete Krieger zum Aufbruch bereitstanden. Der Wind blies durch ihre langen, zu Zöpfen geflochtenen Haare. Ihre Gesichter waren blau bemalt, in der Tradition keltischer Krieger. Sie zeigten ihren Stolz und den eisernen Willen, ihre Freiheit gegen die verhaßten Römer zu verteidigen.

Auf einem Hügel, nahe einem Wald, trafen sie auf die Krieger des Donal. Der dunkelhaarige, breitschultrige Fürst ritt mit seinen beiden Söhnen Alawn und Glen den Ankommenden entgegen. Alawn war ebenso dunkelhaarig wie sein Vater und selbst für einen Kelten ungewöhnlich groß. Obwohl er kaum achtzehn Jahre alt war, überragte er die meisten Männer um Haupteslänge. Ihn und Connors Sohn Duncan verband eine tiefe Freundschaft, was beide Väter nicht gern sahen. Es gab oft Meinungsverschiedenheiten zwischen dem besonnenen Donal und dem hitzköpfigen Connor. Nur im Haß gegen die Römer waren sich beide Fürsten einig.

»Duncan!« Alawn ritt zu dem blonden jungen Mann, der nicht älter war als er selbst, und schlug ihm freundschaftlich auf die Schulter. »Welch ein Tag, um in die Schlacht zu ziehen!«

»Du hast recht!« Duncan reichte ihm ein in Stoff eingeschlagenes Päckchen. »Das soll ich dir von Nuala geben. Du wurdest gestern abend schmerzlich vermißt!«

»Glaube mir, ich hätte lieber mit euch das Lugnasad gefeiert! Aber mein Vater ließ es nicht zu!«

Duncan schüttelte den Kopf. »Wie kann ein baumlanger, bärenstarker Kerl wie du so gefügig sein!« Er beobachtete lächelnd, wie Alawn den mit einem Blumenmuster bestickten, ledernen Beutel gegen seine Lippen drückte. »Es wird Zeit, daß du meine Schwester heiratest! Vor meinem Vater brauchst du keine Angst zu haben. Ich werde mit ihm reden!«

»Wenn wir heute siegreich aus der Schlacht nach Hause kommen, wird deine Fürsprache hoffentlich nicht mehr nötig sein. Vielleicht erkennt dann auch dein Vater, daß ich würdig bin, Nualas Mann zu sein!«

In diesem Moment ertönte ein Horn.

»Es geht los, Duncan, die Römer kommen!«

Die beiden Freunde spornten ihre Pferde an und ritten auf die Hügelkuppe hinauf. Am Fuße des gegenüberliegenden Hügels sahen sie die Soldaten. Das Sonnenlicht spiegelte sich auf Brustpanzern, Speerspitzen und Feldzeichen. Schließlich erhoben Connor und Donal die Arme und gaben mit einem lauten Ausruf das Zeichen zum Angriff. Augenblicklich wurde der Schrei von dreitausend Kehlen erwidert, und zu Fuß, mit Pferden oder Streitwagen stürmten die Krieger mit erhobenen Waffen den Hügel hinunter. Auch Duncan und Alawn zogen ihre langen, breiten Schwerter.

»Für Nuala!«

Die Luft wurde erfüllt von dem Geräusch aufeinanderprallender Schwerter und Schilder. Die beiden Freunde teilten von ihren Pferden mächtige Hiebe gegen die Römer aus.

Dann wurde Alawns Pferd von einem Speer so schwer verwundet, daß es zusammenbrach und ihn im Fallen unter sich begrub. Ein römischer Soldat wollte seine Chance wahrnehmen und dem hilflos am Boden liegenden Krieger die Kehle durchschneiden. Doch Duncan war schneller. Er sprang von seinem Pferd auf den Soldaten zu und trennte ihm mit einem Hieb die Hand ab, die das Schwert hielt. Entsetzt starrte der Mann auf den Stumpf. Bevor er schreien konnte, traf ihn ein zweiter Schlag gegen den Hals, und der Soldat sank tot zu Boden. Sofort eilte Duncan zu seinem Freund. Mit vereinten Kräften gelang es ihnen, das tote Pferd zur Seite zu rollen, so daß Alawn wieder aufstehen konnte.

»Danke, mein Freund! Das war knapp!«

»Du hättest das gleiche für mich getan!«

Eine Trompete blies zweimal.

»Sie ziehen sich zurück!« Connors Stimme übertönte den Waffenlärm. »Sie versuchen, über den Hügel zu entkommen! Verfolgt sie!«

Mit ihren Schwertern trieben die Krieger die römischen Soldaten immer weiter den Hügel hinauf, in das vor ihnen liegende Tal. Die Silurer folgten ihnen. Connor und Donal hetzten ihre Streitwagen in rasendem Galopp den Abhang hinunter. Im Tal ging die Schlacht weiter. Als hätten sich die fliehenden Römer plötzlich eines Besseren besonnen, blieben sie stehen und empfingen die keltischen Krieger mit ihren Schwertern. Duncan und Alawn kämpften Seite an Seite. Sie hieben auf die angreifenden Soldaten ein, fingen mit ihren Schilden Stöße ab, wichen geschickt den Angriffen aus und schlugen zu, wenn sich die Gelegenheit bot. Dann ertönte eine Trompete, und die römischen Soldaten zogen sich zurück.

»Sieh dir das an, Duncan! Sie laufen schon wieder davon!« rief Alawn lachend.

Doch der Freund erwiderte das Lachen nicht. Duncans Gesicht war unter der blauen Farbe bleich geworden. Er ergriff

Alawns Arm und deutete stumm auf die vor ihnen liegende Anhöhe der Zwillingshügel. Überall hatten sich Soldaten aufgestellt, unter ihnen auch Reiter und Bogenschützen. Zwischen ihnen erhoben sich mehrere Maschinen, deren fürchterliche Waffen direkt auf sie gerichtet waren.

»Geschütze!« flüsterte Alawn mit trockenen Lippen. »Lug stehe uns bei!«

»Das war eine Falle. Wir müssen sofort zurück!«

Nicht nur Duncan und Alawn dachten bei diesem Anblick an Rückzug. Innerhalb von wenigen Minuten befanden sich alle Krieger auf der Flucht. Doch bevor die Männer den Fuß des Hügels erreicht hatten, erschienen auf der Anhöhe zwei silberne Adler, die Feldzeichen der Legionen. Duncan und Alawn wußten genug über das römische Heer, um die Bedeutung dieser beiden Zeichen zu erfassen. Vor ihnen standen etwa zwölftausend Mann, die ihnen den Fluchtweg abschnitten! Die Bogenschützen hatten bereits ihre Pfeile auf die Sehnen gelegt und schossen gleichzeitig ab.

»Alawn!« Duncan riß den Freund zu Boden. Gemeinsam kauerten sie unter ihren Schilden. »Verflucht, das sind zwei Legionen!«

»Was können wir jetzt tun?«

»Wir müssen versuchen, den Hügel hinauf zu kommen. Vielleicht können wir uns durch die Reihen der Römer zu unseren Pferden durchschlagen. Komm! Sie müssen erst ihre Bogen spannen!«

Duncan sprang auf und lief vorwärts, um sich nach wenigen Metern wieder auf den Boden zu werfen. Die Römer schossen erneut Pfeile auf die Silurer ab, von denen viele in ihrer Verwirrung wieder in das Tal zurückgelaufen waren. Doch auf dem gegenüberliegenden Hügel hatten die Soldaten die Geschütze geladen und empfingen die Fliehenden mit Steinen und Speeren. Immer mehr Silurer lagen tot oder schwer verwundet am Boden. Jene, die den Fuß der Zwillingshügel erreichten, wurden gefesselt und abgeführt. Duncan und Alawn liefen den Hügel hinauf. Der Hagel der auf sie niederprasselnden Pfeile wurde immer dichter. Plötzlich spürte Duncan mitten im Lauf einen scharfen, stechenden Schmerz in seinem linken Bein. Stöhnend sank er zu Boden. Oberhalb seines Knies ragte der Schaft eines römischen Pfeiles heraus.

»Duncan!«

Alawn war sofort bei ihm. Mit einer schnellen Bewegung brach er den Schaft ab und schob Duncan das Holz zwischen die Zähne. Dann packte er mit beiden Händen die Spitze und zog den Pfeil mit einem Ruck aus der Wunde. Für einen Augenblick wurde Duncan schwarz vor den Augen. Mühsam riß er einen Fetzen aus seinem wollenen Umhang und wickelte ihn als notdürftigen Verband um sein Knie.

»Wir müssen weiter!«

Alawn zog den Freund vom Boden hoch und stützte ihn. Nur langsam kamen sie voran, immer wieder mußten sie sich vor den Pfeilen schützen. Etwa auf der Hälfte des Hügels spürte Duncan, wie Alawn ihm beinahe aus den Armen gerissen wurde.

Entsetzt starrte er auf die Speerspitze, die aus dem Bauch seines Freundes ragte.

»Alawn!«

Vorsichtig ließ ihn Duncan zu Boden gleiten und bettete den Kopf des Freundes auf seinem Schoß. Verzweifelt versuchte er mit seinen Händen die starke Blutung zu stoppen.

Alawn schlug mühsam die Augen auf. Er atmete schwer, und seine Wangen waren bleich. Auf der Stirn bildeten sich kleine Schweißperlen und mischten sich mit der blauen Farbe auf dem Gesicht des jungen Kelten.

»Diese verfluchten Römer haben mich erwischt!«

»Dafür werden sie bezahlen, das schwöre ich dir!«

»Meinst du, dein Vater würde mir Nuala jetzt zur Frau geben?«

»Es gibt niemanden, der würdiger ist, mein Freund.« Duncan versuchte zu lächeln, obwohl sich seine Augen mit Tränen füllten.

»Es ist zu spät. In diesem Leben werde ich sie nicht mehr heiraten!« Alawn hustete und schrie vor Schmerz. Blut floß aus seinem Mund.

»Das ist nicht wahr. Ich bringe dich zu einem Druiden. Dann wirst du wieder gesund, und bald feiern wir eure Hochzeit!«

Alawn lächelte trotz seiner Schmerzen. »Du gibst nie auf, Duncan! Aber den Tod kannst auch du nicht aufhalten!«

»Du solltest nicht so viel reden, Alawn!« Tränen liefen über Duncans Gesicht. »Ruh dich lieber aus!«

Der Schwerverletzte schüttelte mühsam den Kopf.

»Ich habe nicht mehr viel Zeit! Sag Nuala, daß ich sie immer lieben werde!« Er preßte den bestickten Beutel an seine Brust. Dann ergriff er Duncans Arm. Seine Stimme war nur noch ein Hauch. »Duncan, gib nicht auf! Ich weiß, wir werden uns eines Tages in einem anderen Leben wiedersehen. Mein Körper verläßt dich, aber meine Seele wird dich begleiten. Wenn du das Rauschen des Windes in den Bäumen hörst, dann weißt du, daß ich bei dir bin.«

»Nein, verdammt, nicht jetzt! Du darfst nicht sterben!«

Doch Alawn hörte ihn nicht mehr, sein Körper erschlaffte in Duncans Armen.

Ein dumpfer Schmerz durchdrang Duncans Seele und ließ eine Leere in ihm zurück. Seine Hände zitterten, als er dem Freund die Augen schloß und ihm das dunkle Haar aus dem bleichen Gesicht strich. Duncan verspürte das Bedürfnis, seinem Freund durch eigene Hand in den Tod zu folgen. Doch kräftige Arme packten ihn und zogen ihn von der Leiche seines Freundes fort. Ein leichter Wind strich über seine Wangen und durch sein Haar, und er spürte Alawns Anwesenheit. In diesem Moment siegte sein Kampfgeist über seine Todessehnsucht.

Mit Fußtritten versuchte Duncan, sich die Römer vom Leib

zu halten, während seine Hand nach dem Schwert tastete. Doch die Soldaten waren zu viert. Duncan hörte ein lautes Knirschen, als seine Rippen unter den Stößen ihrer Lanzenschäfte nachgaben. Mühsam rang er nach Atem, er hatte das Gefühl zu ersticken. Halb bewußtlos vor Schmerz sank er zu Boden und blieb regungslos liegen. Unsanft zogen ihn die Soldaten auf die Beine. Sie fesselten Duncan und trieben ihn mit Schlägen über das Schlachtfeld zu den Zwillingshügeln.

Das Blut der gefallenen Krieger färbte das Gras rot. Überall lagen verstümmelte Leichen, nur wenige waren Römer. Duncan blickte in die im Todeskampf verzerrten Gesichter. Die meisten von ihnen waren Freunde und Verwandte, Männer, die er seit seiner Kindheit gekannt und geachtet hatte. Ahnungslos waren sie in die von den Römern gestellte Falle gelaufen und hatten ihren Wunsch nach Freiheit mit dem Leben bezahlt. Er haßte die Römer mit jeder Faser seines Herzens. Es hatte ihnen nicht ausgereicht, das Land zu erobern. Sie hatten Menschen versklavt, Frauen und Kinder getötet, heilige Stätten vernichtet und aus stolzen Kriegern innerlich gebrochene Greise gemacht. Mit gierigen Händen griffen sie nach der Freiheit der Kelten, die sie gleichzeitig fürchteten und begehrten. Da sie selbst nicht frei waren, durften es die Kelten auch nicht sein. Die Römer nannten sie verächtlich ›Barbaren‹. Doch was sie für ›Zivilisation‹ hielten, war nichts anderes als Ausbeutung und Mord. Mit jedem Schritt wuchsen Duncans Trauer und sein Zorn.

Marcus Brennius stand auf dem Hügel neben dem Katapult und blickte auf das Schlachtfeld hinunter. Eine fast unheimliche Stille lag über dem von Leichen übersäten Tal. Niemand kämpfte oder leistete noch Widerstand, die Schreie der Verwundeten und Sterbenden waren verstummt. Seit fünfundzwanzig Jahren diente er in der römischen Armee. Er hatte aufgehört, die Schlachten zu zählen, an denen er teilgenommen hatte. Als einfacher Soldat hatte er angefangen, war zum Zenturio befördert worden und war nun als Primopilus der Erste Zenturio in der Zweiten Legion. Damit hatte er alles erreicht, was ein nichtadliger Legionär erreichen konnte. Dennoch fühlte er sich unzufrieden und müde. Dieses war kein ehrlicher Kampf gewesen, wie Schlachtvieh waren die Silurer niedergemetzelt worden. Der Gedanke an nichtbezahlte Steuern und die Überfälle der Silurer war nur ein schwacher Trost. Die Schlacht hinterließ einen bitteren Nachgeschmack. Die Stimme eines Soldaten riß ihn aus seinen Gedanken.

»Was sollen wir mit dem hier machen?«

Die beiden Legionäre vor ihm führten in ihrer Mitte einen silurischen Krieger. Er war jung, höchstens achtzehn Jahre alt. Sein Hemd und sein wollener Umhang waren blutverschmiert und zerrissen, das lange blonde Haar zerzaust. Er war verletzt, doch trotz der Schmerzen war seine Haltung aufrecht und stolz. In seinen klaren blauen Augen erkannte Brennius deutlich Trauer und glühenden Haß.

»Bringt ihn zu den anderen!« befahl er den beiden Legionären und wandte sich müde ab. Er konnte den Blick des jungen Kelten nicht ertragen. Zu oft hatte er das Elend einer Schlacht miterlebt und in Augen wie diese gesehen. Es wurde Zeit für ihn, sich in den Ruhestand zu begeben!

Duncan wurde zu weiteren gefangenen Silurern gebracht, die aneinandergekettet in einer Zweierreihe auf ihren Abtransport warteten. Es waren etwa fünfhundert Männer. Suchend blickte sich Duncan um, wobei ihm jede Bewegung fast den Atem raubte. »Wo sind die anderen?« fragte er den bereits ergrauten Mann neben ihm.

Der Mann sah ihn mitleidig an.

»Es gibt keine anderen mehr, mein Junge! Etwa fünfhundert Männer konnten entkommen, alle anderen sind tot.«

»Was ist mit Connor? Hast du ihn gesehen?«

»Du bist sein Sohn, nicht wahr?« Duncan nickte stumm.

»Man hat ihn in Ketten gelegt und gemeinsam mit Donal weiter vorn auf einen Wagen gebracht. Soweit ich erkennen konnte, ging es ihm gut!«

Duncan atmete erleichtert auf.

»Donals Sohn Glen ist auch bei ihnen«, fuhr der Mann fort. »Aber ich vermisse Alawn.«

»Alawn ist tot.« Duncan schloß die Augen, um die Tränen zu bekämpfen. »Er starb in meinen Armen!«

In diesem Moment ritt ein Soldat zu ihnen heran und schrie ihnen etwas in einer fremden Sprache zu. Zur Bekräftigung seiner Worte schlug er dem älteren Mann mit einem Stock so heftig auf den Kopf, daß er wankte und beinahe zu Boden gesunken wäre, wenn Duncan ihn nicht mühsam aufgefangen hätte.

»Verfluchte Römer!« zischte er.

Dann setzte sich der ganze Zug in Bewegung.

Nach einem etwa zweistündigen Marsch erreichten sie das römische Lager. Ein Erdwall, auf dem Holzpfähle steckten, bildete die Befestigung. Das Innere des Lagers beherrschten in Reih und Glied errichtete einfache Zelte. Die Gefangenen wurden zum Praetorium geführt und mußten sich auf dem Forum aufstellen. Während ein Soldat ihnen eine Kelle Wasser und ein Stück Brot reichte, beobachtete Duncan, wie sein Vater mit Donal und Glen in das Zelt des Feldherrn geführt wurde.

Julius Frontinus erwartete die beiden silurischen Fürsten bereits. Da er die Sprache der Kelten recht gut beherrschte, brauchte er sich nicht auf einen Dolmetscher zu verlassen, sondern konnte die Verhandlungen selbst führen. Er saß an seinem Schreibtisch und sah die drei vor ihm stehenden Männer aufmerksam an. Sie sahen erschöpft aus, ihre Kleidung war blutbefleckt und zerrissen. Der dunkelhaarige Hüne mußte Donal sein, der muskulöse junge Mann neben ihm sein ältester Sohn. Beide galten als besonnen und Argumenten durchaus zugänglich. Frontinus war sicher, daß er den Fürsten zur

Einhaltung des Friedens bewegen konnte. Dann glitt sein Blick zu dem dritten Mann, der stolz und hoch aufgerichtet vor ihm stand und ihn mit finsterer Miene anstarrte. Connor war halsstarrig und liebte die Freiheit mehr als das Leben. Er hatte den Widerstand der Silurer immer wieder geschürt. Dieser Mann verstand nur die Sprache der Gewalt. Doch vielleicht hatte die deutliche Niederlage auch ihn davon überzeugt, daß eine Unterwerfung unter römische Herrschaft unumgänglich war. Frontinus lehnte sich in seinem Stuhl zurück.

»Wir werden euch jetzt die Forderungen Roms unterbreiten!« begann er. »Jeder fünfte Mann wird unsere Geisel. Dies ist unsere Sicherheit, daß ihr die Forderungen erfüllt. Alle anderen, euch eingeschlossen, lassen wir frei. Ihr kehrt friedlich zu euren Dörfern zurück und seht für die Zukunft von kriegerischen Handlungen und jeglicher Form des Widerstandes gegen Rom ab. Ihr bestellt eure Felder und züchtet euer Vieh. Zweimal jährlich habt ihr pünktlich die Steuern zu entrichten. Sie bestehen aus vier Zehnteln der Ernte, sowie zwei Stück Vieh pro Familie und Jahr. Etwa ein Drittel eures Grundbesitzes stellt ihr dem römischen Heer als Siedlungsgebiet für Kriegsveteranen zur Verfügung.«

»Das ist Wucher!« rief Donal aufgebracht. »Wovon sollen wir denn leben?«

»Es wird genug für euch übrigbleiben!« Ein freundliches Lächeln glitt über das Gesicht des Feldherrn. »Ihr dürft nicht vergessen, daß sich eure Bevölkerung durch eure Unbesonnenheit erheblich reduziert hat!«

»Niemals werden wir auf diese Forderungen eingehen!« Connors blaue Augen funkelten vor Zorn.

»Das steht euch natürlich frei!« erwiderte Frontinus ruhig. »In diesem Falle werden wir alle Gefangenen auf der Stelle hinrichten, eure Dörfer und Felder niederbrennen und die Frauen und Kinder auf den Sklavenmärkten Roms verkaufen. Das Volk der Silurer wird somit von der Erde verschwinden!«

Entsetzen zeichnete sich auf Donals Gesicht ab, während Connor weiß vor Zorn wurde.

»Das könnt ihr nicht tun!« rief Donal aus.

»Und ob wir das können! Die Silurer wären nicht das erste Volk, welches seinen mangelnden Gehorsam mit seinem Untergang bezahlt! Rom war stets unerbittlich gegen seine Feinde. Aber gehorsame Untertanen können mit der Großmut des Kaisers rechnen.«

»Was wäre das für ein Leben?«

»Ein Leben in Frieden unter schützender römischer Hand. Es bedeutet Bildung, gute Erziehung für eure Kinder und vielleicht, für Auserwählte, das römische Bürgerrecht!«

Die beiden Fürsten sahen einander kurz an. Dann ergriff wieder Donal das Wort.

»Wir haben keine andere Wahl, als eure Forderungen anzunehmen! Ihr habt uns besiegt. Nun müssen wir an das Überleben unserer Frauen und Kinder denken!«

Frontinus sah die beiden Männer forschend an. Donal schien seine Worte ernst zu meinen, doch bei Connor war er sich dessen nicht sicher. Der Haß stand dem Kelten zu deutlich im Gesicht geschrieben. Er würde schnellstens dafür sorgen, daß Kenneth die Ländereien und die Ehren des Fürsten erhielt, um Connor den Einfluß unter den Silurern zu nehmen. Doch selbst dann würde er diesen Mann scharf beobachten lassen.

»Gut, laßt uns jetzt die Geiseln auswählen, damit ihr in eure Dörfer zurückkehren könnt!«

Der Feldherr erhob sich. Mit den Gefangenen und den sie bewachenden Soldaten ging er auf das Forum, wo die silurischen Krieger ihr Schicksal erwarteten. Ein Zenturio ging die Reihe der Gefangenen entlang und begann laut abzuzählen. Jeden fünften Mann zog er mit einem Stock an den Handfesseln nach vorn, worauf ihn zwei Legionäre packten und an den beiden Fürsten vorbeiführten. Mit fest aufeinandergebissenen Zähnen beobachteten Connor, Donal und Glen das

Schauspiel. Plötzlich gab es einen Tumult. Einer der ausgewählten Gefangenen hatte dem Zenturio seine gefesselten Fäuste ins Gesicht geschlagen. Doch der Widerstand währte nur kurz. Zwei Soldaten hatten den sich heftig sträubenden Mann gepackt, und der Zenturio, dessen Nase stark blutete, versetzte ihm mit seinem Stock einen Schlag ins Genick. Lautlos brach der Krieger zusammen.

»Duncan!«

Nur mühsam hielten die Wachsoldaten den wütenden und verzweifelten Connor zurück. Hilflos mußte er mit ansehen, wie zwei Römer seinen Sohn aufhoben. Frontinus warf ihm einen nachdenklichen Blick zu und winkte die Soldaten zu sich. Aufmerksam betrachtete er den bewußtlosen jungen Mann und prüfte seinen Pulsschlag.

»Er lebt«, stellte er fest. »Er ist dein Sohn?«

»Ich flehe dich an, laß ihn frei! Nimm mich an seiner Stelle!«

Frontinus schüttelte grinsend den Kopf.

»Nein. Er ist noch jung. Im Gegensatz zu dir wird er sich leicht an die Gefangenschaft gewöhnen!«

»Duncan!« Über Connors Gesicht liefen Tränen. »Das könnt ihr verfluchten Römer nicht tun! Ihr könnt mir nicht meinen Sohn nehmen!«

»Du siehst das falsch! Wir nehmen ihn nur in Gewahrsam. Solange du dich an unsere Abmachung hältst und deine Steuern pünktlich zahlst, wird es dem Jungen gutgehen, darauf hast du mein Wort. Wenn du aber unsere Forderungen mißachtest, werden wir ihn hinrichten müssen! Sein Leben hängt also einzig und allein von dir ab, Connor!«

Frontinus gab den Soldaten einen Wink, den bewußtlosen Kelten fortzutragen. Er war zufrieden. Endlich hatte er das Druckmittel, um den Fürsten gefügig zu machen! Während das Abzählen reibungslos weiterging, starrte Connor mit versteinerter Miene ins Leere. Auf seinem Gesicht spiegelte sich seine Verzweiflung, und seine Haltung wirkte gebrochen.

Als der Zenturio fertig war, wurden den restlichen Gefangenen die Fesseln abgenommen, und sie wurden aus dem Lager geführt. Während sich die Silurer zu Fuß und unbewaffnet auf den Heimweg machten, blieben etwa einhundert von ihnen als Geiseln im römischen Lager zurück.

Am nächsten Morgen, kurz nach Sonnenaufgang, wurden die Soldaten im Lager geweckt. Frontinus saß bereits in seinem Zelt beim Frühstück und empfing den Lagerkommandeur, den Präfekten und den Primopilus, um ihnen die Befehle für den Tag zu erteilen.

»Wir brechen heute noch auf. Die Zweite und die Zwanzigste Legion kehren in ihre befestigten Lager zurück, da wir von den Silurern nun nichts mehr zu befürchten haben. Die Hilfstruppen begleiten mich. Der Arzt soll die verwundeten Kelten versorgen, um sie marschfähig zu machen. Wir nehmen sie mit nach Eburacum. Die Geiseln werden dort beim Bau der Stadt von Nutzen sein. Ihr kommt auch mit, Marcus Brennius. Ich habe gehört, daß Ihr demnächst in den Ruhestand eintretet. In Eburacum kann ich Euch ein Stück Land geben, wo Ihr Euch niederlassen könnt. Bis wir dort angekommen sind, seid Ihr der Oberbefehlshaber der Hilfstruppen. Noch Fragen?« Forschend blickte er die ihn umgebenden Männer an, die alle den Kopf schüttelten. »Bringt diesen rothaarigen Kelten zu mir. Wir müssen über seine Einsetzung als Fürst sprechen!«

Mit einem Gruß entfernten sich die Männer und beeilten sich, die Befehle des Frontinus auszuführen.

Etwas später wurden die Silurer in einem Zelt von einem Arzt untersucht und verbunden. Der Mann schien Römer zu sein und ihre Sprache nicht zu verstehen, die einzige Bewachung waren zwei Legionäre vor dem Zelteingang. Sie konnten sich folglich ungestört unterhalten.

Duncan lag auf dem Tisch, während der Arzt seine Wunde

am Knie versorgte. Mit ihm waren noch vier Männer aus seinem Dorf im Zelt.

»Was meint ihr, was werden sie mit uns machen?« fragte er die anderen.

»Sie werden uns wahrscheinlich bis an unser Lebensende als Sklaven schuften lassen, Duncan«, antwortete Glen, ein schwergewichtiger grauhaariger Mann.

»Sklaven?« Entsetzt richtete sich Duncan auf.

Der Arzt redete aufgeregt in einer fremden Sprache auf ihn ein und drückte ihn mit sanfter Gewalt auf den Tisch zurück. Duncan seufzte tief und starrte an die Decke des Zeltes, während der Arzt seine Instrumente säuberte.

»Was macht denn Kenneth hier?« bemerkte plötzlich Vergus, ein jüngerer Mann, der durch eine Lücke in der Zeltplane nach draußen spähte. »Er scheint sich mit den Römern ausgezeichnet zu verstehen!«

»Er ist sogar bewaffnet!« Glen zog die Stirn in Falten. »War es nicht Kenneth, der uns die Nachricht von einer nahenden römischen Truppe brachte?«

Duncan setzte sich mit einem Ruck auf, seine blauen Augen blitzten vor Zorn. »Dafür wird er bezahlen!«

Dann sprang er auf, stürmte über den Platz und entriß im Vorbeilaufen einem der Legionäre einen Dolch. Die Soldaten waren zu überrascht, um rechtzeitig einzugreifen. Duncan warf den Rothaarigen zu Boden und stach mit dem Dolch zu, wobei er ihm zwei Finger der linken Hand abtrennte.

»Ich nehme dich stückweise auseinander, Verräter!«

Erneut erhob Duncan das Messer und ließ einen langen Schnitt quer über der Brust zurück. Doch bevor er zu einem weiteren Streich ausholen konnte, packten ihn Soldaten von hinten. Sie drehten ihm den Arm auf den Rücken, so daß er den Dolch vor Schmerz fallen ließ. Dann hielten sie ihn mit vier Mann fest. Frontinus, der durch das Geschrei der Legionäre alarmiert worden war, kam aus seinem Zelt.

»Was ist passiert?« erkundigte er sich bei einem Zenturio.

»Dieser Dreckskerl hat mich angegriffen!« antwortete Kenneth anstelle des Soldaten. Das Blut rann seinen Unterarm und seine Brust hinab. In seinem Zorn vergaß er, lateinisch zu sprechen. »Wenn Ihr es erlaubt, werde ich ihm die gerechte Strafe zuteil werden lassen und ihm die Kehle durchschneiden!«

Frontinus trat an Duncan heran und betrachtete ihn mit erhobenen Augenbrauen.

»Sieh an, Connors Sohn! Es tut mir leid, Kenneth! Ich kann deinen Zorn verstehen, aber dieser Bursche ist als Geisel viel zu wertvoll, um ihn hinzurichten! Außerdem hat er dich nicht getötet. Ich denke, fünfzig Peitschenhiebe werden ausreichen, um ihm Gehorsam beizubringen! Bindet ihn an den Pfahl, und laßt die Kelten antreten. Sie sollen wissen, was mit jenen geschieht, die sich unseren Befehlen widersetzen!«

»Verzeiht, edler Frontinus! Aber die Strafe ist in meinen Augen zu hart. Der Junge ist verletzt. Er könnte an den Folgen sterben! Laßt Milde walten!«

Frontinus sah überrascht den vor ihm stehenden Marcus Brennius an.

»Glaubt mir, Brennius. Ich wäre glücklich, wenn ich nicht zur Strenge gezwungen wäre. Aber in diesem ›Jungen‹ fließt das Blut eines Aufrührers. Wenn ich seinen Ungehorsam durchgehen lasse, werden wir Eburacum niemals lebend erreichen. Die Kelten werden sich um ihn scharen und gegen uns rebellieren. Ich muß ein Exempel statuieren!« Frontinus legte Brennius eine Hand auf die Schulter. »Eure Besorgnis für einen Barbaren ehrt Euch und spricht von Eurer edlen Gesinnung. Aber seid unbesorgt. Diese Kelten sind zäh und widerstandsfähig!« Er gab den Legionären einen Wink, die Duncan das Hemd auszogen und ihn mit erhobenen Armen an einen Pfahl banden, während andere Legionäre die Silurer auf den Platz brachten. Ein Zenturio nahm die Peitsche in die Hand und wartete auf das Zeichen des Feldherrn.

»Silurer!« Frontinus erhob seine Stimme, so daß ihn jeder

der Männer verstehen konnte. »Ihr seid unsere Geiseln, und solange eure Familien die Steuern zahlen und sich ruhig verhalten, hat keiner von euch etwas zu befürchten. Wir behandeln unsere Geiseln gut. Aber Ungehorsam oder gar Rebellion können und werden wir niemals dulden! Deshalb geben wir euch jetzt ein Beispiel, was mit jenen geschieht, die sich nicht fügen wollen. Ich hoffe, es ist das einzige Mal, daß einer von euch uns dazu zwingt, ihn zu bestrafen!« Frontinus nickte dem Zenturio zu.

Ein hohes Pfeifen ertönte, als die Lederriemen der Peitsche die Luft durchschnitten. Im nächsten Moment spürte Duncan einen brennenden Schmerz. Blut lief seinen Rücken hinunter, und seine gebrochenen Rippen machten ihm das Atmen in dieser Haltung zur Qual. Duncan biß die Zähne zusammen, um nicht zu schreien.

Als die Schläge endlich aufhörten, trat Frontinus zu ihm.

»Hast du genug? Bist du nun bereit, dich zu unterwerfen und Rom zu dienen?«

Das Sonnenlicht spiegelte sich in dem maßgefertigten, versilberten Brustpanzer des Feldherrn und blendete Duncan, so daß er die Augen schließen mußte.

»Nein!« flüsterte er erschöpft.

»Was hast du gesagt? Du mußt lauter sprechen!«

Duncan hob den Kopf. Allmählich gewöhnten sich seine Augen an die Helligkeit. Er nahm alle Kraft zusammen und sah dem Feldherrn in die Augen. Diesmal war seine Stimme so laut und klar, daß jeder Mann auf dem Forum seine Antwort hören konnte.

»Niemals werdet ihr aus mir einen römischen Knecht machen!«

»Du bist ebenso eigensinnig wie dein Vater!« Frontinus schüttelte mitleidig den Kopf. »Gebt ihm noch mal fünfzig Hiebe!« Ein Raunen ging durch die Reihen der Gefangenen und Legionäre. Unsicher sah der Zenturio den Feldherrn an, doch als dieser nickte, hob er die Peitsche erneut.

›Allmächtige Götter! Gebt mir die Kraft, nicht zu schreien und um Gnade zu flehen! Bevor ich so weit bin, laßt mich sterben!‹

Duncan spürte die einzelnen Schläge nicht mehr. Ein permanenter Schmerz breitete sich auf seinem Rücken aus, als würde ihm die Haut in Streifen vom Körper gezogen. Seine Lungen brannten, und mit jedem seiner mühsamen Atemzüge entfachte er das Feuer in seiner Brust noch mehr. Gleißendes Licht blendete ihn, und mitten aus dem Licht heraus hörte er Alawns Stimme.

»Halte durch, Duncan! Als freie Männer wurden wir geboren, und wir sterben als freie Männer. Aber noch ist die Zeit unseres Wiedersehens nicht gekommen!«

Dann erschien ein Adler und hob ihn in die Luft. Die Schwingen berührten sanft sein Gesicht und seine Stirn. Kühlendes Regenwasser tropfte aus den Federn auf seine brennende Haut, und behutsam ließ ihn der Adler in eine wohltuende Dunkelheit gleiten.

Nach weiteren fünfzig Hieben banden Soldaten den jungen Kelten los. Bewußtlos sank er zu Boden. Frontinus beugte sich über ihn und prüfte den schwachen Puls. Dann ließ er ihn in das Zelt des Arztes tragen und auf den Tisch legen. Der Rücken des Kelten war eine einzige blutende Wunde.

»Wie geht es ihm?« erkundigte er sich, nachdem der Arzt den Gefangenen untersucht hatte.

»Er lebt. Aber er hat viel Blut verloren. Den Marsch nach Eburacum wird er nicht überstehen!«

»Wir haben noch den Käfig des Löwen, der vor fünf Tagen verendete. Können wir ihn darin transportieren?«

»Vielleicht, wenn Ihr mir erlaubt, ihn zu versorgen!«

»Ich befehle es dir! Der Junge muß am Leben bleiben, er ist unsere wichtigste Geisel!«

Wenig später wurde das Lager abgebrochen. Die Legionäre marschierten wieder in ihre befestigten Lager zurück, und die

Hilfstruppen machten sich mit den Gefangenen auf den Weg nach Eburacum.

Die nächsten vier Tage verbrachte Duncan in einem Dämmerzustand. Er nahm seine Umgebung kaum wahr, und in seinen Fieberträumen sprachen die toten Krieger der Schlacht zu ihm. Erst am Morgen des fünften Tages kam er wieder zu sich. Die Welt verschwamm vor seinen Augen. Erst allmählich lichtete sich der Nebel, und er sah, daß sich jemand über ihn beugte. Es war ein Soldat in römischer Uniform.

»Du bist wieder wach!« Der Mann lächelte. »Frontinus war sehr besorgt und hat dich in diesen Käfig legen lassen. Du hattest hohes Fieber. Wir haben alle um dein Leben gefürchtet!«

Duncans Blick fiel auf den goldenen Ring um den Hals des Soldaten. Der Mann war kein Römer, er war Kelte!

»Du«, er brach ab und hustete, seine Stimme versagte ihm. »Du bist einer von uns!«

Der Mann schüttelte den Kopf.

»Ich bin Gallier!«

»Weshalb trägst du eine römische Uniform? Haben sie dich gezwungen, ihnen zu dienen?«

»Ich bin freiwillig in die Armee eingetreten. Ich gehöre zu einer der gallischen Hilfstruppen, die in Britannien eingesetzt werden.«

»Wirst du mir zur Flucht verhelfen?«

Der Gallier schüttelte den Kopf und legte Duncan die Hand auf die Schulter.

»Sei vernünftig, Junge! Es nützt niemandem, wenn du dich zu Tode peitschen läßt. Rom braucht tapfere Männer wie dich!«

»Ich glaube, ich verstehe dich nicht!«

»Es ist klüger, sich den Gegebenheiten anzupassen. Wenn du dich der römischen Autorität beugst, dann kannst du, ebenso wie ich, ein ruhiges und angenehmes Leben führen!«

»Du meinst also, ich soll mir auch meine Haare scheren lassen und römische Kleidung tragen?«
Der Gallier lächelte.
»Das sind nur Äußerlichkeiten. Ich bin trotzdem Kelte!«
Duncan richtete sich mühsam auf, seine Augen funkelten.
»Nein, du irrst. Mit der römischen Uniform hat sich auch dein Herz verändert. Du bist einer von ihnen geworden!«
Der Gallier schluckte und wandte den Blick ab.
»Du solltest etwas essen!« Der Soldat reichte Duncan Brot und erhob sich. »Wir brechen gleich auf und werden in wenigen Stunden in Eburacum sein!«
Er schloß die Käfigtür hinter sich und ging davon.
Duncan schob sich gegen das Gitter und lehnte sich zurück. Seine Muskeln zitterten vor Anstrengung, und die eisernen Stäbe scheuerten an seinem wunden Rücken. Sosehr ihn das Gespräch mit dem Gallier erschüttert hatte, in einem hatte der Soldat recht. Sein Tod würde zu diesem Zeitpunkt niemandem etwas nützen. Er mußte am Leben bleiben, um den Kampf fortzusetzen. Duncan zwang sich, das Brot aufzuessen. Dann fiel er erschöpft in einen unruhigen Schlaf.

Gegen Mittag erreichte die Truppe Eburacum. Die Stadt war von einem tiefen Graben und hölzernen Palisaden mit Wachtürmen umgeben und erinnerte an ein riesiges römisches Militärlager. Zahlreiche Kaufleute näherten sich mit ihren Karren den weit geöffneten Toren. Eburacum war in den drei Jahren seit seiner Gründung zu einem wichtigen Handelszentrum geworden. Läden, Gasthäuser und Tavernen säumten die beiden Hauptstraßen, welche die vier Stadttore miteinander verbanden. Die Kaufleute bemühten sich, mit ihren Waren die überwiegend römische Kundschaft zufriedenzustellen. Viele aus dem Militärdienst entlassene Veteranen siedelten in Eburacum, aber auch Beamte mit ihren Familien. Für sie bot die Stadt wenig Anreiz. Die Straßen waren nicht gepflastert, und bei Regen versank man knöcheltief im Schlamm. Die meisten der Häuser waren aus ungehobelten Baumstämmen erbaut und boten den Römern kaum den gewohnten Luxus. Doch allmählich wurde aus Eburacum eine blühende Stadt. Überall wurden Häuser im römischen Stil errichtet, das Forum schmückten die prachtvollen Villen der hohen Beamten und der Justizpalast. Frontinus hatte einen Baumeister aus Rom kommen lassen, der die Arbeiten der keltischen Geiseln beaufsichtigte. Doch für die Fülle der Bauvorhaben waren mehr Arbeitskräfte als bisher nötig.

Duncan erwachte, als die Gefangenen auf dem Forum eintrafen. Verwundert betrachtete er die hohen steinernen Bauten mit ihren breiten Treppen und Marmorsäulen. Kunstvolle Gemälde schmückten die Fassaden der Häuser. Vor dem größten der Gebäude blieben sie stehen. Zwei Soldaten betraten Duncans Käfig und legten ihm Hand- und Fußeisen an. Auf ihren Befehl hin ließ er sich vom Wagen auf den schlammigen Boden hinunter.

Unweit von ihm waren mehrere keltische Männer damit beschäftigt, den Platz zu pflastern. Sie schleppten schwere Steine und Körbe, Wachsoldaten trieben die Männer an. Diese sahen erbärmlich aus. Ihre Kleider waren schmutzig und zerrissen, die goldenen Hals- und Armreifen stumpf. Nur wenige von ihnen sahen von ihrer schweren Arbeit auf.

Duncans Herz zog sich zusammen, als er in Augen blickte, in denen jeder Funke erloschen war. Niemals sollte es den Römern gelingen auch ihn zu brechen. Niemals! Entschlossen warf er den Kopf in den Nacken und ballte die Hände zu Fäusten. Dann fiel sein Blick auf einen älteren Mann. Sein langes Haar war ergraut, seine Schultern breit, seine Haltung gerade und stolz. Er umklammerte den Griff des Spatens so fest, daß seine Muskeln die goldenen Reife an seinen Oberarmen zu sprengen schienen. Der Zorn funkelte in seinen hellen grünen Augen. Er beobachtete Duncan aufmerksam. Als sich ihre Blicke trafen, veränderte sich der Ausdruck in den Augen des Mannes, und unmerklich lächelte er.

Die Silurer wurden in ein Verlies geführt. In einem Vorraum saßen zwei Männer, welche die Namen aller Gefangenen aufschrieben. Diese Prozedur war langwierig, und es wurde Abend, bevor sich die Kerkertür hinter ihnen schloß.

Das Gefängnis war ein großer, niedriger Raum, in dem sich bereits etwa hundert Männer befanden. Sie lagen oder saßen auf dem mit Stroh bedeckten steinernen Boden und sahen den Silurern mit trostlosem Blick entgegen. In der Mitte des Raumes standen ein Korb mit Brot und zwei Eimer mit Wasser, das von zwei Männern an die Neuankömmlinge verteilt wurde.

Duncan ließ sich auf den Boden sinken und lehnte sich erschöpft gegen die Wand. Sein Rücken schmerzte, und jeder Atemzug tat ihm weh. Er fühlte sich müde und zerschlagen.

»Du solltest auch etwas essen. Du wirst Kraft brauchen!«

Eine tiefe Stimme ließ Duncan aufsehen. Vor ihm stand der ältere Mann, der ihm vor einigen Stunden auf dem Forum aufgefallen war. Er reichte Duncan Brot und ließ sich neben ihm auf den Boden nieder.

»Mein Name ist Dougal. Du heißt Duncan, wie ich gehört habe?« Duncan nickte. »Ich habe dich auf dem Forum gesehen. Weshalb haben dich die Römer in diesen Käfig gesteckt?«

Duncan erzählte kurz von der Schlacht, von ihrer Gefangennahme und von Kenneths Verrat.

»Bei den Göttern, du hast Mut, Junge! Sie hätten dich töten können!«

»Wahrscheinlich wäre der Tod diesem Leben vorzuziehen!«

»Du scheinst mir zu den Männern zu gehören, die nur dem eigenen Herzen folgen. Was hat dich vom Freitod abgehalten?«

Duncan sah dem anderen Mann offen ins Gesicht.

»Rache!«

»Es ist nicht leicht, vom Kerker aus weiterzukämpfen!«

Dougal fuhr sich durch sein graues Haar. »Es ist über zwei Jahre her, daß mein Stamm besiegt und wir als Geiseln hierher verschleppt wurden. Sie schlagen und demütigen uns und lassen uns beim Bau ihrer Häuser und Straßen schuften. Sogar dieses Gefängnis mußten wir mit unseren Händen errichten! Bei schlechter Verpflegung und bitterer Kälte hier im Verlies ist schon mancher von uns umgekommen.«

»Ich dachte, die Römer behandeln ihre Geiseln gut?«

Dougal lächelte bitter.

»Solange Frontinus anwesend ist, trifft dies auch zu. Aber das ändert sich, sobald er Eburacum wieder verlassen hat. Der zuständige Verwalter, Claudius Vergilius Didimus, ist ein schwacher Mann, der seine Aufgaben vernachlässigt und sich ganz dem Wein hingibt. Octavia Julia, seine Ehefrau, führt an seiner Stelle die Geschäfte. Sie ist grausam. Für diese Frau sind wir Kelten weniger wert als Vieh. Hüte dich vor ihr, Duncan! Diesem Weib fehlt nicht viel zu einem Dämon!«

»Dann bleibt immer noch die Flucht!«

Dougal schüttelte den Kopf.

»Vergiß nicht, wir sind Geiseln! Sie kennen unsere Familien. Ihre Rache wäre fürchterlich!« Er legte Duncan eine Hand auf die Schulter. »Außerdem habe ich gehört, wie Frontinus befahl, auf dich besonders acht zu geben.«

»Du sprichst die Sprache der Römer?« Duncans Stimme wurde scharf.

»Still!« Dougal legte einen Finger auf den Mund. »Niemand außer dir weiß, daß ich ihre Sprache verstehe. So erfahre ich alles über sie und kann auf den Tag der Vergeltung warten. Denn eines vergiß niemals: Willst du die Römer besiegen, mußt du sie kennen!«

Duncan sah den älteren Mann an, in dessen grünen Augen das gleiche Feuer zu brennen schien wie in seinem Innern. Seine Stimme bebte vor unterdrücktem Zorn.

»Dann lehre mich ihre Sprache!«

2

Der Sturm heulte durch die Wipfel der Bäume und bog die Kronen fast bis zum Boden. Blitze zuckten aus den tiefschwarzen Wolken, gefolgt von ohrenbetäubendem Donner. In dem Steinbruch, der etwa zwei Wegstunden von Eburacum entfernt lag, saßen keltische Gefangene gemeinsam mit ihren römischen Bewachern dicht gedrängt in einer Höhle, die Schutz vor dem Unwetter bot.

Antonius Grassius, ein bereits ergrauter Soldat, sah mit finsterer Miene dem Naturschauspiel zu.

»Wenn dieser verfluchte Sturm nicht bald nachläßt, können wir die Nacht hier verbringen! Es wird in drei Stunden dunkel!«

Sein Freund, ein junger, schwarzhaariger Mann, der den Beinamen Sicilianus trug, zog fröstelnd die Schultern hoch. »In meiner Heimat blühen jetzt die Orangenbäume!« sagte er leise.

»Das sind die Iden des April in Britannien, Flavius! Daran wirst du dich gewöhnen müssen!« Grassius spie auf den Boden. »Ich hasse dieses verfluchte Land! Entweder macht das Wetter uns das Leben schwer, oder es sind die Kelten. Meistens geschieht sogar beides gleichzeitig! Während der Kaiser in Rom sich eines wunderbaren Lebens erfreut, halten wir hier am Ende der Welt für ihn den Kopf hin. Und wofür? Für ein jämmerliches Stück Land, auf dem wir unsere von der Feuchtigkeit gichtgeplagten, schmerzenden Knochen ausruhen können.« Er spuckte wieder aus.

»Aber wir dürfen heiraten und eine Familie gründen, sobald wir im Ruhestand sind!«

Grassius lächelte bitter.

»Wenn wir in den Ruhestand gehen, Flavius, sind wir bereits so alt, daß nicht einmal die Huren etwas von uns wissen wollen! Sieh dir doch Brennius an! Statt seinen Ruhestand zu genießen, ist er jetzt Befehlshaber der Stadtkohorten. Und weißt du, warum?«

Der junge Soldat schüttelte den Kopf.

»Weil er nicht weiß, was er mit seiner Zeit anfangen soll! Wenn du in die Legion eintrittst, dann ist die Legion dein Zuhause, deine Familie, dein Leben. Und du wirst sie nicht eher wieder los, bis du deine Reise zur Unterwelt antrittst!«

»Das klingt nach Rebellion, Grassius!« Die rauhe Stimme von Claudius Publicus, dem Zenturio, ließ beide Männer herumfahren. »Ich könnte mir vorstellen, daß deine Worte ein Nachspiel haben werden!«

»Ich weiß nicht, wovon du sprichst!« Grassius versuchte, seiner Stimme einen empörten Klang zu geben. Publicus war für seine Grausamkeit und Niedertracht bekannt. Der Zenturio liebte es, die keltischen Gefangenen zu mißhandeln, und hatte Freude daran, Kameraden zu denunzieren. Grassius' Worte verfehlten ihre Wirkung, und Publicus grinste höhnisch.

»Dann wird die Peitsche heute abend wohl deinem Gedächtnis auf die Beine helfen müssen!«

Er ließ die beiden Soldaten stehen, auf seinem von Narben entstellten Gesicht lag ein boshafter, zufriedener Ausdruck. Es verzog sich jedoch plötzlich zu einer Grimasse, als er nach wenigen Schritten den Boden unter den Füßen verlor und in hohem Bogen in den Schlamm vor dem Höhleneingang stürzte.

Duncan lag in der Nähe und hatte das Gespräch zwischen den Soldaten mitgehört. Er hatte zwar kein Mitleid mit Flavius und Antonius, aber in diesem Augenblick empfand er für die beiden Männer Sympathie. Publicus war ein dummer, widerlicher Kerl, dessen Grausamkeiten er oft genug am eigenen Leib zu spüren bekam. Als der Zenturio nun selbstzufrieden dicht an ihm vorbeiging, nutzte Duncan seine Chance. Er streckte seine Beine etwas weiter aus und wickelte die Fußkette um die Knöchel des Römers, so daß er zu Fall kam.

Die Kelten brachen in schallendes Gelächter aus, und auch die beiden Soldaten konnten ihre Schadenfreude nur mühsam bezähmen.

Publicus sprang wütend hoch. Augenblicklich waren alle Männer still. Außer sich vor Zorn blickte er sich unter den Gefangenen um, die jedoch mit keiner Miene den Schuldigen verrieten. Er konnte sich zwar denken, wer ihn zu Fall gebracht hatte. Doch selbst als Zenturio würde er für die Bestrafung dieses Mannes Beweise brauchen. Ein Blick zu Flavius und Antonius überzeugte ihn davon, daß er von den beiden keine Hilfe erwarten konnte – was ihn nur noch wütender machte. An Duncan würde er sich auch später rächen können. Fast von Sinnen brüllte er die Soldaten an:

»Was steht ihr da herum? Los, bewegt euch! Macht die Gefangenen zum Abmarsch bereit! Wir kehren nach Eburacum zurück!«

»Was denn, jetzt?! Aber der Sturm ...«

»Spreche ich hebräisch? Ich sagte, wir machen uns sofort auf den Weg!« Die Stimme des Zenturio überschlug sich.

Ratlos sahen sich Flavius und Antonius an. Dann zuckten sie resigniert mit den Achseln.

»Wir sollten tun, was dieser Sklaventreiber befiehlt!« Über Antonius' Gesicht huschte ein Lächeln. »Duncan hat etwas gut bei mir! Sollte er jemals einen Fluchtversuch wagen, während ich Wache halte, werde ich ihn bestimmt nicht sehen!«

Etwa zur selben Zeit fuhr eine überdachte Reisekutsche die Straße nach Eburacum entlang. Unbarmherzig trieb der Sklave auf dem Kutschbock die bereits schwer atmenden Pferde zu noch schnellerem Lauf an.

Im Inneren des Wagens saß Cornelia Vergilia, die Tochter des Verwalters von Eburacum. Schaudernd beobachtete sie das Unwetter. Der Donner übertönte das Geräusch des strömenden Regens und der Hagelkörner auf dem Dach der Kutsche. Durch die schmalen Schlitze in der Holzverkleidung trieb der Wind den Regen in das Wageninnere. Fröstelnd zog Cornelia ihren aus feiner weißer Wolle gewebten Umhang enger um die Schultern.

Kaum die passende Kleidung für dieses Wetter! dachte sie und sah zu der ihr gegenübersitzenden Sklavin, die einen dikken Wollmantel mit Kapuze trug. Sylvia hatte sie vor dem aufziehenden Sturm gewarnt und sie angefleht, nicht auf das entlegene Landgut einer Freundin zu fahren, sondern in Eburacum zu bleiben. Doch sie hatte Sylvia mit einem Blick zum strahlendblauen Himmel ausgelacht.

»Ich hätte auf dich hören sollen, Sylvia!« schrie Cornelia, um das Unwetter zu übertönen.

Die Sklavin nickte.

»Hoffentlich schaffen wir es bis Eburacum, Herrin! Der Sturm fängt erst an!«

Beide Frauen kauerten sich in die Kissen der Sitzbänke, als der Wind heftiger wurde und an der Holzverkleidung der Kutsche rüttelte.

Plötzlich war ein lautes Krachen zu hören, das den Donner übertönte. Der Wagen stoppte so abrupt, daß Cornelia vom Sitz fiel. Sie hörte das ängstliche Wiehern der Pferde und die Schreie ihrer Sklavin. Einen Lidschlag später begann sich die Welt immer schneller zu drehen. Cornelia stieß mit dem Kopf hart gegen die Holzverkleidung, als sich die Kutsche überschlug und einen Abhang hinunterstürzte. Noch bevor der Wagen gegen einen Felsen prallte, verlor sie das Bewußtsein.

Marcus Brennius saß in seinem Zimmer im Justizgebäude am Schreibtisch. Der Sturm rüttelte an den schweren Fensterläden, peitschte den Regen gegen das Holz und übertönte das

Kratzen des Federkiels auf dem Papyrus. Der Raum war nur von wenigen Lampen schwach erhellt. Fast lautlos öffnete sich die Tür, doch der Luftzug ließ die Talglichter flackern. Ohne aufzublicken, wußte Brennius, daß sein keltischer Diener den Raum betreten hatte.

»Was gibt es Ceallach?«

»Der Sturm schwillt an, Herr!«

»Es war töricht, die Kelten an diesem Tag im Steinbruch arbeiten zu lassen!« Brennius sah kurz auf. »Aber der Befehl des Frontinus lautet, daß die Bauvorhaben um nichts in der Welt unterbrochen werden dürfen. Auf den Baustellen der Stadt fehlen Steine!«

»Verzeiht, aber für die ehrgeizigen Pläne eines einzelnen müssen viele Männer leiden! Es ist gefährlich, sich heute im Freien aufzuhalten!«

Brennius sah den Kelten an, der dem Toben des Unwetters zu lauschen schien. Ceallach war etwas älter als er selbst. Er war römisch gekleidet, und sein dunkles, mit silbernen Fäden durchsetztes Haar war kurz geschnitten. Er sprach das Latein eines gebildeten Mannes, und Brennius wußte, daß er auch lesen und schreiben konnte. Er war hoch gewachsen, ging jedoch leicht gebeugt, als ertrüge er es nicht, seinen Herrn um Hauptesläge zu überragen. Dennoch hatte Brennius oft das unbestimmte Gefühl, daß seinen Diener ein Geheimnis umgab. Da war etwas in den grauen Augen des Kelten, das ihm Ehrfurcht einflößte.

»Befehl ist Befehl, Ceallach! Wenigstens konnte ich die Zahl des Arbeitstrupps auf zehn Gefangene reduzieren. Die anderen sind heute in der Stadt beschäftigt.« Brennius seufzte. »Das ist alles, was ich für sie tun konnte.«

Er tauchte den Federkiel erneut in das Tintenfaß und setzte seine Arbeit fort.

»Ihr schreibt wieder an Vergilius wegen des Silurers?«

»Ja. Seit Aufnahme meines Amtes als Befehlshaber der Stadtkohorte schreibe ich zu jeder Kalenda diesen Brief und ersuche um die Versetzung zu einer seiner Herkunft angemessenen Arbeit. Dies ist inzwischen das neunte Schreiben! Bisher erhielt ich keine Antwort. Ich vermute keine böse Absicht dahinter. Wahrscheinlich verschwindet mein Schreiben jeden Monat unter einem Stapel, und Vergilius hat noch keines von ihnen gelesen!«

Ceallach lächelte.

»Und dennoch setzt Ihr Eure Bemühungen fort?«

»Ja, weil er irgendwann diesen Brief lesen muß!« Brennius schlug mit der Faust auf den Tisch. »Er muß einfach!«

»Weshalb kümmert Ihr Euch um das Schicksal dieses Jungen?«

»Ich weiß es selbst nicht, Ceallach!« Brennius lehnte sich nachdenklich in seinem Stuhl zurück. Leise sprach er weiter. »Ich bin mehr als fünfundzwanzig Jahre lang Soldat gewesen. Ich habe in den Schlachten viel Leid, Tapferkeit, Stolz und Haß gesehen. Aber da war etwas in seinem Blick ...«

Er schwieg einen Moment. »Er verdient es nicht, in den Steinbrüchen einen langsamen, qualvollen Tod zu sterben! Ich habe gehofft, als Offizier der Stadtkohorte etwas für ihn tun zu können. Doch mir sind die Hände gebunden!«

»Eines Tages werden Eure Bemühungen Erfolg haben, Herr!«

Brennius sah das eigentümliche, zuversichtliche Lächeln des Dieners. Manchmal wurde er aus ihm nicht schlau. Ratlos zuckte er mit den Achseln und beendete sein Schreiben.

Als Sylvia aus ihrer Ohnmacht erwachte, hatte sich der Sturm gelegt. Ihr Kopf schmerzte, und sie hatte Schwierigkeiten, sich an das Geschehene zu erinnern. Erst allmählich kehrte ihr Gedächtnis zurück.

»Herrin, wo seid Ihr?«

Sie erhielt keine Antwort.

Mühsam kletterte Sylvia aus den Trümmern und begann mit der Suche nach Cornelia. Schließlich fand sie ihre Herrin, eingekeilt unter den Trümmern der Sitzbank. Blut floß von ihrer Schläfe über das Gesicht. Sie atmete schwer.

»Herrin, so sagt doch etwas!«

Verzweifelt versuchte die Sklavin, die Trümmer beiseite zu schaffen, um Cornelia zu befreien. Doch schon bald mußte sie einsehen, daß ihre Kräfte dafür nicht ausreichten. Weinend sank sie in die Knie.

»Ihr Götter, ich flehe Euch an! Rettet Cornelias Leben!«

Schluchzend bedeckte sie ihr Gesicht mit den Händen. Dann glaubte sie plötzlich, über sich von der Straße her Stimmen zu hören. Augenblicklich kämpfte sie sich den Abhang empor.

»Hilfe! Geht nicht vorbei! Helft mir!«

Die Soldaten trieben die Gefangenen zurück nach Eburacum. Es regnete noch immer in Strömen, doch der Wind hatte sich gelegt, und das Gewitter war vorüber. Innerhalb kurzer Zeit waren alle bis auf die Haut durchnäßt. Hinter einer Wegbiegung versperrten die Wurzeln einer mächtigen Eiche ihnen den Weg. Der Baum war halb einen Abhang heruntergestürzt und hatte im Fallen mehrere Sträucher mitgerissen. Die Wurzeln hatten die Straße aufgewühlt. Die großen Steinquader der Via Eburacum lagen überall verstreut, und zu Füßen der Pferde gähnte ein tiefes Loch.

»Bei Mithras!« rief Publicus aus. »Hat sich denn heute alles gegen uns verschworen? Einige der Gefangenen sollen den Baum zur Seite schaffen!«

Plötzlich hörten sie vom Ende des Abhangs eine schwache Stimme.

»Hilfe!«

Eine junge Frau erklomm mühsam die steile Böschung. Ihr rotes Haar war zerzaust, ihr Kleid zerrissen, das Gesicht und die Arme schlammbedeckt und zerkratzt. Sie taumelte auf den Zenturio zu.

»Ihr müßt mir helfen!« stammelte sie weinend. »Unsere

Kutsche ist den Abhang hinuntergestürzt. Meine Herrin ist verletzt! Ich konnte sie nicht allein befreien!«

Publicus blickte den Abhang hinunter. Zwei Pferde lagen mit gebrochenem Genick und verrenkten Gliedern auf den Felsen. Ein Mann, offensichtlich der Kutscher, war halb von Schlamm und dem mächtigen Stamm der Eiche begraben. Der Wagen selbst war größtenteils zerborsten, die Trümmer lagen verstreut in einem Umkreis von vielleicht hundert Fuß. Der Hang war sehr steil. Jeder Fehltritt konnte eine Schlammlawine auslösen. Nachdenklich rieb sich Publicus das Kinn.

»Das ist verflucht gefährlich, und wir haben kein Seil dabei!«

»Aber Ihr müßt mir helfen, sonst wird meine Herrin sterben!«

Publicus sah sich hilfesuchend um, bis sein Blick auf Duncan fiel. Ein boshaftes Lächeln glitt über sein Gesicht.

»Wir werden dir helfen, Weib!« Er winkte einen der Soldaten zu sich. »Nehmt Duncan die Ketten ab, er soll hintersteigen!«

Augenblicklich wurde der Befehl ausgeführt. Rasselnd fielen die Ketten zu Boden. Duncan rieb seine von den enganliegenden Fesseln steifen Handgelenke.

»Tu es nicht!« raunte Dougal ihm zu. »Er will dich töten! Ein falscher Tritt, und du wirst unter Schlamm begraben!«

»Ich weiß!«

»Wird's bald? Mach endlich, daß du hinunterkommst!«

Duncan trat an den Abhang und blickte hinunter. Etwa hundert Meter tief und stellenweise fast senkrecht fiel der mit Schlamm und Geröll bedeckte Hang ab. Felsbrocken ragten aus dem Erdreich hervor. Vielleicht konnte er diese als Stufen benutzen? Wenn jedoch einer von ihnen unter seinem Gewicht nachgeben sollte, würden ihm die Schlamm- und Geröllmassen die Glieder zerschmettern.

Es gibt schlimmere Arten zu sterben! dachte er und sah Publicus spöttisch lächelnd in die Augen, bevor er mit dem Abstieg begann.

Die drei Soldaten traten dicht an den Abgrund und sahen Duncan zu, der geschickt und leichtfüßig von einem Stein zum nächsten kletterte.

»Ich weiß nicht, ob es klug war, ihm die Fesseln abzunehmen, Claudius!«

»Wieso nicht? Mit etwas Glück bricht sich der Bastard den Hals, und wir sind ihn los!«

»Wenn er jedoch die Gelegenheit nutzt und flüchtet?«

»Dann wird seine Familie das zu spüren bekommen. Er soll eine sehr hübsche Schwester haben, und die Legionäre in Caerleon wären sicherlich froh über etwas Abwechslung!«

Publicus lachte hämisch.

Duncan erreichte nach kurzer Zeit die Kutsche, in deren Trümmern die Frau lag. Er keuchte vor Anstrengung, als er Bretter und schmutzige Kissen zur Seite räumte. Endlich hatte er die Römerin befreit. Ihr dunkles Haar war schlammverkrustet und hing in wirren Strähnen in das bleiche, blutüberströmte Gesicht. Vorsichtig strich Duncan die Haare zurück, um ihren Kopf zu untersuchen.

Cornelia erwachte, als sie Hände auf ihrem Gesicht spürte. Sie schlug die Augen auf und sah einen jungen Mann, der sich über sie beugte. Wasser tropfte aus den beiden Zöpfen an seinen Schläfen, die ihm sein langes Haar aus dem Gesicht halten sollten. Sein kurzärmeliges Hemd und die weite, blaugefärbte Hose klebten vor Nässe eng an seinem Körper. Massive goldene Reife schmückten seine Oberarme und seinen Hals. Cornelia erschrak und wollte schreien, doch der Mann legte ihr einen Finger auf die Lippen. Cornelia verstand seine Worte nicht, aber seine Stimme hatte einen angenehmen, beruhigenden Klang. Trotzdem hatte sie Angst. Sie dachte an die Geschichten, welche man ihr über die Kelten erzählt hatte. Sie war allein, weit entfernt von Eburacum. Es waren keine römischen Soldaten in der Nähe, um sie zu beschützen. Sie war dem Kelten hilflos ausgeliefert! »Was ist geschehen? Warum bin ich hier?«

Cornelia war überrascht, als ihr der Kelte auf lateinisch antwortete. Er hatte einen starken, singenden Akzent und sprach langsam, als müßte er erst nach den Worten suchen.

»Du hattest einen Unfall. Der Wagen ist von einem Baum in die Tiefe gerissen worden.« Er machte eine Pause. »Hast du Schmerzen?«

»Ich weiß nicht! Eigentlich fühle ich nichts. Mir ist nur furchtbar kalt!«

Behutsam tastete er Cornelia ab. Als er jedoch ihren rechten Unterschenkel berührte, schrie sie vor Schmerz auf.

Eine Stimme brüllte etwas hinunter, und der junge Mann antwortete auf keltisch:

»Wer war das?«

»Der Zenturio.«

»Dort oben sind römische Soldaten? Warum kommen sie nicht herunter, um mich zu holen? Warum ...«

»Warum schicken sie einen Wilden, der dich vergewaltigen oder töten könnte, oder vielleicht auch beides?« Die blauen Augen des Kelten blitzten spöttisch, und Cornelia wurde bei seinen Worten bleich. »Aber du brauchst keine Angst zu haben. Ich habe kein Interesse an dir!«

Cornelia war sich nicht sicher, ob sie erleichtert sein oder sich über die Antwort ärgern sollte. Der Kelte nahm ihren Fuß in beide Hände und drehte ihn vorsichtig im Gelenk. Erneut schrie Cornelia auf.

»Dein Bein ist gebrochen, ich werde es schienen müssen!«

Er blickte sich nach geeignetem Material um. Schließlich fand er zwei Radspeichen, die lang genug waren. Nervös beobachtete Cornelia, wie der Kelte mit seinen schlanken Händen den Stoff eines der Kissen in Streifen riß.

»Du sprichst ausgezeichnet lateinisch«, bemerkte sie, verlegen darum bemüht, ein Gespräch aufrechtzuerhalten. »Ich wußte nicht, daß ihr Kelten unsere Sprache beherrscht!«

»Ihr Römer haltet uns Kelten für ungebildet und einfältig. Aber eure Sprache ist so einfach, daß sie auch ein keltischer Greis noch erlernen könnte. Und für meine Ohren ist sie etwas klanglos, ohne Feuer und ohne Herz!«

Der beißende Spott in seiner Stimme ließ Cornelia erröten. »Es tut mir leid, ich wollte ...«

»Sei jetzt lieber still! Ich muß dir jetzt weh tun!«

Er schob Cornelia ein Stück Holz zwischen die Zähne und machte sich ans Werk. Sie schrie und wand sich vor Schmerz, als er die Knochen ihres Unterschenkels richtete. Tränen liefen ihr übers Gesicht, und ihr wurde übel. Als er jedoch begann, die Speichen an ihrem Bein zu befestigen, ließ der Schmerz nach und wurde erträglicher.

»Jetzt wird es schwierig! Wir müssen wieder hinauf!«

»Der Zenturio weiß nicht, daß du lateinisch sprichst?«

»Richtig!« Vorsichtig hob er sie vom Boden hoch. »Von mir wird er es bestimmt nicht erfahren, darauf gebe ich dir mein Wort!«

»Wir werden sehen!«

»Du traust mir nicht, nicht wahr?«

»Ich habe keinen Grund, den Römern zu vertrauen!«

Cornelia erschrak über die plötzliche Bitterkeit in der Stimme des Kelten.

»Warum ...«

»Hör endlich auf, Fragen zu stellen! Halte dich lieber an mir fest! Sonst liegen wir beide schneller, als du denken kannst, mit zertrümmertem Schädel am Fuße dieses Abhangs.«

Cornelia schlang ihre Arme um den Hals des jungen Mannes und schwieg. Während er langsam, jeden Schritt sorgfältig erwägend, hochstieg, lehnte sie ihren Kopf an seine Schulter. Sie spürte, wie sein Herz immer schneller schlug und seine Muskeln vor Anstrengung zitterten.

Als sie endlich auf der Straße ankamen, wußte Cornelia kaum, wie ihr geschah. Ehe sie sich versah, saß sie auf dem Pferd des Zenturio. Sylvia dankte weinend den Göttern für ihre Rettung und bestürmte sie mit Fragen. Doch Cornelia hörte nicht zu.

Der junge Kelte wurde freudig von den seinen empfangen. Die Ketten, mit denen die Männer an Handgelenken und Knöcheln aneinandergefesselt waren, rasselten, als sie ihm auf die Schulter schlugen. Dann trat er mit ausgestreckten Händen auf einen der Legionäre zu. Sein Kopf war stolz erhoben, als sich die Fesseln um seine Handgelenke schlossen. Cornelia fühlte, wie ein glühender Schmerz ihr Herz durchdrang, als er zu den anderen Gefangenen gestoßen und mit ihnen zusammengekettet wurde. Dann trafen sich ihre Blicke. »Habt Ihr Schmerzen?« fragte Sylvia besorgt, als sie die Tränen auf dem Gesicht ihrer Herrin bemerkte.

Cornelia nickte stumm.

»Sobald wir zu Hause sind, werden wir nach dem Arzt schicken. Er wird Euch eine Medizin geben, und dann werden die Schmerzen bald vergessen sein!«

»Vielleicht ...«

Die Dämmerung brach bereits herein, als die Kelten endlich wieder in ihrem Verlies waren. Erschöpft vom Sturm, naß und hungrig sanken sie zu Boden. Duncan schloß müde die Augen. Jeder Muskel in seinem Körper schmerzte. Trotzdem lag ein zufriedenes Lächeln auf seinem Gesicht. Und als er wenig später einschlief, träumte er von schönen rehbraunen Augen.

3

Cornelia lag auf ihrem Bett und dachte nach. Die Wände ihres Schlafgemachs waren mit herrlichen Landschaften aus Italien bemalt, doch sie sah sie nicht. Es waren einige Tage seit ihrem Unfall vergangen. Sie konnte zwar ihr Bett noch nicht verlassen, doch die Medizin, die ihr der Arzt gegeben hatte, linderte ihre Schmerzen. Sylvia pflegte sie hingebungsvoll und versuchte, sie mit dem neuesten Klatsch aus der Stadt zu zerstreuen. Cornelia hörte ihr kaum zu. Ihre Gedanken waren bei dem jungen Kelten. Seit ihrer Rettung ging er ihr nicht aus dem Sinn. Oft ärgerte sie sich über seine spöttischen Antworten, auf die sie in ihrer Verlegenheit nichts hatte entgegnen können. Sie hatte sich ihm unterlegen gefühlt, obwohl sie für ihre scharfe Zunge, ein Erbe ihrer Mutter, bekannt war. Doch immer, wenn sie zornig zu werden begann, sah sie die klaren tiefblauen Augen des Kelten vor sich. Manchmal glaubte sie sogar, seine angenehme Stimme mit dem rauhen, singenden Akzent zu hören. Dann verflog ihr Zorn ebenso rasch, wie er gekommen war.

»Was meint Ihr dazu? Herrin?«

Cornelia schreckte aus ihren Gedanken hoch.

»Es tut mir leid, aber ich habe deine Frage nicht gehört.«

Sylvia wirkte besorgt.

»Seit Eurem Unfall seid Ihr eine andere! Ihr hört nicht zu, wenn ich mit Euch spreche, Ihr seid mit Euren Gedanken weit entfernt. Wenn ich es nicht besser wüßte, würde ich glauben, daß ein Mann Euer Herz erobert hat.« Die Sklavin ergriff mit einem Lächeln Cornelias Hand. »Verzeiht, aber ist es vielleicht Euer Lebensretter, den Ihr nicht vergessen könnt?«

Cornelia lächelte und versuchte, ihre Verlegenheit und ihre Verwirrung zu verbergen. Warum mußte ihre Dienerin die Dinge immer direkt beim Namen nennen?

»Du bist ein Quälgeist! Es ist nicht so, daß ich unentwegt an ihn denken müßte! Aber ich würde mich gern bei ihm bedanken. Leider kenne ich nicht einmal seinen Namen!«

»Er heißt Duncan! Er ist der Sohn eines silurischen Fürsten.«

»Bei den Göttern, woher weißt du das, Sylvia?«

»Ich treffe mich manchmal mit einem der Wachmänner aus dem Kerker. Ich habe ihn gefragt, weil ich mir dachte, daß Euch sein Name früher oder später interessieren würde. Wie ich sehe, habe ich recht behalten.« Ein listiges Funkeln trat in die hellgrünen Augen der Sklavin. »Ich bin sicher, daß Gaius Lactimus Euch heute wieder besucht. Solltet Ihr ihn bitten, Euch den Kelten vorzuführen, so wird er Euch diesen Wunsch gewähren. Er will Euch schließlich gefallen! Eure Mutter weilt in Aquae Sulis, sie braucht nichts davon zu erfahren. Euer Vater jedoch hat in seiner Freude über Eure Rettung den Göttern ausgiebige Trankopfer dargebracht. Er schläft sicherlich den ganzen Tag ...«

Cornelia lachte laut. Fast jeder in Eburacum kannte die Vorliebe ihres Vaters für Wein und sein Talent, jeden beliebigen Anlaß für ein ausgiebiges Gelage zu nutzen.

»Was würde ich ohne dich anfangen!«

Sylvia verbeugte sich lächelnd.

»Ich versuche nur, Euch nach Kräften zu dienen!«

Nur wenig später meldete ein Sklave tatsächlich die Ankunft von Gaius Lactimus. Als der Offizier der Stadtkohorte das Schlafgemach betrat, verbeugte sich Sylvia und verließ lautlos den Raum, wie es sich für eine Unfreie gehörte.

Gaius Lactimus war ein gerngesehener Gast im Hause des Verwalters. Der dreißigjährige, gutaussehende Mann, dem viele Römerinnen aus Eburacum zu Füßen lagen, schien sein Herz an Cornelia verloren zu haben. Seine Freunde zogen ihn damit auf, denn die Tochter des Verwalters war zwar hübsch, aber so hoch gewachsen, daß sie viele der Soldaten überragte. Zudem fürchteten die meisten jungen Männer ihren scharfen Verstand. Sie entsprach nicht dem Bild einer stillsorgenden Ehefrau, die sich nur um ihr Aussehen und den Haushalt kümmerte. Doch Gaius störte das nicht. Er wußte, was er wollte. Cornelia gehörte zur besten Familie in Eburacum. Und seit dem Tod ihres Ehemannes im vergangenen Herbst war sie ungebunden.

»Es freut mich, Euch in guter Stimmung zu sehen, Cornelia.« Gaius reichte ihr einen Korb mit Früchten. »Ich hoffe, die Feigen werden Euch schmecken. Sie sollen erst heute in Eburacum angekommen sein.«

Cornelia dankte ihm höflich. Frische Feigen waren in diesem Teil Britanniens eine seltene Köstlichkeit. Lactimus hatte sicherlich die Hälfte seines monatlichen Solds dafür ausgegeben. »Es geht mir in der Tat besser, Gaius. Die Schmerzen lassen nach. Ich hoffe, bald wieder aufstehen zu können.« Sie deutete auf einen Stuhl. »Nehmt doch Platz, dann können wir uns besser unterhalten!«

Eine Weile sprachen sie über die neuesten Ereignisse in der Stadt. Schließlich brachte Cornelia den Offizier durch geschickte Fragen dazu, über die Kelten zu sprechen.

»Da Ihr gerade die Gefangenen erwähnt, fällt mir ein, daß ich mich noch bei jenem Mann bedanken wollte, der mich gerettet hat. Meint Ihr, Ihr könntet es einrichten, daß er hierher ins Haus kommt?«

Lactimus runzelte die Stirn.

»Was wollt Ihr von ihm?«

»Ich möchte ihn für seine Tat belohnen, schließlich verdanke ich ihm mein Leben.«

Lactimus schüttelte den Kopf.

»Es wäre zu gefährlich, Cornelia. Der Bursche ist wild und unberechenbar. Er könnte Euch töten!«

Hätte er das gewollt, so hätte er sich wohl kaum die Mühe gemacht, mich den Abhang hinaufzutragen! Doch Cornelia behielt diesen Gedanken für sich. Statt dessen legte sie Lactimus leicht eine Hand auf den Arm und lächelte liebenswürdig.

»Selbstverständlich brauche ich jemanden, der mich beschützt. Ich weiß Eure Qualitäten zu schätzen und wäre überglücklich, wenn Ihr diese Aufgabe übernehmen würdet!«

Sie sah ihn bittend an, und Gaius lächelte. Bisher hatte sich Cornelia ihm gegenüber eher zurückhaltend gezeigt. Vielleicht begann das Eis nun allmählich zu schmelzen. Er mußte diese Chance wahrnehmen und ihr den Wunsch erfüllen.

»Gut, ich werde ihn heute abend hierher bringen lassen.«

»Habt Dank!« Cornelia ließ sich in die Kissen zurücksinken.

»Bitte verzeiht, aber ich bin doch noch ein wenig müde und würde jetzt gerne schlafen!«

Höflich erhob sich Gaius und verbeugte sich. Kurz darauf hörte Cornelia, wie die Tür hinter dem Offizier ins Schloß fiel. Versonnen lächelte sie.

Es wurde dunkel, als Duncan, Dougal und weitere Gefangene erschöpft und hungrig von der Arbeit im Steinbruch zurückkehrten. Duncan ging sofort zu dem Faß in der Mitte des Raumes. Er zog das Hemd aus und goß sich mit der Schöpfkelle Wasser über den Kopf. Duncan haßte Schmutz an seinem Körper. Mit geschlossenen Augen genoß er das Gefühl des über seine Schultern rieselnden Wassers, das den Staub und den Geruch des Steinbruchs von ihm abwusch. Dann reichte er Dougal die Kelle, der ebenfalls darauf wartete, sich reinigen zu können. In diesem Moment öffnete sich die Kerkertür.

»Duncan!« Die Stimme des Lactimus hallte durch den Raum. Suchend blickte sich der Offizier um, bis er ihn entdeckt hatte. Sein abschätzender Blick glitt über die schlanke, muskulöse Gestalt des Kelten. »Zieh dich an, du wirst im Hause des Vergilius erwartet!«

Dougal und Duncan sahen sich überrascht an.

»Was kann der Verwalter von dir wollen?«

Duncan fuhr sich über das nasse Gesicht und zuckte mit den Schultern.

»Ich weiß es nicht. Aber ich werde es bald erfahren.«

Er streifte sich sein Hemd über.

»Sei vorsichtig, Junge! Du weißt, daß man den Römern nicht trauen kann!«

»Beeile dich, verfluchter Kerl!«

Dougal legte ihm eine Hand auf die Schulter. Duncan wurde gefesselt, und zwei Soldaten führten ihn hinaus. Bevor er jedoch den Kerker verließ, drehte er sich noch einmal zu Dougal um und lächelte dem besorgten Freund zu.

Wenig später wurde Duncan in das Haus des Claudius Vergilius Didimus geführt. Es war das erste Mal in seinem Leben, daß er sich im Inneren eines römischen Hauses befand. Interessiert betrachtete er die Marmorsäulen der Eingangshalle, das mit einem Mosaik ausgelegte Wasserbecken in ihrer Mitte und die Wandgemälde, die Jagdszenen darstellten. Beim Anblick eines Wildschweins wanderten seine Gedanken in seine Heimat.

Er und Alawn hatten die Jagd geliebt. Viele Stunden, oft ganze Tage hatten sie damit verbracht, durch die Wälder und Berge zu streifen. Das letzte von ihnen erlegte Wild war ein mächtiger Keiler gewesen, jenem auf dem Bild ähnlich. Gemeinsam hatten sie das Herz des Tieres verzehrt und so ihre Freundschaft bekräftigt. Er erinnerte sich gut an den rauchigen Kieferngeschmack des Fleisches. Und er erinnerte sich auch, daß Alawn ihn lachend gebeten hatte, das nächste Mal für das Feuer kein Nadelholz zu verwenden. Zwei Tage später war Alawn gestorben. Eine weitere Jagd würde es in diesem Leben nicht mehr geben ...

Duncan zwang sich, den Blick abzuwenden. Ganz gleich, was Vergilius von ihm wollte: Der Römer sollte keine Tränen in seinen Augen sehen!

Nach einer Weile stießen die Soldaten Duncan unsanft in einen Raum, der sich am linken Ende der Halle befand. Als er das Zimmer betrat, konnte er seine Überraschung kaum verbergen. In einem Sessel, das gebrochene Bein auf einem gepolsterten Schemel gelagert, saß die junge Römerin. Doch Duncan war enttäuscht. Ihr dunkles, fast schwarzes Haar hatte sie zu einer kunstvollen Frisur geflochten, außerdem war sie geschminkt. Draußen am Hang, mit nassen, zerzausten Haaren und Schlamm auf ihrer zarten Haut, war sie schön gewesen. Aber hier hatte er sie fast nicht wiedererkannt. Dann lächelte sie ihn jedoch an. Ihre braunen Augen strahlten, und unter dem Puder und Wangenrot fand er das Gesicht wieder, das in den vergangenen Nächten seine Träume begleitet hatte.

Cornelia sah dem Kelten erwartungsvoll entgegen, ihr entging kein Detail, was seine Gestalt, sein Gesicht oder seine Kleidung betraf. Er war anders als römische Männer. Nicht nur das kurzärmelige Hemd und die weite, blaugefärbte Hose, die in der schlanken Taille von einem Gürtel zusammengehalten wurde, unterschied ihn von den Römern. Seine langen blonden Haare, die stolze Haltung, sogar sein Gesicht waren anders. Er war ein sehr gut aussehender Mann. Aber Gaius hatte recht, er war wild. Es war beängstigend und faszinierend zugleich. Bevor sie sich endgültig in den Tiefen seiner blauen Augen verlor, besann sie sich ihrer sorgfältig zurechtgelegten Worte.

»Gaius, übersetzt bitte für mich! Dein Name ist Duncan, wie ich hörte. Ich bin Cornelia Vergilia, dies ist das Haus meines Vaters. Du weißt, wer Claudius Vergilius Didimus ist?«

Während Lactimus übersetzte, hielt der Kelte Cornelia mit seinem Blick gefangen. Mit ernstem Gesicht hörte er dem Offizier zu. Schließlich nickte er.

»Vor vier Tagen hast du dein Leben riskiert, um meines zu retten. Dafür bin ich dir dankbar, mehr als ich sagen kann. Niemals werde ich dir das vergelten können. Da mein Vater der Verwalter von Eburacum ist, habe ich die Möglichkeit, dir eine Bitte zu gewähren. Nenne mir deinen Wunsch, und wenn es in meiner Macht steht, werde ich ihn erfüllen!«

Die Stimme des Kelten klang in seiner Muttersprache tiefer, rauher, aber auch wärmer. Gespannt erwartete Cornelia die Übersetzung durch Lactimus.

»Er sagt, in etwa zehn Tagen ist Beltaine, ein Fest zum Sommerbeginn. Liefert am Vorabend zur Kalenda des Mais alles, was die Kelten brauchen, damit sie gemäß ihrer Tradition das Fest feiern können. Das ist sein Wunsch!«

Cornelia konnte ihre Verwirrung kaum verbergen.

»Aber ich weiß nicht, was für dieses Fest benötigt wird. Ich kenne die Bräuche der Kelten nicht.«

Nach Gaius' Übersetzung stieß der Kelte einen Schwall Worte hervor. Seine Augen blitzten spöttisch.

»Was hat er gesagt, Gaius?«

Die Stirn des Offiziers umwölkte sich. Einen Augenblick herrschte Schweigen, als er darüber nachdachte, ob er Cornelia die Antwort des Gefangenen mitteilen sollte oder nicht. Schließlich seufzte er.

»Er sagte, daß Ihr wenig über dieses Land und seine Bewohner wißt, wenn man bedenkt, wie lange Ihr bereits hier lebt. Aber wenn es Euch interessiert, wird Euch Eure keltische Sklavin sicherlich helfen können. Sofern sie noch in der Lage ist, sich an die Bräuche ihrer Ahnen zu erinnern!«

Cornelia wurde heiß und kalt zugleich. Einerseits ärgerte sie sich über die deutliche Zurechtweisung, andererseits schämte sie sich dafür, daß er recht hatte. Hilfesuchend blickte sie zu Sylvia, die mit hochrotem Gesicht verlegen zu Boden sah.

»Gut, ich verspreche ihm, diesen Wunsch zu erfüllen.« Dann kam ihr ein Gedanke. Vielleicht gelang es ihr doch noch, ihn in Verlegenheit, zu bringen und etwas von ihrer Würde zurückzuerobern? »Er soll näher kommen!« Einer der Soldaten stieß den Kelten vorwärts. »Knie dich nieder!«

Zornig funkelten seine Augen, als er mit deutlichem Widerwillen ihrem Befehl gehorchte. Cornelia beugte sich in ihrem Sessel vor und lächelte.

»Es gibt in meiner Heimat die Sitte, sich bei seinem Lebensretter mit einem Kuß zu bedanken!«

Sie umfaßte den Nacken des Kelten und bog seinen Kopf mit sanfter Gewalt zu sich. Für die Dauer eines Herzschlags berührten sich ihre Lippen.

»Ich werde ihn wieder in den Kerker zurückbringen!«

Lactimus' harte Stimme ließ sie aufschrecken. Das Gesicht des Offiziers war wie versteinert. Nur das Spiel der Muskeln an seinen Schläfen verriet, daß es ihn Mühe kostete, sich unter Kontrolle zu halten.

Cornelia seufzte, ließ ihre Hände sinken und sah Duncan in die Augen. Er schien ebenso verwirrt zu sein wie sie selbst. Sie zwang sich, ihren Blick von dem Kelten abzuwenden und Gaius zu antworten.

»So sei es! Sage ihm, daß ich mein Versprechen halten werde!«

Die Soldaten packten Duncan bei den Armen und stießen ihn hinaus. Nachdenklich sah ihnen Cornelia nach. Dann wandte sie sich an ihre Sklavin:

»Sylvia, hat Lactimus alles wahrheitsgemäß übersetzt?«

»Ja, Herrin!«

Cornelia seufzte tief. Sylvia glaubte, alle unausgesprochenen Fragen herauszuhören, und lächelte.

»Wenn ich mich nicht täusche, Herrin, hat er den Kuß genossen, ebenso wie Ihr.«

Im Kerker war es still, nur die tiefen, regelmäßigen Atemzüge der Männer waren zu hören. Der Mond schien durch die schmalen Schlitze im Mauerwerk und erleuchtete den Raum spärlich mit seinem fahlen Licht. Duncan stieg vorsichtig über die Schlafenden hinweg zu seinem Platz neben Dougal. Als er näher kam, richtete sich der Freund auf.

»Duncan, du kommst spät! Ich begann schon, mir Sorgen um dich zu machen. Was wollte der Verwalter von dir?«

»Nicht er, mein Freund, seine Tochter wollte mich sprechen.«

Duncan ließ sich auf den Boden nieder. »Die Römerin, die mit ihrem Wagen den Abhang hinuntergestürzt ist, ist die Tochter des Verwalters. Und weißt du, was sie wollte?« Er lehnte seinen Kopf gegen die Mauer und lachte leise. »Sie hat sich bei mir bedankt und mir eine Belohnung versprochen.« Er sah den Freund an, seine Augen leuchteten. »Wir werden Beltaine feiern, Dougal! Sie hat es mir zugesagt!«

»Duncan, du kannst den Römern nicht trauen! Sie wird ihr Versprechen nicht halten.«

»Doch, sie wird!«

»Was macht dich so sicher?«

Duncan lächelte versonnen.

»Gefühl!« Er lachte über Dougals besorgtes Gesicht. Dann drehte er sich auf die Seite und bettete den Kopf auf seine Arme. »In wenigen Tagen werden wir sehen, wer von uns beiden recht hat.«

Kurze Zeit später hörte Dougal an den tiefen, gleichmäßigen Atemzügen, daß Duncan bereits schlief. Voller Zuneigung betrachtete er den jungen Mann. Er liebte ihn wie einen eigenen Sohn. Obwohl er noch keine zwanzig Jahre alt war, trug Duncan bereits mehr Narben am Körper als ein erfahrener Krieger. Die Römer hatten ihm Leid zugefügt, an dem andere Männer zerbrochen wären. Dennoch war sein stolzes, leidenschaftliches Herz von der Gefangenschaft unberührt geblieben.

»Du wärst ein großer Fürst geworden, Duncan!« sagte Dougal leise. »Aber vielleicht, wenn die Götter gnädig sind, wirst du es eines Tages auch sein!«

Es war noch früh am Morgen. Duncan war bereits wach und blickte zu den Mauerschlitzen empor, durch welche die ersten Strahlen des neuen Tages fielen. Neun Monate waren vergangen, seitdem die Römer ihn zu ihrem Gefangenen gemacht hatten. Diese Monate kamen ihm wie Jahre vor. Kein Tag verging, ohne daß er Alawns bleiches, vom Tod gezeichnetes Gesicht vor sich sah oder die Schreie der Sterbenden auf dem Schlachtfeld hörte. Kein Tag, an dem er sich nicht wünschte, mit einem Schwert in der Hand die Römer endlich in den Teil der Welt zurückzutreiben, aus dem irgendein Dämon sie hervorgelockt hatte. Seine Gedanken wanderten nach Hause. Heute war Beltaine! Vor seinem geistigen Auge sah er seinen Vater und seine Schwester, wie sie das Fest vorbereiteten. Abends erleuchteten dann die Feuer die Wiese vor dem Eichenhain, und der Gesang der Druiden vermischte sich mit den Geräuschen der hereinbrechenden Nacht. Seine Gedanken kehrten in die Gegenwart zurück. Heute würde sich herausstellen, ob die Römerin ihn zum Narren gehalten hatte oder ob sie sich an ihr Versprechen erinnerte. Vielleicht ...

Ein Stöhnen lenkte seine Aufmerksamkeit auf den jungen, rothaarigen Mann an seiner Seite. Craig würde den Abend wahrscheinlich nicht mehr erleben. Seine Wangen waren eingefallen, Schweißperlen bedeckten seine fieberheiße Stirn. Sein röchelnder Atem stockte, und ein trockener, bösartiger Husten schüttelte seine magere Gestalt. Duncan tauchte ein Stück Stoff in Wasser und legte es dem Kranken auf die Stirn. Es war das einzige, was er noch für ihn tun konnte. Craig erwachte.

»Duncan! Welcher Tag ist heute?«

»Es ist der Vorabend von Beltaine, Craig.«

»Beltaine?« Der Kranke lächelte. »Die Römer haben uns für heute eine Feier versprochen!« Craig ergriff Duncans Arm. Seine hellblauen Augen glänzten fiebrig. »Dieses Fest hat mir schon immer viel bedeutet, aber diesmal wird es etwas Besonderes sein! Wenn wir heute abend feiern, dann wissen wir uns bei unseren Familien. Sie werden spüren, daß wir an sie denken, und für einen Augenblick wird es so sein, als wären wir zu Hause. Daran können auch die Römer nichts ändern!«

Jedes der Worte traf Duncan mitten ins Herz, nur mühsam bekämpfte er seine Tränen. Er legte Craig eine Hand auf die Schulter, und es gelang ihm sogar zu lächeln.

»So ist es, Craig! Versuche jetzt noch zu schlafen!«

Der junge Mann nickte und drehte sich hustend auf die andere Seite. Duncan erhob sich und ging zu Dougal, der sich bereits wusch. Auch er tauchte die Schöpfkelle in das Faß und schüttete sich Wasser über den Körper.

»Craig wird heute sterben, Dougal!«

»Ich weiß! Die Krankheit steckt in seinen Lungen. Aber er hat es bald überstanden.«

»Er hat nur noch einen Wunsch: Beltaine zu feiern! Wenn wir nur etwas tun könnten, damit er den heutigen Abend erlebt!«

»Es liegt nicht mehr in unserer Macht! Wir haben getan, was wir konnten. Nun müssen die Götter entscheiden!«

»Ich weiß, daß du recht hast, aber ...« Duncan stützte sich auf das Faß. »Er sagte, wenn wir heute abend feiern, würde es sein, als wären wir zu Hause! Verstehst du? Er würde in dem Gedanken an seine Heimat und seine Familie sterben!«

Dougal sah Duncans Kummer und legte ihm eine Hand auf die Schulter.

»Ich bin sicher, daß die Götter gnädig sein werden!«

Es wurde ein warmer, sonniger Tag. Die Arbeit im Steinbruch war hart. Angetrieben von Beschimpfungen und Stockschlägen der römischen Soldaten, schwitzten die Männer vor Anstrengung. Jedesmal, wenn Duncan seine Hacke hob, um die Spitze in den Fels zu schlagen, schickte er ein Gebet zu den Göttern. Er betete um Gnade für Craig und um die Erfüllung eines Versprechens. Verbissen und ohne auch nur einmal Atem zu schöpfen, arbeitete er den ganzen Tag, bis die Römer ihnen die Werkzeuge abnahmen. Es war bereits dunkel, als sie im Kerker ankamen. Doch sie wurden nicht in ihr Verlies geführt, sondern zu einem hölzernen Tor.

»Was soll das bedeuten?« fragte Dougal beunruhigt Marcus Brennius, der sie zu erwarten schien. Jeder der Gefangenen wußte, daß hinter dem Tor der Innenhof lag, in dem die Hinrichtungen stattfanden.

»Befehl von Vergilius!« antwortete der Offizier mit undurchdringlicher Miene und gab zwei Soldaten einen Wink.

Langsam öffnete sich das schwere Tor vor ihnen und gab den Blick auf den Innenhof frei. Für kurze Zeit war es so still, daß man eine Feder hätte fallen hören können. Dann brach unbeschreiblicher Jubel los.

Der Innenhof wurde von einem Dutzend Feuern hell erleuchtet. Schweinekeulen drehten sich an Spießen, und Bierfässer standen in Reichweite. Der Duft von gebratenem Fleisch erfüllte die Luft. Niedrige, hölzerne Tische standen kreisförmig angeordnet in der Nähe der Feuer und waren mit Bechern und Platten gedeckt. Sogar an die Felle zum Sitzen hatte man gedacht. Über ihnen wölbte sich ein klarer Himmel, an dem bereits die ersten Sterne blinkten.

»Nehmt ihnen die Fesseln ab!« befahl Brennius. Lächelnd sah er Duncan an und legte ihm, wenn auch nur für einen kurzen Augenblick, eine Hand auf die Schulter. »Ihr sollt heute ungestört feiern können!«

»Aber ich warne euch! Sollte einer von euch diese großmütige Geste ausnutzen, dann wird er das schnell bereuen!« fügte Lactimus grimmig hinzu. Dem Offizier war deutlich anzusehen, daß er dieses Fest keineswegs billigte.

Während die Kelten zu den Feuern stürmten, entfernten sich die römischen Soldaten und schlossen das Tor hinter sich. Duncan sah sich suchend nach Craig um. Dann erblickte er ihn etwas abseits von den anderen.

»Sieh nur, Dougal, Craig lebt!«

Ohne eine weitere Bemerkung abzuwarten, lief Duncan zu

dem nächststehenden Faß, füllte einen Becher mit Bier, nahm ein Stück Fleisch und hockte sich neben den jungen Mann, dessen Augen fiebrig glänzten.

»Beltaine, Craig! Iß und trink!«

Duncan half dem Kranken, sich aufzurichten, und hielt ihm den Becher an die Lippen. Mit gierigen Schlucken leerte ihn Craig in einem Zug. Dann biß er hungrig in das Fleisch.

»Es ist köstlich, Duncan! Siehst du das wunderschöne blonde Mädchen dort drüben am Feuer? Das ist Gwendolyn. Sie ist meine Braut. Nach der Ernte werden wir heiraten!«

Duncan blickte in die Richtung, wo ein Teil der Mauer besonders hell vom Feuer beschienen wurde. Dort war nichts weiter als Staub und Steine. Doch in seiner Phantasie sah er mit Craigs Augen.

»Morgen werde ich damit beginnen, unser Haus zu bauen.« Craig lehnte sich erschöpft in Duncans Armen zurück und hustete. Ein dünner Blutfaden rann von seinem Mundwinkel herab.

»Kommst du zu unserer Hochzeit, Duncan?«

»Ja, wenn es mir möglich ist.«

»Ich glaube, ich habe zuviel Bier getrunken. Ich bin so müde!« Er schloß die Augen, und seine Stimme wurde schwächer. »Ich gehe zu Gwendolyn und sage ihr, daß ich mich schon zum Schlafen hinlege. Gute Nacht, Duncan!«

»Gute Nacht, Craig!«

Wie einen Seufzer des Wohlbehagens stieß Craig seinen letzten Atemzug aus. Behutsam ließ Duncan den Toten auf den Boden gleiten.

»Du hast wohl noch nichts getrunken?«

Die Stimme einer Frau und leise gesprochene lateinische Worte ließen Duncan aufsehen. Vor ihm stand Cornelia und reichte ihm schüchtern einen gefüllten Becher.

»Ich habe ihn hoffentlich nicht geweckt?«

Duncan erhob sich und schüttelte den Kopf.

»Er schläft sehr tief.«

Der Klang seiner Stimme erfüllte sie mit Entsetzen. Erschrocken sah sie den am Boden liegenden Mann an.

»Du meinst, er ist ...« Tränen traten in ihre Augen. »Es tut mir leid! Ich wollte nicht stören!«

Rasch wandte sie sich ab, doch Duncan hielt sie zurück.

»In seinem Fieber glaubte er, in seiner Heimat zu sein. Als er starb, sah er seine Braut leibhaftig vor sich. So ein Tod ist weit mehr, als die meisten von uns erhoffen können. Es muß dir nicht leid tun!«

»Ich gehöre nicht hierher, und ich sollte auch gleich wieder gehen!« Sie wischte sich eine Träne aus dem Augenwinkel. »Ich wollte mich nur davon überzeugen, daß alles so ist, wie ihr es gewohnt seid. Ich habe Erkundigungen bei keltischen Kaufleuten eingezogen, weil ich nichts über eure Bräuche wußte und auch Sylvia mir nicht helfen konnte.«

Verlegen senkte Duncan den Blick.

»Was ich im Haus deines Vaters zu dir gesagt habe, tut mir leid. Es war unhöflich.«

»Vielleicht. Aber du hattest recht.« Cornelia hielt ihm erneut den Becher hin. »Entspricht diese Feier deinen Wünschen?«

Duncan nahm den Becher und trank ihn in einem Zug leer. Dann wischte er sich mit dem Handrücken den Schaum von den Lippen und gab ihr lächelnd das Gefäß zurück.

»Ich muß dir danken.«

»Nein, denn ich habe nur mein Versprechen gehalten.«

Duncan schüttelte den Kopf.

»Du hast mehr getan. Du hast uns eine Nacht der Wunder geschenkt. Wenn ich genau hinsehe, kann ich im Schein der Feuer die Häuser meines Dorfes erkennen. Solange ich lebe, werde ich dir das nicht vergessen.«

Cornelia sah ihn an. Seine blauen Augen wirkten im Licht der flackernden Feuer dunkel wie zwei ruhige Seen, in deren Tiefe eine wärmende Glut zu leuchten schien. Verlegen wandte sie den Blick ab.

»Ich werde euch jetzt nicht weiter stören. Man erzählte mir, daß ihr lieber unter euch feiert und Gäste nicht willkommen sind.«

»Du weißt wirklich nicht viel über dieses Land und mein Volk, Cornelia.«

Ihr Herz klopfte schneller, als er ihren Namen nannte.

»Du hast recht, Duncan. Aber ich beginne zu lernen.«

Dann wandte sie sich um und verließ den Innenhof. In Gedanken versunken sah Duncan ihr nach. Eine Hand auf seiner Schulter ließ ihn zusammenzucken. Dougal stützte sich mit dem Arm auf ihm ab und nahm einen tiefen Schluck aus seinem Becher.

»Du hast recht behalten, mein Freund, sie hat ihr Versprechen zu unser aller Zufriedenheit gehalten. Aber auch ich hatte recht mit meiner Vermutung.« Er trank erneut. Seine Zunge war bereits schwer. »Du hast dein Herz an die Römerin verloren!«

»Was?!«

Dougal grinste breit.

»Versuche nicht, es zu leugnen, mein Junge! Ich bin alt genug, um dein Vater zu sein, und kenne mich aus in diesen Dingen. Wenn ein Mann eine Frau in einer bestimmten Art ansieht, dann hat er sich verliebt!« Ein listiges Lächeln huschte über sein Gesicht. »Ich habe euch beide beobachtet.« Er tippte mit dem Zeigefinger gegen Duncans Brust. »Du hast diesen Blick.«

»Hüte deine Zunge, Dougal!«

Er ergriff warnend das linke Handgelenk des Freundes. Dougal lachte.

»Ruhig Blut, junger Freund! Du brauchst dich nicht dafür zu schämen! Doch laß uns jetzt nicht von Frauen reden, sondern trink lieber! Es ist Beltaine!«

Duncan ergriff lächelnd den ihm angebotenen Becher und nahm einen tiefen Schluck.

»Du hast recht, Dougal.«

61

Dann sah er plötzlich über Dougals Schulter hinweg, wie sich eine mit einer Toga bekleidete Gestalt über Craig beugte.

»He, du da! Störe die Ruhe unserer Toten nicht!«

Mit langen Schritten ging er wütend auf den Mann zu. Dougal versuchte ihn zurückzuhalten.

»Vorsicht! Mir ist dieser Mann nicht geheuer!«

»Dann soll ich also ruhig zusehen, wie er sich an einem toten Freund zu schaffen macht? Das kannst du von mir nicht erwarten!« Duncan riß sich aus Dougals Umklammerung los, seine Augen sprühten vor Zorn. »He, Togaträger! Was hast du hier zu suchen? Antworte!«

Doch der Mann hörte nicht auf die Worte, obwohl Duncan und Dougal schon fast neben ihm standen.

»Wenn du jetzt nicht sofort deine Finger von ihm läßt, wirst du es bereuen.«

Dougal stand näher bei dem Toten als sein Freund. Was er sah, ließ ihn erschauern. Als sich Duncans Muskeln spannten, um den Eindringling niederzuschlagen, hielt Dougal ihn mit aller Kraft fest.

»Nein, Duncan, nicht!« schrie er entsetzt.

Langsam und bedächtig, als hätte er nichts zu befürchten, erhob sich der Mann und wandte sich ihnen zu. Seine grauen Augen glitten forschend über Dougal und blieben dann auf Duncan haften.

»Du bist also Duncan!«

Duncan sah verwirrt erst den Fremden vor sich und dann seinen Freund an, dem vor Anstrengung bereits die Schweißperlen auf die Stirn traten.

»Nicht, Duncan! Du darfst ihn nicht angreifen!« Dougal keuchte und lockerte seinen Griff, seine Stimme senkte sich zu einem Flüstern. »Er ist ein Druide!«

Jetzt sah auch Duncan das Eichenlaub auf Craigs Brust. Offensichtlich hatte der Fremde die rituellen Totengebete gesprochen. Duncan war sprachlos und unfähig, sich zu bewegen. Dann fiel er auf die Knie und senkte beschämt seinen Kopf.

»Ich habe es wohl nur der Weisheit des Alters zu verdanken, daß ich noch lebend unter euch weile!« Zwinkernd sah der Druide Dougal an. »Vielleicht möchte unser junger, ungestümer Freund etwas sagen?«

»Bei Lug, ich hätte dich um ein Haar getötet, ehrwürdiger Vater! Ich hielt dich für einen Leichenschänder.« Fassungslos schüttelte Duncan den Kopf. »Ich habe kein Recht, dich um Verzeihung zu bitten.«

»Nun, offenbar bin ich durch die Toga gut getarnt.« Beschwichtigend legte der Druide Duncan eine Hand auf das Haar. »Erhebe dich, mein Sohn, ich vergebe dir!«

Duncan richtete sich auf, wagte es aber nicht, dem Druiden in die Augen zu sehen.

»Wer bist du?« fragte Dougal. »Was machst du hier?«

»Mein Name ist Ceallach. Ich bin der Diener des Brennius.« Wieder zwinkerte er. »Wenigstens glaubt er das! Ich kam in diese Stadt, weil keltische Männer die Führung eines Druiden brauchen. Wer betet sonst für die Toten? Wer kümmert sich um eure Seelen? Wer versorgt die Kranken?« Er seufzte. »Ohne den Beistand der Götter verlieren unsere tapferen Männer schnell ihren Mut. Sie werden zu Lakaien des römischen Reiches. Das kann ich nicht zulassen!«

»Du sprichst vom Widerstand gegen die Römer, und doch bist du wie sie gekleidet!«

»Manchmal muß der Stolz zugunsten einer List weichen!« Lächelnd sah der Druide Duncan an. »In meiner traditionellen Kleidung würde mich wohl jeder Narr erkennen! Ihr wißt, daß man unseren Orden im ganzen Römischen Reich verbot? Wie gejagtes Wild müßte ich mich in den Wäldern verbergen, um meiner Hinrichtung zu entgehen. In dieser Toga aber bin ich nur Ceallach, Diener des Brennius, ein Kelte unter vielen!«

Der Druide lachte und legte seine Arme um die Schultern der beiden Männer.

»Und nun kommt, meine Freunde, wir haben heute noch

viel zu tun! Ich werde die Götter beschwören, damit sie euch von Krankheiten verschonen!«

Gemeinsam gingen sie zu den Feuern. Die Kelten aßen, tranken, beteten und lachten. Ceallach kleidete seine Gebete in Verse, und die Römer, die vor dem Tor diese Worte hörten, glaubten, er besinge die Wälder und Berge seiner Heimat. Dann stimmten die Männer Lieder an. Ihre rauhen Stimmen verschmolzen mit den Geräuschen der Nacht zu einem eigentümlichen Gesang, und für einige Stunden vergaßen sie die Römer, die Ketten und die Mauern, die sie umgaben.

4

Die Tage gingen dahin. Die Iden des Mai brachten Sonnenschein und Wärme, die den ganzen Monat anhielt. Überall auf den Ländereien um Eburacum und in den Gärten der Stadt blühten die Obstbäume und versprachen eine reiche Ernte.

Cornelia führte ein für sie ungewohnt stilles Leben. Ihre Mutter hielt sich immer noch in Aquae Sulis auf, und ein Brief hatte angekündigt, daß sie nicht vor Ende Juli an eine Rückkehr nach Eburacum dachte. Ihr Vater nutzte die Freiheit, die ihm durch die Abwesenheit seiner Frau Octavia Julia geschenkt wurde, auf seine Weise. Täglich sprach er dem Wein mehr zu, als für ihn gut war, und den größten Teil des Tages verbrachte er in seinem Schlafgemach. Wegen ihres immer noch schmerzenden Beins konnte Cornelia das Haus nur selten verlassen, und ihre Freundinnen verbrachten den Sommer auf entlegenen Landgütern, so daß sie nicht oft nach Eburacum kamen. Selbst die Besuche von Gaius Lactimus waren selten geworden. Die umfangreichen Bauarbeiten in der Stadt ließen ihm wenig Zeit, da er für die Beaufsichtigung der keltischen Gefangenen verantwortlich war. Doch Cornelia vermißte weder den dunkelhaarigen Offizier noch die Plaudereien ihrer Freundinnen über die Vorzüge gewisser junger Männer und die Möglichkeiten einer vielversprechenden Ehe. Ihre Zeit war damit ausgefüllt, die keltische Sprache zu lernen. Mit unerschütterlicher Geduld erklärte Sylvia ihr die Begriffe des täglichen Lebens und verbesserte ihre Aussprache. Und wenn die Sklavin müde wurde, studierte Cornelia heimlich sämtliche Schriftstücke, die mit jenem blonden Kelten zusammenhingen, der vor nicht ganz einem Jahr von Frontinus als Geisel nach Eburacum gebracht worden war. Niemand störte sie, wenn sie Stunden im Schreibzimmer ihres Vaters verbrachte, und noch nie war sie für die Vergnügungssucht ihrer Mutter und die Trunksucht ihres Vaters so dankbar gewesen.

Unbarmherzig brannte die Sonne auf die Kelten im Steinbruch nieder, Staub und Hitze machten ihnen die Arbeit zur Qual. Wegen der umfangreichen Bauarbeiten in der Stadt gingen allmählich die Steine zur Neige. Deshalb waren doppelt so viele Gefangene wie gewöhnlich im Steinbruch beschäftigt. Fast einhundertfünfzig Kelten arbeiteten auf Holzgerüsten in schwindelerregender Höhe, um mit ihren Hacken und Keilen jene rechteckigen Blöcke aus dem Fels zu schlagen, aus denen römische Villen, Tempel und Straßen errichtet werden sollten. Mühsam balancierten die Gefangenen auf den schmalen Brettern. Von ihren Ketten an Hand- und Fußgelenken zusätzlich behindert, trennte manchen nur eine Handbreit vom Abgrund. Die Arbeit war hart; die Sonne verbrannte die Haut, und der aufgewirbelte Staub dörrte die Kehle aus. Doch trotz der Hitze war es den Kelten nur zweimal während des Tages erlaubt, eine kurze Pause zu machen, um zu trinken.

Es war um die vierte Stunde, als Duncan und Dougal vorsichtig einen Korb an einem Seil hinunterließen. Zwei Männer nahmen den mit kopfgroßen Steinen gefüllten Weidenkorb entgegen. Während die Steine auf einen Ochsenkarren geladen wurden, kletterten Duncan und Dougal das Gerüst hinunter. Sie wischten sich den Schweiß von der Stirn, als sie zu dem Wasserfaß gingen, das zum Schutz gegen die Hitze unter einem überhängenden Fels stand. Zwei Soldaten bewachten das Faß und notierten jeden Gefangenen, der eine Pause machte.

»Bei den Göttern, welch eine Hitze!« stöhnte Dougal und trank gierig. Ihm waren die Strapazen deutlicher anzumerken als seinem zwanzig Jahre jüngeren Freund. Er reichte die Kelle an Duncan weiter, der sich zuerst das Wasser über den Kopf goß.

»Aber sie macht ihnen ebenso zu schaffen wie uns!« Duncan wies beim Trinken mit dem Kopf zu dem Zenturio, der unweit von ihnen aufmerksam die Gefangenen beobachtete. Schweiß lief über sein Gesicht, und seine Tunika unter dem Brustpanzer wies feuchte Flecken auf. »Publicus sollte aufpassen, daß sein Hirn unter dem Helm nicht geröstet wird.«

Die beiden Freunde lachten und erregten die Aufmerksamkeit des Zenturio. Wütend schrie er sie an, während er näher kam.

»Ihr zwei! An die Arbeit! Ihr wart lange genug untätig!«

Duncan goß sich erneut Wasser übers Gesicht und schüttelte den Kopf, so daß die Wassertropfen aus seinem langen Haar Publicus bespritzen.

»Bei Mithras, für diese Frechheit wirst du bezahlen!«

Publicus' Gesicht verzerrte sich vor Zorn. Drohend hob er seinen eisenbeschlagenen Stock, doch mitten in der Bewegung hielt er inne.

Ein Donnern und Tosen übertönte die angstvollen Schreie der Gefangenen, unter ihren Füßen bebte die Erde. Erschrocken warfen sich Dougal, Duncan und Publicus zu Boden. Die Luft war plötzlich von feinem Staub erfüllt, so daß an Atmen kaum zu denken war.

Einen Wimpernschlag später war alles vorüber. Hustend und mühsam nach Luft ringend, richtete sich Duncan auf. Als sich die Staubwolke endlich gelegt hatte, wurde er kreidebleich. Innerhalb weniger Augenblicke hatte der Steinbruch sein Aussehen völlig verändert. Tonnen von Steinen und Erde waren die Felswand herabgestürzt und hatten eines der Holzgerüste mitsamt den darauf befindlichen Gefangenen unter sich begraben. Vereinzelt ragten Holzbalken aus dem Schutt hervor. Allmählich erhoben sich die Schmerzensschreie der Verwundeten, und langsam überwand Duncan seine Erstarrung.

»Bei Lug! Was ist geschehen?« Dougal war bleich und konnte kaum fassen, was seine Augen sahen. »Wie konnte das nur ...«

»Publicus, nimm uns die Ketten ab! Schnell! Wir müssen unseren Männern helfen!« Duncan streckte ihm seine Hände entgegen, doch der Zenturio rührte sich nicht. »Los, mach schon! Die Zeit ist kostbar!«

Ein bösartiges Grinsen verzerrte das Gesicht des Römers.

»Das könnte dir so passen, du keltischer Bastard! Ich werde nichts dergleichen tun, sondern dir ...«

Weiter kam Publicus nicht, denn Duncan schlug ihm seine gefesselten Hände ins Gesicht. Mit einem Stöhnen sank der Zenturio bewußtlos zu Boden. Rasch beugte sich Duncan über den Römer und nahm den Schlüsselring von seinem Gürtel. In Windeseile öffnete er die Schlösser an seinen Hand- und Fußgelenken und warf dann Dougal die Schlüssel zu.

»Hier, befreie auch die anderen! Vielleicht können wir noch manche von ihnen retten!«

Sofort begannen die Männer damit, Steine und Holztrümmer zur Seite zu räumen. Duncans Stimme hatte den Ton eines befehlsgewohnten Fürsten, und niemand widersprach ihm. Sogar die Soldaten gehorchten seinen Anweisungen und entluden die Karren für die Toten und Verwundeten.

»Ihr Trottel! Warum laßt ihr zu, daß die Kelten hier frei herumlaufen?« Erschrocken drehten sich die Soldaten zu Publicus um, der plötzlich hinter ihnen stand. »Wer hat euch den Befehl gegeben?«

»Ich!« antwortete Duncan ruhig. »Wir brauchen jeden Mann, um die Verletzten zu bergen!«

»Du gehst zu weit! Legt ihn und die anderen Burschen wieder in Ketten!«

Einige Legionäre traten einen Schritt vor, doch Duncans Stimme hielt sie zurück.

»Halt! Geht wieder an die Arbeit!« Dann wandte er sich an den Zenturio. »Wenn wir hier fertig sind, kannst du tun, was du willst. Aber bis dahin wirst du wie jeder andere mithelfen! Bei Lug, bewege dich endlich!«

Publicus starrte Duncan an. Sein Gesicht war wutverzerrt, doch er hielt sich zurück. Da war etwas in der Stimme und in den Augen des Kelten, das keinen Widerspruch zu dulden schien. Gehorsam reihte er sich unter die Helfer ein. Doch in seinem Innern tobte er vor Wut. Als er auch noch die höhnischen Blicke seiner Soldaten bemerkte, stieg sein Zorn ins Unermeßliche. Er, Claudius Publicus, Zenturio der Stadtkohorte und Bürger Roms, ließ sich von einem Kelten befehligen! Im Geiste konnte er schon das Gelächter und den Spott seiner Kameraden hören. Während er Steine zur Seite räumte, knirschte er vor Wut mit den Zähnen.

Das wirst du büßen, Duncan! Dafür lasse ich dich bluten! dachte er im stillen.

Zwei Stunden später waren sie fertig. Die Verwundeten wurden auf die Ochsenkarren gelegt, sofern sie nicht in der Lage waren, sich auf den Beinen zu halten. Viele Männer jedoch, unter ihnen auch drei Römer, konnten nur noch tot geborgen werden.

Widerstandslos ließen sich die Kelten wieder in Ketten legen, als Publicus den Befehl dazu gab. Dann bestieg er sein Pferd. Ein boshaftes Grinsen verzerrte das Gesicht des Römers zu einer häßlichen Fratze, als er das Tier zu Duncan lenkte, der abseits von den anderen von zwei Soldaten bewacht wurde.

»Hat es dir die Sprache verschlagen? Deine Herrschaft ist zu Ende, du Bastard!« Publicus beugte sich vor und zwang Duncan mit Gewalt, ihm anzuschauen. »Dies ist ein denkwürdiger Tag! Du hast heute dein Todesurteil eigenhändig unterzeichnet!« Seine Stimme senkte sich zu einem Flüstern. »Glaube mir, ich werde dafür sorgen, daß dein Tod etwas Besonderes sein wird. Bevor du jämmerlich krepierst, wirst du den Tag verwünschen, an dem du geboren wurdest!«

Duncan sah das fanatische, wahnsinnige Leuchten in den Augen des Zenturio, als dieser einen Dolch aus der Scheide an seinem Gürtel zog.

»Dies ist ein kleiner Vorgeschmack auf das, was dich noch erwartet!«

Er packte Duncans rechten Arm und setzte das Messer direkt unterhalb des Armreif an. Langsam führte Publicus die Klinge bis zum Ellbogen. Duncan spürte, wie das Messer tief in seine Muskeln drang. Blut lief ihm den Arm hinab, und der Schmerz raubte ihm fast die Sinne. Doch er biß die Zähne zusammen und gab keinen Laut von sich.

Als Dougal sah, was geschah, schrie er verzweifelt auf. Bei dem Versuch, Duncan zu Hilfe zu eilen, wurde er niedergeschlagen. Zwei Soldaten hielten ihn fest und drehten seine Arme so auf den Rücken, darf er das Knacken seiner Gelenke hören konnte.

»Gib auf, Dougal, du kannst ihm nicht mehr helfen!«

Blut aus einer Platzwunde tropfte in Dougals Augen. Wie durch einen roten Nebel sah er Publicus vor sich.

»Was hast du mit ihm vor?«

»Nun stell dich nicht dümmer, als du bist, Alter! Angriff auf einen Zenturio der Stadtkohorte, darauf steht die Todesstrafe!« Das höhnische Grinsen des Römers vertiefte sich. »Diesmal ist er zu weit gegangen!«

Publicus wendete und trat seinem Pferd in die Flanken. Während Dougal von seinen Bewachern vorwärtsgestoßen wurden, ließ er seinen Freund nicht aus den Augen. Für einen kurzen Moment trafen sich ihre Blicke. Duncan schien zu wissen, was ihm bevorstand. Dougals Herz zog sich zusammen, und das Blut in seinen Augen vermischte sich mit seinen Tränen.

Es war etwa um die neunte Stunde, als im Justizgebäude ein Legionär an die Tür des Claudius Vergilius Didimus pochte. Ohne eine Antwort abzuwarten, trat er in das Schreibzimmer des Verwalters.

»Was willst du?«

Vergilius sah dem Eintretenden mit glasigem Blick entgegen, ein nur noch zur Hälfte gefüllter Weinkrug stand neben ihm. Mehr aus Höflichkeit denn aus Ehrfurcht grüßte der Soldat.

»Ave, Vergilius! Publicus schickt mich zu Euch! Die Kelten haben im Steinbruch gegen ihn und seine Soldaten rebelliert. Jener Silurer, der Duncan heißt, hat Publicus niedergeschlagen. Die Verhandlung soll heute noch stattfinden, damit das Urteil so schnell wie möglich vollstreckt werden kann!«

Es dauerte eine Weile, bis der Soldat eine Antwort erhielt. Die Stimme des Verwalters klang schleppend.

»Geh zu Brennius und Lactimus. Sie müssen bei der Verhandlung dabeisein. Wir treffen uns gleich im Gerichtssaal!«

Der Soldat grüßte wieder und verließ den Raum.

Vergilius fuhr sich seufzend durch sein schütteres graues Haar. Er fürchtete Verhandlungen, am meisten aber fürchtete er jene, bei denen es um ein Todesurteil ging. Er würde eine Entscheidung treffen müssen. Seine Hand zitterte, als er sie nach dem Krug ausstreckte, um erneut seinen Becher zu füllen. »Sie werden von mir ein gerechtes Urteil erwarten. Dafür muß ich die Wahrheit finden!« Er hob den Becher und leerte ihn in einem Zug. »Im Wein liegt die Wahrheit!«

Cornelia ging langsam mit Sylvia die Hauptstraße hinunter. Da sie kaum noch Schmerzen hatte, hatte der Arzt ihr den Spaziergang erlaubt. Bei einem Tuchhändler blieb sie stehen und sah sich die Stoffe an, die ausgebreitet auf dem Ladentisch lagen. Spielerisch ließ sie ihre Finger durch die feinen britannischen Wollstoffe gleiten, deren leuchtende Farben ins Auge fielen. Doch der keltische Kaufmann, der sie sonst immer ausgesucht höflich bediente, schien von Cornelia an diesem Tag keine Notiz zu nehmen. Aufgeregt und anscheinend besorgt unterhielt er sich mit einem Landsmann.

»Wieviel verlangst du für diesen Stoff?« Cornelia, hielt einen weichen hellblauen Wollstoff in die Höhe. Der Kaufmann schien sie immer noch nicht zu bemerken. Erst als sie ihre Frage wiederholte, wandte er sich ihr erschrocken und mit hochrotem Gesicht zu.

»Verzeiht, verehrte Dame. Ich war unaufmerksam! Ihr habt eine gute Wahl getroffen. Es ist ein besonders fein gearbeiteter Stoff aus der Nähe von Caerleon.«

»Caerleon? Das liegt doch im Lande der Silurer?« Cornelia lächelte und holte ihren Beutel mit Münzen hervor. »Ich muß diesen Stoff haben. Wieviel verlangst du?«

Erneut schien der Kaufmann in Gedanken versunken zu sein.

»Wie bitte? Ach so, für eintausend Sesterzen gehört der Stoff Euch!«

Cornelia reichte ihm die geforderte Summe. Während der Kaufmann den Stoff sorgfältig zusammenlegte und verpackte, entschuldigte er sich abermals bei Cornelia.

»Verzeiht, aber ich bin mit meinen Gedanken noch bei dem schrecklichen Ereignis!«

»Was ist denn geschehen?«

»Habt Ihr denn nicht von dem Unglück gehört, welches sich heute im Steinbruch zugetragen hat?«

Cornelias Lippen wurden trocken.

»Nein! Was für ein Unglück?«

»Eine Felswand ist eingestürzt und hat Dutzende Gefangene unter sich begraben! Viele von ihnen sind schwer verletzt, mehr als zwanzig Männer tot.« Der Kaufmann schüttelte fassungslos den Kopf. »Ich sah sie, als sie vor etwa einer Stunde zurückkehrten. Die Verwundeten und Toten lagen auf Wagen. Überall war Blut, und die Männer stöhnten vor Schmerzen. Es war ein grauenhafter Anblick!«

Cornelia hatte das Gefühl, daß die Erde unter ihren Füßen nachgab.

»Weißt du, wohin man sie gebracht hat?«

Der Kaufmann sah überrascht in das bleiche Gesicht der jungen Römerin vor ihm.

»Man hat die Gefangenen wahrscheinlich wieder in den Kerker gebracht. Aber was ist mit Euch? Ist Euch nicht wohl? Wollt Ihr Euch setzen, oder soll ich Euch eine Erfrischung bringen? Ihr seid ja totenbleich?«

Mühsam hielt Cornelia sich am Ladentisch fest, während ihre Gedanken rasten.

»Ich muß hin! Ich muß sofort zum Gefängnis!« Sie ergriff den Arm ihrer Sklavin. »Komm, Sylvia, schnell! Laß uns den Arzt holen! Vielleicht können wir helfen!«

»Verehrte Dame, Euer Stoff! Ihr habt ihn bereits bezahlt!«

Doch weder Cornelia noch Sylvia hörten ihn noch. Kopfschüttelnd sah der Mann den beiden davonlaufenden Frauen hinterher.

Unterdessen hatten sich Claudius Vergilius, Marcus Brennius und Gaius Lactimus im Gerichtssaal eingefunden. Ein Schreiber saß etwas abseits, um die Verhandlung aufzuzeichnen. Zuerst hörten sie, was Publicus zu sagen hatte, dann ließen sie noch zwei Soldaten zu Wort kommen. Alle drei berichteten das gleiche. Duncan hatte den Zenturio niedergeschlagen und sich und die anderen Kelten befreit. Dann war die Felswand eingestürzt und hatte die Flucht der Gefangenen verhindert. Infolge der Katastrophe sei es den Soldaten geglückt, Duncan zu überwältigen und die rebellischen Kelten zur Aufgabe zu zwingen.

Vergilius atmete erleichtert auf.

»Der Fall ist eindeutig. Der Kelte ist des Aufstands gegen das Römische Reich schuldig. Damit steht auch das Urteil fest. Morgen zur zweiten Stunde wird er durch das Beil hingerichtet.« Er lehnte sich zufrieden in seinem Stuhl zurück. Das war wesentlich schneller und einfacher gewesen, als er befürchtet hatte! »Wenn niemand Einwände hat, dann können wir das Verhandlungsprotokoll unterzeichnen!«

»Ich habe Einwände!«

Vergilius und Lactimus blickten überrascht zu Brennius.

»Der Silurer wird eines schweren Verbrechens beschuldigt, und das Römische Recht fordert, auch den Angeklagten zu hören. Er muß die Möglichkeit erhalten, sich zu verteidigen!« Brennius holte tief Luft. Er wußte, daß er sich auf einem schmalen Grat bewegte. »Anderenfalls sehe ich mich gezwungen, Frontinus bei seiner Ankunft in Eburacum auf diese Rechtswidrigkeit aufmerksam zu machen!«

Vergilius wandte sich unsicher an Lactimus.

»Ist das wirklich so?«

»Ich gebe es nur ungern zu, aber Brennius hat recht. Wir müssen auch den Angeklagten hören. Sonst hätten wir mit unangenehmen Folgen zu rechnen!«

Vergilius zuckte erschrocken zusammen.

»Gut dann holt den Kelten!«

Als Cornelia und Sylvia kurze Zeit später das Haus des Arztes erreichten, war dieser gerade aus den Thermen zurückgekehrt. Cornelia ließ sich keine Zeit für Erklärungen, sondern verlangte seine Arzttasche und zerrte ihn auf die Straße. Der Mann war über diese Entführung wenig erfreut, doch er war der Leibarzt im Haus des Vergilius. Er verdiente an der Familie gut und wollte sich Cornelias Gunst nicht verscherzen. Außerdem weckte die ungewöhnliche Situation seine Neugier. Deshalb lief er, ohne weitere Fragen zu stellen, hinter den beiden Frauen her. Er war jedoch nicht wenig erstaunt, als ihn Cornelia zum Kerker führte.

»Was wollt Ihr von mir?« Keuchend wischte er sich den Schweiß von der Stirn. Er war sehr beleibt und eine körperliche Anstrengung wie diese nicht gewohnt. »Außerdem hatte ich Euch noch zur Schonung geraten! Ich bin nicht erfreut, zu sehen, auf welche Weise Ihr meine Ratschläge befolgt!«

»Das ist doch jetzt unwichtig!« Cornelia runzelte ärgerlich die Stirn. »Im Steinbruch ist heute ein Unglück geschehen. Viele der Gefangenen wurden verletzt. Ich wünsche, daß Ihr Euch der Männer annehmt!«

»Aber die Stadtkohorten haben ihren eigenen Wundarzt. Er wird sich um die Kelten kümmern.«

»Ein Arzt ist aber bei so vielen Verwundeten zu wenig!«

Cornelias Stimme duldete keinen Widerspruch. Gehorsam zuckte er mit den Achseln.

Als sie den Kerker betraten, stockte Cornelia der Atem. Die Luft war erfüllt von den Schreien der Verletzten. Erschöpft wirkende, staub- und schweißbedeckte Männer versuchten, die Leiden ihrer Mitgefangenen zu lindern, indem sie ihnen Wasser einflößten und die Wunden notdürftig verbanden.

Während der Arzt sich sofort an die Arbeit machte, eilte Cornelia durch das Verlies. Doch unter den bleichen, schmerzverzerrten Gesichtern war nicht jenes, das sie suchte. Ein älterer Mann lehnte erschöpft an der Wand. Auf seiner Stirn klebte Blut, und seine langen grauen Haare fielen wirr über die breiten Schultern. Vorsichtig berührte Cornelia seinen Arm.

»Wo ist Duncan?«

Mühsam kamen die keltischen Worte aus ihrem Mund. Gramerfüllt sah er sie an, als er mit heiserer Stimme antwortete.

»Ich kann dich nicht verstehen, du sprichst zu schnell!« Cornelia spürte jedoch, daß etwas nicht stimmte. In ihrer Verzweiflung packte sie den Mann bei den Schultern. »Was ist mit Duncan?«

»Sie haben ihn in eine andere Zelle gebracht!«

Cornelia war erleichtert. Nicht nur, weil der Mann lateinisch sprach, sondern vor allem, weil sie seiner Antwort entnahm, daß Duncan lebte.

»Warum? Was ist geschehen? Ist er verletzt?«

Langsam, mit gesenktem Kopf erklärte ihr der Kelte, was vorgefallen war.

»In dieser Stunde findet die Verhandlung statt. Doch das Todesurteil ist bereits beschlossen.«

»Nein! Sie dürfen ihn nicht hinrichten!«

Der Mann legte ihr seine kräftige, rauhe Hand auf den Arm. Tränen liefen über sein vom Leben gezeichnetes Gesicht.

»Diesmal kann ihm niemand helfen. Er weiß es!«

»Es muß einen Weg geben, ihn zu retten! Ich bin schließlich die Tochter des Verwalters!« Cornelia wischte sich die Tränen vom Gesicht und erhob sich.

»Was hast du vor?«

»Ich weiß es nicht, aber mir wird schon etwas einfallen! Ich gehe in den Gerichtssaal. Solange die Hinrichtung nicht vollzogen ist, kann ich das Urteil vielleicht noch abwenden. Schließlich hat er nur getan, was erforderlich war!«

»Deine Worte hätten von Duncan stammen können!« Der Mann lächelte unter Tränen.

Cornelia ergriff seine Hände.

»Ich kenne die Namen eurer Götter nicht. Aber ich flehe dich an, bete für ihn!«

Dougal blickte der davoneilenden Römerin noch lange nach.

Duncan hing mit gefesselten Händen und Füßen kopfüber in der Folterkammer des Kerkers. Die Soldaten hatten ihm das Hemd ausgezogen und bereits damit begonnen, ihn auszupeitschen, als ein Soldat den Befehl überbrachte, daß man ihn in den Gerichtssaal führen sollte. Sofort wurde die Kette gelockert, die ihn etwa drei Fuß über dem Boden hielt. Hart schlug Duncan auf den Steinen auf und blieb benommen liegen.

»Zieht ihm das Hemd an! Er soll halbwegs menschlich aussehen, wenn er vor ein römisches Gericht tritt!« Der Zenturio, ein Freund von Publicus, stieß Duncan höhnisch grinsend seinen Fuß in die Flanke. »Steh auf, edler Fürst, dein Todesurteil erwartet dich!«

Brutal rissen ihn zwei Soldaten vom Boden hoch. Sie lösten die Eisen an seinen Handgelenken, zerrten ihm das Hemd über den Kopf und fesselten ihn erneut, bevor sie ihn unsanft vorwärtsstießen. Willenlos ließ Duncan alles mit sich geschehen. Sein Schädel dröhnte von dem Sturz, und vor seinen Augen tanzten Lichter. Er konnte kaum erkennen, wohin er seinen Fuß setzte. Mühsam stolperte er die Stufen hinauf. Erst im Gerichtssaal beruhigten sich die Lichtblitze vor seinen Augen. Der dumpfe Schmerz in seinem Kopf ließ nach, und allmählich wurde sein Verstand wieder klar. Aufmerksam musterte er die versammelten Männer. Lactimus sah ihm gleichgültig entgegen. Vergilius wandte den Blick ab, als müßte er sich übergeben. Duncan wußte nicht, daß es die Spuren der Peitschenhiebe auf seinem Hemd waren, deren Anblick der Verwalter nicht ertragen konnte; denn aus den frischen Wunden sickerte Blut durch das Leinen. Es war jedoch Brennius, der Duncan am meisten verwirrte. Der Offizier wirkte ebenso besorgt, wie Dougal, als er ihn zuletzt im Steinbruch gesehen hatte.

»Ich nehme an, es ist nicht notwendig, dir zu sagen, welchen Verbrechens du angeklagt wirst!« Duncan registrierte ohne große Verwunderung Vergilius' weinschwere Stimme, der einige der keltischen Worte nur mühsam aussprechen konnte. Die Trunksucht des Verwalters war allgemein bekannt. »Sicher bist du dir auch im klaren darüber, welche Strafe du zu erwarten hast!« Vergilius machte eine Pause, um seinen Blick, der ruhelos im Raum umherschweifte, kurz dem Angeklagten zuzuwenden. »Was hast du dazu zu sagen?«

Aber fasse dich kurz, damit ich mich wieder dem Wein widmen kann! dachte Duncan, und ein spöttisches Lächeln glitt, über sein Gesicht.

»Gibst du zu, daß du Claudius Publicus, einen Zenturio der Stadtkohorte, im Steinbruch niedergeschlagen hast?«

»Ja!«

»Gibst, du ebenfalls zu, danach dich selbst und die anderen Gefangenen befreit zuhaben?«

»Ja!«

Lactimus lehnte sich kalt lächelnd in seinem Stuhl zurück.

»Da habt Ihr es, Brennius! Er gesteht! Dem Protokoll ist Genüge getan. Wir können das Urteil verkünden!«

»Nicht so schnell, Lactimus! Ich habe auch noch einige Fragen an den Angeklagten!« Brennius seufzte und sah Duncan an. »Weshalb hast du Publicus niedergeschlagen?«

»Ist es nicht vermessen zu glauben, daß ausgerechnet meine Aussage, die eines Wilden, ein römisches Gericht in seinem gerechten und unfehlbaren Urteil umstimmen könnte?«

Brennius rang innerlich vor Verzweiflung die Hände. Er hatte schon genug Schwierigkeiten mit Vergilius und Lactimus, der bereits schadenfroh grinste. Nun fiel ihm Duncan selbst auch noch in den Rücken! Sein Stolz würde ihn das Leben kosten. Der Junge trieb es entschieden zu weit!

»Du irrst, Duncan! Wir Römer haben Gesetze. Ein Urteil wird erst gefällt, wenn die Schuld des Angeklagten bewiesen ist! Weshalb hast du den Zenturio niedergeschlagen?«

»Er war nicht bereit, unsere Ketten aufzuschließen. Wir mußten aber die Verletzten aus den Trümmern bergen und durften keine Zeit verlieren! Ich sah deshalb keinen anderen Ausweg, als ihn niederzuschlagen!«

Brennius wurde hellhörig und setzte sich auf.

»Was hast du gesagt? Soll das heißen, du hast Publicus erst niedergeschlagen, nachdem die Felswand eingestürzt war?«

»Ja.«

»Das ändert alles! Offensichtlich hatte der Angeklagte einen Grund für sein Handeln, einen triftigen Grund. Es handelt sich nicht um Rebellion! Ich beantrage Freispruch!«

»Brennius, Ihr wollt doch nicht der Aussage dieses Barbaren mehr Glauben schenken als der eines römischen Bürgers!«

»Nein, aber auch nicht weniger! Durch sein rasches Handeln hat er unter Umständen mehrere Menschenleben gerettet! Vergeßt das nicht, Lactimus!«

Duncan hätte am liebsten laut gelacht. Der Anblick der beiden Männer, die sich über den Kopf des verzweifelt auf seine Hände starrenden Vergilius hinweg ein Rededuell lieferten, ließ ihn vergessen, daß es sein Leben war, um das es hier ging.

Plötzlich ging die Tür des Saales auf, und Cornelia trat ein.

»Halt, Vater, Ihr dürft ihn nicht zum Tode verurteilen!«

Überrascht sahen die Männer sie an. Hastig erzählte sie, was sie von Dougal über den Hergang erfahren hatte.

»Da hörtet Ihr es!« rief Brennius. »Und wenn Euch diese Aussage immer noch nicht ausreicht, beantrage ich die Vorladung der Gefangenen als Zeugen. Und zwar aller Gefangenen!«

»Er hat einen Zenturio niedergeschlagen. Dieser Tatbestand bleibt. Das ist Rebellion!«

»Hätten die Kelten fliehen wollen, hätten sie sich wohl kaum wieder fesseln lassen!« Cornelia sah ihren Vater an. »Außerdem habe ich ihm mein Leben zu verdanken! Ich denke, daß du ihm dafür auch noch etwas schuldig bist! Du mußt eine Entscheidung treffen!«

Alle Augen wandten sich Vergilius zu, der unsicher von einem zum anderen blickte und nervös seine Hände knetete. Das war es, wovor er sich gefürchtet hatte! Er wußte beim besten Willen nicht, was er tun sollte.

Cornelia bemerkte den inneren Kampf ihres Vaters. Plötzlich kam ihr ein Gedanke, und sie trat nahe an ihn heran.

»Ich habe heute früh einen Brief verfaßt, in dem ich Mutter von meinem Unfall berichtet habe. Wahrscheinlich wird die Sorge um mich sie vorzeitig zurückkehren lassen!« Mit Genugtuung sah sie, wie ihrem Vater das Blut aus den Wangen wich. »Ich könnte natürlich davon absehen, den Brief abzuschicken, wenn du den Kelten freisprichst!«

Dieses Biest! dachte Lactimus, der die Unterredung mit anhörte. Octavia Julia schien ihrer Tochter eine ausgezeichnete Lehrmeisterin zu sein.

»Aber Publicus wird Genugtuung fordern!« flüsterte Vergilius. »Die hat er bereits erhalten! Der Kelte wurde ausgepeitscht, und das ist eine durchaus angemessene Strafe.«

Cornelia lächelte, als das Gesicht ihres Vaters vor Erleichterung strahlte. Dies war der Fingerzeig, um den er die Götter gebeten hatte!

»Ich verkünde das Urteil!« Laut erhob er seine Stimme. »Der Silurer wird freigesprochen!«

Nach der Verkündung des Urteils stapfte Publicus wütend aus dem Raum. Lactimus blickte finster zu Brennius, der seine Erleichterung kaum verbergen konnte, und Vergilius erhob sich hastig von seinem Stuhl.

»Ich ziehe mich zurück!« Er raffte seine zerknitterte Toga zusammen. »Bringt den Gefangenen wieder in den Kerker!«

Während Duncan von den Soldaten hinausgeführt wurde, wandte sich Brennius an Cornelia.

»Ich muß Euch danken! Ihr habt den Prozeß entscheidend beeinflußt. Es stand sehr schlecht um den jungen Silurer, und ohne Euer Eingreifen wäre das Todesurteil gefällt worden!«

Cornelia lächelte. Doch bevor sie etwas erwidern konnte, schaltete sich Lactimus in das Gespräch ein.

»Es war töricht, ihn so davonkommen zu lassen. Er hat den Tod verdient!« Die buschigen Augenbrauen des Offiziers zogen sich bedrohlich zusammen. »Warum mußtet Ihr Euch einmischen, Cornelia?«

»Ich habe lediglich für Gerechtigkeit gesorgt, Gaius!« Ihre Stimme klang eisig. »Sein entschlossenes Handeln hat vielen Männern das Leben gerettet.«

»Es ist nicht das erste Mal, daß er unseren Soldaten Schwierigkeiten bereitet! Publicus leidet täglich unter den Frechheiten dieses keltischen Schurken!«

»Mir ist zu Ohren gekommen, daß Publicus weder ein unbescholtener Mann noch eine Zierde der Stadtkohorte ist!« Cornelia lächelte kalt. »Außerdem sollte man niemals Mut und Verstand mit Frechheit verwechseln! Und nun entschuldigt mich, ich habe noch etwas zu erledigen!«

Cornelia wandte sich zum Gehen, doch Lactimus stellte sich ihr in den Weg.

»Wollt Ihr etwa zu ihm in den Kerker? Was versprecht Ihr Euch davon?« Mit zornig funkelnden Augen ergriff Lactimus ihren Arm. »Er mag ein gutaussehender Bursche sein. Aber vergeßt niemals, daß er Kelte ist! Er haßt alle Römer. Glaubt Ihr, er würde bei Euch eine Ausnahme machen? Er wartet nur auf die Gelegenheit, Euch die Kehle aufzuschneiden, damit er Euer Blut trinken kann!«

Cornelia hatte schon von den grausamen, entsetzlichen Bräuchen der Kelten gehört. Man erzählte, daß sie das Blut ihrer Feinde tranken, um deren Kraft in sich aufzunehmen.

Mühsam verbarg sie ihre aufkeimende Unsicherheit und hob stolz ihren Kopf.

»Nehmt Eure Hände von mir, Gaius! Euer Verhalten ist eines römischen Offiziers unwürdig!«

Lactimus ließ die Arme sinken. Er fühlte, wie Cornelia sich seinem Einfluß entzog, und er bebte vor Zorn.

»Er hat Euch einmal das Leben gerettet, und Ihr habt ihn dafür belohnt. Das ist Dank genug! Treibt es nicht zu weit!«

»Ich glaube nicht, daß ausgerechnet Ihr das Recht habt, mir Ratschläge zu erteilen!« entgegnete Cornelia kalt. »Und nun geht mir aus dem Weg, bevor ich die Wachen rufen lasse!«

Zähneknirschend ließ Lactimus Cornelia gehen.

»Es muß etwas geschehen! Wenn nur Octavia Julia hier wäre; sie könnte Cornelia zur Vernunft bringen!« Ein böses Lächeln huschte über sein Gesicht. »Ich werde ihr schreiben! Die Gattin unseres Verwalters sollte so bald wie möglich nach Eburacum zurückkehren! Was Duncan angeht – um ihn wird sich Publicus kümmern!«

In seiner Wut bemerkte Lactimus nicht, daß er laut gesprochen hatte, so daß Marcus Brennius, der in seiner Nähe stand, jedes Wort hören konnte.

Als sich die Kerkertür öffnete und Duncan von den Soldaten in den Raum gestoßen wurde, sprang Dougal vor Überraschung und Freude auf.

»Duncan! Gepriesen seien die Götter!« Er lief auf den Freund zu. »Was ist denn geschehen? Ich hatte nicht zu hoffen gewagt, dich in diesem Leben noch einmal wiederzusehen!«

»Glaube mir, auch ich habe nicht damit gerechnet. Das Todesurteil stand bereits fest, als man mich in den Gerichtssaal brachte. Doch plötzlich hat sich Vergilius anders entschieden und mich freigesprochen!«

»Es war die junge Römerin, nicht wahr?«

Duncan sah seinen Freund überrascht an.

»Woher weißt du das?«

»Sie war hier, bevor sie in den Gerichtssaal ging.« Dougal lächelte, als er die unausgesprochenen Fragen auf Duncans Gesicht las. »Sie hat sich nach dir erkundigt.«

»Was wollte sie von mir?«

»Vielleicht hat ihr jemand von dem Unglück im Steinbruch erzählt. Wenigstens wirkte sie sehr besorgt!«

»Du meinst, sie hat sich Sorgen um mich gemacht? Warum denn?« Dougal verdrehte die Augen und seufzte.

»Ich weiß es nicht, Duncan! Aber vielleicht solltest du sie selbst fragen!« Dougal deutete lächelnd über Duncans Schulter hinweg zur Tür. »Da kommt sie gerade!«

Überrascht wandte sich Duncan um. Vor ihm stand Cornelia. Sie sahen einander verlegen an.

Duncan wollte etwas sagen, aber er brachte kein Wort über seine Lippen. Eine unbekannte Kraft schien seine Zunge gefangenzuhalten, etwas, das mit der Frau vor ihm zu tun hatte.

»Jetzt stehst du in meiner Schuld!«

Cornelia verwünschte sich im selben Augenblick, in dem sie die Worte ausgesprochen hatte.

»Das ist wahr!« Duncan antwortete lächelnd auf lateinisch. Er war erleichtert, daß er die Sprache wiedergefunden hatte.

»Der Tag hätte schlecht enden können, wenn du nicht gewesen wärst!«

»Ich mußte nicht viel tun, um das Urteil abzuwenden!«

»Aber es war genug, um einem Barbaren das Leben zu retten!« Ein schalkhaftes Lächeln umspielte seine Lippen. »Übrigens, diese Sitte aus deiner Heimat – gilt sie auch, wenn eine Frau einem Mann das Leben gerettet hat?«

Cornelia sah auf, ihre braunen Augen strahlten.

»Ja!« erklärte sie ernsthaft. »Aber du bist Kelte, und es handelt sich um eine römische Sitte!«

Als habe er ihren Einwand überhört, beugte sich Duncan zu Cornelia vor, nahm ihr Gesicht in seine Hände und küßte sie. Die Berührung seiner Lippen war sanft und dennoch voller Leidenschaft. Cornelia schlang ihre Arme um seine Schultern und erwiderte den Kuß. Das Spiel seiner Zunge erzeugte in ihrem Mund ein Gefühl, das ihr Schauer des Wohlbehagens über den Rücken jagte. Langsam glitten ihre Hände an Duncans Armen herab. Als Cornelia jedoch die Schnittwunde an seinem rechten Oberarm berührte, zuckte er unwillkürlich vor Schmerz zusammen.

»Du bist verletzt, Duncan! Ich sollte den Arzt holen. Die Wunde muß versorgt werden!«

»Es ist nicht schlimm. Dougal wird sich gleich darum kümmern.« Er wurde ernst und senkte verlegen den Blick. Plötzlich war ihm ein unangenehmer Gedanke gekommen. »Aber du solltest jetzt lieber gehen. Dein Mann wäre sicher nicht erfreut, dich hier zu sehen!«

»Mein Mann starb im vergangenen Jahr, und ich bin nicht verlobt«, antwortete Cornelia auf die indirekte Frage. »Und du?« Duncan lächelte erleichtert und schüttelte den Kopf. Dann küßte er sie erneut.

»Trotzdem ist es besser für dich, wenn du jetzt gehst! Die Wachen werden sonst mißtrauisch!«

»Wahrscheinlich hast du recht. Aber ich komme morgen wieder!«

»Das hoffe ich!«

Cornelia wandte sich zum Gehen. Duncans Herz schlug schneller, als er ihre schlanke, wohlgeformte Figur betrachtete. Selbst als sie bereits den Kerker verlassen hatte, spürte er noch ihre Lippen auf seiner Haut und sah ihre Augen vor sich. Allmählich begann Duncan zu begreifen, was geschehen war.

»Bei den Göttern!« Verwirrung, Verzweiflung und Freude wechselten einander in derart rascher Folge ab, daß er sich setzen mußte.

»Du siehst aus, als wärst du überrascht, mein Junge!« Dougal legte ihm lächelnd eine Hand auf die Schulter. »Ich sagte dir doch, daß du dein Herz an sie verloren hast. Nun freue dich darüber, daß sie deine Gefühle erwidert!«

»Aber weißt du nicht, wie kompliziert jetzt alles wird?« Ratlos stützte Duncan seine Ellbogen auf die Knie und fuhr sich mit beiden Händen durch das blonde Haar. »Sie ist eine Römerin!« Die Worte klangen wie ein verzweifelter Aufschrei.

5

Es war um die Mittagszeit, eine friedliche Stille lag über dem Garten der Familie Vergilius. Cornelia schlenderte die Wege zwischen den kunstvoll angelegten Beeten entlang. Die vergangenen zwanzig Tage waren für sie wie ein Traum gewesen, nichts schien ihr Glück mit Duncan zu trüben. Niemals hatte sie geglaubt, so für einen Mann empfinden zu können. Ihren Ehemann hatte sie geachtet und geschätzt. Er war gut zu ihr gewesen, und als er starb, trauerte sie ehrlich um ihn. Aber bei Duncan war alles anders. Wenn sie seine warme, rauhe Stimme hörte, seine Hände zärtlich über ihre Haut streichelten oder seine samtweichen Lippen die ihren berührten, hörte die Zeit auf zu existieren. Es gab nur noch sie und ihn. Selbst jetzt, wenn sie nur an ihn dachte, schlug ihr Herz schneller, und über ihren Rücken liefen wohlige Schauer. Mit einem Seufzer der Zufriedenheit ließ sie sich neben ihrer Dienerin am Wasserbecken nieder.

»Denkt Ihr gerade an ihn, Herrin?«

Cornelia blickte überrascht auf.

»Woher weißt du das, Sylvia?«

Die Sklavin lächelte.

»Man sieht es Euch an! Jedesmal, wenn Ihr mit den Gedanken bei Eurem Geliebten seid, verändert sich Euer Gesicht und strahlt beinahe heller als die Sonne!«

Cornelia errötete vor Verlegenheit.

»Ich wußte nicht, daß ich so leicht zu durchschauen bin. Aber ich liebe ihn, wie ich noch nie zuvor einen Menschen geliebt habe.« Sie senkte den Blick, und ihre Stimme wurde leise. »Ich liebe ihn so sehr, daß ich manchmal Angst bekomme.«

»Macht Euch keine Gedanken!« Die Dienerin legte ihr eine Hand auf den Arm. »Er erwidert Eure Gefühle aufrichtig. Deshalb spielt es keine Rolle, daß er ein Kelte ist und Ihr Römerin seid!«

Cornelia lächelte ihre Sklavin an.

»Selbst wenn ich sie nicht ausspreche, kennst du meine Gedanken.«

In diesem Moment klopfte jemand laut und ungeduldig an die Haustür. Ein Sklave öffnete, und kurz darauf erfüllte die herrische Stimme einer Frau das Haus. Cornelia fühlte sich, als ob der Boden unter ihren Füßen wankte. Natürlich hatte ihr Marcus Brennius alles über das Selbstgespräch von Gaius erzählt, das er mit angehört hatte. Doch sie hatte in den letzten Tagen weder an den dunkelhaarigen Offizier noch an den Brief gedacht, den er hatte schreiben wollen.

»Bei den Göttern, meine Mutter ist aus Aquae Sulis zurückgekehrt!«

»Aber weshalb, Herrin? Sie wollte doch erst im August wiederkommen!« Die Sklavin wirkte ebenso entsetzt wie Cornelia.

»Darauf gibt es nur eine Antwort: Gaius hat ihr geschrieben!« Allmählich wich Cornelias Schrecken dem Zorn. Wie konnte er es wagen, sich in ihre Angelegenheiten einzumischen? »Komm, Sylvia, wir müssen meine Mutter begrüßen!«

Sie erhoben sich rasch und eilten in die Halle.

Octavia Julia war in jeder Hinsicht eine außergewöhnliche Frau. Sie war schlank und für eine Römerin ungewöhnlich groß. Ihre scharfe Nase, das energische Kinn und ihre strengen, braunen Augen zeugten von ihrem starken Willen. Obwohl sie keine Schönheit war, blickten ihr auf der Straße Männer und Frauen nach; die einen bewundernd, die anderen voller Neid.

Denn Octavia Julia verwendete viel Zeit und Geld für die Pflege ihres Körpers und war stets bemüht, auch in Eburacum die neueste römische Mode zu tragen.

»Die Truhen kommen ins Schlafgemach!«

»Willkommen zu Hause, Mutter!« Cornelia bemühte sich, ihren Ärger zu verbergen und erfreut zu erscheinen. »Wir haben dich nicht vor August zurückerwartet. Es ist doch hoffentlich nichts geschehen?«

»Ich hatte ...« Das Geräusch einer fallenden Kiste ließ Octavia wütend herumfahren. »Kannst du nicht aufpassen, du vertrottelter, alter Narr? Sieh nur, was du angerichtet hast!«

Eilig sammelte der alte Sklave die Kleidungsstücke wieder ein, die aus der Truhe gefallen waren.

»Sorge dafür, daß er zwanzig Peitschenhiebe erhält!« befahl Octavia einem anderen Diener und glättete vorsichtig ihre kunstvolle Frisur. Nur der aufmerksame Beobachter erkannte, daß ihr schwarzes Haar gefärbt war, um graue Strähnen zu überdecken. Dann wandte sie sich wieder ihrer Tochter zu. »Ich träumte, daß dir etwas zugestoßen ist. Ich war deshalb so beunruhigt, daß ich mich sofort zur Rückkehr entschloß!«

»Das war nicht nötig, Mutter. Es ist nichts geschehen!«

»Wirklich, Cornelia?« Octavia hob eine ihrer sorgfältig gezupften Augenbrauen.

Der forschende Blick überzeugte Cornelia davon, daß es klüger war, die Wahrheit zu erzählen. Wer konnte ahnen, was Gaius ihr geschrieben hatte?

»Ich hatte vor einiger Zeit einen kleinen Unfall. Es ist nichts Schlimmes passiert ...«

»So? Da kann ich also den Göttern dankbar sein, daß sie mir den Traum geschickt haben. Sonst hätte ich bis heute nichts davon erfahren!«

Cornelia schluckte die bissige Bemerkung hinunter, die ihr auf der Zunge lag. Ihre Mutter brauchte schließlich nicht zu erfahren, daß sie von dem Brief wußte.

87

»Vielleicht erzählst du mir jetzt, was geschehen ist?«

Cornelia berichtete ausführlich von dem Unwetter und den römischen Soldaten, die im richtigen Augenblick vorbeikamen. Nur beiläufig erwähnte sie, daß einer der keltischen Gefangenen sie aus den Trümmern der Kutsche befreit hatte.

»Ich hatte mir zwar das Bein gebrochen, aber es ging mir gut. Deshalb haben Vater und ich entschieden, dich nicht wegen dieser Kleinigkeit aus Aquae Sulis zurückzuholen!«

»Allmählich sollte ich mich daran gewöhnt haben, daß dein Vater nicht in der Lage ist, die richtige Entscheidung zu treffen. Aber es regt mich immer wieder auf!« Octavia wandte sich an die Sklavin, die dicht bei ihr stand. »Claudia, ich nehme ein Bad! Nach dem, was ich soeben hören mußte, brauche ich Entspannung. Außerdem bin ich erschöpft von der Reise. Was man hier in Britannien Straßen nennt, wäre in Latium bestenfalls ein Weg für Viehtreiber!«

»Hast du dich in Aquae Sulis erholt, Mutter?« Cornelia versuchte das Gespräch in andere Bahnen zu lenken.

»Leidlich. Es ist natürlich nicht Ischia, aber für britannische Verhältnisse annehmbar. Leider fahren jetzt auch schon Kelten hin! Natürlich nur vornehme, wohlhabende Familien, die sich bemühen, römische Bildung anzunehmen.« Sie streifte ihren Reisemantel von den Schultern und ließ ihn fallen. Die Sklavin, an das Verhalten ihrer Herrin gewöhnt, fing das Kleidungsstück auf, bevor es den Boden berührte. »Aber du kennst die Kelten. Sie sind rückständige Barbaren.«

Cornelia runzelte unwillig die Stirn.

»Es gibt in jedem Volk Menschen von gutem und von schlechtem Charakter. Ich finde ...«

Octavia unterbrach ihre Tochter mit einer Geste.

»Laß uns nicht am Tag meiner Ankunft über Nichtigkeiten streiten!« Sie wandte sich zum Gehen. »Dieser Kelte hat dir keine Gewalt angetan und auch nicht versucht, dich zu töten, um dein Blut zu trinken? Das ist erstaunlich! Vielleicht sollte ich ihm aus Dankbarkeit dafür ein Fest ausrichten. Ich habe gehört, daß die Kelten das für eine angemessene Belohnung halten. Was hältst du davon?«

Obwohl Octavia ihr den Rücken zukehrte, konnte Cornelia das boshafte Lächeln erahnen. Offensichtlich wußte ihre Mutter von dem Beltaine-Fest und versuchte, ihr eine Falle zu stellen. Sie mußte vorsichtig sein, um sich nicht zu verraten!

»Cornelia? Ich warte auf deine Antwort.«

Octavia drehte sich um und sah ihre Tochter mit unschuldiger Miene an. Doch Cornelia entging weder das hinterlistige Funkeln in den braunen Augen noch das spöttische Zucken der Mundwinkel. Mühsam bewahrte sie ihre Fassung, obwohl sie innerlich vor Wut kochte. Verfluchter Gaius!

»Warum nicht? Es wäre eine großzügige Geste von dir!«

»Ich werde es mir durch den Kopf gehen lassen!« Octavia ging zum Bad. »Ich nehme an, daß dein Vater aus Freude über meine Heimkehr ein Gastmahl geben wird. Sorge dafür, daß die Vorbereitungen getroffen werden, Cornelia!«

»Selbstverständlich, Mutter!«

Während bereits Sklaven in die Küche liefen, um den Befehl auszuführen und die Speisen zuzubereiten, sah Cornelia der davonschreitenden Octavia mißmutig nach. Ihre Mutter würde sie in der nächsten Zeit kaum aus den Augen lassen. Das erschwerte aber die Treffen mit Duncan erheblich. Sie mußte sich etwas einfallen lassen! Cornelia seufzte tief.

»Schicke einen der Küchenjungen zu meinem Vater, damit er sich auf die Anwesenheit meiner Mutter vorbereiten kann, Sylvia! In Zukunft müssen wir doppelt so vorsichtig sein wie bisher! Wer weiß, wo Gaius überall seine Schnüffler hat. Und was er weiß, erfährt auch meine Mutter!«

Cornelia bebte vor Zorn. Ihr war nicht bewußt, daß der Fluch, den sie zornig hervorstieß, ein keltischer Fluch war.

Am darauffolgenden Tag betrat Gaius Lactimus das Haus von Vergilius. Ein Diener führte ihn sofort in das Schreibzimmer, wo ihn bereits Octavia Julia erwartete. Aufmerksam sah sie den muskulösen, dunkelhaarigen Offizier an. Es war noch früh am Morgen, und Lactimus waren die Spuren seines nächtlichen Dienstes deutlich anzusehen. Bartstoppeln warfen dunkle Schatten auf seine Wangen, und die braunen Augen waren blutunterlaufen. Nur mühsam unterdrückte er ein Gähnen.

»Setzt Euch!« Aus dem Mund Octavias klangen diese Worte mehr nach einem Befehl als nach einer freundlichen Aufforderung. Ohne Umschweife begann sie das Gespräch. »Wie Ihr seht, habe ich Euren Brief erhalten, Gaius. Ihr habt jedoch vergessen, den Schwur zu erwähnen.«

»Welchen Schwur? Davon weiß ich nichts!«

»Nun, bei unserem gemeinsamen Mahl spät am gestrigen Abend erzählte Cornelia, daß sie aus Dankbarkeit über ihre Rettung den Göttern geschworen hat, jeden Abend den Kelten Nahrungsmittel zu bringen.«

»Es ist wahr, daß Cornelia täglich in den Kerker geht. Aber erst seit der Verhandlung über den Silurer, von der ich Euch geschrieben habe.«

Octavia hob ihre Augenbrauen. Plötzlich hatte sie den Verdacht, daß ihre Tochter den Eid erst am Abend zuvor geleistet hatte.

»Höchst interessant, Gaius. Was ist mit dem Kelten?«

»Er ist ein wilder, gefährlicher Bursche, die Rebellion liegt ihm im Blut. Ich hatte die Befürchtung, daß sich Cornelia von ihm einwickeln ließ. Ihr wißt, daß ich Zeuge war, als sie ihn geküßt hat. Eine weichherzige, junge Frau wie Eure Tochter ist von einem exotischen Mann leicht zu beeindrucken. Doch ihr heiliger Eid erklärt natürlich hinreichend ihre täglichen Besuche im Kerker.«

Octavia hob spöttisch ihre Augenbrauen.

»Glaubt Ihr? Ich bin eher der Ansicht, daß die Gefahr größer ist, als ich befürchtet habe! Ich verstehe allerdings nicht, weshalb Ihr mich nicht eher benachrichtigt habt!«

Der Offizier errötete. »Ich habe nicht gedacht, daß ...«

Octavia unterbrach ihn mit einer ungeduldigen Geste.

»Es nützt jetzt kein Herumreden mehr! Wir können nur hoffen, daß es noch nicht zu spät ist, etwas zu unternehmen!«

»Was soll ich tun?«

»Ihr werdet Cornelia fortan in den Kerker begleiten, Gaius. Laßt sie nicht aus den Augen! Außerdem werde ich dafür sorgen, daß Ihr viel Zeit für Cornelia habt. Bringt ihr Geschenke, unterhaltet Euch mit ihr, geht mit ihr spazieren! Sorgt dafür, daß sie den bluttrinkenden Barbaren vergißt!« Sie lehnte sich in ihrem Stuhl zurück. »Und nun geht. Wir sehen uns heute abend zum Essen, Ihr seid unser Gast. Aber zu niemandem ein Wort von dem Brief oder unserer Unterredung!«

»Ich versichere Euch, daß ich verschwiegen sein werde. Cornelias Wohl liegt mir ebenso am Herzen wie Euch!«

Gaius erhob sich und verbeugte sich höflich, bevor er das Haus verließ.

Octavia sah ihm lächelnd nach. Auf ihre Art mochte sie den Offizier. Im Gegensatz zu ihrem Mann und ihrem verstorbenen Schwiegersohn war er ehrgeizig. Mit der richtigen Frau an seiner Seite stand Lactimus eine aussichtsreiche Karriere bevor. Daß er ausgerechnet Cornelia für die richtige Frau hielt, konnte Octavia nur recht sein. Für sie war die Ehe zwischen Gaius Lactimus und ihrer Tochter bereits beschlossene Sache, auch wenn Cornelia davon noch nichts wußte.

Octavias Gedanken kehrten von Zukunftsvisionen zurück in die Gegenwart, und unwillkürlich runzelte sie die Stirn. Sie kannte ihre Tochter gut genug, um zu wissen, daß der ›Schwur‹ allenfalls ein Vorwand, aber sicher nicht der eigentliche Grund für Cornelias Besuche bei den Kelten war. Sie hatte in Aquae Sulis junge, hochgewachsene und gutgebaute keltische Männer gesehen, deren Charme man sich nicht entziehen konnte. Doch Cornelia hatte noch nie den Sinn für erotische Abenteuer. Wenn sie sich für einen Mann interessierte, dann war es ernst! Octavia verzog ihre rot geschminkten Lippen zu einem gefährlichen Lächeln. Vielleicht mußte man diesen

Gefangenen auf die Reise zu seinem nächsten Leben schikken, wenn andere Maßnahmen nichts nützten. Denn niemand durchkreuzte die Pläne einer Octavia Julia. Kein Römer – und schon gar kein Kelte!

6

Mit einem Schlag war die glückliche Zeit vorüber, und trotz strahlenden Sonnenscheins erschien Cornelia der Himmel und grau düster. Gaius Lactimus verbrachte fast jeden Nachmittag und Abend in ihrer Nähe. Er begleitete sie bei ihren Einkäufen, er ging mit ihr spazieren, er kam mit in den Kerker. Keinen Augenblick schien er sie aus den Augen zu lassen. Und wenn nicht er auf sie achtete, dann verfolgte Octavia jeden ihrer Schritte. Cornelia fühlte sich wie eine Gefangene, und die Nähe zu Gaius war ihr unerträglich. Keinen Augenblick konnte sie vergessen, welchen Verrat er an ihr und Duncan geübt hatte. Außerdem hatte der Offizier die gleiche überhebliche Art, von den Kelten zu sprechen, wie ihre Mutter. Oft bezähmte sie nur mühsam ihren Wunsch, ihm ins Gesicht zu schlagen. In gleichem Maße wie ihr Haß gegen Gaius wuchs Cornelias Sehnsucht nach Duncan. Unter den wachsamen Augen des Offiziers blieben ihnen nur flüchtige Berührungen, Blicke und wenige, belanglose Worte. Sie vermißte die Wärme seines Körpers, seine leidenschaftlichen Küsse und Umarmungen. Duncans blaue Augen verrieten ihr, daß auch er kaum in der Lage war, sein Verlangen nach ihr zu bezähmen. Manchmal war Cornelia kurz davor, alle Vorsicht außer acht zu lassen und Duncan zu umarmen, nur um die Bewegungen seiner Muskeln oder das Kitzeln seiner langen blonden Haare auf ihrer Haut zu spüren. Allein das Bewußtsein, daß Gaius Duncan dafür leiden lassen würde, hielt sie davon ab.

Es war bereits Ende August. Cornelia schritt ruhelos durch den Garten. Weder Lactimus noch ihre Mutter waren in ihrer Nähe. Der Offizier versah seinen Dienst, und Octavia Julia ließ sich im Bad von ihrer Sklavin massieren. Dennoch konnte Cornelia sich nicht entspannen. Schließlich setzte sie sich an den Rand des Wasserbeckens in der Mitte des Gartens und betrachtete die Seerosen, ohne sie wirklich zu beachten. Die Stimme von Sylvia ließ Cornelia kurz aufblicken.

»Was gibt es?«

Die Dienerin setzte sich neben Cornelia, ergriff ihre Hand und vergewisserte sich mit einem kurzen Blick über die Schulter, daß niemand außer ihnen im Garten war. Dennoch sprach sie im Flüsterton.

»Ich habe gute Neuigkeiten für Euch! Ihr erinnert Euch doch an Flavius?«

»Der junge Soldat, der ›Sicilianus‹ genannt wird und mit dem du dich triffst?« Cornelia runzelte gereizt die Stirn. Sie war nicht in der Stimmung, über die Liebesabenteuer ihrer Dienerin zu reden. »Was ist mit ihm?«

»Heute nacht hält er Wache im Kerker. Und zufällig weiß ich, daß er allein sein wird!« Die Augen der Sklavin leuchteten. »Wir können nach Einbruch der Nacht zum Gefängnis schleichen. Ich werde mich um Flavius kümmern. Seid gewiß, er wird Euch nicht bemerken!«

Cornelias Herz schlug schneller, und plötzlich erschien ihr der Himmel nicht mehr ganz so düster. Ihre Augen füllten sich mit Tränen der Rührung über ihre liebevolle Sklavin.

»Was würde ich nur ohne dich anfangen, Sylvia? Es gibt wohl keine andere Dienerin, die sich mehr um das Wohl ihrer Herrin sorgt!« Sie ergriff Sylvias Hand. »Eines Tages werde ich dir dafür die Freiheit schenken!«

Einige Stunden später, als im Haus alles ruhig war und auch der letzte Diener sich zum Schlafen niedergelegt hatte, schlichen Cornelia und Sylvia heimlich zum Kerker. Cornelia hielt sich im Schatten einer Mauer versteckt, während die Dienerin den Soldaten, der im Vorraum zum Kerker an einem Tisch saß, begrüßte. Erst als Cornelia das leise Lachen der beiden jungen Leute hörte, wagte sie sich aus ihrem Versteck. Vorsichtig schlich sie zu der schweren, eisenbeschlagenen Tür. Doch ihre Besorgnis war unbegründet. Flavius und Sylvia lagen engumschlungen auf einer Strohmatte in einer Ecke, und der junge Soldat war zu beschäftigt, um Cornelia zu bemerken. Leise öffnete sie die Riegel und verschwand im Kerker.

Im Gefängnis war es still, einige der Männer schnarchten. Vorsichtig, um niemanden zu wecken, schritt Cornelia über die Schlafenden hinweg. Es brannte keine Fackel, und mehr als einmal wäre sie beinahe auf eine Hand oder ein Bein getreten. Ohne daß jemand wach wurde, erreichte sie Duncan. Schwaches Sternenlicht fiel durch einen der schmalen Schlitze in der Gefängnismauer auf sein Gesicht. Er schlief tief und fest, und behutsam berührte Cornelia seine Schulter. Unwillig bewegte er sich und blinzelte sie verschlafen an. Als er Cornelia erkannte, war er jedoch mit einem Schlag hellwach.

»Es tut mir leid, daß ...«

Was Cornelia eigentlich sagen wollte, ging in seinem leidenschaftlichen Kuß unter. Es dauerte lange, bis sie sich voneinander lösten. Cornelia glättete ihre durchwühlten Haare, doch Duncan zog sie lächelnd erneut in seine Arme.

»Du hast mir gefehlt!«

Wie stark ihre Sehnsucht gewesen war, merkte Cornelia erst jetzt. Hatte sie wirklich auch nur eine Stunde ohne seine Nähe leben können? Zärtlich glitten ihre Finger durch sein volles, langes Haar und über seinen schlanken Körper. Als sie seine rechte Flanke berührte, zuckte er zusammen und nahm ihre Hand fort. Cornelia sah ihn besorgt an.

»Was ist los, Duncan? Hast du Schmerzen?«

Er schüttelte lächelnd den Kopf und vergrub sein Gesicht in ihrem Haar. Doch Cornelia wurde mißtrauisch und schob sein Hemd hoch. Erschrocken hielt sie den Atem an. Die Spuren von Stockschlägen und Peitschenhieben auf seinem Körper waren kein ungewohnter Anblick für sie. Immer wieder hatte sie ihn gebeten, im Haus ihres Vaters zu arbeiten, um den Mißhandlungen zu entgehen. Doch Duncan war eigensinnig und stolz. Einmal war er so zornig geworden, daß er sie anschrie. Daraufhin hatte sie sich geschworen, dieses Thema nicht mehr anzusprechen. Bisher hatte sie sich daran gehalten. Doch jetzt konnte sie nicht mehr schweigen. Duncans rechte Seite war bis zur Hüfte geschwollen und blutunterlaufen, selbst ihre sanfte Berührung schien schmerzhaft zu sein. Deutlich sah sie zahlreiche Schürfwunden, die von den Eisenbeschlägen eines Stockes stammten – Publicus! Cornelia spürte heißen Zorn in sich.

»Jemand hat dich geschlagen! Publicus hat dir das angetan, nicht wahr? Ich werde dafür sorgen, daß du in der Stadt ...«

Duncan legte ihr einen Finger auf den Mund.

»Wir haben eine Abmachung, Cornelia! Wir wollten nicht mehr darüber reden!«

»Hat sich wenigstens der Arzt um dich gekümmert?«

Duncan schüttelte lächelnd den Kopf.

»Es ist doch nichts gebrochen! Und den blauen Fleck habe ich in ein paar Tagen vergessen.«

Ihre Angst machte Cornelia noch wütender. Wie konnte Duncan nur so sorglos sein?

»Vielleicht ist diese Verletzung tatsächlich in einigen Tagen abgeheilt. Aber was kommt als nächstes? Soll Publicus dir erst den Schädel einschlagen, bevor du einsiehst, daß er gefährlich ist? Ich habe dir doch erzählt, was Brennius gehört hat. Publicus will dich töten, Duncan!«

Er wickelte eine Strähne ihres dunklen Haares um seinen Finger und zuckte mit den Schultern.

»Dann soll er es tun! Ich habe keine Angst vor dem Tod!«

»Und was ist mit mir? Ist dir schon in den Sinn gekommen, daß ich mir Sorgen um dich mache? Ich kann und will nicht ohne dich leben. Aber ich habe es satt, jeden Morgen mit dem

Gedanken aufzuwachen, daß ich dich am Abend vielleicht nicht mehr wiedersehe, weil ein rachsüchtiger Zenturio dich erschlagen hat! Begreifst du das?«

Duncan ergriff lächelnd ihr Handgelenk.

»Komm her, meine Wildkatze!«

Cornelia befreite sich aus seinem Griff, ihre Augen funkelten zornig.

»Jetzt ist nicht die Zeit für Neckereien! Ich bin wütend, Duncan, sogar sehr wütend! Und ich erwarte eine Antwort von dir!«

»Dann gib mir eine Chance, und hör mir zu!« Widerstrebend ließ sie sich in seine Arme ziehen. »Sieh dich um, Cornelia, sieh dir die Männer an! Jeder von ihnen bekommt den Zorn der Soldaten zu spüren, nicht nur ich. Wir sind Gefangene, unser Leben hängt allein vom Wohlwollen der Römer ab!«

»Aber das gilt doch nicht für dich! Man sollte dich besser behandeln. Schließlich bist du ein Fürst!«

»Du hast recht, ich bin der Sohn eines Fürsten.« Sein Gesicht war ernst. »Deshalb trage ich auch eine Verantwortung, der ich mich nicht entziehen kann. Diese Männer hier sind keine Berufssoldaten, die für ihren Dienst bezahlt werden, wie eure Legionäre. Sie zogen in den Krieg, um ihre Freiheit zu verteidigen und weil sie meinem Vater die Treue geschworen haben. Der Preis, den sie für ihren Eid zahlen müssen, ist hoch. Dennoch ertragen sie die täglichen Demütigungen und harren aus. Eines Tages, wenn ich das Erbe meines Vaters angetreten hätte, wären sie mir bis in den Tod gefolgt. Und ich soll sie nun im Stich lassen, um meine eigene Haut zu retten?« Er schüttelte den Kopf. »Ich weiß nicht, was ihr von euren Herrschern erwartet. Aber für uns gehört ein Fürst an die Seite seiner Männer, sein Schicksal ist untrennbar mit dem ihren verbunden. Sollte ich nun dein Angebot annehmen, verrate ich diese Männer. Ich könnte ihnen, die ich bereits seit meiner Kindheit kenne, nicht mehr in die Augen sehen, geschweige denn jemals wieder meinem Vater gegenübertreten. Ich wäre ein Verdammter, der für alle Ewigkeit die Gunst der Götter verloren hat!« Er schüttelte erneut den Kopf. »Lieber würde ich durch eigene Hand in den Tod gehen!«

Das Feuer in seinen Augen ließ Cornelia erschauern. Sie legte einen Arm um seine Hüften und schmiegte sich an ihn. Ihr Zorn war bereits verflogen.

»Wir sollten nicht mehr darüber reden!« flüsterte sie.

Duncan nickte und schlang die Arme um sie. Während sie sich liebten und ihre Körper zu einem verschmolzen, schien die Zeit stillzustehen, und alle Sorgen und Probleme verschwammen zu einem Nichts.

Als sie etwas später müde nebeneinander lagen, deutete Duncan zu dem schmalen Fenster hoch, durch das sich der erste Schimmer der Morgenröte seinen Weg bahnte.

»Die Morgendämmerung bricht an. Du mußt gehen.«

»Ich würde viel dafür geben, um bei dir zu bleiben!« Cornelia seufzte und zog ihr Kleid an. »Am Abend komme ich wieder. Lactimus wird mich zwar begleiten, aber ich werde an heute nacht denken, an jede Einzelheit.«

Duncan lächelte. Seine Hände streichelten sanft über ihren Körper, während seine Lippen ihren Mund berührten.

»Wenn Lactimus wüßte, was unter seinen wachsamen Augen geschieht!«

Sie umarmten sich zum Abschied, ehe Cornelia den Kerker lautlos verließ. Sylvia und Flavius schliefen Arm in Arm auf der Strohmatte, und niemand sah, wie sie heimlich in das Haus ihres Vaters schlich.

Im Steinbruch brannte die Sonne unbarmherzig auf die Männer herab, Staub und Hitze machten ihnen zu schaffen. Duncan und Dougal arbeiteten schweigend nebeneinander und schlugen mit ihren Hacken Steine aus dem Felsen. In geringer Entfernung arbeiteten zwei andere Gefangene. Die beiden Männer unterhielten sich leise. Plötzlich drangen Gesprächsfetzen zu Duncan – »Römerhure«, »Verräter«. Auch Dougal hatte die Worte gehört. Besorgt sah er die Zornesfalten auf Duncans Stirn. Er befürchtete eine Schlägerei, bei der Duncan mit Sicherheit der Unterlegene sein würde. Der eine der beiden Männer, Kevin, war nämlich ein breitschultriger, bärenstarker Hüne. Seine Nase zeugte von den zahlreichen Schlägereien, in die er im Laufe seines Lebens verwickelt worden war. Und aus denen, so erzählte man sich, er stets als Sieger hervorgegangen war.

»Höre nicht hin, Duncan! Laß sie reden.«

Doch vergeblich versuchte er seinen Freund zurückzuhalten. Duncan war bereits aufgesprungen und stand mit vor der Brust verschränkten Armen vor den beiden Männern.

»Was gibt es, Kevin? Worüber zerreißt du dir das Maul?«

»Wir haben uns nur über diese kleine Römerin unterhalten, die dich gestern nacht besucht hat! Ihr scheint ...«

»Das geht dich nichts an!«

»So?« Kevin sprang ebenfalls auf. »Wir sind nicht in unserem Dorf, Duncan. Hier kannst du dich nicht als Herrscher aufspielen. In dieser Stadt gibt es keine Fürsten und Knechte mehr, sondern nur Gefangene! Wir sitzen alle im gleichen Boot. Und wenn sich einer von uns mit einer römischen Hure einläßt, dann ist das Verrat!«

»Nimm das sofort zurück!«

Duncans Stimme senkte sich zu einem Fauchen, seine Augen sprühten Funken.

»Das tue ich nicht. Ich höre noch deine Worte: ›Ich gehöre zu meinen Männern. Mein Schicksal ist untrennbar mit dem ihren verbunden!‹« Kevin ahmte Duncans Stimme nach. »Geschwätz! Nichts als leere Worte! Ihr Fürsten seid nicht besser als die Römer. Ihr saugt das Volk aus und knechtet uns. Du magst erst jetzt in Gefangenschaft geraten sein, wir waren noch nie frei! Und während wir hier schuften, treibst du es mit dieser ...«

Im gleichen Moment traf Kevin ein unerwarteter Faustschlag, und er biß sich auf die Lippe. Blut lief ihm über das Kinn, doch er grinste höhnisch.

»Du willst dich also schlagen?« Kevin krempelte seine Ärmel hoch und entblößte dabei seine gewaltigen Oberarme.

»Vorsicht, Duncan!« rief der andere Mann höhnisch. »Kevin wird dir dein hübsches Gesicht polieren! Die Römerhure wird dann nichts mehr von dir wissen wollen!«

Kevin lachte.

»Wahrscheinlich ist ihr ein anderes Körperteil wichtiger!«

Duncan stürzte sich auf den Mann vor ihm. Daß seine Hände und Füße mit Eisen gefesselt waren, schien ihn nicht zu stören. Mit beiden Fäusten schlug er zu, unterstützt vom Gewicht der Ketten an seinen Handgelenken. Er traf Kevin an der Schläfe, doch der Hüne wankte nicht einmal. Grinsend holte er zu einem mächtigen Faustschlag aus. Duncan ging benommen in die Knie. Doch sein Zorn trieb ihn weiter. Statt sich geschlagen zu geben, nutzte er seine Position, um Kevins Fußfesseln zu packen und ihn zu Fall zu bringen. Das morsche Holz des Gerüsts ächzte, als der mächtige Körper stürzte. Sofort warf sich Duncan auf seinen Gegner. Die beiden Männer wälzten sich auf den schmalen Brettern, bis sie unter ihrem Gewicht nachgaben. Gemeinsam fielen sie zwei Meter in die Tiefe und schlugen hart auf den Steinen auf. Doch sie prügelten sich weiter, als ob nichts geschehen sei. Keiner von beiden spürte den Schmerz.

Die anderen Kelten ließen ihre Arbeit liegen und beobachten interessiert den Kampf. Kevin war zwar stärker, doch dafür war Duncan schneller. Sie waren fast ebenbürtige Gegner. Schon nach kurzer Zeit begannen die Umstehenden, die beiden Männer anzufeuern, die sich im Staub wälzten und nicht voneinander abließen. Selbst die römischen Soldaten schauten belustigt zu. Schließlich sah Dougal sich gezwungen, die beiden Kontrahenten zu trennen. Er packte beide Männer bei den Armen und zog sie mit aller Kraft auseinander. Staubig und verschwitzt, mit blutigen Gesichtern und Fäusten standen sie sich schwer atmend gegenüber.

»Der Kampf gilt als unentschieden. Daher mußt du dich bei Duncan für die Beleidigungen entschuldigen, und du bittest Kevin um Verzeihung!« Streng sah Dougal die jungen Männer an. Beiden schien es sichtlich schwerzufallen, und keiner sah den anderen an, als sie ihre Entschuldigung hervorpreßten. »Und nun reicht euch die Hände!«

Flüchtig gaben sie sich die Hand und wandten sich voneinander ab. Die Kelten kehrten wieder an ihre Arbeit zurück.

Duncan rang nach Luft. Sein Kopf und seine Arme schmerzten, seine von Publicus geschundene rechte Seite tat höllisch weh, und von einem Schlag in die Magengrube war ihm so übel, daß er glaubte, sich jeden Moment übergeben zu müssen. Dennoch lehnte er mit einer zornigen Geste Dougals Anerbieten, ihn zu stützen, ab. Duncan wußte nicht, was ihn mehr ärgerte: daß Dougal den Kampf vorzeitig abgebrochen hatte, oder daß der Freund ihn dadurch gerettet hatte. Nur kurze Zeit später wäre er zu Boden gegangen und hätte verloren.

Dougal begleitete kopfschüttelnd seinen Freund zu dem Wasserfaß. Der Junge war hitzköpfig und stolz. Wäre er klug gewesen, hätte er sich nicht auf einen Kampf mit Kevin eingelassen.

Duncan tauchte seinen Kopf in das Faß und spülte sich den Mund aus, um den Geschmack seines Bluts loszuwerden. Er hatte sich auf die Zunge gebissen, und wahrscheinlich würde er eine Zeitlang Probleme beim Essen haben. Er wollte fluchen, doch dafür fehlte ihm die Kraft. Erschöpft fuhr er sich durchs Haar. Allmählich verrauchte sein Zorn, und gegen seinen Willen mußte er sich eingestehen, wieviel Glück er gehabt hatte. Kevin wäre ohne weiteres in der Lage gewesen, ihm mit bloßen Händen das Genick zu brechen. Dabei hatte er nicht einmal einen Zahn eingebüßt.

Dougal legte ihm besorgt eine Hand auf die Schulter.

»Alles in Ordnung?« Duncan nickte, und Dougal schüttelte den Kopf. »Wie töricht von dir, dich mit diesem Kevin einzulassen! Du konntest den Kampf nicht gewinnen!«

Duncan runzelte zornig die Stirn. Das waren nicht gerade die Worte, die er jetzt hören wollte! Doch bevor er etwas erwidern konnte, schnitt Dougal ihm mit einer ärgerlichen Geste das Wort ab.

»Ich habe gehört, was er gesagt hat. Aber du solltest ebenfalls über seine Worte nachdenken!«

»Aber ...«

»Wer bestellt die Felder deines Vaters? Du etwa?«

»Nein, das machen unsere Bauern. Wir haben ...« Duncan brach mitten im Satz ab und warf ärgerlich den Kopf in den Nacken. »Bei den Göttern, wir sind Adlige, Dougal! Wir haben die Leute in unserem Dorf immer gut behandelt. Niemand braucht zu hungern, keinem geschieht Unrecht. Wir beschützen das Leben und den Besitz der Bauern, dafür arbeiten sie für uns. Das ist doch nur gerecht!«

Dougal hob spöttisch die Augenbrauen.

»Das behaupten alle Fürsten von sich. Du solltest jedoch mal miterleben, wie die Wirklichkeit aussieht! Während die Adligen an reich gedeckten Tischen sitzen und sich Fleisch und Wein schmecken lassen, ernähren sich die meisten ihrer Untertanen das ganze Jahr über von Gerstengrütze!« Er legte Duncan beschwichtigend eine Hand auf die Schulter. »Verstehe mich nicht falsch, Junge. Ich weiß, daß du ein aufrichtiger Mann bist, und vielleicht gehört auch dein Vater zu den wenigen gerechten Herrschern. Aber gerade weil du ein ehrliches Herz hast, wirst du zugeben müssen, daß Kevin nicht ganz unrecht hat!«

Duncan senkte den Blick. Hatte Dougal wirklich recht? Aber dann ... Die Übelkeit verstärkte sich. Sein Magen fühlte sich an, als wäre er mit flüssigem Metall gefüllt.

»Es gibt jedoch noch ein Problem. Kevin ist kein Dummkopf. Er weiß, daß ich den Kampf vorzeitig beendet habe, um dich zu schonen. Er wird dich töten, Duncan. Es sei denn, du kommst ihm zuvor!«

Duncan konnte nur noch nicken, bevor er sich heftig erbrach.

Einige Tage später traf Frontinus in Eburacum ein. Da der Statthalter kein Freund großer Zeremonien war, wurde er nur von den höchsten Beamten der Stadt formell empfangen, bevor er sich in sein Schreibzimmer zurückzog. Er ließ sich in einen Sessel fallen und streckte die Beine aus. Müde fuhr er sich über das Gesicht. Seine Ankunft in Eburacum hätte eigentlich mit dem Gefühl des Triumphes einhergehen sollen. Dies war seine Stadt, sie entstand nach seinen Plänen, und die Bauarbeiten waren ausgezeichnet vorangeschritten. Doch zur Zeit plagten ihn große Sorgen, und während der vergangenen Nächte hatte er kaum Schlaf gefunden. Die Silurer, die ihm seit seiner Ankunft in Britannien vor zwei Jahren nur Schwierigkeiten bereitet hatten, schienen seine Karriere als Statthalter nun endgültig zu ruinieren. Er kam gerade mit seinen Truppen aus der Gegend von Caerleon. Der rothaarige Kelte Kenneth war dort seit nahezu zwei Jahren der von Rom eingesetzte Fürst, und Frontinus hatte sich selbst davon überzeugen wollen, daß alles nach seinen Plänen verlief. Auf dem ersten Blick schien die Situation entspannt und friedlich zu sein. Connor, der entmachtete Fürst, nahm am gesellschaftlichen und politischen Leben keinen Anteil, während Kenneth die Macht in Händen hielt. So schien es wenigstens. Doch bereits wenige Tage nach seiner Ankunft mußte Frontinus einsehen, daß dieser Schein trog. Unter der friedlichen Oberfläche gärte es. Connor hatte zwar offiziell seine Macht verloren, doch seinen Einfluß bei seinen Stammesangehörigen hatte er keinesfalls eingebüßt. Vor jeder Entscheidung, die getroffen wurde, kamen die Männer zu ihm, um seinen Rat zu hören. Auch wenn er nicht selbst an den Beratungen teilnahm, so war es dennoch sein Wille, nach dem entschieden wurde. Kenneth hatte keine Macht, die Einführung römischer Sitten und Bildung bei den Silurern stagnierte, und mehr als einmal fiel das Gut eines dort angesiedelten römischen Veteranen den Flammen zum Opfer. So sehr sich Kenneth auch bemühte, diese Übergriffe einzudämmen, die Brandstifter blieben unauffindbar. Frontinus hatte lange überlegt, wie man die Situation entspannen könnte, bis ihm endlich der scheinbar rettende Gedanke kam: Connor hatte eine hübsche Tochter, und Kenneth war mehr als erfreut, als Frontinus ihm vorschlug, Nuala zu heiraten. Eine Verbindung mit der Tochter des ehemaligen Fürsten sollte Kenneth das notwendige Ansehen vor seinem Stamm geben. Außerdem würde Connor es wohl kaum wagen, seinem Schwiegersohn weiterhin Steine in den Weg zu legen und damit auch seiner Tochter zu schaden. So schien alles in bester Ordnung zu sein, und die Hochzeit wurde für den zehnten Tag nach Lugnasad festgelegt. Unglücklicherweise hatte Frontinus jedoch nicht mit dem Widerstand des Mädchens gerechnet. Am Tag der Hochzeit fand man Nuala tot auf dem Grab ihres Geliebten, der zwei Jahre zuvor im Kampf gegen die Römer gefallen war.

Die Geschichte der Fürstentochter, die sich das Leben nahm, um dem Schicksal einer von Römern gestifteten Ehe zu entfliehen, machte schnell die Runde. Durch die Dörfer ging ein Aufschrei der Empörung, und der Zorn und Haß der Silurer gegen die römischen Eroberer fand neue Nahrung. Kenneth mußte um sein Leben fürchten, deshalb wurden die Wachen um sein Haus verdreifacht. Connor war außer sich vor Wut und Trauer. Nur die Drohung, seinen in Eburacum gefangengehaltenen Sohn hinzurichten, hatte ihn davon abgehalten, zu den Waffen zu greifen. Dennoch standen die Männer in den umliegenden Dörfern bereit, und die römischen Soldaten mußten sich von Frauen und Kindern beschimpfen und mit Unrat bewerfen lassen.

Das war der Stand der Dinge, als Frontinus das Dorf verlassen hatte. Seitdem erwartete er stündlich die Nachricht zu erhalten, daß die Silurer die römischen Lager in Caerleon angegriffen hätten. Das Bild von wilden, blaubemalten Kriegern, die sich auf die Legionäre stürzten, verfolgte ihn bis in seine Träume. Frontinus wurde übel bei dem Gedanken, daß der

Kaiser eine Erklärung für den erneuten Krieg gegen die Silurer fordern würde, die schließlich als befriedet galten. Aber wie hätte er auch ahnen können, daß dieses törichte Mädchen Selbstmord begehen würde? Doch es mußte einen Ausweg geben. Schließlich hatte er immer noch Connors Sohn als Geisel in der Hand! Frontinus setzte sich auf und rief seinen Diener, der augenblicklich erschien.

»Ihr habt nach mir gerufen, Herr?«

»Schicke Boten zu Claudius Vergilius, Marcus Brennius und Gaius Lactimus. Ich wünsche sie noch in dieser Stunde hier, in meinem Schreibzimmer, zu sprechen. Und beeile dich, es ist von größter Wichtigkeit!«

Der Diener verbeugte sich und eilte hinaus, um den Befehl seines Herrn sofort auszuführen. Frontinus erhob sich und ging mit langen Schritten durch den Raum. Die Spuren der Müdigkeit waren von seinem Gesicht verschwunden und jenem entschlossenen Gesichtsausdruck gewichen, der stets den Beginn einer Schlacht begleitete. Endlich war das Grübeln und das Warten auf Rettung vorbei. Ihm war ein Gedanke gekommen, der die verzwickte Lage entwirren konnte. Und nun hieß es handeln!

Es dauerte nicht lange, bis die drei Männer bei Frontinus eintrafen. Er empfing sie stehend, wie bei einer Schlachtbesprechung, und begann ohne Umschweife.

»Vergilius, Brennius, Lactimus, ich danke Euch für Euer rasches Erscheinen! Wir haben eine Angelegenheit von größter Wichtigkeit zu erörtern.« Frontinus ließ seinen Blick über die Männer schweifen. »Ich weiß nicht, ob die Nachricht von den Zuständen in Caerleon bereits bis nach Eburacum vorgedrungen sind, deshalb werde ich kurz berichten.« Er schilderte, was geschehen war, ohne seine eigene Rolle in diesem Spiel zu erwähnen. »Die Silurer machen uns für den Tod des Mädchens verantwortlich. Sie sind bereit, sofort zu den Waffen zu greifen, sobald Connor den Befehl dazu gibt!«

»Bei Mithras!« entfuhr es Marcus Brennius. »Das bedeutet Krieg!«

»Ganz recht, das bedeutet Krieg! Krieg gegen einen Stamm, der dem Göttlichen Vespasian bereits als befriedet und ihm treu ergeben gemeldet wurde!« Die Männer schweigen betroffen. Jeder wußte, daß der Kaiser wenig Geduld und Verständnis für Rückschläge aufbrachte. »Aber noch ist es nicht soweit!«

»Was hält die Silurer davon ab, zu kämpfen?«

Frontinus blieb stehen. Angesichts der ernsten Lage wirkte er überraschend zuversichtlich.

»Ein Glücksfall, Lactimus! Ein Geschenk, das uns die Götter vor zwei Jahren machten, als sie mir Connors Sohn Duncan als Geisel in die Hände spielten! Ich habe gedroht, ihn hinrichten zu lassen, falls die Silurer sich nicht friedlich verhalten. Connor wird aus Angst um ihn keinen Angriff unternehmen. Solange dem Jungen nichts geschieht, herrscht auch Ruhe in Caerleon!« Frontinus ballte die rechte Hand zur Faust. »Doch das reicht mir nicht. Ich will die Silurer ganz auf unsere Seite ziehen, sie sollen treu ergebene Untertanen werden. Dabei kann uns Duncan helfen. Wenn es uns gelingt, aus ihm einen römischen Bürger zu machen, haben wir den Stamm gewonnen!«

»Das ist unmöglich! Er ist eigensinnig und haßt die Römer!«

»Natürlich würde er sich dagegen wehren, wenn ihm römische Bildung und Lebensart aufgezwungen würden. Aber Duncan ist ein Fürst! Warum also soll ihm diese Position verwehrt sein? Er soll sich in Eburacum ohne Bewachung frei bewegen dürfen und für die Belange seiner Landsleute sprechen. Dafür muß er natürlich erst unsere Sprache beherrschen, vielleicht sogar lesen und schreiben lernen. Es wäre günstig, wenn ein anderer Kelte Duncan unterrichtet. Wißt Ihr einen Mann, der für diese Aufgabe in Frage kommt?«

»Mein Diener Ceallach beherrscht die römische Sprache, auch in der Schrift.«

»Ein guter Gedanke, Brennius. Ist er zuverlässig?«

»Ja. Er trägt die Toga!«

»Verzeiht, wenn ich Einwände erhebe!« Lactimus verbarg mühsam seine aufkeimende Nervosität. Er hatte das Gefühl, daß der Plan des Statthalters nichts Gutes für ihn bedeutete. »Aber Ihr seid oft abwesend, daher kennt Ihr Duncan nicht so gut wie wir. Er ist ungehorsam und rebellisch. Ich halte es für gefährlich, ihm mehr Freiheit einzuräumen!«

Frontinus hob mißbilligend die Augenbrauen.

»Ich kenne diesen Burschen und bin nicht so einfältig, zu glauben, daß ein wenig Freiheit seinen Haß gegen uns besänftigen könnte. Doch was die Peitsche bisher nicht erreicht hat, könnte einer jungen, schönen Römerin gelingen!« Frontinus ging wieder durch den Raum. »Sobald Duncan unsere Sprache beherrscht, wird eine Frau ihm unsere Art zu leben zeigen. Duncan wird Umgang mit Römern haben, er wird in die Thermen gehen, unsere Speisen essen und Werke römischer Poeten hören.« Der Statthalter lächelte. »Glaubt mir, der Junge wird nicht merken, daß er allmählich seine barbarischen Gewohnheiten ablegt und ein zivilisierter Römer wird!« Frontinus blieb stehen und drehte sich zu den anderen Männern um. »Nur eine Frau wie zum Beispiel Cornelia Vergilia kann diesen Wilden zähmen!«

»Cornelia?!« schrie Vergilius, der mit einem Schlag nüchtern zu sein schien. »Ihr sprecht von meiner Tochter!«

»Ja. Sie ist schön, sie ist klug, und sie ist eine ungebundene Witwe!« Frontinus verschränkte die Arme hinter seinem Rücken und wippte auf den Zehenspitzen. »Der Silurer wird ihr nicht widerstehen können. Und sobald er unsere Lebensart angenommen hat, erhält er das römische Bürgerrecht und kehrt zu seinem Stamm zurück, um dort als Fürst in unserem Sinne zu herrschen. Noch Fragen?«

Auffordernd blickte der Statthalter in die Runde. Brennius

schüttelte den Kopf, Lactimus war vor Zorn sprachlos, und Vergilius wich dem forschenden Blick des Feldherrn aus. Zufrieden nickte Frontinus.

»Gut, Ihr seid also einverstanden! Von diesem Tag an haben die Soldaten seinen Befehlen Gehorsam zu leisten, als wäre er ein römischer Offizier. Jede Art von Züchtigung ist bei Strafe verboten! Das gilt natürlich nicht, wenn ihm Verrat nachgewiesen werden sollte. In diesem Fall wird er behandelt wie jeder Gefangene! Aber«, Frontinus lächelte siegesgewiß, »dazu wird es nicht kommen!«

Das werden wir noch sehen! dachte Lactimus voller Haß und ballte die Hände zu Fäusten, so daß sich seine Fingernägel tief in die Handflächen gruben.

»Wann soll Euer Plan in die Tat umgesetzt werden?«

»Sobald wie möglich, Brennius. Jeder Tag ist kostbar, denn die Situation in Caerleon ist äußerst gespannt. Je früher Duncan sein Haar kürzt und die Toga trägt, um so besser! Nehmt ihm noch heute die Ketten ab!«

Mit einem Wink entließ Frontinus die drei Männer. Mit langen, ungestümen Schritten verließ Lactimus den Raum. Blut quoll aus seinen geballten Fäusten. Brennius, der sich fühlte, als hätte er soeben einen glorreichen Sieg errungen, bemerkte die Blutstropfen auf dem Boden mit einem spöttischen Lächeln. Dann richtete sich seine Aufmerksamkeit auf Vergilius. Der schmächtige Mann war leichenblaß und schien sich kaum auf den Beinen halten zu können. Wie im Fieber bewegten sich seine trockenen Lippen und murmelten immer wieder die gleichen Worte.

»Octavia wird nicht einverstanden sein. Ihr wird dieser Plan gar nicht gefallen!«

Die Nacht war kühl und klar. Tief atmete Duncan die frische Luft ein. Es war das erste Mal seit seiner Gefangennahme, daß er sich ohne Ketten in Eburacum bewegen durfte. Es war das erste Mal, daß keine Soldaten seine Schritte bewachten. Das

Geräusch seiner Stiefel auf den Pflastersteinen hallte von den Wänden der Häuser wider. Die Stadt schien zu dieser Stunde verlassen zu sein. Nur manchmal störte das Bellen eines Hundes die Stille. Duncan hatte den Abend bei Ceallach verbracht, und nachdem er sich von dem Druiden verabschiedet hatte, durchstreifte er die Stadt. Er wußte, daß Dougal sich Sorgen um ihn machen würde und Cornelia vergeblich auf ihn wartete. Doch nach allem, was ihm Ceallach erzählt hatte, verspürte Duncan das dringende Bedürfnis, allein zu sein. Der brennende Schmerz in seiner Seele verlangte nach Einsamkeit, und nicht einmal Cornelias Nähe hätte ihn zu lindern vermocht.

Duncan fühlte sich so müde und kraftlos, daß er sich in einer schmalen Gasse auf dem Pflaster niederließ. Er lehnte sich gegen die kalte Mauer eines Hauses und blickte zum nächtlichen Himmel empor. Diese Sterne schienen auch über seinem Dorf, über dem Haus seines Vaters, dem Grab seiner Schwester ... Ceallach sprach von Widerstand. Aber wozu sollte er noch kämpfen, wo seine Familie tot war? Worin bestand der Sinn, wenn man ihm bereits alles genommen hatte? Duncan nahm den Gegenstand, den er aus dem Haus von Marcus Brennius entwendet hatte, und betrachtete ihn. Es war ein Dolch, wie er zum Säubern von Fischen verwendet wurde, kaum größer als seine Handfläche. Die Waffe wirkte fast wie ein Spielzeug, doch die Klinge war von tödlicher Schärfe. Er würde nicht einmal starke Schmerzen empfinden, wenn er sich die Adern öffnete. Ruhig entblößte Duncan seine Arme. Nur noch ein schneller Stich am Handgelenk trennte ihm vom Tod, von seiner Mutter, von Nuala, von Alawn ...

Duncan setzte das Messer an, als ein leichter Wind durch sein langes Haar wehte. Er sah auf und spürte Alawns Anwesenheit. Beinahe zärtlich strich der Wind über seine feuchten Wangen, trocknete seine Tränen, und plötzlich wußte Duncan, daß sein Freund nicht allein zu ihm kam.

»Nuala!« sagte er leise und lächelte. »Du bist bei ihm! Jetzt kann euch niemand mehr trennen!« Duncan erhob sich, seine

Müdigkeit war verflogen. »Ich hatte unrecht, beinahe hätte ich aufgegeben. Doch das soll nie wieder geschehen. Das schwöre ich bei allen Göttern!« Der Wind wurde immer heftiger. Und je stärker ihm der Wind ins Gesicht blies, um so mehr wurde Duncan von Zuversicht erfüllt. Er sah lächelnd auf den Dolch in seiner Hand. »Diesen Kampf haben die Römer verloren!«

Als Duncan zum Verlies zurückkehrte, brach die Morgendämmerung an.

Am folgenden Tag begab sich Gaius Lactimus zur achten Stunde in das Haus der Familie des Vergilius. Ein alter Diener öffnete auf sein Klopfen die Tür. Ohne eine Aufforderung abzuwarten, trat Gaius in die Halle.

»Ich muß unbedingt mit Octavia Julia sprechen!«
»Aber die Herrin ist zur Zeit unabkömmlich!«
»Dann sag ihr, daß die Angelegenheit äußerst wichtig ist!«
Der Diener, eingeschüchtert durch die laute, vor Ungeduld bebende Stimme des Offiziers, verbeugte sich ergeben und führte ihn in das neben dem Bad befindliche Ruhezimmer.

Octavia saß zurückgelehnt in einem bequemen Sessel, ihr Kopf lag auf einer gepolsterten Stütze. Eine Sklavin war um sie bemüht und zupfte ihr die dunklen Augenbrauen zu einer feingeschwungenen Linie. Als sie Gaius bemerkte, hob Octavia ihren Kopf.

»Was wollt Ihr, Gaius?« Sie lehnte sich wieder zurück, obwohl die Sklavin bereits fertig war. »Bereite mir nun eine Gesichtsmaske!«

»Aber, Herrin, das ist heute bereits die dritte!«
Octavia fuhr wütend auf.
»Habe ich dich nach deiner Meinung gefragt?«
Das Mädchen wich erschrocken zurück. Octavia schien ausgesprochen schlechter Laune zu sein. Dem ängstlichen Ausdruck in den Augen der jungen Dienerin und den roten Striemen auf ihren bloßen Armen nach zu urteilen, dauerte

dieser Zustand bereits den ganzen Tag. Gehorsam rührte das Mädchen aus Mehl und Stutenmilch einen weißen Brei an, und Octavia lehnte sich wieder in ihrem Stuhl zurück.

»Frontinus hat sehr merkwürdige Pläne, die den Silurer und Eure Tochter betreffen.«

»Ich weiß. Claudius hat mir bereits davon berichtet.«

»Was haltet Ihr von den Plänen, Octavia?«

»Frontinus ist ein Narr! Was er vorhat, ist ein Skandal!« Ihre Stimme bebte vor Zorn.

»Ihr habt recht. Dabei merkt dieser Narr noch nicht einmal, daß er dem silurischen Bastard genau in die Hände spielt.«

Octavia richtete sich auf. Ihr Gesicht war mit dem weißen Brei bedeckt, der nur die Augen frei ließ. Dämonisch funkelten diese aus der weißen Maske hervor.

»Ihr seid nicht unbeteiligt, Gaius!« Octavias Stimme glich dem Zischen einer Schlange. »Nicht allein, daß Ihr viel zu lange gewartet habt, mich aus Aquae Sulis zurückzuholen. Ihr habt nichts getan, um Frontinus umzustimmen! Ebenso wie Claudius habt Ihr nur dagestanden und zugesehen, wie er unsere Pläne durchkreuzt hat!«

»Was hätte ich denn tun sollen?« fauchte Gaius. »Frontinus ist der Statthalter, und sein Befehl gilt!«

Octavia schnaubte verächtlich.

»Es wären nur etwas Verstand und ein wenig Mut notwendig gewesen!« Sie machte eine ärgerliche Geste. »Aber die Würfel sind gefallen. Deshalb müssen wir uns darum kümmern, wie wir trotz dieser ärgerlichen Situation unsere Interessen wahren können. Es wird Zeit, daß Ihr diesen Duncan ausschaltet!«

»Frontinus hat den Soldaten sogar die Züchtigung dieses Bastards bei Strafe verboten. Kein Soldat wird Hand an ihn legen!«

Octavia lächelte mitleidig.

»Wo bleibt nur Euer Verstand! Häuser können einstürzen oder in Flammen aufgehen – ich spreche von einem Unfall!«

Sie beugte sich vor. »Ich will daß dieser blonde Silurer seine Reise zur Unterwelt antritt, je eher, desto besser! Laßt Euch etwas einfallen!« Octavia erhob sich und trat an den Offizier heran. Ihre langen Fingernägel gruben sich schmerzhaft in seine Schultern, während sie mit lockender Stimme in sein Ohr flüsterte: »Wenn Ihr mein Schwiegersohn werden wollt, werdet Ihr einen Weg finden, meine kleine Bitte zu erfüllen. Sonst muß ich mich nach einem würdigeren Ehemann für Cornelia umsehen!«

Gaius biß die Zähne zusammen, um seinen aufkeimenden Zorn zu unterdrücken.

»Wir haben bereits eine Abmachung getroffen, Octavia!«

»Verträge können unter Umständen ihre Gültigkeit verlieren, Gaius, es liegt allein bei Euch!« Sie lächelte boshaft. »Sorgt dafür, daß der Silurer stirbt, und Cornelias Hand gehört Euch!«

»Bei Mithras, das verspreche ich!«

»Seht Ihr, das ist die Antwort eines klugen Mannes!«

Octavia küßte ihn, und der Offizier erschauerte. Noch Stunden danach glaubte er, die kühlen, gefühllosen Lippen auf seiner Wange zu spüren.

7

Anfangs hatte Duncan Gewissensbisse. Seine neue Stellung räumte ihm Privilegien ein, von denen die anderen Gefangenen nicht einmal träumen konnten. Er durfte sich in Eburacum frei bewegen, jederzeit Cornelia treffen, und seine Wünsche wurden widerspruchslos erfüllt. Duncan hätte es niemals zugegeben, dafür war er zu stolz, aber Dougals Worte nagten an ihm. Er wollte zu »den wenigen gerechten Herrschern« gehören. Und er fürchtete, daß ihm seine neuen Rechte bei den Mitgefangenen als Verrat ausgelegt werden konnten. Doch andererseits hatte ihm Ceallach sehr ans Herz gelegt, den Vorschlag des Statthalters anzunehmen. Er konnte auf diese Weise seinen Mitgefangenen helfen und außerdem alles über die Römer erfahren, was ihnen im Kampf gegen sie von Nutzen sein würde. Und Ceallach war schließlich Druide. Also konnte sein Rat nicht falsch sein! Nachdem er sich mit diesen Gedanken getröstet hatte, begann Duncan, sich allmählich in seiner neuen Rolle wohl zu fühlen.

Es war ein düsterer Dezembertag. Seit Tagen hatte es geschneit. Duncan ging durch die schmalen Gassen von Eburacum. Es war kalt, und er trug seinen schweren, wollenen Umhang eng um seinen Körper gewickelt. Auf seinem Weg zum Haus des Marcus Brennius überquerte Duncan das Forum. Der große Platz war menschenleer. Eine dichte Schneedecke verbarg das komplizierte, zweifarbige Muster aus weißem und schwarzem Granit. Jedesmal, wenn Duncan das Forum betrat, lief ihm ein Schauer über den Rücken. Er sah die Männer vor sich, die auf ihren Knien und mit bloßen Händen die Steine bearbeitet und zu diesem Mosaik zusammengesetzt hatten. Erst gestern hatte ihm Dougal seine geschwollenen, geröteten Hände gezeigt, die er weder richtig strecken noch krümmen konnte.

»Siehst du, Duncan, das ist der Preis für den schönsten Platz Britanniens! Mit diesen unbeweglichen, verkrüppelten Fingern werde ich wohl meinen Ruf als bester Kunstschmied der Briganter verlieren!«

Dougal hatte zwar gelächelt, doch die Schmerzen standen ihm deutlich im Gesicht geschrieben. Selbst Ceallachs Salben schienen ihm kaum Linderung zu verschaffen. Manchmal ließ Dougal sogar seinen Becher fallen, weil er ihn vor Schmerz nicht mehr halten konnte. Und Duncan bezweifelte, daß sein Freund jemals wieder in der Lage sein würde, eines jener filigranen Schmuckstücke herzustellen, die einst sein ganzer Stolz gewesen waren.

Duncan schüttelte sich und ließ den Platz so schnell wie möglich hinter sich. Er war froh, als er das Haus des Offiziers erreicht hatte und ihm Ceallach auf sein Klopfen hin die Tür öffnete. Erleichtert trat er in die Wärme, schüttelte sich den Schnee aus den Haaren und von den Schultern.

Der Druide musterte Duncan aufmerksam.

»Du hinkst! Was ist geschehen?«

Duncan winkte lächelnd ab und warf seinen Umhang auf eine Truhe.

»Nichts Schlimmes. Im Vorratsgebäude gab gestern ein morscher Dachbalken nach. Das Ding hätte mich beinahe erschlagen, aber ich konnte mich noch rechtzeitig zur Seite werfen. Der Balken traf nur mein Bein!«

»Setz dich dorthin und zieh dir die Hose aus.«

Ceallach deutete auf ein Kissen, das auf dem Boden lag, und gehorsam befolgte Duncan die Anweisung.

»Wußtest du, daß die Römer ihre Häuser vom Boden aus

beheizen?« fragte Duncan den Mann, der vor ihm saß und sich aufmerksam das verletzte Knie ansah. »Sie errichten ihre Häuser auf Pfeilern. In einem Kessel machen sie ein Feuer und leiten die heiße Luft mit Röhren in die Zwischenräume. So wird der Boden erwärmt!«

»Das war mir bekannt!« Ceallach legte behutsam seine Hände um das geschwollene Gelenk und runzelte die Stirn. »Hast du das Buch gelesen, das ich dir gegeben habe?«

Duncan fuhr sich verlegen durchs Haar.

»Ich habe noch keine Zeit gefunden, Ceallach. Es gab so viel zu tun! Außerdem war ich oft mit Cornelia zusammen und ...«

Der Druide hob die Augenbrauen.

»Ach ja? Julius Caesar hat seinen Feldzug gegen unsere Brüder in Gallien genau aufgeschrieben. Wenn du es aufmerksam lesen würdest, könnten wir in Zukunft die Fehler vermeiden, die den gallischen Stämmen zum Verhängnis wurden! In diesem Buch steht, wie wir die Römer besiegen können! Beuge das Knie.«

»Ist es denn wirklich nötig, die Römer zu vertreiben?« Duncan verzog das Gesicht vor Schmerz. »Dieses Land ist doch groß genug für alle. Wir könnten viel von ihnen lernen!«

»Was?«

»Ihre Baukunst zum Beispiel. Cornelia hat mir erzählt, daß sie Städte haben, in denen hunderttausend Menschen leben. Und so manches Gebäude in Rom ist über hundert Jahre alt.«

Ceallach lächelte traurig.

»Sie kopieren nur, Duncan. Ihre Bauten, ihre Lebensart, nahezu alles stammt von Völkern, die sie im Laufe ihrer Kriegszüge unterjocht haben. Sie haben nicht einmal eigene Götter!«

»Die Römer sind schon ein wenig verrückt, das gebe ich zu. Ihre Dichtungen sind geradezu lächerlich. Aber dennoch ...«

»Daran merkst du es. Sie haben keine Poesie, weil ihre Seele leer ist. Statt dessen erfüllen Überdruß und Langeweile ihre

Herzen. In ihrer maßlosen Gier verschlingen sie immer neue Länder, um dort Zerstreuung und Zufriedenheit zu finden.« Ceallach seufzte. »Du hattest Glück. Der Balken hätte dir beinahe das Knie zerschmettert! Ich werde dir eine Salbe geben, damit die Schwellung abklingt, und dir einen Verband anlegen.«

»Bist du denn nicht der Ansicht, daß wir von den Römern vieles lernen können? Wenn ich sie mit uns vergleiche, kommen mir unsere Sitten und Bräuche roh und primitiv vor.«

Ceallach sah den jungen Mann vor sich ernst an.

»Was willst du von einem seelenlosen Volk lernen? Sie können uns nur beibringen, uns gegenseitig zu verraten und zu zerfleischen.« Der Druide schüttelte schwermütig den Kopf. Als er weitersprach, klang seine Stimme so leise und voller Gram, daß Duncan ein Schauer über den Rücken lief. »Den Römern folgt der Tod. Er hat sich an ihre Fersen geheftet und geht überall dorthin, wo sie ihre Schritte hinwenden. Dieser Tod frißt unsere Seelen!«

Duncan war verwirrt. Was meinte Ceallach mit diesen Worten? Der Druide war mit dem Verband fertig. Er half Duncan beim Aufstehen und begleitete ihn zur Tür.

»Du solltest in der nächsten Zeit vorsichtiger sein, mein Sohn! Erst dieser Brand im Stall, bei dem du beinahe ums Leben gekommen wärest, und jetzt das!« Ceallach war ernst. »Das ist kein Zufall. Du hast Feinde, die dich töten wollen!«

»Danke für die Warnung. Ich werde sie beherzigen!«

Duncan verabschiedete sich ehrfürchtig von Ceallach, und der Druide schloß langsam und nachdenklich die Tür. Er war es, der Duncan zur Annahme von Frontinus' Angebot überredet hatte. Duncan war ein aufrichtiger, ehrlicher Mann, der sein Volk liebte. Doch Ceallach hatte nicht bedacht, wie jung Duncan war, wie begeisterungsfähig und empfänglich für neue Ideen. Er besaß noch nicht die emotionale Stärke eines reifen Mannes. Und nun sah es so aus, als hätten die Römer den Kampf um seine Seele gewonnen.

Ceallach sank auf die Knie. Bei den Göttern, hoffentlich war es noch nicht zu spät!

Ein großer, breitschultriger Mann schlich sich in das Vorratsgebäude. Er war dabei so lautlos, wie man es dieser hünenhaften Gestalt nicht zugetraut hätte. Es war dunkel, und nur der schwache Schein einer Fackel aus der hintersten Ecke verriet die Anwesenheit eines weiteren Menschen. Langsam tastete sich der Mann an aufgestapelten Getreidesäcken, Fässern und Körben vorbei. Es war spät. So spät, daß nicht einmal die Soldaten noch wach waren. Doch für sein Vorhaben brauchte er diese Stille. Niemand würde Schreie hören, nicht einmal den Kampf, falls es dazu kommen sollte. Der Mann bog um ein riesiges Bierfaß herum und war am Ziel. Auf dem Boden saß ein Mann. Sein langes blondes Haar hatte im Schein der Fackel einen rötlichen Schimmer. Vor ihm lagen mehrere Schriftrollen ausgebreitet, in die er so vertieft war, daß er das Kommen des anderen nicht zu bemerken schien. Der Hüne lächelte boshaft und hob seinen rechten Arm, als er sich lautlos näherte. In der Faust hielt er einen langen, schlanken Dolch.

Duncan wußte später nicht mehr, was ihn dazu veranlaßt hatte, sich umzudrehen. War es ein Luftzug, ein Schatten oder eine Ahnung? Aus dem Augenwinkel sah er ein Messer. Duncan warf sich zur Seite, und der Dolch traf nicht seine Kehle, sondern drang tief in seinen Oberschenkel ein. Ohne aufzuschauen, packte Duncan den Angreifer beim Arm und riß ihn von den Füßen. Er nahm kaum wahr, wie ihm das Messer dabei aus seiner Wunde gerissen wurde. Bevor sein Gegner sich wieder aufrichten konnte, war Duncan über ihm.

»Kevin!« Überrascht und entsetzt erkannte Duncan den Mann, auf dessen Brust er kniete. »Verdammt, was soll das?«

»Stirb, Verräter!« stieß Kevin hervor. Er wand sich aus Duncans Griff und brachte ihn zu Fall.

Kevin hatte den Dolch immer noch in seiner Hand, und Duncan brauchte die Kraft beider Arme, um die Klinge von seiner Kehle fernzuhalten. Endlich, als er seine Kraft schon schwinden fühlte, gelang es ihm, ein Knie anzuziehen und es Kevin genau zwischen die Beine zu stoßen. Kevin schrie auf, ließ den Dolch fallen und hielt sich seine empfindlichen Körperteile. Während er sich am Boden vor Schmerz krümmte, sprang Duncan auf und nahm den Dolch an sich. Keuchend vor Anstrengung wischte er sich den Schweiß von der Stirn.

»Verdammt, Kevin. Warum tust du das? Weshalb haßt du mich?«

»Wie sollte ich dich nicht hassen? Du bist ein Verräter! Du hast dich an die Römer verkauft!« Kevin richtete sich halb auf. »Du glaubst, du tust für uns und deinen Stamm etwas Gutes. Dabei merkst du nicht, wie sie dich allmählich auf ihre Seite ziehen! Wie lange wirst du noch dein Haar lang tragen und die Toga ablehnen? Wann wirst du zum ersten Mal ihre Götter anbeten? Du kannst nicht erwarten, daß ich die Ehre unseres Stammes von dir beschmutzen lasse!«

»Und was ist mit dir? Was haben dir die Römer versprochen, wenn du mich umbringst?«

»Die Freiheit. Sie werden mich freilassen, und ich kann nach Hause zurückkehren!«

Duncan sank in die Knie. Kevins Worte und die bittere Wahrheit, die sie offenbart hatten, schmerzten fast noch mehr als die Wunde an seinem Bein.

»Merkst du nicht, was wir hier tun, Kevin? Wir verraten uns gegenseitig. Wir haben uns beide an die Römer verkauft!« Duncan schluckte, Tränen traten ihm in die Augen. »Verdammt, Kevin! Wir hätten uns beinahe getötet, dabei sind wir in einem Dorf aufgewachsen!« Er legte eine Hand auf seine linke Brust. »Vielleicht habe ich mich von ihrer Freundlichkeit blenden lassen. Aber ich bin kein Verräter, Kevin! Das schwöre ich bei den Göttern und bei meinem Leben!«

Kevin ergriff wortlos seine ausgestreckte Hand. Dann half er ihm beim Aufstehen. Das Blut quoll unaufhörlich aus Duncans Wunde. Sein Bein war kalt und taub. Als Kevin merkte, daß Duncan nicht in der Lage war, allein zu gehen, griff er ihm unter die Arme.

»Ich werde Ceallach rufen. Deine Wunde blutet sehr stark.«

Kevin senkte beschämt den Blick. »Wirst du ihm sagen, daß ich dich angegriffen habe?«

Duncan sah ihn erschöpft an. Kevins Gesicht erschien wie durch einen Nebel. Er schüttelte den Kopf.

»Es hat mir die Augen geöffnet!« Schwarze Punkte begannen vor seinen Augen zu tanzen, und er fühlte, wie seine Beine allmählich nachgaben. »Sag Ceallach, daß ich morgen das Werk lesen werde, das er mir gegeben hat!«

Dann sank Duncan ohnmächtig in Kevins Arme.

Nachdem Kevin Duncan zu Ceallach gebracht hatte, lief er durch Eburacum. Vor einem Stall blieb er stehen, vergewisserte sich mit einem Blick über die Schulter, daß ihm niemand gefolgt war, und öffnete dann die Tür. Im Stall war es warm, nur eine einzige Laterne spendete ein wenig Licht. Die Pferde schnaubten leise, als er an ihnen vorbeiging.

»Halt, Kelte!«

Gehorsam blieb Kevin stehen. Er konnte den Sprecher nicht sehen, da er sich im Schatten verborgen hatte.

»Ist Duncan tot?« Die Stimme klang kalt.

»Nein.«

»Was soll das heißen?«

»Ich habe ihn nicht getötet, und ich werde es auch nicht tun. Ich habe Duncan die Treue geschworen. Und ich lasse mich nicht dazu bringen, meinen Fürsten zu verraten!«

»Gestern warst du noch ganz anderer Ansicht!« bemerkte die Stimme höhnisch. »Erinnerst du dich? Du konntest es gar nicht erwarten, ihm die Kehle durchzuschneiden!«

»Ich habe meine Meinung geändert!« Kevins Stimme klang fest. »Ich bin jetzt auch nur hier, um dir mitzuteilen, daß unsere Vereinbarung hinfällig geworden ist.«

»Mit mir getroffene Vereinbarungen lassen sich nicht so

ohne weiteres auflösen, Kelte!« Die Stimme klang tadelnd. »Du hast eine Verpflichtung!«

Kevin ballte die Hände zu Fäusten und warf den Kopf herausfordernd in den Nacken. Seine Augen funkelten.

»Nein. Du mußt dir jemand anderen suchen, der die Schmutzarbeit für dich erledigt! Aber sei gewiß, daß ich jeden, der Duncan ein Leid zufügen will, töten werde! Ich werde ihn beschützen, bis zu meinem Tod!«

Der Mann war so tief im Schatten verborgen, daß Kevin seine Bewegung nicht wahrnahm. Erst als der Wurfspeer auf ihn zuflog, merkte er, daß er direkt unter der Laterne stand. Ihr Licht fiel auf ihn und machte ihn zu einer hervorragenden Zielscheibe. Doch bevor er ausweichen konnte, bohrte sich der Speer in seinen Leib. Mit einem Stöhnen sank Kevin zu Boden und hielt den Griff mit beiden Händen umklammert. Voller Entsetzen sah er auf die tödliche Wunde und die Blutlache, die sich vor seinen Knien bildete. Schritte näherten sich ihm.

»Ich schätze, du wirst deinen Fürsten nicht mehr lange beschützen können, Kelte!«

Überrascht stellte Kevin fest, daß der Römer vorher seine Stimme verstellt hatte. Als er begriff, um wen es sich handelte, blickte er auf.

»Gaius ...« Er spürte, wie ihn allmählich die Kraft verließ, und er fiel auf die Seite. Blut floß aus seinem Mund, als er die Götter flüsternd um Verzeihung für seine Verfehlungen bat. Dann wurde alles dunkel und still um ihn.

Lactimus blieb, bis die mühsamen Atemzüge des Kelten aufhörten. Er brauchte nicht lange zu warten. Mit einem spöttischen Lächeln sah er auf die Leiche zu seinen Füßen hinab.

»Beim Fluchtversuch getötet!«

Er stieß den Körper mit seinem Fuß an und ging aus dem Stall, um Frontinus Bericht zu erstatten.

Am nächsten Tag wurde den Kelten mitgeteilt, daß Kevin bei einem Fluchtversuch von römischen Soldaten getötet worden sei. Sein blutiger Leichnam wurde zur Abschreckung im Kerker aufgehängt. Die Gefangenen mußten zusehen, wie zwei Soldaten ihn mit Stricken an der Wand befestigten. Keiner sprach ein Wort, keiner griff ein. Die Männer waren zu entsetzt, zu verbittert über die Grausamkeit und Willkür der Römer. Als die römischen Soldaten ihr Werk vollendet hatten, hing Kevin mehrere Fuß über dem Boden, die Arme weit ausgebreitet, sein Kopf war auf die Brust gesunken. Duncan bahnte sich einen Weg durch die Männer, bis er direkt vor dem Toten stand. Er beugte vor Kevin die Knie und schwor vor allen Gefangenen, für die Freiheit seines Volkes zu kämpfen.

8

Frontinus bemerkte bald, daß mit Duncan eine Veränderung vor sich ging. Der junge Kelte war nicht mehr so leicht für die römischen Errungenschaften zu begeistern wie bisher. Er weigerte sich, seine Haare zu kürzen, die Toga zu tragen und in die Thermen zu gehen. Statt für Dichtung und Baukunst begann er sich für das Kriegshandwerk zu interessieren und die Werke von Julius Caesar und anderen Feldherrn zu lesen. Mißtrauisch beobachtete Frontinus diese Veränderung. Mancher Offizier empfahl ihm, den Kelten wieder in Ketten legen zu lassen. Doch Frontinus schlug die Warnungen und Empfehlungen in den Wind. Ihm war inzwischen klargeworden, daß sein Plan gescheitert war. Aber es faszinierte ihn, Duncans Entwicklung zu beobachten. Frontinus war überzeugt, daß der junge Kelte einst als gefährlicher Gegner den Römern in einer Schlacht gegenüberstehen würde. Und als Feldherr wußte er, daß es nützlich war, seinen Feind so gut wie möglich zu kennen.

Es war ein ungewöhnlich warmer Tag im April. Cornelia saß auf einer Bank und genoß den Sonnenschein auf ihrem Gesicht.

»Darf ich mich zu dir setzen?«

Cornelia war keinesfalls begeistert darüber, ihre Mutter zu sehen, doch sie verbarg ihren Unmut. Octavia nahm neben ihr Platz.

»Ich muß unbedingt mit dir sprechen.«

»Wenn es wegen Duncan ist, dann will ich es nicht hören!«

»Ich habe erfahren, daß ein Druide in der Stadt sein Unwesen treiben soll. Du hast doch auch schon von den grausamen, blutigen Ritualen gehört, die die Kelten abhalten! Es wird erzählt, daß sie Frauen die Kehlen durchschneiden und ihr Blut trinken ...« Octavia tat, als würde sie bei dem Gedanken erschauern. Sie ergriff Cornelias Hand und verlieh ihrer Stimme einen besorgten Klang. »Wer garantiert mir, daß sie nicht dich als Opfer auserwählt haben?«

Cornelia runzelte ärgerlich die Stirn.

»Das ist doch Unsinn. Duncan würde niemals ...«

»Warum nicht? Weil er dich angeblich liebt? Du weißt, ich habe diesem Burschen von Anfang an nicht getraut, das gebe ich offen zu. Dieser Kerl ist ein Wilder! Du kannst nicht wissen, was in ihm vorgeht!«

Cornelia wollte Duncan verteidigen, doch etwas hielt sie davon ab. Es war, als steckte plötzlich ein winziger, vergifteter Dorn in ihrem Herzen.

In diesem Augenblick führte ein Diener Duncan in den Garten. Cornelia und Octavia waren gleichermaßen überrascht, ihn zu sehen, da er nur selten in das Haus des Vergilius kam. Octavia erhob sich, verabschiedete sich von ihrer Tochter und begrüßte den jungen Kelten flüchtig. Als sie sich umwandte, lächelte sie zufrieden.

Duncan wartete höflich, bis Octavia außer Sichtweite war, dann umfaßte er zärtlich Cornelias Gesicht und küßte sie leidenschaftlich. Als er jedoch merkte, daß sie seinen Kuß nicht wie sonst erwiderte, hielt er inne.

»Weshalb bist du gekommen?«

»Weil ich dich liebe! Ich hatte Sehnsucht nach dir!« Duncan lächelte. »Was ist los, Cornelia? Du scheinst dich nicht über mein Kommen zu freuen.«

Cornelia umfaßte seine Schultern und lächelte verlegen.

»Es ist nur wegen meiner Mutter. Sie kann jeden Augenblick zurückkommen!«

Duncan seufzte ungeduldig und ließ sich mit angezogenen Beinen auf der Bank nieder.

»Du sagtest doch, daß sie den Sommer immer im Süden verbringt! Wann verläßt sie denn endlich die Stadt?«

Cornelia setzte sich neben ihn und zuckte mit den Schultern.

»Ich weiß es nicht. Ich fürchte, daß sie diesen Sommer hier in Eburacum bleibt.«

Duncan stieß einen keltischen Fluch aus.

»Dann werden wir uns wohl damit abfinden müssen! Aber es bedrückt dich doch etwas anderes!« Er umfaßte zärtlich ihr Kinn und drehte ihr Gesicht mit sanfter Gewalt zu sich. »Sieh mich an, Cornelia! Was hast du auf dem Herzen?«

Eigentlich wollte sie dem Gerede ihrer Mutter nicht so viel Bedeutung beimessen. Widerstrebend antwortete sie:

»Es gibt Gerüchte, daß hier in Eburacum ein Druide lebt. Hast du davon schon gehört?«

Duncan zuckte zusammen und starrte nachdenklich auf seine Hände.

»Wer hat dir davon erzählt?«

Warum antwortete er ihr nicht? Wollte er etwa jemanden schützen? Cornelia spürte, wie sich die Zweifel in ihr verdichteten.

»Meine Mutter.« Plötzlich kam ihr ein Verdacht. »Es ist also wahr. Es ist Ceallach!«

Als sie es aussprach, wurde es ihr zur Gewißheit. Ceallach war ein Druide! Er war klug, gebildet und besaß eingehende Kenntnisse in der Heilkunde. Er nahm an allen religiösen Festen der Kelten teil, die, wie sie wußte, nie ohne priesterliche Begleitung stattfanden.

Gespannt erwartete sie Duncans Reaktion auf ihre Enthüllung. Er schüttelte langsam den Kopf.

»Nein. Es gibt in Eburacum keinen Druiden, weder Ceallach noch sonst jemanden. Du solltest nicht jeden Unsinn glauben, den deine Mutter erzählt!«

Doch Cornelia entging nicht, daß Duncan ihrem forschenden Blick auswich. Und färbte nicht eine leichte Röte seine Wangen? Er belog sie! Cornelia fühlte sich, als hätte ihr jemand einen Dolch ins Herz gestoßen.

»Wenn du es sagst, dann glaube ich dir!« Sie ließ Duncan nicht aus den Augen. »Du würdest mich doch niemals anlügen, nicht wahr?«

Er schluckte und schüttelte wieder den Kopf. Seine Nasenflügel bebten, und er biß sich nervös auf die Lippe.

Wenigstens scheint er ein schlechtes Gewissen zu haben! dachte Cornelia voller Bitterkeit.

»Du solltest jetzt gehen!« sagte sie und zwang sich zu einem Lächeln. »Wie gesagt, meine Mutter kann jeden Augenblick zurückkommen, und ich möchte nicht, daß sie ihre schlechte Laune an dir ausläßt.« Sie strich ihm durch das Haar und gab ihm einen flüchtigen Kuß. »Außerdem muß ich erst damit fertig werden, von meiner eigenen Mutter belogen worden zu sein.« Cornelia versuchte gar nicht erst, den aggressiven Klang in ihrer Stimme zu unterdrücken. Es erfüllte sie mit bitterer Genugtuung, zu sehen, wie ihn ihre Worte trafen.

Duncan erhob sich wortlos und wandte sich zum Gehen. Er drehte sich noch einmal zu ihr um.

»Ich ...«

»Wolltest du mir noch etwas sagen, Duncan?«

Hatte er es sich anders überlegt? Cornelia war bereit, ihm noch eine Chance zu geben, die Wahrheit zu sagen. Doch Duncan senkte den Blick und schüttelte den Kopf.

»Ich liebe dich, Cornelia!« sagte er leise. Und dann sah er sie an. In seinen Augen lag ein verzweifelter, fast flehender Ausdruck.

»Schon gut!« erwiderte sie freundlich. »Und nun geh!«

Sie sah ihm nach, bis er den Garten verlassen hatte.

Cornelias Augen füllten sich mit Tränen der Wut und Enttäuschung. Sie hatte Duncan für ehrlich gehalten, sie hatte ihm vertraut! Und sie hatte ihn mehr geliebt als jeden anderen Menschen.

Cornelia war zu sehr mit sich selbst beschäftigt, um zu bemerken, daß ihre Mutter sie vom Fenster aus beobachtete.

Es war Mittag, als Ceallach auf ein ungeduldiges Klopfen hin die Tür öffnete.

»Duncan!« Überrascht ließ er den jungen Mann an sich vorbei.

»Bist du allein?«

»Ja, Brennius ist in den Thermen und wird erst in einer oder zwei Stunden zurückkehren.« Er schloß die Tür. »Es muß etwas Wichtiges sein, wenn du zu dieser ungewöhnlichen Stunde zu mir kommst.«

»In der Tat, Ceallach!« Duncan ging mit langen Schritten im Raum auf und ab. »Es sind Gerüchte über einen Druiden hier in Eburacum im Umlauf! Cornelia hat mich danach gefragt.«

»Und was hast du ihr geantwortet?«

Duncan seufzte.

»Ich sagte ihr, daß diese Gerüchte Unsinn seien.«

»Du hast das Richtige getan.«

»Meinst du?« Duncan fuhr sich niedergeschlagen durchs Haar. »Ich habe sie belogen, Ceallach!«

»Du hattest keine andere Wahl. Du konntest ihr nicht die Wahrheit sagen!« Der Druide legte Duncan väterlich eine Hand auf die Schulter. »Mach dir wegen Cornelia keine Sorgen! Sie liebt dich!«

Duncan schüttelte betrübt den Kopf.

»Möglicherweise nicht mehr! Ich habe ihr Vertrauen mißbraucht!« Seine Stimme war vor Kummer leise. »Cornelia ist klug. Sie kennt unsere Bräuche, und sie weiß, daß du der Druide bist. Sie weiß, daß ich sie angelogen habe. Vielleicht habe ich sie verloren!«

Junger, unerfahrener Fürstensohn! dachte Ceallach und lächelte.

»Liebe schwindet nicht innerhalb weniger Augenblicke, Duncan! Cornelia ist wahrscheinlich enttäuscht. Aber wenn du ihr eines Tages alles erzählen kannst, wird sie dir verzeihen.« Der Druide runzelte die Stirn. »Glaubst du, sie wird ihr Wissen für sich behalten?«

Duncan zuckte hilflos mit den Schultern und seufzte wieder.

»Keine Ahnung. Vielleicht wird sie dich aus Angst an Frontinus verraten. Die meisten Römer fürchten sich vor Druiden. Und wenn sie es nicht tut, wird es jemand anders sein. Man wird dich hinrichten. Du solltest fliehen!«

»Du hast recht. Es wird allmählich gefährlich in dieser Stadt.«

Ceallach legte Duncan eine Hand auf die Schulter. »Dich kann ich beruhigt allein lassen. Du weißt inzwischen, wohin dein Herz gehört!«

Duncan senkte errötend den Blick. Er schämte sich immer noch, wenn er daran erinnert wurde. Ein Lächeln glitt über das Gesicht des Druiden. »Ich werde nach Norden gehen. Dort leben unsere Brüder in Freiheit. Und glaube mir, mein Sohn, eines Tages werden wir uns in Caledonien wiedersehen!«

Noch in derselben Nacht verließ Ceallach heimlich Eburacum. Er nahm nur wenige seiner Habseligkeiten mit; alles, was römischen Ursprungs war, ließ er zurück. Niemand beobachtete den Druiden, wie er sich an der Stadtmauer mit einem Seil hinabließ. Die Götter waren ihm gnädig, denn es war Neumond, und die Sterne wurden von Wolken verdeckt. Die Soldaten auf den Türmen konnten ihn wegen seiner dunkelgrauen Kutte nicht sehen, lautlos huschte er über das Feld. Und als die Sonne blutrot aufging, war Ceallach bereits weit von Eburacum entfernt.

Während Ceallach über ein Feld marschierte und sich den frischen Morgenwind ins Gesicht wehen ließ, machte ein Kaufmann eine grausige Entdeckung. Direkt vor seinem Laden lag die schrecklich zugerichtete und unbekleidete Leiche einer jungen Frau. Ihr Gesicht war bis zur Unkenntlichkeit entstellt, die Finger der rechten Hand fehlten, ihr Bauch war aufgeschlitzt. Fassungslos starrte der Mann auf den goldenen Griff eines Dolches, der immer noch im Körper der Frau steckte, während ein Nachbar die Soldaten der Stadtkohorte herbeirief.

Gaius Lactimus leitete die Untersuchung des Falls. Vorsichtig zog er den Dolch aus dem Körper der Toten. Die lange, gebogene Klinge war versilbert, der Griff aus massivem Gold war mit Ornamenten und Eichenlaub verziert. Es war die Waffe eines Druiden! Lactimus befahl den Soldaten, den Leichnam zu entfernen, und begab sich zu Frontinus, um ihm das Verbrechen zu melden.

Zur gleichen Zeit bemerkte Marcus Brennius das Verschwinden seines Dieners. Als er Frontinus davon erzählte, hatte der Statthalter plötzlich den Verdacht, Ceallach könnte der gesuchte Druide sein. Als ein Zeuge das Messer als Ceallachs Besitz identifizierte und ein anderer ihn in der Nacht beim Fundort der Leiche gesehen haben wollte, wurde der Verdacht zur Gewißheit. Ceallach war ein Druide. Und für eines jener grausamen druidischen Rituale hatte er eine unschuldige Frau getötet. Frontinus bebte vor Zorn. Er mußte diesen Hundesohn unbedingt einfangen und ihn hinrichten lassen!

Duncan war in einem der Vorratsgebäude, als Gaius Lactimus mit acht Soldaten erschien. Er war zu überrascht, um an Gegenwehr auch nur zu denken, als sie ihn in Ketten legten und abführten. Sie brachten ihn in den Kerker. Frontinus war anwesend, Marcus Brennius, Publicus sowie einige Sklaven und Soldaten. Als die Soldaten Duncan mit ausgebreiteten Armen und Beinen zwischen zwei Pfähle gebunden hatten, trat Frontinus auf ihn zu. Das Feuer in der Mitte des kleinen Raumes beschien sein Gesicht, und Duncan konnte erkennen, daß es vor Zorn gerötet war.

»Heute nacht wurde eine junge Frau auf grausame Weise ermordet. Wir wissen, daß ein Druide der Täter war, und wir wissen auch, wer jener Druide ist. Wo ist Ceallach?«

»Ich weiß es nicht.«

»Lüg mich nicht an, Kelte! Ich weiß, daß du sehr engen Kontakt mit Ceallach hattest!«

Duncan lächelte spöttisch.

»Das war deine Idee oder etwa nicht, Frontinus?«

Der Statthalter sah ihn kalt an.

»Es wäre klüger, nicht zu leugnen, sondern uns gleich die Wahrheit zu sagen. Wir verfügen über die geeigneten Mittel, dich zum Sprechen zu bringen.« Er gab Publicus einen Wink. »Zeig ihm, wovon ich rede!«

Der Zenturio ging zu einem Tisch, der so aufgestellt war, daß Duncan ihn deutlich sehen konnte. Er schlug das Tuch zurück und gab den Blick auf etwa ein Dutzend Messer und Haken von unterschiedlicher Größe frei. Folter! Duncan wurde bleich.

»Willst du uns nun sagen, wo Ceallach sich versteckt hält?«

Duncan schluckte. Seine Kehle war plötzlich trocken und wie zugeschnürt. Doch er schüttelte den Kopf.

»Nein. Selbst wenn ich es wüßte, würdet ihr es nicht von mir erfahren!«

Frontinus sah ihn mitleidig an.

»Du hättest dir viel Leid ersparen können, Duncan! Aber du willst es nicht anders!« Frontinus wandte sich zum Gehen. »Berichtet mir, wenn er es sich anders überlegen sollte und bereit ist, zu reden.«

Der Zenturio verbeugte sich, und Frontinus verließ mit seinen Begleitern den Raum. Als sich die schwere Eichentür hinter dem Statthalter geschlossen hatte, war Duncan mit Publicus und den beiden dunkelhäutigen Sklaven allein. Publicus legte seinen Umhang ab, und einer der Sklaven entfachte die Glut in dem Feuer. Der andere schnitt mit einem Messer Duncans Kleidung auf, nahm die Stoffetzen und warf sie achtlos in eine Ecke. Duncan spürte, wie ihm der Schweiß aus allen Poren drang. Es war nicht die Hitze, es war vor allem Angst. Er ahnte, daß Publicus ihm den Weg zum Tod möglichst qualvoll gestalten wollte. Sein Herz klopfte bis zum Hals, als beobachtete, wie der Zenturio mehrere Haken vom Tisch nahm und in das Feuer legte. Dann wählte er sorgfältig eines der Messer aus.

»Die Kunst der Folter besteht darin, den Gefangenen möglichst lange am Leben zu halten.« Er prüfte mit dem Daumen die Schärfe der Klinge. »Ich beherrsche diese Kunst, und du bist zäh! Wir zwei werden sehr viel Zeit miteinander verbringen!«

Duncan brauchte nicht das irre Funkeln in den Augen des Zenturio zu sehen. Er glaubte ihm auch so jedes Wort.

Sylvia machte sich Sorgen um ihre Herrin. Sie klagte über Kopfschmerzen und hatte seit zwei Tagen nichts mehr gegessen. Selbst die warme Milch mit Honig, die Sylvia ihr zum Frühstück bereitet hatte, lehnte sie ab. Cornelia sah krank aus. Sie war bleich, und dunkle Ränder umgaben ihre Augen. Da Sylvia keinen anderen Rat wußte, ging sie in den Garten, um Cornelia mit ein paar frischen Rosenblüten zu erfreuen. Sie kniete sich zwischen die Beete, um die schönsten Rosen auszusuchen, als sie plötzlich Stimmen hörte. Octavia Julia und Gaius Lactimus kamen in den Garten. Offensichtlich hatten die beiden Sylvia nicht bemerkt, denn kaum zehn Fuß von ihr entfernt nahmen sie auf einer Bank Platz.

»Die Götter sind uns wohl gesonnen, Octavia! Ohne daß ich etwas dafür tun mußte, ließ Frontinus Duncan inhaftieren. Brennius' törichter Diener ist genau im richtigen Augenblick geflohen!«

»Ist er wirklich ein Druide?«

Gaius zuckte mit den Achseln.

»Wer weiß das schon! Aber es ist auch nicht wichtig, solange Frontinus davon überzeugt ist. Und unser hochgeschätzter

Statthalter glaubt, daß Duncan genau weiß, wo sich der Druide nun aufhält! Ich komme gerade aus dem Kerker.« Ein boshaftes Lächeln verzerrte sein Gesicht. »Unser Problem ist bald beseitigt.«

Octavia hob ihre Augenbrauen.

»Er ist tot?«

»Das nicht, dieser blonde Bastard ist zäh. Aber er wird nicht mehr lange durchhalten! Ihr könnt bereits die Vorbereitungen zum Festmahl treffen!«

»Noch haben wir keinen Grund dazu. Erst wenn dieser Kelte tot ist und sein Leichnam verbrannt oder vergraben wurde, haben wir ihn besiegt!«

Gaius lachte.

»Publicus hat alle ihm zur Verfügung stehenden Mittel angewandt, seit gestern verhört er Duncan ununterbrochen. Der Kerl atmet zwar noch, aber ich gebe keine Sesterz mehr auf sein Leben. Ihr seid zu pessimistisch, Octavia!«

»Ihr irrt, Gaius. Ich habe mir lediglich angewöhnt, meine Gegner nie zu unterschätzen! Aber dennoch bin ich zufrieden mit Euch. Damit habt Ihr Euch würdig erwiesen!«

»Dabei brauchte ich diesmal fast nichts zu tun! Es lief alles wie von selbst!«

»Nun, es waren doch gewisse Planungen erforderlich. Und den Tüchtigen belohnen die Götter!« Sie beugte sich vor und küßte ihn auf die Wange. »Glaubt mir, ich werde es nicht vergessen und Euch angemessen dafür belohnen!«

Die beiden erhoben sich und verließen wieder den Garten. Sylvia kniete immer noch zwischen den Rosen, ihr Herz schlug bis zum Hals. Als sich die beiden weit genug entfernt hatten, erhob sich Sylvia und eilte in Cornelias Schlafgemach.

Cornelia lag auf dem Bett und sah nur müde auf, als ihre Sklavin erschien.

»Herrin! Duncan wird im Kerker gefoltert ...«

Cornelia setzte sich auf.

»Was sagst du?«

»Frontinus läßt ihn seit gestern foltern, weil er etwas über diesen Druiden wissen soll.« Sylvia kniete sich verzweifelt vor dem Bett ihrer Herrin nieder. Sie ergriff ihre Hand, Tränen liefen ihr über das Gesicht. »Bitte, Ihr müßt mir glauben. Wenn Ihr Euch nicht beeilt, wird es für ihn zu spät sein! Noch niemand hat die Folter so lange durchgestanden!«

Cornelia kleidete sich rasch an und lief zum Justizgebäude. Vergessen waren ihr Zorn und ihre Enttäuschung über Duncans Lüge. Sie machte sich nicht einmal Gedanken darüber, woher ihre Dienerin die Informationen hatte.

Cornelia lief an den Wachen vorbei zum Schreibzimmer des Statthalters. Erregte Stimmen drangen aus dem Raum und zeugten von der hitzigen Diskussion, die dort zwischen den Anwesenden tobte. Die beiden Soldaten vor der Tür versuchten die junge Frau aufzuhalten, doch Cornelia stürmte an ihnen vorbei.

»Was wollt Ihr hier?« Das Gesicht des Statthalters war vor Zorn gerötet. »Wie seid Ihr hier hereingekommen?«

»Verzeiht, Frontinus, aber ich muß mit Euch sprechen!«

»Alles unwichtig! Wachen, bringt sie sofort wieder hinaus!«

»Ihr müßt Duncan freilassen!«

»Er weiß, wo sich dieser Druide aufhält, und er wird es mir sagen!«

»Wie könnt Ihr Euch so sicher sein? Wollt Ihr ihn, aus einer bloßen Vermutung heraus, etwa zu Tode foltern lassen?«

Doch die Miene des Statthalters blieb hart. Cornelias Mut sank. Sie hatte gehofft, den Statthalter überzeugen zu können. In ihrer Verzweiflung warf sie sich vor Frontinus auf die Knie.

»Bitte, laßt ihn frei! Ich flehe Euch an, verschont sein Leben!«

Frontinus zögerte. Derartige Gefühlsausbrüche brachten ihn stets in Verlegenheit.

»Nun«, er räusperte sich, »vielleicht habt Ihr recht. Vielleicht ist er wirklich unschuldig.«

»Gewiß ist er das!« Cornelia ergriff die Hand des Statthalters und schöpfte neue Hoffnung. »Ich würde für Duncan bürgen. Mit meinem ganzen Besitz und mit meinem Leben, wenn es sein muß!«

Frontinus räusperte sich wieder.

»Das Verhör muß sofort abgebrochen werden! Kommt mit!«

Eilig begaben sich Frontinus, Brennius und Cornelia in den Kerker.

In der kleinen, quadratischen Kammer war es noch heißer und stickiger als vorher. Obwohl das Feuer in der Mitte hell loderte, fachte einer der Sklaven die Glut mit Hilfe eines Blasebalgs weiter an. Seine dunkle Haut glänzte vor Schweiß. Der andere Sklave reichte Publicus eine Eisenstange. Die beiden Sklaven blickten auf, als der Statthalter, Marcus Brennius und Cornelia die Folterkammer betraten. Doch Claudius Publicus war zu beschäftigt, um sie zu bemerken. Prüfend blickte er auf die rotglühende Spitze des Hakens in seiner Hand und wandte sich dem Gefangenen zu. Der Anblick des unbekleideten, blutigen und von Brandwunden bedeckten Körpers erfüllte ihn mit Genugtuung. Dieser Kelte verdiente es, zu leiden! Nie wieder sollte er Gelegenheit haben, einen Zenturio zu demütigen! Mit einem Lustgefühl, das er sonst in den Armen einer Hure empfand, preßte Publicus das glühende Eisen auf Duncans Hüfte. Obwohl Rauch von seiner Haut aufstieg, reagierte er nur noch schwach. Genußvoll atmete Publicus den Geruch verbrannten Fleisches ein und lächelte boshaft. Duncan würde nicht mehr lange leben. Wie sehr hatte er diesen Moment herbeigesehnt!

»Hört auf, Publicus!« Überrascht drehte sich der Zenturio zu Frontinus um. »Hat er gestanden?«

»Noch nicht, aber wenn ...«

»Dann ist das Verhör hiermit beendet.«

Publicus starrte Frontinus mit offenem Mund an. Er behielt

den noch schwach glühenden Haken in der Hand, als hätte er nicht gehört, was man von ihm verlangte.

»Habt Ihr nicht verstanden?« brüllte der Statthalter. »Das ist ein Befehl!«

Mit einem ärgerlichen Ausruf warf Publicus das Eisen wieder ins Feuer. Glimmende Holzspäne flogen durch die Luft und trafen einen der Sklaven, der mit einem gequälten Schrei zurückwich. »Von mir aus! Der Kerl macht es sowieso nicht mehr lange!«

Cornelia kamen die wenigen Schritte von der Tür bis zu Duncan endlos vor. Sein Anblick schnürte ihr die Kehle zu. Leblos hing er an den Ketten, deren eiserne Ringe so eng waren, daß die Haut an seinen Gelenken blutig gescheuert war. Schreckliche Wunden bedeckten seinen Körper. Sie würgte, als sie die blutigen Folterinstrumente sah, die ordentlich, wie die Werkzeuge eines Wundarztes, auf dem Tisch lagen. »Bitte, bindet ihn los!« bat sie weinend die Sklaven. Einer von ihnen folgte ihrer Aufforderung und öffnete die Fesseln. Brennius fing Duncan auf und ließ ihn behutsam in Cornelias Arme gleiten.

Duncan nahm kaum noch etwas wahr. Wie aus weiter Ferne hörte er das Zischen, wenn die glühenden Eisen seine Haut berührten. Waren Stunden vergangen oder gar Tage? Duncan hätte es nicht sagen können. Er befand sich in einer undurchdringlichen Finsternis, in der außer Schmerz nichts zu existieren schien – keine Zeit, keine Geräusche, kein Licht. Doch allmählich wurde es um ihn herum heller. Er hörte Wellen, die sich an einem flachen, steinigen Ufer brachen. Das sanfte, gleichmäßige Geräusch erfüllte ihn mit Ruhe und Frieden. Duncan sah an sich herab und stellte fest, daß er bis zu den Knöcheln im Wasser stand. Wahrscheinlich lag vor ihm ein See, doch dichter Nebel verschleierte ihm die Sicht. Langsam und geräuschlos tauchte ein dunkles, unbemanntes Boot aus dem Dunst auf und steuerte auf ihn zu. Noch im gleichen Moment spürte er, daß er gar nicht allein war. Regungslos, wie eine Statue, stand Alawn neben ihm. Auf dem ersten Blick sah er genauso aus, wie Duncan ihn in Erinnerung hatte – groß, kräftig und voller Leben. Ein leichter Wind blies ihm das dunkle Haar aus dem Gesicht. Er trug seinen kostbarsten Goldschmuck, und ein wunderschönes, in einer reich verzierten Scheide steckendes Schwert hing an seinem Gürtel.

»Alawn!«

Duncan machte einen Schritt auf den Freund zu, um ihn vor Freude zu umarmen, doch Alawn wich zurück.

»Du darfst mich nicht berühren, Duncan. Zumindestens jetzt noch nicht!«

Duncan blieb verwirrt stehen. Plötzlich hatte er den Eindruck, als könnte er durch den Körper seines Freundes hindurch die Steine des Ufers sehen.

»Wo bin ich? Ist das der Tod?«

Alawn schüttelte den Kopf.

»Nein, Duncan. Aber du bist dem Tod sehr nahe. Dieser See trennt das Leben, wie du es kennst, von der anderen Welt. Das Boot kann dich dorthin bringen, wo unsere Ahnen leben, Nuala, deine Mutter ...« Alawn sah Duncan an. »Doch du kannst frei entscheiden, ob du zurückkehren oder deinen Weg zur anderen Welt antreten willst.«

»Was erwartet mich im Leben?«

»Schmerzen, Enttäuschungen – der Kampf um unsere Freiheit ist noch lange nicht beendet. Vielleicht ist er auch niemals vorbei. Doch ebenso wirst du Liebe und Freude erfahren.« Alawn sah auf das Wasser des Sees hinaus. Seine Augen schienen auf die Unendlichkeit gerichtet zu sein. »Wenn du das Boot besteigst, werden wir wieder zusammen sein, gemeinsam jagen, essen und trinken. Aber du mußt Cornelia zurücklassen.« Duncan lächelte.

»Werde ich sie nicht ebenso wiedersehen wie dich jetzt? Wir werden eines Tages wieder zusammensein! Also sollte mir die Entscheidung nicht schwerfallen!«

Alawn schüttelte bedächtig den Kopf.

»Nein, sie wird nicht in die andere Welt reisen. Sie ist noch nicht so weit, um dir zu folgen. Wenn du jetzt gehst, wirst du sie verlieren!«

Duncan fühlte, wie eine eiskalte Hand sein Herz ergriff.

»Nein!« flüsterte er entsetzt, Tränen füllten seine Augen.

»Es liegt allein bei dir!« Es schien, als würde Alawn lauschen. »Ich glaube, sie ruft dich, mein Freund!«

Wie aus weiter Ferne hörte Duncan Cornelias Stimme. Er sah zurück und erahnte ihre Gestalt verschwommen im Nebel. Und je länger er hinsah, um so deutlicher wurde sie.

»Ich könnte nicht ohne sie leben, Alawn!«

»Und sie kann nicht ohne dich sein!«

»Wenn ich mich entscheide, ins Leben zurückzukehren – werde ich dich trotzdem wiedersehen?«

Duncan wandte sich seinem Freund zu, dessen Gestalt im Nebel zu verschwimmen begann. Dennoch erkannte er, daß Alawn lächelte.

»Du hast dich bereits entschieden, Duncan!«

»Halt, warte, laß mich nicht allein!«

»Wir werden uns wiedersehen! Geh zurück zu Cornelia!«

Alawns Stimme wurde immer leiser und undeutlicher und ging schließlich im Geräusch der Wellen unter.

Cornelia hielt Duncan in ihren Armen, Frontinus und Brennius beugten sich über sie.

»Bei den Göttern!« entfuhr es Brennius. »Atmet er noch?«

Frontinus prüfte Duncans schwachen, unregelmäßigen Herzschlag und schüttelte bedauernd den Kopf.

»Publicus hat recht, er stirbt. Er muß furchtbare Schmerzen haben. Es wäre barmherziger, ihm den Todesstoß zu geben, als ihn noch länger leiden zu lassen!«

»Nein!« entgegnete Cornelia heftig. »Er wird es schaffen!«

Frontinus sah Brennius an und zuckte ratlos die Schultern.

Wie sollte er der jungen Frau beibringen, daß ihr Geliebter dem Tod geweiht war?

Brennius konnte Cornelias Trauer nachempfinden. Doch er war lange genug Soldat gewesen, um zu erkennen, wenn ein Mann an der Schwelle des Todes stand. Der junge Silurer würde seine schweren Verletzungen nicht überleben. Er verdiente es nicht, daß man seine Qual auch noch verlängerte!

»Laßt ihn gehen, Cornelia!« sagte er leise und legte ihr seine kräftige Hand auf die Schulter. »Es hat keinen Sinn mehr!«

Cornelia schüttelte wortlos den Kopf. Liebevoll strich sie Duncan das wirre blonde Haar aus dem bleichen Gesicht. Der Tod warf bereits seinen Schatten auf Duncans Wangen, sein Körper war schlaff und kalt. Doch Cornelia wollte sich noch nicht geschlagen geben. Immer wieder flüsterte sie Duncans Namen in sein Ohr, küßte seine kühlen Schläfen und bat ihn, bei ihr zu bleiben. Sie schickte heiße Gebete in keltischer Sprache zu Göttern, von denen sie nicht einmal die Namen wußte. Als sie schon beinahe aufgeben wollte, sah sie Tränen, die unter Duncans geschlossenen Lidern hervorquollen.

»Duncan! Ich wußte, daß du nicht aufgibst! Es ist vorbei. Ich bin bei dir!«

Mühsam öffnete Duncan die Augen. Er versuchte etwas zu sagen, doch Cornelia legte einen Finger auf seine trockenen, aufgesprungenen Lippen.

»Sprich nicht, es strengt dich zu sehr an!« Zärtlich küßte sie ihm die Tränen von der Wange. »Ich liebe dich!«

Ein schwaches, kaum sichtbares Lächeln glitt über Duncans bleiches Gesicht, dann verlor er das Bewußtsein.

»Er braucht einen Arzt!« Cornelia sah zu Frontinus und Brennius auf. »Bringt ihn in das Haus meines Vaters!«

Frontinus runzelte die Stirn.

»Es ist vergebliche Mühe. Seht ihn an, Cornelia! Er ist doch mehr tot als lebendig!«

Cornelia sah den Statthalter an. Ihre Tränen waren versiegt, und in diesem Augenblick empfand sie nur noch Zorn.

»Ich bin sicher, Ihr würdet anders sprechen, wenn er ein Römer wäre! Selbst der niedrigste Legionär würde ärztliche Hilfe erhalten! Aber Duncan ist schließlich nur ein Barbar. Da endet die vielgepriesene römische Ehrfurcht vor Tapferkeit und Stolz!« Ihre braunen Augen funkelten herausfordernd. »Ich werde Duncan pflegen, bis er wieder gesund ist. Um mich daran zu hindern, werdet Ihr mich im Kerker einsperren müssen! Meine Mutter und ihre Verwandten am Hofe des Kaisers wären sicherlich sehr erfreut, davon zu hören!«

Frontinus seufzte. Wer konnte etwas gegen den Willen einer Frau ausrichten? Noch dazu, wenn diese Frau die Tochter der Octavia Julia war?

»Gut, macht mit ihm, was Ihr wollt. Aber sobald er genesen ist, wird sein Fall neu entschieden! Nur weil seine Schuld bisher nicht bewiesen werden konnte, heißt das noch lange nicht, daß er unschuldig ist. Möglicherweise ist er ein Verräter!«

Während Frontinus mit den anderen den Kerker verließ, nahm Brennius seinen Umhang von den Schultern und wickelte Duncan vorsichtig darin ein. Dann trug er ihn so behutsam zum Haus des Vergilius Didimus, als wäre der junge Kelte sein eigener Sohn.

Einige Tage später erwachte Duncan aus dem tiefen Schlaf, in den seine Bewußtlosigkeit übergegangen war.

Wie gewohnt rollte er sich zur Seite, um aufzustehen. Als er merkte, daß er nicht wie sonst auf dem Boden schlief, war es bereits zu spät. Er fiel etwa drei Fuß tief auf einen harten, mit Vogelbildern geschmückten Boden. Schlimme Schmerzen durchzuckten jedes Glied seines Körpers und raubten ihm den Atem. Mühsam nach Luft ringend, versuchte er, sich zu bewegen und aufzustehen. Doch der Schmerz schwoll dermaßen an, daß er aufschrie. Keuchend vor Anstrengung blieb er in seiner augenblicklichen Position liegen. Eilige Schritte näherten sich, und besorgt beugte sich Cornelia über ihn.

»Duncan! Was ist passiert?«

Ihr Gesicht verschwamm vor seinen Augen in einem Meer schwarzer, tanzender Punkte, ihre Stimme ging in einem Rauschen unter. Dann ließ ein kühlendes, feuchtes Tuch auf seiner Stirn sein Bewußtsein zurückkehren, und der Schmerz ebbte allmählich auf ein erträglicheres Maß ab.

»Wo bin ich?« Duncans Stimme war kaum mehr als ein Hauch.

»Du bist in meinem Schlafzimmer. Ich habe dich hierher bringen lassen, damit ich für dich sorgen kann.« Cornelia schüttelte tadelnd den Kopf. »Du hättest nicht versuchen sollen, allein aufzustehen! Deine Wunden sind noch nicht verheilt!«

»Ich konnte doch nicht ahnen, daß ...«

»Ruhig, du mußt dich wieder hinlegen. Ich helfe dir!«

Vorsichtig griff Cornelia ihm unter die Arme. Duncan versuchte sich dagegen zu wehren. Es war ihm unangenehm, sich von Cornelia helfen zu lassen. Die zwei Schritte würde er auch allein schaffen! Doch schließlich sah er ein, daß er nicht genügend Kraft hatte. Er biß die Zähne so heftig zusammen, daß es knirschte. Selbst die geringste Bewegung bereitete ihm Höllenqualen. Es schien fast eine Ewigkeit vergangen zu sein, bis er sich endlich erleichtert in die weichen Kissen des Bettes sinken ließ.

»Du brauchst dir keine Sorgen zu machen!« Sie erneuerte das feuchte Tuch auf seiner Stirn. »Frontinus hat Ceallach zwar Soldaten auf die Fährte geschickt, doch bislang konnte er nicht gefunden werden. Und ich habe für dich bei Frontinus gebürgt. Ich habe ihm gesagt, du wüßtest nichts über einen Druiden.«

Der offene Blick ihrer braunen Augen schnitt Duncan ins Herz. Er liebte Cornelia mehr als sein Leben, und dennoch hatte er sie belogen! In diesem Moment waren die Schmerzen in seinem Körper gering, verglichen mit denen in seiner Seele. Er ergriff ihre Hand und sandte ihr einen flehenden Blick.

»Bitte verzeih mir!«

Cornelia sah auf Duncans schlanke Hand hinab, die sie zärtlich festhielt.

»An jenem Tag in unserem Garten habe ich sofort bemerkt, daß du nicht die Wahrheit gesagt hast. Deine Augen haben dich verraten. Ich fühlte mich betrogen, ich war enttäuscht und glaubte, dich nie wieder lieben zu können. Doch als ich dich im Kerker in meinen Armen hielt und spürte, daß der Tod nicht mehr weit war, kam mir alles so lächerlich vor. Es ist doch nicht wichtig, ob Ceallach ein Druide ist oder nicht, selbst wenn du mich belogen hast. Ich weiß nun, daß du deine Gründe hattest, mir die Wahrheit zu verschweigen.« Cornelia lächelte. »Es gibt nichts, Duncan, was ich dir verzeihen müßte. Ich liebe dich!«

Duncan schluckte.

»Ich fürchtete, dich für immer verloren zu haben!« gestand er leise. »Dieser Gedanke hat mich fast zum Wahnsinn getrieben!« Er holte tief Luft. »Ich muß dir vieles erklären, Cornelia. Ich möchte, daß du verstehst, warum ich dir nicht die Wahrheit sagen konnte! Ceallach ist wirklich ein Druide und ...«

Cornelia legte ihm sanft eine Hand auf den Mund.

»Ich weiß. Aber jetzt ist nicht der richtige Zeitpunkt für Erklärungen! Du kannst mir alles erzählen, wenn du wieder gesund bist. Jetzt solltest du versuchen zu schlafen. Du brauchst Ruhe!«

Sie beugte sich vor und küßte ihn. Duncan erwiderte den Kuß, ohne sich wehren zu können. Er fühlte sich hilflos und schwach. Doch seltsamerweise war nichts Beunruhigendes daran. Im Gegenteil, er fand es plötzlich sehr angenehm, Cornelia ausgeliefert zu sein und von ihr umsorgt zu werden. Allmählich fielen ihm die Augen vor Müdigkeit und Erschöpfung zu, und er glitt in einen tiefen, traumlosen Schlaf.

Es war später Nachmittag, und Frontinus ging in seinem Schreibzimmer auf und ab. Dieser Tag war einer der schwärzesten seiner bisherigen Laufbahn! Es hatte damit begonnen, daß ihm einer der Legionäre während des Frühstücks meldete, die Truppen, die er dem flüchtigen Druiden Ceallach hinterher geschickt hatte, seien unverrichteter Dinge zurückgekehrt. Sofort hatte er die Offiziere der Spähtrupps empfangen, und sie berichteten ihm ausführlich von ihrer ergebnislosen Suche. Von dem Druiden fehlte jede Spur, niemand schien ihn gesehen zu haben. Dabei war Frontinus davon überzeugt, daß Ceallach bei den Kelten in der Umgebung Unterschlupf gefunden hatte. Als der Druide geflüchtet war, hatte er kein Pferd bei sich gehabt, und zu Fuß konnte er nicht weit gekommen sein. Aber sollte er alle Bauern im Umkreis von zwei Tagesritten gefangennehmen und foltern lassen, nur um den Mord an einer Sklavin zu sühnen? Ein weiteres Verbrechen war dem Druiden nämlich nicht nachzuweisen. Und da der Leichnam der jungen Frau bereits bestattet worden war, hatte sich Frontinus zähneknirschend dazu durchgerungen, dem Druiden nicht weiter zu folgen und die Tote ruhen zu lassen. Doch der Gedanke, daß ihm Ceallach durch die Finger geschlüpft war und nun vielleicht in einem anderen Teil Britanniens die Kelten zum Widerstand aufwiegeln konnte, hinterließ bei ihm einen bitteren Nachgeschmack.

Die nächste schlechte Nachricht hatte er nur zwei Stunden später durch einen Boten erhalten. In einigen Dörfern der Briganter weigerten sich die Bewohner, die von den Römern erhobenen Steuern zu bezahlen. Frontinus hatte sich noch nicht zu einem Entschluß durchringen können, als bereits ein weiterer Bote eintraf. Er überbrachte einen Brief von Römern, die an den Grenzen zum Lande der Ordovicer lebten. Römische Güter wurden von umherziehenden barbarischen Horden geplündert. Die Insel Mona schien wieder von Druiden in Besitz genommen worden zu sein, und die keltischen Priester schürten den Widerstand der Ordovicer unaufhörlich. Die Siedler baten Frontinus eindringlich um Schutz vor den Barbaren.

Für Frontinus war es keine Frage, daß die Unterstützung

der römischen Veteranen im Kampf gegen die Ordovicer Vorrang hatte. Die aufständischen Briganter zu zähmen hatte noch einige Tage Zeit. Frontinus machte sich sofort an die Arbeit und stellte eine Liste der Truppen zusammen, die unter seinem Befehl an die mehrere Tagesreisen entfernte Küste Britanniens marschieren sollten, um die Ordovicer zu bezwingen. Der Bote, den er mit dem Befehl nach Caerleon schickte, daß sich die Zweite Legion ebenfalls marschbereit halten sollte, stieß an der Tür mit Marcus Brennius zusammen. Überrascht nahm Frontinus das Rücktrittsgesuch des Offiziers entgegen. Angesichts der Vorfälle, in die sein persönlicher Diener Ceallach verwickelt war, sah sich Brennius außerstande, seinen Dienst in der Stadtkohorte fortzuführen. Diese Nachricht traf Frontinus mehr als alle vorherigen. Er hielt Marcus Brennius für einen aufrichtigen, tugendhaften Mann. Seine Fähigkeiten und seine Treue hatten ihm den Offizier in den Jahren seiner Statthalterschaft zu einem hochgeschätzten Freund werden lassen. Dennoch war sich Frontinus bewußt, daß Brennius' Entscheidung klug war. Obwohl man ihm nichts nachweisen konnte, würde der Verdacht der Zusammenarbeit mit aufständischen Kelten an dem alten Offizier haften bleiben. Schweren Herzens nahm Frontinus deshalb sein Rücktrittsgesuch an. Das einzige, was er noch tun konnte, war, Brennius als Belohnung für seine Dienste ein Haus in Eburacum anzubieten. Es war keine Luxusvilla, aber genug, um dem alten Offizier ein angenehmes und sorgenfreies Leben zu ermöglichen, wie es seiner Meinung nach einem ausgeschiedenen Offizier der römischen Armee zustand. Er war erfreut, daß Brennius dieses Angebot annahm.

Frontinus dachte gerade über diese Koppelung von Schicksalsschlägen nach, als es erneut an seine Tür klopfte. Ohne Frontinus' Zustimmung abzuwarten, öffnete sein Diener und ließ einen Römer eintreten, der die Kleidung der Boten trug. Frontinus erwiderte den Gruß mit Unbehagen. Hatten die

Ordovicer bereits Caerleon eingenommen? Er fuhr sich durchs Haar und räusperte sich.

»Was gibt es?«

»Ich überbringe Euch eine Nachricht aus Rom!«

Frontinus nahm die ihm überbrachte Schriftrolle entgegen und betrachtete sie. Das kostbare Elfenbein der Stäbe, das unverwechselbare Siegel – diese Nachricht stammte vom Kaiser! Frontinus wich das Blut aus den Adern. Was hatte das Schicksal noch mit ihm vor?

»Du kannst gehen!« Mit einem Nicken entließ er den Boten. Er wartete, bis sich die Tür hinter ihm geschlossen hatte, bevor er das Siegel mit dem Daumennagel brach und das Schriftstück entrollte. Aufmerksam las er Zeile für Zeile. Als er den Brief zu Ende gelesen hatte, ließ er die Schriftrolle sinken. Allmählich kehrte die Röte in sein Gesicht zurück. Schließlich brach er in lautes Gelächter aus. Sein Diener, besorgt über den merkwürdigen Ausbruch seines Herrn, eilte sofort herbei.

»Herr, ist Euch nicht wohl?«

»Keineswegs! Soeben haben sich alle Probleme in nichts aufgelöst! Du kannst schon anfangen, unsere Sachen zu packen. Der göttliche Vespasian geruht, mich aus Britannien abzuberufen!« Frontinus brach erneut in schallendes Gelächter aus. »Niemals kam mir ein Befehl des Göttlichen gelegener als jetzt! Soll sich doch mein Nachfolger Agricola mit flüchtigen Druiden, wilden Ordovicern und zahlungsunwilligen Brigantern abgeben! Ich werde bald wieder in Rom sein!«

Einige Tage später ging es Duncan bereits viel besser, so daß Cornelia glaubte, ihn für eine Stunde allein lassen zu können. Als sie sich von ihm verabschiedete, ermahnte sie ihn, nicht aufzustehen. Doch sie hatte kaum das Haus verlassen, als Duncan bereits die Decke zurückschlug. Im ersten Moment drohten seine Beine nachzugeben, kurzzeitig fühlte er sich schwindelig, doch dann hatte er sich unter Kontrolle. Vorsichtig dehnte er die durch die lange Bettruhe steif gewordenen Glieder. Die vernarbenden Wunden juckten und spannten, aber er hatte kaum noch Schmerzen. Zielstrebig ging er zu dem Spiegel, der auf Cornelias Schminktisch stand.

Beim Anblick seines Spiegelbildes verzog Duncan angewidert das Gesicht. Sein Haar war wirr, ungepflegt und strähnig, seine Wangen und sein Kinn von dichten Bartstoppeln bedeckt, und seine Haut klebte vor Schweiß und den seltsam riechenden Wundsalben des römischen Arztes. Er haßte Schmutz, er haßte ungepflegtes Haar und, im Gegensatz zu vielen anderen seines Volkes, er haßte Bärte! Duncan schüttelte den Kopf. Wenn er daran dachte, daß Cornelia diesen Kobold, der ihm aus dem Spiegel entgegenstarrte, geküßt hatte, dann konnte das nur ein Zeichen tiefer Liebe sein. Er öffnete die Tür, und der Zufall wollte es, daß gerade in diesem Moment ein Diener vorbeikam. Er winkte den Jungen zu sich und bat ihn um Wasser, Tücher und ein Rasiermesser.

Es dauerte nicht lange, und der Diener kehrte mit dem Gewünschten zurück, sogar keltische Seife brachte er mit. Duncan schrubbte seinen Körper, reinigte seine Zähne, wusch seine langen, wirren Haare und rasierte sich. Als er fertig war, trocknete er sich ab, kämmte sich und band ein sauberes Tuch um seine Hüften. Schließlich polierte er seine goldenen Armreife und den Halsring, bis sie glänzten. Als er wieder einen Blick in den Spiegel warf, lächelte er zufrieden. Endlich sah er wieder wie ein Mensch aus!

Duncan ging langsam durch den Raum und sah sich um. Er nahm die seltsamen Gegenstände in die Hand, die auf dem mit einem Marmoraufsatz versehenen Schminktisch standen. Tiegel mit duftenden Salben, roter und schwarzer Farbe, feine Pinsel, Goldschmuck und kostbare Haarkämme. Ein kleiner, aus blauem Glas gefertigter Flakon fesselte seine Aufmerksamkeit. Vorsichtig öffnete er die winzige Flasche und atmete den Duft ein. Unwillkürlich schloß er die Augen. Es war jener Duft, den er bei Cornelia gerochen hatte, als er in das Haus ihres Vaters gebracht wurde und sie ihn zum ersten Mal geküßt hatte. Lächelnd stellte er den Flakon wieder an seinen Platz. Seine Finger glitten über das dunkle Holz der zwei Truhen, die auf beiden Seiten des Schminktisches standen. Sie waren mit kostbaren, seltsam anmutenden Schnitzereien verziert. Duncan fragte sich, welches von den Römern unterdrückte Volk diese Möbelstücke wohl angefertigt haben mochte. Dann wandte er seine Augen den Wänden zu, die mit fremdartigen Landschaften geschmückt waren.

In diesem Augenblick betrat Cornelia mit ihrer Sklavin Sylvia, die ein Tablett trug, den Raum.

»Duncan! Du bist ja doch aufgestanden!« bemerkte Cornelia und gab ihrer Dienerin ein Zeichen, sich zu entfernen. Sie mußte jedoch feststellen, daß Sylvia nicht darauf achtete, sondern mit unverhohlener Bewunderung den lediglich mit einem Hüfttuch und seinem Goldschmuck bekleideten, gutaussehenden Mann betrachtete. »Sylvia, du darfst gehen!«

Die Schärfe in ihrer Stimme ließ die Sklavin vor Verlegenheit zusammenzucken.

»Verzeiht meine Unaufmerksamkeit!« murmelte sie und senkte errötend den Blick unter dem wissenden, spöttischen Blick ihrer Herrin. Eilig lief sie an Duncan vorbei, stellte das Tablett mit den Speisen auf eine der Truhen und verließ den Raum, ohne noch einmal aufzublicken. Als sie jedoch die Tür hinter sich schloß, hörten Cornelia und Duncan ihren tiefen Seufzer.

»Was hat sie?«

»Sie ist eine Frau!« Cornelias Blick glitt über seinen Körper. Die frischen Narben waren noch gerötet, sein Gesicht war schmal und blaß. Doch seine Haltung war stolz, und seine blauen Augen funkelten vor Temperament. Lächelnd berührte sie seine glatte Wange. »Du hast dich rasiert!«

»Es war höchste Zeit! Mein Anblick war grauenhaft!« Er küßte sie leidenschaftlich. »Einer eurer Diener hat mir alles gebracht, was ich brauchte.«

»Er hätte auch an die Kleidung denken sollen!«
»Wozu?«
Cornelias Hände glitten zu seinen Hüften. Das Spiel seiner Muskeln begann sie zu erregen. Langsam, Schritt für Schritt, näherten sie sich dem Bett, ohne sich auch nur für einen Augenblick voneinander zu lösen. Eng umschlungen sanken sie in die Kissen.

Cornelia stützte sich auf ihren Ellbogen und betrachtete liebevoll den schlafenden Mann neben sich. Sanft strich sie das Haar zur Seite und küßte seinen Nacken. Ein wohliger Laut stieg aus Duncans Kehle auf, und er streckte seine Glieder. »Hast du Hunger?« Ein verschlafenes Nicken war die Antwort. »Ich bin gleich wieder da!«
Cornelia erhob sich rasch und lief zu der Truhe, um das Tablett zu holen, auf dem zwei Becher, ein Krug mit Wein, Brot und Oliven standen.
Duncan setzte sich auf. Cornelia stellte die Speisen einfach auf das Bett zwischen die Laken und Kissen und reichte ihm einen Becher Wein. Duncan ließ genußvoll die dunkelrote Flüssigkeit durch seine Kehle rinnen. Cornelia beobachtete ihn lächelnd und reichte ihm Brot.
»Du solltest essen, sonst hat der Wein auf dich eine zu starke, berauschende Wirkung!«
Duncan lachte und nahm ihr das Brot aus der Hand.
»Fürchtest du dich vor mir?« Dann entdeckte er die Oliven auf der Schale und runzelte überrascht die Stirn. »Ist das Jahr bereits so weit fortgeschritten, daß die Pflaumen bald reif werden?«
»Das sind keine Pflaumen. Man nennt diese Früchte Oliven! Sie schmecken vorzüglich und sind sehr aromatisch!«
»Diese Früchte sind genießbar? Sie sind doch noch grün, diese ...« Duncan stockte, als er nach dem Wort suchte.
»Oliven!« vollendete Cornelia den Satz und lachte über sein mißtrauisches Gesicht. »Du solltest sie unbedingt ko-

sten!« Cornelia nahm eine Olive und schob sie ihm in den Mund. Die grüne, eiförmige Frucht fühlte sich auf seiner Zunge fest an. Zögernd biß er zu. Die Frucht war säuerlich. Gleichzeitig breitete sich ein strenger, halb bitterer, halb salziger Geschmack auf seinem Gaumen aus. Schnell schluckte er die Olive hinunter und verzog das Gesicht. Obwohl er den Becher in einem Zug leerte und sich den Mund mit dem Wein ausspülte, blieb der unangenehme Geschmack.

»Wirf sie fort! Man wollte dich betrügen! Diese Dinger sind ungenießbar!«

»Nein, keineswegs! Der Händler, bei dem unser Küchensklave sie erstanden hat, verkauft die besten Oliven in Eburacum. Nimm noch welche!«

Doch Duncan wehrte rasch ab.

»Mir reicht Brot!« Kopfschüttelnd beobachtete er Cornelia, die die Oliven mit sichtlichem Genuß aß. »Ihr Römer seid ein verrücktes Volk!«

Cornelia lachte.

»Ich fürchte, aus dir wird nie ein zivilisierter römischer Bürger werden! Frontinus ist gescheitert, und auch sein Nachfolger Agricola ...«

Weiter kam Cornelia nicht. Denn Duncan erschrak so heftig, daß er den Krug und beide Becher umstieß. Diese heftige, abrupte Bewegung jagte den schon fast vergessenen Schmerz wieder durch jedes Glied seines Körpers. Duncan schrie auf und ließ sich keuchend auf den Rücken fallen. Das Atmen fiel ihm schwer, als laste ein riesiger Felsen auf seiner Brust. Sein Magen verkrampfte sich und drohte seinen Inhalt wieder von sich zu geben. Düstere Bilder tauchten vor seinem inneren Auge auf. Er sah das Gesicht seiner Mutter im Feuerschein, ihre ihm Tod weit aufgerissenen Augen, das Blut, das aus ihrer Kehle hervorquoll. Und immer wieder kreiste ein Wort durch sein Gehirn. Ein Wort, das für ihn gleichbedeutend war mit Haß, Trauer und Verlust, mit Unfreiheit und Demütigung – Agricola. Duncan schloß die Augen und fuhr sich mit beiden

Händen durchs Haar, als könnte er dadurch die Erinnerungen vertreiben.

»Duncan! – Duncan!«

Langsam kam ihm zu Bewußtsein, daß Cornelia ihn rief, daß ihre Hände beschwichtigend auf seinen Schultern lagen. Er öffnete die Augen und wischte sich die Tränen von den Wangen. »Was ist los, Duncan? Hast du Schmerzen?« Sie strich ihm das blonde Haar aus der schweißnassen Stirn. »Was ist mit Agri ...«

Doch Duncan legte ihr schnell die Hand auf den Mund.

»Sprich dieses Wort nicht aus! Es ist ein Fluch!«

Cornelia war verwirrt und beunruhigt zugleich. Sie hatte ihn noch nie so aufgewühlt erlebt. Er zitterte am ganzen Körper. Duncan versuchte mühsam, seine Beherrschung wieder zu erlangen. Er setzte sich auf und fuhr sich wieder durch das Haar. Mit leiser, bebender Stimme erzählte er Cornelia, was sich in jener Nacht vor vielen Jahren zugetragen hatte.

Cornelia lauschte betroffen. Sie hatte von den blutigen Massakern unter den Kelten gehört, die vor vielen Jahren unter dem Befehl von Suetonius Paulinus stattgefunden hatten. »Ich glaube nicht, daß es derselbe Mann ist, Duncan«, sagte sie nach einer Weile. »Als die Kunde von diesen Greueln nach Rom gedrungen war, hatte der Kaiser die daran beteiligten hohen Offiziere, einschließlich des damaligen Statthalters, aus Britannien abberufen. Soviel ich weiß, erhielten sie keine weiteren Beförderungen mehr.« Cornelia nahm Duncans Gesicht in ihre Hände. »Es muß ein anderer Mann sein, der nun Statthalter von Britannien wird! Er trägt nur zufällig den gleichen Namen.«

»Wahrscheinlich hast du recht. Niemand würde einen Mörder zum Statthalter machen. Nicht einmal Römer würden das wagen!«

Der Wunsch, an seine eigenen Worte zu glauben, stand deutlich in Duncans klaren blauen Augen. Doch gleichzeitig sah Cornelia darin sein tief verwurzeltes Mißtrauen und seinen Haß, gewachsen durch viele, leidvolle Erfahrungen. Was hatten Römer ihm alles angetan!

»Wie sehr mußt du uns hassen!« flüsterte sie mit Tränen in den Augen.

Duncan schüttelte den Kopf.

»Nein, nicht alle!« Seine Hand glitt durch ihr dunkles, seidiges Haar, und über sein Gesicht huschte ein liebevolles Lächeln. »Das hast du mich gelehrt!«

Seine Lippen berührten sanft ihren Mund, ihre Stirn, ihren Hals. Schließlich sanken die beiden wieder in die Kissen zurück. Sie vergaßen ihre Umgebung, sie vergaßen die Zeit, sie vergaßen Kelten und Römer. Sie vergaßen sogar jenen düsteren, unheilverkündenden Schatten, der für einige Augenblicke aus der Vergangenheit aufgetaucht war – Agricola.

9

Frontinus begab sich bereits wenige Tage später nach Londinum. Die aufständischen Ordovicer und Briganter waren nebensächlich geworden. Er mußte in der britannischen Hauptstadt alles für die Amtsübernahme des neuen Statthalters und seine eigene Abreise vorbereiten. Schon Mitte Juni traf sein Nachfolger Julius Agricola in Britannien ein. Während der zwei Tage dauernden Einführung ins Amt des britannischen Statthalters hatte Frontinus genügend Zeit, Agricola auf alle Schwierigkeiten in diesem Land am Rande des Römischen Imperiums aufmerksam zu machen.

Frontinus hatte die gallische Küste noch nicht erreicht, als Agricola bereits den Befehl gab, die Briganter zur Zahlung der Steuern zu zwingen und – falls erforderlich – ihre Dörfer zu zerstören und sie zu enteignen, um die ausstehende Schuld zu begleichen. Dann begab sich der neue Statthalter nach Caerleon, um gegen die aufständischen Ordovicer vorzugehen.

Unterdessen nahm das Leben in Eburacum seinen gewohnten Gang. Gaius Lactimus dachte über Möglichkeiten nach, den verhaßten Kelten aus dem Weg zu räumen. Der Rücktritt von Marcus Brennius aus seinem Amt als Befehlshaber der Stadtkohorten kam ihm dabei unerwartet zu Hilfe. Gaius wurde Brennius' Nachfolger, und als auch noch Frontinus Eburacum verließ, hatte er nahezu freie Hand, was die Behandlung der Kelten betraf. Dabei ging er sehr vorsichtig zu Werke. Frontinus' Befehl, den Kelten und insbesondere Duncan kein Leid zuzufügen, galt immer noch, aber es gab subtilere Methoden als die Peitsche.

Duncan bekam diese Methoden schon bald zu spüren. Da ihm nun die Rückendeckung von Männern wie Frontinus und Brennius fehlte, hatte er in den Bemühungen, seinen Mitgefangenen das Leben zu erleichtern, harte Kämpfe auszufechten. Immer geschickter wurden die Winkelzüge, mit denen sich die Soldaten unter Gaius' Befehl seinen Forderungen widersetzten, und immer anstrengender wurde es für ihn, diese dennoch durchzusetzen. Gleichzeitig wurde die Gefangenschaft zunehmend unerträglicher. Auch wenn er sich frei bewegen durfte, so waren seine Ketten lediglich unsichtbar, und sein Kerker hatte sich nur vergrößert. Er war eingesperrt in dieser schmutzigen, überfüllten Stadt. Bei heißem Wetter, wenn die Luft in den engen Gassen stand und kein Wind Abkühlung brachte, stank Eburacum nach Abwässern und Exkrementen. Duncan hatte das Gefühl, der Staub, die Enge und der ekelerregende Geruch würden ihn langsam und unaufhaltsam ersticken. Er sehnte sich danach, das Rauschen des Windes in den Bäumen zu hören, im weichen Gras zu liegen und in einen Himmel zu schauen, der nicht vom Blick auf Dächer eingeengt wurde. Allmählich begann er seine Landsleute zu beneiden, die in den Steinbrüchen arbeiteten. Die Arbeit war hart und ging manchmal über die Kräfte der Männer. Doch auf dem Weg dorthin roch es nach Wald, nach Wiesen und nach Getreide. Immer öfter dachte er daran, mit Cornelia aus Eburacum zu fliehen und irgendwo, vielleicht im Norden, wo die Römer noch keinen Fuß hingesetzt hatten, ein einfaches, aber freies Leben zu führen. Doch Eburacum hielt ihn unerbittlich fest – wie ein steinerner Riese, dessen gigantische Arme um seine Brust und seine Kehle geschlungen waren und ihm bei jeder Bewegung die Luft aus den Lungen preßten. Sein einziger Trost in diesen Tagen war Cornelia, die er in jedem freien Augenblick traf. Ihr Lächeln, ihre Stimme und ihre

Berührungen ließen ihn wenigstens für Stunden seine Gefangenschaft vergessen. Octavia schien sich mit ihrer Liebe abgefunden zu haben. Während Cornelia diese Tatsache zu freuen schien, empfand Duncan ein seltsames Unbehagen. Octavia begegnete ihm höflich und plauderte manchmal sogar ein paar Worte mit ihm. Sie ließ es zu, daß er sich mit Cornelia im Haus der Familie oder in den öffentlichen Gärten traf. Doch tief in seinem Herzen spürte er, daß die Heiterkeit und Freundlichkeit Octavias nur eine Maske waren, die fallen würde, sobald sie ihr Ziel erreicht hatte. Er fühlte sich wie gejagtes Wild. Er witterte zwar die ihm gestellte Falle, wußte aber nicht, wohin die Jäger ihn hetzen würden. Oft schreckte er in der Nacht schweißgebadet aus schweren Alpträumen hoch, die ihn die Schrecken jener Nacht, in der seine Mutter ums Leben kam, wieder neu durchleben ließen. Und häufig verschmolz das Gesicht Octavias mit dem jenes römischen Offiziers.

Es war ein warmer, sonniger Tag Anfang August. Duncan begleitete Cornelia zu einem Juwelenhändler. Der Händler, ein Römer mit dem Namen Julius Munitius, hatte sein Geschäft erst vor kurzer Zeit in Eburacum eröffnet. Dennoch hatte es sich bereits unter den Bewohnern der Stadt herumgesprochen, daß seine Ware und seine erlesenen Arbeiten ihresgleichen suchten. Deshalb wollte sich Cornelia an ihn wenden, um einen fehlenden Stein in ihrem Ohrgehänge ersetzen zu lassen.

Silberne Glöckchen erklangen leise, als Cornelia und Duncan beim Eintreten den schweren Stoff, der den Eingang verhüllte, zur Seite schoben. Der Laden des Juwelenhändlers war still und trotz der Hitze angenehm kühl. Gedämpft drang der Lärm vorbeiziehender Menschen und Wagen auf der Hauptstraße durch die dichten Vorhänge, und die wenigen Talglichter, die an Ketten in jeder Ecke des Raumes von der Decke herabhingen, erhellten das vorherrschende Halbdunkel kaum.

Der Händler, dessen makellos weiße Tunika mit feinen Goldstickereien verziert war, stand hinter seinem Ladentisch und sah den beiden interessiert entgegen. Sein geübter Blick reihte Cornelia sofort in den Kreis der wohlhabenden Familien und guten Kunden ein. Dann bemerkte er Duncan. Argwöhnisch und gleichzeitig bewundernd ließ er seine Augen auf dem hochgewachsenen, schlanken Kelten ruhen.

»Was kann ich für Euch tun, verehrte Dame?«

Cornelia legte ihren Ohrring auf den Tisch. Es handelte sich um eine kostbare hebräische Arbeit, in deren Mitte ein Kranz kleiner Perlen die Fassung für einen etwa haselnußgroßen Edelstein bildeten.

»Seid Ihr der Juwelenhändler Munitius?« Der Mann nickte. »Ich habe leider den Stein verloren und möchte Euch bitten, den Smaragd zu ersetzen.«

Der Händler trat zu einer Lampe und betrachtete das Schmuckstück sorgfältig. Während er mit Cornelia über den Preis verhandelte, ging Duncan durch den Laden und sah sich um. Auf einem Tisch in der hintersten Ecke war auf einem dunkelroten Tuch Goldschmuck ausgebreitet. Es handelte sich um einige Ringe, einen Hals- und mehrere Armreife, zusammen etwa ein Dutzend, die von einem tiefhängenden Leuchter in ein vorteilhaftes Licht getaucht wurden. Duncan erkannte bereits von weitem, daß es sich um die Arbeiten eines brigantischen Schmiedes handeln mußte, die Anordnung der Ornamente waren typisch für diesen Stamm. Lächelnd nahm er einen Armreif, der offensichtlich für eine Frau hergestellt worden war, in die Hand. Spiralen, die an der offenen Seite in zwei Eichenblätter ausliefen, rankten sich in vollkommener Anmut um die Kostbarkeit. Allerdings war er nicht neu, denn das massive Gold wies viele feine Kratzer auf und war an den Stellen, an denen der Oberarm bei Bewegungen den Brustkorb berührt, blankgerieben und abgenutzt. Plötzlich stutzte Duncan. Dieser Armreif war das genaue Gegenstück zu Dougals Schmuck! Der Schmied hatte ihm erzählt, daß er für seine Frau Dana goldene Armreife angefertigt hatte, die seinen eigenen in jedem Detail glichen. Sollte dieses Schmuckstück etwa ihr gehören? Aber warum lag es dann hier zum Verkauf aus? Eiskalte Furcht ergriff Duncan, und er rief Cornelia in seiner Muttersprache zu sich.

»Was ist los?« erkundigte sie sich besorgt.

»Dieser Armreif gehört Dougals Frau!«

»Bist du sicher?«

»Ja! Dougal trägt den gleichen Schmuck. Es war sein Hochzeitsgeschenk für Dana.«

»Könnte es nicht die Arbeit eines anderen Schmiedes sein?«

Duncan schüttelte den Kopf.

»Nein. Jeder Schmied hat eine Art Zeichen, das man auf den von ihm angefertigten Schmuckstücken findet!« Seine Stimme zitterte vor Aufregung und Angst. »Siehst du diese Linien? Das ist Dougals Zeichen! Außerdem würde kein Schmied die Arbeit eines anderen kopieren oder mehrere Stücke in der gleichen Art herstellen. Bitte, Cornelia! Du mußt herausfinden, woher der Händler den Schmuck hat! Mir wird er keine Antwort geben!«

Cornelia rief den Händler zu sich.

»Ich interessiere mich für diesen wunderschönen Armreif!«

Munitius eilte eifrig herbei.

»Eine erlesene Arbeit, nicht wahr? Der Reif besteht aus massivem Gold und wurde, wie man mir erzählte, von einem der besten brigantischen Kunstschmiede angefertigt.«

»Wieviel verlangt Ihr dafür?«

»Wie Ihr sehen könnt, handelt es sich um gebrauchten Schmuck. Er ist deshalb nicht teuer. Für einhundert Sesterzen gehört diese Kostbarkeit Euch, verehrte Dame!«

»Wie kommt es zu diesem günstigen Angebot?«

»Mir selbst wurde der Schmuck für einen geradezu lächerlich geringen Preis überlassen. Er stammt aus einem kleinen brigantischen Dorf, und die Träger dieser Schmuckstücke haben keine Verwendung mehr dafür.«

»Was wollt Ihr damit sagen?«

Der Händler warf Duncan einen vielsagenden Blick zu, schien aber überzeugt zu sein, daß er ihn nicht verstand. Trotzdem senkte er seine Stimme zu einem vertraulichen Ton.

»Die Einwohner dieses Dorfes waren nicht bereit, ihre Steuern zu zahlen. Die dort stationierten Legionäre haben den Aufstand niedergeschlagen, und die überlebenden Barbaren wurden nach Rom als Sklaven verkauft. Doch da es sich nur um eine Handvoll Kinder handelte, von denen keines älter als zehn Jahre war, reichte der Erlös nicht aus, um die Unkosten und die ausstehende Steuerschuld zu decken. Deshalb haben die Soldaten den Barbaren den Schmuck abgenommen und an mich verkauft, bevor sie das Dorf niederbrannten.«

Duncan atmete schwer. Seine schlimmsten Befürchtungen waren nicht nur bestätigt, sondern noch übertroffen worden. Ohne lange zu überlegen, schlug er die Zipfel des roten Tuches übereinander und nahm das Bündel an sich.

»Was tut er da?« rief der Händler aufgebracht. »Sagt ihm sofort, er soll den Schmuck wieder zurücklegen, sonst rufe ich die Soldaten und lasse ihn als Dieb verhaften!«

»Du hast den Schmuck gestohlen, und ich werde ihn seinen Besitzern zurückgeben!« Duncans Stimme klang vor Zorn und Trauer tief und drohend, seine Augen funkelten gefährlich.

»Aber ...«, der Händler stotterte vor Überraschung und lächelte hilflos, »vielleicht habe ich mich unverständlich ausgedrückt. Die Besitzer dieser Armreife und Ringe sind tot. Sie brauchen sie nicht mehr!«

»Dennoch gehört der Schmuck ihnen und ihren Familien! Du hast unsere Toten geschändet. Nach unseren Gesetzen dürfte ich dich dafür auf der Stelle töten!« Erschrocken wich der Mann mit angstvoll aufgerissenen Augen zurück. »Aber ich verschone dich. Die Götter werden dich eines Tages richten!«

»Nicht ich habe den Leichen die Armreife und Ringe abgenommen, das waren Soldaten! Ich habe ihnen den Schmuck nur abgekauft!«

»Du wußtest aber, woher er stammte, und das macht dich zum Mitschuldigen!« Duncan sah auf den vor Angst zitternden Mann hinab. »Wo ist der Rest? Wenn die Soldaten alle Bewohner des Dorfes umgebracht haben, dann müssen es mehr Arm- und Halsreife gewesen sein!«

»Das stimmt, es waren mehr. Aber das ist alles, was sich noch in meinem Besitz befindet. Die übrigen Stücke habe ich bereits auf dem Weg nach Eburacum verkauft. Ich brauchte das Geld, um mir dieses Geschäft einzurichten!« Munitius startete einen weiteren unbeholfenen Versuch, sich vor Duncan zu rechtfertigen. »Man bekommt nicht alle Tage Gelegenheit, derart kostbaren keltischen Schmuck so preisgünstig zu erwerben. Die meisten Schmiede kennen ihren Wert und lassen ihre Arbeit teuer bezahlen. Und die Kelten verkaufen ihr Eigentum nicht. Du mußt meine Lage verstehen!«

»Ich verstehe nur, daß ihr unsere Toten geschändet habt!«

»Es tut mir leid!« Dem Händler war das schlechte Gewissen deutlich anzusehen. Außerdem schien er immer noch zu fürchten, daß der Kelte handgreiflich werden und ihm etwas antun könnte. »Es war nicht meine Absicht, gegen eure Bräuche zu verstoßen!«

Duncan sah den Mann lange an.

»Soll das heißen, daß es bei den Römern nicht als verwerflich gilt, sich am Besitz der Toten zu vergreifen?« Voller Abscheu schüttelte er den Kopf. »Und ihr wagt es, uns Barbaren zu nennen!«

Ohne ein weiteres Wort wandte er sich um und verließ den Laden. Cornelia und der Händler sahen ihm schweigend nach.

»Was wird er jetzt tun?« fragte der Händler nach einer Weile.

»Der Schmied, der diese Schmuckstücke hergestellt hat, ist wie Duncan Gefangener in Eburacum. Er wird ihm die Armreife bringen und ihm erzählen, was geschehen ist.«

Der Händler hob seine sorgfältig gezupften Augenbrauen.

»Wessen Sklaven sind der Schmied und dieser junge Mann?« Cornelia stellte fest, daß sie den Mann nicht mochte. Seine Erscheinung war auf übertriebene Art gepflegt, und jede Bewegung schien sorgfältig einstudiert zu sein. Unwillig runzelte sie die Stirn.

»Weder Dougal, der Schmied, noch Duncan sind Sklaven!«

»Entschuldigt, verehrte Dame, ich wollte Euch nicht zu nahe treten!« Munitius verbeugte sich, doch Cornelia entging das gierige, beinahe lüsterne Funkeln in seinen Augen nicht. »Also müßte ich mich an Vergilius oder den Statthalter wenden! Der Schmied könnte mich seine Kunst lehren. Und der junge Mann würde einen idealen Gehilfen abgeben.«

»Ich glaube nicht, daß ausgerechnet Ihr berechtigt seid, Dougal einen derartigen Vorschlag zu unterbreiten!« Cornelia bebte vor Zorn. »Es war seine Familie, die ermordet wurde und an deren Gut Ihr Euch bereichert habt! Ich schäme mich, Römerin zu sein!«

Sie wandte sich um und ließ den Händler, ohne sich zu verabschieden, stehen.

Duncan stand am anderen Ende der Stadt vor einem riesigen, halbrunden Gebäude, das immer noch im Bau war. Es sollte ein sogenannter »Circus« werden. Cornelia hatte versucht, Duncan zu erklären, daß hier Schauspiele und Wettkämpfe zur Belustigung der Bewohner aufgeführt werden sollten und es in jeder größeren römischen Stadt derartige Gebäude gäbe – in Rom sogar mehrere. Doch er konnte sich diese Art des Vergnügens nicht so recht vorstellen. Für ihn war dieses Bauwerk nur ein weiteres, das die keltischen Gefangenen mit ihrem Blut bezahlten. Er trat durch einen bereits fertiggestellten steinernen Torbogen in das Innere. Er stand in der Mitte einer

Senke. In geradezu schwindelerregende Höhe führten steinerne Stufen in einem Halbkreis hinauf, hinter ihm ragte eine Wand steil empor. Auf den hölzernen Gerüsten zu allen Seiten arbeiteten etwa fünfzig Gefangene daran, die Fassade mit gebrannten Tonziegeln zu verkleiden. Die Luft war erfüllt von den Hammerschlägen und den Stimmen der Aufseher, die den Kelten ihre Anweisungen zuriefen. Suchend schaute sich Duncan um. Er wußte, daß Dougal ebenfalls hier beschäftigt war, doch er konnte ihn nicht entdecken. Schließlich legte ihm jemand von hinten eine Hand auf die Schulter.

»Duncan, mein Freund! Was suchst du hier?«

»Dich, Dougal!« Schweren Herzens wandte sich Duncan um und sah Dougal in die Augen. Jetzt, wo er seinem Freund direkt gegenüberstand, wußte er nicht, wie er ihm die schreckliche Nachricht beibringen sollte. Verzweifelt flehte er die Götter um Hilfe an.

»Was ist geschehen, Duncan?«

»Es ist ...« Er brach hilflos ab und reichte Dougal das Bündel mit dem Schmuck, das er immer noch im Arm hielt. »Sieh selbst!«

Erwartungsvoll schlug Dougal den Stoff auseinander. Das Sonnenlicht spiegelte sich in den goldenen Schmuckstücken, die auf dem roten Untergrund besonders gut zur Geltung kamen. Dougal wurde bleich, als er erkannte, worum es sich handelte. Mit schreckgeweiteten Augen sah er Duncan an.

»Das ist Danas Armreif und Seames' Ring! Auch die anderen Schmuckstücke habe ich hergestellt. Was hat das zu bedeuten?« Duncan schluckte und erzählte langsam, was er von dem Händler erfahren hatte. Weder Dougal noch er ahnten, daß ihre Stimmen überall im Theater laut und deutlich zu hören waren. Der Baulärm verstummte, und fünfzig Männer hörten ihnen voller Entsetzen zu.

»Sind sie wirklich alle tot, Duncan?« rief einer der Gefangenen vom Gerüst herunter, die Furcht in seiner Stimme war nicht zu überhören.

»Nur eine Handvoll Kinder haben überlebt. Sie wurden in die Sklaverei verschleppt!«

Immer mehr Gefangene stiegen von den Gerüsten herunter und scharten sich um Dougal und Duncan. Ein bärtiger blonder Mann nahm einen Ring von dem Tuch, preßte ihn an seine Brust und ließ sich weinend auf einer der steinernen Stufen nieder. »Es ist der Ring seiner Frau.« Dougals Gesicht war wie aus Stein gemeißelt, seine Stimme klang kühl und emotionslos. Nur die Sehnen, die überdeutlich an seinem Hals hervortraten, verrieten seine innere Anspannung, seine Fäuste umklammerten die Schmuckstücke seiner Familie, als wollte er sie nie wieder loslassen. »Hamish hatte zwei Töchter.«

»Geht wieder an die Arbeit!« rief ein Aufseher den Gefangenen zu. »Ihr habt lange genug gefaulenzt!«

Duncan sah die Männer an, die sich um ihn versammelt hatten. Sein eigenes Herz schrie nach Rache, nach Vergeltung, nach Blut für den Tod so vieler Unschuldiger. Ein Blick auf die wenigen anwesenden Soldaten genügte ihm. Die Gelegenheit wäre günstig, die Gefangenen waren eindeutig in der Überzahl. Doch einer nach dem anderen kehrte mit ausdruckslosem Gesicht zu seiner Arbeit zurück. Auch Dougal bückte sich wortlos und nahm den Hammer wieder auf, der vor seinen Füßen im Staub lag. Das Feuer in seinen grünen Augen war erloschen, etwas in der Seele des Schmiedes schien zerbrochen.

Duncans Herz zog sich zusammen. In hilflosem Zorn ballten sich seine Hände zu Fäusten. Er verfluchte die Römer für das, was sie getan hatten. Er verfluchte seine Landsleute, die das alles über sich ergehen ließen. Und er verfluchte sich selbst dafür, daß er es war, der Dougal und den anderen diese schreckliche Nachricht überbracht hatte. Sein Schrei voller Verzweiflung, Wut, Trauer und Haß hallte laut durch das Theater und drang den römischen Soldaten durch Mark und Bein.

In den nächsten Tagen nahmen sich einige Männer, die von dem Verlust ihrer Familien betroffen waren, das Leben. Auch Hamish war unter ihnen. Der blonde Mann hatte sich vom Gerüst im Circus in die Tiefe gestürzt. Die Soldaten, die sofort bei ihm waren, fanden ihn mit gebrochenem Genick. Noch im Tod umschloß seine Faust den Ring seiner Frau.

Dougal war still und in sich gekehrt. Er sprach kaum mit den anderen, sein Gesicht verriet keine Regung. Duncan beobachtete ihn besorgt. Obwohl er befürchtete, daß auch Dougal Selbstmord begehen könnte, ließ er den Freund allein. Er mußte seine Entscheidung selbst treffen. Und wenn er den Tod wählte, mußte Duncan dies akzeptieren. Ihm blieb nur das Warten.

Mitten in der Nacht wachte Duncan auf, als ein breiter Schatten auf sein Gesicht fiel. Im schwachen Mondschein, der durch die schmalen Fenster in den Kerker fiel, sah er Dougal stehen. Sein graues Haar schimmerte im fahlen Licht wie Silber. Lautlos erhob sich Duncan und trat neben den Freund, der regungslos in den Nachthimmel starrte. Er war sich nicht sicher, ob Dougal ihn bemerkt hatte, bis dieser plötzlich sprach. Seine Stimme klang seltsam rauh.

»Diese verfluchten Sterne! Sie haben alles gesehen. Sie haben den Römern bei ihrem Mord zugesehen, sie haben die Toten und ihre verkohlten Häuser gesehen. Und doch haben sie mir kein Zeichen gegeben. Über die ganze Zeit hinweg haben sie sich nicht verändert, obwohl sie alles gewußt haben!« Dougal warf Duncan einen kurzen Blick zu. »Kannst du das verstehen?«

Duncan lehnte sich gegen die Wand und schüttelte wortlos den Kopf. Es gab ohnehin nichts, was er sagen konnte. Er verstand Dougal gut. Ähnliche Gedanken waren auch ihm durch den Kopf gegangen, als er vom Tod seiner Schwester erfahren hatte.

»Ich werde es ihnen nie verzeihen!« Dougals Stimme wurde leise. »Seames, mein Sohn, war stark und gesund. Sein

Wort hatte Gewicht, jeder Mann hat ihm vertraut. Er war ebenso leicht zum Zorn zu reizen wie ich. Dana hat uns immer zur Besonnenheit gemahnt, wenn wir uns stritten. Nun ist er nicht mehr.« Dougal schüttelte den Kopf und blickte auf seine Hände, die zärtlich den goldenen Armreif seiner Frau hielten. »Dana war so sanft und voller Liebe! Ihr Lachen ließ Blumen erblühen, und ihr Haar hatte in der Sonne die Farbe von Gold. Doch auch sie ist nicht mehr.« Dougals Mundwinkel begannen zu zittern, auf seiner Wange schimmerte eine Träne. Es war die erste, seit Duncan ihm vor zehn Tagen die Nachricht vom Tod seiner Frau überbracht hatte. »Weißt du, was es heißt, eine Frau so zu lieben, daß man sein ganzes Leben mit ihr teilen will? Ich hätte für Dana und Seames alles gegeben. Mein Blut, meine Liebe, mein Leben. Aber jetzt, wo man sie mir genommen hat, gibt es nichts mehr, wofür es zu kämpfen lohnt! Aber du solltest fliehen, Duncan.«

»Vielleicht sollte ich das wirklich. Ich habe schon oft daran gedacht.« Er seufzte. »Ich sehne mich danach, endlich wieder frische Luft zu atmen. Doch ich weiß nicht, was ich tun soll. Ich fürchte, die anderen zu verraten, wenn ich fliehe. Und wenn ich bleibe, verrate ich sie erst recht. Denn ich bleibe nicht um ihretwillen, sondern wegen Cornelia.« Duncan lächelte bitter. »Wie ich mich auch entscheide, ich bin ein Verräter!«

»Höre auf meinen Rat: Flieh aus dieser Stadt. Geh in den Norden wie Ceallach!«

»Ohne dich, Dougal?« Duncan schüttelte den Kopf.

»Nimm auf mich keine Rücksicht. Ich bin alt und müde und habe keine Familie mehr!« Der Schmied sah in Duncans Augen, die im schwachen Mondlicht genauso dunkel und klar wie der Nachthimmel waren. Und plötzlich hatte Dougal den Eindruck, daß Seames, sein Sohn, vor ihm stand und ihn voller Trauer ansah. Dougal fühlte, wie der lähmende Trübsinn von ihm wich. Nein, seine Aufgabe war noch nicht beendet! Er lächelte und legte seine kräftigen Hände auf Duncans

Schultern. »Ich hatte unrecht. In den vergangenen Jahren bist du mir ans Herz gewachsen, Duncan. Nicht nur als Freund. Ich fühle für dich wie für einen Sohn. Ich schwöre dir, wenn du fliehst, werde ich mit dir gehen. Gemeinsam werden wir den Kampf gegen die Römer fortsetzen.«

Duncan sah seinen Freund an. Das Feuer war in seine hellen Augen zurückgekehrt, seine Haltung wirkte nicht mehr gebrochen, sondern stolz und herausfordernd. Die beiden Männer umarmten sich, jedes weitere Wort war überflüssig. Erleichtert schloß Duncan die Augen und schickte ein Dankgebet zu den Göttern.

Am folgenden Tag bekam Cornelia unerwarteten Besuch. Es war später Nachmittag, und sie genoß im Garten den kühlenden Schatten eines Apfelbaumes, als sie von weiblichen Stimmen aus ihren Träumen gerissen wurde. Erstaunt erkannte sie zwei ihrer Freundinnen. Die beiden jungen Frauen waren die Töchter eines ehemaligen hohen Offiziers, der unweit von Eburacum ein Landgut besaß, wohnten jedoch seit dem vergangenen Herbst in Londinum. Cornelia erhob sich, ging den beiden entgegen und begrüßte sie mit einem leichten Kuß auf die Wange.

»Julia! Claudia! Es freut mich, euch zu sehen! Ich wußte nicht, daß ihr in Eburacum seid!«

»Wir sind auch nur für kurze Zeit hier«, antwortete Julia, die ältere von beiden, und nahm auf der Bank Platz, ohne daß Cornelia sie dazu aufforderte. »Wir müssen noch einige Vorbereitungen für meine Hochzeit treffen. Ich weiß nicht, ob dir bekannt ist, daß ich mit einem Offizier verlobt bin?«

Bei den Göttern, was wollten die nur von ihr? Cornelia hatte keine Lust, sich mit den beiden zu unterhalten und sich ihre Geschichten anzuhören. Früher hatten sie oft viele Stunden miteinander verbracht und über Offiziere, Kleider und Frisuren gesprochen. Doch seit ihrem Unfall vor einem Jahr hatte sich vieles verändert, und sie hatte den Kontakt zu Julia und

Claudia verloren. Cornelia zwang sich zu einem liebenswürdigen Lächeln. Die beiden fortzuschicken, kaum daß sie angekommen waren, wäre wohl mehr als unhöflich gewesen. Immerhin waren sie einmal unzertrennliche Freundinnen gewesen. »Doch, ich habe davon gehört. Und ich wünsche dir von ganzem Herzen, daß du glücklich wirst! Wann findet die Hochzeit statt?«

»Wahrscheinlich im September!«

»Wenn die Kelten bis dahin besiegt werden können!«

»Natürlich wird das der Fall sein!« Julia warf ihrer Schwester einen ärgerlichen Blick zu. »Erst vor zehn Tagen habe ich einen Brief von Cornelius aus Careleon erhalten. Die Kämpfe dort sind bald beendet. Wenn Frieden herrscht, wird Agricola mit einem Triumphzug in Eburacum einmarschieren. Und danach heiraten wir! Wahrscheinlich in Londinum.«

»Careleon? Wo liegt das?« erkundigte sich Cornelia interessiert. »Oder meinst du vielleicht Caerleon?«

Julia zuckte gleichmütig die Achseln.

»Careleon, Careleon. Was weiß ich, wo dieser Ort liegt oder wie er heißt! Es ist irgendwo in Britannien, wo ein paar Wilde sich an römischen Bürgern vergreifen.« Sie lächelte. »Aber Cornelius wird ihnen schon Disziplin beibringen.«

»Wie geht es dir, meine Liebe? Wir haben dich schon seit langer Zeit nicht mehr gesehen.« Claudia musterte Cornelia abschätzend von Kopf bis Fuß. »Du siehst verändert aus!«

Cornelia mußte lächeln. Den beiden Schwestern mit ihren makellosen weißen Kleidern, den kunstvoll geflochtenen Frisuren und den sorgfältig geschminkten Gesichtern mochte ihr Aussehen wirklich merkwürdig erscheinen. Ihre offenen Haare wurden nur durch ein Band zusammengehalten, sie war ungeschminkt und trug ein schlichtes, wollenes Kleid, dessen Schnitt nahezu keltisch war. Aber sollte sie den beiden erklären, daß Duncan für Puder und Wangenrot nichts übrig hatte?

»Verzeiht, daß ich mich etwas zurückgezogen habe, doch in den vergangenen Monaten war ich sehr beschäftigt. Ich ...«

»Ja, das hat man mir erzählt«, unterbrach sie Julia. »Du hast einen Auftrag von Frontinus erhalten, nicht wahr? Mir ist zu Ohren gekommen, es mögen natürlich nur Gerüchte sein, daß du dich mit einem ... nun ja, mit einem Kelten triffst, der noch dazu ein Gefangener ist!«

Cornelias Lächeln wurde merklich kühler.

»Ja!«

In diesem Moment kam Duncan in den Garten und ging auf sie zu. Als er die beiden ihm unbekannten Frauen bei Cornelia sah, deutete er eine höfliche Verbeugung an, sagte aber nichts.

»Ist er das?« Julia beugte sich zu Cornelia. Sie schien nicht zu erwarten, daß der Kelte vor ihr, der sie mit seinen blauen Augen eingehend musterte, ihre Sprache verstand. »Er sieht sehr gut aus, das muß man zugeben. Aber er scheint so unzivilisiert zu sein! Allein das lange Haar!«

Also deswegen waren die beiden gekommen! Nicht um sich nach ihrem Befinden zu erkundigen, sondern aus Neugierde und Sensationslust! Es geschah schließlich nicht jeden Tag, daß man die Gelegenheit hatte, einen wilden Kelten aus unmittelbarer Nähe zu begutachten! Cornelia beherrschte sich nur mühsam. Die anzüglichen Blicke ihrer ehemaligen Freundinnen ärgerten sie. Hoffentlich bemerkte Duncan nichts davon.

»Hast du keine Angst vor ihm?« Julia senkte die Stimme zu einem vertraulichen Ton. »Man erzählt sich, daß die Kelten ihren Wein aus Gefäßen trinken, die sie aus Schädeln ihrer erschlagenen Feinde anfertigen!«

Cornelia wurde allmählich wütend. Ihre Stimme klang daher schärfer, als sie beabsichtigte.

»Sagt man das?«

»Hast du etwa noch nicht davon gehört? Sie töten bevorzugt Frauen, schneiden ihnen die Köpfe ab und dann ...« Claudia spitzte genüßlich die Lippen. »Fürchtest du dich gar nicht davor, mit ihm allein zu sein? Er könnte dir, ohne daß du dich wehren kannst, die Kleider vom Leib reißen!«

Duncan mußte sich zusammennehmen, um nicht laut zu lachen. Ob diese Frauen den Unsinn tatsächlich glaubten, den sie von sich gaben? Er wandte sich auf keltisch an Cornelia:

»Ich komme besser später wieder. Ich scheine euch in einem wichtigen Gespräch zu stören.«

»Bei den Göttern, Duncan, verlaß mich nicht! Sie können nicht ewig bleiben, und vielleicht gehen sie schneller, wenn du in meiner Nähe bist!«

Julia stieß ihre Schwester an. Offensichtlich war ihr Cornelias Verärgerung nicht entgangen.

»Wir sollten gehen, du hast sicherlich viel zu tun!« Beide erhoben sich und ließen ihre Blicke nochmals über Duncan gleiten. »Es war schön, mit dir zu plaudern, Cornelia!«

»Wie lange bleibt ihr noch in Eburacum?«

»Wahrscheinlich bis Cornelius hier eingetroffen ist.« Julia wandte sich zum Gehen und warf noch einmal einen Blick über die Schulter. »Ich hoffe, wir sehen uns bald wieder.«

Cornelia verabschiedete die beiden so schnell, wie die Höflichkeit es eben zuließ, und ging dann wieder in den Garten zurück. Duncan lag bereits rücklings auf der Bank. Cornelia ließ sich seufzend neben ihm nieder und bettete seinen Kopf in ihren Schoß.

»Wer waren diese beiden?«

»Ehemalige Freundinnen!« Cornelia schüttelte den Kopf. »Es tut mir leid, daß du dir diesen ganzen Unsinn anhören mußtest.«

Duncan zuckte gleichmütig mit den Achseln.

»Laß sie doch reden!«

»Es ärgert mich aber!« Sie stampfte mit dem Fuß auf den Boden, auf ihrer Stirn bildeten sich zornige Falten. »Es ärgert mich, wenn sie dich wie einen Sklaven oder einen Idioten behandeln! Ich ertrage das einfach nicht.« Sie ergriff seine Hand. »Wir sollten heiraten, Duncan.«

Er schüttelte langsam den Kopf.

»Nein? Aber warum nicht? Man würde dich endlich als

Menschen akzeptieren und dich nicht mehr wie ein wildes, exotisches Tier...«

»Nein, Cornelia! Ich bin ein Gefangener!« unterbrach er sie. »Du verdienst einen freien, unabhängigen Mann!«

»Soll das etwa heißen, daß du mich nicht willst?« platzte sie fassungslos heraus. »Soll ich etwa Gaius heiraten? Meine Mutter würde das freuen, sie hat es schon lange so geplant!«

»Nein, meine Wildkatze!« Duncan lächelte und strich ihr sanft eine Strähne aus dem Gesicht. »Wenn dich irgendein anderer Mann berührt, sei es Gaius oder sonst jemand, werde ich ihm eigenhändig die Kehle durchschneiden und seinen Schädel zu einem Trinkgefäß verarbeiten!«

Er zog sie an sich und küßte sie leidenschaftlich.

10

Bereits einige Tage später kam ein Bote nach Eburacum. Er überbrachte die Nachricht, daß der neue Statthalter Britanniens, Julius Agricola, seinen Kriegszug gegen die Ordovicer siegreich beendet hatte. Dieser Sieg sollte mit einem triumphalen Einzug in Eburacum gefeiert werden. Augenblicklich begannen die Vorbereitungen für dieses festliche Ereignis, nichts sollte dem Zufall überlassen bleiben. Dem erfolgreichen Feldherrn sollte die Ehre zuteil werden, die ihm gebührte.

Anfang September war es soweit, Agricola und die Neunte Legion zogen in Eburacum ein. Die Sonne schien von einem wolkenlosen Himmel, und nahezu alle Einwohner der Stadt säumten die Hauptstraße und das Forum, um dem Schauspiel beizuwohnen. Cornelia stand mit ihrer Mutter, ihrem Vater sowie anderen hohen Beamten und ihren Familien auf einer eigens für diesen Anlaß gezimmerten Tribüne auf dem Plateau des Justizpalastes. Von hier aus konnte sie das ganze Forum überblicken.

Fanfaren erklangen von den Türmen der Stadtmauern, als der Zug das östliche Tor passierte. Die Melodie wurde von den Trompetern, die überall auf den Tribünen am Forum standen, aufgegriffen. Als erste marschierten die Soldaten der Neunten Legion ein. Der Aquilifer trug die Standarte hoch über seinen Kopf erhoben, so daß der goldene Adler das Sonnenlicht reflektierte. Die Männer wirkten stolz in ihren blank polierten Rüstungen, die Brustplatten und Schwerter klirrten im Rhythmus ihrer Schritte. Ihnen folgten die Zenturii, erkennbar an den Federbüschen auf ihren Helmen. Als die Tribunen, die auf ihren Pferden hinter den Fußsoldaten herritten, in Sichtweite kamen, wurde Cornelia aufgeregt am Ärmel gezogen.

»Siehst du? Das ist Cornelius!«

Julia deutete auf einen der sechs Tribune und begann zu winken. Für Cornelia sah der Mann wie alle anderen aus. Er trug die Rüstung der Tribune, einen silberfarbenen Brustpanzer mit einem roten Umhang, und sein Gesicht war kaum zu erkennen, da der Stirn- und Wangenschutz seines Helms es verdeckte. Dennoch nickte sie ihrer ehemaligen Freundin höflich zu. Der Jubel des Volkes wandelte sich in empörtes Geschrei, und Cornelia konzentrierte sich wieder voll auf das Geschehen. Etwa einhundert gefangene Kelten wurden, angekettet und von berittenen Soldaten flankiert, auf das Forum geführt. Die Männer waren bis auf ihre weiten Hosen unbekleidet. Das lange Haar hing ihnen wirr ins Gesicht, ihre Körper waren schmutzig und von Wunden bedeckt. Einige versuchten ihr Gesicht vor dem Unrat zu schützen, mit dem die Bevölkerung von Eburacum sie bewarf. Doch die meisten schienen bereits resigniert zu haben. Entkräftet stolperten sie voran und ließen die Beschimpfungen und Schmähungen über sich ergehen.

Gleich darauf kündigten Fanfarenklänge Julius Agricola an. Stolz erhobenen Hauptes stand er in seinem Wagen, der von vier schneeweißen Pferden gezogen wurde. Er war eine strahlende, ehrfurchtgebietende Erscheinung, vom Glanz der Göttlichkeit umgeben. Der Wagenlenker neben ihm wirkte armselig und unscheinbar. Das Sonnenlicht spiegelte sich in den Metallbeschlägen des Streitwagens und auf seinem vergoldeten Brustharnisch. Der Federbusch auf seinem Helm und seine scharlachrote Toga wehten im leichten Wind. Er war unbesiegbar, der Sohn der Götter.

Alle, bis auf Cornelia, begrüßten Agricola mit unbeschreiblichem Jubel. Sie fühlte sich inmitten der im Siegestaumel befindlichen Menge fehl am Platz. Zum ersten Mal sah sie die Römer mit anderen Augen, betrachtete die wilde, kreischende Menge aus keltischer Sicht. Sie dachte an Duncan, an seinen Stolz, sein Temperament, seinen Humor und seine Klugheit. Hatten die Römer ein Recht, diese Menschen Barbaren zu nennen? In diesem Augenblick kamen ihr die Kelten in ihrem unbezwingbarem Drang nach Freiheit gesitteter vor als dieses römische Volk. Eine geifernde, sensationslüsterne Meute, die Unterlegene mit Dung und verfaultem Gemüse bewarf und bis aufs Blut demütigte. Plötzlich fühlte sie den gleichen Schmerz, den Duncan angesichts dieses Spektakels gefühlt hätte, ein glühendes Eisen, das langsam und qualvoll das Herz durchdringt. Cornelia begann stumm zu weinen. Sie war froh, daß man die keltischen Gefangenen im Kerker eingesperrt hatte. Es war eigentlich eine Vorsichtsmaßnahme, damit die Männer während des Triumphzuges keine Unruhe stiften konnten. Doch so blieb wenigstens Duncan, Dougal und den anderen dieser entsetzliche Anblick erspart.

Mittlerweile hielt der Streitwagen des Feldherrn vor dem Justizpalast. Die Fanfaren erklangen erneut, als Agricola aus dem Wagen stieg. Ein Sklave ordnete die Falten von Agricolas Toga und trat dann ehrfurchtsvoll zurück. Dann ging der Feldherr gemessenen Schrittes die mit purpurfarbenem Tuch ausgelegten Stufen hinauf. Sklavinnen liefen vor ihm her und streuten Blütenknospen auf die Treppe – Rosen, Nelken, duftende Veilchen. Man hätte denken können, der Kaiser selbst sei in Eburacum eingezogen. Das Funkeln seiner Rüstung und seines Helms blendete die Zuschauer, und es raubte ihnen fast den Atem, als der Feldherr an ihnen vorüberschritt. Selbst Cornelia war beeindruckt von seiner strahlenden, imponierenden Erscheinung.

Am Eingang zum Justizgebäude wurde Agricola von Claudius Vergilius ehrfürchtig begrüßt, und die Fanfaren schwiegen. Von einem Augenblick zum nächsten würde es auf dem

Forum still, und Vergilius trat einige Schritte vor. In seinen Händen hielt er einen vergoldeten Lorbeerkranz, den er Agricola als Auszeichnung für seinen Sieg überreichen sollte. Vergilius räusperte sich, bevor er seine Worte an die versammelten Menschen richtete.

»Bürger von Eburacum, Bürger Roms!« Cornelia hörte die Unsicherheit in der Stimme ihres Vaters und bemerkte das Zittern seiner Hände, die sich verzweifelt an dem Lorbeerkranz festklammerten. Selbst der Wein schien ihm diesmal nicht genug Mut gegeben zu haben. Dabei war Cornelia die einzige, die wußte, daß jedes Wort dieser sorgfältig einstudierten Rede aus der Feder ihrer Mutter stammte. »Während wir in unserer Stadt friedlich und sicher leben, mußten in einem weit entfernten Teil Britanniens römische Bürger unermeßliches Leid erdulden. Wilde, barbarische Horden fielen über sie her, raubten ihnen ihren Besitz, verbrannten ihre Häuser, töteten Männer, Frauen und Kinder. Keine Hand, die sie verteidigte, kein Schwert, das die Angreifer zurückschlug. Doch ein Mann eilte diesen Menschen in ihrer ausweglosen Situation zu Hilfe – Julius Agricola! Kaum daß er seinen Fuß auf britannischen Boden gesetzt hatte, um sein Amt als Statthalter dieser Provinz anzutreten, stellte er sich dieser scheinbar unlösbaren Aufgabe. Er eilte an das andere Ende Britanniens und führte die Legionen in eine Schlacht gegen die Barbaren. Viele tapfere Soldaten mußten dabei ihr Leben lassen, starben unter den Schwertern der Feinde für die Verteidigung der römischen Siedler. Doch Julius Agricola bezwang die Kelten und unterwarf sie. Viele andere hätten grausame Rache und Vergeltung für die Ermordeten und Beraubten geübt. Doch er nicht. Denn ihm war der dauerhafte Friede wichtiger als die kurzzeitige Rache. Er ließ einige wenige Barbaren als Geiseln festnehmen. Die anderen durften in ihre Dörfer zurückkehren, wo sie als römische Untertanen in Frieden leben werden. Nun laßt uns den Göttern für den Sieg danken. Laßt uns die Götter preisen, daß sie uns an den Rand der

Welt einen Mann geschickt haben, den Verstand, Weisheit und eine starke Hand auszeichnen – Julius Agricola!«

Die Menschenmenge auf dem Forum brach in unbeschreiblichen Jubel aus, als Claudius Vergilius dem Feldherrn den vergoldeten Lorbeerkranz reichte. Cornelia warf ihrer Mutter einen verstohlenen Blick zu. Octavia Julia stand stolz und hoch aufgerichtet neben ihr. Ihre Augen strahlten, und sie nickte beifällig ihrem Mann zu – oder galt das freundliche Lächeln gar nicht ihm, sondern dem Feldherrn? Forschend betrachtete Cornelia Agricola. Und für einen kurzen Augenblick schien es, als erwiderte er Octavias Blick mit einem leichten Lächeln.

Nachdem Agricola auch die anderen hohen Beamten und die versammelten Offiziere, unter ihnen auch Gaius Lactimus, begrüßt hatte, ging er in das Innere des Gebäudes. Die Männer folgten ihm. Während sich die Menschenmenge auf den Straßen allmählich wieder zerstreute und die Männer und Frauen ihrer gewohnten Arbeit nachgingen, wandte sich Octavia an ihre Tochter:

»Beeile dich, Cornelia! Wir haben noch viel zu tun, wenn wir heute abend zu Ehren des Statthalters ein Gastmahl geben!«

»Ein Gastmahl?«

»Ja! Habe ich dir nicht davon erzählt? Neben Agricola werden noch einige vornehme Beamte zugegen sein. Wir sollten vorher noch ein Bad nehmen und uns frisieren!«

Bevor Cornelia widersprechen konnte, zog Octavia sie mit sich fort.

Einige Stunden später fanden sich die Gäste im Hause des Vergilius zum festlichen Mahl ein. Überall in der Eingangshalle, dem Speisezimmer und dem Garten standen wassergefüllte Messingbecken, in denen Rosenblüten und kleine Talglichter schwammen. Lichter schwammen auch in dem Becken in der Mitte der Eingangshalle. Im Speisezimmer umrankten Rosenzweige die Säulen, kostbarer Weihrauch verbreitete seinen Duft. Der halbrunde Tisch, um den sich die Liegen für das Mahl gruppierten, bot nicht weniger als sechsunddreißig Gästen Platz. Über jede Liege war goldbestickte Seide ausgebreitet, die Kissen waren aus dem gleichen Stoff gefertigt. Der Tisch war mit Rosenblüten geschmückt und trug das kostbarste Tafelgeschirr, das die Familie Vergilius besaß. Cornelia konnte sich nicht daran erinnern, das Haus jemals so festlich geschmückt gesehen zu haben. Unauffällig eilten die Sklaven zwischen den allmählich eintreffenden Gästen hin und her, boten ihnen Erfrischungen an und wiesen ihnen ihre Plätze auf den Liegen zu. Außer Gaius Lactimus waren die höchsten Beamten von Eburacum mit ihren Gattinnen erschienen, auch Claudia und Julia waren unter den Gästen. Sie eilten, kaum daß sie das Haus betreten hatten, auf Cornelia zu und begannen über den Triumphzug zu plaudern. Ohne mit besonderer Aufmerksamkeit hinzuhören, ließ Cornelia ihre Blicke über die Anwesenden schweifen. Die Frauen waren sorgfältig und kostbar gekleidet, ihr Haar war zu kunstvollen Frisuren geflochten, und dennoch gelang es keiner von ihnen, Octavia Julia an Eleganz zu übertreffen. Die Hausherrin trug über einer hellblauen Stola eine Palla aus dunkelblauer Seide mit goldfarbener ägyptischer Stickerei an den Säumen. Goldene, schlangenförmige Armbänder wanden sich um ihre Handgelenke, und die kostbaren ägyptischen Ohrgehänge mit Steinen in der Farbe ihrer Palla reichten ihr fast bis zu den Schultern. Die neidischen, eifersüchtigen Blicke der anderen Frauen schien Octavia nicht zu bemerken. Mit liebenswürdigem Lächeln ging sie von einem zum anderen, begrüßte die Gäste, und nahm höfliche Komplimente entgegen.

Dann endlich meldete ein Sklave die Ankunft des Julius Agricola mit seinen Tribunen. Cornelia blieb vor Staunen fast der Mund offenstehen, denn sie hätte den Feldherrn niemals wiedererkannt. Er war ein kleiner, schmächtiger Mann mit dunklem, am Hinterkopf bereits schütterem Haar und einem breiten, nahezu viereckigen Gesicht. Die Größe, die strahlende, ehrfurchtgebietende Erscheinung, die ihm seine goldene Rüstung verliehen hatte, waren dahin. Übrig blieb ein unscheinbarer, fast häßlicher Mann ohne Charme und Anziehungskraft. Selbst die Tribune, junge, nicht übermäßig attraktive Männer, überragten ihn an Wuchs und Ausstrahlung. Nur der vergoldete Lorbeerkranz auf seinem Kopf und die kostbare Toga ließen in ihm den Feldherrn vermuten, der vor wenigen Stunden mit einem Triumphzug in Eburacum einmarschiert war. Cornelia schüttelte verwundert den Kopf.

Endlich hatten auch die letzten Gäste auf den bereitstehenden Liegen Platz genommen. Während drei Sklaven die Becher mit Wein füllten, bot Vergilius den Göttern das traditionelle Trankopfer dar. Mit zitternder Stimme dankte er nochmals für die siegreiche Heimkehr des neuen Statthalters und für die Ehre, ihn in seinem Haus bewirten zu dürfen. Dann klatschte Octavia in die Hände. Sieben Sklaven erschienen mit gefüllten Schüsseln und Platten, auf denen verschiedene Salate, mit Kaviar garnierte Wachteleier, Oliven und Teigwaren lagen, in denen Gemüse eingebacken war. Nach den Vorspeisen folgten drei verschiedene Suppen, unterschiedliche Fischgerichte, Gänse und Enten. Den Höhepunkt des Mahls bildete ein Wildschwein, das unzerteilt am Spieß gebraten worden und mit Zwiebeln, Knoblauch und verschiedenen Kräutern gefüllt war. Als Nachspeise gab es frische Feigen, Datteln, Äpfel, Nüsse und süßes Gebäck. Sklaven gingen immer wieder mit Schüsseln umher, um den Gästen mit nach Nelken duftendem Wasser die Hände zu waschen, ägyptische Flötenspieler unterhielten die Anwesenden. Die meisten von ihnen hatten noch nie an einem derart festlichen Mahl teilgenommen. Die Speisen und auch der Wein waren so erlesen, daß einige der Gäste jeden Tropfen und jeden Krümel mit den Fingern auffingen, damit nichts verschwendet wurde. Auch Cornelia war überrascht. Sie fragte sich, wie es den Küchensklaven gelungen war, die in Britannien seltenen Lebensmittel zu beschaffen. Dieses Gastmahl mußte ihren Vater ein Vermögen kosten!

Es war bereits die sechste Stunde der Nachtwache, als sich die Gäste, gesättigt, zufrieden und trunken vom Wein, von der Familie des Vergilius verabschiedeten. Claudius Vergilius selbst war kaum noch in der Lage, aufrecht zu stehen. Zwei Diener mußten ihn in sein Schlafgemach geleiten. Auch Cornelia begab sich ins Bett. Die prahlerischen Erzählungen der jungen Tribune und Gaius' Nähe, dem der Platz neben Cornelia zugewiesen worden war, waren genug für sie. Sie wollte kein Wort mehr über die »barbarischen und grausamen« Kelten hören. Die wenigen noch anwesenden Gäste waren zu betrunken, um zu bemerken, wie Octavia das Speisezimmer verließ und Agricola ihr wenige Augenblicke später folgte.

Die Nacht war klar und mild. Nur die Trinklieder der Gäste drangen in die Stille des Gartens. Octavia ging zwischen den Beeten umher und atmete genußvoll den Duft der Rosen ein. Als leise Schritte hinter ihr erklangen und zwei Hände ihre Schultern umfaßten, wandte sie sich nicht um. Sie wußte, wer gekommen war! Sie schloß die Augen, als sie Lippen auf ihrem Nacken spürte.

»Julius!« Octavia seufzte tief. »Wie habe ich diesen Moment herbeigesehnt! Zehn lange Jahre habe ich darauf gewartet!«

Agricola drehte sie zu sich um und entblößte seine schiefen Zähne zu einem Lächeln. Sanft strich er der Frau, die ihn um einen halben Kopf überragte, über die Wange.

»Zehn Jahre? Wenn ich dich ansehe, meine ich, es sei gestern gewesen, als wir uns bei den Thermen in Rom trafen!« Er legte den Kopf zur Seite. »Es war eine Nacht wie diese –

mild, der Duft der Rosen lag in der Luft, die Grillen sangen ihre Lieder. Sind es wirklich zehn Jahre?« Octavia nickte.

»Die Zeit wurde lang für mich in diesem barbarischen, kulturlosen Land! Keine Zerstreuung, nichts als Entbehrungen. Und neben mir ein trunksüchtiger Schwächling, der den Wein und die Poesie der Politik vorzieht!« Octavia lächelte bitter. »Als wir vor zehn Jahren hier eintrafen, gab es nur ein Soldatenlager mit hölzernen Palisaden. Unsere Möbel blieben in Londinum, weil die Zelte, in denen wir schliefen, keinen Platz für sie boten. Ich mußte wie eine Hündin auf dem Boden schlafen!« Sie erschauerte bei der Erinnerung. »Inzwischen kann man Eburacum mit viel Wohlwollen als ›Stadt‹ bezeichnen. Aber dennoch ist es kein würdiger Ort für einen Mann mit deinen Fähigkeiten!«

Agricola lachte.

»Die Statthalterschaft in Britannien gilt als Vorstufe zu den wichtigen Provinzen!«

»Du meinst ...«

»Ja, Octavia. Wenn meine Zeit hier um ist, darf ich auf einen Posten in Syrien hoffen oder vielleicht Ägypten!«

Octavia lächelte, ihre Augen glänzten vor Stolz.

»Wenn jemand diese Auszeichnung verdient hat, dann du!«

»Vielleicht kann ich auch etwas für dich tun. Ich könnte um eine Versetzung von Vergilius nach Judäa bitten. Dort werden immer wieder Verwalter benötigt.«

»Claudius? Der wird in diesem Land begraben werden. Er hat weder Ehrgeiz noch Kraft. Es könnte nur deiner eigenen Karriere schaden, ihn für ein anderes Amt vorzuschlagen!«

Agricola schien einen Augenblick nachzudenken.

»Was ist mit Cornelia? Sie ist sehr hübsch. Hat sie keinen Mann, der einen einflußreichen Posten verdient?«

»Meine Tochter hat es sich in den Kopf gesetzt, einen Kelten zu lieben! Einen dieser langhaarigen, wilden Kerle, die es vorziehen, auf dem Boden zu sitzen!«

Agricola nahm Octavia in die Arme.

»Arme Octavia!« flüsterte er. »Wie sehr mußtest du in den letzten Jahren leiden! Doch das ist nun vorbei. Ich werde mich um alles kümmern!«

Und während er ihr Gesicht mit seinen heißen Küssen bedeckte, erwachte in ihr die Zuversicht, daß sich doch noch alles zum Guten wenden würde.

11

Agricola stand am Fenster seines Schreibzimmers und drehte nachdenklich einen vergoldeten Becher in seiner Hand. Erst aus dieser Entfernung war erkennbar, daß die scheinbar willkürlich angeordneten schwarzen und weißen Steine des Forums tatsächlich eine Landkarte der von den Römern beherrschten Welt darstellten. Welch ein Anblick! Im Osten lagen Kleinasien, Syrien und Judäa; im Süden Ägypten und Teile von Nubien; im Norden Germanien. Am westlichen Rande des Platzes war Britannien zu erkennen. Dieser Teil war noch nicht vollendet. Sand und Schutt lagen dort, wo schwarzer Granit eigentlich den Norden dieses Landes hätte darstellen sollen. Dort lag Caledonien. Nur wenige Römer hatten dieses Land bereist, noch weniger waren lebend von dieser Reise zurückgekehrt. Schaudernd berichteten sie von der kargen Landschaft, von heftigen Stürmen und schroffen Bergen, die ebenso wild und unbezähmbar zu sein schienen wie ihre Bewohner. Agricola straffte die Schultern. Seine Aufgabe würde es sein, das Forum zu vollenden. Er würde Caledonien besiegen und dem Römischen Reich unterwerfen! Die Annalen würden ihn dann als den wahren Bezwinger Britanniens preisen. Lächelnd hob er den Becher wie zu einem Schwur und leerte ihn auf einen Zug.

Agricola saß an seinem Schreibtisch und studierte die Bittbriefe, die vor ihm lagen. Die meisten Schreiber baten um eine Beförderung für einen nahen Verwandten oder um die

Aufnahme eines Sohnes in die Reihen der Tribune. Agricola schüttelte mißmutig den Kopf. Er hielt nicht viel von Schmeicheleien. Sollten diese jungen Männer doch ihre Befähigung durch eigene Taten beweisen!

Der Statthalter sah kurz auf, als sich die Tür öffnete und ein Soldat ihm die Ankunft von Cornelia Vergilia und Duncan meldete.

»Gut, laß die beiden herein. Ich erwarte sie bereits!«

Cornelia und Duncan wurden von dem Soldaten in das Schreibzimmer geführt. Der Raum war von Sonnenlicht durchflutet. Nur der Schreibtisch, an dem der Statthalter saß, lag im Schatten. Erst als er sich von seinem Stuhl erhob und ihnen entgegenging, konnte Duncan das Gesicht des Mannes erkennen. Es war, als würde ihm ein glühender Speer durch den Leib gestoßen, und für einen Augenblick hörte sein Herz auf zu schlagen. Vor ihm stand jener Mann, jener Soldat in der glänzenden Rüstung, jener Agricola, der Mörder seiner Mutter!

»Seid gegrüßt, Cornelia!« Der Statthalter entblößte seine schiefen Zähne zu einem Lächeln und ergriff Cornelias Hand. Sie erwiderte höflich den Gruß, und der Statthalter wandte sich mit ausgestreckter Hand Duncan zu. Doch Duncan verschränkte die Arme hinter seinem Rücken und wich einen Schritt zurück. Das freundliche Lächeln auf dem Gesicht des Statthalters gefror. Aber bereits einen Augenblick später hatte er sich wieder unter Kontrolle.

»Verzeiht mir, Duncan, ich wollte Euch durch diese Geste nicht beleidigen. Aber die Bräuche in Britannien sind mir noch nicht geläufig!« Agricola zog seine Hand zurück. »Es freut mich, daß Ihr Euch die Mühe gemacht habt, meiner bescheidenen Bitte nachzukommen und mich zu besuchen!«

»Es ist keine Mühe!« erwiderte Cornelia und bedachte Duncan, der mit versteinertem Gesicht neben ihr stand, mit einem tadelnden Blick. »Das Wohl der keltischen Gefangenen liegt mir am Herzen.«

»Mir ebenso, verehrte Cornelia! Deshalb sollten wir drei

miteinander besprechen, was wir gemeinsam für die Gefangenen tun können!« Agricola kehrte zu seinem Schreibtisch zurück und nahm einen der Briefe in die Hand. »Ich erhielt eine Bittschrift von einem Juwelenhändler in Eburacum. Der Mann braucht dringend kundige Hilfe und hat wohl erfahren, daß sich unter den Gefangenen ein brigantischer Kunstschmied namens Dougal befindet. Ich wollte Euch darum bitten, Duncan, Euch bei jenem Mann zu erkundigen, ob diese Arbeit für ihn in Frage kommt!«

Es dauerte eine Weile, bis Duncan antwortete. Er sprach langsam, und seine Stimme bebte. Nur mühsam bewahrte er die Fassung.

»Was muß er tun?«

»Er soll dem Händler bei der Anfertigung von Schmuckstücken zur Hand gehen. Dafür wird er natürlich von den Bauarbeiten befreit. Außerdem wird er sich, wie Ihr, innerhalb von Eburacum ohne Fesseln bewegen dürfen, damit er dem Juwelenhändler jederzeit zur Verfügung steht.«

»Ich werde es ihm sagen.«

»Wann kann ich mit Eurer Antwort rechnen, Duncan?«

»Wenn ich ihn gefragt habe.«

Duncan wandte sich abrupt um und verließ ohne ein Wort des Grußes den Raum. Sprachlos vor Überraschung sah ihm Cornelia nach.

»Der junge Mann ist nicht gerade ein lobenswertes Beispiel der keltischen Höflichkeit!« bemerkte Agricola und trat ans Fenster.

»Ich bedaure diesen Zwischenfall sehr, verehrter Agricola! Aber ich bitte Euch, Duncan zu verzeihen. Ich weiß nicht, was in ihn gefahren ist.«

»Das weiß man bei den Kelten nie.« Agricolas Stimme klang freundlich-nachsichtig. Niemand konnte ahnen, daß er innerlich vor Zorn kochte. »Man glaubt sie zu kennen, und plötzlich überraschen sie einen doch! Vielleicht erscheinen sie uns deshalb so fremd und furchteinflößend.«

Er ist ein wildes Tier. Und wenn er sich nicht zähmen läßt, wartet die Arena auf ihn! fügte der Statthalter in Gedanken hinzu und blickte Duncan nach, der mit schnellen, langen Schritten über das Forum lief. Dann verbarg Agricola seinen Ärger hinter einem liebenswürdigen Lächeln und wandte sich wieder Cornelia zu.

»Doch wir sollten nicht zu hart urteilen. In der Vergangenheit haben die Kelten oft unter den Römern leiden müssen, so daß ihr Haß und Mißtrauen verständlich sind. Wollt Ihr mir dabei helfen, die Beziehungen zwischen den beiden Völkern zu verbessern und durch Römer geschehenes Unrecht wiedergutzumachen?«

»Ihr habt mir aus der Seele gesprochen. Gerne werde ich Euch nach Kräften unterstützen!« antwortete Cornelia und ergriff lächelnd die Hand des Statthalters. Beschämt dachte sie daran, wie unsympathisch dieser Mann ihr noch vor wenigen Tagen erschienen war. Wie konnte man sich doch in einem Menschen täuschen!

Wie von Dämonen gejagt, lief Duncan durch die Straßen von Eburacum. Ihm war bewußt, daß sein Verhalten unhöflich gewesen war. Doch keinen Augenblick länger hätte er die Nähe des Statthalters ertragen. Immer noch glaubte er, ersticken zu müssen, seine Haut schien in Flammen zu stehen. Sogar sein Halsreif war ihm mit einemmal zu eng.

Duncan achtete kaum auf die Menschen, die ihm in den schmalen Gassen oft erst im letzten Moment auswichen. Einen mit Äpfeln gefüllten Weidenkorb übersprang er einfach und bemerkte nicht, daß er einen zweiten dabei umstieß. Der Händler schimpfte und rief lautstark nach der Stadtkohorte. Doch Duncan lief weiter, bis er sein Ziel, die Stadtmauer, erreicht hatte, den einzigen Ort in Eburacum, an dem er frei atmen konnte. Eilig hastete er die Steinstufen zum Wehrgang hinauf, auf dem die Soldaten ihre Rundgänge machten, und stürzte zu den Zinnen. Den herrlichen Anblick der satten grünen Hügel und Wälder, durch die sich der Fluß wie ein silbernes Band schlängelte, nahm er nicht wahr. Er riß sich das Hemd von dem vor Hitze brennenden Körper und füllte gierig die Lungen mit der frischen, klaren Luft. Noch nie zuvor hatte er einen derartigen Haß empfunden. Ein zorniger Schrei stieg aus seiner Kehle auf und hallte weit über die Felder. Duncan war dabei bewußt, daß die Soldaten ihre stets griffbereiten Bogen spannten. Doch es war ihm egal. Sollten sie ihn doch töten! Dennoch zuckte er zusammen, als sich eine schlanke Hand beschwichtigend auf seinen Arm legte.

Cornelia hatte nicht lange suchen müssen, um Duncan zu finden. Es gab nicht viele Orte in der Stadt, zu denen es ihn hinzog. Schweigend hob sie das zerrissene Leinenhemd auf und beobachtete den schweratmenden, erregten Mann.

»Was ist geschehen, Duncan?« fragte sie schließlich. »Weshalb hast du Agricola gegenüber alle Regeln der Höflichkeit vergessen?«

»Weil ich diesen Kerl kenne.« Duncan stieß die keltischen Worte mühsam hervor, seine Stimme klang rauh und bebte vor Zorn. »Er ist es, Cornelia. Er hat meine Mutter umgebracht!«

»Nein, Duncan!« Cornelia schüttelte den Kopf. Dieser Mann, der so überzeugend für eine friedliche Beziehung zwischen Kelten und Römern eintrat, sollte ein Mörder sein? »Wahrscheinlich verwechselst du ihn. Schließlich warst du damals noch klein, und es war dunkel. Du hast einen anderen Mann gesehen! Vielleicht einen Verwandten von ihm, der ihm ähnlich sieht, oder ...«

»Ich irre mich nicht!« unterbrach Duncan sie heftig und wirbelte zu ihr herum. Seine Augen funkelten wild. »Er stand direkt am Feuer, nur wenige Schritte von mir entfernt. Niemals werde ich sein Gesicht oder seine Stimme vergessen. Sie haben sich in mein Gedächtnis eingebrannt und mich in meinen Alpträumen verfolgt. Unter Tausenden würde ich ihn wiedererkennen. Er ist es!«

Die Eindringlichkeit seiner Worte überzeugte Cornelia, daß Duncan die Wahrheit sagte. Unwillkürlich errötete sie vor Scham und Zorn. Sie hatte Agricola seine freundlichen Worte geglaubt, sie hatte ihm sogar die Hand gereicht!

»Wie konnte er mich derart täuschen?« Fassungslos schüttelte sie den Kopf. »Mir gegenüber hat er so getan, als sei er ein Freund der Kelten.«

»Dieser Heuchler!«

»Was wirst du tun?«

Duncan warf den Kopf in den Nacken.

»Ich werde ihn töten!«

Cornelia wich das Blut aus den Wangen. Der glühende Haß in Duncans Augen und sein entschlossenes Gesicht erschreckten sie. Abwehrend hob sie die Hände.

»Das kannst du nicht tun!«

»Bei den Göttern, Cornelia! Auf wessen Seite stehst du?«

»Ich stehe auf deiner Seite, Duncan.« Sie sah ihn ernst an. »Aber Agricolas Tod wird deine Mutter nicht wieder ins Leben zurückrufen. Wenn du ihn umbringst, gibst du den Römern die Gelegenheit, auf die einige von ihnen schon lange warten. Sie werden dich vor Gericht stellen und zum Tod verurteilen!«

Duncan runzelte zornig die Stirn und wollte etwas erwidern, doch Cornelia kam ihm zuvor.

»Bitte, versteh mich nicht falsch, Duncan! Ich verachte Agricola für seine Taten, und noch mehr für seine Heuchelei. Und wie du bin ich der Ansicht, daß er den Tod verdient hat. Doch hier, in dieser Stadt, unterstehen wir dem römischen Recht. Wenn du ihn anklagst, wird dir niemand Glauben schenken. Und wenn du ihn eigenhändig richtest, werden sie dich wegen Mordes verurteilen. Es wird ihnen eine Freude sein, dich dem Henker zu übergeben. Denn was immer Agricola getan hat, er ist jetzt der Statthalter des Kaisers, und im Vergleich zu ihm bedeutet das Leben von Kelten nichts!« Sie umfaßte seine Schultern. »Ich flehe dich an: Tu es nicht! Dieser Agricola verdient es nicht, daß du seinetwegen dein Leben wegwirfst!«

»Lieber will ich sterben, als diesen Mörder ungeschoren davonkommen zu lassen!«

»Dann laß es um meinetwillen sein! Ich möchte nicht um dich trauern, noch bevor ich deine Frau geworden bin. Überlaß die Rache den Göttern!«

Cornelias Herz raste vor Furcht. Duncans Atem ging schnell und stoßweise. Das Spiel der Muskeln an seinen Schläfen verriet den Sturm, der in seinem Innern tobte.

»Ich kann nicht!« stieß er schließlich mühsam hervor und schüttelte heftig den Kopf.

»Duncan, bitte ...«

Er befreite sich aus ihren Armen.

»Du verstehst es nicht. Ich muß ihn töten!«

Ohne ein weiteres Wort lief er die Treppe hinab. Vergeblich rief Cornelia hinter ihm her. Verzweifelt sank sie in die Knie und rief die Götter um Hilfe an.

Es war bereits dunkel. Während die Hauptstraßen von Eburacum auch während der Nacht von Fackeln erleuchtet wurden, lag das Stadtviertel beim Osttor in nahezu vollständiger Finsternis. Kein anständiger römischer Bürger hätte sich zu dieser Stunde in das ausschließlich von keltischen Söldnern, Huren und Dieben bewohnte Viertel gewagt. Und wer dennoch hierherkam, hatte keine ehrbaren Absichten und wollte lieber unerkannt bleiben. Ein mit einem knöchellangen keltischen Kapuzenmantel bekleideter Mann huschte eilig durch die schmalen Gassen. Seine Stiefel verursachten keine Geräusche auf dem sandigen Boden. Dennoch blickte er immer wieder über die Schulter, als fürchtete er, verfolgt zu werden. Seine Besorgnis war unbegründet, die Straßen waren menschenleer und dunkel. Nicht einmal den Soldaten auf der Stadtmauer war es möglich, in den schmalen Gassen jemanden zu sehen, obwohl sie so nahe waren, daß man ihre Schritte auf dem

Wehrgang hören konnte. Sie wären auch höchst erstaunt gewesen, wenn sie den Mann unter der Kapuze erkannt hätten. Es war Julius Agricola, der wie ein Dieb durch Eburacum schlich. Er vertraute zwar seiner Verkleidung, trotzdem fürchtete er, erkannt zu werden. Ein bedeutender Mann hatte immer Feinde, die nur auf eine günstige Gelegenheit warteten, ihn zu Fall zu bringen. Er sah sich so aufmerksam um, daß er vergaß, auf seine Füße zu achten. Nur mühsam unterdrückte er einen Schrei, als er beinahe aus Unachtsamkeit auf eine Ratte getreten wäre, die zwischen den herumliegenden Abfällen nach Nahrung suchte. Wütend zischte das Tier ihn an und huschte dann in einen der düsteren Hauseingänge. Endlich hörte er laute Stimmen und Gelächter, die aus einem hellerleuchteten Haus auf die Straße drangen. Ein hölzernes Schild zeigte einen Eberkopf neben einem Weinkrug, und erleichtert betrat Agricola die Taverne.

Es war ein schmutziges Gasthaus, in dem kein anständiger Bürger verkehrte, dennoch war der Schankraum überfüllt. Die Luft war stickig, es roch nach Schweiß und Urin, nach Bier und schlechtem Wein. Leicht bekleidete junge Mädchen eilten geschickt zwischen den eng beieinanderstehenden Tischen und Bänken hindurch, um die Gäste mit Wein und Bier zu versorgen. Die meisten von ihnen waren Kelten; verwegen aussehende, schmutzig gekleidete Männer mit langen Haaren und Bärten, die grölend um die Gunst der Mädchen oder die nächste Trinkrunde würfelten. Doch auch einige römische Soldaten saßen an den Tischen und sangen mit weinschweren Stimmen Schlachtlieder. Mühsam bahnte sich Agricola einen Weg durch den Raum zum Tresen. Ein hübsches rothaariges Mädchen füllte dort einen Becher und lachte einen dunkelhaarigen Kelten an, der seine Hand in ihren Ausschnitt steckte. Sie schien es sogar zu genießen und belohnte den Mann mit einem leidenschaftlichen Kuß.

Schamloses Volk! dachte Agricola und beobachtete die jungen Kelten eine Weile. Niemand schien ihr Verhalten anstößig zu finden oder den Neuankömmling zu bemerken. Agricola wollte auf alle Fälle vermeiden, zu sprechen, da ihn sein Akzent sofort als Römer verraten hätte. Deshalb räusperte er sich, um auf sich aufmerksam zu machen.

Mißbilligend sahen ihn die beiden an. Der Mann richtete sich zu seiner vollen Größe auf und trat mit finsterem Gesicht auf Agricola zu, den er um beinahe drei Köpfe überragte.

»Verschwinde, du störst!« Seine Stimme klang tief und rauh wie das Knurren eines Wolfes, seine dunklen, fast schwarzen Augen funkelten gefährlich. Unwillkürlich wich Agricola einen Schritt zurück und sah, wie die Hand des Kelten zum Griff eines Dolches glitt, der in seinem Gürtel steckte.

»Laß nur, Brude!« versuchte das Mädchen den Mann zu beschwichtigen und wandte sich dann dem Neuankömmling zu. »Was willst du?«

Wortlos legte Agricola einen golden glänzenden Gegenstand und einige Sesterzen auf den Tisch, ohne den dunkelhaarigen Kelten aus den Augen zu lassen. Doch zu seiner Erleichterung wandte sich der Mann wieder seinem Bierkrug zu.

Das Mädchen ließ abschätzend den Blick über Agricola gleiten und hob spöttisch eine Augenbraue. Sie ließ sich durch die Verkleidung nicht täuschen. Nicht nur die geringe Körpergröße verriet den vor ihr stehenden Mann. Sein eckiges, unattraktives Gesicht, die hervorstehenden Augen – er war ohne Zweifel ein Römer. Viele ehrbare römische Bürger nutzten dieses Haus, um sich heimlich mit ihrer Geliebten oder einem jungen Mann zu treffen. Sie gingen davon aus, daß niemand in diesem Gasthaus ein Interesse an ihnen hatte. Und sie hatten recht damit. Aber warum glaubten diese Dummköpfe immer, daß ein Mantel mit Kapuze ausreichte, um sie in Kelten zu verwandeln? Nur mühsam eine spöttische Bemerkung unterdrückend, warf das Mädchen einen flüchtigen Blick auf den goldenen Gegenstand. Es handelte sich um die Hälfte einer Münze mit seltsamer Prägung. Lächelnd strich sie das Geld ein, ohne die seltsame Münze zu berühren.

»Die Treppe hinauf, den Gang entlang und dann die dritte Tür rechts. Du wirst bereits erwartet!«

Agricola nahm die halbe Münze wieder an sich, nickte ihr zu und verschwand.

»Wer war das?« erkundigte sich der Kelte bei dem Mädchen.

Sie zuckte gleichmütig mit den Achseln.

»Irgendein Römer. Da die beiden so heimlich tun, ist sie wohl verheiratet.« Sie lachte. »Diese ehrbaren Römer! Aber uns nennen sie Barbaren!«

Unterdessen klopfte Agricola bereits an die Tür, die man ihm genannt hatte. Eine weibliche Stimme bat ihn, einzutreten. Der kleine, schäbige Raum wurde von einem breiten Bett fast vollständig ausgefüllt. Eine große, schlanke, dunkelhaarige Frau lag unbekleidet auf der Decke und sah mit unterwürfigem Blick zu ihm auf.

»Womit wollt Ihr zahlen, Herr?«

Der Tonfall ihrer Stimme hatte nichts mit der von Octavia Julia gemein, die die Sklaven im Haus des Vergilius wegen ihrer Strenge und Unnachgiebigkeit so fürchteten. Doch es war nur ein Spiel. Jedesmal, wenn sie und Agricola sich unter ähnlichen Umständen wie in dieser Nacht trafen, spielten sie dieses Spiel. Sie war eine Hure, und er mußte für sie zahlen. Lächelnd ging Agricola darauf ein und hielt ihr die halbe Münze hin.

»Ein halbes Vierdrachmenstück? Ich habe eine ähnliche Münze!« Sie griff unter ihr Kopfkissen und holte die dazu passende Hälfte hervor. »Ich habe lange auf dich gewartet, Julius!«

»Und ich brenne vor Sehnsucht, Octavia!«

Sie ließ sich in die Kissen zurücksinken und lächelte verführerisch.

»Dann komm und wärme mich!« hauchte sie. »Mir ist kalt!«

Agricola konnte es kaum erwarten, bis er seinen Mantel und die Tunica abgestreift hatte. Er warf die Kleidungsstücke achtlos in eine Ecke des Raumes. Dann beugte er sich über Octavia und ließ sich langsam auf ihr nieder.

Nachdem sie sich geliebt hatten, lagen sie eine Weile schweigend nebeneinander. Agricola streichelte sanft ihre Haut.

»Verzeih mir, daß ich dich hierher bestellt habe, Octavia!« flüsterte er und vergrub sein Gesicht in ihren schwarzen Haaren. Es duftete nach Färbemittel und Rosenwasser. »Diese Taverne ist kein Aufenthaltsort für dich.« Er seufzte. »Ich wünschte, wir brauchten uns nicht zu verstecken!«

»Du sprichst mir aus der Seele, Liebster. Aber es steht zu viel auf dem Spiel!« Octavia strich zärtlich über die rauhe Wange des Statthalters. »Seien wir dankbar, daß wir wenigstens nicht mehr über viele Provinzen hinweg voneinander getrennt sind. Du bist in meiner Nähe. Und wenn wir uns auch nicht immer berühren dürfen, so können wir uns doch sehen!« Sie bemerkte, wie Agricola bei ihren Worten verlegen den Blick senkte. »Was ist los, Julius? Gibt es etwas, was ich wissen sollte?«

Agricola holte tief Luft.

»Ich muß nach Londinum.«

»Wann reist du ab?«

»Morgen.«

»So bald?« Octavia konnte ihre Enttäuschung nicht verbergen.

»Wann kommst du zurück?«

Er zuckte mit den Schultern.

»Ich weiß es noch nicht. Vielleicht nächsten Monat, vielleicht aber auch erst im Frühjahr.« Er seufzte. »Es kommt ...«

»Zwingt sie dich dazu?« unterbrach Octavia ihn. Ihr Gesicht war wie aus Stein.

»Nein, Octavia, Liebste! Domitia zog es vor, bei meiner Tochter und meinem Schwiegersohn in Rom zu bleiben. Wenn überhaupt, wird sie erst im nächsten Jahr in Britannien eintreffen!« Agricola schüttelte den Kopf. »Meine Pflichten als Statthalter machen es erforderlich, daß ich den Winter in der Hauptstadt Britanniens verbringe. Doch ...« Er nahm ihre Hände und küßte ihre Finger. »Ich werde Eburacum zur Hauptstadt erheben. Dann kann ich so oft bei dir sein, wie ich will.«

»Eine verlockende Aussicht! Der Gedanke daran wird mir den feuchten, kalten Winter erleichtern!« Lächelnd küßte sie ihn. »Hast du dich eigentlich schon mit dem Silurer befaßt?« Agricola nickte.

»Ich habe mir bereits Gedanken über ihn gemacht. Wie wäre es, wenn du ihn in dein Haus aufnimmst?«

»Das kann nicht dein Ernst sein, Julius!« Octavia richtete sich entsetzt auf.

»Glaube mir, ich habe nicht den Verstand verloren.« Der Statthalter lächelte beruhigend. »Cornelia wird den Burschen nicht aufgeben, solange er am Leben ist. Und noch sehe ich keinen Grund, ihn zu töten. Außerdem habe ich mir gedacht ...« Agricola beugte sich zu ihrem Ohr und flüsterte ihr etwas zu. Octavias Augen weiteten sich vor Überraschung.

»Und wenn dein Plan nicht funktioniert?«

Er zuckte lächelnd die Achseln.

»In diesem Fall wird sein Blut die Arena tränken!«

Octavia runzelte die Stirn.

»Bis dahin muß ich ihn in meiner Nähe ertragen? Du verlangst Unermeßliches von mir, Julius!«

»Ich weiß, meine Teure! Aber es ist zu deinem und meinem Besten!«

Sie schien einen Augenblick nachzudenken, dann nickte sie.

»Gut, ich gehe auf deinen Vorschlag ein. Doch ich verlange eine Entschädigung!«

»Was begehrst du?«

Octavia lächelte aufreizend und ließ ihre Hand zwischen seine Beine gleiten.

»Bis zum ersten Hahnenschrei ist noch viel Zeit, und ...«

Agricolas leidenschaftlicher Kuß brachte sie zum Verstummen.

Zur selben Zeit nutzte ein anderer, ebenfalls mit einem Kapuzenmantel bekleideter Mann den Schutz der Dunkelheit. Katzengleich erklomm er einen Baum, der an der Rückseite einer römischen Stadtvilla wuchs. Sein Ziel war ein offenes Fenster im ersten Stockwerk, in das die Äste des Baums beinahe hineinragten. Geschickt schwang er sich auf den Sims und glitt in den dunklen, stillen Raum hinein. Eine Weile blieb er regungslos stehen und lauschte. Doch im ganzen Haus war kein Geräusch zu hören. Gelassen zog er einen kleinen, überaus scharfen Dolch aus seinem Gürtel und sah sich in dem Raum um. Im schwachen Sternenlicht konnte er das Bett sehen, das an der gegenüberliegenden Wand stand. Lautlos ging er einige Schritte darauf zu. Dann blieb er wie angewurzelt stehen und stieß ein leises, wütendes Zischen aus. Das Bett war leer und unberührt.

Nachdenklich ließ der Mann seinen Dolch sinken. So verharrte er eine Weile, bevor er sich abwartend hinter die Tür stellte. Der Bewohner des Schlafgemachs mußte bald zurückkehren, und er wollte nicht sofort bemerkt werden. Jede Faser seiner Muskeln war angespannt. Er war bereit, sich sofort auf den Mann zu stürzen, sobald dieser die Tür öffnen würde. Er malte es sich in allen Einzelheiten aus: die Überraschung auf dem Gesicht des anderen; seine Fassungslosigkeit, wenn er ihm das Todesurteil verkündete; sein Entsetzen, wenn er die scharfe Klinge in seinem Fleisch spürte. Und er würde danebenstehen und zusehen, wie dieser verhaßte Kerl langsam sein Leben aushauchte ...

Auf dem Gang vor dem Raum war ein Geräusch zu hören,

Schritte näherten sich der Tür. Der Mann spannte seine Muskeln noch stärker an, falls das überhaupt noch möglich war. Er war zum Sprung bereit. Die Tür öffnete sich einen Spalt, und ein schmaler Streifen Licht fiel in den Raum. Doch es war nur ein Diener, der in das dunkle Schlafgemach kam, eine schneeweiße Toga mit einem Purpursaum vom Bett nahm und sie sich über den Arm legte. Der Mann hinter der Tür verschwand fast im Schatten, unwillkürlich hielt er den Atem an, als der Diener sich umwandte.

Er wird mich sehen! schoß es ihm durch den Kopf.

Doch der Diener verließ das Schlafgemach und schloß die Tür hinter sich, ohne den Eindringling bemerkt zu haben.

Erleichtert atmete der Mann auf und entspannte sich wieder ein wenig, ohne jedoch seine Position merklich zu verändern. So harrte er regungslos aus.

Nach fast zwei ereignislosen Stunden begannen seine Muskeln durch die Anspannung zu schmerzen. Es war schon weit nach Mitternacht. Allmählich keimte in ihm der Verdacht, daß das von ihm auserkorene Opfer in dieser Nacht nicht im eigenen Bett schlafen wollte. Dennoch gab er die Hoffnung noch nicht auf. Um nicht steif zu werden, begann er durch den Raum zu gehen, lautlos und aufmerksam auch auf das geringste Geräusch achtend. Schließlich setzte er sich mit angewinkelten Beinen auf das Bett und verharrte dort regungslos wie eine Statue. Durch das offene Fenster konnte er die schmale Sichel des abnehmenden Mondes sehen. Er beobachtete, wie der Mond allmählich die Krone des Baumes vor dem Fenster umrundete und das Licht der Sterne schwächer wurde. Seine ruhige Körperhaltung stand dabei in krassem Gegensatz zu dem Aufruhr, der in seinem Innern tobte. Je weiter der Mond seine Bahn durchlief, um so zorniger wurde der Späher. Warum kam dieser verfluchte Kerl nicht? Er war bereit; bereit, den Römer zu töten und anschließend, wenn es sein mußte, selbst zu sterben.

Schließlich krähte ein Hahn. Der erste Schimmer des neuen

Tages ließ die Sichel des Mondes verblassen. Der Mann blieb noch eine Weile regungslos auf dem Bett sitzen und beobachtete, wie die Welt allmählich ihre Farben wiedergewann. Dann brach der angestaute Zorn der letzten Stunden mit derselben Gewalt und ebenso schlagartig wie die Eruption eines Vulkans hervor. Begleitet von einem zornigen Fluch stieß er den Dolch in das hölzerne Bettgestell. Das Bett bebte unter der Kraft des Stoßes, das Holz ächzte und splitterte entlang der Maserung. Vielleicht schliefen die Diener in dieser Nacht besonders tief, vielleicht war es aber auch eine Gunst der Götter, die ihre schützende Hand über den Mann hielten. Denn trotz des Lärms, den sein zorniger Ausbruch verursacht hatte, erwachte keiner der zahlreichen Sklaven im Haus. Niemand sah ihn, als er sich wieder aus dem Fenster schwang und den Baum hinabkletterte. Und als er langsam durch die Straßen von Eburacum ging, begegnete ihm keine Menschenseele.

Etwa eine Stunde später betrat der Diener das Schlafgemach, um Kleidungsstücke zu ordnen und sie in einer kleinen Truhe zu verstauen. Erst als er das Bett abdeckte, um die Laken waschen zu lassen, fiel ihm der Dolch auf; ein kleines, scharfes Messer, wie es zum Säubern von Fischen verwendet wurde. Der Mann ahnte nicht, was in der Nacht geschehen war oder für welchen Zweck der Dolch bestimmt war. Dennoch wich er bei dem Anblick unwillkürlich drei Schritte zurück und wagte nicht einmal, das Messer zu berühren. Er zitterte unter der Macht des Zorns, die den Dolch so tief in das Holz gestoßen hatte, daß nur noch der Griff hervorragte.

Mitten in der Nacht wachte Dougal auf. Es war ein leises Geräusch, das ihn aus dem Schlaf geschreckt hatte. Er setzte sich auf und starrte in die Dunkelheit. Endlich konnte er eine schlanke Gestalt erkennen, die lautlos näher kam.

»Duncan!« flüsterte er erfreut. »Ich fürchtete schon, dir sei etwas zugestoßen!«

Duncan ließ sich neben ihm auf den Boden sinken, streckte

ein Bein aus und fuhr sich müde durch das Haar. Trotz der Dunkelheit konnte Dougal die dunklen Ringe unter seinen Augen erkennen.

»Was ist geschehen, mein Freund? Cornelia war hier. Sie hat mir alles erzählt. Sie sagte, daß sie dich vergeblich davon abhalten wollte, Agricola zu töten. Seit gestern hat dich niemand gesehen. Wo bist du gewesen?«

Duncan holte tief Luft und lehnte seinen Kopf gegen die kalte Mauer. Seine Augen brannten vor Müdigkeit, ein dumpfer Schmerz schien seinen Schädel zu sprengen, seine Muskeln waren angespannt und hart.

»Ich war bei ihm. In seinem Haus.«

»Du bist bei Agricola eingedrungen?« Dougal riß vor Entsetzen die Augen auf. »Hast du den Verstand verloren?«

»Es war kinderleicht. Direkt vor dem Fenster seines Schlafgemachs steht ein Baum.« Er lachte leise. »Es wäre so einfach gewesen. Ich wollte ihn stellen. Er sollte wissen, warum ich ihn töte, und dann hätten wir wie Männer miteinander gekämpft. Ich hätte ihn in einem ehrlichen Zweikampf besiegt und sein Blut den Göttern geopfert.«

»Und was geschah?«

»Nichts!« Duncan hob resigniert die Arme. »Er war nicht da. Ich habe die ganze Nacht auf seinem Bett gesessen. Doch der Kerl hat sich nicht blicken lassen! Bei Tagesanbruch bin ich wieder aus dem Fenster gestiegen. Wenig später hörte ich von einem Kaufmann, daß er mit vielen Offizieren nach Londinum gereist ist. Von da an bin ich ziellos durch die Stadt geirrt.«

»Wir haben uns Sorgen um dich gemacht, Duncan!« bemerkte Dougal vorwurfsvoll. »Du hättest wenigstens ...«

»Ich mußte allein sein, Dougal. Ich wollte in Ruhe über alles nachdenken!« Er fuhr sich durch das Haar. »Wenn ich meine Augen schließe, sehe ich ihn vor mir. Ich sehe dieses Grinsen auf seinem Gesicht, mit dem er zusah, wie nahezu hundert Männer, Frauen und Kinder niedergemetzelt wurden.

Mit dem gleichen abscheulichen Grinsen hat er Cornelia und mich begrüßt!« Duncan erschauerte. »Ich glaubte zu Stein zu erstarren, als ich ihn erkannte. Er streckte mir seine Hand entgegen. ›Seid gegrüßt, Duncan‹ sagte er und tat freundlich, dieser Heuchler! Dabei war es dieselbe Stimme, die befahl, meiner Mutter die Kehle durchzuschneiden!« Zornig schlug Duncan mit der Faust auf den Boden. »Warum war er nicht in seinem Schlafgemach? Weshalb haben die Götter mir die Gelegenheit genommen, den Mord an meiner Mutter zu sühnen?«

»Vielleicht wiegen seine Vergehen so schwer, daß die Götter selbst Rache üben wollen!«

»Das hat Cornelia auch gesagt. Und glaube mir, seit gestern denke ich darüber nach und versuche herauszufinden, was richtig ist. Aber ich komme zu keinem Ergebnis. Ich weiß nicht, ob ich ihn laufen lassen oder die nächste Gelegenheit abwarten soll, ihn doch noch zu töten!« Duncan seufzte. »Ich wünschte, Ceallach wäre hier. Er könnte mir einen Rat geben!«

»Glaube mir, mein Freund, die Zeit wird dir die Antwort geben. Die Götter werden dich nicht im Stich lassen. Und da Agricola für lange Zeit nicht in Eburacum sein wird, ist es müßig, dir jetzt den Kopf darüber zu zerbrechen!« Dougal lächelte und legte ihm väterlich eine Hand auf die Schulter.

»Für den Augenblick gibt es wichtigere Dinge. Vor allem solltest du dich ausschlafen, mein Junge. Du siehst furchtbar aus!«

Duncan schüttelte resigniert den Kopf.

»Das ist leicht gesagt! Dieser düstere, unheilvolle Schatten verfolgt mich bis in meine Träume. Er raubt mir meine Seelenruhe – und meinen Schlaf!«

»Hab keine Sorge! Ich werde die Götter bitten, die schlechten Träume von dir fernzuhalten.«

Dougal malte mit seinem Daumen ein Zeichen auf Duncans Stirn. Unwillkürlich fühlte er sich in die Zeit zurückversetzt, als Seames noch klein war und aus Angst vor Alpträumen nicht einschlafen wollte. Und wie er es bei seinem eigenen Sohn oft getan hatte, half er nun Duncan, sich auszustrecken, und breitete dessen Umhang über ihn.

Duncan spürte die väterliche Liebe und Zuneigung des älteren Mannes, und ein dankbares Lächeln glitt über sein müdes, blasses Gesicht.

»Hast du über den Vorschlag des Juwelenhändlers nachgedacht?« Dougal räusperte sich. Seine Stimme war plötzlich merkwürdig rauh.

»Ja. Ich werde ihn annehmen. Dann haben wir Gelegenheit, gemeinsam unsere Flucht zu planen!«

Duncan drehte sich auf die Seite, seine Augen fielen zu.

»Du bist ein wahrer Freund, Dougal!«

Bereits kurze Zeit später hörte Dougal an den tiefen, gleichmäßigen Atemzügen, daß Duncan eingeschlafen war.

Genau wie Seames! dachte er und begann leise zu weinen.

12

Es war früh am Morgen, kurz nach Tagesanbruch. Lautlos huschten die Sklaven durch das Haus, um ihre Herren nicht durch ihre Anwesenheit zu wecken. Nur Cornelia war schon wach und angekleidet. Leise ging sie in die Halle hinunter. Seit einiger Zeit hatte sie es sich angewöhnt, gemeinsam mit den Sklaven aufzustehen. Das verhinderte die Begegnung mit ihrer Mutter, die bis weit in den Morgen hinein zu schlafen pflegte. Um so erstaunter war Cornelia, als sie plötzlich Octavia begegnete. Sie trug ein zerknittert aussehendes Nachtgewand mit einer Stola darüber, ihr Haar war wirr und unfrisiert, und sie hatte weder Puder noch Wangenrot aufgelegt. Cornelia konnte sich nicht daran erinnern, ihre Mutter jemals ungeschminkt gesehen zu haben, und war entsetzt über das aschfahle, von zahlreichen Fältchen durchzogene Gesicht.

»Guten Morgen, Cornelia!« Octavias Stimme war heiser, als hätte sie sich nur mit Mühe zu dieser Stunde aus dem Bett gequält. »So früh schon wach? Wo willst du denn hin?«

»Ich gehe spazieren.«

Cornelias kühle Antwort schien Octavia zu treffen. Sie seufzte tief und schüttelte bekümmert den Kopf.

»Seit dieser Kelte in dein Leben trat, hast du dich sehr verändert, meine Tochter.«

Cornelia runzelte zornig die Stirn. Mußte ihre Mutter immer wieder davon anfangen? Sie hatte diese Gespräche satt, die stets damit endeten, daß Duncan nicht der passende Mann für sie und außerdem nur ein wilder Barbar sei. Doch bevor sie etwas erwidern konnte, fuhr Octavia fort:

»Ich beobachte mit Bedauern, wie du dich mir immer mehr entfremdest.« Sie drehte sich um. »Ich weiß, du wirst es mir nicht glauben. Aber ich leide sehr darunter!«

Cornelia lag eine bissige Bemerkung auf der Zunge. Ihre Mutter hatte sich bislang nur dann für sie interessiert, wenn es galt, einen einflußreichen, vielversprechenden Ehepartner für sie zu finden, dessen Ruhm Glanz auf den Namen Vergilius warf. Da sie jedoch zur Höflichkeit den Eltern gegenüber erzogen worden war, schwieg sie.

»Ich habe dir einen Vorschlag zu machen und hoffe, deine Zustimmung zu finden.« Octavia kostete es sichtlich Überwindung weiterzusprechen. »Was hältst du davon, wenn Duncan in Zukunft bei uns wohnt?«

»Wie bitte?«

»Nun ja«, Octavia wandte sich wieder ihrer Tochter zu und rieb sich nervös die Hände, »ich hatte mir gedacht, daß es dir gefallen würde, Tag und Nacht mit ihm zusammenzusein.«

»Damit du uns ständig beaufsichtigen kannst?«

»Nein, Cornelia, das darfst du nicht denken! Ich wollte nur ...«, sie seufzte, »ich möchte ihn kennenlernen.«

»Warum?«

»Das fragst du noch? Du liebst diesen Mann. Damit werde ich mich abfinden müssen, sonst wirst du eines Tages zwischen ihm und uns wählen. Du bist meine Tochter!« Octavia ergriff Cornelias Hände. »Ich weiß, ich habe ihm mißtraut und versucht, euch beide zu trennen. Aber ich wollte dich doch nur vor einem Fehler bewahren! Bitte, gib mir eine Chance! Ich bin bereit, meine Vorurteile zu vergessen. Vielleicht kann ich mich an ihn gewöhnen oder ihn gar schätzenlernen! Ich habe doch nur dich, Cornelia. Ich will nicht mein einziges Kind verlieren!«

Cornelia wußte nicht, was sie sagen sollte. Betroffen sah sie Tränen in den Augen ihrer Mutter schimmern. Wann hatte sie Octavia das letzte Mal weinen sehen? Es mußte Jahre her sein! »Nicht, Mutter, du brauchst nicht zu weinen!« Tröstend legte sie einen Arm um Octavias Schulter und gab ihr einen Kuß auf die Wange. »Mir gefällt dein Vorschlag. Und ich werde sofort zu Duncan gehen und ihn fragen, was er davon hält.«

Octavia schluchzte und tupfte sich mit dem Saum ihrer Stola die Tränen aus dem Augenwinkel.

»Bestell ihm meine aufrichtigen Grüße!«

Octavia schloß die Tür hinter Cornelia, ein Lächeln umspielte ihre Lippen. Plötzlich klatschte hinter ihr jemand Beifall. Entsetzt fuhr sie herum.

»Claudius!« rief sie ärgerlich. »Was hast du hier zu suchen?« Langsam und bedächtig kam der schmächtige Mann die Treppe herunter.

»Ich habe deine Vorstellung gesehen und habe sie sehr genossen! Du hättest Schauspielerin werden sollen! Ich würde gern diese Szene in meinem Drama verwenden. Hast du etwas dagegen?«

Spöttisch hob Octavia die Augenbrauen.

»Willst du noch mehr Papyrus und Tinte verschwenden, als du es bisher getan hast?«

»Ich verschwende nichts!« entgegnete er entrüstet und straffte in einem Anflug von Würde seine Schultern. »Servicius sagte, daß ich Talent habe!«

»Ja, das hat er gesagt – vor fünfzehn Jahren, nachdem du ihm genug Wein zu trinken gegeben hattest, daß er ein Schaf nicht mehr von seiner Frau hätte unterscheiden können!« Sie betrachtete ihn kalt. »Du hast ihm damals wirklich geglaubt?«

»Du hast mich nie unterstützt, Octavia!« begehrte Vergilius auf. »Ich wäre sicherlich ...«

»... der schlechteste Dichter Roms geworden!« vollendete Octavia den Satz und schüttelte den Kopf. »Sei dankbar, daß ich dich davor bewahrt habe. Mit deinen lächerlichen Versen wärst du zum Gespött der Leute geworden.« Octavia strich ihm durch das schüttere graue Haar wie einem treuen Hund.

»Du solltest dich damit abfinden, daß niemand deine Dichtungen lesen will, Claudius!«

Beschämt senkte Vergilius den Blick.

»Du hast recht, wie immer. Ich werde mich wieder ins Bett begeben, mir ist nicht wohl. Wahrscheinlich war der Wein gestern zu stark gemischt.«

Langsam, mit gesenktem Kopf und hängenden Schultern, schlich er die Treppe wieder hoch. Zufrieden sah Octavia ihm nach. So weit sollte es noch kommen, daß dieser trunksüchtige Schwächling, der unglücklicherweise ihr Ehemann war, ihre Pläne durchkreuzte!

Noch am gleichen Abend wurde Duncan ein Zimmer neben Cornelias Schlafgemach zugewiesen. Zu seinem Erstaunen fand er auf dem Bett eine Hose, ein Leinenhemd und einen Umhang vor. Die klaren Farben und die kunstvollen, karierten Muster fielen Duncan sofort ins Auge. Wohlwollend ließ er die weiche Wolle durch seine Finger gleiten. Sie roch nach den Farben, die aus Blüten, Wurzeln und Früchten gewonnen wurden. Es war lange her, seit er das letzte Mal einen Stoff von solch hoher Qualität in der Hand gehabt hatte. Vor seinem geistigen Auge sah er Frauen, die abends im Schein des Herdfeuers die Wolle spannen. Er sah Männer, die mit ihren scharfen Messern und geübten Handgriffen die Schafe schoren. Und er sah saftiges, taubedecktes Gras auf nebelverhangenen Hügeln, das beste Weideland für die Schafe. Cornelias Stimme holte ihn wieder in die Gegenwart zurück.

»Die Kleidung ist ein Geschenk meiner Mutter!« Sofort zog Duncan seine Hand zurück, als hätte er sich verbrannt. Mißmutig runzelte er die Stirn. Er wußte nicht, was er von diesem Geschenk halten sollte, und das führte zu einem unangenehmen Kribbeln in seiner Magengegend. War es etwa eine milde Gabe für den mittellosen Gefangenen? Duncan spürte, wie eine heiße Welle des Zorns in ihm aufstieg und sein Blut zum Kochen brachte. Bei den Göttern, er war ein Fürst! Was fiel den Römern ein, ihn wie einen streunenden, halbverhungerten Hund zu behandeln? Er war nicht auf die Gnade einer Octavia Julia angewiesen! Unwillkürlich straffte er die Schultern.

»Ich kann es nicht annehmen!«

Das Lächeln auf Cornelias Gesicht verschwand. Sie hatte am Morgen über eine Stunde lang auf ihn einreden müssen, bis sie Duncan endlich vom Vorschlag ihrer Mutter überzeugt hatte. Die hitzige Auseinandersetzung klang immer noch in ihren Ohren nach. Und nun fühlte er sich schon wieder aus einem nichtigen Anlaß in seinem Stolz verletzt.

»Und warum nicht?« fragte sie gereizt.

»Ich brauche keine Almosen!«

Cornelia seufzte. Allmählich begann sie daran zu zweifeln, daß sie diesen eigensinnigen Mann jemals begreifen würde.

»Niemand in diesem Haus will dich beleidigen.« Ihre Stimme hatte den nachsichtigen Klang einer Mutter, die einem besonders störrischen Kind zum hundertsten Mal etwas erklärt. »Dieses kleine Geschenk ist lediglich ein Gruß meiner Mutter, ein Friedensangebot. Damit möchte sie dir zeigen, daß du hier willkommen bist; nicht als Gefangener oder gar Sklave, sondern als keltischer Fürst. Verstehst du? Wenn sie dich verletzen wollte, dann hätte sie dir eine Toga geschenkt! Aber – von mir aus! Wenn du das Geschenk ablehnst, werde ich die Sachen eben einpacken und sie ihr zurückgeben.«

Duncan hielt Cornelias Arm zurück, als sie die Kleidungsstücke nehmen wollte.

»Bitte, laß sie liegen! Ich werde das Geschenk annehmen.«

Mit einem ärgerlichen Ausruf warf Cornelia den Umhang auf das Bett zurück.

»Es wäre schön, wenn du dich entscheiden könntest! Meine Geduld ist nämlich bald am Ende!«

»Es tut mir leid! Ich hatte doch keine Ahnung ...« Verlegen senkte er seinen Blick und wickelte eine Strähne von Cornelias Haar um seinen Finger. »Ich wollte nicht unhöflich sein. Verzeihst du mir?«

Dem bittenden Blick seiner blauen Augen und dem zerknirschten Ausdruck auf seinem Gesicht war Cornelia hilflos ausgeliefert. Ihre Wut schmolz dahin wie Schnee in der Sonne.

»Es wird mir wohl nichts anderes übrig bleiben!« seufzte sie. »Aber dein Eigensinn treibt mich manchmal zur Verzweiflung! Nicht jeder hier in Eburacum will dich nur demütigen!«

Duncan zuckte mit den Schultern.

»Ich weiß. Aber mir fällt es schwer, den Römern zu trauen. Insbesondere jetzt, wo ich feststellen mußte, daß sie einen Mörder zum Statthalter ...«

»Duncan!« Cornelia nahm sein Gesicht in ihre Hände und zwang ihn dadurch, sie anzusehen. »Wir haben bereits darüber gesprochen. Derartige Verbrechen werden auch nach römischem Gesetz bestraft! Agricola muß seine Greueltaten vertuscht haben, sonst wäre er nicht Statthalter Britanniens geworden!«

Duncan seufzte, dann glitt ein Lächeln über sein Gesicht.

»Wie hältst du es nur mit mir aus?«

Cornelia zuckte mit den Schultern und mußte gegen ihren Willen lachen.

»Liebe erleichtert vieles!«

Der September verging, und der Oktober brachte mit feuchtkaltem Wetter einen Vorgeschmack auf den nahenden Winter. Gaius Lactimus ging im Garten der öffentlichen Thermen in einer Laube auf und ab. Im Sommer bot der kleine, mit weinumrankten Marmorsäulen geschmückte Pavillon wohltuenden Schatten. Doch jetzt riß der Wind unbarmherzig das welke Laub von den Zweigen und trieb Gaius den Regen ins Gesicht. Gedankenverloren betrachtete er das vor Feuchtigkeit glänzende farbige Mosaik auf dem Boden des Pavillons. Es stellte einen Jüngling und ein anmutiges Mädchen bei einem heimlichen Stelldichein dar. Eine passende Szene für einen heißen Sommernachmittag, wenn in Rom die Luft zu flirren begann und der schwere Duft der Rosen die Sinne betäubte!

Während die Kälte und Feuchtigkeit allmählich durch seinen Mantel und seine Tunika krochen, wanderten seine Gedanken in die Vergangenheit. Gaius hatte oft in einem Pavillon wie diesem seine Geliebte empfangen und mit ihr Stunden der Leidenschaft erlebt. Leider war sie, wie er selbst, nur das Kind eines einfachen Kaufmannes. Deshalb hatte er seine Jugendliebe dem Streben nach Karriere und Einfluß geopfert und sich mit der Tochter eines reichen Patriziers eingelassen. Unglücklicherweise verstarb die junge Frau kurz vor der Hochzeit. Der Verlust seiner Braut traf Gaius damals nicht so hart wie der verpaßte gesellschaftliche Aufstieg. Doch der Vater des Mädchens hatte ihm hilfreich unter die Arme gegriffen und ihm einen einflußreichen Posten beim Militär verschafft. Seitdem war er unaufhörlich die Karriereleiter emporgeklettert und hatte bereits zu diesem Zeitpunkt mehr erreicht, als einem Mann seines Standes zukam. Die Ehe mit Cornelia hätte seine Laufbahn weiter voranbringen können. Er hatte sich bereits am Ziel seiner Wünsche gesehen. Cornelia war zwar kühl, zurückhaltend und steif, und manchmal hatte er sehnsüchtig an das dunkelhaarige, sommersprossige Mädchen gedacht, das ihm vor Jahren in Rom Stunden des Glücks geschenkt hatte. Aber darüber hatte er sich nicht weiter den Kopf zerbrochen. Wenn er erst mit Cornelias Hilfe zum Prätor oder gar Konsul aufgestiegen war, würde sich auch ein Weg finden, die lästige Ehefrau loszuwerden. Doch gerade als Cornelia begann, ihm gegenüber zugänglicher zu werden, war Duncan aufgetaucht. Und zur Zeit befand sich Gaius weiter denn je von seinem Ziel entfernt. Deshalb mußte er unbedingt mit Octavia sprechen!

Endlich vernahm er ihre laute, herrische Stimme.

»Warte hier, und warne uns, wenn sich jemand nähert!«

Welch übertriebene Vorsicht! An einem Tag wie diesem würde kein Römer in die Versuchung geraten, sich in den Gärten der Thermen zu vergnügen! Und dann sah er eine schlanke, hochgewachsene Gestalt auf den Pavillon zukommen.

»Ich bin Euch dankbar, daß Ihr meiner Bitte nachgekommen seid und ...«

Weiter kam er nicht. Octavia unterbrach ihn mit einer ärgerlichen Handbewegung und sah ihn mißbilligend an.

»Laßt die Vorrede, Gaius. Erzählt, weshalb Ihr mich heimlich wie ein Verbrecher an diesem seltsamen Ort zu sprechen wünscht! Aber beeilt Euch, ich habe nicht viel Zeit.«

Wie konnte diese Frau es wagen, so mit ihm zu sprechen? Man sollte ihr ... Gaius biß die Zähne zusammen und unterdrückte mühsam seine aufsteigende Wut. Er war schließlich von Octavias Wohlwollen abhängig!

»Ich fürchtete, in Eurem Haus belauscht zu werden. Was macht dieser Kelte bei Euch?«

Octavia runzelte die Stirn, als müßte sie überlegen, wovon der Offizier eigentlich sprach.

»Ach, Ihr meint Duncan! Er wohnt bei uns!«

»Warum?«

Octavias Augen funkelten boshaft.

»Wir haben ihn gern in unserem Haus. Er ist ein gutaussehender, charmanter junger Mann mit Verstand. Es ist amüsant, mit ihm zu plaudern. Außerdem hat er ausgezeichnete Manieren. Man merkt, daß er von edlem Geblüt abstammt!«

»Dieser Bastard!« zischte Gaius durch die zusammengebissenen Zähne. »Er hat Euch alle verhext!«

»Immerhin ist es ihm gelungen, Cornelias Herz zu erobern!« bemerkte Octavia betont sanft. »Das habt Ihr monatelang vergeblich versucht! Und wenn ich ehrlich bin, kann ich meine Tochter verstehen.«

Gaius' Augen verengten sich zu schmalen Schlitzen, als er zu begreifen begann.

»Was habt Ihr vor, Octavia?«

Sie sah ihn mit unschuldigem Augenaufschlag an.

»Wovon sprecht Ihr?«

»Wenn Ihr dem Mann, den Ihr noch vor kurzem im Hades sehen wolltet, von einem Tag zum nächsten Euer Herz geöffnet habt, dann glaube ich nicht an keltischen Charme oder gute Manieren. Da steckt mehr dahinter! Also, was habt Ihr vor?«

Octavia warf den Kopf in den Nacken und lachte verächtlich.

»Selbst wenn es so wäre. Es geht Euch nichts an, Gaius!«

»Ihr irrt Euch. Wir haben eine Abmachung!«

»So?« Der beißende Spott in ihrer Stimme ließ Gaius vor Zorn erbleichen. »Ich kann mich nicht daran erinnern!«

Er packte Octavia am Arm und zog sie näher.

»Dann werde ich Eurem Gedächtnis auf die Sprünge helfen. Ich sollte Euer Schwiegersohn werden und Euch zu Ruhm verhelfen!«

»Nehmt Eure Hand von mir! Oder soll ich die Wachen rufen, damit sie Euch abführen?«

Widerstrebend löste er seinen Griff, und Octavia klopfte sich ab, als müßte sie ihre Palla von Schmutz befreien. Gaius kochte vor Zorn.

»Kommt mir nicht in die Quere, Octavia!«

Octavia sah den Offizier herablassend an.

»Womit wollt Ihr mir drohen, Gaius? Vergeßt niemals, daß ich Euch in der Hand habe. Der Mörder der Sklavin wird immer noch gesucht. Es genügt ein Wort von mir, und Agricola kennt den Täter.«

»Es war Euer Plan!«

»Wenn Ihr Euren jämmerlichen Verstand anstrengt, werdet Ihr einsehen, daß es unmöglich ist, diese Behauptung zu beweisen.« Ein boshaftes Lächeln glitt über ihr Gesicht. »Seid ein Mann, und gebt Euch geschlagen!«

Gaius Lactimus wurde kreidebleich und ballte die Hände zu Fäusten.

»Macht mich nicht zu Eurem Feind!« sagte er leise und drohend. »Ihr würdet es bitter bereuen!«

»Ihr vergeßt, wer Euer Gegner ist!« Octavia wandte sich um und blickte noch einmal über ihre Schulter. Ihre Stimme war ebenso eisig wie ihr Blick. »Laßt es Euch nie wieder einfallen, mich zu einer Unterredung zu bestellen!«

Bebend vor Zorn starrte Gaius der davonschreitenden Frau nach. In seiner Vorstellung hatte er die Hände um ihren Hals gelegt und drückte langsam zu. Er sah ihre angstgeweiteten Augen vor sich, den Schweiß auf ihrer Stirn, wie er in kleinen Perlen die gezupften Augenbrauen tränkte. Keuchend flehte sie ihn um Gnade an und versuchte verzweifelt, mit ihren Händen seinen Griff zu lockern. Doch er ließ sich nicht erweichen. Unbarmherzig drückte er zu, bis ihr Körper allmählich erschlaffte.

Langsam verblaßte das Bild vor seinen Augen, und seine Gedanken kehrten in die Realität zurück.

Bald, dachte er, vor Erregung zitternd. Noch ist es zu früh. Aber bald ist der Zeitpunkt gekommen, und dann wirst du für deine Bosheit bezahlen, du hochmütiges Weib!

13

Die Bauarbeiten am Circus gingen rasch voran, und im November war es soweit – die Arena war fertig und sollte mit einem Fest eingeweiht werden. Viele Einwohner von Eburacum fanden es merkwürdig, daß der Statthalter die Eröffnung im November vollziehen wollte anstatt im Frühjahr, wenn die Witterung wärmer und trockener war. Doch da der Winter in Eburacum wenig Abwechslung zu bieten hatte und die feuchten, kalten und dunklen Tage das Gemüt ebenso düster werden ließen wie den Himmel, hatte niemand etwas dagegen einzuwenden.

Die Vorbereitungen für das Fest, an dem alle Bewohner der Stadt beteiligt werden sollten, waren beinahe abgeschlossen, als ein Bote die Nachricht brachte, daß Agricola in zwei Tagen in Eburacum eintreffen würde.

An diesem Abend herrschte eine seltsame Stimmung im Haus des Vergilius. Nur Octavia wirkte ungewöhnlich gut gelaunt. Sie machte Scherze und vergaß sogar ihre bissigen Bemerkungen, als Claudius Vergilius beim Abendmahl eines seiner Gedichte vortrug und mehr Wein trank, als für einen Mann gut ist. Als das Essen schließlich beendet war, schien Claudius nicht mehr in der Lage zu sein, einen Fuß vor den anderen zu setzen. Also bat er Duncan, ihn in sein Schlafgemach zu bringen. Widerspruchslos griff Duncan dem bedrohlich schwankenden Mann unter die Arme. Langsam, den Römer halb tragend, brachte er ihn die Treppe hinauf. Im Schlafgemach jedoch ließ Claudius Duncans stützenden Arm los und ging, ohne zu taumeln, zu einem Schrank. Duncan war überrascht. Vergilius war offensichtlich nicht so betrunken, wie es den Anschein gehabt hatte, und er fragte sich, warum sich der Verwalter verstellt hatte.

»Schließ die Tür und setz dich!« Vergilius deutete auf einen Hocker, der in der Nähe seines Bettes stand, und öffnete den Schrank. »Du bist doch einem Becher Wein nicht abgeneigt?«

»Nein.«

Duncan hörte, wie der Römer in dem Schrank Gegenstände beiseite rückte. Schließlich kam er mit einem Krug und zwei Bechern zurück und setzte sich auf das Bett.

»Meine geheime Reserve!« sagte Claudius lächelnd und füllte die Becher. Er nahm einen tiefen Schluck und leckte sich genüßlich die Lippen. »Das nenne ich einen edlen Tropfen! Manchmal glaube ich, daß ihr Kelten besser zu leben versteht als wir. Man nennt euch Wilde. Aber einen Wein wie diesen mit Wasser, Harz, Honig und Gewürzen zu vermischen, das ist wahre Barbarei!«

»Du sprichst mir aus dem Herzen!« entgegnete Duncan lächelnd. Er liebte Wein. Doch bei jeder Mahlzeit kostete es ihn große Überwindung, das seltsame Gemisch, in das die Römer ihren Wein zu verwandeln pflegten, zu trinken. »Aber warum bin ich hier? Ich nehme an, daß du mich nicht hierhergelockt hast, weil wir die Vorliebe für ungemischten Wein teilen?«

Claudius lächelte verlegen.

»Du hast recht. Ich wollte ungestört mit dir reden.« Er drehte gedankenverloren seinen Becher in der Hand. »Ich bin einsam, Duncan. Octavia bin ich eine Last, und Cornelia behandelt mich mit jener Nachsicht, die man greisen und senilen Menschen zukommen läßt. Die Soldaten und Beamten dulden mich zwar in ihrer Nähe, doch ich habe es nie verstanden, mir ihren Respekt zu verschaffen. Ich weiß, was meine Zuhörer denken, wenn ich rezitiere: ›Hoffentlich hat er bald so viel Wein getrunken, daß er nicht mehr Herr seiner

Zunge ist. Dann wird er aufhören, uns mit seinen Versen zu plagen!‹ Du scheinst der einzige zu sein, den ich nicht langweile. Aber vielleicht bist du auch nur zu höflich, um dir deinen Überdruß anmerken zu lassen.« Duncan schüttelte lächelnd den Kopf.

»Ich höre deine Verse gern. Durch Cornelia kenne ich viele römische Dichter – Ovid, Seneca, Horaz, Vergil, um nur einige zu nennen. Doch sie gefallen mir nicht besonders. Ihre Worte sind leer, klanglos und liegen ebenso schwer im Magen wie Schweineschmalz. Deine Verse sind anders. Du verstehst es, eurer seelenlosen Sprache Leben einzuhauchen. Und selbst wenn ich die römische Sprache nicht beherrschen würde, könnte ich den Sinn deiner Verse allein durch ihren Klang erfassen.«

Vergilius lachte auf.

»Du bist wirklich sehr höflich!«

Duncan erschauerte unter dem qualvollen Lachen.

»Nein, ich sage die Wahrheit!«

Claudius sah auf. Er hatte Spott, Verachtung, bestenfalls wohlmeinende Nachsicht erwartet. Doch der Blick der klaren blauen Augen des Kelten war so aufrichtig, daß Claudius glaubte, bis auf den Grund seiner Seele schauen zu können. Plötzlich fühlte er einen Kloß in seinem Hals, und seine Augen begannen vor Tränen zu brennen, die er seit Jahren nicht geweint hatte. Seine Stimme klang heiser.

»Für die Römer sind Dichtung und Philosophie ein Zeitvertreib für wohlhabende Faulenzer. Kein Mann, der ein Schwert führt, würde zugeben, daß er Freude an der Poesie hat!«

Duncan schüttelte ungläubig den Kopf und berührte unbewußt die offenen Enden seines kunstvoll gearbeiteten goldenen Halsreifs. Ceallachs Worte kamen ihm wieder in den Sinn. ›Die Römer haben keine Poesie, weil ihre Seele leer ist!‹ Sie waren in der Tat ein verrücktes Volk. Man konnte sie nur schwer begreifen.

»Die Wortgewandtheit und die Kampfkunst sind einander

ebenbürtig. Der göttliche Lug war nicht nur ein furchtloser Krieger, sondern verstand es auch, mit seinen Worten und seinem Gesang die Menschen zu bezaubern. Und deshalb verehren wir ihn. Worte, Lieder oder Verse besitzen sehr viel Macht. Sie vermögen die Herzen der Menschen, ja sogar ihre Umgebung zu verwandeln. Meine Mutter erzählte oft von einem Barden, der zur Zeit ihrer Großmutter gelebt hatte. Dieser Mann konnte mitten im Winter den Schnee zum Schmelzen und Blumen zum Blühen bringen, allein durch die Kraft seiner Worte!« Er lächelte. »Jeder wird zugeben müssen, daß kein Schwert über derartige Zauberkräfte verfügt!«

Claudius senkte den Blick, und Duncan glaubte, Tränen auf seinem Gesicht zu sehen.

»Deine Worte bedeuten mir viel, doch leider kommen sie zu spät!« sagte er leise. »Ich wünschte, die Götter hätten dich vor Jahren zu mir gesandt. Einst hatte ich den Wunsch, der größte Dichter Roms zu werden. Doch statt dieses Ziel zu verfolgen, habe ich mich in das Geschäft der Politik begeben.«

»Warum?«

»Octavia zuliebe. Ich wollte diese wunderschöne, ehrgeizige Frau heiraten, obwohl ich wußte, daß sie einen anderen liebte, Julius Agricola. Mir war auch bekannt, daß er ihre Gefühle erwiderte. Da er jedoch für seine Karriere eine Frau aus einflußreicher Familie brauchte und Octavias Familie zwar vornehm, aber mittellos war, konnte er sie nicht heiraten. So sah ich meine Chance. Mein Vater hat mir ein großes Vermögen hinterlassen, und die Aussicht auf ein Leben im Wohlstand hat Octavia dazu veranlaßt, meinem Werben nachzugeben. Damals glaubte ich noch, mit der Zeit Agricola aus ihrem Herzen vertreiben zu können. Ich versuchte, ihr zu gefallen und ebenfalls Karriere zu machen. Ich verließ sogar mein geliebtes Rom, weil ich hörte, daß ein Posten in Britannien der Laufbahn förderlich sei. Ich wollte endlich Octavias unersättlichen Ehrgeiz stillen.« Ein gequältes Lächeln glitt über sein

Gesicht. »Ich war ein Narr. Niemals konnte ich es mit dem strahlenden, dem erfolgreichen Agricola aufnehmen. Ich bin nicht wie er. Die Politik mit ihren Intrigen und diplomatischen Winkelzügen liegt mir nicht. Das hat mir Octavia niemals verziehen. Während sie voller Stolz seinen Werdegang verfolgt, wächst mit jedem Tag die Verachtung und der Haß, den sie für mich empfindet!« Er leerte seinen Becher in einem Zug. »Nun weißt du, weshalb Octavia heute abend so gut gelaunt war, daß sie geruhte, meine Anwesenheit ohne Spott zu ertragen. Sie kann es kaum erwarten, ihren Geliebten wiederzusehen! Manchmal stehe ich am Fenster und beobachte sie, wie sie heimlich das Haus verläßt. Jedesmal warte ich, bis sie wiederkommt. In diesen einsamen, qualvollen Stunden male ich mir aus, wie sie mit ihm zusammen ist. Ich kann den Duft ihrer Körper riechen, ich kann die in der Hitze der Leidenschaft zerwühlten Laken sehen, und ich höre, wie sie über mich lachen. Und dann kommt sie wieder – mit vor Erregung geröteten Wangen, zerzausten Haaren. Niemals ist sie schöner als in diesen Momenten, wenn ihr Körper noch warm ist von seinen Umarmungen. Und ich frage mich, weshalb die Götter mich so hart strafen.«

Duncan erschauerte vor der Bitterkeit dieser Worte.

»Warum wehrst du dich nicht? Du mußt Agricola doch hassen. Weshalb läßt du zu, daß er dir das antut?«

»Ja, ich habe Agricola gehaßt. Ich habe ihn gehaßt, wie ihn niemand hassen kann, und daran hat sich nichts geändert. Vielleicht hätte ich mich wehren sollen, vor Jahrzehnten, als ich noch jung war und Ideale hatte. Doch ich war ein friedliebender Mensch. Der Gedanke, Agricola zu töten, war mir ein Greuel. Mit der Zeit gewöhnte ich mich an den Haß ebenso wie an Octavias Spott. Unmerklich verblaßten meine Ideale, und ich verwandelte mich in den Zuschauer, der vom letzten Platz auf die Bühne in der Arena hinabschaut. Ich sehe anderen zu, wie sie lieben und leben, ohne selbst daran teilzunehmen.« Vergilius schüttelte den Kopf und starrte trübsinnig in seinen Becher. »Keiner von ihnen wird bemerken, wenn ich eines Tages meinen Platz auf der Tribüne verlasse. Und wenn sie an mich denken sollten, dann nur als an den Schwächling und Versager, der zuviel Wein trank und Gedichte schrieb, die niemand hören wollte.«

Vor Duncans geistigem Auge stand plötzlich ein anderer Claudius Vergilius, jung, voller Leben und Leidenschaft, beseelt von der Kraft seiner Worte und Verse. Kaum vorstellbar, daß dieser Mann der gleiche war, der jetzt mit leerem Blick vor ihm saß, seiner Frau, seiner Träume und seiner Selbstachtung beraubt. Der Dichter Vergilius war bereits vor Jahren gestorben. Übrig geblieben war ein kleiner, grauer Schatten, dessen Leben auf dem Boden eines Weinbechers lag. In diesem Augenblick wurde Duncan klar, daß er nicht das Recht hatte, Rache an Agricola zu üben. So schrecklich der Mord an seiner Mutter gewesen war, so konnte er sich doch mit dem Wissen trösten, daß er sie eines Tages in der anderen Welt wiedersehen würde. Claudius hingegen würde niemals dorthin gelangen. Agricola hatte ihm seine Seele gestohlen. Duncan erschauerte, seine Augen waren vor Entsetzen geweitet. Ihm war kalt, und seine Hände zitterten, als er den Becher an die Lippen setzte. Es war ihm unbegreiflich, wie ein Mensch solches Leid erdulden konnte, ohne wahnsinnig zu werden.

»Wie kannst du das ertragen?«

Claudius fuhr sich durch sein schütteres Haar. »Ich liebe Octavia, trotz allem! Sie zu verlassen, ohne sie zu leben würde mein Ende bedeuten.« Ein Lächeln glitt über sein melancholisches Gesicht. »Und der Wein ist ein zuverlässiger Freund. Er lehrt, zu vergessen und den Gedanken an das, was sein könnte, zu verdrängen.«

Vergilius füllte erneut die Becher und gab sich einen Ruck.

»Laß uns auf den ehrenhaften Statthalter Britanniens, auf Julius Agricola trinken! Möge er langsam und qualvoll bei lebendigem Leibe verfaulen!«

Mögen die Götter ihn richten! dachte Duncan und stieß mit Claudius an.

Sie leerten ihre Becher, dann verabschiedete sich Duncan. Bevor er sich jedoch schlafen legte, trat er an das Fenster in seinem Zimmer. Der Himmel war düster, kein Stern war zu sehen. Er atmete die kalte, feuchte Luft ein und ließ sich zum Gebet auf die Knie sinken.

Erst als sich die Tür leise öffnete und Cornelia das Zimmer betrat, erhob er sich. Wortlos nahm er ihre Hand und führte sie zum Bett. Als Cornelia wenig später in seinen Armen einschlief, lag Duncan noch wach und starrte in die Dunkelheit. Das Gespräch mit Vergilius beschäftigte ihn immer noch.

Es war ihm bisher noch nie in den Sinn gekommen, daß erfüllte Liebe keineswegs selbstverständlich war.

Cornelia bewegte sich im Schlaf, ihr weiches Haar streifte sein Gesicht, ihre Hand auf seiner Schulter war warm. Behutsam, ohne sie zu wecken, strich er die Strähne zur Seite. Er lauschte ihren ruhigen, gleichmäßigen Atemzügen, und ein Gefühl des Glücks und der Zufriedenheit durchströmte ihn. Cornelia war seine Frau, auch wenn kein Druide ihre Ehe besiegelt hatte. Sie liebte ihn von ganzem Herzen, und er hätte sein Leben für sie gegeben. Duncan schloß die Augen. Und bevor er ebenfalls einschlief, schickte er ein Dankgebet zu den Göttern.

Drei Tage später war es soweit: Der Circus wurde eröffnet. Alle Bewohner von Eburacum strömten zu dem großen Gebäude, um dem Fest, das den ganzen Tag dauern sollte, beizuwohnen. Duncan nahm neben Cornelia auf der Ehrentribüne Platz und ließ seinen Blick durch den Circus schweifen. Cornelia hatte ihm erzählt, daß hier etwa eintausend Zuschauer Platz fanden, eine kaum vorstellbare Zahl. Steil erhoben sich die Tribünen im Halbkreis um die Arena. Da es in den vergangenen Tagen geregnet hatte und ein unangenehm kalter Wind wehte, hatten Gefangene Planen zum Schutz der Zuschauer auf einem Holzgerüst anbringen müssen. Unter diesem Dach war es trocken und warm, und lediglich die Arena lag im Freien. Der feine Sand war dunkel vor Nässe, und die Mauern, die den halbkreisförmigen Platz umgaben, glänzten vor Feuchtigkeit. Das Stimmengewirr der erwartungsvollen Besucher schwoll zu einem beinahe ohrenbetäubenden Lärm an, der das Geräusch von Wind und Regen verschluckte. Auf den hölzernen Bänken, auf denen zum Schutz gegen die Kälte Kissen lagen, war kein Platz mehr frei. Nur in der ersten Reihe auf der Ehrentribüne stand noch ein leerer, thronartiger Stuhl mit hoher, hölzerner Lehne und einem purpurfarbenen Überwurf, der bis auf den Boden reichte. Cornelia hatte Duncan erklärt, daß dies Agricolas Platz sein würde, wenn er, wahrscheinlich von den Klängen der Fanfaren begleitet, den Circus als letzter betreten würde. Duncans Nackenhaare sträubten sich bei der Vorstellung, den Statthalter dort, kaum zehn Fuß entfernt, sitzen zu sehen.

In diesem Augenblick verstummten die Zuschauer wie auf ein geheimes Zeichen hin. Duncan wandte seinen Blick von dem leeren Thron ab und sah, daß Fanfarenbläser die Podeste auf der Mauer betreten hatten, welche die hintere, gerade Seite der Arena begrenzte. Wegen der im Circus herrschenden Akustik waren die Instrumente so laut, daß Duncan fürchtete, seine Trommelfelle würden platzen, als die Musiker einsetzten. Gleichzeitig hob sich der Vorhang am hinteren Ende der Ehrentribüne, und Julius Agricola trat heraus. Würdevoll schritt er die Stufen zu seinem Thron herab, während tausend Besucher von ihren Sitzen aufsprangen und in einen Jubel ausbrachen, der die Fanfaren noch übertönte. Duncan sah das selbstzufriedene Grinsen auf dem Gesicht des Statthalters, als dieser sich auf dem bequem gepolsterten Sessel niederließ. Zwei Sklaven stellten ein Kohlebecken zu seinen Füßen auf und richteten die Falten seiner schneeweißen, mit Purpurstreifen verzierten Toga. Ein vergoldeter Lorbeerkranz saß auf seinem schütteren, dunklen Haar wie eine Krone. Duncan wurde rot vor Zorn beim Anblick dieser »Auszeichnung«. Hätte er in diesem Augenblick ein Schwert oder auch nur einen Dolch zur Hand gehabt, er hätte seine Vorsätze vergessen und Agricola an Ort und Stelle die Kehle durchgeschnitten. Cornelia beobachtete Duncan besorgt. Seine Augen glühten vor Haß, seine Nasenflügel bebten, und seine Muskeln waren so angespannt, daß die Sehnen an seinen Unterarmen deutlich hervortraten. Sie ahnte, was in ihm vorging, und legte beschwichtigend eine Hand auf seinen Arm.

»Laß es, Duncan!« flüsterte sie ihm zu. »Er ist es nicht wert!«

Er atmete geräuschvoll ein und nickte unmerklich.

»Du hast recht. Dieser Kerl hat es nicht verdient, wie ein Mann zu sterben!«

Duncan zwang sich, den Blick von Agricola abzuwenden. Doch die Stimme des Statthalters drang ihm durch Mark und Bein, als dieser laut und für jeden vernehmlich den Circus und die Spiele für eröffnet erklärte. Erneut erklangen die Fanfaren.

»Was passiert jetzt?« Duncan mußte fast schreien, um den entsetzlichen Lärm der Instrumente zu übertönen.

»Ich weiß es nicht«, schrie Cornelia zurück. »Vielleicht werden wir ein Drama oder Lustspiel sehen!« – Oder blutige Gladiatorenkämpfe, die meine Landsleute so lieben! fügte sie in Gedanken bitter hinzu.

Im nächsten Moment wurden ihre Befürchtungen bestätigt. Zwei Männer traten in die Arena. Beide trugen Arm- und Beinschienen, Helme, waren ansonsten jedoch nur mit einem Lendenschurz bekleidet. Der eine hielt ein kurzes Schwert und einen glänzenden Schild in Händen. Der andere, ein ungewöhnlich dunkelhäutiger Mann, hatte ein Netz und ein Gebilde bei sich, das Duncan entfernt an eine Heugabel erinnerte. Die Männer stellten sich vor die Tribüne, und als die Fanfaren verstummten, sagten sie mit lauter Stimme:

»Heil dir, Agricola! Die Todgeweihten grüßen dich!«

Bevor Duncan Cornelia nach der Bedeutung dieser seltsamen Worte fragen konnte, gab Agricola ein Zeichen, und die Männer begaben sich in die Mitte der Arena. Eine Zeitlang belauerten und umkreisten sie sich mit langsamen, vorsichtigen Schritten. Doch dann schlug der Mann mit dem Schwert zu. Der andere duckte sich und riß seinem Gegner mit seiner Waffe eine klaffende Wunde in den Oberschenkel.

»Warum kämpfen sie miteinander?« erkundigte sich Duncan. Ihm fiel auf, wie blaß Cornelia plötzlich war. »Wollen sie auf diese Art eine Streitigkeit beilegen?«

»Nein«, sagte sie leise. »Die beiden sind Gladiatoren. Meistens sind es verurteilte Verbrecher, Sklaven oder verschuldete Männer. Dem Sieger des Kampfes winken Geld und Ruhm, manchmal sogar die Freiheit. Auf den Verlierer jedoch wartet der Tod. Sie kämpfen nicht aus persönlichen Gründen, Duncan. Sie kämpfen zur Belustigung der Zuschauer. Ausgebildet in speziellen Schulen, leben sie nur dafür, dem römischen Volk dieses blutige Schauspiel zu bieten!«

Cornelia sah Duncan an. Unglauben, Entsetzen und Ekel zeichneten sich auf seinem Gesicht ab. Verständnislos schüttelte er den Kopf. Im gleichen Moment hörten sie einen Schrei. Dem Dunkelhäutigen war es gelungen, sein Netz um die Beine seines Gegners zu wickeln und ihn zu Fall zu bringen. Durch den Sturz hatte der Gladiator sein Schwert verloren und lag nun hilflos, aus vielen Wunden blutend am Boden. Mit drohend erhobenem Dreizack stand der andere über ihm. Die Zuschauer waren aufgesprungen. Sie schrien und streckten ihre Fäuste mit nach unten gerichteten Daumen vor. Doch der Dunkelhäutige kümmerte sich nicht um das Publikum. Sein Blick war fest auf die Ehrentribüne gerichtet. Mit einem Lächeln hob Agricola die Hand, streckte den Daumen aus und drehte ihn ebenfalls nach unten. Die Menschenmenge kreischte auf, als der Gladiator seinen Dreizack mit aller Kraft in die Brust des Unterlegenen stieß.

Duncan wollte den Blick abwenden, doch es gelang ihm nicht, zu groß war sein Entsetzen. Der Körper des Mannes zuckte und wand sich wie ein aufgespießter Fisch. Unter einem grauenhaften Schrei erbrach er Blut. Und Duncan konnte trotz des Regens erkennen, wie der Lendenschurz im Schritt dunkler wurde, als sich im letzten Todeskrampf die Blase des Sterbenden entleerte. Als der Mann tot war, zog der Dunkelhäutige den Dreizack aus dem leblosen Körper und verneigte sich vor dem johlenden, Beifall klatschenden Publikum. Geschickt fing er einen Beutel auf, den Agricola ihm zuwarf, und verließ mit schnellen Schritten und stolz erhobenem Haupt den Kampfplatz.

Flötenspieler und Tänzer kamen in die Arena. Unter dem Klang fröhlicher Musik schleiften Sklaven den Toten an den Beinen hinaus und deckten mit frischem Sand notdürftig die Blutlachen ab. Dann verschwanden die Musiker, die Fanfaren erklangen, und zwei weitere Männer traten vor die Tribüne. Sie begrüßten Agricoia mit denselben Worten wie ihre Vorgänger, bevor auch sie aufeinander einschlugen. So ging es in einem fort: Kampf folgte auf Kampf, ein endlos scheinendes blutiges Schauspiel. Immer neue Gladiatoren betraten die Arena, kämpften mit den seltsamsten Waffen und Kampftechniken, ließen unter dem Jubelgeschrei der Menschen ihr Leben oder nahmen als Sieger ihre Auszeichnungen entgegen.

Allmählich färbte sich der Sand schwarz von dem Blut der Gefallenen und Verwundeten. Und noch immer schien die Gier des Publikums nach Grausamkeiten nicht gestillt zu sein. Wie von Sinnen feuerte es die Gladiatoren zu heftigeren Gefechten an und forderte schreiend den Tod der Unterlegenen. Zwischen den einzelnen Kämpfen unterhielten Flötenspieler die Zuschauer, Sklaven liefen durch die Reihen der Holzbänke und boten Wein und verschiedene Speisen an. Der Geruch des Blutes vermischte sich mit den Ausdünstungen der Menschenmenge – Schweiß, feuchte Kleidung, Wein, öltriefendes Gemüse – zu einem widerlichen Gestank.

Duncans Magen begann vor Abscheu und Ekel zu rebellieren. Und doch war er außerstande, seinen Blick von der Arena abzuwenden. Er war vor Entsetzen wie gelähmt und konnte nicht glauben, was seine Augen sahen. Ihm war nicht bewußt, daß er die Armlehnen seines Stuhles so fest unklammerte, daß seine Muskeln bis zum Zerreißen gespannt und hart wie Eisen waren. Noch zwei Tage danach spürte er die Schmerzen in seinen Schultern und im Nacken. Endlich, als wieder ein Gladiator tot aus der Arena geschleift wurde, gelang es ihm, sich aus seiner Erstarrung zu lösen. Er klopfte Cornelia auf den Arm.

»Bitte, laß uns gehen!« sagte er leise und versuchte, ruhig und gleichmäßig zu atmen, um sich nicht auf der Tribüne vor den Augen der anderen übergeben zu müssen.

Cornelia nickte verständnisvoll, und sie erhoben sich. Duncan rannte förmlich zum Ausgang. Kaum hatte er den Circus hinter sich gelassen, blieb er in einer kleinen, versteckt liegenden Gasse an einer Hausecke stehen und übergab sich so heftig, daß er glaubte, seine Eingeweide würden den Krämpfen nicht standhalten.

Als Cornelia Duncan einholte, sah sie ihn an der Mauer eines Hauses stehen, zitternd, mit vom Regen nassen Haaren und Kleidern, den Kopf erschöpft gegen die Steine gelehnt. Behutsam legte sie eine Hand auf seine bebende Schulter. Er fuhr herum, und der Ausdruck auf seinem Gesicht schnitt ihr ins Herz. Da war Zorn, Abscheu und Entsetzen, aber vor allem – Schmerz.

»Was war das, Cornelia? Verdammt noch mal, was sollte dieses ›Schauspiel‹? Ist das die Art, wie sich die Römer ihre Zeit vertreiben – mit einem Blutbad?«

»Ich weiß, es ist schwer zu verstehen ...«

»Schwer zu verstehen?« rief er aus. »Es ist unbegreiflich! Wie können sich Menschen daran ergötzen, daß andere sich vor ihren Augen gegenseitig abschlachten!«

Cornelia traten Tränen in die Augen. Ihr waren die Geschichten über keltische Brutalität eingefallen, über düstere druidische Rituale, Menschenopfer, Vergewaltigungen. Aus einem ersten Impuls heraus hatte sie vorgehabt, ihr Volk zu verteidigen. Sie hatte Duncan sagen wollen, daß er als Kelte nicht das Recht habe, den Römern Grausamkeit vorzuwerfen. Sie wollte ihm erklären, was die Spiele den Römern bedeuteten, und daß es sich um einen kultivierten Zeitvertreib handelte. Doch statt dessen schwieg sie. Denn war das wirklich ihre Meinung? Hatte sie nicht auch von jeher die Gladiatorenkämpfe als sinnlose Brutalität verabscheut? War sie wirklich gewillt, diese kreischende, nach Blut lechzende Menschenmenge, deren Geschrei man bis in diese Straße hinein hören konnte, in Schutz zu nehmen? Nein, bei den Göttern, das waren sie nicht wert!

Duncan fuhr sich nervös durch das Haar. Die Szenen aus der Arena standen immer noch deutlich vor ihm und ließen seine Hände zittern. Plötzlich erklangen wieder die vertrauten Schreie aus dem Circus. Duncan wußte, daß wieder ein Gladiator sein Leben lassen mußte, und er fürchtete, sich erneut übergeben zu müssen.

»Sie sind nichts weiter als Schlachtvieh. Jeder dieser Männer ist irgendwann an der Reihe, es ist nur eine Frage der Zeit. Wer heute gesiegt hat, kann bereits morgen der Unterlegene sein, dessen Tod ein johlendes Publikum mit nach unten gerichteten Daumen fordert!« Er schüttelte heftig den Kopf. »Nein. Wenn das eure Kultur und eure Zivilisation ist, dann bin ich froh, ein Barbar zu sein. Und bei den Göttern, ich werde es auch bleiben!«

Cornelia brach in Tränen aus und verbarg ihr Gesicht an Duncans Schulter.

»Ich weiß! Du hast recht. Auch ich verstehe es nicht. Es ist so widerlich, so sinnlos ...«

Der Rest ihrer Worte ging in Schluchzern unter. Duncan schloß seine Arme fest um sie, als wolle er Cornelia nie wieder loslassen, und schmiegte seine heiße Wange an ihr feuchtes Haar.

»Dies ist kein Ort für dich, Cornelia. Eines Tages werde ich dich von hier fortbringen. Das schwöre ich dir!«

Und dann weinten sie beide. Sie spürten nicht, wie der Regen allmählich ihre Kleider durchnäßte, sie fühlten nicht die Kälte. Noch lange blieben sie so stehen. Eng umschlungen, als fürchteten sie, der Wind dieses kalten Novembertages könnte sie für immer trennen, wenn sie einander losließen.

Noch am selben Abend fand in einem Saal des Justizpalastes ein von Agricola arrangiertes Festmahl statt. Alle vornehmen Familien, Offiziere und hohen Beamten waren eingeladen. Auch Duncan und Cornelia gehörten zu den Gästen. Duncan bat Cornelia inständig, diese Einladung abzusagen. Er wollte allein sein, nachdenken, vielleicht mit Cornelia einen Spaziergang machen. Aber auf keinen Fall wollte er den Abend in der Gesellschaft von Römern verbringen – und schon gar nicht mit dem verhaßten Agricola an einem Tisch liegen. Allein der Gedanke daran ließ sein Blut kochen. Doch Cornelia erklärte ihm behutsam und geduldig, daß eine Absage einer Beleidigung gleichkäme. Außerdem würden an diesem Abend mehr als dreißig Gäste anwesend sein, so daß er wahrscheinlich nicht in die Verlegenheit käme, ein Wort mit dem Statthalter zu wechseln. Also stimmte Duncan schweren Herzens zu, und sie fanden sich pünktlich zur verabredeten Stunde im Justizpalast ein.

Der größte Saal in dem Gebäude, in dem sonst Audienzen oder aufwendige Gerichtsverfahren stattfanden, war für das Mahl geschmackvoll hergerichtet worden. Messingleuchter mit Talglichtern und Kohlebecken, die eine wohltuende Wärme spendeten, standen überall, Blumen und Girlanden aus Efeu- und Lorbeerblättern schmückten die Marmorsäulen. Normalerweise standen an der hinteren Wand, die ein Gemälde des Forums in Rom zierte, Tische und Sessel. Doch diese waren zugunsten von über einem Dutzend Liegen entfernt worden, die verstreut im Raum angeordnet waren. Vor jeder Liege, die drei Personen bequem Platz bot, stand ein niedriger Tisch. Vergoldete Becher, flache Schüsseln und Löffel lagen dort für die Gäste bereit, und mit Blumen und Früchten dekorierte Schalen verbreiteten einen angenehmen Duft.

Der Türsteher ließ sich seine Verwunderung nicht anmerken, als eine schöne junge Römerin in Begleitung eines in der Tradition seines Volkes gekleideten Kelten vor ihm stand. Ungerührt meldete er die Namen der Neuankömmlinge.

Wie einige seiner Gäste so sah auch Agricola bei der Nennung von Duncans Namen auf. Neugierig beobachtete er, wie ein Sklave ihm und Cornelia ihre Plätze neben Marcus Brennius zuwies und Duncan den blaugefärbten Umhang abnahm. Bewundernd betrachtete der Statthalter die schlanke Gestalt des Kelten und die geschmeidigen Bewegungen der Muskeln an seinen bloßen Armen. Die schweren goldenen Reife an seinen Oberarmen und an seinem Hals schimmerten fast in der gleichen Farbe wie sein volles, langes Haar, das jeder Frau ein willkommener Schmuck gewesen wäre. Das schmale Gesicht des jungen Mannes war ernst und verschlossen. Doch wenn er seine Begleiterin ansah, glitt ein warmes Lächeln über sein Gesicht und ließ seine blauen Augen wie Saphire strahlen.

Der Junge hat Charme! dachte Agricola und nickte Cornelia freundlich zu. Welch ein Jammer, daß ich ihn nicht für die Arena ausbilden lassen kann! Er würde einen ausgezeichneten Gladiator abgeben. Die Zuschauer würden ihn lieben!

Inzwischen waren auch die letzten Gäste eingetroffen, und Agricola klatschte zweimal in die Hände. Sklaven mit großen Weinkrügen erschienen und füllten die Becher. Da er der Gastgeber war, brachte Agricola den Göttern das traditionelle Trankopfer dar und begrüßte die Gäste. Dann trugen Diener die Vorspeisen herein. Während sie aßen und ein Lyraspieler mit dezenter Musik die Gäste unterhielt, glitten Agricolas Augen immer wieder zu dem jungen Kelten.

Anfangs hatte es Duncan Schwierigkeiten bereitet, in dieser für ihn seltsamen, halb liegenden Position, nur auf seinen linken Ellenbogen gestützt, zu essen. Doch inzwischen konnte er an den langwierigen Mahlzeiten teilnehmen, ohne daß er das Gleichgewicht verlor, sein Haar ihm ständig ins Gesicht fiel oder sein linker Arm taub wurde. Es bereitete ihm keine Mühe mehr, die seltsamen Speisen mit nur einer Hand zu essen und sich gleichzeitig unbefangen zu unterhalten. Spätestens an diesem Abend war er froh darüber. Er hatte die neugierigen und zum Teil entsetzten Blicke der anderen Gäste auf sich gerichtet gefühlt, als er den Saal betreten hatte. Und nun bereitete es ihm Genugtuung, zu wissen, daß er die Erwartungen, der langhaarige Barbar würde sich gründlich danebenbenehmen, nicht erfüllte.

»Heute war der erste Tag, an dem Spiele in Eburacum stattfanden!« bemerkte Agricola laut, an alle Gäste gewandt. »Von nun an werden alle zehn Tage, im Sommer sogar noch öfter, Wettkämpfe abgehalten! Ich hoffe, daß dies die Zustimmung der Bevölkerung von Eburacum findet.«

Die meisten Gäste nickten beifällig.

»Ich bin sicher, daß Ihr mit diesem Ansinnen auf keinen Widerstand stoßen werdet, verehrter Agricola!« sagte Julius Munitius und hielt geziert seinen Becher in seiner mit großen und kostbaren Ringen geschmückten Hand. »Ich für meinen Teil werde eine angemessene Summe zur Verfügung stellen, um die Spiele zu fördern. Und ich bin sicher, daß weitere Bürger meinem Beispiel folgen werden. Es sollte unser Ziel sein, die römische Kultur auch in diesem entlegenen Winkel des Imperiums weiter zu verbreiten!«

Duncan runzelte angewidert die Stirn. Von Dougal, der für Munitius in der Schmiede arbeitete, wußte er, daß die männlichen Sklaven in dessen Haus alle auffallend jung und hübsch waren. Und auf der Tribüne war die helle Stimme des Juwelenhändlers kaum zu überhören gewesen. Auch jetzt stand in den Augen des kleinen, mit einer makellos weißen Toga bekleideten Mannes ein beinahe lüsternes Funkeln, das Duncan einen Schauer über den Rücken jagte.

»Es würde mich interessieren, was du von den Spielen hältst, Duncan!« erkundigte sich Agricola lächelnd. »War es heute dein erster Besuch im Circus?«

»Ja.« – Und mit Sicherheit mein letzter! fügte er bei sich hinzu. Doch Duncan hatte gelernt, seine Gedanken vor den Römern zu verbergen. Ebenso wie er in diesem Moment mit Todesverachtung eine Olive aß, ohne seinen Ekel zu zeigen. »Es war ein unbeschreibliches Schauspiel, des römischen Volkes durchaus würdig!«

Cornelia warf Duncan einen warnenden Blick zu. Doch Agricola schien die versteckte Beleidigung nicht zu registrieren.

»Weshalb hast du die Arena dann bereits nach dem sechsten Kampf verlassen?« erkundigte sich Gaius Lactimus mit höhnischem Unterton.

»Stimmt, Gaius, ich habe es auch bemerkt!« Aulus Atticus, ein junger Tribun und, wie es schien, Agricolas Günstling, nickte. »Dir schien nicht wohl zu sein. Du wirktest sehr bleich, und eigentlich wollte ich dir folgen, um mich nach deinem Befinden zu erkundigen. Doch dann sah ich, daß sich Cornelia bereits darum kümmerte.« Er ließ sich von einem Sklaven seinen Becher wieder füllen und nahm einen Schluck. »Es ist ein Jammer, daß du so früh gegangen bist. Du hast einige ausgezeichnete Kämpfe verpaßt!«

»Vielleicht hat ihn der Anblick des Blutes geekelt!« vermutete jemand.

»Einen Kelten?« Aulus lachte schallend. »Diese Burschen sind hart gesotten! Ich habe selbst erlebt, mit welcher Brutalität die Ordovicer im Kampf römische Soldaten niedergemetzelt haben! Und denkt nur an die Rituale, die ihre Druiden durchführen!« Er zwinkerte Duncan fröhlich zu. »Es war eher zuviel ungemischter Wein am Vortag, nicht wahr?«

Welch ein Vergleich! dachte Duncan. Nur aus Freude und

zur Ergötzung anderer jemanden zu töten wäre keinem Silurer je in den Sinn gekommen. Doch es war zwecklos, sich mit diesen hochmütigen Römern, die ihre Kultur und ihre Sitten für den Inbegriff des Guten und Edlen hielten, zu streiten.

»Wer weiß, vielleicht hast du recht!« erwiderte er höflich. »Aber bei den Kelten kennt man sich niemals richtig aus, stimmt's?«

Diese Antwort reizte Aulus erneut zum Lachen, und die anderen Gäste fielen mit ein. Agricola hob schmunzelnd seinen Becher. »Ich trinke auf dich und deinen Humor, mein junger Freund!«

Duncan war keineswegs nach Lachen zumute, doch er hob seinen Becher und trank ebenfalls.

»Stimmt es wirklich, daß die Kelten ihren Göttern Menschenopfer darbringen?« fragte eine Frau, offensichtlich durch das Gespräch dazu ermutigt. »Ehrlich gesagt habe ich immer vermutet, daß es sich bei diesen Geschichten um falsche Informationen handelt!«

»Nun, leider ist vieles davon wahr!« antwortete Agricola. »Es sind natürlich nicht die einfachen Menschen oder die Fürsten, wie Duncan, die derartige Grausamkeiten verüben, sondern die Druiden. Sie opfern Neugeborene oder Jungfrauen, indem sie sie ertränken. In manchen Gegenden Britanniens pflegen sie sogar Menschenfleisch zu essen!« Ein Ausruf des Ekels ging durch die Versammelten. »Deshalb müssen wir auch die Druiden mit aller Schärfe bekämpfen. Es ist wichtig, daß wir derartige Grausamkeiten unterbinden!«

Duncan kochte innerlich vor Zorn. Wie konnte man nur solche Lügen verbreiten?

»Ist das der Grund, weshalb die römische Armee zu religiösen Festen versammelte Stämme zu überfallen und niederzumetzeln pflegt, wobei auch Kinder und Frauen ermordet werden?«

»Das ist eine infame Lüge!« ereiferte sich ein Beamter, und andere Gäste stimmten ihm zu. »Wie kann ein Kelte es wagen, uns bei einem Festmahl dermaßen zu beleidigen? Ich verlange eine Erklärung!«

»Verzeiht, aber offenbar vergaß ich, daß ich in dieser Runde der Barbar bin!«

Mit Empörung nahmen die anderen Gäste Duncans scharfe Erwiderung auf. So mancher von ihnen schien im Begriff zu sein, sich zu erheben, doch Marcus Brennius mischte sich ein.

»Ich bin sicher, daß Duncan niemanden der Anwesenden beleidigen wollte.« Die ruhige Stimme des ehemaligen Offiziers besänftigte die Römer, und Cornelia warf ihm einen dankbaren Blick zu. Wie bereits oft in der Vergangenheit so erwies sich Marcus auch jetzt wieder als treuer, zuverlässiger Freund. »Doch wir dürfen nicht vergessen, daß er zum Stamm der Silurer gehört. Dieses Volk hat in der Vergangenheit unter römischen Grausamkeiten furchtbar leiden müssen. Während der Statthalterschaft des Suetonius Paulinus wurden auf dessen Befehl hin Männer, Frauen und Kinder während Versammlungen getötet und keltische Heiligtümer geschändet! Ich war damals Legionär in Südbritannien. Wir waren alle entsetzt, als wir von diesen Greueltaten hörten. Doch dies geschah vor etwa zwanzig Jahren, Duncan!« Er sah den jungen Kelten freundlich an und legte ihm tröstend eine Hand auf den Arm. Seine Stimme wurde sanft. »Jeder hier im Raum, da bin ich mir sicher, kann deinen Zorn verstehen und teilt deinen Abscheu über diese grausame Tat!«

Duncan hielt Cornelias Hand. Ihr verständnisvoller Blick und Marcus' von Herzen kommende Worte waren wie Balsam für seine wunde Seele. Und langsam verrauchte sein Zorn.

Der Statthalter nickte zustimmend.

»Ihr habt recht, Brennius! Ich hatte das beinahe vergessen!«

Duncan zuckte unter Agricolas Worten zusammen, als hätte ihn ein Peitschenhieb getroffen. Er drückte jetzt Cornelias Hand so fest, daß ihr Tränen in die Augen traten. »Schreckliche Sache war das damals. Doch zum Glück wurden alle Beteiligten zur Verantwortung gezogen und bestraft!«

»Tatsächlich?«

Agricola sah überrascht auf. Die Augen des jungen Kelten waren auf ihn gerichtet und schienen ihn wie brennende Pfeile zu durchbohren. War es Zorn, was in den Tiefen dieser Augen loderte – oder Haß?

Er hat mich erkannt! schoß es ihm durch den Kopf und ihm wurde heiß und kalt zugleich. Das kann gar nicht sein! beruhigte ihn eine innere Stimme. Es ist fast zwanzig Jahre her. Selbst wenn er dabeigewesen wäre, dann nur als kleines Kind. Er kann sich auf keinen Fall an mich erinnern! Unmöglich!

Agricola erholte sich so schnell von seinem Schrecken, daß keiner der Gäste etwas bemerkte. Freundlich lächelte er Duncan zu.

»Dein Mißtrauen ist verständlich, viel Unrecht wurde dir in den letzten Jahren angetan. Doch du kannst mir glauben!« Der Unmut der Römer legte sich, und das Mahl ging fröhlich weiter. Von manchem Gast fing Duncan mitleidige oder verständnisvolle Blicke auf. Er stellte seine Selbstbeherrschung auf eine harte Probe, um nicht die Dinge auszusprechen, die ihm auf der Zunge lagen. Nur Cornelia ahnte, was in ihm vorging. Ihr fiel auf, daß er noch weniger von den vielfältigen Speisen aß als sonst. Duncan hatte sich immer noch nicht an den Geschmack der seltsamen Gewürze oder in Öl gegarten Speisen gewöhnt, und meistens stand er mit knurrendem Magen vom Tisch auf. Aber an diesem Abend kostete ihn jeder Bissen die größte Überwindung. Und auch als Cornelia und Duncan in der Nacht nach Hause kamen, brachte er keinen Bissen hinunter. Die Köchin hatte den Jungen Kelten, der in ihren Augen viel zu mager war, vom ersten Tag an ins Herz geschlossen. Und da sie seinen Abscheu vor der römischen Küche kannte, stellte sie ihm nach jedem Abendmahl kaltes, gegrilltes Fleisch, Getreidebrei oder andere keltische Speisen, die sie eigens für ihn zubereitete, in sein Zimmer. Auch an diesem Abend fand Duncan neben seinem Bett eine Platte mit keltischen Delikatessen vor. Doch allein beim Anblick der Speisen drehte sich ihm der Magen um. Ihm war vor Zorn speiübel.

14

In der großen, für die Leibesübungen vor dem Bad bestimmten Halle der Thermen herrschte reges Treiben. Etwa ein halbes Dutzend Männer vertrieben sich die Zeit damit, sich einen Ball zuzuwerfen und gegenseitig wieder abzujagen, andere übten sich zur gleichen Zeit im Ringkampf. In einem Winkel der Halle waren Duncan und Marcus Brennius damit beschäftigt, mit hölzernen Schwertern und kleinen Schilden einen freundschaftlichen Kampf auszufechten.

Duncan konnte sich nicht daran erinnern, was der Auslöser gewesen war, aber im Laufe der Zeit hatte sich zwischen ihm und Marcus Brennius eine tiefe Freundschaft entwickelt. Der ehemalige Offizier war immer dann zur Stelle, wenn Duncan die Fürsprache oder den Rat eines Römers brauchte, und nie fragte er nach einer Gegenleistung für seine Dienste. Duncan mochte den ruhigen, hilfsbereiten älteren Mann und fühlte sich in seiner Gesellschaft wohl. Und er begann, ihm ebenso zu vertrauen, wie er Ceallach vertraut hatte. Eines Tages hatte Marcus ihm empfohlen, in die Thermen zu gehen. Anfangs hatte sich Duncan dagegen gesträubt, das unweit des Forums liegende, große, mit Marmorsäulen geschmückte Gebäude zu betreten. Die Thermen waren für ihn der Inbegriff der römischen Kultur. Doch irgendwann hatte Marcus es geschafft, ihn zu überreden. Er selbst hatte Duncan behutsam und geduldig in die seltsamen Gepflogenheiten eingeführt. Und inzwischen hatte er sich ebenso an den täglichen Besuch gewöhnt, wie die Römer an den Anblick eines langhaarigen Kelten in ihren

Thermen. Das Bad entsprach Duncans Bedürfnis nach Reinlichkeit, wenn er auch die Ölgüsse nicht besonders mochte und Seife zur Reinigung vorgezogen hätte. Doch die anschließenden Massagen lockerten seine durch die Anstrengungen des Tages verspannten Muskeln. Aber dies war nur zweitrangig. Am wichtigsten waren für Duncan beim Thermenbesuch die Fechtübungen – und das Dampfbad. Während sich Duncan jetzt unter Marcus' Hieben duckte, auswich, zuschlug, mit seinem Schild einen Schlag abfing und gleichzeitig zustieß, schweiften seine Gedanken in die Vergangenheit. Er erinnerte sich noch gut an Marcus' Worte, als er zum ersten Mal in seinem Leben die Thermen betreten hatte.

»Vor Beginn des Bades sollte man sich Leibesübungen hingeben. Du hast die Wahl zwischen Ballspielen, Ringkämpfen und Fechtübungen. Was möchtest du machen?«

Duncan hatte sich aufmerksam in dem hohen Raum umgesehen. Dann war sein Blick auf zwei Pfähle gerichtet, die in einer Ecke aufgestellt waren. An einem von ihnen stand ein junger Mann. Er schlug mit einem hölzernen Schwert auf den Pfahl ein. Ohne länger zu überlegen hatte Duncan auf den jungen Soldaten gezeigt und gehofft, daß ihm Marcus die römische Kampftechnik auf diese Art beibringen könnte. Marcus hatte wissend gelächelt. Er schien keine Zweifel zu haben, warum Duncan ausgerechnet diese Leibesübung gewählt hatte. Doch anstatt Fragen zu stellen, hatte er nur zustimmend genickt und mit dem Unterricht begonnen. Anschließend waren sie in das Dampfbad gegangen. In dem kleinen runden Raum war es heiß und feucht, dichter Nebel verhüllte die Sicht, so daß Duncan kaum drei Fuß weit sehen konnte. In die Mitte des Raumes war ein großes, kreisrundes Kupferbecken eingelassen, das mit kochendem Wasser gefüllt war. Und während sie nebeneinander, nur mit Hüfttüchern bekleidet auf der Marmorbank saßen und der Schweiß auf Duncans Haut zu perlen begann, mußte er unwillkürlich an die Schwitzhütten denken, die die Druiden zur Reinigung der Seele aufbauten.

In diesem Augenblick ließ Marcus aus Unachtsamkeit sein Schild etwas zu tief sinken. Er entblößte dadurch seine linke Seite.

Duncan schwang das Holzschwert durch die Luft. Er mußte unwillkürlich lächeln, als er daran dachte, wie ihm dieses Schwert am ersten Tag aus der Hand gefallen war. Es war wesentlich kürzer und leichter als keltische Schwerter und ließ sich daher nicht in der gleichen Art herumwirbeln. Schon bald hatte Duncan zu verstehen begonnen, weshalb die Römer den silurischen Kriegern im Nahkampf überlegen waren. Man konnte wesentlich besser zustoßen, ohne viel Raum für sich und die Waffe zu benötigen. Und genau das tat er jetzt. Er täuschte einen Schlag auf den Kopf an, sprang dann jedoch einen halben Schritt vor, um genau in die Lücke zwischen Arm und Schild zu stoßen.

Marcus traf dieser Angriff völlig unvorbereitet. Unter der Wucht des Hiebes ließ er sein Schwert fallen, taumelte zurück, stolperte und fiel schließlich auf den Rücken. Doch er schien nicht ärgerlich über die Niederlage zu sein. Er lächelte dem jungen Kelten zu, und seine Augen strahlten vor väterlichem Stolz.

»Bei Mithras, welch ein Schlag!« keuchte er. Seine Tunica war schweißdurchtränkt. »Du hast sehr viel gelernt, Duncan!«

Duncan ließ Schild und Schwert sinken und nahm beide in die linke Hand. Sein Atem hatte sich durch die Anstrengung des Kampfes noch nicht einmal beschleunigt.

»Ich hatte einen ausgezeichneten Lehrer!« Lächelnd ergriff er Marcus' Unterarm und half ihm wieder auf die Beine.

»Einen Greis zu besiegen, der kaum noch geradestehen kann, ist ein Kinderspiel!« erklang plötzlich hinter ihnen eine Stimme. »Kannst du es aber auch mit einem Mann aufnehmen?«

Vor ihnen stand Gaius Lactimus. Der Offizier schien erst vor wenigen Augenblicken in die Thermen gekommen zu sein, denn weder sein Haar noch seine Tunica wiesen Spuren einer körperlichen Anstrengung auf. Duncan musterte ihn kühl.

»Von welchem Mann sprichst du?«

»Von mir, mein keltischer Freund!« erwiderte Gaius betont herzlich. Doch in Duncans Ohren klangen die Worte so, als hätte der Offizier ›keltischer Bastard‹ gesagt. »Was hältst du von einem freundschaftlichen Kampf zwischen dir und mir?«

Duncan lächelte. Gaius erwartete doch nicht etwa, daß er aus Angst ablehnte? Gleichmütig zuckte er mit den Achseln.

»Gern! Wann?«

»Jetzt!«

In der Halle sprach sich der bevorstehende Kampf schnell herum. Gaius war einer der besten Schwertkämpfer der Stadtkohorte. Selbst wenn er allein am Holzpfahl übte, kamen viele Schaulustige hinzu, um ihn dabei zu beobachten. Deshalb gaben die Männer ihre Ballspiele und Ringkämpfe auf und kamen neugierig näher, um bei dem Kampf zuzusehen.

Duncan nahm wieder Schwert und Schild zur Hand, und auf ein Zeichen begann der Kampf. Gaius war schneller und gewandter als Marcus Brennius, und Duncan mußte aufpassen, um die Absichten des Römers zu durchschauen oder seinen Hieben auszuweichen. Ohne Zweifel hatte er einen ebenbürtigen Gegner vor sich, es war ein Kampf nach seinem Geschmack. Duncan duckte sich unter den Schlägen, wich den Stößen aus und schlug selber zu. So kämpften sie eine Zeitlang, ohne daß einer dem anderen überlegen gewesen wäre. Schließlich trat Duncan einen Schritt zurück.

»Laß es gut sein, Gaius! Wir können bis in alle Ewigkeit so weiterkämpfen – oder akzeptieren, daß wir einander nicht besiegen können!« Er ließ Schwert und Schild sinken und streckte dem Römer lächelnd seine Hand entgegen. »Es war ein guter ...«

In diesem Augenblick traf ihn völlig unvorbereitet ein Hieb in die rechte Seite. Duncan blieb vor Schmerz die Luft weg, ihm wurde schwarz vor den Augen, und er meinte, sich übergeben zu müssen. Nur unter Aufbietung all seiner Kräfte schaffte er es, auf den Beinen zu bleiben und im letzten Moment seinen Arm mit dem Schild hochzureißen, um einen weiteren Schlag abzufangen. Die empörten Schreie der anderen Männer hörte Duncan nicht. Seine Aufmerksamkeit war auf Gaius gerichtet. Er dachte daran, daß Gaius Cornelia hatte heiraten wollen. Wahrscheinlich wäre er jetzt auch Ihr Ehemann, wenn nicht an einem regnerischen Tag ein Silurer in Cornelias Leben getreten wäre und seine sorgfältig durchdachten Pläne zunichte gemacht hätte. Plötzlich begriff Duncan, daß es für Gaius von Anfang an kein freundschaftlicher Schaukampf gewesen war und es ihm gleichgültig wäre, ihn hier vor den Augen mehrerer Zeugen zu töten. Die dunklen Augen des Offiziers glühten vor Haß, und das triumphierende Lächeln auf seinem Gesicht schien zu sagen: ›Stirb‹!

Derlei Gedanken schossen Duncan im Bruchteil eines Herzschlags durch den Kopf. Er fühlte, wie ihn der heiße Zorn packte und sein Blut zum Kochen brachte. Wenn Gaius einen Kampf auf Leben und Tod haben wollte, dann, bei allen Göttern, sollte er ihn auch bekommen!

Duncan warf den Kopf in den Nacken, stieß einen markerschütternden, wilden Kampfschrei aus und ließ den Schild fallen. Die Männer, die um ihn herum standen und entsetzt dem Geschehen folgten, nahm er nicht wahr, Marcus' warnende Stimme hörte er nicht. Er hatte nur den Wunsch, seinem Gegner die Hinterlist heimzuzahlen. Duncan drehte sich um seine eigene Achse, als hätte er ein keltisches Langschwert in der Hand, und bewegte sich ungeheuer schnell. Dann schlug er zu.

Gaius Lactimus versuchte dem zornigen Kelten auszuweichen. Er wollte sich ducken oder zur Seite springen, doch jedesmal, wenn er es versuchte, lief er in das hölzerne Schwert hinein, das ihn mit voller Wucht traf. Gaius wußte nicht, wie er die rasch aufeinanderfolgenden Hiebe parieren sollte, er hatte keine Antwort auf die Mischung keltischer und römischer Kampfkunst, mit der sein Gegner das Schwert führte. Die Schläge prasselten von rechts und von links auf ihn ein. Und wenn er dachte, der nächste Schlag käme von oben und sein Schild über den Kopf hob, stieß der Kelte überraschend von unten zu. Schließlich traf ein mächtiger Hieb seine linke Hüfte, und mit einem Schrei stürzte er rücklings zu Boden.

Duncan trat zu Gaius, stellte einen Fuß auf dessen rechtes Handgelenk und hielt ihm das Holzschwert an die Kehle.

Gaius sah auf. Stolz und hochaufgerichtet stand der Kelte über ihm. Sein kurzärmeliges Hemd war schweißdurchnäßt, blutunterlaufene Striemen bedeckten seine bloßen Arme dort, wo Gaius' Schwert ihn getroffen hatte. Er atmete schwer, und doch funkelten seine blauen Augen vor Zorn und Stolz.

Plötzlich flutete Sonnenlicht aus einem der hochgelegenen Fenster herein und brach sich in dem langen, blonden Haar des Kelten. Für einen kurzen Augenblick schien Gaius' Herz vor Angst auszusetzen. Denn über ihm stand kein Mensch, sondern ein zürnender keltischer Rachegott, der gekommen war, um ihn zu richten. Dann schob sich eine Wolke vor die Sonne, das Licht wurde schwächer, und die Vision verging. Gaius' Haß gewann wieder die Oberhand.

»Das wirst du mir büßen!« zischte er zwischen den zusammengebissenen Zähnen hindurch.

Duncan sah auf ihn hinab wie auf ein besonders widerwärtiges Insekt.

»Elender Wurm! Danke deinen Göttern, daß dies kein echtes Schwert ist. Andernfalls wärst du tot!«

Duncans drohende Stimme und die keltischen Worte klangen düster und unheilvoll in der hohen, von Römern erbauten Halle. Manch einem der zuschauenden Männer lief ein Schauer über den Rücken. Der Klang dieser Worte verkörperte eine Wildheit, eine Stärke und Macht, eine Urgewalt, welche die Römer bereits vor Jahrhunderten verloren hatten. Und in diesem Moment waren sie davon überzeugt, daß es niemals

231

gelingen würde, ein Volk wie die britannischen Kelten zu zähmen.

»Es ist jetzt Zeit, ins Bad zu gehen!« unterbrach Marcus Brennius mit seiner ruhigen Stimme diesen beinahe mystischen Augenblick. Er legte dem schwer atmenden Duncan besänftigend eine Hand auf die Schulter. »Für heute hast du deinem Körper genug Bewegung verschafft! Komm, wir müssen uns entkleiden.«

Duncan atmete tief und trat von Gaius zurück. Der Offizier sprang sofort auf und griff zu seinem Schwert, doch bevor er wieder auf Duncan losgehen konnte, hielten ihn zwei Männer an beiden Armen fest.

»Es ist genug für heute, Gaius!« sagte Aulus Atticus. »Du solltest die Thermen verlassen!«

»Wie kannst du es wagen!« schrie Gaius außer sich und versuchte sich zu befreien. »Ich bin Offizier und ein Bürger Roms, und ich habe das Recht ...«

»An diesem Tag hast du dein Recht verwirkt! Dein Verhalten war anstößig und unehrenhaft!« Aulus' Stimme klang zwar noch ruhig, doch schwang bereits ein deutlich zorniger Unterton mit. »Du hast den Ruf der römischen Soldaten beschmutzt! Jemandem mit dem Schwert anzugreifen, der dir seine Hand reicht, ist beinahe ebenso widerwärtig, wie einem Säugling die Kehle durchzuschneiden! Du bist ein guter Offizier und wirst von Vorgesetzten und Untergebenen gleichermaßen geachtet. Deshalb werden wir alle versuchen, diese unerfreuliche Geschichte zu vergessen. Doch du solltest jetzt die Thermen verlassen, damit dich dein Zorn nicht zu Taten hinreißt, die für immer als Makel an deinem Namen haften bleiben!«

Er gab den beiden Soldaten einen Wink. Unter erheblichem Kraftaufwand zerrten sie den sich heftig sträubenden und wüste Verwünschungen ausstoßenden Gaius zum Ausgang.

»Es tut mir aufrichtig leid, Duncan!« Aulus wandte sich an den Kelten und streckte ihm seine Hand entgegen. »Ich hoffe, du glaubst nicht, daß dieses Verhalten unter römischen Offizieren üblich ist.« Duncan ergriff seine Hand, und Aulus strahlte über das ganze Gesicht. »Ich habe noch nie jemanden so kämpfen sehen wie dich. Du hast den römischen mit dem keltischen Stil gemischt, nicht wahr?« Aulus legte Duncan seinen Arm um die Schulter und senkte vertraulich seine Stimme. »Ich werde Agricola davon berichten. Wenn wir im Frühjahr nach Caledonien marschieren, solltest du unbedingt dabeisein und eine der Hilfstruppen befehligen. Wir brauchen Männer in der Armee, die mit den Kampftechniken beider Seiten vertraut sind.«

Duncan nickte höflich, ohne den Sinn der Worte aufzunehmen. Jetzt, wo sein Zorn verraucht war, hielt ihn lediglich sein Stolz auf den Beinen. Ihm war, als hätte ein tonnenschwerer Steinblock ihn unter sich begraben. Seine Seite schmerzte von den Rippen an abwärts bis zum Oberschenkel, so daß er kaum gehen konnte. Das Leinen seines Hemdes scheuerte auf seiner wunden Haut, als würde man ihn mit Sand abreiben, und jeder Atemzug brannte wie Feuer.

Als er sich wenig später neben Marcus im Dampfbad wiederfand, hätte er nicht zu sagen vermocht, wie er dahin gekommen war. Erschöpft lehnte er seinen Kopf gegen die Wand und schloß die Augen. Er versuchte, sich die Schwitzhütte vorzustellen, die der Druide errichtet hatte, als er in den Kreis der Krieger aufgenommen worden war. Doch dieses sonst so tröstliche Bild wurde ständig unterbrochen von einem dumpfen, nagenden Unbehagen. Er hatte das Gefühl, etwas übersehen oder überhört zu haben. Immer wieder kreiste ein Wort in seinem Gehirn – Caledonien. Doch was war mit Caledonien? Jemand hatte erst kürzlich davon gesprochen. Aber wer und in welchem Zusammenhang? Als es ihm einfiel, traf ihn die Erkenntnis wie ein Blitzschlag. Mit einem Ruck setzte sich Duncan auf. Eine Schmerzwelle schoß durch seine rechte Körperhälfte, als ob jemand ein glühendes Eisen hindurchtrieb, und er stöhnte auf. Mit der linken Hand hielt er sich die schmerzende Seite und umklammerte mühsam mit der rechten die Kante der Marmorbank.

»Was ist los, Duncan?« erkundigte sich Marcus besorgt. »Hast du starke Schmerzen? Soll sich der Arzt um dich kümmern?«

»Nein, mir geht es gut!« erwiderte Duncan heftig und sah den Freund mit vor Entsetzen weit aufgerissenen Augen an. »Dieser Bastard will in Caledonien einmarschieren! Er will Caledonien erobern!« Er fuhr sich mit der Zunge über seine Lippen. Sie schmeckten salzig von dem Schweiß in seinem Gesicht. »Ich muß es verhindern. Es muß einen Weg geben!«

Marcus legte ihm beschwichtigend eine Hand auf den Arm.

»Ich bin sicher, daß du eine Möglichkeit finden wirst!« Dann wurde sein Gesicht ernst, und er senkte seine Stimme zu einem Flüstern, so daß selbst Duncan ihn nur noch mit Mühe verstehen konnte. »Und wenn ich dir dabei helfen kann, dann laß es mich rechtzeitig wissen!«

Am folgenden Tag begleitete Cornelia Duncan zum Juwelenhändler Munitius. Da die Schmerzen in seiner Seite ihn ohnehin die Nacht über wach gehalten hatten, hatte er die Zeit genutzt, über Aulus' Worte nachzudenken. Und nun hatte er den dringenden Wunsch, mit Dougal zu sprechen. Munitius sah es nicht gern, wenn Duncan tagsüber in die Werkstatt ging. Deshalb hatte sich Cornelia angeboten, den Händler abzulenken. Duncan hörte das leise Läuten der silbernen Glocke und kurz darauf die Stimme des Händlers.

»Oh, verehrte Cornelia! Welch eine Freude, Euch zu sehen! Was kann ich heute für Euch tun?«

»Wenn ich ehrlich bin, weiß ich es noch nicht genau«, hörte Duncan Cornelia sagen. »Ich habe nur das Gefühl, mir heute ein besonders schönes Schmuckstück kaufen zu müssen! Wäret Ihr so gütig, mir bei der Auswahl behilflich zu sein?«

»Selbstverständlich! Hier habe ich ...«

Mit einem Lächeln auf dem Gesicht entfernte sich Duncan.

Cornelia war äußerst wählerisch. Munitius würde eine ganze Weile beschäftigt sein!

Duncan ging in eine schmale Seitengasse, bog in eine andere Gasse ab und stand dann vor dem Eingang zum Hinterhof des Geschäfts. Der Hof befand sich in einem schlechten Zustand. Die Ziegel, mit denen er gepflastert war, waren zerbrochen, welkes Laub, Schmutz und Abfälle hatten sich in den Ecken angehäuft, in den Mauerritzen wuchs Moos. Duncan bahnte sich vorsichtig einen Weg durch aufgestapelte, beschädigte Möbel, altes Küchengerät und zerbrochene Tonkrüge, die überall herumstanden. Er war froh, als er den Eingang der Goldschmiede erreicht hatte, ohne etwas umgestoßen zu haben. Er konnte die Schläge der feinen Hämmer hören, und der Rauch des Feuers stieg durch einen Schornstein in den grauen Himmel. Ohne anzuklopfen betrat er die Werkstatt.

Es war heiß, die Glut der Esse tauchte den Raum in ein unwirkliches rotes Licht. Zwei dunkelhäutige Sklaven standen an einem Tisch und bearbeiteten mit winzigen Hämmern und Zangen goldene Schmuckstücke. Dougal stand an einem anderen Tisch und versuchte, einem weiteren Sklaven zu erklären, wie er sein Werkzeug zu führen hatte. Doch der Mann schien seinen Ausführungen nicht folgen zu können, denn Dougal fluchte ungeduldig. Der Schweiß glänzte auf seinen muskulösen Oberarmen und auf seiner Brust, sein Haar hing in feuchten Strähnen in sein gerötetes Gesicht.

Dougal schien den Luftzug zu spüren, den Duncan beim öffnen der Tür verursachte, und sah von seiner Arbeit auf. Sofort eilte er ihm entgegen und ergriff seinen Arm zur Begrüßung.

»Diese Burschen haben den Verstand von Fröschen! Nichts können sie so machen, wie ich es von ihnen verlange! Und mit diesen Händen kann ich es ihnen noch nicht einmal zeigen! Es ist zum Verrücktwerden!« schimpfte er und zeigte Duncan seine schmerzhaft geschwollenen Finger. Dann wandelte sich jedoch der Unmut auf seinem Gesicht in Besorgnis, als er bemerkte, daß Duncan hinkte. »Du bist verletzt? Was ist geschehen?«

Duncan lächelte und ließ sich vorsichtig auf der Kante eines Tisches nieder.

»Gaius! Er hat gestern in den Thermen versucht, mich mit einem Holzschwert zu erschlagen!« Dann wurde er ernst. »Ich muß unbedingt mit dir sprechen, Dougal! Aber ...«

Dougal folgte seinem fragenden Blick und schüttelte den Kopf. »Sei unbesorgt, sie können uns nicht verstehen. Alle drei stammen aus einem weit entfernten Land, das ›Mauretanien‹ heißt. Selbst die Sprache der Römer beherrschen sie nur unvollkommen. Was hast du auf dem Herzen, mein Freund?«

»Die Römer wollen im Frühjahr ihren Machtbereich bis nach Caledonien ausdehnen!«

»Was?« Dougal packte entsetzt Duncans Arm, der mit blauen Flecken übersät war, und Duncan verzog das Gesicht. »Woher weißt du das?«

»Einer ihrer Offiziere hat es mir gegenüber erwähnt. Er ist ein gutmütiger, aber einfältiger Kerl. Er schlug mir vor, als Befehlshaber einer Hilfstruppe an dem Feldzug teilzunehmen.«

»Wir müssen das unbedingt verhindern!« Nur mühsam unterdrückte Dougal seine Erregung. Er wollte nicht die Aufmerksamkeit der Sklaven auf sich lenken. Wer konnte schon sagen, ob sie nicht doch das eine oder andere Wort verstanden? »Hast du schon eine Idee?« Duncan nickte.

»Ja, ich habe lange darüber nachgedacht. Im Grunde gibt es zwei Möglichkeiten. Die erste Möglichkeit ist, daß ich Aulus' Vorschlag annehme. Als Befehlshaber einer Hilfstruppe könnte ich den Feldzug der Römer behindern oder ihnen gar in den Rücken fallen. Doch ein einzelner Hilfstrupp ist viel zu schwach, um es mit einer oder gar zwei Legionen aufnehmen zu können. Abgesehen davon ist das Risiko viel zu groß, daß sich in der Einheit auch romtreue Männer befinden. Sie könnten gefährlich werden. Es würde wahrscheinlich nur ein weiteres Blutbad geben, und Eburacum hätte neue Opfer für seine Spiele.«

»Diese Möglichkeit scheint wenig erfolgversprechend zu sein!« Duncan nickte wieder.

»Deshalb bevorzuge ich ebenfalls die zweite! Wir müßten fliehen und die caledonischen Stämme vor der Gefahr warnen.« Er sah Dougal an. »Die Frage ist nur, wann und wie!«

Der Schmied schwieg eine Weile und dachte angestrengt nach.

»Im Frühjahr wollen sie den Feldzug beginnen?«

»Ja. Aus dem, was ich über die Kriege der Römer gelesen habe und was Marcus mir erzählt hat, schließe ich, daß sie wahrscheinlich frühestens um Beltaine herum ihre Legionen sammeln werden. Sie kämpfen ohnehin nur im Sommer, und in Caledonien dauert der Winter länger als im Süden.«

»Dann sollten wir zu Imbolc fliehen. Das gibt uns fast drei Monate Zeit, nach Caledonien zu gelangen, die dortigen Stämme zu warnen und die notwendigen Maßnahmen zur Verteidigung zu treffen. Außerdem hätten wir noch fast zwei Monate, um unsere Flucht zu planen«

Duncan grinste.

»Du hast dieselben Gedanken wie ich, mein Freund!«

Dougal runzelte nachdenklich die Stirn.

»Wir brauchen warme Kleidung und ausreichend Verpflegung für mindestens fünf Tage. Wir werden nämlich kein Dorf aufsuchen oder uns gar mit der Jagd aufhalten können. Wenn die Römer erst unser Verschwinden bemerkt haben, werden sie im Umkreis von mehreren Tagesritten jedes Dorf und jeden Wald durchsuchen.«

»Deshalb frage ich mich auch, ob es nicht klüger ist, mit einem Boot zu fliehen. Auf dem Fluß hinterlassen wir keine Spuren!«

»Bedenke aber, daß der Fluß zu Imbolc zugefroren sein kann. Außerdem frage ich mich, wie wir an ein Boot herankommen sollen. Es wäre sicherlich möglich, in Eburacum zwei Pferde zu stehlen. Auch wenn mir der Gedanke nicht gefallen würde. Aber ein Boot?«

»Der Fluß war auch im vergangenen Winter nicht zugefroren. Außerdem wird Marcus uns helfen. Er kann das Boot besorgen und wird gemeinsam mit Cornelia auch Verpflegung, Kleidung und Waffen dort verstecken.«

»Du willst Cornelia einweihen?«

»Natürlich! Sie wird uns schließlich begleiten!« Dougal sah Duncan zweifelnd an.

»Das mit dem Boot ist eine gute Idee. Aber Cornelia mitzunehmen halte ich für gefährlich. Sie könnte unsere Flucht behindern, Duncan!«

»Ich würde dir zustimmen, wenn wir Hals über Kopf fliehen müßten. In einem solchen Fall würde ich sie nicht der Gefahr aussetzen. Aber da wir alles sorgfältig planen können, kommt sie mit. Ich kann sie unmöglich hier lassen!«

»Du bist verrückt, mein Junge!« bemerkte Dougal kopfschüttelnd und tippte sich an die Stirn. »Du solltest noch einmal darüber nachdenken!«

Duncan verschränkte die Arme vor der Brust und hob eigensinnig das Kinn. Seine Augen blitzten.

»Da gibt es nichts zu überlegen«, entgegnete er. »Entweder fliehe ich mit ihr oder gar nicht!«

Dougal seufzte. Wenn Duncan sich etwas in den Kopf gesetzt hatte, war er nur schwer davon abzubringen. Und in diesem Punkt wollte er offensichtlich noch nicht einmal mit sich reden lassen.

Ich hätte es wissen müssen! dachte er. Gleich am Anfang hätte ich wissen müssen, daß diese Liebe eines Tages zu Schereien führen wird!

»Dann ist es wohl nicht zu ändern«, stimmte Dougal schließlich zu und seufzte wieder. »Cornelia wird uns nach Caledonien begleiten. Aber ich muß gestehen, daß es mir nicht gefällt!«

»Stell dir vor, es wäre nicht Cornelia, sondern Dana! Würdest du sie zurücklassen?«

Dougal zuckte hilflos die Achseln. Was sollte er auch darauf erwidern? Duncan lächelte zufrieden.

»Siehst du, du würdest genauso handeln, ob es nun vernünftig ist oder nicht.« Er erhob sich vom Tisch. »Ich glaube, wir haben die wichtigsten Fragen geklärt. Außerdem sollte ich allmählich von hier verschwinden! Der Juwelenhändler muß nicht unbedingt wissen, daß ich hier gewesen bin.«

»Du hast recht, er kann jeden Moment hier erscheinen.« Dougal ergriff Duncans Hand und schlug ihm freundschaftlich auf die Schulter. Dann begleitete er ihn zur Werkstatt hinaus. Doch statt die Tür wieder zu schließen blieb er noch eine Weile an den Rahmen gelehnt stehen und starrte geistesabwesend auf den kleinen, verwahrlosten Hinterhof. Der Gedanke an die nahende Freiheit erzeugte ein angenehmes Kribbeln in seinem Nacken, und er mußte sich zusammenreißen, um nicht vor Freude zu singen.

Imbolc! dachte er. Es ist nicht mehr lang bis dahin! Was sind zwei Monate im Vergleich zu den langen, bitteren Jahren der Gefangenschaft!

15

Drei Tage später erhielt Duncan den Befehl, daß Agricola ihn auf der Stelle zu sprechen wünschte. Duncan war darüber sehr verärgert. Er war gerade damit beschäftigt, mit einem Tuchhändler über die Anfertigung von Mänteln für die Gefangenen zu verhandeln. Bereits im September hatte er mit dem zuständigen römischen Beamten über die dafür erforderliche Summe gesprochen. Doch die Bearbeitung seines schriftlichen Antrags hatte sich erheblich verzögert, angeblich weil der Beamte seine Schrift nicht entziffern konnte. Nun, mehr als zwei Monate später, hielt er endlich das ersehnte Schriftstück über die Bewilligung in Händen. Seine Landsleute hatten bereits jetzt unter Feuchtigkeit und Kälte zu leiden, viele von ihnen litten an Husten oder Fieber, und es kündeten sich die ersten Schneestürme an. Schnelle Hilfe war also notwendig. Doch da die ihm zugebilligt Summe wesentlich niedriger war, als Duncan gefordert hatte, gestaltete sich die Verhandlung mit dem Tuchhändler schwierig. Als nun auch noch der Soldat mit der Meldung hereinplatzte, daß Duncan unverzüglich zum Statthalter kommen sollte, verlor er fast die Beherrschung. Diese verfluchten Römer mit ihren Beamten und Befehlen! Sollte Agricola zu ihm kommen, wenn er ihn so dringend sprechen wollte! Zähneknirschend entschuldigte er sich bei dem Tuchhändler und lief so schnell zum Justizgebäude, daß der Soldat ihm kaum folgen konnte.

Ein wenig außer Atem betrat Duncan das Schreibzimmer

des Statthalters, gespannt, weshalb dieser ihn so dringend zu sprechen wünschte. Agricola saß bequem zurückgelehnt in einem Sessel, während sich ein dunkelhäutiger, kahlköpfiger Mann mit einem Messer in der Hand über ihn beugte – und ihn rasierte. Diese Szene hatte etwas so unerwartet Beschauliches und Alltägliches an sich, daß Duncan vor Überraschung wie angewurzelt auf der Türschwelle stehenblieb.

Agricola blickte auf. Und da der Kahlköpfige offensichtlich mit seiner Arbeit fertig war, erhob er sich und wischte sich mit einem Tuch über sein kantiges Gesicht.

»Duncan, komm herein!« Beinahe überschwenglich begrüßte ihn der Statthalter. »Willst du dich auch rasieren lassen?«

Scheinbar war Duncan die Verwirrung deutlich anzusehen, denn Agricola lachte laut.

»Nepher ist ein ausgezeichneter Barbier. Er versteht es, das Messer so sanft wie eine Feder zu führen!« Er rieb seine glatte Wange. »Außerdem ist er sehr zuverlässig. Es geht nichts über eine gründliche Rasur. Sie ist für einen Mann wie wohltuender Balsam!«

Duncan runzelte verärgert die Stirn. Er hatte jetzt Wichtigeres zu tun, als sich vom Statthalter zum Narren halten zu lassen!

»Hast du mich deswegen zu dir bestellt?« Er deutete auf den Barbier, der begann, seine Messer in einer Schüssel mit Wasser zu reinigen. »Weil ich mich rasieren lassen soll?«

»Bei den Göttern, nein!« Agricola lachte verlegen. »Ich ließ dich zu mir rufen, um dir etwas mitzuteilen! Aulus hat mir von deinem Kampf mit Lactimus in den Thermen erzählt. Er klang sehr begeistert, und ich bedaure, nicht selbst dabeigewesen zu sein.« Er ließ einen wohlwollenden Blick über den schlanken, hochgewachsenen Kelten gleiten. Es mußte wirklich faszinierend sein, diesen Burschen beim Kämpfen zu beobachten: die vollkommene Harmonie des Zusammenspiels der Muskeln, die geschmeidigen, schnellen Bewegungen ... Ein Jammer, daß er ihn nicht zum Gladiator ausbilden lassen konnte! »Ich werde dir das Kommando über eine oder mehrere Hilfstruppen übertragen. Natürlich muß ich dir dafür die Freiheit schenken. Kein Soldat, gleich welchem Volk er angehören mag, wird sich von einem Gefangenen befehligen lassen! Ich plane, deine Freilassung im Rahmen eines großen Festes zu feiern. Wir werden ein Wagenrennen veranstalten, Gladiatorenkämpfe und Tierhetzen. Im Rahmen der Feierlichkeiten kann deine Verlobung mit Cornelia Vergilia, der Tochter unseres Verwalters, bekanntgegeben werden. Und wenn wir im September vom Feldzug zurückkehren, wird nicht nur unser Sieg, sondern auch deine Hochzeit mit Cornelia gefeiert. Na, was hältst du davon?«

Duncan sah Agricola in die Augen.

»Was ist die Bedingung? Wie viele meiner Landsleute soll ich für dich umbringen? Sind hundert genug?«

Durch das zynische Lächeln des Kelten ein wenig irritiert, schüttelte Agricola den Kopf.

»So solltest du das nicht sehen. Es gibt keine Bedingungen, mein Sohn, und niemand wird die Erschlagenen zählen! Du bist ein bemerkenswerter junger Mann mit einer aufrechten Gesinnung und einem starken Willen. Es liegt dir im Blut, Befehle zu erteilen. Die britannischen Soldaten werden dir mit Freude folgen, um so mehr, weil du einer der ihren bist. Außerdem wünsche ich mir eine bleibende Verbindung zwischen deinem Volk und den Römern.« Er legte einen Arm um Duncans Schultern, und seine Stimme senkte sich zu einem vertraulichen Ton. »Als Hochzeitsgeschenk garantiere ich dir ein großes Stück Land in deiner Heimat. Noch ehe das kommende Jahr um ist, wirst du mit Cornelia ohne Sorgen eine Familie gründen können!«

Bereits bei den ersten Worten hatte Duncan gespürt, wie der Zorn in heißen Wellen über ihn hereinbrach. Als Agricola ihn jedoch auch noch berührte und er dessen feuchten Atem auf seiner Wange fühlte, war es mit seiner Beherrschung vorbei. Duncans Muskeln spannten sich, und angewidert schüttelte er die Hände des Statthalters von sich ab.

»Verstehe ich dich wirklich richtig? Du wagst es, mir Land zu schenken, das nach den Gesetzen unserer Ahnen ohnehin mein Eigentum ist? So freigebig kann nur ein Römer sein!«

»Heißt das, du lehnst mein Geschenk ab?«

»Nicht nur dein ›Geschenk‹, wie du es nennst. Ich lehne deinen ganzen Vorschlag ab!« Duncans Augen blitzten. »Ich werde mich nicht für die römischen Pläne einspannen lassen!«

Agricola verschränkte die Hände hinter seinem Rücken und ging im Zimmer auf und ab. Duncans Reaktion auf sein, wie er fand, überaus großzügiges Angebot hatte ihn doch sehr überrascht. Er hatte mit begeisterter Zustimmung gerechnet.

»Weißt du nicht, was du ablehnst? Octavia und Claudius werden die Hand ihrer einzigen Tochter niemals einem Gefangenen geben! Außerdem wird das Volk der Silurer unter deiner Herrschaft unabhängig sein. Du solltest noch einmal in Ruhe darüber nachdenken!«

»Da gibt es nichts zu überlegen. Mein Entschluß steht fest! Ich bin kein römischer Lakai!«

»Dennoch bin ich der Meinung, du solltest das nicht so rasch übers Knie brechen.« Agricola versuchte seine Taktik zu ändern, um Duncan doch noch zu überzeugen. Er wußte von den engen familiären Bindungen der Kelten. Seine Stimme wurde lockend. »Sieh mal, willst du denn nicht wieder in deine Heimat zurückkehren, dein Dorf wiedersehen? Ich bin sicher, daß sich deine Mutter über deine Rückkehr freuen würde!«

Duncans Nackenhaare sträubten sich, und er hatte das beinahe unbezähmbare Verlangen, dem Barbier das Messer zu entreißen und Agricola damit die Kehle durchzuschneiden.

»Du wagst es, meine Mutter zu erwähnen, ausgerechnet du? Sie wurde von Römern ermordet! Erinnerst du dich nicht mehr an das Beltaine-Fest vor fast zwanzig Jahren?«

Für den Bruchteil eines Augenblicks weiteten sich Agricolas Augen vor Entsetzen.

»Ich weiß nicht, wovon du sprichst!«

Duncan bebte vor Zorn. Seine Stimme klang wie das drohende Fauchen eines Raubtieres, und seine Augen funkelten gefährlich.

»Dann werde ich deinem Gedächtnis auf die Sprünge helfen! Sie war eine wunderschöne Frau, ihr Haar hatte die Farbe von reifen Kastanien. Und es waren Römer, die ihr an jenem Abend die Kehle durchgeschnitten haben! Du standest so nahe dabei, daß ihr Blut auf deine Tunica und deine Rüstung spritzte. Wenn du in den Spiegel siehst, erkennst du dann das Gesicht desjenigen wieder, der den tödlichen Befehl erteilte? Vielleicht ließen sich die Blutflecken auf deiner Kleidung wieder abwaschen. Aber deine Taten werden dich bis zu deinem Lebensende verfolgen! An jenem Abend kamen hundert Männer, Frauen und Kinder ums Leben, und eines unser größten Heiligtümer, eine ehrwürdige Eibe, fiel den Äxten zum Opfer!« Agricola schüttelte bedauernd den Kopf.

»Ich weiß immer noch nicht, wovon du sprichst. Du mußt heute nacht einen bösen Traum gehabt haben. Du bist blaß und siehst krank aus. Wahrscheinlich arbeitest du zuviel!« Er legte Duncan väterlich eine Hand auf die Schulter. »Du solltest nach Hause gehen und dich ausruhen, mein Junge. Ich werde darüber nachdenken, wie ich dich ein wenig entlasten kann. Vielleicht kann Aulus ...«

»Rühr mich nicht an!«

Agricola zog seine Hand zurück, als hätte er sich verbrannt. Der lodernde Haß in den blauen Augen des Kelten ließ ihn unwillkürlich zwei Schritte zurückweichen.

»Bei den Göttern, warum bist du so eigensinnig?« rief er

verärgert aus. »Was hast du, ein Silurer, mit den caledonischen Stämmen zu schaffen? Diese Völker können dir doch egal sein, wenn auf dein eigenes Volk die Unabhängigkeit wartet!«

»Selbst wenn du recht hättest, würde sich an meinem Entschluß nichts ändern! Ich würde daran festhalten, und sei es nur, weil ich den Römern den Triumph nicht gönne!«

»Duncan, hüte deine Zunge! Du bist immer noch ein Gefangener Roms!«

»Womit willst du mir drohen? Daß du mich wieder in Ketten legen läßt oder mich gar tötest? Nur zu, ich fürchte mich nicht. Aber laß dir eines gesagt sein. Wir sind noch lange nicht besiegt. Dieses Land läßt sich nicht von den Römern unterjochen, und eines Tages wird es euch abschütteln wie ein lästiges Insekt!«

Er drehte sich um, stürmte mit langen Schritten aus dem Raum und warf die Tür hinter sich zu. Mit lautem Krachen fiel sie ins Schloß. Agricola ging langsam zu seinem Sessel und ließ sich schwer hineinfallen.

»In Rom hat man mir davon erzählt, daß die Kelten leicht zum Zorn zu reizen seien. Aber dieser junge Mann scheint über ein besonders hitziges Temperament zu verfügen!« Der kahlköpfige Barbier lächelte. Er selbst war Ägypter und konnte nicht vergessen, daß die Römer sein Land erobert hatten und es nun ausbeuteten. Daher hatte er die Szene zwischen dem Kelten und dem Statthalter voller Schadenfreude genossen. »Scheinbar hat Euer Vorschlag nicht den erwünschten Anklang gefunden!«

Agricola runzelte die Stirn und machte eine ärgerliche Geste. »Diese Kelten sind Kinder. Sie sind unbesonnen und handeln oft, ohne zu überlegen. Wir haben uns inzwischen an dieses Verhalten gewöhnt. Glaube mir, wenn sein Zorn verraucht ist, wird er darüber nachdenken. Duncan wird zurückkommen und den Vorschlag annehmen!«

Der Kahlköpfige hob die Augenbrauen.

»Den Eindruck hatte ich nicht! Es schien, als würde er eher sterben wollen als ...«

»Verlaß den Raum, Nepher!«

»Aber Herr, sollte ich Euch nicht noch massieren? Vielleicht mildert es den Schmerz Eurer Niederlage ...«

»Ich sagte, du sollst den Raum verlassen, und zwar auf der Stelle!«

Der Ägypter zuckte unter dem Gebrüll zusammen, nahm rasch seine Werkzeuge und verließ das Schreibzimmer. Als sich jedoch die Tür hinter ihm schloß, begann er schadenfroh zu lächeln. Welch ein Vergnügen, den britannischen Statthalter so fassungslos zu sehen!

Am Abend warf Nepher sich einen Mantel über und machte sich auf den Weg zum Isis-Tempel, einem kleinen Gebäude an der westlichen Stadtmauer von Eburacum. Es gab hier in diesem entlegenen Winkel des Römischen Imperiums nur wenige Isis-Gläubige, und die gespendeten Gelder hatten für keinen größeren Tempel ausgereicht. Dennoch wurden regelmäßig die Morgengesänge und Abenddienste zelebriert. An diesem Abend war Nepher einer der Opferdiener. Und während er die für Isis bestimmten Speisen vor den heiligen Schrein stellte, betete er aus tiefstem Herzen:

»Oh, Königin Isis, Gemahlin des göttlichen Osiris, Mutter des Horus, Herrin aller Elemente. Du Zauberreiche, erbarme dich deines armseligen Dieners, der nicht würdig ist, dir das Opfer zu reichen. Verleihe den Kelten die Schnelligkeit des Windes, der ganze Städte mit Sand bedeckt. Verleihe ihnen die Kraft des Wassers, in dessen Fluten Dörfer versinken. Verleihe ihnen die Hitze des alles verzehrenden Feuers. Und verleihe ihnen den Zorn der aufbrechenden Erde, die die Unwürdigen verschlingt. Oh, Königin Isis, schenke den Kelten den Sieg!«

Am nächsten Morgen begab sich Agricola zum Haus der Familie Vergilius. Aus sicherer Entfernung beobachtete er, wie

Cornelia und Duncan das Haus verließen. Unter dem Vorwand, mit Claudius sprechen zu müssen, bat er um Einlaß. Natürlich traf er den Verwalter nicht an. Er lag immer noch im Bett, um seinen Rausch vom Vorabend auszuschlafen. Doch Agricola war ohnehin nur gekommen, um ungestört mit Octavia zu reden. Unruhig ging er im Schreibzimmer auf und ab, während er auf sie wartete. Er hatte in der Nacht kaum geschlafen, immer wieder waren ihm Duncans Worte durch den Kopf gegangen. Er fürchtete sich nicht vor der Rache des Silurers. Dagegen konnte er sich schützen. Er konnte Wachen vor seinem Schlafgemach aufstellen und ständig eine Waffe bei sich tragen. Doch was geschah, wenn jemand Duncans Geschichte hörte und dem Kelten glaubte? Wenn jemand anfangen sollte, in seiner Vergangenheit herumzuschnüffeln, und darauf stieß, daß er tatsächlich an jenen unrühmlichen Säuberungsaktionen teilgenommen hatte? Nicht etwa, weil er Freude daran gehabt hätte, die Kelten zu töten, als Offizier war es seine Pflicht gewesen. Aber heute, fast zwanzig Jahre später, dachte man anders darüber. Deshalb erwähnte er dieses unangenehme Kapitel in seiner Laufbahn nie. Und bislang hatte er es so erfolgreich vertuschen können, daß noch nicht einmal Octavia davon wußte. Aber nun konnte diese Tatsache gar dem Kaiser zu Ohren kommen! Dabei konnte er sich nicht an die Ereignisse erinnern, von denen Duncan gesprochen hatte. Natürlich war es möglich, daß er damals eine Eibe fällen ließ. Er hatte viele Heiligtümer zerstören lassen. Und wie sollte er sich bei den vielen Gesichtern an eine Frau mit kastanienbraunem Haar erinnern? So sahen doch fast zwei Drittel aller keltischer Frauen aus!

Er fuhr erschrocken herum, als sich hinter ihm die Tür öffnete.

Octavia hielt den Atem an, als sie den Raum betrat. Agricola sah krank aus. Er war kreidebleich, seine Lippen waren fast blau gefärbt, und seine blutunterlaufenen, von dunklen Ringen umgebenen Augen glänzten fiebrig.

»Julius!« rief sie entsetzt aus und lief auf ihn zu. »Was ist geschehen? Du siehst aus, als wärest du einem Geist begegnet!«

»Du hast recht. Es war ein Geist aus der Vergangenheit!« sagte Agricola und brach in Gelächter aus.

Octavia zuckte unter dem Geräusch zusammen. Es klang, als würde der Mann vor ihr allmählich den Verstand verlieren.

»Ist dir nicht wohl, Liebster?« erkundigte sie sich besorgt und ergriff seine kalte, zitternde Hand. »Vielleicht solltest du dich setzen. Ich lasse dir eine Erfrischung bringen und dann ...«

»Nein, laß nur«, winkte Agricola ab und wurde mit einem Schlag ernst. Zerstreut fuhr er sich durch sein wirres Haar. »Verzeih mir, wenn ich dich erschreckt habe. Aber diese ganze Angelegenheit ist so absurd!« Er holte tief Luft und erzählte ausführlich, was am Vortag geschehen war.

»Hast du es getan?« fragte Octavia, nachdem er seinen Bericht beendet hatte, und sah ihn eindringlich an. »Versteh mich nicht falsch, Julius. Ich will dir keine Vorwürfe machen. Es geht mir nur darum, ob man dir etwas nachweisen kann!«

Agricola zuckte verlegen mit den Achseln.

»Nun, ich weiß es nicht so genau. Ich war damals einer der Offiziere, die Paulinus' Befehl, keltische Heiligtümer zu zerstören, ausgeführt haben. Aber ich kann mich beim besten Willen nicht an alle Einzelheiten erinnern!« Er ging wieder nervös auf und ab. »Natürlich ist es möglich. Aber ich kann mir nicht vorstellen, daß Duncan mich gesehen hat. Er muß zu der Zeit noch ein kleines Kind gewesen sein. Wahrscheinlich hat er davon gehört, und den Rest hat er sich zusammengereimt!«

»Das ist unwichtig! Entscheidend ist nur, daß ihm jemand seine Geschichte glauben kann. Und du weißt, was das römische Volk – und nicht zuletzt der Kaiser selbst – von den damaligen Ereignissen hält. Es würde das Ende deiner Karriere bedeuten!«

»Aber ich kann doch nichts dafür!« rief Agricola aus und rang verzweifelt die Hände. »Paulinus hat den Befehl gegeben, religiöse Feiern zu unterbinden und keltische Heiligtümer zu zerstören, um die Druiden zu schwächen. Ein römischer Offizier hat den Befehlen von Vorgesetzten Folge zu leisten. Verstehst du, es war meine Pflicht! Hätte ich mich geweigert, wäre ich mit Recht zum Tod verurteilt worden!«

»Ich weiß, Liebster, ich weiß! Dich trifft keine Schuld! Dennoch müssen wir einen Ausweg finden! Laß mich nachdenken!« Mit gerunzelter Stirn ging Octavia durch den Raum. Schließlich blieb sie stehen und schüttelte den Kopf. »Ich sehe keine andere Möglichkeit, Julius. Wir müssen Duncan zum Schweigen bringen, bevor er Schaden anrichten kann!«

»Du meinst ...« Agricola wurde bleich und ließ sich in einen Sessel sinken.

»Ja. Und zwar so rasch wie möglich.«

Der entschlossene, kalte Ausdruck auf Octavias ungeschminktem Gesicht ließ Agricola erschauern.

»Ich habe befürchtet, daß es sich nun nicht mehr vermeiden läßt. Aber glaube mir, ich hasse dergleichen!«

»Sei unbesorgt, Liebster!« Octavia lächelte ihn an und strich ihm liebevoll durch das Haar. »Er wohnt in diesem Haus. Ich werde das erledigen!«

»Das würdest du für mich tun?«

Sie ließ sich auf die Knie vor ihm nieder, ihre braunen Augen funkelten vor Zorn, Es war der Zorn einer Löwin, die um ihr geliebtes Junges kämpft.

»Ich werde es niemals zulassen, daß jemand deine Karriere gefährdet. Und wenn es der Kaiser persönlich wäre, Julius!«

»Du bist eine bewundernswerte Frau, Octavia!« flüsterte er zärtlich und vergrub sein Gesicht in ihrem dunklen, nach Färbemitteln riechenden Haar. »Ich liebe dich, und ich begehre dich! Aber sei vorsichtig. Ich will nicht, daß du dich meinetwegen in Gefahr begibst!«

»Das werde ich nicht. Es wird ganz einfach sein.« Sie lächelte grimmig. »Bereits morgen wird dieser langhaarige, blonde Bastard das Licht der Sonne nicht mehr erblicken!«

Es war sehr spät, als Duncan und Cornelia an diesem Abend nach Hause zurückkehrten. Sie hatten eine Einladung zu einem Gastmahl bei Aulus Atticus und dessen Ehefrau erhalten. Duncan war nicht sonderlich begeistert gewesen, doch dann hatte sich der Abend als sehr unterhaltsam erwiesen, und sie waren länger geblieben, als sie geplant hatten. Im Haus der Familie Vergilius war bereits die friedliche Stille der Nacht eingekehrt. Leise, um niemanden zu wecken, schlichen sie die Treppe hoch.

»Komm!« flüsterte Cornelia Duncan zu, als sie die Tür zu ihrem Schlafgemach öffnete. »Du schläfst heute bei mir!«

»Schlafen? Ich wüßte etwas Besseres!« erwiderte Duncan lächelnd und nahm sie auf seine Arme. Er stieß mit dem Fuß die Tür auf und trug Cornelia zum Bett.

»Seid Ihr es, Herrin?« Sylvias verschlafene Stimme drang durch die Dunkelheit, und Cornelia befreite sich aus Duncans Armen. »Ich habe auf Euch gewartet!«

Die Sklavin entzündete ein Talglicht, und der schwache Schein der kleinen Lampe fiel auf das Lager, das sie sich am Fußende des Bettes gemacht hatte. Cornelia hob mißbilligend eine Augenbraue.

»Wie wäre es, Sylvia, wenn du heute in Duncans Zimmer schlafen würdest?«

»Ich ... Oh!« Erst jetzt schien die Sklavin Duncan zu bemerken, und sie senkte errötend den Blick. »Die Köchin hat Euch etwas zu Essen hingestellt, Herr. Es sind frische Haferkekse. Soll ich ...«

»Bei den Göttern, ich könnte keinen Bissen mehr hinunterkriegen!« wehrte Duncan lächelnd ab. »Wir haben hervorragend gegessen!«

»Gut, dann werde ich Euch jetzt allein lassen. Wenn Ihr etwas braucht, könnt Ihr mich jederzeit rufen.«

Doch die beiden nahmen bereits keine Notiz mehr von Sylvia. Sie beobachtete noch eine Weile, wie sie sich leidenschaftlich küßten. Und als sie auf das Bett sanken, schlich sie sich aus dem Raum und schloß leise die Verbindungstür zu Duncans Schlafgemach hinter sich.

Seufzend setzte sie sich auf das Bett und lauschte dem Lachen, das durch die geschlossene Tür gedämpft zu ihr drang. Sie war froh, Cornelia dienen zu dürfen. Sie liebte sie wie eine Schwester. Doch am glücklichsten war sie, wenn Duncan ihr sein strahlendes Lächeln schenkte. Heimlich, tief in ihrem Innern liebte sie diesen Mann. Und manchmal, aber nur ganz selten, malte sie sich aus, an Cornelias Stelle zu sein und seine Lippen auf den ihren zu fühlen. Jedesmal, wenn sie sich dabei ertappte, war sie erschrocken über sich selbst und verbannte diese ungehörigen Gedanken rasch aus ihrem Kopf. Sie war schließlich nur eine Sklavin. Sogar als ihre Familie noch nicht unter den Römern gelebt und gedient hatte, waren sie nur arme Knechte gewesen. Duncan aber war ein Fürst. Zwischen ihnen lagen Welten. Sylvia seufzte wieder und nahm sich einen der Kekse, die verführerisch dufteten. Ja, sie war wirklich nur eine Sklavin. Doch wenigstens konnte sie sich mit dem Gedanken trösten, den beiden großartigsten Menschen dienen zu dürfen, die in diesem Teil der Welt lebten.

»Ich würde für sie sterben!« sagte sie leise und biß in das Gebäck. Sylvia konnte nicht ahnen, daß dies schon bald der Fall sein würde.

Im Nebenzimmer fuhren Duncan und Cornelia erschrocken hoch.

»Was war das?«

»Es klang nach einem Schrei!« flüsterte Duncan, schwang sich aus dem Bett und zog in Windeseile seine Hose an. »Ich werde nachsehen.«

»Warte, ich komme mit!«

Cornelia warf sich ein Kleid über und folgte Duncan, der mit dem Talglicht in der Hand an der Tür stand. Er legte einen Finger auf seine Lippen und lauschte.

»Da drinnen geht etwas Seltsames vor!« sagte er leise und öffnete die Tür geräuschlos einen Spalt. Dann stieß er sie auf, und Cornelia hielt sich entsetzt die Hand vor den Mund.

Mit seltsam verrenkten Gliedern und weißem Schaum vor dem Mund lag Sylvia auf dem Boden. Duncan war sofort bei ihr und drehte sie vorsichtig auf den Rücken.

Mühsam öffnete die Sklavin ihre Augen.

»Das Ge ... bäck ...«, keuchte sie und wurde von furchtbaren Krämpfen geschüttelt. Verzweifelt rang sie nach Luft, Speichel floß aus ihrem Mund. Als hätte sie den Verstand verloren, irrten ihre Blicke immer wieder zwischen Duncan und Cornelia hin und her. Duncan hob die Sklavin vom Boden auf und legte sie auf sein Bett.

Erneut versuchte Sylvia zu sprechen. Sie mußte die beiden warnen. Sie wollte ihnen sagen, daß jemand Duncan nach dem Leben trachtete. Er mußte fliehen! Doch die Krämpfe wurden so schlimm, daß sich ihr Gesicht zu einer schrecklichen Grimasse verzerrte und sie nur ein ersticktes Gurgeln hervorbrachte. Verzweifelt krallte sie sich an Duncans Schulter fest und sah ihn mit weit aufgerissenen Augen an. Hier war der Mann, den sie liebte. Sie wußte, in welcher Gefahr er schwebte, und sie konnte ihn nicht warnen!

Taubheit und Kälte breiteten sich allmählich, von den Füßen ausgehend, in Sylvias Körper aus, bis zu den Hüften fehlte ihr bereits jedes Gefühl. Ihre Brust hob und senkte sich angestrengt bei dem erfolglosen Versuch, Luft in ihre Lungen zu pumpen. Wie lange konnte ein Mensch ohne Atem leben? Die Zeit schien sich unendlich auszudehnen. Erneut wurde Sylvia von heftigen Krämpfen geschüttelt. Sie fühlte nicht, daß sich ihre Fingernägel tief in Duncans Fleisch gruben und blutige Spuren hinterließen. Sie spürte nicht einmal, daß sie sich in die Zunge biß. Sie empfand nur die unendliche Qual, daß sie sterben würde, ohne Duncan gewarnt zu haben, ohne daß er jemals erfahren würde, wie sehr sie ihn geliebt hatte. Erneut würgte sie in letzter Verzweiflung, um wenigstens ein Wort hervorzubringen. Dann bereitete der Tod ihrem aussichtslosen Kampf ein jähes Ende.

Duncan ließ den Körper der jungen Frau behutsam in die Kissen gleiten. Der qualvolle Ausdruck ihrer weit aufgerissenen, gebrochenen Augen, die ihn immer noch anzustarren schienen, ließ ihn erschauern.

Cornelia löste sich aus ihrer Erstarrung, kniete neben dem Bett nieder und strich der Sklavin das Haar aus der Stirn.

»Sylvia, was ist mit dir? So sag doch etwas!« Sie wandte sich an Duncan: »Du mußt sofort den Arzt holen, schnell!«

Duncan schüttelte den Kopf, löste die Finger der Toten von seinen Schultern und schloß ihr die Augen.

»Es hat keinen Sinn mehr. Sie ist tot!«

»Das ist nicht wahr!« schrie Cornelia und begann, wie von Sinnen auf Duncan einzuschlagen. Ihre Fäuste trafen seine Schläfen, seine Arme, seine Brust. »Sie ist nicht tot, sie braucht einen Arzt! Du mußt den Arzt rufen. Du mußt ...«

Endlich gelang es ihm, Cornelias Hände zu packen. Er schüttelte sie kräftig.

»Sylvia ist tot, verstehst du? Jemand hat sie vergiftet!«

»Nein!« schrie Cornelia. Doch dann weiteten sich ihre Augen vor Entsetzen, als sie zu verstehen begann. »Nein!« Sie warf sich in Duncans Arme, und ihr verzweifelter Schrei ging in ein hemmungsloses Schluchzen über.

Duncan drückte sie fest an sich und strich ihr zärtlich über das dunkle Haar. Sein Körper schmerzte, wo ihre Fäuste ihn getroffen hatten. Doch noch mehr schmerzten ihn ihr Kummer und seine eigene Hilflosigkeit. Allmählich ebbte Cornelias Weinen ab, und sie begann, nachzudenken.

»Ich verstehe es nicht!« sagte sie leise. »Du sagst, Sylvia sei vergiftet worden. Aber warum? Wer sollte ihren Tod wollen? Und wie hat derjenige das angestellt? Als wir nach Hause kamen, fühlte sie sich noch wohl!«

»Das Hafergebäck!« antwortete Duncan, ohne nachzudenken. Doch in dem Augenblick, als er die Worte ausgesprochen hatte, packte ihn das kalte Grauen. Die Kekse waren für ihn bestimmt gewesen. Er hatte eigentlich an Sylvias Stelle sterben sollen! Und als er Cornelia ansah, erkannte er, daß sie dasselbe dachte.

»Der Anschlag galt dir, Duncan!« flüsterte sie entsetzt. »Du mußt fliehen!«

Duncan schüttelte abwehrend den Kopf. Seine Gedanken überschlugen sich.

»Duncan!« Cornelia packte ihn bei den Schultern. Die Verzweiflung auf ihrem Gesicht war verschwunden. Sie war zwar bleich und zitterte, aber ihre Stimme klang entschlossen. »Du mußt aus Eburacum fliehen! Noch heute nacht!«

»Aber ...«

»Jemand hat versucht, dich heimtückisch zu ermorden! Wenn du hier bleibst, wird er es wieder versuchen! Willst du, daß Sylvias Opfer umsonst gewesen ist?«

Duncan wußte, daß Cornelia recht hatte, aber dennoch ...

»Ich würde ohne dich gehen müssen, Cornelia!«

Sie preßte die Lippen fest aufeinander, um die aufsteigenden Tränen zu unterdrücken. Und seltsamerweise schaffte sie es.

»Ich weiß. Aber wir haben keine andere Wahl. Außerdem kann ich vielleicht deine Flucht vertuschen, so daß sie wenigstens einige Stunden unbemerkt bleibt!«

Duncan nickte schließlich. Er war blaß. Doch auch er schien einzusehen, daß es keinen anderen Ausweg gab.

»Gut. Dann laß uns Dougal abholen und zu Marcus gehen. Er muß uns helfen.«

Eilig zog sich Duncan zwei Hemden und seinen Mantel über, dann schlichen sie lautlos die Treppe hinunter.

Dougal schlief wie immer in der Werkstatt. Verschlafen öffnete er die Tür und war sofort hellwach, als er Duncan erkannte.

»Was ist los?«

»Wir müssen fliehen – heute!«

Dougal stellte keine weiteren Fragen. Die verschlossenen, ernsten und bleichen Gesichter von Cornelia und Duncan sprachen ihre eigene Sprache. Etwas Furchtbares mußte geschehen sein. Hastig raffte er seine Kleider zusammen, nahm noch ein Bündel mit und war im Handumdrehen fertig. Dann liefen sie weiter zu Marcus. Ihm erzählte Cornelia in kurzen, knappen Sätzen, was geschehen war. Nervös wanderte er in der Halle seines kleinen Hauses auf und ab.

»Ich habe noch keine Boote besorgen können. Ihr werdet zu Fuß fliehen müssen!« sagte er bedauernd. »Aber wenigstens habe ich Seile. Ich werde euch zur Stadtmauer begleiten. Ich weiß nicht, welche Soldaten heute zur Nachtwache eingeteilt sind, aber vielleicht kann ich sie ablenken. Ich kleide mich an.«

Während sie auf Marcus warteten, versuchte Dougal, nicht ständig zu Cornelia und Duncan zu starren. Die beiden standen eng beinander, ihre Hände waren fest ineinander verschränkt. Sie schienen die wenigen gemeinsamen Augenblicke, die ihnen noch blieben, bis zum letzten auskosten zu wollen.

Viel zu schnell kam Marcus wieder. Er trug jetzt einen warmen Mantel und brachte zwei Seile und einen Beutel mit.

»Ich habe euch noch etwas Verpflegung eingepackt, zwei Brote und einen halben Schinken. Es ist nicht viel, aber für die ersten Tage wird es reichen. Außerdem sind hier zwei Messer und ein wenig Geld. Vielleicht könnt ihr euch unterwegs Pferde kaufen. Und nun kommt!«

Nachdem Duncan und Dougal die Messer an ihre Gürtel gesteckt hatten, verließen sie Marcus' Haus. Wieder begegnete ihnen keine Menschenseele. Es war bereits weit nach Mitternacht, als sie die Stadtmauern vor sich sahen. In einer schmalen Gasse hielt Marcus an und wandte sich an die anderen:

»Ich werde auf die Mauer gehen und den wachhabenden Soldaten in ein Gespräch verwickeln. Ich hoffe, daß es mir gelingt, ihn von der Treppe fortzulocken. Wenn ihr mich singen oder pfeifen hört, kommt ihr nach. Ihr müßt die Seile an der Mauer festknoten und euch hinunterlassen. Vielleicht kann ich die Seile wieder entfernen, damit eure Flucht nicht sofort entdeckt wird. Ich wünsche euch viel Glück. Es tut mir leid, daß ich nicht mehr für euch tun kann!«

»Wir sind dir zu tiefem Dank verpflichtet«, antwortete Dougal und ergriff herzlich die Hand des Römers.

Dann wandte sich Marcus an Duncan.

»Paß auf dich auf, Junge!« sagte er mit heiserer Stimme.

»Danke!« Es war das einzige, was Duncan hervorbrachte. Für einen kurzen Augenblick umarmten sich die beiden Männer.

Mit einem Ruck löste sich Marcus und verschwand ohne ein weiteres Wort in der Dunkelheit. Duncan sah ihm nach.

»Ich habe ihn nie gefragt, warum er das alles für mich tut!«

»Leb wohl, Cornelia!« Dougal ergriff ihre kleine, eiskalte Hand. Dann drückte er sie in einem Impuls an sich. »Ich werde auf ihn acht geben und ihn, wenn es sein muß, mit meinem Leben beschützen!«

»Danke, du bist ein wahrer Freund, Dougal!« flüsterte sie.

»Leb wohl! Mögen die Götter dich beschützen!«

Dougal entfernte sich lautlos. Cornelia und Duncan waren jetzt allein. Sie sahen sich an, und trotz der Dunkelheit konnte er in Cornelias Augen Tränen schimmern sehen. Er nahm sie in seine Arme und drückte sie fest an sich. Er wollte ihr so vieles sagen, doch er brachte keinen Ton heraus. Hilflos schloß er die Augen und tat das einzige, wozu er sich in der Lage fühlte, er küßte sie. Für einige endlos scheinende Momente hingen sie aneinander wie zwei Ertrinkende. Und doch verging die Zeit viel zu schnell. Plötzlich klang eine Männerstimme durch die Nacht. Es war ein fröhliches Soldatenlied, und eine zweite Stimme fiel ein. Duncan und Cornelia zuckten zusammen. Dies war der Augenblick, vor dem sie sich gefürchtet hatten.

»Sei vorsichtig, Duncan!« flüsterte Cornelia und versuchte, ihre Tränen zurückzuhalten. »Ich weiß nicht, wie es ohne dich ...«

Mit einem sanften Kuß unterbrach er sie.

»Hab keine Angst.« Duncan nahm ihre Hand und führte sie an seine Brust. Und noch lange erinnerte sich Cornelia an das Gefühl seines klopfenden Herzens unter ihren Fingerspitzen. »Ich bin immer bei dir!«

»Werden wir uns wiedersehen?« Ihre Stimme war kaum mehr als ein Flüstern.

Duncan versuchte zu lächeln, doch Cornelia sah die Tränen auf seinem Gesicht.

»Natürlich, meine Wildkatze. Ein Leben ohne dich ist für mich unvorstellbar. Und denk an die Kinder, die wir haben wollen!« Er wurde ernst und schluckte mühsam. »Ich werde dafür beten, daß wir nicht zu lange warten müssen! Und bis dahin werden wir wenigstens in unseren Träumen Zusammensein!«

»Duncan!« Dougals Stimme drang aus der Dunkelheit. »Komm endlich!«

Duncan zuckte erneut zusammen. Dann nahm er eilig seinen Armreif vom rechten Oberarm und gab ihn Cornelia.

»Nimm ihn und trage ihn. Es ist das einzige, was ich dir jetzt geben kann. Ich liebe dich, Cornelia!« Zärtlich fuhr er die Konturen ihres Gesichts entlang, als wollte er sie sich für alle Ewigkeit einprägen. »Ich werde dich immer lieben. Du bist meine Frau!«

Dann zog er sie an sich und küßte sie ein letztes Mal. Cornelia spürte seine Verzweiflung, seinen Schmerz. Nur unter Aufbietung aller Kräfte gelang es ihm, sich von ihr zu lösen, den Abschied zu vollenden, Cornelia in der Dunkelheit zurückzulassen. Obwohl es ihm fast das Herz brach, ging er fort, ohne sich noch einmal umzudrehen. Er hätte es nicht ertragen, sie dort an dieser kalten, zugigen Hausecke stehen zu sehen – schmal, verzweifelt und allein.

16

Das Haus war immer noch still, als Cornelia zurückkehrte. Lautlos schlich sie die Treppe hinauf und betrat Duncans Schlafgemach. Sylvia lag immer noch so auf dem Bett, wie sie sie zurückgelassen hatten. Neben ihrer toten Dienerin sank Cornelia auf die Knie.

»Du warst mehr für mich als eine treue Sklavin, Sylvia!« sagte sie leise und strich der Toten zärtlich über das rote Haar. »Du warst meine Vertraute, meine Freundin! Du hast immer gewußt, was ich dachte, was ich fühlte. Du hast mir Ratschläge gegeben und mich getröstet. Du warst immer für mich da. Du hast diesen entsetzlichen Tod nicht verdient!« Sie nahm die schlaffe, kalte Hand der Sklavin und preßte sie an ihre Wange. »Duncan erzählte oft davon, daß die Kelten an das Weiterleben der Seele nach dem Tod glauben. Ich kann mir das nicht vorstellen, und ich weiß auch nicht, ob du deinem keltischen Glauben noch treu gewesen bist. Aber wenn Duncan recht hat, wenn die Seele weiterlebt, dann kannst du mich vielleicht dort hören, wo auch immer dein Geist jetzt sein mag. Ich möchte dir von ganzem Herzen danken! Dein Tod hat Duncan das Leben gerettet. Dein Opfer hat mir das Wertvollste bewahrt, was ich auf dieser Welt besitze. Und das werde ich dir bis zu meinem Lebensende nicht vergessen!«

Mühsam erhob sich Cornelia und ging in ihr Schlafgemach. Der Raum wirkte mit einem Mal groß und leer, so als hätte alles Leben ihn verlassen. Sie entkleidete sich und trat vor den Spiegel. Duncans Armreif war etwas zu groß für sie, doch zum Glück ließ er sich zurechtbiegen. Das Gold schimmerte sanft an ihrem linken Oberarm. Sie betrachtete sich eine Weile, bevor sie sich in ihr Bett legte. Die Kissen und Laken dufteten nach Duncan, und der Armreif war warm, als hätte das Schmuckstück die Wärme seines Körpers gespeichert. Leicht berührte sie mit den Fingerspitzen die feinen, kunstvollen Linien. Sie sah Duncan vor sich, sie hörte sein Lachen und seine angenehme, warme Stimme. Und dann biß sie in das Kopfkissen, um nicht in Tränen auszubrechen.

Dougal erwartete Duncan bereits ungeduldig. Vom Fuß der Treppe aus konnten sie Marcus mit dem Soldaten reden hören. Die beiden Männer sprachen über eine Schlacht, an der sie offenbar beide teilgenommen hatten, und stimmten erneut ein Lied an. Es war nicht anzunehmen, daß der Soldat sie bei dem Gesang hören konnte, dennoch waren Duncan und Dougal sehr vorsichtig, als sie die Treppe hochschlichen. Die Feuer in den Wachtürmen warfen ihren zuckenden Schein auf die Mauer, und die beiden duckten sich, um nicht gesehen zu werden. Doch ihre Besorgnis war unbegründet. Die Soldaten wärmten sich an den Feuern und unterhielten sich leise. Keiner von ihnen achtete darauf, was auf dem Wehrgang geschah.

Ohne große Mühe gelang es Duncan und Dougal, die Seile festzuknoten und die Mauer hinunterzuklettern. Die wenigen Geräusche, die sie dabei verursachten, wurden von den Stimmen der Soldaten übertönt. Im schützenden Schatten der Stadtmauer liefen sie zum nahegelegenen Flußufer und wandten sich dann nach Norden.

Es war kalt und fing zu schneien an. Ihr Atem gefror zu Rauchwolken, und vereiste Grashalme brachen unter ihren Füßen. Nach etwa drei Stunden Marsch blieben sie auf einem Hügel stehen, um Atem zu schöpfen. Duncan blickte zurück. Eburacum war nur noch als ein winziger Punkt in der Ferne sichtbar. Im Osten ging bereits die Sonne auf, doch in der Stadt konnte er noch ganz schwach das Leuchten der Wachfeuer in den Türmen erkennen. Bald würden die Fanfaren den Beginn des neuen Tages ankündigen, die Soldaten würden abgelöst werden. Und innerhalb der nächsten zwei Stunden würde Cornelia aufstehen und ihren Tag beginnen – ohne ihn. Duncan fröstelte plötzlich und war froh, daß er zwei Hemden angezogen hatte.

»Du hast dich richtig entschieden!« sagte Dougal leise, als hätte er seine Gedanken gelesen, und legte ihm eine Hand auf die Schulter. In den hellgrünen Augen des Freundes erkannte Duncan Verständnis. »Komm, laß uns weitergehen! Bei diesem Wetter sollten wir in Bewegung bleiben!«

Die Flocken waren größer und schwerer geworden, und es schien, als würde der Schnee innerhalb der nächsten Stunden in Regen übergehen. Duncan nickte dem Freund wortlos zu.

Während sie sich umwandten und den Hügel hinabliefen, wurde das Schneetreiben dichter. Nebel stieg von den Wiesen auf und verhüllte auch den letzten Blick auf Eburacum.

Cornelia stand zur gleichen Stunde auf wie gewöhnlich. Doch war das wirklich sie selbst? Sie kam sich wie eine Fremde vor, die die Sklaven freundlich begrüßte und sie fragte, ob sie Sylvia gesehen hätten. Ihre Dienerin sei seltsamerweise nicht zur Stelle gewesen, um ihr beim Ankleiden zu helfen.

Nach dem Frühstück ging Cornelia wieder in ihr Schlafgemach. Eine Weile blieb sie unschlüssig vor dem Durchgang zu Duncans Zimmer stehen. Es kostete sie Überwindung, die Tür zu öffnen.

Als sie das Zimmer dann endlich betrat, hielt sie unwillkürlich den Atem an. Für den Bruchteil eines Augenblicks glaubte Cornelia, Sylvias Tod und Duncans Flucht seien lediglich die Produkte eines abscheulichen Alptraums gewesen. Sie vermeinte Duncans gleichmäßige Atemzüge zu hören. Gleich würden die Laken rascheln, Duncan würde sie anlächeln, seine Arme ausbreiten, und sie würde sich zu ihm legen, die Wärme seines Körpers genießen und sich von ihm necken lassen ... Doch dieser kurze Augenblick zwischen Wachen und Träumen verflog ebenso schnell, wie er gekommen war. Der Anblick der Leiche auf Duncans Bett konfrontierte sie brutal mit der Realität. Sylvia war tot – vergiftet. Und Duncan war fort.

Cornelia blieb eine Weile am Fuß des Bettes stehen und sah auf den Körper der Sklavin hinab. Sie war froh, daß sie sich nicht länger verstellen mußte, daß sie bald so viel weinen durfte, wie sie wollte. Wieder fühlte sich Cornelia wie eine Fremde, und sie wunderte sich, daß ihr Verstand trotz allem so klar arbeitete. Doch schließlich mußte sie es tun, es war ihre Pflicht.

Cornelias Schrei hallte gellend durch das Haus, und nicht nur die Sklaven wurden dadurch aufgeschreckt. Octavia richtete sich in ihrem Bett auf, ein zufriedenes Lächeln glitt über ihr Gesicht.

Jetzt hast du bekommen, was du verdient hast, du Bastard! dachte sie und schwang sich aus dem Bett. Eilig warf sie sich eine Stola über. An der Tür von Duncans Zimmer traf sie Claudius Vergilius. Sein fahles Gesicht war von Falten durchfurcht, seine Augen blutunterlaufen. Er schien Kopfschmerzen zu haben und kaum zu wissen, wo er sich gerade befand.

»Was war das?« fragte er mit weinschwerer Stimme. »Ich glaube, ich habe einen Schrei gehört!«

Octavia machte sich nicht die Mühe, ihm zu antworten, sondern öffnete die Tür. Sie sah ihre Tochter, die sich offensichtlich kaum noch auf den Beinen halten konnte, und sie sah einen leblosen Körper mit goldschimmerndem, langem Haar auf dem Bett liegen.

Cornelia wandte sich um, das Gesicht bleich, Tränen in den Augen. Schluchzend fiel sie ihrer Mutter in die Arme, die Mühe hatte, ihren Triumph zu verbergen.

»Bei Jupiter!« rief Vergilius aus. »Sylvia! Wir müssen einen Arzt holen!«

Der entsetzte Klang seiner Stimme ließ Octavia aufsehen, und sie erkannte plötzlich, daß es kein männlicher Körper war, der dort lag. Das rote Haar der jungen Frau hob sich deutlich von dem weißen Laken ab. Es mußte eine besondere Laune des Lichts gewesen sein, daß sie für einen Augenblick geglaubt hatte, das lange Haar sei blond. Sie wußte, daß kein Arzt dieser Welt der Sklavin noch helfen konnte, selbst wenn sie noch am Leben sein sollte. Das Gift in dem Gebäck war auch in geringen Mengen tödlich. Octavia brauchte sich nicht mehr zu verstellen, ihre Betroffenheit war echt.

Arme Sylvia! dachte sie in einem Anflug von Mitleid. Dich hätte es nicht treffen sollen!

Cornelia erwachte erst wieder am Nachmittag. Nachdem sie sich heftig übergeben hatte, war der Arzt gekommen. Er hatte ihr ein Pulver gegeben, und eine Sklavin hatte heiße Milch mit Honig gebracht. Eine tiefe, lähmende Müdigkeit hatte von ihr Besitz ergriffen, und schließlich war sie eingeschlafen. Selbst jetzt, als sie die Augen wieder aufschlug, fühlten sich ihre Glieder noch wie Blei an. Doch die Müdigkeit war vorüber, und die Erinnerungen kehrten zurück. Sie krümmte sich in ihrem Bett zusammen und brach in Tränen aus.

Als sie sich wieder einigermaßen beruhigt hatte, erhob sie sich. Das Ankleiden fiel ihr schwer, langsam ging sie die Treppe hinunter. Im Haus war es merkwürdig still, nur aus dem Schreibzimmer waren aufgeregte Stimmen zu hören. In diesem Moment öffnete sich die Tür des Schreibzimmers, und Claudia, die Sklavin Octavias, kam heraus.

»Claudia!« Beim Klang ihres Namens zuckte die Dienerin zusammen, als sei sie geschlagen worden. Mit rotgeweinten Augen starrte sie Cornelia an, die auf das Schreibzimmer deutete. »Was geht dort vor? Warum hast du geweint?«

»Sie sind alle dort versammelt, Herrin. Sogar der Statthalter hat mir Fragen gestellt! Ob ich Streit mit Sylvia gehabt hätte, wann ich sie zuletzt gesehen hätte.« Die Sklavin begann zu schluchzen. »Ich habe Sylvia doch nicht getötet!«

Unter normalen Umständen hätte Cornelia sicherlich tröstende Worte für die verstörte Dienerin gefunden. Doch sie war zu sehr mit sich selbst beschäftigt. Was sollte das bedeuten? Verdächtigte man etwa die Diener, das Gebäck vergiftet zu haben? Ohne ein weiteres Wort ließ sie die weinende Claudia stehen und ging in das Schreibzimmer.

Tatsächlich schienen dort alle wichtigen Personen von Eburacum versammelt zu sein. Agricola saß in einem bequemen Sessel und rieb sich nachdenklich das Kinn. Octavia thronte auf einem anderen Stuhl, ihre zornig funkelnden Augen und die gerunzelte Stirn verhießen nichts Gutes. Claudius stand ein wenig abseits in einer Ecke und starrte trübsinnig auf den Boden, seine Hand mit dem Weinbecher zitterte. Der Arzt stand in einer anderen Ecke und schüttelte immer wieder ungläubig den Kopf. Wie ein nervöses Raubtier lief Gaius Lactimus durch den Raum. Und Munitius, der Juwelenhändler, glich mit seinem hochrotem Kopf und den wütend in die Hüften gestemmten Fäusten eher einem zornigen Kobold als einem Mann von Bildung und Kultur, als der er sich gern gab.

»Ich will diesen Kerl wiederhaben!« schrie er mit seltsam keifender Stimme. »Ich habe fast ein Dutzend Aufträge über Schmuckstücke, die dringend angefertigt werden müssen. Ich kann doch meine Kunden nicht vor den Kopf stoßen! Außerdem habe ich für ihn bezahlt. Ihr müßt ihn finden!« Das Geräusch der Tür, die sich hinter Cornelia schloß, ließ Agricola aufblicken.

»Cornelia!«

Sofort eilte der Arzt zu ihr und führte sie zu einem Sessel. »Ihr solltet noch nicht aufstehen!«

Octavia sprang auf und strich ihr liebevoll über das Haar. »Meine arme Tochter! Eigentlich hätten sich diese verfluchten Sklaven um dich kümmern sollen! Aber sobald man sie

nicht im Auge behält, machen sie, was sie wollen! Claudia!«
Ihre herrische, zornerfüllte Stimme hallte durch das ganze
Haus. »Gleich wird Claudia dich in dein Gemach zurückbringen!«

»Laß nur, Mutter!« wehrte Cornelia ab. Die übertriebene
Sorge kam ihr vor wie Heuchelei und verursachte ihr Übelkeit.

»Ich möchte Euch ebenfalls ans Herz legen, Euch zurückzuziehen! Ihr habt einen schweren Schock erlitten und
braucht Ruhe, um Euch wieder zu erholen!«

Wenn du wüßtest! dachte Cornelia. Es gelang ihr jedoch,
den Arzt anzulächeln.

»Es geht mir schon wieder viel besser.«

»Fühlt Ihr Euch kräftig genug, uns einige Fragen zu beantworten, Cornelia?« erkundigte sich Agricola.

»Natürlich!« antwortete sie und straffte die Schultern. Der
Statthalter nickte ihr freundlich zu.

»Ich weiß, Ihr habt Schreckliches durchgemacht, Cornelia!
Aber ich muß Euch einige Fragen stellen. Es sieht nämlich so
aus, als ob ...« Er räusperte sich verlegen. »Nun ja, es scheint,
als sei Sylvia vergiftet worden.«

»Vergiftet?« Cornelia lachte auf. »Wie absurd! Wer sollte
so etwas tun?«

»Genau das versuchen wir herauszufinden, Cornelia!«
mischte sich Gaius in das Gespräch ein. Die Augen des Offiziers verengten sich zu schmalen Schlitzen. »Ihr wißt nicht
zufällig, wo sich Duncan aufhält?«

»Ich weiß nur, daß er mit Dougal irgendwo in Eburacum an
einem geheimen Ort eine religiöse Zeremonie abhalten wollte!« antwortete Cornelia. Und wieder wunderte sie sich über
sich selbst. Sie hatte nicht geahnt, daß sie sich so ausgezeichnet verstellen konnte. Nicht einmal ihre Mutter schien Verdacht zu schöpfen!

»Zeremonie!« schnaubte Munitius verächtlich. »Daß ich
nicht lache! Geflohen ist der Kerl! Und den anderen faulen

Bastard hat er gleich mitgenommen! Aber ich habe schon immer gesagt, daß man diesen Kelten nicht trauen kann. Unzuverlässiges Gesindel!«

Cornelia runzelte mißbilligend die Stirn, als sei sie über die Unterbrechung ungehalten, und fuhr fort.

»Gleich nachdem wir gestern nacht heimkamen, ist er fortgegangen. Er hat mir gesagt, daß es eine langwierige Zeremonie sei. Ist er denn noch nicht wieder da?«

»Nein, heute hat ihn noch niemand gesehen. Und Munitius berichtet, daß auch Dougal verschwunden ist!« Agricola schüttelte bedauernd den Kopf. »Das sieht sehr schlecht aus!«

»Was ...«

»Wundert es Euch etwa, daß wir so mißtrauisch sind, Cornelia?« fragte Gaius und hob spöttisch die Augenbrauen. »In Duncans Zimmer finden wir eine Leiche, und er selbst ist verschwunden. Ist das nicht ein seltsamer Zufall?«

Cornelia sprang auf und funkelte den Offizier wütend an.

»Wollt Ihr damit etwa behaupten, daß Duncan Sylvia vergiftet hat?« rief sie erbost. »Das ist doch lächerlich!«

»Es ist schwer vorstellbar, wer sonst ein Interesse haben könnte, eine harmlose Sklavin zu ermorden!«

»Bei allen Göttern! Weshalb sollte er so etwas tun?«

Gaius lächelte anzüglich.

»Vielleicht wollte er eine unbequeme Geliebte loswerden? Er ist ein attraktiver Mann. Vielleicht wollte sie ihn zwingen, sie zu heiraten? Es könnte doch sein, das Sylvia ein Kind von ihm ...«

Eine schallende Ohrfeige ließ Gaius verstummen.

»Wie könnt Ihr es wagen, so zu sprechen!« Cornelia bebte vor Zorn. Ihre Hand tat ihr zwar weh von dem Schlag, doch sie empfand Erleichterung. Das hatte sie schon lange tun wollen!

»Verlaßt dieses Haus! Ich will Euch nie wiedersehen.«

»Ich ...«

Doch Agricola unterbrach ihn.

»Ihr solltet gehen, Lactimus!« Er legte dem Offizier beschwichtigend eine Hand auf den Arm. »Ruft einen Suchtrupp zusammen. Durchsucht die ganze Stadt, jeden Winkel, in dem ein Mann sich verstecken könnte.«

Gaius kochte innerlich vor Wut, die scharlachroten Spuren von Cornelias Fingern auf seiner Wange brannten ebenso wie sein Zorn. Wie konnte dieses Biest es wagen, ihn vor allen anderen zu demütigen!

»Mit Vergnügen! Ihr könnt Euch darauf verlassen, daß ich besonders gewissenhaft vorgehen werde!« zischte er durch die zusammengebissenen Zähne. »Sollte sich dieser Kerl noch in Eburacum aufhalten, dann werde ich ihn finden!«

»Wenn Dougal bei ihm ist, brecht ihm die Finger!« rief Munitius haßerfüllt. »Dieser Kerl soll nie wieder einen Schmiedehammer halten können!«

Gaius nickte ihm grimmig zu und zog sich mit einer angedeuteten Verbeugung zurück.

Agricola seufzte und trat zu Cornelia.

»Ich kann Eure Empörung verstehen.« Beruhigend tätschelte er ihre Hand. »Ihr liebt den Silurer. Aber wenn wir ihn finden, wird er uns Rede und Antwort stehen müssen!«

»Ich bin sicher, daß er das mit Freuden tun wird!« erwiderte Cornelia und entzog ihre Hand dem feuchten, warmen Griff. »Doch Ihr verschwendet Eure Zeit! Und jetzt muß ich Euch ersuchen, zu gehen. Ich fühle mich nicht wohl. Und diese kränkenden Fragen tragen nicht zur Besserung meines Befindens bei!« Sie wandte sich an ihre Mutter. »Bitte sorge dafür, daß diese Männer unser Haus nicht mehr betreten. Außerdem wünsche ich, heute allein in meinem Gemach zu speisen. Ich will keinen Menschen mehr sehen!«

Octavia nickte, und während die anderen das Haus verließen, schritt Cornelia mit stolz erhobenem Kopf die Treppe empor.

Es war bereits die Stunde der ersten Nachtwache, als Gaius Lactimus zu Agricola ins Schreibzimmer kam.

»Nun, habt Ihr gute Nachrichten, Lactimus?«

Der Offizier schüttelte den Kopf.

»Keine Spur von Duncan oder dem anderen Kerl!«

»Habt Ihr auch gründlich gesucht?«

»Wir haben jeden Stein in Eburacum umgedreht. Nicht einmal eine Ratte wäre uns entgangen!«

Nachdenklich nickte Agricola.

»Eigentlich überrascht es mich nicht.« Er lächelte grimmig.

»Dieser Bursche ist also tatsächlich geflohen!«

»Ich werde sofort Reiter ausschicken!«

»Nein. Es ist bereits dunkel.«

»Aber mit Fackeln ...«

Agricola sah den Offizier vor sich an. Auf seiner Wange waren immer noch deutlich die Spuren von Cornelias Ohrfeige zu erkennen, und seine Augen glühten vor Besessenheit.

Er haßt den Kelten. Er will ihn unbedingt tot sehen! dachte Agricola beinahe amüsiert. Doch mein ist die Rache!

»Fehlen Pferde?« erkundigte er sich und ließ Gaius nicht aus den Augen.

»Nein.«

»Dann können wir bis morgen warten. Zu Fuß können sie nicht weit gekommen sein, und am Tag sind ihre Spuren besser zu erkennen. Beginnt morgen bei Tagesanbruch mit der Verfolgung, und nehmt auch Hunde mit!« Er legte seinen Kopf schief. »Ich nehme an, daß wir alle ein Interesse daran haben, diesen Silurer und den Schmied so schnell wie möglich in die Hände zu bekommen!«

Gaius lächelte grimmig.

»Darauf könnt Ihr Euch verlassen!«

Mit einem Wink entließ Agricola den Offizier. Als er wieder allein war, lehnte er sich in seinem Sessel zurück.

»Wer von beiden hat gelogen? Hat Duncan Cornelia nicht

die Wahrheit erzählt, oder sie uns?« Er runzelte die Stirn und drehte nachdenklich den vergoldeten Becher in seiner Hand. »Die Antwort auf diese Frage würde mich brennend interessieren!«

17

Duncan und Dougal standen auf der Kuppe eines Hügels. Vor ihnen im Tal lag ein Gehöft. Obwohl es bereits dunkel war, konnten sie den Weidenzaun erkennen, der das Anwesen von seiner Umgebung abgrenzte. Aus dem strohgedeckten runden Haus stieg eine schmale Rauchsäule in den düsteren Himmel auf. Für Dougal war es ein hoffnungsvoller, tröstlicher Anblick. Seit drei Tagen und Nächten waren sie nahezu ständig unterwegs. Sie waren durch dichte Wälder gelaufen, über unwegsame Felsen und Hügel geklettert, statt die bequemen Straßen und Wege zu benutzen, nur um nicht entdeckt zu werden. Inzwischen war Dougal so erschöpft, daß es mehr ein Stolpern als ein Gehen war. Bisher hatten sie sich nur zweimal eine kurze Rast gegönnt, um wenigstens ein paar Stunden zu schlafen.

»Sieh nur, Duncan, eine Hofstelle! Wieder ein Grund, einen Umweg zu machen und noch ein paar Meilen mehr zu laufen!«

Duncan überhörte den Zynismus in Dougals Worten. Mit gemischten Gefühlen starrte er in das vor ihnen liegende Tal. Auch er war müde, hungrig und sehnte sich nach einem wärmenden Feuer. Seit sie Eburacum verlassen hatten, mieden sie die Dörfer und machten um jedes Gehöft einen weiten Bogen. Das Risiko, daß sie jemand an die Römer verraten würde, war einfach zu groß. Im Geist sah Duncan die berittenen Soldaten vor sich, wie sie mit ihren Hunden die Gegend durchstreiften und jeden Bauern im Umkreis von einem Tagesritt nach ihnen befragten.

»Wollen wir dort einkehren?« fragte Dougal, obwohl er sicher war, daß er außer einem Kopfschütteln keine Antwort erhalten würde. In den vergangenen drei Tagen hatte Duncan nicht ein Wort gesprochen. »Wir haben einen großen Vorsprung. Die Römer können noch nicht hier gewesen sein!«

Ja, Dougal hatte recht. Die Soldaten aus Eburacum konnten sie unmöglich schon eingeholt haben. Doch was war mit den Außenposten? Duncan wußte, daß sie überall im Land verstreut waren, kleine Lager, jeweils mit etwa hundert römischen Soldaten besetzt. Ein einzelner berittener Bote konnte sie schnell erreichen. Und von dort aus ...

Nachdenklich rieb Duncan seinen Arm. Seit sie von Eburacum aufgebrochen waren, hatten sich Regen und Schnee ständig abgewechselt. Ihre Kleidung war völlig durchnäßt, und jetzt, zur Nacht, gefror sie ihnen sogar am Leib. Duncan hörte, wie der Stoff seines Mantels brach und das Eis unter seinen Fingern knisterte. Der Gedanke, sich in der Nacht an einem Feuer aufzuwärmen und am nächsten Morgen trockene Kleidung anzuziehen, war äußerst verlockend. Unwillkürlich mußte er an Dougal denken. Der Freund versuchte zwar, seine Hände vor ihm zu verstecken, dennoch hatte Duncan sie voller Entsetzen gesehen. Es waren hochrote, durch Feuchtigkeit und Kälte angeschwollene, unförmige Klumpen, die keinerlei Ähnlichkeit mehr mit den feingliedrigen, beweglichen Händen eines geschickten Kunstschmiedes hatten. Duncan wagte nicht einmal, sich die Schmerzen, die sein Freund erdulden mußte, vorzustellen. Dougal brauchte dringend eine Ruhepause. Keiner von ihnen wußte, wie lange sie noch unterwegs sein würden. Außerdem gingen ihre Vorräte zur Neige. Vielleicht konnten sie bei dem Bauern frisches Brot und Fleisch bekommen?

»Duncan? Hörst du mich?« Ungeduldig wedelte Dougal mit einer Hand vor Duncans Augen, und irritiert wandte ihm dieser den Blick zu. »Den Göttern sei Dank! Ich fürchtete, daß du zu Stein erstarrt bist!«

»Ich glaube, wir können es wagen, dort die Nacht zu verbringen.«

»Welch ein erfreulicher und lang vermißter Klang! Ich dachte schon, du hättest für immer die Sprache verloren!«

Duncan mußte unwillkürlich lächeln.

»Ich schätze, in den letzten Tagen war meine Gesellschaft nicht besonders unterhaltend.«

»Wie wahr, mein Freund! Doch das ist jetzt alles vergessen. Laß uns dort hinuntergehen. Es winkt ein warmes Feuer, etwas zu essen, vielleicht sogar Wein ...« Dougals Heiterkeit wirkte ansteckend. Sie legten sich gegenseitig einen Arm um die Schultern und gingen den Hügel hinab.

Kaum hatten sie das Anwesen erreicht, als auch schon der Hofhund mit wütendem Gebell ihre Ankunft meldete. Die Tür des Hauses ging auf, und ein Mann mit einem brennenden Holzscheit trat einen Schritt ins Freie.

»Wer ist da?«

»Zwei Reisende, die dich um ein Lager für die Nacht und einen Platz an deinem Feuer bitten möchten«, antwortete Duncan.

»Kommt näher, damit ich euch sehen kann!«

Dougal und Duncan folgten der Aufforderung. Als sie näher herangekommen waren, erkannten sie, daß der Mann kaum älter als Duncan war. Er hatte ein aufgedunsenes rotes Gesicht und war für einen jungen Kelten ziemlich beleibt. Duncan runzelte mißbilligend die Stirn. Für ihn war es unverständlich, daß ein Mann sein Äußeres derart vernachlässigen konnte.

»Wir werden euch auch dafür bezahlen!«

Der Bauer, der die beiden zuerst mißtrauisch gemustert hatte, lächelte ihnen bei Dougals Worten plötzlich freundlich zu und trat einen Schritt zur Seite.

»Kommt herein!« sagte er und hielt ihnen die Tür auf. »Wärmt euch auf, und eßt mit uns! In dieser Nacht seid ihr unsere Gäste.«

Duncan und Dougal betraten das Haus. In der Mitte des einzigen runden Raumes brannte ein offenes Feuer, der danebenstehende Ofen spendete wohlige Wärme. Das Haus war ordentlich und sauber, Felle lagen auf dem Boden, an Stangen hingen bunte Wollstoffe zum Trocknen. Es duftete nach Seife, nach Gerstengrütze und gebratenem Speck. Eine junge Frau beugte sich über den Kessel, der an einer eisernen Kette über der Feuerstelle hing.

»Wir haben Gäste, Brihid!« rief ihr der Mann zu. »Meine Frau! Mein Name ist Domlech. Und ihr seid ...«

»Ich bin Seames, und sein Name ist Connor«, antwortete Duncan, ohne auf Dougals überraschten Seitenblick zu achten. Für den Bruchteil eines Augenblicks hatte er den Eindruck, daß Domlech bei der Nennung ihrer Namen überrascht gewesen war. Doch seine Worte klangen so freundlich, und sein Lächeln wirkte so aufrichtig, daß Duncan glaubte, er hätte sich getäuscht.

»Freut mich, euch kennenzulernen! Aber setzt euch doch! Das Essen wird gleich fertig sein.«

Duncan und Dougal nahmen vor dem niedrigen, kaum einen Fuß hohen Tisch auf zwei Fellen Platz. Brihid stellte hölzerne Schüsseln mit Löffeln vor ihnen ab und schöpfte ihnen Gerstengrütze und heißen Speck aus dem Kessel.

»Eßt!« sagte sie freundlich und lächelte schüchtern. »Ihr seht durchgefroren und müde aus. Die Mahlzeit wird euch wärmen.«

»Wir sind auch schon einige Tage bei diesem Wetter unterwegs«, antwortete Dougal und bewegte vorsichtig seine steifen Finger, um den Löffel in die Hand zu nehmen. Der Schmerz trieb ihm dabei fast Tränen in die Augen, dennoch versuchte er, sich nichts anmerken zu lassen.

»Wohin wollt ihr denn?« erkundigte sich Domlech, während er Bier aus einem Faß in Krüge abfüllte.

»Eigentlich sind wir auf dem Weg nach Eburacum«, log Duncan, während er den Brei löffelte. Er hatte Gerstengrütze bislang immer verabscheut. Doch an diesem Abend schmeckte sie ihm besser als der saftigste Braten. »Aber wir müssen wohl die Orientierung verloren haben! Ihr seid die ersten Menschen, die wir seit fünf Tagen zu Gesicht bekommen!«

»Fünf Tage?« Domlech zuckte die Achseln. »Ihr müßt wirklich müde und erschöpft sein. Doch gutes Essen, ein heißes Bad und eine Nacht in einem warmen Bett werden euch wieder auf die Beine bringen. Und wenn ihr ausgeschlafen seid, könnt ihr weiterziehen.«

Domlech und Brihid nahmen gegenüber ihren Gästen Platz und begannen ebenfalls zu essen.

»Gibt es hier in der Nähe römische Soldaten, die uns vielleicht ein Stück begleiten könnten?«

Duncan sah den Hausherrn aufmerksam an. Domlech kaute eine Weile, dann schüttelte er den Kopf.

»Nein. Die nächsten Römerlager sind über zwei Tagesreisen weit entfernt. Ich fürchte, ihr werdet euren Weg allein finden müssen!«

Nach der ausgiebigen Mahlzeit nahm Brihid Duncan und Dougal die feuchte Kleidung ab und hängte sie zum Trocknen in die Nähe des Feuers. Dann wuschen und rasierten die Männer sich, während Brihid ihnen ihre Lager bereitete.

Als Duncan sich auf den weichen Fellen ausstreckte und die dicke, warme Wolle bis zum Kinn zog, hatte er plötzlich ein schlechtes Gewissen. Es tat ihm leid, den guten Leuten ihre Gastfreundschaft mit Lügen vergolten zu haben. Er bat die Götter um Verzeihung und drehte sich auf die Seite. Dougal schlief bereits. Der Schmied lag auf dem Rücken und schnarchte, auf seinem Gesicht lag ein zufriedener Ausdruck. Dann fielen auch Duncan die Augen zu.

Im Traum hörte Duncan Stimmen, wispernde Geisterstimmen, die nur undeutlich zu ihm drangen und dennoch sein Herz schneller schlagen ließen. Ein Schatten fiel auf ihn, und er hatte panische Angst. Doch er war nicht in der Lage, sich zu bewegen.

»Sie sind es! Erinnere dich an die Beschreibung!« – »Aber die Namen sind falsch!« – »Sie haben sich nur verstellt!« – »Was wirst du tun?« – »Ich sage den Römern Bescheid. Sie haben eine großzügige Belohnung versprochen!« – »Und wenn sie aufwachen und fortlaufen?« – »Sieh sie dir an! Sie schlafen tief und fest. Bevor sie sich rühren, bin ich wieder da!«

Das Flüstern ging in ein Geräusch von Pferdehufen über. Plötzlich waren überall berittene Soldaten! Duncan versuchte, fortzulaufen. Doch er befand sich mitten in einem Sumpf. Mit jedem Schritt versank er bis zu den Knien im Morast, und Eisenketten an seinen Fußgelenken machten das Laufen noch mühsamer. Seine Muskeln schmerzten bereits, seine Lungen brannten vor Anstrengung. Die Soldaten auf ihren Pferden hingegen jagten hinter ihm her, als ob sie über festen Boden ritten. Gehetzt sah Duncan zurück. Sie waren schon bedenklich nahe. Bald hatten sie ihn erreicht. Aber das schlimmste war – Dougal war fort! Er mußte ihn im Sumpf verloren haben. Doch er konnte nicht auf ihn warten. Er mußte weiter, die Römer würden gleich bei ihm sein. Duncan wandte sich um und lief weiter. Schließlich fiel er vor Erschöpfung hin, und der Morast schlug über ihm zusammen. Dicke, schlammige, nach Gerstengrütze riechende Erde floß in seine Ohren, seine Nase, seinen Mund. Er hatte Angst zu ersticken. Er versuchte zu schreien und brachte doch keinen Ton heraus. Eine Tür fiel zu. War das die Tür seines Kerkers? Der Folterknecht beugte sich über ihn und wärmte seine Eisen im Feuer. Gleich würde er ...

Mit einem Ruck erwachte Duncan. Sein Herz klopfte rasend schnell, und er keuchte, als wäre er tatsächlich gerannt. Froh, daß es nur ein Traum gewesen war, stützte er sich auf seine Ellbogen und strich sich das feuchte Haar aus der schweißnassen Stirn. Doch seine Angst verging nicht wie sonst nach dem Erwachen, sondern steigerte sich allmählich zur Panik. Etwas beunruhigte ihn. Aber was? Dougal war es jedenfalls nicht. Der Freund lag neben ihm, drehte ihm den Rücken zu und schnarchte friedlich. Duncan brauchte eine Weile, bis er feststellte, daß er und Dougal allein im Haus waren. Er setzte sich auf, und ihm wurde heiß und kalt zugleich. Plötzlich wußte er, daß eine der Stimmen in seinem Traum Domlechs Stimme gewesen war. Nein, korrigierte er sich selbst, es war kein Traum – er hatte den Bauern wirklich gehört! Seine Angst verschwand mit einem Schlag und wich heißem Zorn. Hastig rüttelte er Dougal wach und sprang fast gleichzeitig auf.

»Steh auf, Dougal! Wir müssen sofort verschwinden!«

Dougal grunzte mißmutig. Verärgert, daß er aus tiefem Schlaf und einem wunderbaren Traum gerissen worden war, drehte er sich auf die andere Seite, um weiterzuschlafen. Dabei fiel jedoch sein verschlafener Blick auf Duncan, und verwundert stellte er fest, daß sich dieser in Windeseile ankleidete.

»Was tust du?«

»Komm schon, beweg deinen Hintern! Oder willst du warten, bis die Römer hier auftauchen? Wir sind verraten worden!«

Ungläubig sah Dougal seinen Freund an. Ob ihm Fieber den Verstand verwirrte? Dennoch fing er die Kleidungsstücke auf, die Duncan ihm zuwarf, und zog sich gehorsam an.

Dougal war gerade fertig, als Brihid ins Haus kam. Überrascht und entsetzt sah sie die beiden Männer an, die angekleidet vor ihr standen.

»Was ...«

»Wo ist Domlech?«

»Er ist zum Holzholen gegangen und ...«

Duncan gab ihr eine schallende Ohrfeige, die sie von den Füßen riß.

»Mitten in der Nacht?« Seine Augen funkelten zornig. »Du solltest mich nicht belügen! Wo ist er?«

Brihid kauerte am Boden und weinte. Besorgt sah Dougal

den drohend über ihr stehenden Duncan an. Jetzt war er endgültig davon überzeugt, daß Duncan nicht mehr Herr seiner Sinne war. »Er ist fortgeritten und ...«

»Ich will die Wahrheit hören! Mögen dir die Haare ausfallen und alle Zähne im Mund verfaulen, wenn du mir nicht augenblicklich die Wahrheit sagst!«

Entsetzt schrie Brihid auf und duckte sich zitternd unter seiner donnernden Stimme.

»Er wollte zu dem römischen Lager, etwa drei Stunden entfernt von hier!« antwortete sie schluchzend. »Ihr zwei werdet gesucht. Die Römer haben uns eine hohe Belohnung versprochen, wenn wir euch entdecken und ihnen Bescheid geben!«

»Habt ihr Pferde?« Brihid antwortete nicht gleich, deshalb packte Duncan sie beim Arm und zog sie halb auf die Beine. »Ich habe dich etwas gefragt!«

Die junge Frau schützte ihren Kopf mit den Armen, als erwartete sie, daß Duncan sie wieder schlagen würde. Sie machte jetzt den Eindruck eines verängstigten Kaninchens.

»Mit der Stute ist Domlech weggeritten. Aber im Stall steht noch sein Hengst ...«

»Ausgezeichnet!« sagte Duncan, ließ sie los, und Brihid fiel zu Boden. »Wo sind Sattel und Zaumzeug?«

Dougal sah, wie sich die Augen der jungen Frau vor Entsetzen weiteten.

»Nein, das dürft ihr nicht tun, Herr! Ihr dürft das Pferd nicht nehmen! Es ist zu kostbar, um bei diesem Wetter geritten zu werden!«

»Wo ist das Zaumzeug?«

»Im Stall!« Sie kroch auf Knien zu Duncan und umklammerte flehend seine Beine. »Bitte, Herr, tut das nicht! Domlech wird wütend werden!«

»Bei seiner Auffassung von Gastfreundschaft kann er froh sein, daß wir seinen Hof nicht niederbrennen!« fauchte Duncan und stieß die Frau mit einem Tritt von sich.

Brihid schrie auf und brach wieder in Tränen aus. Duncan

warf ihr den Beutel zu, den Marcus ihnen gegeben hatte. Doch sie war zu verängstigt, um ihn aufzufangen. Die Goldstücke rollten in allen Richtungen über den Boden, da sich der kleine Beutel beim Aufprall geöffnet hatte.

»Das müßte reichen. Niemand soll uns nachsagen können, daß wir euch etwas schuldig geblieben sind. Komm, Dougal!«

Dougal beeilte sich, Duncan zu folgen. Es dämmerte bereits, als sie zum Stall liefen, in dem tatsächlich ein prächtiger Fuchs stand. Mit geübten Handgriffen sattelte Duncan das Tier.

»Ich muß mich bei dir entschuldigen«, bemerkte Dougal kleinlaut, während er den Freund beobachtete. »Ich dachte, du seist im Fieberwahn, als du mich geweckt und Brihid zu Boden geschlagen hast. Woher wußtest du, daß Domlech uns verraten wollte?«

»Im Traum hörte ich, wie er mit Brihid sprach«, antwortete Duncan kurz angebunden. »Hinauf mit dir!«

»Immer mit der Ruhe, mein Freund!« brummte Dougal und musterte argwöhnisch das Pferd. »Ich bin noch nie zuvor geritten. Schließlich bin ich Kunstschmied und kein Krieger!«

»Dann wirst du es jetzt lernen!«

Und ehe Dougal sich's versah, saß er auf dem Pferderücken. Dann schwang Duncan sich mühelos vor Dougal in den Sattel.

»Halt dich fest!« empfahl er und trat dem Tier in die Flanken.

Dougal schlang beide Arme fest um Duncans Taille, und im wilden Galopp verließen sie den Hof.

Sie waren noch nicht weit geritten, als sie Reiter sahen, die direkt auf sie zuhielten.

»Verdammt, das müssen sie sein!« rief Duncan Dougal zu und sah sich nach einer Fluchtmöglichkeit um. Die baumlose Hügellandschaft bot keinerlei Deckung. Es war unmöglich, eine andere Richtung einzuschlagen, ohne von den Römern sofort gesehen zu werden. Doch rechts von ihnen, in einer Entfernung von etwa einer Meile, befand sich ein Wald. Geistesgegenwärtig riß Duncan das Pferd herum und trat ihm in die Flanken.

Vielleicht erreichen wir den Wald, bevor sie uns einholen! dachte er und beugte sich im Sattel vor. Vielleicht können wir uns dort verstecken und sie abhängen. Das ist unsere einzige Chance!

Die sich nähernden Reiter, zehn römische Soldaten und der Kelte Domlech, zügelten ihre Pferde und beobachteten, wie Duncan und Dougal auf den Wald zuritten.

»Da sind die beiden! Sie haben meinen Hengst gestohlen«, rief Domlech empört aus und galoppierte los.

»Was tut der Kerl? Warum reitet er im Kreis?« erkundigte sich einer der Soldaten verständnislos. Er war sehr jung und erst in diesem Sommer nach Britannien versetzt worden.

»Keltischer Aberglaube! Er fürchtet sich davor, sich nach links zu wenden.« Der Zenturio spuckte auf die Erde. Er diente bereits seit über fünfzehn Jahren in Britannien und war mit den Bräuchen dieses seltsamen Volkes bestens vertraut. »Verfluchte Zeitverschwendung! Auf diese Art werden uns die Burschen noch entkommen! Schnell, bevor sie im Wald verschwinden!«

Die Soldaten gaben ihren Pferden die Sporen und jagten hinter den Fliehenden her.

Duncan wagte einen kurzen Blick über die Schulter und sah mit Entsetzen, daß die Römer ihnen folgten und ihre Bogen spannten. Er hörte, wie einer der Soldaten den Schußbefehl gab, und trieb den Hengst zu noch schnellerem Lauf an. Sie duckten sich tief im Sattel. Pfeile schwirrten an ihnen vorbei und verfehlten sie knapp. Sie kamen dem schützenden Wald immer näher; noch einhundertfünfzig Fuß, noch hundert, fünfzig ... Der Hengst keuchte unter der Last seiner beiden Reiter, und die Römer holten allmählich auf. Erneut schwirrten Pfeile durch die Luft. Dougal stöhnte gequält auf, und

Duncan hörte deutlich den hohen, singenden Ton, als ein Pfeil nur zwei Fingerbreit von seiner linken Wange entfernt die Luft durchschnitt. Und dann hatten sie endlich den Wald erreicht.

Ohne das Tempo zu verlangsamen, ritt Duncan in den dichten, aus Laub- und Nadelbäumen bestehenden Wald hinein. Erbarmungslos trieb er das Pferd voran. Einem Ast, der in Kopfhöhe hing, wich er instinktiv aus. Plötzlich lag ein mit Moos bewachsener und dadurch kaum zu sehender Felsen im Weg. Erst im letzten Augenblick erkannte Duncan die Gefahr und ließ den Hengst über den Felsen hinwegspringen. Die herausragenden Wurzeln eines Baumes brachten das Tier zum Straucheln, doch Duncan riß es rechtzeitig wieder hoch. Welke Blätter und vereiste Zweige schlugen ihm wie Peitschenhiebe ins Gesicht und gegen die Arme. Doch den Schmerz nahm er kaum wahr. Seine Gedanken kreisten um nichts anderes als die Flucht. Um so überraschter war er, als er plötzlich spürte, wie sich Dougals Griff lockerte. Bevor Duncan es verhindern konnte, fiel der Freund hinter ihm zu Boden.

»Dougal!« schrie er entsetzt.

Das Pferd war noch nicht zum Stehen gekommen, als Duncan bereits absprang und zu seinem Freund eilte. Reglos lag Dougal am Boden, zwischen seinen Schulterblättern ragte der Schaft eines römischen Pfeils hervor.

Für einen Augenblick hatte Duncan den Eindruck, als ob die Erde unter seinen Füßen nachgeben und ihn verschlingen würde. Verzweifelt sank er auf die Knie. Dougal atmete schwer und sah ihn mit seltsam glasigen Augen an. Vorsichtig nahm Duncan ihn in die Arme.

»Beiß die Zähne zusammen, mein Freund!« sagte er. »Ich helfe dir wieder in den Sattel.«

»Nein, laß mich hier liegen!«

»Dann wirst du sterben! Ich muß dich zu einem Druiden bringen und ...«

Dougal packte ihn an seinem Mantel, zog sich halb an ihm hoch und funkelte ihn wütend an.

»Ich bin bereits tot! Und wenn du nicht sofort auf dieses verdammte Pferd steigst und weiterreitest, wirst du es auch bald sein!«

Duncan schüttelte heftig den Kopf, seine Augen waren vor Entsetzen geweitet.

»Ich kann dich doch hier nicht einfach liegen lassen!«

»Wir haben keine andere Wahl!« Dougal sank zurück, von der Anstrengung völlig erschöpft. »Das Pferd kann uns auf Dauer nicht beide tragen. Allein hast du vielleicht eine Chance. Du mußt die Caledonier warnen!«

Wieder schüttelte Duncan den Kopf. Er wollte nicht hören, was Dougal sagte! Er konnte und er wollte ihn nicht im Stich lassen!

»Duncan!« Dougals Stimme klang streng und flehend zugleich. »Dieses eine Mal mußt du tun, was ich dir sage!«

Duncans Herz zog sich zusammen. Ein Teil von ihm wußte, daß Dougal recht hatte. Doch der Rest wehrte sich gegen das Unvermeidliche. Verzweifelt suchte er nach Argumenten, um Dougal zu überzeugen. Aber es wollte ihm nicht gelingen, auch nur einen klaren Gedanken zu fassen. Das einzige, was er hervorbrachte, war ein hilfloses Stottern.

Dougal lächelte liebevoll, als würde er die wirren Gedanken seines Freundes lesen können.

»Mach dir keine Sorgen, die Götter werden sich um mich kümmern!« Mühsam hob er seinen Kopf und streifte sich das schmale Lederband über, an dem Seames Ring festgebunden war. »Nimm ihn! Er gehört jetzt dir. Möge er dir mehr Glück bringen als Seames!« Dougals heiße, geschwollene Hände umschlossen Duncans Faust. »Trag ihn immer bei dir. Du bist jetzt mein Sohn, Duncan!«

Der Ring drückte sich tief in Duncans Handfläche.

»Dougal, ich ...« Er versuchte vergebens, ein Schluchzen zu unterdrücken.

»Du wirst die Stämme in Caledonien warnen, mein Sohn!« sagte Dougal sanft. Ein seltsames Leuchten trat in seine Augen, so als könne er an der Schwelle des Todes in die Zukunft sehen. »Weder den Römern noch den Völkern, die nach ihnen kommen, wird es jemals gelingen, uns zu unterjochen!« Das Leuchten erlosch, und er sah Duncan wieder mit glasigem Blick an. Auf seinen eingefallenen Wangen lag plötzlich ein unheilvoller grauer Schatten. »Du mußt fliehen, hörst du? Ich kann Danas Tod nun nicht mehr rächen. Du mußt jetzt an meiner Statt Vergeltung üben, als mein Sohn!«

Lautes Knacken hinter ihnen verriet, daß inzwischen auch die Römer den Wald erreicht hatten. Dougals Augen irrten in die Richtung, aus der das Geräusch kam, und blieben dann wieder auf Duncans Gesicht haften.

»Verschwinde, Duncan, schnell! Die Römer werden gleich hier sein. Und wenn sie dich fangen, dann war alles umsonst. Dann werde ich ohne Hoffnung sterben!«

Duncan nahm Dougals gerötete Hand und legte sie auf sein Herz.

»Ich schwöre bei dem Gott, auf den mein Stamm schwört, daß ich Danas und Seames' Tod rächen werde! Die Römer werden mich nicht fangen!« flüsterte er heiser. Dann preßte er die Hand gegen seine Wange. »Leb wohl, mein Freund. Eines Tages werden wir uns wiedersehen!«

»Ich weiß!« Dougal lächelte, und eine Träne lief über sein Gesicht. »Aber laß dir damit noch viele Jahre Zeit!«

Behutsam ließ Duncan den Schmied zu Boden gleiten. Er streifte sich die Lederschnur über den Kopf und steckte den Ring unter sein Hemd. Er spürte das kühle Gold auf seiner Haut und wußte, daß mit diesem Ring auch stets ein Teil von Dougal, ein Teil seines Geistes und seiner Zuneigung, bei ihm sein würde. Dann schwang er sich aufs Pferd und gab ihm einen Tritt in die Flanken, ohne sich noch einmal umzusehen.

Dougal hob den Kopf und sah dem davonreitenden Freund

nach. Er schien mit dem Hengst zu einer Einheit zu verschmelzen, seine langen blonden Haare wehten im Wind.

Du bist wieder frei, Duncan! dachte er und ließ sich langsam zurücksinken. Mögen die Götter dich beschützen!

Und bevor Duncan hinter einer Baumgruppe verschwunden war, glitt Dougal in eine bodenlose Dunkelheit hinab.

Kurze Zeit später erreichten die Römer die Lichtung. Der Zenturio sprang vom Pferd und beugte sich über den am Boden liegenden Kelten. Der Mann atmete noch schwach, doch der Tod war nicht mehr fern.

»Es ist der Alte!« rief er seinen Soldaten zu.

»Sollen wir ihn ins Lager bringen?«

Der Zenturio schüttelte den Kopf.

»Das wäre vergebliche Mühe. Er ist so gut wie tot!« Er stieg wieder aufs Pferd. »Der andere Bursche muß weitergeritten sein. Vielleicht erwischen wir ihn noch, bevor er in den Bergen verschwindet.«

Als sie die Lichtung wieder verließen, sah sich der Zenturio noch einmal nach dem Sterbenden um. Seit über zehn Jahren hatte er eine keltische Geliebte, die schon längst seine Frau geworden wäre, wenn die römische Armee den Soldaten die Ehe erlaubt hätte. Seine drei Kinder waren Kelten, ebenso seine Schwiegereltern, seine Schwäger und Schwägerinnen. Dieser Mann hätte dem Aussehen nach beinahe Gwendolyns Vater sein können.

Auf dem Heimweg werde ich Gwen Bescheid sagen! dachte er. Er soll wenigstens ein anständiges Begräbnis bekommen!

Es fiel den Römern nicht schwer, den fliehenden Kelten zu verfolgen. Abgebrochene Zweige und umgeknickte Büsche kennzeichneten seinen Fluchtweg. Rasch kamen sie voran. Doch nachdem die Soldaten der Fährte etwa eine halbe Stunde gefolgt waren, lichtete sich der Wald, und die Spuren wurden seltener. Und schließlich lagen vor ihnen die grasbewachsenen, immer steiler ansteigenden Hügel des nahen Gebirges.

Der Zenturio hob seine Hand, und die Soldaten zügelten die Pferde.

»Marcus, sieh dich um, ob du seine Spur entdecken kannst!«

Der junge Soldat ließ sich auf die Knie nieder und suchte aufmerksam den Boden ab.

»Nichts!« sagte er nach einer Weile und schüttelte den Kopf. »Ich kann keinen Abdruck finden. Der Boden ist gefroren!«

Der Zenturio war bemüht, sich seine Erleichterung nicht allzu sehr anmerken zu lassen. Er hatte wenig Lust, bei Schnee und Kälte einem Mann durchs Gebirge zu folgen, von dem er noch nicht einmal genau wußte, weshalb er gesucht wurde.

Außerdem sind wir für eine länger dauernde Verfolgung nicht genügend vorbereitet, dachte er. Unsere Rüstungen beginnen bereits an den Scharnieren zu vereisen. Die Pferde halten auch nicht mehr lange durch. Wenn wir eine Spur des flüchtigen Kelten entdeckt hätten, hätten wir natürlich die Verfolgung sofort wieder aufgenommen. Aber so ...

»Gut!« sagte er, nachdem er sein Gewissen mit diesen tröstlichen Gedanken beruhigt hatte. »Vermutlich ist der Bursche in die Berge geritten. Dort kann es Tage dauern, bis wir eine Spur von ihm entdecken! Wir sollten umkehren.«

»Aber er hat mein Pferd gestohlen!« rief Domlech erbost. »Es ist ein ausgezeichnetes, schnelles Tier, ich will es wiederhaben!«

»Die Wiederbeschaffung von Diebesgut ist nicht Aufgabe der römischen Armee!« erklärte der Zenturio geduldig. »Wenn du dein Pferd zurückhaben willst, mußt du ihm schon allein folgen. Wir werden in unser Lager zurückreiten.«

»Und was ist mit meiner Belohnung?«

»Wir haben sie nicht gefangen, stimmt's? Keine Gefangenen, keine Belohnung, so einfach ist das!«

Domlech schimpfte. Doch es half ihm nichts, die Soldaten kehrten bereits um. Eine Weile überlegte er noch, ob er dem Dieb allein folgen sollte, dann sah er jedoch ein, daß er keine Chance hatte. Schließlich ritt dieser Kerl sein bestes Pferd! Murrend und wilde Flüche ausstoßend, wendete schließlich auch er sein Tier und ritt nach Hause zurück.

Duncan jagte über die immer steiler werdenden Hügel, als sei ein halbes Dutzend Dämonen hinter ihm her. Die Hufe seines Pferdes schienen kaum den Boden zu berühren. Erst als der Untergrund felsiger wurde und es zu schneien begann, verlangsamte er das Tempo. Dem Pferd war die Anstrengung ebensowenig anzusehen wie seinem Reiter. Lobend klopfte Duncan den glatten Hals des Hengstes und schmiegte seine Wange an das weiche, warme Fell. Wie lange hatte er nicht mehr auf einem Pferderücken gesessen? Es war über drei Jahre her gewesen! Und erst jetzt merkte er, wie sehr er dieses Gefühl vermißt hatte.

Duncan war sich nicht sicher, wie weit die Soldaten ihm folgen würden. Doch er wollte auf keinen Fall das Risiko eingehen, von ihnen eingeholt zu werden. Deshalb ritt er ohne Pause weiter.

Tage und Nächte folgten aufeinander, Schneestürme kamen und gingen. Manchmal mußte Duncan absteigen und das Pferd durch knietiefen Schnee oder eiskalte, halbzugefrorene Bäche führen. Wenn er auf seinem Weg auf eines der Holzhäuser stieß, in denen Bauern ihren Heuvorrat für den Winter lagerten, hielt er an, damit sich das Pferd sattfressen konnte. Doch er selbst spürte weder Müdigkeit noch Kälte, weder Hunger noch Durst. Er war bis auf die Haut durchnäßt, seine Kleidung war steif gefroren. Aber das nahm er ebensowenig wahr wie das Kratzen in seinem Hals und den heiseren, trockenen Husten, der ihn immer öfter schüttelte und das Pferd erschrocken zusammenzucken ließ. Seine Gedanken waren nur auf eines gerichtet: Er hatte einen Schwur geleistet. Ein Versprechen vor den Göttern, das um so mehr wog, weil er es einem Sterbenden gegeben hatte. Und er würde diesen Schwur erfüllen! Der Gedanke an Dougal und Cornelias Bild in seinem Herzen trieben ihn voran, ohne sich Ruhe zu gönnen, und hielten ihn, allen äußeren Umständen zum Trotz, am Leben.

18

Drei junge Männer ritten über die schneebedeckten Hügel. Bis zum Vortag hatte es ununterbrochen geschneit. Doch der neue Morgen hatte verheißungsvoll mit einer purpurfarbenen Morgenröte begonnen, und nun wölbte sich ein klarer blauer Himmel über den Reitern. Ihre langen, an den Schläfen zu Zöpfen geflochtenen Haare wehten im leichten Wind, und die Sonne ließ die Farben ihrer dicken Wollmäntel leuchten.

Ein herrlicher Tag! dachte Malcolm und beugte sich so weit im Sattel vor, daß seine Wange fast die Mähne seines Pferdes berührte. Ein Tag, der von den Göttern dazu ausersehen wurde, um zu jagen!

Er trieb das Tier zu noch schnellerem Lauf an, und der Vorsprung zu seinen Begleitern vergrößerte sich.

»He, Malcolm!« rief einer von ihnen hinter ihm her. »Ich dachte, wir wollten gemeinsam jagen!«

Malcolm richtete sich auf und zügelte sein Pferd.

»Mit meiner Schwester käme ich schneller voran!« rief er spöttisch zurück. »Das Wild wird nicht so geduldig auf euch warten wie ich!«

Mittlerweile hatten ihn die beiden anderen eingeholt. Die auffällige Ähnlichkeit ihrer Gesichter und der gleiche rote Farbton ihrer Haare wies sie als Brüder aus.

»Nun sieh dir diesen Angeber an, Iain!« erwiderte der ältere von beiden grinsend. »Nur weil er das beste Pferd weit und breit besitzt, glaubt er, uns verspotten zu müssen!«

»Du hast recht, Gartnait. Dabei bin ich sicher, daß er im Kampf Mann gegen Mann kläglich versagen würde!«

»Dann fordere ich euch hiermit zum Kampf!« rief Malcolm aus, ließ sich vom Pferd gleiten und bückte sich rasch. »Und zwar an diesem Ort!«

Ehe Iain und Gartnait etwas dagegen tun konnten, traf sie eine Ladung Schnee mitten ins Gesicht. Mit empörtem Geschrei sprangen auch sie ab und begannen ihrerseits, Malcolm zu bewerfen. Ausgelassen wie junge Hunde tollten sie miteinander im Schnee, drei Männer, die miteinander aufgewachsen und vor Jahren zusammen in den Kreis der Krieger aufgenommen worden waren. Ungezählte gemeinsame Kämpfe und Jagden hatten ihre Freundschaft besiegelt. Ihr Lachen durchbrach die friedvolle winterliche Stille der Landschaft und war weit über die Hügel hinweg zu hören.

Vielleicht war es jenes Geräusch, das den Adler in seinem Horst aufschreckte. Vielleicht war es aber auch die Hand der Götter, die den mächtigen Vogel berührt hatte und ihn sein schützendes Nest verlassen ließ. Mit einem Aufschrei stieß er sich von den schroffen Felsen ab und breitete seine Schwingen aus. Die Sonne funkelte in seinem Gefieder und warf seinen Schatten auf den blendendweißen Schnee, als er sich von den Luftströmungen tragen ließ.

Der Schrei des Adlers hallte weit über die Landschaft, und auch Malcolm, Gartnait und Iain hörten ihn. Überrascht erhob sich Malcolm. Sein Gesicht war gerötet, und sein dunkles Haar war fast schwarz vor Feuchtigkeit. Mit seinem Handschuh wischte er sich den Schnee aus den Augenbrauen und vom Kinn und sah zum Himmel empor. Er mußte die Augen beschatten, um nicht vom strahlenden Sonnenlicht geblendet zu werden. Und dann sah er ihn: Fern über einer Hügelkuppe kreiste der Adler. Deutlich hob sich das majestätische Tier von dem blauen Hintergrund des Himmels ab.

»Bei den Göttern!« rief Iain ungläubig aus. »Das ist der größte Adler, den ich jemals gesehen habe!«

Der Schrei des Adlers erklang erneut.

»Du hast recht!« stimmte Gartnait seinem Bruder zu und starrte fasziniert zum Himmel empor, wo der Greifvogel immer noch seine Kreise zog.

Der Adler stieß wieder einen Schrei aus.

»Los kommt! Vielleicht gelingt es uns, ihn zu erlegen.«

Malcolm schüttelte den Schnee von seinem Umhang und aus seinen Haaren und schwang sich wieder auf das Pferd. Gartnait und Iain ließen sich nicht zweimal bitten, und diesmal hielten sie mit Malcolm Schritt. Schließlich bot sich nicht oft die Gelegenheit, einen Adler zu jagen.

Als sie endlich so nahe waren, daß sie den Schatten des Vogels im Schnee sehen konnten, tastete Iain nach seinem Bogen. Er war einer der besten Schützen seines Stammes. Seine Hand war ruhig, sein Auge scharf, und nur selten verfehlte sein Pfeil das Ziel. Ohne sein Pferd zu zügeln, spannte er die Sehne und zielte auf den Adler, der aus der Nähe noch größer und mächtiger wirkte. Doch er kam nicht zum Schuß.

»Nein, Iain, nicht!« rief Malcolm aus und legte seine Hand auf den Bogen des Freundes. »Wir dürfen ihn nicht töten!«

»Was ist denn in dich gefahren? Du warst doch derjenige, der den Adler jagen wollte!«

»Ich weiß!« Verwirrt schüttelte Malcolm den Kopf. Er verstand sich selbst kaum. »Aber findet ihr es nicht auch merkwürdig, daß der Adler immer über der gleichen Stelle kreist? Daß wir genau dreimal seinen Schrei gehört haben? Daß er der größte und mächtigste seiner Art ist, den wir bisher in diesem Teil der Berge gesehen haben?« Er griff sich an den Hals und berührte ehrfürchtig die offenen Enden seines goldenen Halsringes. »Laßt uns nachsehen, was die Götter uns mitteilen wollen!«

Gartnait und Iain warfen sich einen verwunderten Blick zu. Der ungewöhnlich ernste und feierliche Ausdruck auf Malcolms Gesicht hatte sie beeindruckt. Und da sie ihm, dem Sohn ihres Fürsten, ohnehin überall hin gefolgt wären, fügten sie sich auch diesmal seinem Wunsch. Langsam ritten sie weiter.

Als sie die Hügelkuppe erreicht hatten, über der der Adler kreiste, blieben sie vor Überraschung stehen. Ein Pferd durchquerte langsam, mit gesenktem Kopf die Senke vor ihnen. Selbst aus der Entfernung sah es so aus, als würden die schlanken, wohlgeformten Beine vor Erschöpfung zittern. Vor ihren Augen sank der Reiter aus dem Sattel und blieb dabei mit dem rechten Stiefel im Steigbügel hängen. Das Pferd schleifte ihn noch einige Schritte durch den Schnee mit, bevor es schließlich stehenblieb.

Duncan wußte nicht, wie lange er bereits auf der Flucht war, den Unterschied zwischen Tag und Nacht nahm er nicht mehr wahr. Er spürte weder seine halb erfrorenen Glieder noch seinen leeren Magen oder seine Erschöpfung. Die Welt um ihn herum versank in eintönigem, undurchdringlichem Grau. Deshalb überraschte es ihn, als er plötzlich von gleißendem Licht geblendet wurde. Erstaunt blickte er auf. Über sich sah er das fuchsfarbene Fell des Hengstes, und unter seinen steifen Händen fühlte er etwas Kaltes, Feuchtes.

Ich liege im Schnee! schoß es ihm durch den Kopf. Ich sollte aufstehen, sonst muß ich erfrieren!

Doch als er sich verwirrt umsah, stellte er fest, daß es sich nicht um Schnee, sondern um weiche weiße Wolle handelte. Im gleichen Augenblick verspürte er auch die angenehme Wärme, die von ihr ausging. Wie hatte er nur glauben können, sie sei kalt und naß?

Ein Schatten fiel auf ihn. Es war ein mächtiger Adler, der ihm mit seinen Schwingen wohltuenden Schatten spendete. Der Vogel kam immer näher und streckte seine scharfen Krallen aus, so als wollte er direkt auf Duncans Brust landen. Es war zu spät zum Fliehen. Erschrocken schloß Duncan die Augen und wartete auf den stechenden Schmerz, wenn ihm die Krallen des Raubvogels die Haut aufreißen und der scharfe

Schnabel tief in sein Fleisch eindringen würde. Doch nichts dergleichen geschah. Als Duncan die Augen wieder zu öffnen wagte, war der Adler verschwunden. Neben ihm saß ein weißhaariger, alter Mann, der ihn voller Güte anlächelte.

»Großvater!« rief er erstaunt und freudig zugleich aus. Er hatte diesen stolzen Mann von ganzem Herzen geliebt. Ungezählte Male hatte er gebannt an den Lippen seines Großvaters gehangen, wenn dieser von der Jagd, von Pferden, von Kämpfen oder den Göttern erzählt hatte. Aber er war doch seit über zehn Jahren tot – oder etwa nicht? »Was tust du hier?«

»Ich bin gekommen, um auf dich aufzupassen, mein Kleiner!« Liebevoll strich ihm der alte Mann das Haar aus dem Gesicht. Seine Berührung war so sanft, als würden Vogelschwingen Duncans Wange streifen. Und war dort nicht eine Adlerfeder auf der Schulter des Großvaters?

»Großvater, du ...«

Der alte Mann berührte mit einem Finger Duncans Lippen.

»Schsch! Schließ jetzt wieder die Augen, Duncan! Ich werde dich an einen sicheren Ort bringen.« Sacht legte er seine kräftige Hand auf Duncans Lider.

»Aber ...«

»Hab einfach Vertrauen!«

Lächelnd schloß Duncan die Augen. Es war genau wie früher. Sein Großvater war der einzige Mensch, dem er stets widerspruchslos gehorcht hatte. Und auch jetzt, über zehn Jahre nach dessen Tod, konnte Duncan sich dem Wunsch des alten Mannes nicht entziehen.

Er spürte, wie er in die Luft gehoben wurde. Sanft wurde er davongetragen, und er wußte, auch ohne ihn zu sehen, daß es der Adler war.

Mit einem Aufschrei trat Malcolm seinem Pferd in die Flanken und galoppierte den Hügel hinab. Noch bevor es zum Stehen kam, sprang er ab und lief auf die Gestalt zu, die leblos im Schnee lag. Hastig zog er seine Handschuhe aus und schob seine Hand unter den Mantel und das Leinenhemd des Mannes. Die gefrorene Wolle brach unter seinen Händen, und Eisstücke fielen in den Schnee. Es dauerte eine Weile, bis er endlich den schwachen, unregelmäßigen Herzschlag und die mühsamen Atembewegungen des Fremden fühlen konnte.

»Er lebt!« rief er seinen Freunden erleichtert zu.

»Vielleicht ist er ein Lanark, der sich verlaufen hat!« meinte Gartnait hoffnungsvoll. Sein Stamm und jener der Lanarks bekämpften sich seit Generationen. Erst im vergangenen Sommer war der Bruder von Gartnaits Frau von den Lanarks getötet worden, und er hatte diesen Kerlen ewige Rache geschworen. Vielleicht könnte ein Gefangener ihnen wertvolle Informationen über die neuen Pläne der Lanarks liefern?

Aufmerksam untersuchte Malcolm den Halsring und die Kleidung des Mannes, der etwa in seinem Alter sein mochte. Dann schüttelte er den Kopf.

»Ich weiß zwar nicht, woher er kommt und welchem Stamm er angehört, aber ein Lanark ist er auf keinen Fall. Sein Schmuck trägt Zeichen, die ich noch nie zuvor gesehen habe.«

Ihre Stimmen schienen allmählich in das Bewußtsein des jungen Mannes vorgedrungen zu sein, denn er bewegte sich und schlug die Augen auf. Sein Blick irrte über den wolkenlosen Himmel und blieb schließlich auf Malcolm haften. Ein schwaches Lächeln umspielte seine blauen Lippen. Er wollte etwas sagen, doch seine Worte gingen in einem trockenen, bösartig klingenden Husten unter, bevor er sie ausgesprochen hatte.

»Ruhig, du solltest nicht sprechen! Wir werden dich in unser Dorf bringen, dort bist du in Sicherheit.« Malcolm warf einen Blick über die Schulter. »Wie steht es um das Pferd, Iain?«

»Es braucht gutes Futter und einige Tage Ruhe, dann ist es wieder in Ordnung.«

Malcolm sah wieder auf den Mann hinab, der schwer atmend in seinen Armen lag. Seine Augen waren zwar wieder geschlossen, doch er lächelte immer noch.

»Das allein wird ihm nicht helfen«, sagte er bekümmert. »Reite voraus, Gartnait, und sage meinem Vater und meiner Schwester Bescheid. Sie sollen Aneirin holen. Iain und ich kommen langsam nach!«

Gartnait stieg widerspruchslos auf sein Pferd und galoppierte davon. Während Iain die Zügel des fremden Pferdes an seinen Sattel band, befreite Malcolm vorsichtig den Fuß des Mannes aus dem Steigbügel. Gemeinsam trugen sie ihn zu Malcolms Hengst. Als sie langsam losritten, blickte Malcolm noch einmal zum Himmel empor. Er war nicht überrascht, daß der Adler nicht mehr zu sehen war.

Zur gleichen Zeit, als Duncan von starken Armen vorsichtig in ein rundes, aus Feldsteinen erbautes Haus getragen wurde, stand Cornelia am Fenster ihres Schlafgemachs. Sie starrte hinaus, ohne das Treiben auf den Straßen wahrzunehmen. Eine Sklavin legte lautlos die Kohlen in den Messingbecken nach.

»Braucht Ihr noch etwas, Herrin?« Die Stimme der Sklavin war leise und sanft. »Herrin?«

Cornelia wandte sich um und sah die blonde junge Frau gedankenverloren an, die seit Sylvias Tod ihre persönliche Dienerin war. Sie hatte sich immer noch nicht an das neue Gesicht in ihrer Umgebung gewöhnt, obwohl es zwischen Paulina und Sylvia viele Gemeinsamkeiten gab. Ebenso wie Sylvia war Paulina Keltin und im gleichen Alter wie Cornelia. Sie hatte eine warme Stimme und ein sanftes Wesen, und wie Sylvia schien auch sie kein größeres Glück zu kennen, als Cornelia zu dienen. Dennoch vermißte Cornelia Sylvias Wärme, ihr Verständnis und die vertraulichen Gespräche. Sie war nicht nur eine zuverlässige Dienerin, sondern auch eine treue und verschwiegene Freundin gewesen. Sie seufzte tief.

»Nein, Paulina! Du kannst dich entfernen.«

»Ihr seht traurig aus, Herrin!« bemerkte die Dienerin und sah sie an. »Ihr könnt Euch mir anvertrauen. Vielleicht gelingt es mir, die Last, die Euer Herz bedrückt, zu erleichtern.«

Cornelia erschauerte. Die Worte hätten von Sylvia stammen können! Und die Farbe von Paulinas Augen erinnerte sie manchmal an Duncan, obwohl seine Augen dunkler und klarer waren. Traurig schüttelte sie den Kopf.

»Ich werde dich rufen, wenn ich deine Dienste brauche.«

Die Sklavin verbeugte sich ehrerbietig und verließ den Raum.

Cornelia seufzte erneut und wandte sich wieder dem Fenster zu. Merkwürdigerweise fehlte ihr Sylvia mehr als Duncan. Natürlich vermißte sie ihn, und sie sehnte sich nach seinen Umarmungen, seiner Stimme, seinem Lachen. Die Nachricht von Dougals Tod, die vor fünfzehn Tagen in Eburacum die Runde gemacht hatte, hatte sie erschreckt. Die Soldaten erzählten, daß auch Duncan tot sei, daß nur sein Leichnam nicht gefunden werden konnte. Dennoch hatte sie nicht das Gefühl, ihn wie Sylvia verloren zu haben. Es war so, als sei er nur zu beschäftigt, um sich mit ihr zu treffen. Manchmal, wenn sie durch die Straßen der Stadt ging, um Einkäufe zu erledigen, glaubte sie, daß Duncan gleich um die nächste Hausecke kommen und sie zur Begrüßung in seine Arme nehmen würde. Insbesondere wenn sie den Armreif an ihrem linken Oberarm berührte, fühlte sie seine Nähe. Und sie wußte, daß er lebte und in seinem Herzen ebenfalls bei ihr war.

Zwei Stunden später öffnete sich die Tür wieder, und mit leisen Schritten trat Paulina hinter sie.

»Herrin, das Mahl wird gleich aufgetragen. Die Gäste sind bereits vollzählig.«

Cornelia wandte sich um.

»Ich wußte nicht, daß die Stunde bereits so fortgeschritten ist. Wie sehe ich aus?«

Paulina legte ihren Kopf schief und betrachtete ihre Herrin von Kopf bis Fuß. Cornelias dunkles Haar war offen, bis auf zwei schmale Zöpfe an ihren Schläfen, die am Hinterkopf von einer goldenen Spange zusammengehalten wurden. Sie trug keine römische Festrobe, sondern ein knöchellanges, aus feiner roter Wolle gewebtes keltisches Kleid, das in der Taille von einem Gürtel zusammengehalten wurde. Abgesehen von dem schweren goldenen Armreif an ihrem linken Oberarm trug sie keinen Schmuck.

»Ich weiß nicht recht!« sagte Paulina skeptisch, als sie ihre Betrachtung abgeschlossen hatte. »Ihr seid sehr schön. Jeder keltische Mann würde Euch augenblicklich sein Herz zu Füßen legen. Doch Ihr seht aus, als wolltet Ihr Samhain oder Beltaine feiern – und nicht das römische Neujahrsfest!« Sie wiegte bedenklich den Kopf. »Ich fürchte, Eurer Mutter wird diese Kleidung nicht gefallen!«

Cornelia lachte, ihre Augen funkelten herausfordernd.

»Das ist mir egal!«

Damit ließ sie die Sklavin stehen und ging hinunter in das Speisezimmer.

Am nächsten Tag blieb Cornelia ungewöhnlich lange im Bett. In der Nacht hatte sie von Duncan geträumt. Sie hatte ihn reglos auf Fellen liegen sehen. Er war blaß, und doch schienen seine Wangen wie von einem Fieber zu glühen. Sein Brustkorb hob und senkte sich mühsam, als würde ihn das Atmen viel Kraft kosten. Cornelia war mit der Gewißheit aufgewacht, daß Duncan schwer krank war. Doch über seinem Lager hatte sie einen Adler schweben sehen. Der mächtige Vogel schien Duncan Luft zuzufächeln und seinen vor Fieberhitze brennenden Körper zu kühlen. Das Bild dieses Raubvogels war so tröstlich gewesen, daß sie fest davon überzeugt war, daß Duncan bald wieder gesund sein würde. Dennoch fühlte sie sich nicht wohl. Ihr eigener Körper schien ebenfalls in Flammen zu stehen. Und obwohl sie am Abend nicht mehr als sonst gegessen und noch weniger getrunken hatte, hatte sie sich bereits zweimal übergeben.

Die Tür ging auf, und Octavia betrat das Schlafgemach.

»Ich muß mit dir reden, Cornelia!«

»Bitte geh wieder, Mutter, mir ist nicht wohl!«

Doch Octavia ließ sich nicht beirren, sondern setzte sich zu ihrer Tochter ans Bett.

»Was fiel dir gestern abend ein, dich wie eine Barbarin zu kleiden?« rief sie erbost. »Du hast mich vor den Augen unserer Gäste lächerlich gemacht!«

Cornelia seufzte und setzte sich im Bett auf.

»Wenn jemand an meiner Kleidung Anstoß nimmt, dann soll er entweder fortbleiben, oder ich werde in Zukunft nicht mehr an diesen Gastmählern teilnehmen. Sie langweilen mich ohnehin.«

Octavia hob spöttisch ihre Augenbrauen.

»Ich habe fast den Eindruck, unsere Bräuche und Gewohnheiten sind dir nicht mehr gut genug! Ein keltisches Trinkgelage mit Bier, Raufereien und sinnlos betrunkenen Männern wäre wohl eher nach deinem Sinn?«

Cornelia lächelte.

»Du magst ihre Art zu feiern für primitiv halten. Aber wenigstens ist ihnen jede Heuchelei fremd! Ihre Herzlichkeit ist ebenso ehrlich wie ihre Abneigung!«

»Edle Wilde! Das sind sie in deinen Augen, nicht wahr? Aber glaube mir, du wärest entsetzt über die Grausamkeiten, zu denen die Kelten fähig sind!«

Cornelia seufzte. Diese Gespräche langweilten sie maßlos, und ungerührt gähnte sie.

»Ich glaube nicht, daß die Römer das Recht haben, anderen Völkern Grausamkeit vorzuwerfen. Oder sind in deinen Augen die Gladiatorenkämpfe ein harmloser Zeitvertreib?«

Octavia schüttelte den Kopf.

»Es hat keinen Sinn, sich mit dir zu streiten«, entgegnete sie kühl. »Du bist verstockt! Dennoch wünsche ich, daß du dich in Zukunft so kleidest, wie es einer Römerin deines Standes würdig ist! Und lege diesen Armreif ab. Er ist zwar sehr kostbar, aber nicht sonderlich kleidsam, wie ich finde!«

»Ich werde mich so kleiden, wie ich es möchte«, antwortete Cornelia mit fester Stimme. »Und der Armreif bedeutet mir sehr viel. Ich werde ihn ganz gewiß nicht ablegen!«

Octavia runzelte mißmutig die Stirn.

»Du bist meine Tochter, Cornelia. Und solange du in diesem Haus wohnst, wirst du dich nach meinen Wünschen richten!«

Cornelia lächelte spöttisch.

»Wenn du meinst!«

Octavia stieß einen ärgerlichen Laut aus und erhob sich.

»Ich werde Paulina sagen, daß sie dir etwas zu essen bringen soll. Es sind von gestern noch gefüllte Oliven übrig geblieben.«

»Nein, danke!« wehrte Cornelia rasch ab. »Allein bei dem Gedanken dreht sich mir der Magen um!«

Octavia runzelte die Stirn. Ihr kam plötzlich ein überaus unangenehmer Gedanke.

»Wieso? Was ist mit dir?«

»Ich sagte doch, daß mir nicht wohl ist!«

»Soll ich den Arzt holen lassen?«

»Das ist nicht nötig. Es ist sicherlich bald wieder vorbei!«

Octavia hob eine Augenbraue und sah ihre Tochter durchdringend an.

»Das hoffe ich auch, meine Tochter!« erwiderte Octavia und verließ den Raum.

19

Stimmen drangen an Duncans Ohr. Er konnte zwar nicht verstehen, was gesagt wurde, da sie zu leise waren. Doch am Tonfall erkannte er, daß es keine Römer waren, die sich unterhielten.

Duncan fühlte sich müde, erschöpft und ausgelaugt. Außerdem war ihm fürchterlich heiß, so als hätte ihn jemand in einer Schwitzhütte eingeschlossen. Der Schweiß drang ihm aus allen Poren und rann an seinem Brustkorb und seiner Stirn hinab. Ein Tropfen kitzelte ihn, als er an seiner Schläfe entlang zu seinem Ohr lief. Es war ein unangenehmes Gefühl, und Duncan wollte sich den Tropfen wegwischen. Doch entsetzt stellte er fest, daß er sich nicht bewegen konnte. Irgend etwas hielt seine Arme eng an seinen Körper gefesselt! Hatten ihn die Römer doch aufgespürt? Mühsam schlug er die Augen auf.

Das erste, was er sah, waren rauchgeschwärzte Holzbalken, etwa fünfzehn Fuß über ihm, zwischen denen Strohbündel hervorragten.

Ich bin immer noch bei Domlech und Brihid! dachte er. Ich habe alles nur geträumt!

Er drehte den Kopf zur Seite in der Erwartung, daß Dougal neben ihm liegen würde. Doch der Freund war nicht da. Ob er schon aufgestanden war?

»Er ist wach«, sagte eine warme, männliche Stimme mit einem ungewohnt klingenden Akzent. »Ich werde Aneirin holen!«

Duncan hörte eine Tür zufallen und leichte, eilige Schritte auf dem festgestampften Lehmboden. Dann beugte sich das freundliche, aber unbekannte Gesicht einer jungen Frau über ihn.

»Ich weiß nicht, ob du mich verstehen kannst. Aber du brauchst keine Angst zu haben!« sagte sie mit dem gleichen seltsamen Akzent wie der Mann zuvor. Dann begann sie die Decken, in denen Duncan fest eingewickelt war, zu lockern. »Es ist gut, daß du jetzt so stark schwitzt. Aneirin sagte, daß damit die Krankheit deinen Körper verläßt!«

»Wo ...«

Duncan war selbst erstaunt, daß diese heisere, krächzende Stimme zu ihm gehören sollte. Ein heißes Brennen stieg in seiner Kehle auf, und er begann zu husten, obwohl ihm eigentlich die Kraft dafür fehlte. Sein ganzer Brustkorb tat ihm weh, und er hatte den Eindruck, als wollten seine Lungen zerreißen. Dennoch ging der Hustenreiz nicht vorüber. Es klang wie das Bellen eines altersschwachen Hundes, fand Duncan.

»Trink einen Schluck!« empfahl die junge Frau und hielt ihm eine Schale mit einer dampfenden Flüssigkeit an die Lippen.

Vorsichtig nippte er an dem übelriechenden Gebräu. Und tatsächlich ließ das Brennen in seiner Brust nach. Von der Anstrengung völlig erschöpft, sank er auf das Lager zurück.

»Du solltest noch nicht sprechen!« sagte die junge Frau und wischte ihm mit einem sauberen Leinentuch den Schweiß von der Stirn. »Die Worte strengen dich zu sehr an.«

Sie tupfte ihm den Schweiß vom Hals, und Duncan fiel auf, daß sie wunderschönes dunkles Haar hatte.

Bei diesem Licht sieht es aus wie Cornelias Haar! dachte er und betrachtete sie fasziniert, während sie weitersprach.

»Du bist im Hause meines Vaters. Ich bin Moira. Mein Bruder Malcolm und seine Freunde Iain und Gartnait haben dich oben in den Hügeln gefunden und hierhergebracht. Du mußt sehr lange unterwegs gewesen sein, denn du warst halb erfroren und verhungert!«

Moira berührte die Lederschnur an Duncans Hals, doch augenblicklich schnellte seine Hand hervor und hielt ihr Handgelenk fest.

»Ich will dir den Ring nicht wegnehmen! Ich möchte ihn nur zur Seite legen, damit ich dich abreiben kann!«

Duncan lockerte seinen Griff, doch er ließ Moira nicht aus den Augen.

»Der Ring muß dir sehr viel bedeuten«, sagte sie lächelnd. »Sogar in deinem Fieber durfte ihn niemand berühren! Als Aneirin versuchte, dir die Lederschnur abzunehmen, hast du so heftig um dich geschlagen, daß dich vier Männer festhalten mußten!«

Moira nahm ein frisches Tuch und begann Duncans Arme abzutrocknen.

»Aneirin, unser Druide, hat lange für dich gebetet.« Sie sah ihn an. Ihre schönen haselnußbraunen Augen hatten einen warmen Glanz. »Du liegst bereits seit sieben Tagen hier. Wir fürchteten, daß du stirbst. Du konntest kaum atmen, und wirre Fieberträume haben dich gequält. Doch die Götter haben unsere Gebete erhört!«

Duncan erinnerte sich verschwommen an seine Träume. Römer hatten ihn durch Sümpfe und über Hügel gehetzt, Hunde waren hinter ihm hergewesen. Er hatte gegen Soldaten mit Dreizack gekämpft. Und immer war das Ende gleich gewesen: Er war unterlegen, und ein grinsender Agricola hatte sich über ihn gebeugt. Jetzt habe ich Dougal umgebracht! hatte ihm der Kerl spöttisch ins Ohr geflüstert. Vielleicht werde ich auch noch Cornelia töten!

Duncan erschauerte unwillkürlich, und Moira deckte ihn hastig wieder zu.

»Ist dir wieder kalt?« erkundigte sie sich besorgt. »Das wäre ein schlechtes Zeichen, denn ...«

Sie blickte auf, und Duncan hörte, daß jemand das Haus

betrat. Ein Mann, der das Gewand der Druiden trug, beugte sich über ihn, und ein anderer junger Mann mit dunklem Haar hockte sich neben ihm nieder. Die Ähnlichkeit mit Moira war unverkennbar.

Das muß ihr Bruder Malcolm sein! dachte Duncan.

»Schön, daß er wieder wach ist!« sagte der Druide lächelnd. »Kannst du uns verstehen?«

Duncan nickte, und der Mann hielt ihm wieder die Schale mit der übelriechenden Flüssigkeit an die Lippen.

»Trink, mein Sohn, das wird dir guttun!« Der Druide stellte die Schale wieder ab und legte sein Ohr auf Duncans Brust. »Atme tief ein und aus!«

Duncan holte so tief Luft, wie er konnte. Ein seltsames Brodeln wie bei einem Kessel mit kochendem Wasser stieg aus seiner Brust auf, und er mußte sofort wieder husten.

»Es klingt schon wesentlich besser!« Der Druide nickte zufrieden. »Du warst sehr krank, mein Sohn. Danke den Göttern, daß sie dir ein sehr starkes Herz geschenkt haben, denn anderenfalls wärst du jetzt tot. Doch die Krankheit ist noch nicht überstanden, sie steckt immer noch in dir. Deshalb solltest du in den nächsten Tagen jedes überflüssige Wort vermeiden. Schone deine Lungen und trinke so viel du kannst von diesem Tee. Er hilft, den festsitzenden Schleim auszutreiben.« Der Druide legte Duncan eine Hand auf die Stirn. »Du hast kaum noch Fieber. Wie ist dein Name?«

»Duncan.«

Es bereitete ihm große Mühe, dieses eine Wort hervorzubringen. Dabei war seine Stimme so heiser, daß er daran zweifelte, ob der Druide ihn verstanden hatte. Doch bevor er noch etwas sagen konnte, mußte er wieder husten.

»Sagtest du ›Duncan‹?«

Immer noch hustend, nickte er. Er wollte den Druiden vor der bevorstehenden Gefahr warnen. Er mußte ihm erzählen, was die Römer vorhatten. Duncan nahm seine ganze Kraft zusammen.

»Die Rö ...«

Doch weiter ließ ihn der Husten nicht kommen. Die Anstrengung trieb ihm den Schweiß auf die Stirn und Tränen in die Augen. Jeder Muskel seines Körpers schmerzte.

»Ruhig, mein Sohn! Nicht sprechen!« Der Druide gab ihm wieder von dem bitteren Tee zu trinken, und der Hustenreiz klang ab. Er lächelte freundlich. »Es wird noch einige Tage dauern, bis du wieder bei Kräften bist. Du brauchst viel Schlaf und gutes Essen. Zum Reden werden wir immer noch Zeit haben!«

Der Druide erhob sich, ohne auf Duncans Versuch eines Einwands zu achten.

»Paß auf ihn auf, damit er sich an meine Anweisungen hält, Moira! Er ist bald wieder auf den Beinen!« Er schüttelte den Kopf. »Ein unglaublich zäher Bursche!«

Duncan war immer noch sehr erschöpft und schlief den größten Teil des Tages. Wenn er wach war, stopfte ihn Moira mit Essen voll und gab ihm so viel von dem abscheulich schmeckenden Tee zu trinken, daß ihm zuletzt schon beim Anblick der Schale übel wurde. Doch er spürte, wie es ihm in zunehmenden Maße besserging. Das Kratzen und Brennen in seiner Kehle ließ allmählich nach, und der Husten wurde schwächer. Seine Stimme war zwar immer noch heiser, aber er konnte inzwischen wenigstens seine Sätze zum Ende bringen, bevor er einen neuen Hustenanfall bekam.

Es waren etwa fünf Tage vergangen, als Malcolm sich zu Duncan setzte.

»Wie fühlst du dich?« erkundigte er sich freundlich.

»Gut!«

»Moira sagte mir, daß du mich sprechen wolltest.«

»Ja. Ich muß mich bei dir bedanken, Malcolm! Du hast mir das Leben gerettet.«

Ein verlegenes Lächeln huschte über Malcolms Gesicht.

»Ich habe dich im Schnee gefunden und in unser Dorf gebracht. Das ist alles!«

Duncan schüttelte den Kopf.

»Ich stehe in deiner Schuld. Vielleicht geben mir die Götter eines Tages Gelegenheit, dir einen Dienst zu erweisen.« Er streckte seine Hand aus, und Malcolm ergriff sie stumm.

»Warum bist du hier, Duncan? Dies ist nicht deine Heimat, das höre ich an deinem Akzent, und ich sah es an deiner Kleidung. Was aber treibt dich mitten im Winter in unsere Berge?«

Duncan lächelte.

»Das ist der zweite Grund, weshalb ich unbedingt mit dir sprechen wollte.« Er trank etwas von dem Tee und begann zu erzählen. Von seiner Gefangennahme, seinem Leben in Eburacum und schließlich von den Plänen Agricolas, Caledonien zu erobern, und seiner überstürzten Flucht.

Duncan beendete seinen Bericht rechtzeitig, bevor er wieder husten mußte. Ein heißes Brennen erfüllte seine Brust, und das Atmen fiel ihm schwer. Offensichtlich hatte das Gespräch seine Lungen überanstrengt. Er verzog das Gesicht vor Abscheu, als er wieder an dem Tee nippte, doch der Hustenreiz ließ sofort nach.

Malcolm hatte ihm die ganze Zeit über schweigend zugehört.

»Was du mir erzählst, klingt fast zu seltsam, um wahr zu sein!« sagte er schließlich langsam. »Vielleicht hat Gartnait recht. Vielleicht bist du doch ein Lanark und sollst uns in eine geschickte Falle locken!« Malcolm schüttelte den Kopf. »Ich kenne keinen Stamm der Silurer. Genausowenig kann ich mich daran erinnern, jemals von einem Ort namens ›Eburacum‹ gehört zu haben!«

»Dennoch ist jedes meiner Worte wahr. Das schwöre ich bei dem Gott, auf den mein Stamm schwört!«

Malcolm sah Duncan nachdenklich an.

»Es ist seltsam! Ich kenne dich nicht. Dennoch hatte ich von Anfang an, schon als ich dich im Schnee fand, das Gefühl, daß ich dir bedingungslos vertrauen kann!« Er lächelte. »Ich glaube dir, Duncan. Aber nicht ich treffe die Entscheidungen für unseren Stamm, sondern mein Vater. Du wirst mit ihm reden müssen, und ich werde dir beistehen. Und wenn es soweit ist, werden wir Seite an Seite gegen die Römer kämpfen!«

»Bei den Göttern, das werden wir!«

Duncan ergriff Malcolms ausgestreckte Hand. Und er fühlte, wie sich der Platz in seiner Seele, der seit Alawns Tod leer war, wieder zu füllen begann.

In diesem Augenblick betrat Angus, Malcolms Vater, das Haus. Sein schwerer, polternder Schritt war leicht zu erkennen. Auf Duncan machte er stets den Eindruck eines grimmigen alten Bären. Angus stapfte zu den beiden jungen Männern und baute sich breitbeinig, mit vor der Brust verschränkten Armen, vor ihnen auf. Seine buschigen, allmählich ergrauenden Augenbrauen waren drohend zusammengezogen und ließen ihn noch finsterer aussehen als gewöhnlich.

»He, du da! Herumtreiber!« Mißbilligend starrte der Fürst auf Duncan herab und stieß ihn leicht mit seinem Stiefel an. »Nicht genug damit, daß du den ganzen Tag auf der faulen Haut liegst und dich von mir ernähren läßt! Nun hältst du auch noch meinen Sohn von der Arbeit ab!«

»Vater, Duncan muß dir etwas sagen!«

»Wenn du bereits kräftig genug bist, um zu plaudern, bist du sicherlich auch kräftig genug zum Arbeiten, Herumtreiber!« brummte Angus, ohne auf die Worte seines Sohnes zu achten. »Ich bin ein armer Mann und kann es mir nicht erlauben, einen unnützen, faulen Esser durchzufüttern.«

»Vater!« rief Malcolm wütend aus und stapfte mit dem Fuß auf. Sein Gesicht wurde rot vor Wut und Verlegenheit. »Es ist wichtig!«

»Reden kann er später!« erwiderte Angus und stieß Duncan wieder mit dem Fuß an. »Doch zuerst wirst du arbeiten, Herumtreiber!«

Duncan spürte, wie heißer Zorn in ihm aufwallte.

»Mein Name ist Duncan!«

Er betonte jedes einzelne Wort, und trotz seiner Heiserkeit klang seine Stimme drohend.

Angus starrte ihn finster an.

»Ich weiß, du trägst den Schmuck eines Kriegers und Fürsten! Aber wer sagt mir, daß du den Halsring nicht gestohlen hast? Woher soll ich wissen, daß du nicht ein gemeiner Dieb bist, der mich des Nachts umbringen und ausrauben will?« Er schüttelte mit grimmiger Miene den Kopf. »Nein, Bursche! Wenn du meine Achtung willst, wirst du sie dir erst verdienen müssen! Und bis dahin heißt du für mich ›Herumtreiber‹! Hast du verstanden?«

Duncan biß die Zähne zusammen und ballte seine Hände zu Fäusten, um nicht vor Zorn laut aufzuschreien. Bei allen Göttern, was fiel diesem Kerl ein? So hatte ihn noch nie jemand behandelt. Nicht einmal die Römer hatten das gewagt! In seiner Heimat wäre diese Beleidigung Grund genug für einen Krieg gewesen!

Du bist aber nicht zu Hause! ermahnte Duncan sich selbst. Du bist Gast dieses alten Bären und von seinem Wohlwollen abhängig! Außerdem sollte sich wenigstens einer an die Regeln der Höflichkeit halten!

Mühsam versuchte Duncan, seine Wut und seinen verletzten Stolz unter Kontrolle zu bringen.

»Was soll ich tun?« fragte er schließlich.

»Füttere die Hühner, Herumtreiber! Dazu wirst du wohl in der Lage sein. Und wenn du damit fertig bist, melde dich bei mir. Auf diesem Hof gibt es immer genug Arbeit.«

Abrupt drehte sich Angus um und stapfte aus dem Haus. Malcolm sah ihm kopfschüttelnd nach.

»Ich möchte mich für meinen Vater entschuldigen, Duncan!« Er schämte sich für das Verhalten seines Vaters. »Ich weiß, es ist manchmal schwer zu glauben. Aber im Grunde seines Herzens ist er ein guter und gerechter Mann.«

Duncan bezweifelte dies, aber er wollte Malcolm nicht verletzen.

»Ist schon in Ordnung!« Langsam lockerte er seine Faust, doch seine Augen schleuderten Blitze. »Zeig mir lieber die Hühnerställe!«

Duncan konnte sich nicht daran erinnern, jemals so hart gearbeitet zu haben, wie in der folgenden Zeit. Sogar der Steinbruch in Eburacum erschien ihm gegen Angus' Hof wie Erholung. Daß Duncan nicht im Gesindehaus essen und schlafen mußte, sondern im Haus der Familie geduldet wurde, war das einzige Privileg, das Angus ihm im Vergleich zu den Sklaven zugestand. Der Fürst ließ ihn von früh bis spät schuften. Duncan mußte die Hühner füttern, die Ställe reinigen, Holz hakken und viele andere Dinge, die er noch nie zuvor getan hatte. Wenn er mit einer Arbeit fertig war, hielt Angus schon die nächste für ihn bereit. Und oft hatte Duncan den Verdacht, daß der Alte viele Arbeiten aus purer Bosheit eigens für ihn erfand. Oft fiel er, sogar zum Essen zu erschöpft, todmüde auf sein Lager. Doch Angus hatte kein Mitleid mit ihm. Wenn er sah, daß Duncan sich ausruhte, stieß er ihn mit dem Stiefel an und sagte zu ihm: »Sei nicht so faul, Herumtreiber! Es gibt noch viel zu tun!«

Mit diesem Spottnamen hatte Angus es mittlerweile so weit getrieben, daß viele Bewohner im Dorf Duncan ebenfalls so nannten. Dabei wollten sie ihn keineswegs beleidigen. Sie waren einfach der Ansicht, daß es Duncans rechtmäßiger Name war. Jedesmal, wenn er das Wort hörte, begann er innerlich zu kochen. Doch er biß die Zähne zusammen und schwieg. Dieses Possenspiel konnte schließlich nicht ewig so weitergehen!

Am Tag vor Imbolc schien es endlich soweit zu sein. Duncan war mit dem Füttern der Hühner fertig, die Ställe waren sauber, er hatte so viel Holz gehackt, daß es wahrscheinlich noch bis Beltaine reichen würde, die Strohdächer waren ausgebessert. Es gab nichts mehr zu tun. Nun würde Angus ihm zuhören müssen!

Mit dem Gefühl des nahenden Sieges betrat Duncan das Wohnhaus. Angus saß in der Nähe des Feuers am Tisch. Vor ihm lagen eine gewaltige Speckseite und ein halbes Brot. Mit einem kleinen Dolch schnitt der Fürst Speck ab und schob ihn sich in den Mund. Moira lächelte Duncan zu und legte Brot und ein wesentlich kleineres Stück Speck für ihn auf einen Teller.

»Du bist früh von der Arbeit zurück, Herumtreiber!« sprach ihn Angus an, ohne aufzusehen. »Hast du alles erledigt?«

»Ja!« antwortete Duncan lächelnd und zählte alles auf. »Es gibt nichts mehr zu tun!«

»Da bin ich anderer Ansicht«, erwiderte Angus und kaute an einem großen Stück Speck. »Hast du die Schweine gewaschen?«

Duncan erstarrte. Doch Angus' fremdartiger Akzent war noch stärker ausgeprägt als bei Moira oder Malcolm. Und der Speck zwischen den Zähnen trug auch nicht zu einer deutlichen Aussprache bei. Deshalb hoffte Duncan, sich lediglich verhört zu haben.

»Wie bitte? Ich habe dich nicht verstanden!«

Angus schluckte und wischte sich den Mund mit dem Handrücken ab. Finster starrte er Duncan an, als er jedes Wort einzeln betonte.

»Hast du die Schweine gewaschen?«

Für einen Augenblick verschlug es Duncan die Sprache.

»Nein!« rief er schließlich fassungslos aus. »Wieso sollte ich das tun?«

»Weil ich es will, Herumtreiber!« Der Fürst widmete sich wieder seiner Speckseite und schnitt ein weiteres Stück herunter. »Imbolc ist schließlich das Fest der Reinigung. Deshalb will ich morgen saubere Schweine haben! Wenn du also essen möchtest, mußt du zuerst deine Arbeit erledigen, Herumtreiber! Aber säubere sie gründlich mit Bürste und Seife!«

Duncan ballte die Hände zu Fäusten. Sein Blut kochte vor Zorn. Das war reine Schikane, sonst nichts! Niemand, aber auch wirklich niemand im ganzen Land wusch die Schweine. Weder zu Imbolc noch zu einem anderen Tag des Jahres! Doch der alte Bär wußte genau, womit er ihn treffen konnte. Duncan haßte die Arbeit im Schweinestall mehr als jede andere. Lieber hätte er drei Wagenladungen Holz gehackt, als einmal in den Schweinestall zu gehen!

Angus besaß sechs Säue, zwei Eber und mindestens zwei Dutzend Ferkel. Sie waren eigensinnig, empfindlich, schnell beleidigt und zuweilen richtig bösartig. Sogar beim Füttern näherte sich Duncan ihnen nur mit Argwohn und äußerster Vorsicht, und er war jedesmal froh, wenn er die Stalltür wieder hinter sich schließen konnte. Und nun sollte er die Biester waschen! Duncan konnte sich nicht vorstellen, daß es den Schweinen gefallen würde, wenn er sich ihnen mit der Bürste näherte. Doch es war ohnehin schon zuviel kostbare Zeit vergeudet worden. Zeit, die später bei den Vorbereitungen zur Verteidigung gegen die Römer fehlen würde. Sich jetzt mit Angus zu streiten konnte nur bedeuten, daß er noch länger warten mußte, bis er mit dem Fürsten reden konnte. Deshalb drehte sich Duncan ohne ein weiteres Wort um und verließ zornig das Haus.

»Vater, allmählich treibst du es zu weit!« bemerkte Moira, als Duncan verschwunden war. »Du schikanierst ihn, wo du nur kannst! Was hat er dir getan?«

Gleichmütig zuckte Angus mit den Achseln.

»Er soll nicht glauben, daß er sich hier wie ein Fürst aufspielen kann! Er scheint ein ziemlich verwöhnter Bursche zu sein.«

»Aber deshalb mußt du ihn doch nicht wie einen Sklaven behandeln!«

»Mach dir keine Sorgen, Moira!« brummte Angus und schob sich wieder ein großes Stück Speck in den Mund. »Arbeit formt den Charakter, und das hat bisher noch niemandem geschadet!«

Es war bereits Abend. Angus, Malcolm und Moira setzten sich gerade zum Mahl an den niedrigen Tisch, als die Tür aufging und Duncan mit einem zappelnden Ferkel über seiner Schulter hereinstürmte. Es lag immer noch Schnee, und Duncan hatte den ganzen Nachmittag am Wassertrog gestanden und gearbeitet. Doch ihm war so heiß vor Zorn, daß er die Kälte nicht spürte, obwohl er keinen wärmenden Umhang trug und die Ärmel seines Hemdes bis zu den Oberarmen hochgekrempelt hatte. Er hatte tatsächlich alle Schweine sauber gebürstet. Die Tiere hatten sich mit aller Kraft gewehrt. Sie hatten ihn in den Schlamm gestoßen, ihn getreten und sogar gebissen. Seine Kleidung war naß und schmutzig, seine bloßen Arme und sein Gesicht waren mit Lehm beschmiert, sein Haar war wirr und sein linker Unterarm mit blauen Flecken übersät. Doch er hatte es geschafft. Er hatte den widerspenstigen Tieren seinen Willen aufgezwungen, und jedes von ihnen hatte sich waschen lassen müssen. Und nun war sein Blut am Sieden. Er war nicht gewillt, sich noch einmal von Angus abwimmeln zu lassen.

»Das ist das letzte deiner Schweine!« Duncan warf das Ferkel auf den Tisch vor Angus, so daß die Holzplatte bebte. »Und jetzt wirst du mir zuhören. Oder ich werde dich mit der Bürste bearbeiten!«

Angus blickte in Duncans vor Zorn funkelnde Augen und griff nach dem Ferkel, das erschrocken über den Tisch rennen wollte. Aufmerksam untersuchte er das vor Angst und Empörung laut quiekende Schwein. Nicht einmal ein Sandkorn war an dem Tier zu finden, und es roch nach Seife.

»Säubere dich, bevor du dich an den Tisch setzt!« brummte Angus und nickte. »Vielleicht bin ich heute gewillt, zu hören, was du mir zu sagen hast!«

Duncan beeilte sich mit dem Waschen, zog sich rasch saubere Kleider an und setzte sich zu den anderen an den Tisch. Doch bevor er den Mund aufmachte, um Angus von den Römern zu erzählen, schüttelte dieser den Kopf.

»Später werde ich dir zuhören. Jetzt wird zuerst gegessen!«

Moira reichte Duncan einen Becher Bier und einen Teller Hafergrütze. Erst jetzt, als ihm der Duft von heißem, über dem Feuer gebratenem Speck in die Nase stieg, bemerkte er, wie hungrig er war. Er mußte sich sehr bezähmen, um seine Portion im Heißhunger nicht einfach hastig hinunterzuschlingen.

»Du hast gute Arbeit geleistet, Duncan!«

Überrascht sah Duncan von seinem Teller auf. Der Klang seines Namens aus dem Mund des alten, stets übelgelaunten Fürsten verwirrte ihn, erfüllte ihn jedoch auch gleichzeitig mit Stolz.

»Ich will dir einen Vorschlag machen!« fuhr Angus barsch fort und wischte sich den Schaum von den Lippen. »Ich brauche gute, ehrliche Männer wie dich, Duncan! Von diesem Tag an gehörst du zu meinen Kriegern – falls du darauf Wert legst!«

»Aber natürlich! Ich ...«, stammelte Duncan.

»Glaubst du etwa, du hast deinen Zorn und deinen Haß vor mir verbergen können?« Duncan errötete vor Scham, und Angus betrachtete ihn forschend. »Ich habe es dir angesehen. Bei jeder Anweisung, die ich dir gegeben habe, hast du mich verflucht!«

Duncan sah dem alten Fürsten offen ins Gesicht.

»Warum hast du mich so herumgescheucht?«

»Um dich und deine Absichten zu prüfen!« Angus trank seinen Becher leer und schob ihn zu Moira, um ihn wieder füllen zu lassen. »Niemand treibt sich mitten im Winter allein in den Bergen herum. Und dann die Narben an deinem Körper. Kein Mann deines Alters kann so viele Narben im Kampf davongetragen haben! Aneirin bestätigte meine Vermutung, daß du oft ausgepeitscht worden bist. Da man Diebe auf diese Art bestraft, war ich vorsichtig!« Angus runzelte die Stirn. »Ich hatte damit gerechnet, daß du auf Nimmerwiedersehen verschwindest, sobald du arbeiten mußtest. Ein gewöhnlicher Dieb hätte sich bereits nach wenigen Tagen aus dem Staub gemacht. Aber da du geblieben bist, nehme ich an, daß die Narben eine andere Ursache haben.«

Duncan trank einen Schluck und nickte.

»Du hast recht. Die Römer haben mich gefangengenommen.« Dann begann er Angus alles zu erzählen, was er zuvor auch schon Malcolm erzählt hatte.

Als Duncan fertig war, herrschte Schweigen. Angus starrte regungslos auf den Becher vor sich, Malcolm und Duncan sahen den Fürsten erwartungsvoll an.

»Was wirst du tun, Vater?« fragte Malcolm, als er seine Ungeduld nicht mehr bezähmen konnte.

»Nichts!«

»Was?« rief Duncan fassungslos. »Du willst dich einfach so in dein Schicksal ergeben und warten, bis die Römer in dein Dorf spazieren und im nächsten Tal ihr Lager errichten? Das kann nicht dein Ernst sein!«

Angus starrte ihn finster an.

»Was schlägst du vor? Was sollen wir deiner Meinung nach tun?«

»Kämpfen!« antwortete Duncan sofort. »Verbündet euch mit allen Stämmen, die bereit sind, sich anzuschließen. Bekämpft die Römer, bevor sie die Berge überquert haben. Noch kennen sie das Gelände nicht. Das ist euer Vorteil und eure Chance!«

»Du meinst also wirklich, wir sollten uns mit den Lanarks verbünden?« Angus schnaubte verächtlich. »Das ist unmöglich! Niemals werden wir ein Bündnis mit diesen Ratten eingehen! Wir werden abwarten. Sollten die Römer wirklich kommen ...«

»Das werden sie, darauf kannst du dich verlassen!«

Angus grunzte mißbilligend. Er mochte es nicht, unterbrochen zu werden.

»Sollten die Römer es tatsächlich wagen, ihren Fuß über die Berge zu setzen, so ist es durchaus möglich, daß sie zuerst auf die Lanarks stoßen. In einer Schlacht werden sie sich gegenseitig aufreiben. Und wir sind nicht nur die Römer, sondern auch gleichzeitig unsere Feinde los!«

»Die Römer werden nicht hundert, auch nicht tausend Soldaten schicken, Angus!« Duncan schlug mit der Faust heftig auf den Boden, doch er war zu wütend, um den Schmerz zu spüren. »Wenn sie kommen, dann werden es Zehntausende sein! Sie werden die Lanarks zum Frühstück verspeisen! Und wenn sie mit ihnen fertig sind, werden sie über euch herfallen! Verstehst du das nicht?«

»Nein, du verstehst es nicht, Duncan!« Angus' Stimme klang scharf. »Wir können nicht mit Männern in den Krieg ziehen, die bereits seit Generationen unsere Feinde sind!«

»Aber das ist dumm! Diese Dummheit wird euch ...«

»Genug!« Angus schlug mit der Faust auf den Tisch, so daß mehrere Becher umfielen. »Du bist ein junger, hitzköpfiger Mann, Duncan, und vielleicht hat deine schwere Krankheit auch deinen Verstand verwirrt. Deshalb werde ich diese Beleidigung überhören. Aber du solltest jetzt schweigen, wenn du nicht noch heute aus dem Dorf gejagt werden willst!«

Duncan öffnete den Mund, schloß ihn jedoch sofort wieder. Er begann zu begreifen. Der Stamm der Lothians hatte noch nicht genug Erfahrungen mit den Römern, um seine Warnung ernst zu nehmen. Sie waren zu sehr in die Streitigkeiten mit anderen Stämmen verstrickt. In hilflosem Zorn fuhr er sich durch das blonde Haar. Ihr Starrsinn würde die Lothians noch ihre Freiheit kosten! Es mußte doch einen Weg geben, Angus zu überzeugen! Vielleicht sollte er mit Aneirin ...

»Wir sollten uns schlafen legen«, sagte Angus barsch und unterbrach Duncans Überlegungen. »Es war ein aufregender, anstrengender Tag. Und morgen wollen wir schließlich feiern!«

Sie erhoben sich, und Moira räumte das Geschirr weg. Bereits kurze Zeit später war in dem Haus nur noch das Prasseln des Feuers und das Schnarchen des Fürsten zu hören. Doch trotz seiner Erschöpfung lag Duncan noch lange Zeit wach und versuchte verzweifelt, eine Lösung zu finden. Erst als die Morgendämmerung einsetzte, schlief er ein.

20

Für März war es ungewöhnlich warm. Bereits vor etlichen Tagen hatte es aufgehört zu schneien, und seit dem Vortag herrschte Tauwetter. Die Straßen von Eburacum waren mit dunklem, glitschigem Matsch bedeckt, und wer es sich leisten konnte, erledigte die notwendigen Gänge nur mit dem Wagen oder ließ sich von Sklaven in einer Sänfte tragen. Doch in den Gärten der öffentlichen Thermen war der Schnee noch weiß. Langsam schlenderte Cornelia durch den stillen, verlassenen Park. Weit und breit war kein Mensch zu sehen, und der Lärm von den Straßen drang nur gedämpft bis zu ihr. Cornelia genoß die Stille, das Geräusch, wenn die Bäume sich von der Last des feuchten Schnees befreiten, und freute sich über die ersten grünen Triebe von Schneeglöckchen und Krokussen.

Bald ist es soweit! dachte sie. Sobald der Schnee geschmolzen ist, werde ich Eburacum verlassen und Duncan nach Caledonien folgen!

Noch hatte sie niemandem von ihren Plänen erzählt. Wenn es soweit war, würde sie Marcus Brennius einweihen. Sie würde seine Hilfe benötigen. Doch bis dahin war es ihr Geheimnis.

In diesem Augenblick sah sie eine Gestalt, die verstohlen durch den Park huschte. Cornelia erstarrte fast vor Schreck, als sie Paulinas Mantel erkannte. Was machte ihre Sklavin hier? Und warum tat sie so heimlich? Von Büschen verborgen beobachtete Cornelia, wie die Sklavin zu dem kleinen Pavillon lief, der ein wenig abseits im Garten stand. Sie wartete eine Weile und sah schließlich, wie sich eine zweite Gestalt dem Pavillon näherte. Cornelia lächelte amüsiert. Hatte Paulina etwa ein heimliches Verhältnis? Um ihre Neugier zu bezähmen, schlich sie sich vorsichtig so nah an die Laube heran, daß sie beobachten konnte, was geschah. Sie war maßlos erstaunt, als sie erkannte, wer sich dort heimlich mit ihrer Sklavin traf – es war der Arzt. Unwillkürlich ging sie noch etwas näher heran, um dem Gespräch folgen zu können.

»... Herrin ist deswegen sehr besorgt!« sagte Paulina gerade. »Sie braucht dringend Euren Rat!«

»Wozu?« antwortete der Arzt mit seiner tiefen, angenehmen Stimme. »Der jungen Frau war lange Zeit übel, sie hat keine Blutungen mehr. Es ist doch offensichtlich, daß sie schwanger ist! Dieser Zustand bedarf jedoch nicht meiner Kunst.«

»Ihr versteht es nicht, Herr. Wir wissen, daß sie schwanger ist. Aber dieses Kind darf auf keinen Fall geboren werden!«

»Du meinst ...«

»Ihr versteht Euch auf die Heilkunde. Also werdet Ihr wohl ein Mittel finden, um ...«

»Nein, nein, nein!« unterbrach sie der Arzt scharf. »Ich habe einen Eid geschworen. Ich habe geschworen, Leben zu erhalten und niemals, unter keinen Umständen, die Leibesfrucht zu schädigen! Ich würde gegen jede Ethik verstoßen!«

»Herr! Meine Herrin bittet Euch nicht aus Selbstsucht um diesen Dienst. Es geht um das Leben und die Ehre der jungen Frau! Dieses Kind ist ein Bastard. Wenn es geboren wird, wird es nicht nur die junge Frau, sondern ihre ganze Familie in tiefes Unglück stürzen! Wollt Ihr das verantworten?«

Wie ein nervöses Tier lief der beleibte Arzt in dem Pavillon auf und ab.

»Ich weiß nicht. Ich ...«

»Meine Herrin weiß, daß Ihre Bitte als Verstoß gegen Euren Eid ausgelegt werden kann, und sie achtet Euch als rechtschaffenen Mann. Sie ahnte bereits, daß Euch der Entschluß, ihr in ihrer Not zu helfen, nicht leichtfallen wird, und bat mich daher, Euch dies zu geben!« Die Sklavin hielt dem Arzt einen prallgefüllten Beutel hin, und Cornelia konnte das Klingen der Goldmünzen hören. »Meine Herrin bittet Euch, auch zu bedenken, daß Ihr der einzige Arzt in Eburacum seid, dem die vornehmen Familien ihre Gesundheit anvertrauen. Doch es heißt, daß ein junger Arzt aus Londinum sich in der Stadt niederlassen wird. Meine Herrin genießt bei den Vornehmen erheblichen Einfluß!«

»Willst du mich etwa erpressen?«

»Nein. Meine Herrin möchte Euch lediglich die Entscheidung erleichtern. Doch letztlich bleibt es natürlich Euch überlassen, ob Ihr Euch um die Familie meiner Herrin verdient machen oder arm und mittellos sterben wollt! Ihr habt die Wahl!«

Cornelia biß sich in die Hand, um nicht vor Empörung und Zorn laut aufzuschreien. Diese Schlange! Offensichtlich hatte Paulina in Octavia eine ausgezeichnete Lehrmeisterin! Welch ein Glück, daß sie die Sklavin nie ins Vertrauen gezogen hatte!

Der Arzt war bleich geworden und lief wieder durch den Pavillon. Nach einer Weile blieb er stehen und wischte sich den Schweiß von seinem runden Gesicht.

»Gut. Aber niemand darf etwas davon erfahren, hörst du?«

»Natürlich nicht. Hier ist Euer Lohn. Euch erwartet die gleiche Summe, sobald Eure Bemühungen Erfolg gehabt haben.«

Der Arzt nahm den Beutel und wog ihn in seiner Hand. Doch er wirkte nicht sehr glücklich.

»Es wird ein wenig dauern, bis ich das entsprechende Mittel liefern kann. Ich muß es erst herstellen, einige der Zutaten werde ich mir erst beschaffen müssen.«

Paulina lächelte.

»Meine Herrin weiß Eure Loyalität sicherlich zu schätzen.

Doch ich empfehle Euch, sie nicht zu lange warten zu lassen! Sie ist manchmal recht ungeduldig!«

Die unverhohlene Drohung trieb dem Arzt den Schweiß auf die Stirn.

»Ich werde mich beeilen. Morgen zur gleichen Zeit treffe ich dich wieder hier!«

Paulina verbeugte sich und eilte lächelnd davon. Der Arzt blieb noch eine Weile im Pavillon. Cornelia hörte seinen keuchenden Atem. Sie konnte sich gut vorstellen, welche Qualen der Mann in diesem Augenblick durchlebte. Doch sie verspürte kein Mitleid. Paulina hatte recht. Er hatte seine Wahl selbst getroffen, und er mußte fortan mit seinem Gewissen leben. Lautlos schlich sie sich wieder durch die Büsche davon. Was sie gehört hatte, verursachte ihr Übelkeit vor Zorn. Sie hatte damit gerechnet, daß ihre Schwangerschaft nicht mehr lange verborgen bleiben konnte. Doch sie hatte nicht mit dieser Bosheit und diesem Haß gerechnet. Ihre eigene Mutter wollte ihr Kind töten! Wie konnte ein Mensch nur so niederträchtig sein?

Nun gut! dachte sie grimmig, während sie sich auf den Heimweg machte. Dann werde ich eben nicht warten, bis der Schnee geschmolzen ist. Ich werde noch heute nacht fliehen!

Den Rest des Tages ertrug Cornelia Paulinas Nähe nur mit Mühe. Die Dienerin schien ihr jeden Wunsch von den Augen ablesen zu wollen, brachte ihr Süßigkeiten, machte ihr Komplimente – Cornelia glaubte, sich vor Abscheu übergeben zu müssen. Jedes einzelne Wort war gelogen und geheuchelt. Diese Natter! Möge sie eines Tages an ihrem eigenen Gift ersticken!

Um sich ihren Widerwillen gegen die Sklavin nicht anmerken zu lassen, versuchte Cornelia sich abzulenken. So überlegte sie, während sie sich die Haare kämmen ließ, was sie für ihre Flucht noch brauchte. Ein Bündel mit einigen Kleidern lag bereits in einem Versteck. Für Proviant würde sie in der

Nacht sorgen müssen. Und wann sollte sie mit Marcus sprechen? Erst in der Nacht oder schon vorher?
»Herrin?«
Erschrocken fuhr Cornelia zusammen. Offensichtlich hatte Paulina mit ihr gesprochen.
»Verzeih, Paulina, ich war mit meinen Gedanken woanders. Was hast du gesagt?«
»Ich fragte Euch, welches Kleid Ihr heute abend anziehen wollt, damit ich es Euch richten kann.«
»Ich nehme das grüne!«
»Das Wollkleid mit den langen Ärmeln?«
»Ja. Ich habe heute einen ausgedehnten Spaziergang gemacht, und bin daher ein wenig durchgefroren.«
»Wie Ihr wünscht, Herrin! Es wird Euch ausgezeichnet zu Gesicht stehen!«
Heuchlerin! dachte Cornelia.

Am Abend kamen Cornelia Zweifel, ob es ihr gelingen würde, ihren Plan auch durchzuführen. Doch die Götter waren ihr gewogen. Das Abendessen verlief ohne Zwischenfälle und endete zeitig. Paulina schien keinen Verdacht zu schöpfen, als Cornelia etwas später ihre Hilfe beim Entkleiden ablehnte und sie aus dem Zimmer schickte. Es geschah oft, daß sie lieber allein sein wollte. Cornelia wartete, bis im Haus alles still war. Dann holte sie ihr Bündel aus dem Versteck hervor und zog sich ihren warmen Reisemantel über. Lautlos schlich sie die Treppe hinunter, durchquerte die Halle und öffnete leise die Tür. Sie blieb einen Augenblick stehen, doch niemand schien sie gehört zu haben. Im Haus blieb alles still. Ebenso leise zog sie die Tür hinter sich zu und huschte wie ein grauer Schatten durch die stillen, nur von wenigen Fackeln beleuchteten Straßen.
Glücklicherweise war Marcus Brennius zu Hause, als Cornelia vor seiner Tür stand. Als sie ihm erzählte, weshalb sie zu ihm kam, zögerte er keinen Augenblick, ihr zu helfen. Tat-

sächlich gelang es ihm, noch bevor eine Stunde vergangen war, eine schnelle, kräftige Stute zu besorgen. Im Schutz der Dunkelheit begleitete er Cornelia zum Nordtor.

»Wir sind gleich da. Ich werde den Soldaten eine Geschichte erzählen und so dafür sorgen, daß sie das Tor öffnen und dich ungehindert passieren lassen.« Er sah Cornelia forschend an. »Bist du sicher, daß du Eburacum wirklich verlassen willst? Hast du es dir gut überlegt? Du hast einen langen Weg vor dir. Du wirst wahrscheinlich über das Gebirge müssen. Es ist noch immer sehr kalt, Schneestürme könnten dich überraschen. Und dann wirst du bei den Kelten leben, in schlecht geheizten Häusern, ohne deinen gewohnten Luxus, ohne Diener, die dir viele Arbeiten abnehmen. Du läßt Freunde und Verwandte in Eburacum zurück. Laß es dir noch einmal durch den Kopf gehen, bevor du dich entscheidest. Denn wenn du heute nacht durch dieses Tor reitest, kannst du vielleicht nie wieder zurückkehren!«

»Das ist mir bewußt, Marcus. Aber ich habe es mir gut überlegt. Es gibt in dieser Stadt nichts, was mir fehlen könnte. Und der einzige Mensch, der mir auf dieser Welt etwas bedeutet, lebt in Caledonien! Ich brauche nicht mehr darüber nachzudenken. Mein Entschluß steht fest!«

»Und wie willst du Duncan finden? Das Land ist groß, und über Caledonien wissen wir so gut wie nichts!«

Cornelia zuckte mit den Achseln.

»Darüber zerbreche ich mir den Kopf, wenn es soweit ist. Aber ich werde ihn finden!«

Der ehemalige Offizier lächelte.

»Da bin ich mir sicher!« sagte er. »Ich werde jetzt mit den Wachen am Tor sprechen.«

Marcus verschwand in der Dunkelheit und kehrte schon nach kurzer Zeit wieder zurück.

»Es ist alles in Ordnung! Die Soldaten werden das Tor öffnen! Mir bleibt nun nichts anderes übrig, als dir Lebewohl zu sagen.«

»Danke für alles, was du für uns getan hast, Marcus! Du warst Duncan und mir immer ein treuer Freund!«

Marcus lächelte und gab Cornelia einen väterlichen Kuß auf die Stirn.

»Ich wünsche dir Glück, Cornelia! Mögen die Götter dich beschützen!«

Als Cornelia kurze Zeit später auf das Tor zuritt, schienen die Wachen nicht überrascht zu sein. Ohne sich nach ihr zu erkundigen, öffneten sie das Tor, und Cornelia fragte sich, was für eine Geschichte Marcus den Soldaten wohl erzählt hatte. Sie konnte nicht ahnen, daß die Wachen sie in der Dunkelheit und angesichts ihrer Kleidung für eine Keltin hielten. Eine Keltin, die schnell und unauffällig die Stadt verlassen mußte, um den Ruf eines ehemaligen Offiziers der römischen Armee zu wahren.

Als sich das Tor hinter ihr geschlossen hatte, fröstelte Cornelia. Außerhalb der Stadt war die Luft kälter und klarer als im Schutz der Mauern. Noch erhellte der Schein der Wachfeuer von den Wehrtürmen ihren Weg. Aber vor ihr lagen unbekannte Hügel und Wälder, die sie jetzt, zur Zeit der ersten Nachtwache, nur als düstere Streifen am Horizont erahnen konnte. Plötzlich wurde ihr bewußt, daß sie allein war, und Mut und Selbstsicherheit schmolzen dahin wie Schnee in der Sonne. Sie war eine Römerin, allein auf dem Weg in ein wildes, unbekanntes, von Kelten bewohntes Land. Es war niemand bei ihr, der sie beschützen konnte, weder vor den Kelten noch vor den wilden Tieren. Ob es in diesen finsteren Wäldern Wölfe oder Bären gab? Cornelia erschauerte und zog ihren Mantel enger um sich. Doch je länger sie zögerte und je später es wurde, desto wahrscheinlicher war es, daß ihr Verschwinden bemerkt wurde. Sie wollte auf keinen Fall von Soldaten wieder eingefangen und zu ihrer Mutter zurückgebracht werden! Entschlossen trat sie ihrem Pferd in die Flanken und ritt, ohne sich noch einmal umzusehen, in die Dunkelheit davon.

Früh am nächsten Morgen erhob sich Paulina, um Cornelia beim Ankleiden zu helfen oder andere Dienste für sie zu übernehmen. Es überraschte sie nicht, daß ihre Herrin nicht in ihrem Schlafgemach war. Es geschah oft, daß Cornelia sehr zeitig aufstand. Wie gewohnt glättete Paulina die zerwühlten Laken und schüttelte die Kissen auf. Dann widmete sie sich mit besonderer Sorgfalt dem Schminktisch. Paulina liebte diese Arbeit, insbesondere wenn Cornelia ihr dabei nicht über die Schulter sah. Ungestört konnte sie dann die schönen Kämme und Spangen an ihrem eigenen Haar ausprobieren, die duftenden Salben und teuren Parfüms auftragen und sich mit Gold und Edelsteinen schmücken. Schon so manches Schmuckstück war auf diese Weise unbemerkt in Paulinas Besitz übergegangen. Summend drehte sie ihr dunkelblondes Haar zu einer kunstvollen Frisur. Zufrieden blickte sie in den Spiegel.

»Jetzt fehlt nur noch der Schmuck! Das hebräische Ohrgehänge wird mir sicherlich gut stehen!« sagte sie zu sich selbst und öffnete die ägyptische Schatulle, in der Cornelia ihren Schmuck aufbewahrte. Sie nahm einen der Samtbeutel heraus und öffnete ihn, um die Ohrringe auf ihre Hand gleiten zu lassen. Doch der Beutel war leer.

Seltsam! dachte Paulina. Seit sie im Haus der Familie diente, hatte sie nie anderen Schmuck als den keltischen Armreif an Cornelia gesehen. Sie nahm den nächsten Beutel in die Hand – und noch einen. Schließlich durchwühlte sie alle Beutel und krempelte sie um. Die Schatulle war leer! Paulinas Herz begann unwillkürlich schneller zu schlagen. Aufmerksam sah sie die Kleidertruhen durch. Abgesehen vom grünen Kleid, das Cornelia am Vorabend getragen hatte, und dem Reisemantel schienen keine Kleidungsstücke zu fehlen. Vielleicht war Cornelia nur ausgegangen. Doch warum hatte sie dann ihren Schmuck mitgenommen? Das ergab doch keinen Sinn! Nein, wahrscheinlich war Cornelia davongelaufen.

Paulina begann zu zittern. Sie mußte es Octavia melden!

Mit fest aufeinandergepreßten Lippen hörte Octavia der aufgeregten Sklavin zu, schwang sich aus dem Bett und stürmte in das Zimmer ihrer Tochter. Sie durchwühlte jeden Winkel des Raumes, jede Truhe und jede Schatulle. Schließlich warf sie wütend den Deckel einer Truhe zu.

»Sie ist fort!« schrie sie. »Meine Tochter ist davongelaufen!«

Aufgeschreckt durch den Lärm kam Vergilius ins Zimmer. Verwirrt sah er sich um. Überall auf dem Boden verstreut lagen Kleidungsstücke. Es sah aus, als hätten Diebe den Raum heimgesucht.

»Octavia! Was ist ...«

»Schweig!« Der Klang ihrer Stimme und der zornige Ausdruck auf ihrem Gesicht ließen Vergilius ängstlich verstummen. »Cornelia ist fortgelaufen.«

»Aber warum ...«

»Weil dieses Miststück nicht auf sie aufgepaßt hat!« Octavia nahm einen Gürtel in die Hand. Es war ein schwerer, aus kunstvoll verzierten Bronzegliedern gefertigter germanischer Gürtel. Paulina schrie vor Schmerz auf, als er ihre Schulter traf. »Aber sie wird dafür bezahlen! Diese Unachtsamkeit wird sie teuer zu stehen kommen! Wenn ich mit ihr fertig bin, wird man sie nur noch zum Heizen des Kessels unter dem Haus einsetzen wollen!«

Wie von Sinnen schlug Octavia auf die junge Sklavin ein. Verzweifelt versuchte Paulina, sich vor den Schlägen zu schützen. Doch der Gürtel traf ihre Arme, ihren Bauch, ihre Hüften, sogar ihre Fußgelenke und ihr Gesicht, und die scharfen Bronzeglieder rissen tiefe Wunden, wie sie nicht einmal eine Peitsche verursachen konnte.

Mit zunehmender Besorgnis beobachtete Vergilius das Geschehen. Paulina kauerte vor Schmerz und Angst wimmernd am Boden, und immer noch schien Octavia nicht zur

Besinnung zu kommen. Er nahm seinen ganzen Mut zusammen.

»Es ist genug, Octavia!« rief er und ergriff den erhobenen Arm seiner Frau. Wütend drehte sie sich zu ihm um, und gerade noch rechtzeitig konnte er einem Hieb entgehen. »Du wirst sie noch umbringen!«

»Statt dich um dieses liederliche Weib zu sorgen, solltest du dir lieber Gedanken darüber machen, wie wir Cornelia wiederfinden!«

»Cornelia ist erwachsen. Wenn sie den Wunsch hatte, uns zu verlassen, solltest du ihre Entscheidung respektieren! Wahrscheinlich will sie zu Duncan. Schließlich liebt sie ihn und ...«

»Da spricht unser Dichter und Träumer!« zischte Octavia verächtlich. »Du solltest dich einmal hören. Du redest wie ein Narr! Doch wie hätte ich jemals von dir Hilfe erwarten können. Du hast dein bißchen Verstand doch schon längst im Wein ertränkt! Aber zum Glück gibt es andere Männer, auf die ich mich verlassen kann!«

Die Worte trafen Vergilius mitten ins Herz.

»Willst du zu Agricola?«

»Und wenn schon? Es geht dich nichts an!«

»Immerhin bin ich dein Ehemann!«

»Ja, das wissen die Götter!« Ihr Blick war so kalt, daß Vergilius eine Gänsehaut bekam. »Und es vergeht nicht ein Tag, ohne daß ich mir wünsche, daß sie mich von dieser Bürde wieder erlösen mögen!«

Ohne ein weiteres Wort stürmte Octavia aus dem Raum. Vergilius zitterte am ganzen Körper. Er hatte schon immer Octavias Haß und Abscheu gespürt. Doch es war das erste Mal, daß sie es offen ausgesprochen hatte. Vergilius wurde übel, und sein erster Gedanke war, sich in sein Zimmer zurückzuziehen und so lange zu trinken, bis ihm der Wein wohltuendes Vergessen schenkte. Doch dann fiel sein Blick auf Paulina, die zusammengekrümmt am Boden lag. Blut floß über den Rücken der jungen Frau. Das blonde Haar klebte auf ihrer Stirn, und ihr hübsches Gesicht wurde von einer quer über der rechten Wange verlaufenden Wunde entstellt. Mitleidig bückte sich Vergilius, hob ihr Kleid auf und legte es ihr behutsam über die Schultern.

Ich werde den Arzt rufen müssen! dachte er und betrachtete das Mädchen. Vielleicht kann er ihr helfen!

Doch Octavia lief nicht zu Agricola, sondern zu Gaius Lactimus. Sie ließ sich von dem persönlichen Diener melden und wartete ungeduldig in dem kleinen Empfangsraum seiner Wohnung. Übertrieben freundlich kam der Offizier auf sie zu.

»Octavia, welch eine Überraschung, Euch zu sehen! Was führt Euch zu mir?«

»Ich brauche Eure Hilfe, Gaius!«

Erstaunt hob er eine Augenbraue.

»Ihr braucht meine Hilfe? Ich dachte, Ihr wolltet nichts mehr mit mir zu tun haben?«

Octavia knetete nervös ihre Hände. Die Rolle der Bittstellerin lag ihr ganz und gar nicht, aber ihr blieb keine andere Wahl.

»Verzeiht mir, was ich zu Euch gesagt habe. Aber ich brauche Euch wirklich. Cornelia ist verschwunden!«

»Oh! Ist sie endlich ihrem langhaarigen Liebhaber gefolgt? Ich muß gestehen, ich hatte schon wesentlich früher damit gerechnet!«

»Gaius, dies ist kein Scherz!« Zornig stampfte Octavia mit dem Fuß auf. »Meine Tochter ist fortgelaufen, und Ihr müßt mir helfen, sie wieder nach Hause zu bringen!«

Gaius ließ sich in einem bequemen Stuhl nieder und schlug lässig die Beine übereinander.

»Warum gerade ich?«

»Weil Ihr meine Tochter heiraten werdet, wenn sie wieder in Eburacum ist!« Octavia versuchte zu lächeln. »Ich habe bereits Pläne für die Hochzeit und ...«

»Liebste Octavia, ich weiß Eure Güte und Euer Vertrauen wohl zu schätzen«, unterbrach Gaius sie lächelnd. »Aber Ihr seid nicht auf dem neuesten Stand. Offiziell wird es erst in zwei Tagen bekanntgegeben, doch Euch, liebste Freundin, erzähle ich es schon heute. Ich habe mich gestern mit Claudia, der Tochter des Brutus Gracchus, verlobt!«

Zufrieden beobachtete Gaius, wie das Blut aus Octavias Wangen wich.

»Oh ... dann ... gratuliere ich Euch. Gracchus ist ein einflußreicher Mann. Ihr macht eine gute Partie!«

Tadelnd hob Gaius den Zeigefinger.

»Ihr müßt eine schlechte Meinung von mir haben. Ich liebe Claudia! Doch Ihr werdet wohl verstehen, daß ich Euch nicht bei der Suche nach Eurer Tochter behilflich sein kann! Wie sähe es denn aus, wenn ich meine junge Braut in Eburacum zurückließe, um irgendwo in Caledonien nach einer anderen Frau zu suchen!« Er erhob sich und legte einen Arm um Octavias Schultern. »Nicht einmal um unserer Freundschaft willen kann ich Euch diesen Gefallen tun! Ihr werdet Euch an jemand anderen wenden müssen!«

Widerstandslos ließ sich Octavia von ihm hinausbegleiten. Grinsend schloß er die Tür hinter ihr. Das war verdammt gut! Nie zuvor hatte er Octavia so sprach- und hilflos gesehen! Das war besser, als sie zu erwürgen, wie er es zuerst vorgehabt hatte! Er warf sich auf seinen Sessel und begann lauthals zu lachen.

Zur gleichen Zeit hatte Agricola in seinem Schreibzimmer seine engsten Vertrauten sowie die Tribune und den Primopilus der Neunten Legion um sich versammelt. Die Männer beugten sich über eine Karte, die auf dem Tisch ausgebreitet war und das Gebiet nördlich von Eburacum darstellte. Viel war nicht darauf eingezeichnet. Jenseits der Wälder und Hügelketten, die allmählich in das Gebirge übergingen, befand sich eine große, weiße Fläche.

»Die Kundschafter haben uns bereits von fünf möglichen Wegen über das Gebirge berichtet. Aber welches Gelände hier in Caledonien auf uns wartet«, Agricola legte seine Hand auf die weiße Fläche, »darüber können wir nur Mutmaßungen anstellen!«

»Was ist mit den Berichten der Händler, die Caledonien bereist haben?« schlug Aulus Atticus vor. »Können wir diese nicht für unsere Zwecke verwerten?«

Agricola schüttelte bedauernd den Kopf.

»Leider sind sie zu ungenau. Es wird uns nichts anderes übrigbleiben, als Spähtrupps zu entsenden, die das Gelände jenseits der Berge erkunden.«

»Das kostet jedoch Zeit!« gab einer der Tribune zu bedenken. »Außerdem könnte der Feind die Kundschafter entdecken. Dadurch aber würden wir den Vorteil eines Überraschungsangriffs einbüßen!«

»Ich weiß, aber wir haben keine andere Wahl! Ein Vorstoß in unbekanntes Gelände ist zu riskant, das haben die langwierigen, verlustreichen Kämpfe gegen die Silurer deutlich gezeigt.« Agricola sah die um ihn versammelten Offiziere durchdringend an. »Ich will keine blutigen Schlachten, keine Verluste und vor allem keine Märtyrer auf seiten der Caledonier! Das würde ihren Haß und Widerstand gegen uns nur schüren. Ich will, daß sie sich uns freiwillig ergeben. Sie sollen dankbar sein, sich dem Römischen Imperium unterwerfen zu dürfen!«

»Ich widerspreche Euch nur ungern, verehrter Agricola! Aber ich halte es für ausgeschlossen, daß sich die Caledonier kampflos ergeben werden!«

Agricola lächelte den Tribun an. Seine hochgezogene Oberlippe entblößte seine schiefen Zähne, seine Augen funkelten gierig. Er hatte Ähnlichkeit mit einem ausgehungerten Wolf, der leichte Beute wittert.

»Natürlich nicht. Aber wir werden unsere Verluste gering halten, indem wir uns einen Stamm nach dem anderen vornehmen. Selbst große Stämme werden kaum mehr als fünftausend waffenfähige Männer zur Schlacht versammeln können. Wir werden jedoch mit zwei, wenn nicht gar drei Legionen gegen sie kämpfen, die Hilfstruppen noch nicht mit eingerechnet! Ich bin sicher, daß viele Fürsten bereits angesichts unserer deutlichen Übermacht kapitulieren werden. Selbst wenn sie entgegen aller Vernunft in die Schlacht ziehen sollten, wird es für uns ein leichtes sein, sie zu besiegen!«

»Und wenn sich die Caledonier untereinander verbünden?«

Agricola lachte so laut, als hätte der Tribun einen Scherz gemacht.

»Euer Einwand in allen Ehren, Tiberius. Aber auch die Caledonier sind Kelten! Sie sind untereinander verfeindet und zerstritten. Ich bin davon überzeugt, daß es den meisten Fürsten leichter fallen wird, ein Bündnis mit uns zu schließen als mit ihren Nachbarn! Das hat die Geschichte unserer Kämpfe mit ihnen seit der Eroberung Galliens immer wieder bewiesen!«

»Aber Vercingetorix hat die gallischen Stämme um sich geschart!« widersprach der Offizier hartnäckig. »Es wäre ihm beinahe gelungen, Cäsar zu besiegen!«

»Ihr sagt es, Tiberius, ›beinahe‹! Aber auch in diesem Fall gelang es, die anderen Fürsten gegen ihn ausspielen. Am Ende mußte auch Vercingetorix kapitulieren!« Agricola lächelte herablassend. »Vielleicht könnten die Caledonier aus den Fehlern der Gallier lernen. Aber dafür müßte es einem ihrer Fürsten gelingen, diesen uneinigen Haufen zusammenzubringen! Das halte ich jedoch für unmöglich.«

Die Offiziere nickten zustimmend, nur der Tribun mit dem Namen Tiberius war immer noch skeptisch. Seine Erfahrung mit den Kelten hatte ihn gelehrt, daß man niemals vorhersehen konnte, was sie wirklich tun würden. Wenn sie wollten, konnten sie ausgezeichnete Strategen sein. Und sie kämpften mit dem Mut und der Leidenschaft von Männern, denen ihre

Freiheit mehr als das Leben bedeutet. Es war gefährlich, sie zu unterschätzen! Doch Tiberius behielt seine Zweifel für sich.
»Wie gehen wir also vor?« fragte Aulus eifrig.
»Wir werden die Neunte Legion und die Hilfstruppen ans Gebirge verlegen und dort drei befestigte Lager errichten.«
Agricola deutete auf verschiedene Punkte der Karte. »Während von diesen Festungen aus Späher über das Gebirge geschickt werden, um das Gelände zu erkunden, lassen wir die Zweite und die Zwanzigste Legion nachrücken. Ein Teil der Hilfstruppen wird die Versorgungswege nach Süden absichern. Ich denke, daß diese Vorbereitungen spätestens zu Beginn des Juni abgeschlossen sein werden. Sobald wir über die Verhältnisse nördlich der Berge Bescheid wissen, werden wir mit den drei Legionen vorstoßen. Die Truppen werden sich untereinander mit Nachschub versorgen und können sich jederzeit gegenseitig unterstützen. Wenn der erste Stamm besiegt ist, werden wir vorrücken, ein befestigtes Lager errichten und von dort aus in das Gebiet des nächsten Stammes vorstoßen. Dabei werden uns die Hilfstruppen gegen unerwartete Angriffe aus dem Süden schützen. Auf diese Weise verlegen wir unsere Lager immer weiter nach Norden, bis das Land schließlich ganz in römischer Hand ist.« Agricola blickte in die Runde. »Noch Fragen?«
Die Offiziere schüttelten den Kopf.
»Wann kann die Neunte Legion marschbereit sein, Tiberius?«
Der Tribun blickte nachdenklich auf die Karte. Entweder war Agricola genial oder so einfältig, daß man ihm das Amt des Statthalters auf der Stelle entziehen sollte. Ein derart einfacher, glatter Plan konnte nur in einem glorreichen Sieg oder – und das war wahrscheinlicher – in einer Katastrophe enden! Tiberius spürte ein Unbehagen, das sich langsam bis zur Übelkeit steigerte. Doch er war Offizier der römischen Armee, und es war seine Pflicht, dem Feldherrn bedingungslo-

sen Gehorsam zu leisten. Deshalb gab er dem Statthalter trotz seiner Zweifel die gewünschte Antwort.

»Etwa in fünfzehn Tagen!«

»Ein geeigneter Zeitpunkt, um mit der Durchführung des Plans zu beginnen. Die Witterung wird jetzt von Tag zu Tag besser, so daß wir nicht mehr mit Schnee und Kälte rechnen müssen, wenn wir in den Bergen sind! Ihr dürft nun gehen. Und du, Aulus, schicke Boten nach Caerleon und Deva. Und sorge dafür, daß bis zum Abmarsch ausreichend Vorräte vorhanden sind!«

Mit einem Wink entließ Agricola die Offiziere. Dann war er allein. Er nahm seinen vergoldeten Becher in die Hand und beugte sich wieder über die Karte. Bald würde auch dort, wo jetzt eine weiße Fläche war, in der Mitte der römische Adler prangen. Der Kaiser würde zufrieden sein und ...

Ein Klopfen an der Tür unterbrach diese angenehmen Gedanken. Sein Diener trat ein.

»Herr, eine Frau wünscht Euch zu sprechen.«

»Eine Frau?« Agricola runzelte ärgerlich die Stirn.

»Ja, Herr, sie sagt, es sei wichtig.«

»Nun gut, dann laß sie eintreten!« Er seufzte und leerte seinen Becher, ohne den Blick von der Landkarte abzuwenden. »Aber gib ihr zu verstehen, daß sie sich kurz fassen soll! Der bevorstehende Feldzug beansprucht meine kostbare Zeit!«

»Du wirst dir die Zeit nehmen müssen, Julius!«

Erstaunt wandte sich Agricola um, als er die Stimme erkannte.

»Octavia!« Mit einem ungeduldigen Wink entließ er den Diener.

»Ich bin erstaunt, dich hier zu sehen. Wir hatten uns doch darauf geeinigt ...«

»Ich weiß, Julius!« entgegnete Octavia, küßte ihn auf die Wange und ließ sich unaufgefordert in einen Sessel fallen. »Cornelia ist verschwunden!«

»Was?« rief Agricola fassungslos aus. »Seit wann?«

»Wahrscheinlich seit gestern.« Octavia stützte müde ihr Kinn auf ihre Hand, und Agricola fiel plötzlich auf, wie blaß und alt sie trotz des Puders und des Wangenrots wirkte. »Du bist der einzige, der mir helfen kann! Alle anderen ...«

Sie machte eine abfällige Geste.

»Und was soll ich für dich tun?«

Octavia sah ihn mit rotgeränderten Augen an.

»Du mußt sie finden, Julius! Du mußt sie zu mir zurückbringen. Sie ist meine Tochter!«

Agricola rieb sich nachdenklich das Kinn.

»Das würde ich gern, Liebste!« sagte er ausweichend und fuhr sich mit der Zunge über die Lippen. »Aber wir stehen kurz vor einem Feldzug nach Caledonien. Keiner der Männer ist entbehrlich, und ich selbst kann mich nicht auf die Suche nach Cornelia machen!«

»Du mußt, Julius! Sie ist auf dem Weg nach Caledonien, auf dem Weg zu diesem ...« Sie preßte die Lippen fest aufeinander. »Sie will zu ihm!«

Dann verlor sie ihre Beherrschung und brach in Tränen aus. Zärtlich tätschelte Agricola ihre Schultern.

»Du weißt nicht, wie furchtbar das ist! Mein einziges Kind ist davongelaufen, um irgendwo in der Wildnis mit einem Barbaren zu leben, und kein Mensch ist bereit, mich bei der Suche nach ihr zu unterstützen!«

»Beruhige dich, Liebste!« flüsterte Agricola und küßte ihr gefärbtes Haar. »Schließlich bin ich da. In wenigen Tagen werden unsere Legionen aufbrechen. Wir werden Cornelia finden und sie zu dir zurückbringen, das verspreche ich dir. Hab nur ein wenig Geduld!«

Octavia nickte und klammerte sich schluchzend an ihm fest. Eng umschlungen saßen sie in dem Zimmer, bis es dunkel wurde und der Diener kam, um die Lampen anzuzünden.

21

Es war immer noch sehr kalt; seit Imbolc waren kaum vierzig Tage vergangen. Dennoch lag in der klaren Nachtluft der deutlich wahrnehmbare Geruch des nahenden Frühlings. Die meisten Familien schliefen bereits, und nicht einmal die Hunde meldeten die Anwesenheit der beiden jungen Männer, die schweigend durch das stille Dorf gingen. Malcolm und Duncan hatten den Abend auf Gartnaits Hof verbracht, der etwas abseits vom Dorf lag. Sie hatten über Malcolms bevorstehende Hochzeit mit der Tochter eines benachbarten Fürsten geredet, viel gegessen, noch mehr getrunken, und nun hing jeder von ihnen seinen eigenen Gedanken nach.

Malcolm beobachtete Duncan verstohlen. In einer sternklaren Nacht wie dieser hatten sie ihre Freundschaft mit Blut besiegelt. Sie hatten ihre Unterarme mit einem Dolch eingeritzt und dann die frischen Wunden aufeinandergepreßt, so daß sich ihr Blut miteinander vermischen konnte. Sie waren nun nicht mehr nur Freunde, sondern Brüder. Brüder, die einander auch ohne Worte verstanden. Vielleicht war dies der Grund, weshalb Malcolm sich oft Sorgen um Duncan machte. Er war in diesem Stamm kein Fremder mehr. Das anfängliche Mißtrauen der Dorfbewohner Duncan gegenüber war überwunden, man hatte ihn in die Gemeinschaft aufgenommen, und er wurde von allen geschätzt. Und doch kam es zuweilen vor, daß Duncan von einem Augenblick zum nächsten still wurde. In sich gekehrt berührte er dann seinen Armreif, und in seinen

Augen lag ein schmerzlicher Ausdruck. Malcolm schien der einzige zu sein, der diese plötzlichen Stimmungswechsel bemerkte. Er wußte nicht, weshalb Duncan litt. Vielleicht hatte er Heimweh, vielleicht dachte er an all jene, die durch die Hand der Römer gestorben waren. Vielleicht durchlebte er aber auch erneut die Qualen seiner Gefangenschaft, deren Schrecken Malcolm sich nicht auszumalen wagte. Doch er stellte Duncan keine Fragen. Er wußte, daß der Tag kommen würde, an dem der Freund ihm alles erzählen würde.

Inzwischen waren sie bei Angus' Haus angekommen.

»Bist du in Ordnung, Duncan?«

Duncan senkte den Blick und trat von einem Bein auf das andere. Sollte er Malcolm erzählen, wie einsam er sich fühlte? Daß er Cornelia so vermißte, als hätte jemand seinen Körper in zwei Teile gespalten und die eine Hälfte in den Fluten des Meeres versenkt? Sollte er ihm erzählen, daß er sich davor fürchtete, in sein leeres, stilles Haus zu gehen, aus dem nicht einmal ein Feuer die Kälte vertreiben konnte? Ein Hund bellte, und Duncan hielt nach dem Tier Ausschau, dankbar über die Ablenkung.

»Ja, Malcolm, ich bin in Ordnung!« sagte er schließlich. »Ich habe wahrscheinlich nur zuviel Bier getrunken. Das erzeugt manchmal seltsame Stimmungen.«

Malcolm akzeptierte diese Antwort, obwohl er sie nicht glaubte. Ihm fiel auf, daß Duncan wieder seinen Armreif berührte. Seine Augen schimmerten verdächtig, und sein Lächeln war traurig, schmerzvoll – und verlassen.

Er stieß freundschaftlich seine Faust in Duncans Schulter.

»Hoffentlich hast du morgen kein Kopfweh!« Dann wurde er ernst und ergriff Duncans Unterarm, so daß sich die schmalen Narben, die von ihrem Treueschwur zurückgeblieben waren, berührten. »Blut auf Blut, Duncan! Wenn ich deinen Ruf höre, werde ich an deiner Seite sein!«

Duncan schluckte und hielt nur mühsam die Tränen zurück.

»Du kannst dich auch auf mich verlassen, Malcolm!«

Er wartete noch, bis Malcolm im Haus seines Vaters verschwunden war, bevor er sich auf den Heimweg machte. Vor seiner Tür blieb er stehen. Angus hatte ihm das kleine, alte Haus ohne Bezahlung überlassen. Seit Jahren war es unbewohnt und von den Dorfbewohnern lediglich zur Aufbewahrung der Pflüge und Eggen im Winter benutzt worden. Das Dach hatte in einem seltsamen Winkel nach vorne gehangen, in der aus Feldsteinen errichteten Grundmauer hatten große Löcher geklafft, und die Tür hatte nur noch mit einer Angel am Rahmen gehangen. Das Innere des Hauses war mit altem Gerümpel vollgestellt und durch Spinnweben, Taubennester und Rattenkot verunreinigt. An zwei Stellen war das Dach undicht, und es hatte hineingeregnet. Der Lehmboden war aufgeweicht und schimmlig, und Malcolm hatte bereits aufgeben wollen. Doch Duncan hatte sich in den Kopf gesetzt, diese heruntergekommene Hütte wieder in ein bewohnbares Haus zu verwandeln. Also hatten sie damit begonnen, morsche Dachbalken zu erneuern, das Strohdach auszubessern und die Löcher in der Mauer mit Feldsteinen zu füllen und mit Torf und Lehm abzudichten. Duncan und Malcolm hatten, unterstützt von anderen Freunden, viele Tage von frühmorgens bis spätabends geschuftet, bis Duncan endlich in das Haus einziehen konnte. Dennoch fühlte er sich in seinem neuen Heim nicht wohl. Und jedesmal, wenn er das Haus betrat, fröstelte ihn vor der Leere und Kälte, die ihn dort erwartete.

Duncan seufzte und öffnete die Tür. Noch im Gehen zog er sich seinen Umhang gleichzeitig mit dem Hemd über den Kopf und warf die Kleidungsstücke achtlos auf den Boden. Erst in diesem Augenblick fiel ihm die Frau auf, die am Feuer saß. Sie hatte ihm den Rücken zugekehrt. Langes, dunkles, seidig glänzendes Haar fiel über ihre nackten Schultern, und Duncan hielt den Atem an.

»Cor ...«

Seine Stimme brach. Und gleichzeitig erkannte er, daß seine Sinne ihn getäuscht hatten. Es war nicht Cornelia. Die Frau erhob sich und ging einen Schritt auf ihn zu. Verwirrt registrierte er, daß ihr Kleid nur lose an ihrem Körper herabhing. Bei der nächsten Bewegung würde es zu Boden fallen.

»Moira, was ...«

Sie legte ihm sanft einen Finger auf die Lippen und lächelte.

»Ich habe auf dich gewartet«, sagte sie leise, ihre braunen Augen strahlten. »In der Zwischenzeit habe ich aufgeräumt und den Boden gefegt! Das Haus hatte es bitter nötig!«

»Ich weiß, ich ...«

Wieder verschloß Moira ihm den Mund. Dann fuhr ihre Hand zärtlich an den Konturen seines Gesichts entlang.

»Ich habe es gern getan!«

Sie löste die letzten Schnüre, und ihr Kleid glitt zu Boden. Duncan konnte nicht verhindern, daß sein Blick magisch von ihrem nackten Körper angezogen wurde.

»Fürchtest du dich vor mir?« Moira lachte. »Ich werde dir deine Angst nehmen!«

Sie küßte ihn auf den Mund. Ihre Lippen waren voll, weich und sanft. Duncan schloß die Augen. Wellen der Erregung durchfluteten seinen Körper. Sehnsucht nach Zärtlichkeit, nach Liebe, nach Lust erfüllte ihn.

Moira durchliefen wohlige Schauer. Ihre Hände glitten über seinen schlanken Körper, immer tiefer bis zu seinem Gürtel.

»Ich liebe dich!« flüsterte sie ihm ins Ohr.

Duncan fühlte, wie sie begann, die Schnalle zu öffnen. Seine Hände tasteten über ihre weichen, warmen Rundungen, wühlten sich durch ihr Haar, und seine Zunge begann, ihren Mund zu erforschen.

Sie riecht anders als Cornelia! schoß es ihm durch den Kopf. Ihr Haar ist lockiger, ihre Formen sind üppiger. – Na und? Sie ist eben nicht Cornelia! Was macht das schon aus? antwortete eine andere Stimme in ihm. Du bist ein Mann! Und ein Mann braucht eine Frau!

Duncan spürte, wie die Erregung seine Sinne mehr und mehr ausfüllte. Warum sich nicht diesem Gefühl hingeben und wenigstens für eine Nacht die Umarmungen einer Frau genießen? Doch plötzlich sah er Cornelias Gesicht vor sich. Ihre schönen braunen Augen sahen ihn voller Liebe an, eine Locke ihres seidigen Haares fiel ihr in die Stirn. Wie oft hatte er ihr diese widerspenstige Strähne aus dem Gesicht gestrichen? Wie oft hatte er ihre zarte Haut gestreichelt, wie oft ihre weichen Lippen geküßt? Seine Zunge erinnerte sich an jeden ihrer ebenmäßigen Zähne ebenso wie an den Geschmack ihrer Haut. Und wenn die Frau in seinen Armen eine Göttin wäre, es wäre niemals das gleiche. Cornelia war seine Frau!

»Nein!« sagte er laut. »Hör bitte auf.«

Überrascht sah Moira ihn an. Er atmete schnell, sein Körper zitterte fast vor Erregung.

»Aber warum? Du willst es doch auch!«

Scherzhaft glitt ihre Hand unter seinen Gürtel, doch Duncan hielt sie am Handgelenk fest. Er wollte nicht, daß sie fühlte, wie sehr sie ihn erregt hatte.

»Hast du Angst, daß mein Vater etwas erfahren könnte?« Moira lachte. »Sei unbesorgt. Er weiß es nicht. Außerdem darf ich mir den Mann selber wählen!«

Sie wollte ihn wieder küssen, doch Duncan drehte sein Gesicht zur Seite.

»Du weist mich also ab? Findest du mich häßlich?«

Duncan schüttelte den Kopf.

»Nein. Du bist wunderschön, Moira, aber ...«

Plötzlich begann sie zu verstehen.

»Es ist eine andere, nicht wahr?«

»Ja. Sie ist Römerin. Ihr Vater ist der Verwalter von Eburacum.« Er lächelte traurig. »Vom ersten Augenblick, als ich sie sah, habe ich sie geliebt. Wir hatten vor, gemeinsam zu fliehen und im Norden ein neues Leben zu beginnen, eine Familie zu gründen. Doch dann kam es anders, und ich mußte sie zurücklassen.«

»Und du glaubst, daß sie dir jetzt folgen wird?«
»Ja!«
Moira schüttelte den Kopf.

»Ich verstehe dich nicht, Duncan! Du lebst in einer Traumwelt!« Sie nahm seine zitternde Hand und legte sie auf ihre Brust. »Fühlst du das, Duncan? Das ist real! Ich bin hier, bei dir, und ich liebe dich!« Sie streichelte zärtlich seine Wange. »Ich will dich, Duncan! Und du begehrst mich auch, das habe ich gespürt! Du brauchst eine Frau! Eine Frau, die für dich da ist, die für dich sorgt. Nimm mich, Duncan! Ich würde alles für dich tun. Ich werde versuchen, wie sie zu sein und sie zu ersetzen!«

Duncan schüttelte langsam den Kopf, und Moira begann zu weinen.

»Das hast du nicht verdient, Moira!« Er wischte ihr die Tränen von der Wange. »Du hast einen Mann verdient, der dich um deiner selbst willen begehrt. Das werde ich dir nie bieten können. Mein Körper würde zwar bei dir sein, doch mein Herz wird immer Cornelia gehören.«

Moira senkte ihren Blick und hob ihr Kleid auf. Langsam zog sie es wieder über.

»Dann wirst du also auf sie warten?«

Moira sah ihn forschend an, der Schmerz in seinen blauen Augen zerriß ihr fast das Herz.

»Wenn es sein muß, bis zu meinem Lebensende!«
»Ich weiß nicht, ob sie dieses Opfer wert ist. Ich hoffe nur, daß sie eines Tages davon erfährt!«

Beinahe fluchtartig verließ Moira das Haus. Duncan stand nun wieder allein in dem kalten, leeren Raum. In der Feuerstelle brannte zwar ein helles Feuer, doch es konnte ihn nicht wärmen. Das Gefühl der Einsamkeit wurde so erdrückend, daß Duncan ohnmächtig vor Verzweiflung auf die Knie sank.

Zur gleichen Zeit saß Cornelia in einer Höhle in den Bergen am Feuer und beobachtete den Druiden, der ihr regungslos mit untergeschlagenen Beinen gegenübersaß. Er befand sich in Trance. Seine Augen waren geschlossen, in seinem Schoß lag Duncans goldener Armreif. Während die Finger des Druiden unablässig das Schmuckstück betasteten, schweiften Cornelias Gedanken zurück.

Sie war bereits seit sechs Tagen unterwegs. Entgegen Brennius' Befürchtungen war die Reise bislang wenig beschwerlich verlaufen. Das erstaunlich milde Wetter hatte dazu geführt, daß der Schnee sogar in den Bergen zu schmelzen begann. Dennoch war sie froh gewesen, als ihr kurz vor Einbruch der Dunkelheit ein Mann über den Weg lief. Es war der erste Mensch, den sie traf, seit sie Eburacum verlassen hatte, und der Zufall wollte es, daß es ein Druide war. Sie erkannte ihn sofort an seinem langen grauen Obergewand, das er über seiner dunkelgrünen Hose trug. Anfangs hatte sie sich ein wenig gefürchtet. Weniger wegen der Geschichten, die man ihr über die Druiden erzählt hatte. Daran glaubte sie schon lange nicht mehr. Aber die keltischen Priester wurden von den Römern streng verfolgt, viele von ihnen waren bereits hingerichtet worden. Was würde dieser Mann tun, wenn ihr Akzent ihm verriet, daß sie Römerin war? Doch der Druide, der Coinneach hieß, war sehr freundlich gewesen. Er hatte Cornelia zu essen gegeben und ihr für die Nacht einen Platz zum Schlafen in seiner Höhle angeboten. Im Laufe des Abends hatte sie Vertrauen zu dem gütigen alten Mann gefaßt. Und schließlich, nachdem sie ihm ihre Geschichte erzählt hatte, hatte sie ihn um Hilfe bei der Suche nach Duncan gebeten.

Coinneach hatte sich nachdenklich durch seinen grauen Bart gestrichen und schließlich genickt.

»Ja, vielleicht kann ich dir wirklich helfen!« hatte er gesagt. »Vorausgesetzt, daß du etwas bei dir trägst, was ihm gehört hat!«

Cornelia hatte ihm von Duncans Armreif erzählt, und Coinneach hatte sie gebeten, ihm das Schmuckstück zu geben. Der Druide hatte gesagt, daß es ihm vielleicht mit Hilfe des Armreifs gelingen könnte, eine Verbindung zu dem Ort herzustellen, an dem Duncan sich gerade aufhielt. Dann hatte er sein Obergewand abgelegt, ein Stück einer seltsam aussehenden Wurzel genommen und dieses gekaut. Und seither befand sich Coinneach in Trance. Wie lange mochte das jetzt her sein? Sicherlich mehr als zwei Stunden! Cornelia seufzte und nippte an dem heißen, würzigen Kräutersud, den ihr der alte Mann gegeben hatte. Sie war von der langen Reise müde, und im Laufe der Zeit fiel es ihr immer schwerer, die Augen offenzuhalten. Doch sie wollte unbedingt das Ende des Rituals abwarten!

Als sie die Augen wieder aufschlug, war es bereits hell. Coinneach saß am Feuer und bereitete das Frühstück zu.

»Guten Morgen!« sagte er und reichte ihr lächelnd eine Schüssel mit Haferbrei. »Ich wollte dich nicht wecken.«

»Und? Hast du etwas herausgefunden? Ist es dir gelungen, eine Verbindung zu Duncan herzustellen?«

Erwartungsvoll sah sie ihn an, ohne die dampfende Schüssel zu beachten. Ein gütiges Lächeln glitt über das Gesicht des alten Mannes.

»Ihr müßt euch sehr lieben. Ich hatte noch nie zuvor eine so klare und deutliche Vision!«

»Dann weißt du, wo er ist?«

»Der Sternenhimmel, den ich über seinem Haus gesehen habe, läßt vermuten, daß er in einem Dorf der Lothians untergekommen ist, etwa drei Tagesreisen von hier entfernt.«

»Du hast ihn gesehen?« rief Cornelia aufgeregt. »Wie geht es ihm?«

»Er leidet unter eurer Trennung, und er braucht dich!« Der Druide sah die junge Römerin nachdenklich an. »Meine Vision wäre nicht so klar gewesen, wenn er nicht mit seinem ganzen Herzen bei dir wäre. Eine derart tiefe Liebe ist selten. Sie ist ein großes Geschenk der Götter, das sorgsam bewahrt werden muß. Deshalb werde ich dir ein Amulett geben, das dich vor Überfällen schützt.« Er reichte ihr ein goldenes, wie ein

Baum geformtes Schmuckstück, das an einem schwarzen Lederband hing. »Trage es offen um deinen Hals, wenn du nach dem Weg zu den Lothians fragst. Jeder, der dieses Amulett sieht, ist verpflichtet, dir zu helfen, gleich welchem Stamm er angehört.«

Cornelia wäre am liebsten sofort wieder aufgebrochen, doch Coinneach zwang sie, vorher ausgiebig zu frühstücken.

Nur noch drei Tage, hatte Coinneach gesagt! Vielleicht konnte sie die Zeit sogar abkürzen, wenn sie sich beeilte! Sie verabschiedete sich dankbar von dem Druiden. Und als sie ihr Pferd bestieg und davonritt, glänzte das goldene Amulett in der Sonne.

Es regnete bereits seit dem Vormittag in Strömen. Moira haßte dieses Wetter. Auf ihrem Weg zum Brunnen, der am Dorfrand lag, versuchte sie, wenigstens den größten Pfützen auszuweichen. Es war ein mühsamer Balanceakt, denn in der linken Hand trug sie einen hölzernen Eimer, und mit der rechten hielt sie sich zum Schutz gegen den Regen ein Tuch über den Kopf. Dennoch waren ihr Kleid und ihre Beine bereits nach wenigen Metern bis zu den Knien mit Schlamm bespritzt. Sie stellte den Eimer auf den Rand des Brunnens und war gerade im Begriff, die Winde zu betätigen, um Wasser zu schöpfen, als das Wiehern eines Pferdes sie aufblicken ließ. Ein Reiter näherte sich dem Dorf. Und erst, als er schon ziemlich nahe war, erkannte Moira, daß es sich um eine Frau handelte. Die Fremde trug einen dicken, wollenen Mantel mit Kapuze, auf ihrer Brust schimmerte ein goldenes Amulett. Sie lächelte Moira freundlich zu, obwohl ihr das Wasser die Wangen herablief und auch ihre Kleidung durchnäßt zu sein schien.

»Sei gegrüßt! Vielleicht kannst du mir weiterhelfen. Ich suche einen Mann, der Duncan heißt. Man sagte mir, daß er sich in dieser Gegend aufhalten soll!«

Mißtrauisch betrachtete Moira die Fremde mit dem seltsamen Akzent von Kopf bis Fuß. Die Frau brauchte sich nicht vorzustellen. Sie wußte auch so, um wen es sich handelte. Das war also diese »Cornelia«, ihr gehörte Duncans Herz. Wenn diese Frau nicht das Amulett getragen hätte, das sie unter den Schutz eines Druiden stellte, hätte sich Moira einfach umgedreht und wäre ohne ein weiteres Wort gegangen.

»Ja, das stimmt!« antwortete sie widerstrebend, ihre Stimme klang unfreundlich. »Er wohnt hier in diesem Dorf. Aber er ist im Augenblick nicht da. Er ist mit meinem Bruder fortgeritten.«

»Den Göttern sei Dank, daß ich ihn endlich gefunden habe! Wo kann ich denn auf ihn warten?«

Moira füllte ihren Eimer und hob ihn an. Wasser schwabbte über und durchtränkte ihr Kleid, ohne daß sie es spürte.

»Am besten, du bleibst einfach hier stehen. Dann kannst du ihn nicht verfehlen!«

Rache muß sein! dachte Moira, drehte sich um und ging zum Haus ihres Vaters zurück.

Doch auf halbem Weg blieb sie stehen. Die Fremde war völlig durchnäßt, es war windig und kalt, und Duncans Rückkehr konnte noch lange dauern. Vom schlechten Gewissen getrieben, kehrte sie zum Brunnen zurück. Die Fremde stand tatsächlich immer noch dort. Fröstelnd ging sie auf und ab und versuchte, wenigstens ihre kalten Hände durch Reiben zu erwärmen.

»Komm mit!« rief Moira ihr von weitem zu und winkte sie zu sich. »Du kannst auch bei uns im Haus warten. Dann brauchst du nicht im Regen zu stehen. Duncan wird ohnehin zu uns zum Essen kommen!« Sie musterte die Fremde wieder von Kopf bis Fuß. »Mein Name ist Moira!«

»Ich bin Cornelia!«

»Ich weiß!« antwortete Moira und stieß einen tiefen Seufzer aus.

Duncan und Malcolm waren bereits auf dem Heimweg. Regelmäßig, egal bei welchem Wetter, ritten sie die Weiden und Felder von Angus ab, um dort nach dem Rechten zu sehen. Sie kontrollierten die aus Feldsteinen errichteten Grenzmauern, zählten die Rinder und überprüften die Heuschober. Manchmal dauerte diese Arbeit den ganzen Tag, wenn sie Mauerteile neu errichten, verschimmeltes Heu verbrennen oder entlaufene Rinder wieder einfangen mußten. An diesem Tag waren Malcolm und Duncan besonders froh darüber, daß alles in Ordnung war. Den ganzen Vormittag hatte es in Strömen geregnet, und mittlerweile waren beide durchnäßt bis auf die Haut und durchgefroren. Der Gedanke an ein wärmendes Feuer, trockene Kleidung und eine üppige Mahlzeit ließ sie ihre Pferde antreiben.

Endlich hatten sie den letzten Hügel erreicht. Vor ihnen im Tal lag das Dorf. Die Strohdächer der niedrigen, runden Häuser waren dunkel vor Feuchtigkeit. Rauchwolken stiegen aus den Rauchöffnungen in den grauen Himmel empor. Nicht einmal ein Huhn lief draußen herum. Schlamm und Wasser spritzten unter den Hufen ihrer Pferde auf, und als sie vor Angus' Haus abstiegen, versanken sie fast bis zu den Knöcheln im schwarzen Morast. Sie stellten ihre Pferde im Stall unter und rieben die Tiere mit Strohbündeln trocken.

»Hoffentlich hat Moira das Essen fertig«, rief Malcolm, als sie zum Wohnhaus liefen und dabei Pfützen übersprangen. »Ich bin hungrig wie ein Wolf!«

Hastig öffnete er die Tür, und sie betraten das Haus. Wärme, der Schein des Feuers und der angenehme Duft von heißem Speck und frischem Haferbrot empfingen sie. Im Gegensatz zu Duncan fiel Malcolm die fremde Frau, die neben seiner Schwester am Feuer saß, sofort auf. Duncan hingegen war damit beschäftigt, sich den vor Nässe triefenden Umhang von den Schultern zu nehmen.

»Ich fürchte, es wird drei Tage dauern, bis er ...« Der Rest des Satzes blieb ihm in der Kehle stecken. Sein Blick blieb auf der Frau am Feuer haften. Das Blut wich aus seinen Wangen, kraftlos ließen seine Hände den Umhang zu Boden fallen, und er begann zu zittern. Konnte es wirklich sein, daß Cornelia ...

Nein, bitte nicht! betete er. Ihr Götter, ich flehe euch an! Ich könnte eine Sinnestäuschung nicht ertragen!

Dann erhob sich die Frau. Ihre braunen Augen sahen ihn an, und ein strahlendes Lächeln glitt über ihr Gesicht. Dieses Gesicht liebte er mehr als sein Leben.

Duncan verfing sich in dem nassen Umhang zu seinen Füßen, stolperte unbeholfen voran, fiel beinahe hin, gewann im letzten Moment das Gleichgewicht zurück, und stand schließlich vor ihr. Er war unfähig, ein Wort zu sagen oder einen klaren Gedanken zu fassen. Zaghaft streckte er seine Hand nach Cornelia aus, als fürchtete er, sie wäre nur ein Traumbild, das sich unter seiner Berührung in nichts auflösen könnte. Und dann endlich begann er seinen Sinnen zu trauen. Cornelia stand leibhaftig vor ihm!

Duncan nahm ihr Gesicht in beide Hände. Er küßte sie auf den Mund, auf die Stirn, auf die Wangen, auf den Hals. Er umarmte sie, fühlte ihren warmen, schlanken Körper und vergrub sein Gesicht in ihrem duftenden Haar.

Cornelias Herz wollte fast zerspringen vor Glück, als sie Duncans leidenschaftliche Küsse erwiderte. Sie spürte die Bewegungen seiner Muskeln und seinen schnellen Herzschlag unter seiner nassen, am Körper klebenden Kleidung. Wasser tropfte aus seinen Haaren und rann in ihren Nacken. Doch das nahm sie kaum war. Sie war endlich wieder bei ihm, und das allein zählte!

Schließlich hob Duncan sie hoch. Er dachte nicht mehr an seine Umgebung, Moira und Malcolm hatte er völlig vergessen. Er hatte nur noch den einen Wunsch, Cornelia nach Hause zu tragen, in ihr geimeinsames Haus. In ein Heim, das nun nie wieder kalt und leer sein würde.

Das Feuer war schon fast heruntergebrannt, und eigentlich hätte Duncan neue Scheite auflegen müssen. Doch dafür hätte er aufstehen müssen, und das wollte er auf keinen Fall. Er spürte Cornelias regelmäßige Atemzüge auf seiner Haut, ihr Haar kitzelte ihn. Er wußte nicht, wie lange er schon so lag, sein rechter Arm war inzwischen fast taub von dem ungewohnten Gewicht. Aber um nichts in der Welt hätte er dieses Gefühl missen mögen, das ihm wohlige Schauer über den Rücken jagte. Schließlich bewegte sich Cornelia und schlug die Augen auf. Sie lächelte ihn an und streichelte zärtlich seine Wange.

»Woran denkst du gerade?«

»Ich fürchte mich davor, aufzuwachen und festzustellen, daß ich träume.« Er seufzte. »Jede Nacht, jeden Tag habe ich mich nach dir gesehnt und mir gewünscht, dich wieder in meinen Armen zu halten!«

»Mir ist es ebenso ergangen. Eburacum war leer und kalt ohne dich! Versprich mir, daß du mich nie wieder allein läßt!«

»Keine Sorge, meine Wildkatze! Uns kann nichts mehr trennen!«

»Wann werden wir heiraten? Ich hoffe, du entsinnst dich noch daran, daß du versprochen hast, mich zu deiner Frau zu machen, sobald du ein freier Mann bist.«

Duncan runzelte die Stirn.

»Wirklich? Hab' ich das? Ich glaube nicht, daß ich ...«

Cornelia stieß empört ihre Faust, in seine Rippen, und Duncan lachte. Wie sehr hatte sie dieses Lachen vermißt!

»Ich glaube, jetzt fällt, es mir wieder ein! So bald wie möglich wird Aneirin uns trauen!« Er streichelte sanft ihre glatte Haut. »Bist du ganz sicher, daß du mich heiraten willst? Das Leben hier wird anders sein als in Eburacum, Cornelia! Wirst du deinen gewohnten Luxus nicht vermissen? Den geheizten Boden, die Thermen, die Sklaven, deine gewohnten Speisen ...«

Cornelia schüttelte lächelnd den Kopf.

»Nein. Ich will nur bei dir sein, Duncan. Alles andere ist unwichtig! Außerdem ist dieses Haus doch sehr behaglich!«

»Findest du wirklich? Das Haus und die wenigen Einrichtungsgegenstände sind Geschenke von freundlichen Dorfbewohnern. Du wirst einen armen Mann heiraten!«

»Auch das ist unwichtig!« antwortete Cornelia lächelnd. »Und sollten wir wirklich am Verhungern sein, dann werde ich eben unsere Nachbarn um etwas zu essen bitten!«

Duncan strich ihr das Haar aus der Stirn.

»Bevor du das tust, werde ich eher anfangen, Schweine zu hüten! Meine Frau soll mit erhobenem Kopf durch das Dorf gehen können!«

»Und unsere Kinder auch!« fügte Cornelia träumerisch hinzu. »Ich habe es dir noch gar nicht erzählt ...«

»Was?«

»Ich erwarte ein Kind, unser Kind, Duncan!«

Duncan setzte sich mit einem Ruck auf und starrte sie mit offenem Mund und weit aufgerissenen Augen an. Seine Gedanken überschlugen sich. Er war so durcheinander, daß er seine Muttersprache mit der römischen zusammenwürfelte und nur ein unverständliches Kauderwelsch hervorbrachte.

»Ganz ruhig und langsam, Duncan!« sagte Cornelia lachend und legte ihm beschwichtigend eine Hand auf die Schulter. »Ich habe kein Wort verstanden!«

»Du meinst, ich ... ich meine wir ... ich ... du ...« Er schnappte nach Luft und fuhr sich durchs Haar. »Cornelia, ist das wirklich wahr?«

»Ja, ich bin schwanger! Freust du dich etwa nicht?«

Duncan ließ sich auf den Rücken fallen, sein Gesicht war ein einziges strahlendes Lächeln.

»Mich soll auf der Stelle der Blitz erschlagen, wenn dies nicht der beste Tag meines Lebens ist! Du bist wieder bei mir, und wir bekommen ein Kind! Wann ist es soweit?«

Cornelia lächelte liebevoll. Sie spürte seinen Herzschlag, der vor Aufregung rasend schnell war.

»Im Sommer.« Sie streichelte wieder seine glatte, weiche Wange, »irgendwann nach Lugnasad!«

Duncan stützte seinen Kopf auf die Hand und fuhr zärtlich ihr Gesicht entlang. Seine Augen leuchteten vor Wärme.

»Worte können gar nicht beschreiben, wie sehr ich dich liebe!«

Dann zog er sie an sich und küßte sie leidenschaftlich.

Nur zwei Tage später schloß Aneirin die Ehe zwischen Duncan und Cornelia. Der Druide hatte ihnen vorgeschlagen, wenigstens bis Beltaine zu warten, doch sie hatten abgelehnt. Ihrer Meinung nach hatten sie schon viel zu lange auf diesen Tag warten müssen. Bei der einfachen, schlichten Zeremonie waren nur noch Malcolm und Moira anwesend. Cornelia trug ein dunkelgrünes Kleid, das in der Taille von einem Gürtel mit einer schlichten goldenen Schnalle zusammengehalten wurde. Ihr Haar war zu einem kunstvollen Zopf geflochten, und auf ihrem Kopf trug sie einen frischen Kranz aus blühender Heide, den Moira ihr geflochten hatte. Aneirin hielt eine ergreifende Rede und erflehte schließlich den Segen der Götter, während sie Duncan ihre Hände reichte. Während der ganzen Zeremonie gelang es ihm nicht, seinen Blick von Cornelia abzuwenden. Jede Einzelheit ihrer Gestalt, jedes Detail ihres Kleides und ihres Schmucks prägte sich unauslöschlich in sein Gedächtnis ein. Und als Cornelia ihn später fragte, mußte er zugeben, daß er von Aneirins Worten kein einziges gehört hatte.

Malcolm schenkte ihnen zur Hochzeit ein Schwein, und von Moira bekamen sie einen Kessel, den man über der Feuerstelle aufhängen konnte. Auch viele andere Dorfbewohner machten ihnen Geschenke – Hühner, zwei Enten, eine Decke, verschiedenes Küchengerät. Und was sie zusätzlich noch brauchten, erstand das Paar im Tausch gegen einen Teil von Cornelias Schmuck.

Viele Hühner liefen ihnen wieder davon, weil der Zaun, den Duncan um den Hühnerstall errichtet hatte, bereits beim nächsten Regen umfiel. Und oft mußten sie sich von rohem

Getreide und Milch ernähren, weil die Speisen, die Cornelia zubereitete, verbrannt oder ungenießbar waren. Die anderen Dorfbewohner belächelten den chaotischen, ungeordneten Haushalt des jungen Paares. Und mehrmals am Tag betonte Moira, daß Duncan nicht so schmal gewesen sei, als er noch regelmäßig bei ihr gegessen habe. Doch Cornelia und Duncan überhörten diesen Spott einfach. Sie waren so glücklich wie noch nie zuvor in ihrem Leben.

22

Es war Mitte Juni. Duncan und Malcolm folgten den Spuren von drei Rindern, die sich von Angus' Herde entfernt hatten. Noch vor wenigen Augenblicken hatte ein heftiger Sturm finstere Wolken über den Himmel gejagt. Es hatte in Strömen geregnet, und sie fürchteten, die Suche nach den Tieren aufgeben zu müssen, als plötzlich die Sonne durchbrach. Innerhalb kurzer Zeit wurden die schwarzen Wolken vom Wind vertrieben, und mittlerweile wölbte sich ein strahlendblauer Himmel über den saftig grünen Hügeln. Das Sonnenlicht ließ feuchtes Gras und blühendes Heidekraut in allen Farben schillern und verwandelte Spinnweben in filigrane Kunstwerke.

Duncan atmete genußvoll die frische, klare Luft ein. Einen Freund an seiner Seite, den Wind in seinen Haaren, den Torfgeruch der feuchten Erde in der Nase, den warmen Pferdekörper unter sich – das war Freiheit! Er liebte diesen unendlichen Himmel, diese saftig grünen Hügel, die sich so weit erstreckten, wie das Auge reichte. Hier konnte man leben und atmen, hier konnten Cornelias und seine Kinder aufwachsen und erfahren ...

»Ich glaube, da vorne sind die Ausreißer!« Malcolm riß ihn aus seinen Gedanken und deutete auf ein Wäldchen. »Wir müssen uns ihnen vorsichtig nähern, sonst laufen sie uns wieder davon. Und wenn wir die Rinder eingefangen haben, werden wir uns ausruhen und stärken.«

Die Tiere, zwei Kühe und ein halbwüchsiges Kalb, grasten friedlich im Schatten der Bäume. Die nahenden jungen Männer schienen sie keineswegs zu stören. Neugierig blickten sie auf, um gleich darauf weiterzufressen. Willig ließen sie sich die Schlingen über ihre mächtigen Hörner streifen. Die Seile verschwanden fast in ihrem dichten, zotteligen braunen Fell. Duncan und Malcolm banden die drei Rinder an einem Baum fest, zogen ihre nassen Umhänge und Hemden aus, hängten sie an einem Strauch zum Trocknen auf und teilten ihre Essensvorräte miteinander. Nachdem sie sich mit frischem Brot und Schinken gestärkt hatten, streckten sie sich im Gras aus. Duncan verschränkte die Arme unter dem Kopf und genoß die Wärme der Sonnenstrahlen auf seiner Haut, bis ihm plötzlich der Geruch eines Feuers in die Nase stieg. Er setzte sich auf.

»Riechst du es auch? In der Nähe brennt es!«

Malcolm zuckte erschrocken zusammen, offensichtlich war er eingenickt.

»Was hast du gesagt?«

»Es riecht nach Rauch!«

Nun setzte sich auch Malcolm auf und atmete geräuschvoll ein. »Tatsächlich, du hast recht! Vielleicht ist es nur ein Lagerfeuer.«

»Wir sollten uns das mal genauer ansehen!« schlug Duncan vor. »Wenn sich daraus ein Waldbrand entwickeln sollte ...«

Malcolm nickte und erschauerte. Als kleiner Junge hatte er einen Waldbrand miterlebt. Fünfzig Männer hatten versucht, mit Decken und Eimern den Brand zu löschen. Doch die Flammen waren auf die Heide übergesprungen, und erst ein heftiger Regen hatte verhindert, daß das Weideland des ganzen Stammes vernichtet worden war. Eine solche Katastrophe wollte er nicht noch einmal erleben!

Hastig verstauten sie die Reste ihres Proviants und nahmen ihre Umhänge von den Zweigen. Die dichte Wolle war immer noch feucht. Damit würde sich ein kleines Feuer ausgezeichnet löschen lassen. Dann folgten sie dem Geruch, der um so stärker wurde, je weiter sie in den Wald hineingingen. Schließlich hörten sie Stimmen.

»Es ist nur ein Lagerfeuer«, sagte Malcolm erleichtert. »Da können wir beruhigt wieder umkehren, oder ...«

»Oder uns die Burschen aus der Nähe ansehen«, vollendete Duncan den Satz.

Sie sahen sich an, und Malcolm nickte grimmig.

»Laß uns näher herangehen. Es könnten schließlich Lanarks sein!«

Nahezu lautlos pirschten sich Duncan und Malcolm an die Feuerstelle heran. Als sie nahe genug waren, legten sie sich hinter einem dichten Gebüsch auf den Boden und spähten vorsichtig durch die Zweige.

Auf einer kleinen Lichtung standen drei Pferde. Sie waren nach keltischer Art gesattelt und gezäumt, doch die Reiter, die am Feuer saßen, trugen Rüstungen mit Umhängen und Helmen, wie sie Malcolm noch nie zuvor gesehen hatte. Sie schienen sich sicher zu fühlen, denn sie unterhielten sich unbefangen und lachten laut. Dennoch verstand er kein einziges Wort. Es war eine seltsame, fremde Sprache, und Malcolm konnte sich nicht daran erinnern, sie jemals gehört zu haben.

Rechts neben ihm stieß Duncan ein leises, wütendes Zischen aus. Erstaunt sah Malcolm seinen Freund an. Duncan war bleich geworden, und seine tiefblauen Augen funkelten vor Zorn. Er hatte die Zähne so fest aufeinander gebissen, daß die Muskeln deutlich an seinen schmalen Wangen hervortraten und Malcolm das Knirschen hören konnte.

»Römer!«

Dieses eine, mühsam und leise hervorgestoßene Wort klang so haßerfüllt, daß Malcolm unwillkürlich erschauerte.

»Sollten wir nicht weiterreiten?« erkundigte sich einer der Soldaten zaghaft. Er war noch sehr jung. »Der Feldherr wird ...«

»Ach wo!« Lachend winkte der älteste der Soldaten ab. »Agricola kann noch ein paar Stunden länger warten. Es reicht, wenn wir heute abend im Lager ankommen!«

»Aber uns wurde befohlen, unverzüglich Meldung zu machen, wenn wir die Dörfer der Lothians gefunden haben!« widersprach der junge Soldat. »Ich finde, wir sollten ...«

»Silvius, heute wird ohnehin nichts mehr unternommen! Also können wir uns getrost eine Pause gönnen!« erklärte der ältere Soldat mit mildem, nachsichtigem Lächeln. »Wir sind sowieso besser im Zeitplan, als Agricola gehofft hatte. Noch bevor der Mai vorüber war, haben unsere Truppen bereits ihren ersten Sieg errungen! Das befestigte Lager steht, und wir kontrollieren das Gebiet der Lanarks. Die Hilfstruppen sind nachgerückt, und die Zwanzigste Legion marschiert über das Gebirge, um uns zu unterstützen. Was wollen wir mehr? Wenn es in diesem Tempo weitergeht, wird uns noch vor Winterbeginn ganz Caledonien gehören.«

»Ich weiß nicht, Antonius. Ich habe da meine Bedenken!« Der dritte der Soldaten, der bisher schweigend zugehört hatte, wiegte nachdenklich den Kopf. »Wenn es wirklich so einfach wäre, Caledonien zu erobern, dann frage ich mich, warum das nicht schon längst andere Statthalter getan haben.«

»Weil sie eben nicht so sorgfältig vorgegangen sind wie Julius Agricola.« Der Soldat mit dem Namen Antonius schlug sich zur Bekräftigung seiner Worte auf den Schenkel. »Diese Burschen haben doch überhaupt keine Chance, Brutus. Wie viele Krieger können die meisten Stämme aufstellen? Höchstens fünf oder sechstausend. Die Lanarks brachten nur viertausend auf die Beine. Davon war etwa die Hälfte schlecht ausgerüstet oder jung und unerfahren. Und wir? Wir haben einschließlich der Hilfstruppen zehntausend hervorragend ausgebildete Soldaten, und wir haben Geschütze. Ihr habt doch selbst miterlebt, was geschehen ist! Wie Agricola voraussagte, hat allein der Anblick unserer Übermacht ausgereicht, um die Lanarks das Fürchten zu lehren! Sie konnten uns ihre Waffen gar nicht schnell genug zu Füßen legen! Und ich wette mit euch um den Sold eines Jahres, daß es mit den anderen Stämmen genauso sein wird!«

»Für dich will ich hoffen, daß du recht hast, Antonius. Ich teile deinen Optimismus nämlich nicht. Weißt du, was Tiberius sagt?« Der Soldat fuhr sich durch das kurze, dunkle Haar. »Er sagt, die Kelten sind unberechenbar. Wenn sich die Lanarks kampflos ergeben haben, so heißt das nicht, daß die anderen Stämme ebenso handeln werden. Er geht davon aus, daß die meisten bis zum Tod ihre Freiheit verteidigen werden!«

»Tiberius ist ein alter Schwarzseher!« entgegnete Antonius verächtlich. »Aber auch er wird bald Agricolas außergewöhnlichen Triumph eingestehen müssen.«

»Nun, da wir über die Dörfer der Lothians und das Gelände Bescheid wissen, wird es nicht mehr lange dauern, bis wir ihnen im Kampf gegenüberstehen. Und dann werden wir sehen, wer recht hat – Agricola oder Tiberius!«

Malcolm sah seinen Freund mit wachsendem Unbehagen an. Schließlich hielt er die Ungewißheit nicht länger aus und tippte Duncan auf die Schulter.

»Verstehst du, was sie sagen?«

Duncan nickte nur und gebot ihm mit der Hand, zu schweigen. Aufmerksam lauschte er jedem Wort, das die Soldaten miteinander wechselten.

»Bitte, Duncan! Worum geht es?«

»Die Römer haben uns ausgekundschaftet«, flüsterte Duncan. Seine Stimme zitterte vor Erregung. »Die Lanarks hat es bereits erwischt, sie haben sich ergeben. Und jetzt wird es nicht mehr lange dauern, bis eine oder gar zwei Legionen vor unserem Dorf stehen!«

Malcolm wich das Blut aus den Wangen.

»Das können wir nicht zulassen! Wir müssen etwas tun, Duncan!«

»Ja! Wir müssen verhindern, daß die drei Kundschafter zu ihrem Lager zurückkehren und erzählen können, was sie wissen!«

Duncans Hand glitt zu seiner rechten Hüfte, wo normalerweise sein Schwert hing. Doch statt der mit Bronze verstärkten Scheide bekam er nur den Griff seines Dolches, den er für die Arbeit brauchte, zu fassen.

»Verdammt!« zischte er wütend. »Mein Schwert liegt zu Hause!«

Er dachte eine Weile nach. Die Klinge des Dolches war breit und scharf und das Eisen so hart, daß man damit zur Not auch junge Bäume fällen konnte. Leider war er nur so lang wie sein Unterarm. Aber die römischen Schwerter waren nicht viel länger! Er ergriff Malcolms Arm.

»Dann werden wir eben mit unseren Dolchen kämpfen!« Seine Augen funkelten. »Der Augenblick ist günstig, um sie zu überraschen. Bis sie aufgesprungen sind und ihre Schwerter gezogen haben, können wir sie überwältigen. Der Junge dort wird das leichteste Opfer sein, ich werde ihn schnell töten. Und dann nehme ich mir den Dunkelhaarigen vor. Du kümmerst, dich um den Dritten.«

Sie erhoben sich lautos und zogen ihre langen, schweren Messer. Dann sahen sie sich an. Schließlich nickte Malcolm, und sie stürmten mit wenigen Schritten auf die Lichtung.

Die drei Soldaten wurden vom Angriff völlig überrascht. Wie betäubt starrten sie auf die beiden jungen Kelten, die plötzlich in ihrer Mitte standen. Duncan machte eine halbe Drehung nach links und stieß dem Soldaten Silvius seinen Dolch mitten ins Herz. Das geschah so schnell, daß der junge Soldat nicht einmal mehr erfuhr, wer oder was ihn getötet hatte.

Malcolms Dolch traf Antonius an der linken Schulter. Er spürte, wie die Klinge tief in das Fleisch des Soldaten eindrang und die Knochen zerschmetterte. Der Römer schrie auf vor Schmerz und versuchte aufzuspringen und gleichzeitig sein Schwert zu ziehen. Er taumelte, konnte sich nicht mehr rechtzeitig abfangen und stürzte rücklings zu Boden. Malcolm sah seine Chance und warf sich auf den Soldaten, um ihm das Messer in die Brust zu stoßen. Doch dieser rollte sich im letzten Moment zur Seite und versuchte erneut aufzustehen. Sein linker Arm hing schlaff an seinem Körper herab, Blut floß in Strömen aus der Wunde. Es gelang ihm, mit seinem Schwert einen weiteren Hieb zu parieren, und dann kam er, zur gleichen Zeit wie Malcolm, wieder auf die Beine.

Antonius starrte den jungen Kelten vor sich haßerfüllt an.

»Ich werde dich lehren, was es heißt, Römer anzugreifen!« stieß er zornig hervor, ohne sich darüber im klaren zu sein, daß ihn der junge Krieger wahrscheinlich nicht verstehen konnte. »Du wirst gleich meine Klinge fühlen, das verspreche ich dir! Und dann werde ich dir deine Haut in kleinen Streifen vom Leib schneiden!«

Antonius packte seine Waffe fester und wollte auf den Kelten zulaufen, um ihm das Schwert zwischen die Rippen zu stoßen. Doch plötzlich durchzuckte ihn ein heißer Schmerz. Entsetzt riß er die Augen auf, als ihm klar wurde, daß dies ein folgenschwerer Fehler gewesen war. Der junge Krieger hatte blitzschnell das Messer von der rechten in die linke Hand gewechselt und einen Schritt nach vorn gemacht. Der Dolch hatte ihn am Hals getroffen, die einzige Stelle, die zwischen Helm und Brustpanzer ungeschützt war.

»Nei ...!!!«

Sein Schrei ging in einem erstickten Gurgeln unter, als er sich an seinem eigenen Blut verschluckte. Antonius taumelte, ließ das Schwert fallen und sank auf die Knie. Seine Sinne begannen allmählich zu schwinden. Nur noch verschwommen nahm er den jungen Kelten wahr, der ihm beim Sterben zusah. Etwas war falsch gelaufen, so war es doch gar nicht von Agricola geplant! Die Blutlache um seinen Kopf wurde zusehends größer. Und bevor die Welt um Antonius still wurde und jeder Lebensfunke erlosch, dachte er noch daran, daß er die Wette um seinen Jahressold verloren hatte.

Auch Brutus, der dritte Soldat, lag am Boden. Im Gegensatz zu seinen beiden unglücklichen Kameraden lebte er zwar noch, doch die blutige Klinge des blonden Kelten war direkt auf seinen Hals gerichtet. Brutus war davon überzeugt, daß auch die geringste Bewegung tödlich sein würde. Regungslos verharrte er deshalb in einer ziemlich unbequemen Position und wagte kaum zu atmen. Er sah zu dem über ihm knienden, jungen Krieger auf und fragte sich, warum er immer noch am Leben war. Was hatte dieser Kerl vor, der ihn mit seinen blauen Augen so seltsam ansah? Warum hatte er ihm noch nicht die Kehle durchgeschnitten? Im nächsten Augenblick sah Brutus die erhobene Klinge im Sonnenlicht funkeln. Dann fühlte er einen Schmerz, als würde ihm jemand den Schädel mit einem Stein zerschmettern, und alles um ihn herum versank in Finsternis.

»Mögen uns die Götter unsere Tat verzeihen!« sagte Malcolm leise.

»Wir hatten keine andere Wahl, Malcolm! Wenn nur einer von ihnen ihr Lager erreicht hätte, wäre es um uns geschehen!«

»Glaubst du, daß wir den Angriff auf unser Dorf verhindert haben?«

Duncan schüttelte den Kopf.

»Nein. Die Römer werden neue Kundschafter ausschicken. Aber wir haben wenigstens Zeit gewonnen!« Er beugte sich über den Soldaten, der leblos zu seinen Füßen lag. »Er lebt, mein Schlag hat ihn betäubt. Wir werden ihn mit ins Dorf nehmen. Dort wird er uns einige Fragen beantworten müssen! Und dann wird dein Vater hoffentlich zugeben, daß es vernünftiger ist, sich auf den Kampf gegen die Römer vorzubereiten!«

Malcolm und Duncan versteckten die Toten im Gebüsch, so

daß sich die Tiere nicht an ihnen vergreifen konnten. Dann banden sie die drei Soldatenpferde mit Seilen aneinander, luden den Bewußtlosen auf eines der Tiere und führten sie zu ihrem Rastplatz. Nachdem sie die Rinder wieder auf ihre Weide getrieben hatten, machten sie sich auf den Heimweg.

Die Kunde, daß Malcolm und Duncan drei Pferde erbeutet hatten, verbreitete sich im Dorf, noch bevor sie es erreicht hatten. Als sie den letzten Hügel hinunterritten, liefen ihnen schon aufgeregte Kinder entgegen, und Männer und Frauen versammelten sich vor Angus' Haus. Viele von ihnen hatten noch nie zuvor einen Römer gesehen. Neugierig betrachteten sie die seltsame Kleidung des Soldaten, die geschnürten Sandalen, die nur bis zum Knie reichende Tunica, den seltsamen Brustpanzer. Duncan und Malcolm stiegen ab, und Angus trat aus dem Haus. Mit vor der Brust verschränkten Armen stellte er sich vor den Römer und betrachtete ihn mit finsterem Gesicht.

»Wer ist das?«

»Ein Römer!« antwortete Duncan. »Er gehörte einem Spähtrupp an, der den Auftrag hatte, unsere Dörfer auszukundschaften. Sie waren bereits auf dem Rückweg zu ihrem Lager, als sie uns durch eine glückliche Fügung der Götter in die Hände fielen.«

»Warum habt ihr ihn nicht gleich getötet?« Angus zog einen Dolch aus seinem Gürtel und trat nahe an den Gefangenen heran. »Spione sollte man ...«

Doch bevor er dem Bewußtlosen die Kehle durchschneiden konnte, hielt Duncan ihn am Arm fest.

»Du darfst ihn nicht töten! Es gibt noch viele Fragen, die er uns beantworten muß. Deshalb ließ ich ihn am Leben!«

Angus lief im Gesicht rot an vor Zorn. Er war es nicht gewohnt, daß man ihm öffentlich widersprach. Doch gegen seinen Willen mußte er einsehen, daß Duncan recht hatte. Schließlich steckte er seinen Dolch wieder an den Gürtel.

»Gut, dann soll er meinetwegen am Leben bleiben!«

brummte er gereizt. »Bringt den Kerl in den Heuschober, bindet ihn fest und bewacht, ihn!«

Er gab einigen Knechten einen Wink und stapfte mißmutig in sein Haus zurück.

Gegen Abend erwachte der Römer aus seiner Bewußtlosigkeit. Sofort begaben sich Angus, Malcolm, Duncan, Iain und Gartnait in den Heuschuppen, um den Mann zu verhören.

Der Römer saß auf dem Boden und lehnte mit dem Rücken gegen einen der Stützpfeiler des Schuppens, an den man ihn mit Lederriemen gefesselt hatte. Sein kurzes, dunkles Haar klebte an seiner blutverkrusteten Stirn, sein rechtes Auge war zugeschwollen und blutunterlaufen. Als die fünf Männer den Heuschober betraten, erhob sich der Römer mühsam.

»Was wollt ihr von mir?« fragte er auf keltisch. »Warum habt ihr meine Freunde getötet? Wir saßen nur friedlich ...«

»Schweig!« rief Angus aus und schlug ihm mit der flachen Hand ins Gesicht, so daß der Römer wieder in die Knie sank. »Wir stellen dir die Fragen, nicht umgekehrt! Warum seid ihr in unser Gebiet eingedrungen?«

»Verzeiht, aber es war nicht unsere Absicht, euer Territorium zu verletzen! Wir waren auf dem Weg zu den Lothians und ...«

»Warum wolltet ihr zu uns?«

»Ihr gehört zum Stamm der Lothians?« Die Stimme des Soldaten klang erfreut. »Den Göttern sei Dank! Dann kann es sich nur um ein Mißverständnis handeln. Der Statthalter des Kaisers in Britannien, der verehrte Julius Agricola, hat uns zu euch gesandt. Bis in unsere Städte ist die Kunde von dem hervorragenden Fleisch, das eure Rinder liefern, gedrungen. Er will euch Handelsbeziehungen vorschlagen! Wir werden euch gut bezahlen, wenn ihr uns Fleisch liefert. Ihr werdet reich werden!«

Durch diese Antwort verunsichert, sahen sich die Männer an. Konnte es sein, daß die Römer wirklich nur friedliche Absichten gehabt hatten? Daß sie nur mit ihnen handeln wollten? Dann hatten die Lothians schwere Schuld auf sich geladen. Fragende Blicke wandten sich Duncan zu. Doch er schüttelte nur den Kopf.

»Glaubt ihm kein Wort, er will euch nur täuschen!« flüsterte er den anderen zu. Dann wandte er sich in der Sprache der Römer an den Soldaten: »Warum lügst du uns an?«

Der Mann wurde bleich und riß vor Entsetzen die Augen auf.

»Du sprichst unsere Sprache?«

Duncan lächelte kühl.

»Gewiß. Und glaube mir, es fiel mir nicht schwer, deiner Unterhaltung mit den anderen Soldaten zu folgen. Ihr drei habt laut und deutlich miteinander gesprochen! Du solltest uns also besser die Wahrheit erzählen. Wo liegt euer Lager, und wie viele Soldaten sind dort stationiert?«

Der Römer schluckte und biß die Zähne zusammen.

»Ihr könnt mich foltern oder töten. Aber von mir werdet ihr nichts erfahren!«

Duncan übersetzte Angus die Worte des Römers. Der Fürst stieß ein wütendes Zischen aus.

»Offensichtlich verschwenden wir nur unsere Zeit!« Er wandte sich zum Gehen. »Gebt ihm nichts zu essen und zu trinken! Vielleicht werden Hunger und Durst seine Zunge lösen. Malcolm, laß allen Kriegern und Aneirin ausrichten, daß ich sie zu sprechen wünsche. Wir halten heute abend eine Versammlung ab!«

Nur wenig später hatten sich in Angus' Haus etwa fünfzig Männer versammelt. Sie saßen mit untergeschlagenen Beinen auf Fellen, vor ihnen stand ein sichelförmiger, niedriger Holztisch. Moira versorgte die Männer mit Bier, während ihre Augen auf Malcolm gerichtet waren, der mit kurzen, knappen Worten berichtete, wie er und Duncan die Römer entdeckt und überwältigt hatten. Nachdem er auch von dem mißlungenen Verhör des Gefangenen erzählt hatte, nahm Malcolm wieder Platz, und einer der Männer erhob sich.

»Wenn ich dich richtig verstanden habe, Malcolm, haben wir nur Duncans Wort, daß die Römer uns bedrohen. Er ist der einzige von uns, der ihre Sprache beherrscht.« Der Mann sah sich im Kreis der versammelten Krieger um. »Können wir aber Duncan wirklich trauen? Woher sollen wir wissen, daß er uns die Wahrheit erzählt? Womöglich hat er sich mit den Römern verbündet, um uns in eine sinnlose Schlacht zu treiben? Vielleicht ist er ein Verräter!«

»Stimmt! Keith hat recht!« rief ein anderer empört und erhob sich ebenfalls. »Schließlich teilt er das Lager mit einer Römerin!«

»Angus soll ein Urteil über den Verräter fällen!«

»Niemals werde ich einem Römerfreund vertrauen!«

Duncan sprang erregt auf.

»Ich bin kein Römerfreund!«

Doch seine Stimme ging in dem empörten Geschrei der Krieger unter. Viele von ihnen forderten Duncans Tod, und nur mit Mühe hielt Malcolm einen Mann davon ab, sich auf Duncan zu stürzen.

»Ruhe!« brüllte Angus. Seine gewaltige Stimme übertönte den Lärm, und allmählich legte sich der Tumult. »Ihr fordert von mir, daß ich aufgrund lächerlicher Behauptungen ein Urteil über Duncan fälle!« Der Fürst sah seine Krieger finster an. »In all den Jahren meiner Herrschaft, wurde noch nie ein Mann verurteilt, bevor seine Schuld nicht eindeutig bewiesen war. Und so soll es auch bleiben! Also setzt euch, und laßt uns hören, was Duncan zu diesen Vorwürfen zu sagen hat.«

Alle bis auf Duncan setzten sich wieder. Er blickte in die Gesichter der Männer, die ihn feindselig und mißmutig anstarrten. Er war erzürnt über die beleidigenden Worte. Doch gleichzeitig tauchte eine düstere Vision vor seinem geistigen Auge auf, die ihm fast das Herz zerriß. Er sah verzweifelte

Krieger zwischen den rauchenden Trümmern ihrer Hütten umherirren und den Verlust ihrer Freunde beklagen. Er sah geschundene Männer, die aneinandergekettet von römischen Soldaten fortgetrieben wurden. Und er sah frische Grabhügel, weinende Frauen und Kinder, die ohne Vater aufwachsen mußten. Doch wie sollte er verhindern, daß diese schreckliche Vision Wirklichkeit wurde? Wie sollte er den Männern beweisen, daß er die Wahrheit sprach? Wie sollte er ihr Vertrauen gewinnen? »Ich bin weder ein Römerfreund noch ein Verräter, das schwöre ich euch!« sagte er laut, während er seinen rechten Ärmel hochkrempelte. Dann nahm er ein Messer und schnitt sich in den Unterarm. Der scharfe, brennende Schmerz trieb ihm fast die Tränen in die Augen, doch er biß die Zähne zusammen und hielt seinen Arm hoch, so daß jeder die Wunde sehen konnte. »Ich schwöre bei meinem Blut, bei meiner Seele und bei dem Gott, auf den mein Stamm schwört, daß jedes meiner Worte wahr ist!« Duncan schluckte, seine Nasenflügel bebten, und seine Stimme zitterte vor Erregung. »Ich hasse die Römer, seit ich denken kann. Sie haben meinen Stamm versklavt. Sie haben meinen Freund, der mir mehr bedeutete als ein Bruder, getötet. Sie haben meine Mutter ermordet und meine Schwester in den Selbstmord getrieben!« Duncan ergriff den Ring, den er stets an der Lederschnur um seinen Hals trug. »Diesen Ring bekam ich von einem Freund, kurz bevor er durch die Hand der Römer starb. Er gehörte seinem Sohn, der, wie auch seine Ehefrau, von den Römern ermordet wurde!« Er streifte sich das mittlerweile blutige Hemd über den Kopf und warf es auf den Tisch. Beim Anblick der Narben an seinem Körper ging ein Raunen durch die versammelten Krieger. »Die Römer haben mich ausgepeitscht und gefoltert, sie wollten mich hinrichten und heimtückisch ermorden. Sie haben mir fast alles genommen, was man einem Mann rauben kann. Und ihr glaubt, daß ich ein Römerfreund bin?« Er lachte auf. »Ich hasse sie mit jeder Faser meines Herzens. Bis zu meinem letzten Atemzug werde ich dagegen kämpfen, daß sie mir auch das Letzte nehmen, was ich besitze – meinen Stolz, meine Freiheit und meine Selbstachtung. Und ich werde es niemals zulassen, daß meine Kinder als römische Sklaven aufwachsen!« Duncan hob stolz seinen Kopf, seine Augen blitzten. »Es bleibt nun euch überlassen, ob ihr mir glaubt oder nicht. Aber ihr solltet euch schnell entscheiden, denn die Zeit drängt. Die Römer sind nicht mehr fern. Ihr müßt euch auf den Kampf gegen sie vorbereiten, oder sie werden bald vor den Hügeln dieses Dorfes ihr Lager aufschlagen. Und wenn das geschehen ist, sind die Lothians die längste Zeit ein freies, unabhängiges Volk gewesen!«

Nach diesen Worten verließ Duncan das Haus, ohne sich noch einmal umzusehen. Laut fiel die Tür hinter ihm ins Schloß.

Plötzlich war es so still, daß trotz der vielen Männer das Prasseln des Feuers überdeutlich zu hören war. Niemand sagte ein Wort, niemand rührte sich. Es war keiner unter ihnen, den Duncans Rede nicht bis ins Mark erschüttert hatte. Moira schlich auf Zehenspitzen zum Bierfaß, und Malcolm starrte nachdenklich die Blutstropfen an, die auf der Tischplatte allmählich trockneten. Er vertraute seinem Freund von ganzem Herzen und hatte insgeheim bereits für sich entschieden. Er würde Duncan folgen und an seiner Seite gegen die Römer kämpfen, gleich welchen Beschluß die anderen Krieger auch fällen mochten!

Aneirin unterbrach das bedrückende Schweigen. Die Stimme des Druiden war leise, ruhig, und meistens hielt er sich eher im Hintergrund. Doch kein Krieger hätte jemals gewagt, ihm kein Gehör zu schenken.

»Ich glaube nicht, daß jetzt noch jemand an der Wahrheit von Duncans Worten zweifelt! Wir können also mit unserer Beratung fortfahren.«

Angus nickte und sah den Druiden hilfesuchend an.

»Was schlägst du vor, Aneirin? Was sollen wir tun?«

»Duncan hat recht, die Zeit drängt. Aber zuerst brauchen

wir die Informationen des Gefangenen.« Der Druide sah den Fürsten lächelnd an. »Glücklicherweise ist es für mich keine Kunst, einen Unwilligen zum Sprechen zu bringen. Wenn der Römer die entsprechenden Kräuter, unter andere Speisen gemischt, zu sich nimmt, wird er unweigerlich die Wahrheit sagen!«

»Wird der Soldat nicht mißtrauisch werden, wenn wir ihm Speisen bringen, nachdem ich ihm jegliche Nahrung verboten habe?«

»Nicht, wenn er sie aus der Hand einer mitleidigen Frau erhält, die ihm die Qualen der Gefangenschaft erleichtern will!« Aneirin lächelte. »Wie Glen vorhin richtig bemerkt hat, ist Duncans Frau Römerin! Ihr wird der Soldat vertrauen. Außerdem können wir auf diese Weise ihre Loyalität auf die Probe stellen.« Sein Lächeln verschwand. »Es ist der Wunsch der Götter, daß wir uns gegen die Römer zur Wehr setzen. Denn wenn sie erst die Macht über uns haben, werden sie uns nicht nur ihre Art zu leben, sondern auch ihre Götter aufzwingen! Daher müssen wir versuchen, die Pläne der Römer zu durchkreuzen. Ihr habt einen Spähtrupp überwältigt, doch sie werden weitere aussenden. Ihr müßt alle Kundschafter aufspüren und töten!«

Angus sah nachdenklich auf den Boden und nickte schließlich.

»Wer von euch Aneirins Vorschlag zustimmt, möge die rechte Hand heben!«

Kurze Zeit später klopfte Malcolm an die Tür von Duncans Haus. Cornelia öffnete ihm und bat ihn, einzutreten. Duncan saß am Feuer und starrte nachdenklich in die Flammen, sein rechter Unterarm war verbunden.

»Wir haben abgestimmt, Duncan!« sagte Malcolm und warf Cornelia einen Blick zu. »Ich wollte dir das Ergebnis und unseren Beschluß mitteilen. Ich dachte, es würde dich interessieren!«

Duncan schüttelte den Kopf.

»Du brauchst nichts zu sagen, Malcolm! Ich habe die Antwort in ihren Gesichtern gelesen!« Er fuhr sich durch das Haar. »Doch ich habe Dougal am Sterbelager geschworen, daß ich den Mord an seiner Familie rächen werde! Und ich werde diesen Schwur halten, auch wenn ich allein gegen die Römer kämpfen muß!«

Malcolm sah das leidenschaftliche Feuer in Duncans Augen und mußte unwillkürlich lächeln.

»Das wird nicht nötig sein, mein Freund!« sagte er sanft und legte ihm eine Hand auf die Schulter. »Keiner von uns hat gegen dich gestimmt!«

Noch in derselben Nacht brachte Cornelia dem Soldaten eine mit Aneirins Kräutern vermischte Hafergrütze. Ohne Mißtrauen aß der Römer davon und erzählte bereits wenig später bereitwillig von den Plänen Agricolas. Sie wußten nun, wo sich die römischen Lager befanden, wie viele Soldaten in jedem Lager stationiert waren, wie stark die Hilfstruppen waren und vieles mehr. Angus schickte Boten zu den benachbarten Fürsten, und innerhalb von zwei Tagen wußte der ganze Stamm der Lothians von der bevorstehenden Gefahr. In Gruppen zu je vier Mann waren Angus' Krieger beinahe Tag und Nacht unterwegs, um römische Kundschafter aufzuspüren und zu töten. Späher der Lothians beobachteten die Soldatenlager.

Cornelia bekam Duncan tagsüber kaum noch zu Gesicht. Selbst wenn er sich im Dorf aufhielt, gönnte er sich keine Ruhe. Bis spät in die Nacht hinein beriet er sich mit Malcolm, Iain und Gartnait. Während die drei fest an den Sieg der Lothians glaubten, war Duncan keinesfalls so zuversichtlich. Nur wenige Krieger hörten ihm zu, wenn er ihnen anhand des erbeuteten Brustpanzers die Schwachstellen der römischen Rüstung zeigte. Und kaum einer hielt es für nötig, sich in die römische Kampftechnik einweisen zu lassen.

Sie waren selbstsicher, von ihren Fähigkeiten und Waffen überzeugt und wollten nicht einmal die Möglichkeit einer Niederlage in Betracht ziehen. Duncan wurde übel, wenn er daran dachte, daß sein eigener Stamm ebenso selbstbewußt in die Schlacht gegen die Römer gegangen war. Ein Irrtum, den Hunderte aufrechter, mutiger Männer mit ihrem Leben bezahlt hatten. Er wußte aus dieser schmerzlichen Erfahrung, daß beim jetzigen Stand ihrer Bewaffnung und Ausbildung eine offene Schlacht mit den Römern unweigerlich zum Untergang der Lothians führen würde. Die römische Armee war ihnen nicht nur zahlenmäßig weit überlegen. Doch er predigte tauben Ohren. Angus lehnte es vehement ab, Boten zu anderen Stämmen zu entsenden, um sie um Unterstützung im Kampf gegen die Römer zu bitten. Selbst Malcolm nahm Duncans Worte nur mit einem nachsichtigen Lächeln auf.

»Vielleicht waren die Silurer schwach und unerfahren«, sagte er jedesmal, wenn Duncan ihn wieder darauf ansprach. »Aber warte erst einmal ab, bis du uns kämpfen gesehen hast. Niemand kann einen Lothian besiegen! Sei unbesorgt, mein Freund! Wir werden die Römer aus diesem Land vertreiben!«

Doch von Tag zu Tag wuchs Duncans Unruhe. Die Lothians allein würden die Römer nur mit dem Beistand der Götter bezwingen können – und mit einer List. Deshalb hoffte er, daß es ihnen gelingen möge, die Römer bis Samhain hinzuhalten. Er wußte, daß die römische Armee in den Wintermonaten keinen Krieg führte. Dieser Umstand würde ihnen einen Aufschub der offenen Schlacht von mehreren Monaten gewähren. Wertvolle Zeit, die zur Ausbildung der im Kampf unerfahrenen Bauern genutzt werden konnte.

Oft lag Duncan nächtelang wach. Während Cornelia in seinen Armen schlief, grübelte er darüber nach, wie eine Handvoll Krieger die Römer besiegen konnte. Wenn sein Kopf dann vor Müdigkeit zu schmerzen begann und er keinen klaren Gedanken mehr fassen konnte, legte er behutsam seine

Hand auf ihren Bauch. Die immer kräftiger werdenden Bewegungen des Kindes erfüllten ihn stets mit Zärtlichkeit und Wärme. Sie ließen ihn seine Sorgen und seine Verzweiflung vergessen, und er fühlte in sich die Zuversicht, daß die Götter sie nicht im Stich lassen würden.

23

Tiberius eilte mit einer Schriftrolle unter dem Arm, die wegen ihrer Größe zweifelsfrei eine Landkarte war, durch das Lager. Sein Blick streifte ein Zelt, aus dessen Innern laute Stimmen zu hören waren. Wahrscheinlich vergnügten sich dort Legionäre beim Würfelspiel. Mißbilligend runzelte der Tribun die Stirn. In der letzten Zeit war er, wie die anderen Offiziere auch, nachsichtig geworden. Den Legionären wurden Verhaltensweisen erlaubt, die den Vorschriften der römischen Armee widersprachen. Doch damit war nun endlich Schluß!

Seit Anfang Juni lebten sie in diesem provisorischem Lager. Die Palisaden waren aus Holz, der Graben nicht besonders tief, und die Soldaten hausten in Zelten. Ein befestigtes Lager zu errichten war nach Agricolas Meinung Zeitverschwendung. Schließlich sollte die Armee so schnell wie möglich weiterziehen können, um ihren Sieg über die Lothians zu erringen. Doch als Ende Juni die Zwanzigste Legion zu ihnen stieß, stand das Lager immer noch an derselben Stelle. Mittlerweile war es August. Immer wieder wurden Kundschafter ausgeschickt, bis zu diesem Tag waren es fast einhundertfünfzig Mann gewesen. Doch ohne Erfolg. Manchmal fand eine Patrouille die Leichen der Soldaten in einem der nahegelegenen Wälder, meistens aber blieben sie verschollen. Die Lothians schienen jeden dieser Trupps aufzuspüren und zu ermorden. Agricola hatte mehrfach versucht, die Lanarks zur Kooperation zu bewegen. Seit Generationen waren sie mit den Lothians verfeindet und kannten das Gebiet dieses Stammes gut. Doch weder Drohungen noch Schmeicheleien hatten den gewünschten Erfolg gebracht, die Fürsten schienen nicht bereit zu sein, ihr Wissen mit den Römern zu teilen. Solange man jedoch nichts Genaues über die Lothians und das Gelände wußte, saß die Armee in diesem Lager fest; zwei Legionen, einschließlich der Hilfstruppen etwa fünfzehntausend Mann, eng zusammengepfercht und zum Nichtstun verdammt. Weit und breit gab es nichts an diesem verfluchten Ort, was Zerstreuung hätte bringen können. Die Stimmung unter den Legionären und den Offizieren wurde von Tag zu Tag gereizter. Glücksspiel, Raufereien und Trunkenheit gehörten inzwischen zur Tagesordnung. Tiberius sah mit wachsender Besorgnis, daß er recht gehabt hatte. Die Lothians wehrten sich. Aber nicht in einer offenen Schlacht, die für alle Soldaten eine wahre Erlösung gewesen wäre, sondern in einer subtilen Art, die Römer hinzuhalten und dadurch die Moral der Legionäre zu untergraben. Doch endlich war diese lähmende Untätigkeit, dieses zermürbende Warten vorbei!

Tiberius war bei Agricolas Zelt angekommen. Ein junger Wachsoldat stand vor dem Eingang und grüßte flüchtig. Tiberius mußte sich auf die Zunge beißen, um den nachlässig aufgesetzten Helm und den staubigen Brustpanzer nicht anzumahnen. Dafür war jetzt keine Zeit. Später, wenn er mit Agricola gesprochen hatte, würde er persönlich dabeistehen, wenn der Soldat jede Schnalle seines Brustpanzers blank putzte. Tiberius nickte dem jungen Mann zu und betrat das Zelt.

Agricola saß an seinem Tisch, auf dem die nahezu leere Karte Caledoniens ausgebreitet war, und starrte sie an, als könnte er allein durch die Kraft seines Blickes ein Wunder bewirken. Als Tiberius eintrat und grüßte, sah er auf.

»Nun, Tiberius?« fragte er hoffnungsvoll. »Bringt Ihr mir Neuigkeiten?«

»Jawohl, verehrter Agricola!« Tiberius mußte sich zusammennehmen, um nicht zu grinsen. Er war gespannt, wie der Statthalter auf seine Meldung reagieren würde. »Den Kelten ist es erneut gelungen, unsere Kundschafter aufzuspüren und zu töten. Doch einer der Männer konnte entkommen! Es gelang ihm, sich schwerverletzt, bis zu einem der Außenlager der Hilfstruppen zu schleppen.«

Agricola fuhr in freudiger Erregung aus seinem Stuhl hoch. »Und? Konnte er noch etwas erzählen? Haben sie etwas herausgefunden? Nun redet doch endlich!«

Tiberius nickte und entrollte die Karte, die Caledonien darstellte. Interessiert beugte sich Agricola über den Papyrus.

»Offensichtlich waren die Männer diesmal gut getarnt. Sie wurden erst sehr spät von den Lothians entdeckt. Sie konnten sieben Dörfer auskundschaften, in denen jeweils zwischen einhundertfünfzig und dreihundert waffenfähige Männer leben, von weiteren fünf Siedlungen haben sie gehört. Der Präfekt des Außenlagers hat die Dörfer nach den Angaben des Soldaten auf dieser Karte eingezeichnet. Das Gelände ist hügelig, und einigen Sümpfen werden wir ausweichen müssen. Aber es gibt keine Gebirge, keine Schluchten und keine allzu breiten Flüsse, die unseren Weg nach Nordosten behindern würden. Außerdem berichtete der Soldat etwas, daß Euch interessieren dürfte!«

»Was?«

»Er erzählte von einem jungen blonden Kelten, von dem gesagt wird, daß er unsere Sprache beherrscht. Er soll in römischer Gefangenschaft gelebt haben – und seine Frau ist Römerin!«

Überrascht hob Agricola die Augenbrauen.

»Sieh an, da haben wir also unseren entlaufenen Silurer gefunden!« Der Feldherr lächelte und fuhr sich nachdenklich durch sein schütteres dunkles Haar. »Ich bin sehr zufrieden, Tiberius!«

»Ja, verehrter Agricola, jeder hier im Lager wird erleichtert sein! Die Legionäre sind das untätige Ausharren nicht gewohnt. Ich werde den Männern sofort Bescheid sagen, daß sie sich auf die Schlacht vorbereiten sollen. Wann ...«

»O nein, Tiberius, Ihr versteht mich falsch. Wir werden nicht angreifen! Zumindest erst zu einem viel späteren Zeitpunkt!«

Das Gesicht des Tribuns wurde lang. Es gelang ihm nicht, seine Enttäuschung und sein Entsetzen zu verbergen.

»Verzeiht, wenn ich Euch widerspreche, verehrter Agricola. Aber ich halte diese Entscheidung für falsch. Die Moral unter den Legionären sinkt von Tag zu Tag. Wenn wir sie nicht bald motivieren können, werden wir mit Meutereien rechnen müssen.« Tiberius räusperte sich. »Eine Schlacht zu diesem Zeitpunkt könnte eine rasche Entscheidung herbeiführen. Die Männer brennen darauf, zu kämpfen und die Lothians zu besiegen.«

Doch Agricola schüttelte mit einem seltsamen Lächeln den Kopf.

»Sie werden sich noch ein wenig gedulden müssen!«

Tiberius seufzte.

»Dann schlage ich vor, daß wir wenigstens das Lager befestigen. Das gibt den Männern eine sinnvolle Aufgabe. Und wir können den Winter besser überstehen, wenn Ihr Euch wirklich dazu entschließt, bis zum nächsten Jahr mit einem Angriff zu warten.«

»Bis zum nächsten Jahr?« Agricola lachte laut. »Seid unbesorgt, Tiberius, aber so lange werden sich die Männer nicht mehr gedulden müssen!« Sein Gesicht nahm den Ausdruck eines hungrigen Wolfes an. »Duncan ist mit unserer Kriegsführung bestens vertraut; er hat die Werke aller berühmten Feldherrn gelesen, und der alte Trottel Brennius hat ihm zusätzlich auch noch Unterricht gegeben. Es könnte ihm gelingen, den wilden Haufen der Lothians bis zum Frühjahr zu einer einsatzfähigen Armee auszubilden. Doch so viel Zeit dürfen wir ihm nicht lassen!« Agricola verschränkte die Arme hinter seinem Rücken und ging im Zelt auf und ab. »Im Laufe des Winters wird die Aufmerksamkeit der Lothians nachlassen. Duncan weiß, daß die römische Armee in der kalten Jahreszeit keine Feldzüge unternimmt, deshalb werden sich die Kelten sicher fühlen. Und genau das ist der richtige Zeitpunkt für uns, um anzugreifen! Duncan wird niemals damit rechnen. Während er und seine Kumpane sich in ihre primitiven Steinhäuser zurückziehen und den Vorbereitungen einer Schlacht widmen, die niemals stattfinden wird, werden unsere Legionen und Hilfstruppen in Teilen zu je zweitausend Mann ihre Dörfer angreifen und niederbrennen!«

»Ist das Euer Ernst?« platzte Tiberius heraus und merkte nicht einmal, daß ihm als Tribun eine solche Bemerkung dem Statthalter Britanniens gegenüber nicht zustand. »Ihr wollt wirklich heimlich, wie ein Dieb in der Nacht, die Kelten überfallen?«

Agricola sah lächelnd über diese Ungehörigkeit hinweg.

»Keine schlechte Idee, Tiberius! In der Nacht werden die Feuer um so eindrucksvoller und unsere Verluste noch geringer sein. Kaiser Titus wird sehr zufrieden sein. Immerhin wird es der erste Sieg seiner Amtszeit werden!« Er nickte. »Diese Entwicklung ist sehr erfreulich. Ihr könnt gehen, Tiberius. Haltet die Männer bei Laune, veranstaltet Spiele und Wettkämpfe. In zehn Tagen werden wir das Lager abbrechen und uns zum Schein zurückziehen. Die Späher der Lothians beobachten uns. Sie sollen glauben, daß wir aufgegeben haben!«

Tiberius grüßte und wandte sich um. Als er das Zelt des Statthalters verließ, war er leichenblaß. Wie im Traum ging er durch das Lager. Einhundertfünfzig Soldaten hatten bereits ihr Leben gelassen, nur um die Dörfer der Lothians auszukundschaften. Und nun sollte nicht einmal eine ehrenvolle Schlacht stattfinden! Wie Ungeziefer sollten die Lothians ausgeräuchert werden! Tiberius wurde übel bei dem Gedanken. Kopfschüttelnd sah er zwei Legionären zu, die vor ihrem Zelt auf dem Boden saßen und um einen Becher Wein würfelten. Diese Männer waren Soldaten und keine Mörder!

Als Duncan von den Kundschaftern seines Dorfes erfuhr, daß die Römer das Lager abbrachen, rechnete er mit dem Schlimmsten. Hatten es römische Späher doch geschafft, unbemerkt von den Lothians ihr Lager zu erreichen? Würde nun bald die Schlacht um die Freiheit beginnen? Sofort sattelten er und Malcolm ihre Pferde und machten sich auf den Weg, um herauszufinden, was der Feind vorhatte.

Auf einem nahegelegenen Hügel bezogen sie im dichten Buschwerk Position. Von hier aus konnte man das ganze Lager überblicken, ohne von den Römern bemerkt zu werden.

Doch der Abbau eines römischen Lagers ging sehr schnell. Malcolm und Duncan kamen gerade noch rechtzeitig, um den Abmarsch der Soldaten zu beobachten. Ihre Ausrüstung geschultert, stellten sich die Legionäre, in Kohorten unterteilt und von ihren goldfarbenen Feldzeichen angeführt, auf. Schließlich setzten sie sich in Bewegung: Fünfzehntausend Soldaten, zusätzlich Reiter und Geschütze. Malcolm schrie vor Freude auf. Die Römer marschierten nach Westen.

»Sie fliehen!« rief er und klopfte Duncan auf die Schulter. »Wir haben es geschafft. Sie laufen vor uns davon!«

Duncan schüttelte langsam den Kopf.

»Ich glaube nicht, daß sie aufgegeben haben. Wahrscheinlich ist es nur eine List, um uns in Sicherheit zu wiegen!«

Malcolm lachte.

»Du bist ein Schwarzseher, Duncan! Aber wir können ihnen natürlich folgen, wenn dich das beruhigt. Dann werden wir schon herausfinden, ob sie sich nur verstellen.«

Die beiden Freunde folgten den Römern bis zum Abend des folgenden Tages, ohne daß sie etwas Auffälliges bemerkt hatten. Die Soldaten marschierten, mit Ausnahme einer kurzen Nachtruhe, ohne Unterbrechung und entfernten sich immer weiter von den Dörfern der Lothians. Schließlich überredete Malcolm Duncan, die Verfolgung einzustellen. Schweren Herzens stimmte dieser zu. Er wußte zwar, daß Malcolm recht hatte. Den Römern noch länger nachzureiten hatte wahrscheinlich tatsächlich keinen Sinn. Dennoch verspürte er ein unangenehmes Kribbeln in der Magengegend. Seit ihrem ersten Übergriff auf Britannien hatten sich die Römer als unersättlich in ihrem Hunger nach Macht erwiesen. Sie wollten erobern und herrschen. Und Duncan konnte sich nicht vorstellen, daß sie sich ausgerechnet in Caledonien kampflos geschlagen geben würden.

Als Duncan und Malcolm in ihrem Dorf ankamen, lief ihnen Deirdre entgegen, die seit Lugnasad Malcolms Frau war.

»Den Göttern sei Dank, daß ihr wieder zurück seid!« rief sie aus. »Cornelia ...«

Duncan wurde kreidebleich und sprang vom Pferd. Erregt packte er Deirdre am Arm.

»Was ist mit ihr? Nun rede doch end ...«

In diesem Augenblick hörte er aus seinem Haus den qualvollen Schrei einer Frau.

Ohne ein weiteres Wort rannte er los. Malcolm und Deirdre folgten ihm, so schnell sie konnten, und holten ihn vor seinem Haus ein. Moira stand vor der Tür. Sie trug einige Leinentücher über dem Arm und versperrte ihm den Zutritt.

»Du darfst da nicht hinein, Duncan!«

»Geh mir aus dem Weg, bevor ich dich niederschlage!«

»Wo bleiben die Tücher, Moira?« drang eine dünne Stimme aus dem Innern.

»Wer ist bei ihr? Wer ist das?«

»Es ist Gwen!«

»Wieso darf die Alte bei ihr sein und ich nicht? Ich will sofort zu Cornelia!«

»Duncan, hör mir zu!« Geduldig versuchte Moira, ihn zu beruhigen. »Cornelia ...«

Die Tür ging auf und die alte Gwendolyn steckte ihren Kopf heraus. Sie mochte über siebzig Jahre alt sein. Sie wirkte sehr zerbrechlich, ihr Gesicht glich einer zerfurchten Baumrinde, und ihr dünnes, langes Haar war schneeweiß. Doch ihre hellblauen Augen verrieten einen wachen Verstand, und trotz ihres hohen Alters bewegte sie sich noch immer mit der Gewandtheit einer jungen Frau.

»Moira, ich brauche dich jetzt!« Mit strengem Blick musterte Gwendolyn Duncan. »Du bleibst draußen, Junge. Wir können dich da drin nicht gebrauchen!«

In diesem Moment schrie Cornelia, diesmal noch qualvoller als zuvor. Duncan hätte die alte Frau einfach zur Seite gestoßen, wenn Malcolm, Gartnait und ein weiterer Mann ihn nicht im letzten Augenblick mit aller Kraft zurückgehalten hätten. Er schlug und trat um sich, und die Männer schwitzten vor Anstrengung. Doch sie ließen nicht locker. Je mehr Cornelias Schreie anschwollen, um so verzweifelter wurden Duncans Bemühungen, sich aus der Umklammerung seiner Freunde zu befreien. Schließlich verstummten die Schreie abrupt, und Malcolm spürte, wie Duncan der Schreck in die Glieder fuhr. Er wurde noch blasser als zuvor, seine Augen waren vor Entsetzen fast schwarz.

»Nein!«

Sein Schrei voller Verzweiflung und Angst hallte laut durch das Dorf. Die Tür ging auf, und Moira trat heraus. Sie wischte sich die Hände an einer blutigen Schürze ab, und Duncan glaubte, sich übergeben zu müssen. Das war ohne Zweifel Cornelias Blut!

»Jetzt darfst du hinein, Duncan!« sagte sie lächelnd. »Es ist alles gutgegangen!«

Mit weichen Knien stolperte er in das Haus. Im Schein des Feuers konnte er Cornelia liegen sehen. Sie war bleich, das Haar klebte ihr auf der schweißnassen Stirn. Die alte Gwen hockte neben ihr auf dem Boden und legte ihr ein Fellbündel in den Arm. Nur flüchtig registrierte Duncan, daß sich das Bündel bewegte. Sein entsetzter Blick wanderte über die blutigen Tücher, die überall verstreut waren, und blieb schließlich auf Cornelia haften. Das Fell, auf dem sie lag, war blutbefleckt. Einen qualvollen Augenblick lang glaubte Duncan, Cornelia wäre tot.

»Cornelia!« rief er voller Angst aus. »Was ...«

Sie wandte sich ihm zu. Doch trotz der offensichtlichen Erschöpfung strahlte sie über das ganze Gesicht.

»Deine Frau hat dir eine gesunde Tochter geschenkt!« sagte die Alte. »Du ...«

Was Gwen noch sagen wollte, hörte Duncan nicht mehr. Seine Erinnerung setzte erst wieder ein, als ihm jemand kaltes Wasser ins Gesicht spritzte. Verwirrt schlug er die Augen auf und stellte fest, daß er auf dem Boden lag. Die alte Gwen beugte sich kopfschüttelnd über ihn.

»Was ist passiert?«

»Du bist ohnmächtig geworden!« antwortete sie mit barschem Tonfall. »Dummer Junge! Draußen hast du dich aufgeführt wie ein wild gewordener Stier, und hier hast du die Nerven verloren!«

Duncans Gesicht überzog sich mit Schamesröte. Er wollte etwas erwidern, doch die Alte winkte ab. Ein gütiges Lächeln glitt über ihr runzliges Gesicht.

»Laß gut sein, Junge. Ich hab's nicht zum ersten Mal erlebt. Kümmere dich jetzt lieber um deine Frau!«

Duncan setzte sich neben Cornelia nieder. Sanft strich er ihr das feuchte Haar aus der Stirn.

»Sieh nur, unsere Tochter!« sagte sie leise und schlug das Fell in ihrem Arm zurück, so daß er das Baby sehen konnte. »Bist du enttäuscht, daß es kein Sohn ist?«

Duncan schüttelte wortlos den Kopf und konnte den Blick nicht von dem Baby abwenden. Das war ihre Tochter! Sie wirkte so klein, so zart! Die Finger waren zu Fäusten geballt, ihre Augen mit den langen Wimpern waren fest geschlossen. Ein nie gekanntes Gefühl der Wärme und der Liebe durchströmte Duncan, und unwillkürlich füllten sich seine Augen mit Tränen.

»Sie ist wunderschön!« flüsterte er heiser und streckte dem

kleinen Wesen seinen Zeigefinger entgegen. Sie bewegte sich etwas und schloß ihre winzige Hand um Duncans Finger. Der Griff war erstaunlich fest, und er mußte lächeln.

»Wollen wir sie Nuala nennen?«

Duncan konnte nur nicken. Seine Kehle war wie zugeschnürt. Er beugte sich über Cornelia, küßte sie, hielt ihre Hand und streichelte so lange ihr Haar, bis sie eingeschlafen war.

Als Duncan aus dem Haus trat, sahen ihn die dort versammelten Männer gespannt an. Es waren Malcolm, Gartnait, Iain, Keith, Glen und einige andere. Es dauerte eine Weile, bis er begriff, daß man von ihm etwas erwartete. Und noch länger dauerte es, bis er verstand, was sie wissen wollten.

»Ich bin Vater geworden! Wir haben eine Tochter!«

Und in dem Augenblick, als er es laut aussprach, brach die Freude mit aller Macht aus ihm heraus. Er stieß einen Schrei des Jubels und der Freude aus, der im ganzen Dorf zu hören war.

24

Duncan stand auf einer Wiese nahe beim Dorf. Das Gras war saftig, unweit von ihm weideten kräftige, gesunde Rinder. Die Sonne schien, und ein leichter Wind wehte. Zufrieden schweifte sein Blick über die vertrauten Hügel. Da bemerkte er einen alten Mann mit langem, schneeweißem Haar in der Kleidung eines hochstehenden Kriegers, der direkt auf ihn zuzukommen schien. Schließlich war er so nahe, daß Duncan ihn erkennen und feststellen konnte, daß es kein Fremder war.

»Großvater!« rief er erfreut aus und lief auf den Mann zu. »Was machst du hier?«

»Ich muß dich warnen, mein Junge!« sagte der alte Mann und machte eine weite Geste. »Sieh dich um!«

Duncan wandte den Blick von seinem Großvater ab und erschrak. Die Rinder, die eben noch friedlich gegrast hatten, waren tot, Krähen saßen auf den bereits halb verfaulten Kadavern. Die Häuser im Dorf lagen in Schutt und Asche, aus der schwelenden Glut stiegen Rauchfahnen auf. Selbst das Gras zu seinen Füßen war verbrannt – und blutbefleckt.

»Was ist geschehen?« fragte er entsetzt.

»Ihr seid in großer Gefahr, Duncan!« antwortete der alte Mann. »Du mußt jetzt aufstehen, sonst ist es zu spät!«

Sein Großvater trat näher und legte ihm die rechte Hand über die Augen. Duncan hörte ein Geräusch wie Flügelschlagen und spürte Wind auf seinem Gesicht. Als er die Augen wieder aufschlug, war sein Großvater verschwunden. Doch an der Stelle, wo er gestanden hatte, lag eine schwarzglänzende Feder, und nur wenige Fuß über ihm flog ein Adler. Es war ein gewaltiger Vogel, vielleicht der größte seiner Art, den Duncan jemals gesehen hatte. In immer größer werdenden Kreisen stieg das Tier in den mittlerweile düsteren Himmel empor. Gebannt folgte Duncan dem Flug des Adlers, dessen Schrei wie eine Warnung klang, und drehte sich dabei immer schneller um die eigene Achse. Mit der Zeit wurde ihm schwindelig, und je mehr die Welt ihre Konturen verlor, um so lauter wurde eine Stimme, die ihm immer wieder zurief:

»Wach auf, Duncan, bevor es zu spät ist!«

Duncan schlug die Augen auf. Noch ganz benommen vom Schlaf und dem seltsam Traum, wußte er im ersten Augenblick nicht, wo er sich befand. Dann sah er im roten Schein der noch schwelenden Glut Cornelia neben sich liegen. Sie schlief tief und fest, ihre ruhigen, gleichmäßigen Atemzüge waren deutlich zu hören. Er warf einen Blick in die Wiege, aber auch Nuala schlief friedlich. Erleichtert legte er sich wieder hin und wickelte sich in die warmen Decken ein. Es war ziemlich kalt im Haus. Eigentlich hätte er das Feuer neu anfachen müssen, aber er hatte keine Lust, aus der wohligen Wärme seines Lagers aufzustehen. Er drehte sich auf die Seite und schloß die Augen, um weiterzuschlafen. Doch er war kaum in den Schlaf hinübergeglitten, als er wieder die Stimme hörte, die Stimme seines Großvaters. Diesmal klang sie noch eindringlicher als zuvor:

»Duncan, wach auf! Du mußt jetzt aufstehen, sonst ist es zu spät!«

Widerwillig setzte sich Duncan auf und streckte seine Glieder. Er wußte, daß er in dieser Nacht keine Ruhe mehr finden würde, bis er den Wunsch seines Großvaters erfüllt hatte, obwohl es wahrscheinlich nichts als ein ganz gewöhnlicher Traum war. Lautlos erhob er sich, zog sich seine Hose an und wickelte sich die Decke um die Schulter. Leise schlich er durch das Haus. Er prüfte die Dachbalken und das Dach, er suchte jeden Winkel des Hauses ab. Doch er fand keinen Hinweis auf einen Brand, auf Eindringlinge – oder eine andere Gefahr.

Schließlich trat er vor die Tür. Schneidende Kälte schlug ihm entgegen, und unwillkürlich zog er die Decke fester um sich zusammen. Der Himmel war sternenklar. Im Mondlicht konnte Duncan sehen, wie sein Atem sich in eine weiße Wolke verwandelte, ein silberner Überzug bedeckte das Gras und die Wege zwischen den Häusern. Im Dorf war alles still und friedlich, kein Licht war zu sehen, kein Geräusch zu hören.

Warum auch? dachte er. Schließlich ist außer mir niemand so verrückt, in einer eisigen Novembernacht draußen zu stehen!

Duncan mußte über sich selbst lächeln. Er wollte gerade die Tür öffnen und ins Haus zurückkehren, als ein leises Geräusch aus der Ferne an sein Ohr drang. Wie erstarrt blieb er stehen. Es war ein seltsamer Laut, den er anfangs nicht einzuordnen wußte, und doch kam ihm das Geräusch vertraut vor. Ein Schauer lief ihm über den Rücken. Er ging einige Schritte vor seinem Haus auf und ab und spähte aufmerksam auf die Nachbarhäuser und Hügel. Das Geräusch wurde allmählich lauter. Es war ein vielfältiges, gedämpftes Klirren und Rasseln ...

Wie von Schwertern und Rüstungen unter dicken, wollenen Mänteln! dachte er und fühlte, wie sich seine Nackenhaare sträubten.

Und dann sah er sie. Sie kamen von Osten her über einen der Hügel, das Mondlicht spiegelte sich auf den Spitzen ihrer Speere und Standarten. Es waren Römer!

Noch im selben Augenblick stieß Duncan einen warnenden Schrei aus und warf die Decke von seinen Schultern, die ihn sonst nur behindert hätte.

»Römer! Aufwachen! Die Römer kommen!« rief er laut.

Hunde begannen wütend zu bellen, während er mit langen

Sätzen zu Malcolms Haus lief. Er vergeudete keine Zeit mit Anklopfen, sondern riß die Tür auf und stürmte hinein. »Duncan?« Schlaftrunken setzte sich Malcolm auf und rieb sich die Augen. »Was ist los?«

»Römer stehen auf den östlichen Hügeln vor unserem Dorf!«

»Wie bitte? Du mußt schlecht geträumt haben! Du selbst hast doch gesagt, daß sie niemals im Winter ...«

»Ich weiß, was ich gesagt habe!« unterbrach ihn Duncan ärgerlich. »Aber offensichtlich habe ich mich getäuscht, denn dort draußen stehen sie! Und wenn wir nicht bald etwas unternehmen, sind sie die Herren dieses Dorfes, noch bevor die Sonne aufgeht!«

Mit einem Schlag war Malcolm hellwach. Er sprang auf, zog sich in Windeseile an und griff zu seinem Schwert.

»Deirdre, geh zu Cornelia!«

Malcolm gab seiner Frau einen hastigen Kuß und folgte Duncan, der das Haus bereits wieder verlassen hatte, um Angus zu wecken.

Innerhalb kürzester Zeit waren alle Dorfbewohner auf den Beinen. Die Männer holten ihre Waffen und Schilde und versammelten sich am Brunnen. Zu Fuß und zu Pferde umstanden sie ihren Fürsten, ihre Schwerter, Schilde, Äxte und Messer, Bögen und Pfeile fest gepackt. Das flackernde Licht der Fackeln, die viele von ihnen trugen, verlieh ihren Gesichtern ein gespenstisches Aussehen.

»Die Römer greifen uns an!« rief Angus laut. Hoch aufgerichtet stand er auf seinem Streitwagen, der von zwei Rappen gezogen wurde. »Doch ich weiß, daß wir sie in die Flucht schlagen werden!« Er zog sein langes, breites Schwert und streckte es zum Himmel empor, so daß sich das Mondlicht in der Klinge spiegelte. »Vorwärts!«

Mit lautem Geschrei stürmten die Krieger voran.

Den römischen Soldaten bot sich ein schrecklicher Anblick. Die keltischen Krieger hatten sich zwar in der Eile ihre Gesichter nicht mit blauer Farbe bemalt, wie es ihrer Tradition entsprach. Doch im zuckenden Schein der Fackeln und dem fahlen Licht des Mondes wirkten sie wie Waldgeister. Grimmig und zu allem entschlossen, schienen sie mit überirdischem Gebrüll und den laut gegeneinander geschlagenen Waffen und Schilden die Männer vertreiben zu wollen, die in frevelhafter Weise in ihr Gebiet eingedrungen waren. So mancher Legionär packte seinen Schild fester, so manchem zitterte der Speer oder das Schwert in den Händen. Viele von ihnen dachten im ersten Augenblick an Flucht. Doch die Nähe zu den Kameraden und die Befehle der Offiziere hielten sie davon ab.

»Das sind Männer aus Fleisch und Blut, keine Geister!« rief der Tribun so laut, daß es jeder Legionär hören konnte. »Sie können nicht kämpfen, sie haben keine Schlachtordnung, wir sind ihnen zahlenmäßig überlegen und haben die besseren Waffen. Der Sieg gehört Rom!«

Er gab den Trompetern ein Zeichen.

Unter dem durchdringenden Klang der römischen Fanfaren stürmten die Lothians, von Angus und Malcolm angetrieben, den Feinden entgegen. Tapfer schlugen sie auf die Legionäre ein, die sich mit ihren länglichen, metallverstärkten Schilden gegenseitig nach oben und zu den Seiten hin abschirmten. Von weitem wirkte diese Formation wie ein gigantischer Tausendfüßler. Es war ein lebendiger, beweglicher Harnisch, aus dessen Sicherheit die römischen Soldaten ihre Speere auf die Kelten warfen.

Die berühmte Schildkröte! dachte Duncan grimmig. Aber wir werden den Panzer aufbrechen!

Er stieß seinem Fuchs die Fersen in die Flanken und gab Malcolm ein Zeichen, ihm zu folgen.

Als Malcolm begriff, was Duncan vorhatte, wurde er bleich. Wie von Sinnen trieb der Freund sein Pferd an und ritt direkt auf den undurchdringlichen, unbezwingbaren Wall aus römischen Schilden zu. Speere wurden auf ihn geschleudert, die Bogenschützen schossen ihre Pfeile ab. Malcolm schloß die Augen und rechnete fest damit, noch vor Sonnenaufgang am Grab seines Freundes zu stehen. Doch vielleicht umgab Duncan in dieser Nacht ein besonderer Schutz. Vielleicht war es aber auch der Anblick des zornigen Kelten, der mit wehenden Haaren und funkelnden Augen furchtlos auf die Römer zuritt, der ihre Hände zittern ließ. Denn keiner der Pfeile ritzte Duncans Haut, kein Speer traf ihn oder sein Pferd. Ohne das Tempo zu verlangsamen, näherte er sich den Soldaten. Als er nur noch fünf Fuß von ihnen entfernt war, drohte der Fuchs zu scheuen. Doch Duncan riß das Tier mit dem Zügel hoch und preßte seine Schenkel so fest er konnte, gegen dessen Leib. Überdeutlich wie in einem Traum nahm er seine Umgebung wahr. Alle außer ihm selbst bewegten sich betont langsam und schwerfällig. Er sah, wie sich die Augen der Soldaten vor ihm vor Entsetzen weiteten. Er sah, wie einer der Männer den Mund aufriß und eine Warnung ausstieß, gleichzeitig aber Schild und Waffen fallen ließ, um zur Seite zu springen. Trotz der Dunkelheit konnte er den Angstschweiß auf dem Gesicht des Römers glänzen sehen. Und dann hatte Duncan den erschrockenen Mann hinter sich gelassen. Der Hengst flog über die Köpfe der Römer hinweg, riß mehrere Soldaten zu Boden, und landete schließlich, ohne zu straucheln, mitten unter ihnen. Duncan befand sich in einem Rausch, der sich allmählich bis zur Ekstase steigerte, als hätte er berauschende Kräuter zu sich genommen. Sein Blut brannte in seinen Adern und setzte seinen Körper in Flammen. Es war ein einzigartiges Gefühl, stark und intensiv, wie er es nie zuvor empfunden hatte. Obwohl er vor Trunkenheit lachte, arbeitete sein Verstand klar und schnell. Seine Chance nutzend, zog er sein Schwert und trieb sein Pferd immer weiter in die sich allmählich auflösende Formation der Römer hinein. Das Lachen des offensichtlich verrückten Kelten verbreitete größeres Entsetzen unter den Soldaten als dessen Langschwert. Vergebens brüllte der

Zenturio seine Befehle in alle Richtungen. Die Soldaten suchten ihr Heil in der Flucht und stoben nach allen Seiten davon. Und während Duncan selbst wie durch ein Wunder unverletzt blieb, brachen viele Gegner unter seinem Schwert tot zusammen.

Das Auseinanderbrechen der römischen Formation, die ihnen noch wenige Augenblicke zuvor unüberwindlich erschienen war, war das Signal für Malcolm und seine Mitstreiter, es Duncan gleichzutun. Allmählich verwandelten die keltischen Krieger die wohlgeordneten Schlachtreihen der Römer in ein heilloses Durcheinander. Nun endlich konnten sich die Lothians den Soldaten im Kampf Mann gegen Mann stellen. Immer öfter mischten sich in das Geräusch der aufeinanderklirrenden Waffen und Schilde die Schreie von Verwundeten und Sterbenden. Und trotz ihrer zahlenmäßigen Übermacht erlitten die Römer zu diesem Zeitpunkt der Schlacht empfindliche Verluste.

Von einer Anhöhe aus, in sicherem Abstand zum Kampfgetümmel, beobachtete Agricola das Geschehen. Die Gegenwehr der Kelten kam für ihn zwar völlig überraschend, doch er glaubte fest an den Sieg seiner gut ausgebildeten Soldaten. Erst als er sah, daß sich die sorgsam aufgebauten Formationen in Chaos auflösten und die Soldaten scheinbar die Befehle der Offiziere nicht mehr befolgten, befielen ihn Zweifel. Ungeduldig winkte er einen der Tribune zu sich.

»Laßt die Bogenschützen aufmarschieren!« befahl er. Seine Stimme bebte vor unterdrücktem Zorn, und er fletschte die Zähne wie ein hungriger Wolf. »Wollen wir doch mal sehen, ob diese wilden Burschen auch dann noch so erbitterten Widerstand leisten, wenn ihre Häuser in Flammen stehen!«

Auf dem Schlachtfeld befanden sich die Krieger in einem Siegestaumel. Die römischen Soldaten zogen sich immer weiter zurück. Die Offiziere versuchten die Legionäre wieder um sich zu scharen und ihre Schlachtreihen neu zu ordnen. Doch nur wenige gehorchten ihren Befehlen. Die Niederlage der Römer war absehbar, als plötzlich ein schrecklicher Ruf erklang:

»Das Dorf! Seht nur, sie zünden unsere Häuser an!«

Ohne zu zögern wendeten die Lothians ihre Pferde, als hätten sie von einem Augenblick zum nächsten vergessen, daß sie sich mitten in einer Schlacht, befanden. Wie auf ein geheimes Zeichen hin ließen sie einmütig von ihren Gegnern ab, die sich verwunderte Blicke zuwarfen.

Doch es dauerte nicht lange, bis sich die Römer von ihrer Überraschung über das seltsame Verhalten der Kelten erholt hatten. Die Offiziere versammelten die Standartenträger um sich, und die Legionäre vereinigten sich wieder unter ihren jeweiligen Feldzeichen. Unter den triumphierenden Klängen der Fanfaren nahmen die Soldaten die Verfolgung der Fliehenden auf. Speere und Pfeile schwirrten durch die Luft. Immer mehr Krieger brachen tödlich getroffen zusammen oder wurden unter ihren verwundeten Pferden begraben. Und noch bevor sie wieder aufspringen konnten, waren römische Soldaten über ihnen und setzten mit Schwerthieben ihrem Leben ein Ende.

Hilflos mußte Malcolm mit ansehen, wie Gartnait von einem Speer durchbohrt wurde. Sein hünenhafter Körper sank auf dem Pferd zusammen und kippte schließlich seitlich aus dem Sattel. Voller Zorn und Trauer schrie Malcolm auf. Sein Verhalten wurde nur von Iain übertroffen, der vom Pferd sprang, um seinem Bruder zu Hilfe zu eilen. Doch noch bevor er Gartnait erreicht hatte, traf ihm ein Pfeil in sein linkes Auge. Blind und halb von Sinnen vor Schmerz sank Iain in die Knie. Auch er wäre auf dem Schlachtfeld geblieben und neben seinem Bruder gestorben, wenn ihn nicht Malcolm und Duncan im Vorbeireiten geistesgegenwärtig ergriffen und mit sich fortgeschleift hätten. Ein kurzer Blick hatte ihnen beiden gezeigt, daß Gartnait nicht mehr zu helfen war. Sein Geist hatte bereits die letzte Reise angetreten.

Außer Atem erreichten sie endlich das Dorf. Fast alle Häuser standen bereits in Flammen, und immer noch flogen brennende Pfeile wie glühender Regen über den Nachthimmel. Menschen liefen als lebendige Fackeln umher, während Männer, Frauen und Kinder versuchten, mit Eimern und Decken die Flammen an ihren Körpern zu löschen. Die Luft war erfüllt von Rauch, den Schreien der Verwundeten und der unter qualvollen Schmerzen verendenden Tiere. Duncans Blick fiel auf eine Frau, die weinend ihr totes Kind in den Armen hielt. Der Schreck fuhr ihm in die Glieder, als er an Cornelia und Nuala dachte, und hastig sah er sich nach ihnen um. Während Malcolm sich um den schwerverletzten Iain kümmerte, bahnte sich Duncan einen Weg durchs Dorf auf der Suche nach seiner Familie. Als er sie jedoch unter den eilig umherlaufenden Männern und Frauen nicht entdecken konnte, sprang er voller Panik vom Pferd und lief zu ihrem Haus. Aus dem Dach züngelten die Flammen in den Nachthimmel empor.

»Cornelia! Nuala!«

Doch er erhielt keine Antwort. Ohne lange zu überlegen, trat er die Tür ein. Lodernde Flammen schlugen ihm entgegen, die Hitze versengte seine Kleidung, beißender Rauch ließ ihm die Augen tränen. Schützend hielt er sich den Arm vor das Gesicht und lief in das brennende Haus.

»Cornelia!« rief er verzweifelt und tastete auf dem Boden nach ihr, ohne sie zu finden.

Duncan verbrannte sich die rechte Hand, als er auf einen hölzernen Gegenstand stieß. Voller Entsetzen stellte er fest, daß es Nualas Wiege war, die nur noch aus verkohlten Brettern bestand, die unter seiner Berührung zu Asche zerfielen. Er hielt den Atem an und versuchte sich auf den schrecklichen Anblick des Leichnams seiner kleinen Tochter vorzubereiten. Doch zum Glück bewahrheiteten sich seine Befürchtungen nicht, die Wiege war leer. Tränen der Erleichterung traten ihm in die Augen. Cornelia, mußte sich und Nuala in Sicherheit gebracht haben!

Erst in diesem Moment, als die Sorge um seine Frau und seine Tochter von ihm abfiel, begann Duncan an sich zu denken. Er drehte sich um die eigene Achse. Die Stützbalken des runden Hauses, die auf dem Boden liegenden Felle, sogar die mit Lehm und Torf verputzten Mauern standen in Flammen. Dichter Rauch hüllte ihn ein und raubte ihm die Sicht. Wo war nur die Tür? Voller Panik mußte er sich eingestehen, daß er, von Flammen eingeschlossen, jede Orientierung verloren hatte. Er befand sich mitten in einem Hexenkessel. Seine Lungen füllten sich immer mehr mit giftigem Qualm, und er bekam Angst zu ersticken. Hustend, mit tränenden Augen tastete er sich langsam vorwärts, ohne zu wissen, wohin er sich wenden sollte. Das Knistern des Feuers über ihm wurde gefährlich laut. Geistesgegenwärtig sprang Duncan zur Seite, und nur einen Wimpernschlag später stürzte ein Dachbalken ein und riß fast die Hälfte des Strohdaches mit sich. Zum Schutz gegen den Funkenregen und das umherwirbelnde, brennende Stroh, kauerte er sich auf den Boden. Ihm schwanden allmählich die Sinne, mühsam kroch er vorwärts. Endlich, als er bereits mit seinem Leben abgeschlossen hatte, entdeckte er inmitten des Infernos ein dunkles Viereck. Dort mußte die Tür sein! So schnell er konnte, erhob sich Duncan und stolperte mit letzter Kraft darauf zu. Hilfreiche Hände streckten sich ihm entgegen, zogen ihn ins Freie und warfen ihm eine nasse Decke über seine vor Hitze glühende Kleidung. Hustend krümmte er sich zusammen und füllte seine Lungen gierig mit der kühlen Luft.

»Duncan!«

Cornelia lief auf ihn zu und schlang erleichtert die Arme um ihn. Seine Lippen schmeckten nach Rauch, und der Ruß auf seinem Gesicht färbte ihre Wangen und ihren Hals ebenfalls schwarz.

»Wo ist Nuala?« fragte Duncan keuchend und hustete erneut. Seine Stimme klang rauh, jeder Atemzug schmerzte.

»Sie ist in Sicherheit!«

In diesem Augenblick stürzte mit ohrenbetäubendem Getöse der Rest des Daches ein. Erschrocken klammerte sich Cornelia an Duncan fest, der schützend die Arme um sie legte. Ohnmächtig sah er zu, wie das Haus bis auf die Grundmauern niederbrannte.

»Bei den Göttern!« stieß er hervor. »Jetzt haben wir nicht einmal mehr ein Dach über dem Kopf!«

»Das ist doch nicht wichtig!« erwiderte Cornelia. »Wir sind am Leben, das allein zählt! Wenn ich daran denke, daß du noch da drinnen sein könntest ...« Sie erschauerte. »Das Haus können wir wieder aufbauen!«

Duncan nickte, doch er glaubte nicht daran, daß sie das Haus jemals wieder neu errichten würden.

Als die Sonne aufging, lag der beißende Gestank von verbranntem Holz, Fleisch und Stroh über dem Dorf. Die Brände waren mittlerweile gelöscht, doch noch immer stiegen Rauchsäulen aus der schwelenden Glut in den grauen Morgenhimmel auf. Kein Haus war von den Flammen verschont geblieben, die meisten waren nicht mehr zu retten gewesen und bis auf die Grundmauern niedergebrannt. Vergeblich suchten ihre Bewohner in den Trümmern nach Überresten ihrer Habseligkeiten. Aneirin und die alte Gwendolyn hatten viel zu tun, um die Verletzten zu versorgen und wenigstens ihre Schmerzen zu lindern. Klagende Frauen liefen weinend zwischen den Trümmern umher und riefen die Namen ihrer gefallenen Söhne und Männer. Krieger knieten, stumm vor Trauer und Entsetzen, vor den bis zur Unkenntlichkeit verbrannten Leichen ihrer Frauen und Kinder. Mit hastig zusammengezimmerten Tragen wurden die Toten und Verwundeten vom Schlachtfeld geholt, während Männer und Knaben auf dem nahegelegenen Begräbnisplatz damit begannen, die Gräber auszuheben.

Duncan stand allein auf dem abseits vom Dorf liegenden

Friedhof. Alte, stattliche Weiden säumten den Platz, brennende Fackeln auf den frischen Grabhügeln tauchten ihn in ein geisterhaftes Licht. Duncan ließ seinen Blick über die steinernen Grabkreuze schweifen, die zum Teil schon so stark verwittert waren, daß man die feinen, kunstvoll eingemeißelten Linien und Muster kaum noch erkennen konnte. Er kam gern hierher, da ihn der Begräbnisplatz an sein Heimatdorf erinnerte. Selbst an heißen Tagen im Sommer war es unter dem Schatten der Weiden angenehm kühl, auf den mit Moos und Gras bewachsenen Grabhügeln blühten je nach Jahreszeit Schneeglöckchen, Primeln und Veilchen. Und wie in seinem Heimatdorf wurden an diesem geweihten, friedvollen Ort seit Generationen die Toten bestattet. Ihr Vermächtnis schien hier stets lebendig zu sein, und er fühlte sich Nuala, Alawn und seiner Mutter besonders nahe. Deshalb war er auch an diesem Abend hierher gekommen.

Ein eisiger Wind fuhr über die zahlreichen frischen Grabhügel und durch die Weiden. Das Geräusch ihrer kahlen, bis auf den Boden hängenden Zweige klang wie das Kratzen von knöchernen Fingern auf der gefrorenen Erde. Die Grabkreuze warfen im flackernden Schein der Fackeln seltsame, lebendige Schatten, und über den düsteren Himmel jagten Wolken und verbargen den bleichen Mond. Fröstelnd wandte Duncan seinen Blick wieder dem frisch aufgeworfenen Hügel zu, vor dem er stand. Dort unter der Erde lag Gartnait, mit Leinentüchern umwickelt, in den auf der Brust gefalteten Händen das Schwert haltend. Als Krieger, der ehrenvoll in einer Schlacht gestorben war, hätte Gartnait in seinen besten Kleidern, mit seinem kostbarsten Schmuck und seinen Waffen bestattet werden müssen. Doch sein Haus war bis auf die Grundmauern niedergebrannt. So trug Gartnait die blutbefleckte, zerrissene Kleidung, in der er gestorben war. Malcolm und Duncan hatten ihn gewaschen und gekämmt, sein langes rotes Haar zu Zöpfen geflochten und seine goldenen Armreife und den Halsring poliert, bis das Gold glänzte. Es war das einzige, was sie für ihren Freund noch tun konnten. Duncan war froh, daß sie nach langem Suchen auf dem Schlachtfeld wenigstens Gartnaits Schwert und einen Teil seines zerbrochenen Schildes gefunden hatten. Viele andere Krieger hatten ohne Waffen bestattet werden müssen.

Zu Gartnaits Füßen ruhte sein ältester Sohn, der von einem brennenden Dachbalken erschlagen worden war. Kenneth war erst vier Jahre alt gewesen. Sie waren nur zwei von vielen. Etwa fünfzig Dorfbewohner, die meisten von ihnen Frauen und Kinder, waren den Flammen zum Opfer gefallen. Weitere dreißig Männer hatten ihr Leben auf dem Schlachtfeld gelassen. Es gab keine Familie, die nicht mindestens einen Toten zu beklagen hatte. Neben dem Großteil der Hühner, Schweine und Rinder waren auch fast alle Getreide- und Nahrungsvorräte verbrannt. Da der Winter gerade erst begonnen hatte, würde es eine harte Zeit für die Menschen werden, ohne Hoffnung auf eine Besserung der Lage im Frühjahr und Sommer. Denn Eggen und Pflüge waren vernichtet worden, ohne die die Bauern ihre Felder nicht bestellen konnten, und der Schmied besaß kein Werkzeug mehr, um neue anzufertigen. Während einer einzigen Nacht war ein ganzes Dorf ins Unglück gestürzt worden, und viele würden ihren Angehörigen noch in den Tod folgen. Duncan fragte sich, ob er die Schuld daran trug. Er erinnerte sich an die düstere Vision, die er nach der Gefangennahme des Römers gehabt hatte. Hatte er nicht genug unternommen, um ihr Eintreten zu verhindern?

Duncan hörte, daß jemand hinter ihn trat. Er mußte sich nicht umdrehen, um zu wissen, daß es Malcolm war. Und im selben Moment verstand er, daß der Freund aus dem gleichen Grund gekommen war wie er selbst; auch er wollte sich verabschieden. Eine Weile standen sie schweigend nebeneinander. Jeder von ihnen dachte an die Beratung über die Zukunft des Stammes, die erst vor einer Stunde geendet hatte. Schließlich unterbrach Malcolm das Schweigen.

»Es ist müßig, dir zu sagen, daß du recht hattest, Duncan! Wir hätten auf dich hören sollen. Doch nun ist es zu spät!«
Duncan nickte stumm.
»Ich habe lange gebraucht, um Deirdre zu erklären, daß wir noch heute nacht unsere Heimat verlassen werden!« fuhr Malcolm leise fort. »Als ich aus dem Haus ging, weinte sie immer noch.«
»Ihr werdet mitkommen?«
Malcolm nickte.
»Ja, und einige weitere Männer mit ihren Familien. Auch sie sind nicht gewillt, sich den Römern zu unterwerfen. Mein Vater hat die Übergabe der Waffen an die Römer auf morgen bei Sonnenuntergang festgesetzt. Dadurch erhalten wir einen Vorsprung.«
»Das war sehr umsichtig von ihm.«
Malcolm nickte wieder und ließ seinen Blick über den Friedhof schweifen. Im Schein der Fackeln sah Duncan Tränen in den Augen des Freundes schimmern.
»Ich wußte nicht, wie sehr ich diesen Ort liebe!« sagte er leise. »Es fällt mir schwer, daran zu denken, daß ich ihn nie wiedersehen werde!«
»Außer in deinen Träumen!« fügte Duncan hinzu und seufzte. Er mußte plötzlich daran denken, daß er nie die Gelegenheit gehabt hatte, sich von seiner Heimat zu verabschieden. Bevor er begriffen hatte, was geschehen war, hatten ihn die Römer nach Eburacum verschleppt. Er hatte nicht einmal seinem Vater und seiner Schwester Lebewohl sagen können.
Malcolm legte ihm eine Hand auf die Schulter.
»Aber vielleicht ist es auch das Wichtigste, daß wir nicht allein den Weg in den Norden antreten. Wir haben Freunde, die uns begleiten!«
»Und Brüder!« Duncan ergriff Malcolms Arm, so daß sich die schmalen Narben auf den Innenflächen ihrer Unterarme berührten. »Blut auf Blut, Malcolm!«
»Blut auf Blut, Duncan!«

Die beiden Männer umarmten sich, und jeder von ihnen spürte die heißen Tränen des anderen auf seiner Schulter.

Während Malcolm und Duncan ihren Abschied auf dem Friedhof vollendeten, bereiteten Cornelia und Deirdre alles für die Reise vor. Deirdre hatte verweinte Augen, und Cornelia konnte sich vorstellen, wie der jungen Frau zumute war. Sie erinnerte sich noch gut daran, wie sie selbst sich gefühlt hatte, als die Familie vor mehr als zehn Jahren Rom verlassen hatte. Und im Gegensatz zu Deirdre hatte sie damals nicht gewußt, daß sie nie wieder in ihre Heimat zurückkehren würde! Cornelia seufzte, und für einen kurzen Augenblick verspürte sie Sehnsucht nach dieser Stadt. Rom, geliebtes, gehaßtes, schmutziges und lebendiges Rom! Selbst zu dieser Jahreszeit konnte man nur mit einem leichten Mantel bekleidet durch die Straßen gehen. Der Lärm der vielen Menschen mischte sich mit dem Geklapper der Hufe und Räder auf den gepflasterten Straßen. Die Händler auf den zahlreichen Märkten boten lautstark ihre Waren feil, und der Geruch der Gewürze vermischte sich mit dem Duft von Blumen und Feigen, Zitronen, Orangen, heißen Kastanien ... Cornelia seufzte wieder. Sie hatte geglaubt, dieses Leben endgültig hinter sich gelassen zu haben. Doch offensichtlich ließ sich die Vergangenheit nicht so ohne weiteres abstreifen! Sie schüttelte den Kopf und widmete sich ihrer kleinen Tochter, die sie sorgsam in zwei Schafsfelle wickelte. Die beiden Frauen hatten nicht viel zu packen, da der größte Teil ihrer Habseligkeiten ein Raub der Flammen geworden war. Was sie sonst nicht mitnehmen wollten, verteilten sie an die Dorfbewohner. Cornelia und Deirdre waren schon lange fertig, als Malcolm und Duncan endlich ins Dorf zurückkehrten.

Kurze Zeit später brachen sie auf. Es waren zehn Männer, die bereit waren, Duncan und Malcolm zu folgen und mit ihren Frauen und Kindern das heimatliche Dorf zu verlassen. Angus hatte jeden von ihnen die Entscheidung überlassen. Doch Cornelia sah die Tränen in den Augen des Fürsten, als er zum Abschied die Hand seines Sohnes ergriff. Auch Malcolm verbarg seine Trauer nur mühsam. Jeder von ihnen wußte, daß es ein Abschied für immer war. Cornelias Blick glitt über die bleichen, müden, aber entschlossenen Gesichter der kleinen Schar. Sogar Iain war unter ihnen. Man hatte ihn zu seinem Pferd führen müssen, da sein Kopf mit Leinentüchern verbunden war. Wenn er sprach, klang seine Zunge seltsam schwer und zeugte von den starken, schmerzstillenden Kräutern, unter deren Einfluß er stand. Dennoch ließ er es sich nicht nehmen, seinen Freunden in den Norden zu folgen. Er wollte nicht unter der Herrschaft derer leben, die seinen Bruder getötet hatten und hoffte, eines Tages wieder an Malcolms und Duncans Seite gegen die verhaßten Römer kämpfen zu können.

Stumm sahen die Dorfbewohner den Männern und Frauen nach, als sie ihre Pferde aus dem Tal lenkten. Auf dem Hügel sah sich Cornelia noch einmal um. Von dem Dorf war nicht mehr viel zu sehen. Wie die Knochen eines riesigen Tieres ragten verkohlte Dachbalken in den nächtlichen Himmel. Es war kaum vorstellbar, daß dort noch vor einem Tag glückliche Menschen gelebt hatten. Über dem Friedhof lag der warme Schein der brennenden Fackeln. Die Toten schienen ihren letzten Gruß zu senden, und erschauernd wandte sich Cornelia ab. Vor ihr lag Finsternis und eine ungewisse Zukunft.

25

Vorsichtig trat der Hirsch auf die Lichtung. Regungslos, wie eine Statue, mit majestätisch erhobenem Kopf stand er da und sicherte in alle Richtungen. Es war ein stattliches Tier, seine Muskeln zeichneten sich deutlich unter dem rötlichen Fell ab. Das imposante Geweih maß die Länge eines männlichen Arms und hätte selbst dem Haus eines Königs als willkommener Schmuck gedient. Prüfend sog er die Luft ein, bevor er weiter auf die Lichtung trat, vorsichtig und doch majestätisch. Als er keine verdächtigen Gerüche wahrnahm, stieß er ein leises Geräusch aus, um das im Schutz der Bäume wartende Rudel zu rufen. Der Hirsch konnte nicht ahnen, daß er beobachtet wurde. Denn die beiden Jäger lagen, von Büschen verborgen, mit der Windrichtung auf einer Anhöhe im Schnee.

Duncan und Malcolm sahen sich an und lächelten, als etwa sieben Junghirsche und Kühe ihrem Leittier auf die Lichtung folgten. Sorglos begannen die Tiere, zwischen dem Schnee nach Nahrung zu suchen.

Malcolm legte einen Pfeil auf die Sehne seines Bogens, sorgsam darauf bedacht, kein Geräusch zu verursachen.

Sie waren bereits seit zwanzig Tagen unterwegs. Der Schnee, die Kälte und vor allem der Hunger hatten den Männern und ihren Familien arg zugesetzt. Sie versuchten, ihre geringen Vorräte durch die Jagd zu ergänzen, doch das Wild schien vor dem ungewöhnlich strengen Winter geflohen zu sein. An manchen Tagen bekamen sie nicht einmal einen Hasen zu Gesicht. Doch seit dem Vortag schien sich das Glück zu ihren Gunsten zu wenden. Sie hatten eine versteckt liegende Höhle entdeckt, die allen Männern, Frauen und Kindern genügend Platz bot. Die vergangene Nacht hatten sie zum ersten Mal, seit sie auf der Flucht waren, im Trockenen verbringen können, die Feuer hatten sie angenehm gewärmt und ihre vom Schnee feuchte Kleidung getrocknet. Die Kinder hatten ihre Fröhlichkeit wiedergefunden, und Iain hatte endlich aufgehört zu fiebern. Tagelang war er in wirren Fieberträumen gefangen und kaum ansprechbar gewesen. Doch seit diesem Morgen war sein Verstand wieder klar, und als Deirdre und Cornelia ihm die Binden abgenommen hatten, hatten sie festgestellt, daß seine leere Augenhöhle zu eitern aufgehört hatte. Die Wunde begann endlich zu heilen. Und um ihr Glück zu vervollständigen, hatten er und Duncan vor einer Stunde die Spur des Rudels entdeckt. Malcolm lächelte und dankte den Göttern für diese glückliche Fügung. Er versuchte, sich Deirdres Gesicht beim Anblick der erlegten Hirsche vorzustellen, und beim Gedanken an das über dem Feuer gebratene Fleisch lief ihm das Wasser im Mund zusammen. Heute abend würden sie endlich alle satt werden!

Auch Duncan legte einen Pfeil auf die Sehne, lautlos, mit ruhigen, gleichmäßigen Bewegungen, um die friedlich grasenden Tiere nicht zu verscheuchen.

»Ich nehme den dort!« flüsterte er Malcolm zu und deutete mit dem Kopf auf einen der Junghirsche, der ein wenig abseits des Rudels damit beschäftigt war, die Rinde eines jungen Baums abzunagen.

Malcolm nickte zustimmend und visierte ein anderes Tier an. Gleichzeitig schossen sie ihre Pfeile ab, keiner von ihnen verfehlte sein Ziel.

Das Geräusch der Pfeile und die Schmerzenslaute der beiden tödlich getroffenen Junghirsche schreckten die anderen Tiere auf. Sie sprangen mit wilden Sätzen über die Lichtung und verschwanden im schützenden Dickicht. Kurze Zeit war noch das Knacken der fliehenden Hirsche im Unterholz zu hören, dann war alles wieder still.

Lächelnd erhoben sich Malcolm und Duncan und gingen zu den beiden erlegten Tieren. Sie knieten sich in den Schnee, um den Hirschen die Hufe zusammenzubinden, damit sie ihre Beute besser nach Hause tragen konnten. Sie hatten gerade erst mit ihrer Arbeit begonnen, als von hinten plötzlich eine barsche, laute Stimme rief:

»He, ihr da! Was treibt ihr hier? Es ist niemandem erlaubt, hier zu jagen!«

Duncan und Malcolm sprangen auf und sahen drei näherkommende Reiter. Sie trugen dicke, buntgefärbte Wollmäntel, ihre langen Haare waren zu Zöpfen geflochten. An den Knäufen ihrer Sättel waren Jagdbogen befestigt, und Köcher mit Pfeilen hingen über ihren Schultern.

»Niemandem?« antwortete Duncan spöttisch, ohne auf Malcolms warnenden Rippenstoß zu achten. »Dann seid ihr wohl Gespenster! Oder sollten meine Augen mich täuschen, und es sind gar keine Jagdbogen, die an euren Sätteln hängen?«

Ein kaum wahrnehmbares Lächeln huschte über das Gesicht des mittleren Reiters. Er mochte an die vierzig Jahre alt sein, und seinem Auftreten nach war er der Anführer der drei. Mit einem Wink hinderte er seine Begleiter daran, zu ihren Schwertern zu greifen und Duncan für seine Antwort zu bestrafen.

»Wir haben die Erlaubnis des Fürsten, hier zu jagen!«

Duncan hatte eine weitere, scharfe Antwort auf der Zunge, doch Malcolm hielt ihn zurück.

»Duncan, sei lieber still! Ich fürchte, wir sind in das Jagdgebiet eines Fürsten geraten«, flüsterte er sichtlich nervös. »Ich bin dafür, daß wir gehen!«

»Aber unsere Beute!« widersprach Duncan ärgerlich. »Wovon sollen unsere Frauen und Kinder satt werden? Ich werde nicht ohne die Hirsche ...«

»Duncan, laß die Hirsche! Wir sollten lieber zusehen, daß wir von hier verschwinden, bevor die drei unangenehm werden.«

Duncan schien mit sich zu kämpfen und gab schließlich dem Drängen des Freundes nach. Doch seine gerunzelte Stirn verriet deutlich, daß er keinesfalls einverstanden war. Malcolm lächelte erleichtert.

»Sie sind nur zu dritt. Wenn du nach rechts läufst und ich nach links, müssen sie sich aufteilen, wenn sie uns verfolgen wollen. Wir treffen uns dann bei den Pferden wieder!«

Duncan nickte unmerklich, und wie auf ein geheimes Zeichen hin rannten beide in gegensätzliche Richtungen los.

Diese Reaktion traf die drei Reiter völlig unvorbereitet. Einen Augenblick waren sie wie erstarrt, dann wollten zwei von ihnen ihren Pferden die Sporen geben. Doch ihr Anführer hielt sie zurück.

»Halt, überlegt euch, was ihr tut!« sagte er. Seine stahlblauen Augen funkelten. »Diese Kerle sind nicht dumm, sie wollen, daß wir uns aufteilen! Doch den Gefallen werden wir ihnen nicht erweisen. Wir werden uns ausschließlich um den Blonden kümmern! Der Bursche läuft direkt zum Fluß. Spätestens dort sitzt er in der Falle!«

»Was ist mit dem anderen, Calgach? Soll der ungeschoren ...«

»Den können wir laufen lassen. Es reicht, wenn wir einen von ihnen in Händen haben.« Ein grimmiges Lächeln huschte über sein markantes Gesicht. »Wenn der Junge so ein großes Mundwerk hat, dann wird es ihm sicherlich ein Vergnügen sein, uns zu erzählen, ob sich hier noch mehr Wilderer herumtreiben!«

»Jawohl, Calgach!« antworteten die beiden Krieger wie aus einem Mund.

»Und nun schnell, bevor uns dieser Kerl in den Wäldern entkommt! Vorwärts!«

Duncan hörte die Geräusche der Reiter hinter sich. Schützend hielt er sich den Arm vors Gesicht. Wie Peitschen schlugen die Zweige der Bäume und Büsche auf ihn ein, während er mit langen Sätzen einen Hügel hinabsprang. Der Schmerz drang ihm trotz der Kleidung bis auf die Haut. Obwohl Duncan so schnell lief, wie er konnte, obwohl er Haken schlug wie ein gehetzter Hirsch, kamen seine Verfolger immer näher. Während er sich auf einer Lichtung durch knietiefen Schnee kämpfte, dachte er an die Träume, die er während der Flucht mit Dougal gehabt hatte. Und im gleichen Augenblick wußte er, daß er keine Chance hatte, den Reitern zu entkommen. Er mußte sich etwas einfallen lassen! Keuchend vor Anstrengung blieb er stehen und sah sich hastig um. Seine linke Seite schmerzte bei jedem Atemzug, seine Beine wurden immer schwerer. Es gab keinen Zweifel. Er konnte dieses Tempo nicht mehr lange durchhalten! Dann fiel sein Blick auf ein mögliches Versteck. Mitten in einer ausladenden Brombeerhecke war ein schmaler Durchschlupf, gerade so groß, daß ein Fuchs hindurchpaßte. Dorthin konnten ihm die Reiter unmöglich folgen! Ohne lange zu überlegen, ließ sich Duncan auf den Bauch fallen. Geschickt schob er sich an den Büschen vorbei. Harte, spitze Dornen rissen an seiner Kleidung, und mehr als einmal verfingen sich seine langen Haare in den tiefhängenden Zweigen, während er eilig vorwärtskroch. Duncan hörte, wie die Reiter näher kamen und sich laut unterhielten. Sie mußten direkt vor der Hecke stehen, in der er sich versteckt hatte. Er betete zu den Göttern, daß den dreien die Spuren nicht auffielen, die er reichlich im Schnee hinterlassen hatte, Er hatte nicht genug Zeit gehabt, sie zu verwischen. Regungslos blieb er auf dem Bauch liegen und wartete ab, was geschehen würde. Er hörte die Stimmen der Reiter, hörte ihre Pferde vor dem Gebüsch auf und ab gehen. Und dann war es plötzlich still. Duncan wußte, daß die drei Krieger auf ihren Pferden saßen und angestrengt auf das leiseste Geräusch achteten. Er wagte kaum zu atmen.

»Verdammt, ich kann nichts hören! Der Kerl muß uns entkommen sein!« rief nach einiger Zeit einer der Männer wütend aus, und Duncan hörte, wie er vor Wut mit der Faust gegen einen Baum schlug.

»Du hast recht, Kay, wir sollten umkehren!« stimmte der Anführer zu. »Heute finden wir den Wilderer sowieso nicht mehr. Vielleicht erwischen wir ihn das nächste Mal!«

»Gut, Calgach! Außerdem wird es bald dunkel!«

Duncan hörte, wie sich die Pferde langsam entfernten, die Stimmen der Reiter wurden immer leiser. Er konnte es kaum glauben, aber er schien seine Verfolger tatsächlich getäuscht zu haben! Bald war außer dem leisen Geräusch des Schnees, der von den Ästen der Bäume auf den Boden fiel, nichts mehr zu hören. Duncan verlor jedes Gefühl für die Zeit, während er, von Brombeerranken umgeben, zusammengekauert auf dem gefrorenen Boden lag. Allmählich wurden seine Glieder steif durch die unbequeme Lage, und die Kälte kroch durch seine Kleidung hindurch bis auf die Haut. Schließlich glaubte er, lange genug gewartet zu haben. Geschickt schlängelte er sich den Weg zurück. Doch er hatte kaum sein Versteck verlassen, als er einen heftigen, dumpfen Schmerz an seinem Hinterkopf spürte. Alles begann sich zu drehen, vor seinen Augen wechselte der Schnee seine Farbe und wurde schwärzer als die Nacht. Dann verlor Duncan das Bewußtsein.

Anfangs lief auch Malcolm, was seine Beine hergaben. Doch schon nach kurzer Zeit stellte er fest, daß ihm niemand folgte. Er verlangsamte das Tempo und ging in einem großen Bogen zurück zu den Pferden. Vorsichtig spähte er zwischen den kahlen Zweigen der Büsche hindurch, in der Erwartung, daß man ihm dort eine Falle gestellt hatte. Weit und breit war jedoch kein Mensch zu sehen, die beiden Pferde standen dort, wo er und Duncan sie vor wenigen Stunden angebunden hatten. Erleichtert ging Malcolm zu den Tieren, die ihn mit leisem Schnauben begrüßten. Liebevoll streichelte er seinem

Rappen den glatten Hals und strich dann Duncans Fuchs über die weiche, samtene Schnauze.

»Dein Herr ist noch nicht da«, sagte er leise zu dem Hengst, und das Tier stellte lauschend die Ohren auf. »Aber wir werden auf ihn warten. Er muß jeden Augenblick kommen!«

Doch es verging Stunde um Stunde, ohne daß sich Duncan blicken ließ. Nervös sah Malcolm immer wieder zum Himmel, der allmählich dunkler wurde. Bald würde die Dämmerung einsetzen. Wo war Duncan? Ob ihm etwas zugestoßen war?

Schließlich hielt Malcolm die Ungewißheit nicht, mehr aus. Er schwang sich auf sein Pferd, band die Zügel von Duncans Hengst an seinem Sattel fest und ritt, so schnell es ging, zur Höhle zurück. Er mußte Hilfe holen. Sie mußten mit Fakkeln in den Wald zurückkehren und Duncan suchen, bis sie eine Spur von ihm gefunden hatten! Denn eines stand für Malcolm fest: Wenn Duncan die Möglichkeit gehabt hätte, dann wäre er zu den Pferden gekommen!

Während Malcolm den besorgten Freunden und einer leichenblassen Cornelia erzählte, was geschehen war, wurde Duncan auf äußerst unangenehme Weise aus seiner Bewußtlosigkeit geweckt. Ein eiskalter, beißender Schmerz in seinem Gesicht ließ ihn wieder zu sich kommen. Verwirrt schlug er die Augen auf und stellte fest, daß er weder sehen noch atmen konnte. Sein Kopf befand sich unter Wasser, und zwei kräftige Hände in seinem Genick drückten ihn unbarmherzig nach unten. Bei den Göttern, wollte man ihn etwa ertränken? Das eiskalte Wasser drang ihm in Mund und Nase; er mußte husten und bekam Angst zu ersticken.

Verzweifelt versuchte Duncan, sich aus dem Griff zu befreien. Da man seine Hände jedoch auf den Rücken gefesselt hatte, waren seine Anstrengungen vergebens. Doch seine Gegenwehr schien nicht unbemerkt geblieben zu sein, der Griff um seinen Nacken begann sich zu lockern. Sofort schnellte

Duncan hoch, hustete und schnappte erleichtert nach Luft. Eiskaltes Wasser rann aus seinen Haaren an seinem Hals und seinem Rücken hinunter. Fröstelnd dankte er den Göttern für die Rettung. Erst danach, als er wieder zu Atem gekommen war, achtete er auf seine Umgebung.

Er kniete auf einem Platz vor einem Wassertrog, in dem Eisschollen schwammen, und wurde von mindestens zehn schadenfroh lachenden Kriegern umringt. Wo war er, und wie kam er hierher?

»Bist du wieder wach?« fragte einer der Männer höhnisch und erntete von den anderen johlendes Gelächter. »Hast dir eine ordentliche Beule geholt, Kleiner! Du scheinst aber auch einen harten Schädel zu haben.«

Natürlich! Das war es! Er war in eine Falle getappt! Wie hatte er nur annehmen können, daß sich seine Verfolger, offensichtlich erfahrene Jäger, so leicht von ihm hätten täuschen lassen? Während er sich sicher gefühlt hatte, hatten sie in aller Seelenruhe darauf gewartet, daß er sein Versteck verließ. Was hatte sein Großvater immer gesagt? Die größte Tugend des Jägers ist die Geduld!

Du Dummkopf! schalt Duncan sich selbst und hätte am liebsten vor Ärger laut geschrien. Du leichtsinniger Narr bist auf den ältesten Trick der Welt hereingefallen!

»Auf die Beine, Freundchen!« sagte der Mann wieder und griff gemeinsam mit einem anderen Duncan unter die Arme. »Calgach, unser Fürst, will dich sprechen!«

Unsanft zogen sie ihn auf die Füße. Die Welt begann sich wieder um Duncan zu drehen. Ein heftiger Schmerz, als würden hundert Schmiede mit spitzen Werkzeugen seine Schädeldecke von innen bearbeiten, pochte in seinem Kopf. Sein Magen verkrampfte sich und schien sein Innerstes nach außen kehren zu wollen. Duncan versuchte, die plötzlich über ihn hereinbrechende Übelkeit durch gleichmäßiges Atmen unter Kontrolle zu bringen. Sich hier, auf offenem Platz vor den versammelten Männern, zu übergeben und ihren Spott noch mehr herauszufordern war nicht nach seinem Sinn! Tatsächlich schaffte er es, seinen Mageninhalt bei sich zu behalten. Er bemühte sich, einigermaßen aufrecht und würdevoll zu gehen, während ihn die beiden Männer in ein großes, rundes Haus führten, das offensichtlich dem Fürsten gehörte.

Es war ein behagliches Haus, das sich in keiner Weise von den Häusern anderer Fürsten oder Krieger unterschied. Ein Feuer brannte in der Mitte des Raumes und spendete angenehme Wärme. Weiche Felle lagen auf dem festgestampften Lehmboden, buntgewebte Stoffe trennten die Schlafplätze vom Wohnbereich, Hirschgeweihe und andere Jagdtrophäen schmückten die mit Torf und Lehm verputzten Steinwände. Auf den ersten Blick gab es also nichts Ungewöhnliches zu sehen. Dennoch herrschte in dem Haus eine besondere Atmosphäre, die auf die Anwesenheit einer starken, eindrucksvollen Persönlichkeit schließen ließ.

Suchend sah Duncan sich um. Zwei Männer saßen mit untergeschlagenen Beinen auf Fellen in der Nähe des Feuers und waren mit Schnitzereien beschäftigt. Duncan erkannte in ihnen sofort zwei seiner Verfolger. Schließlich blieb sein Blick auf dem Mann haften, der direkt am Feuer saß und mit ruhigen, gleichmäßigen Bewegungen die schimmernde Klinge eines langen, schlanken Schwertes schärfte.

Na, wunderbar! dachte Duncan. Dies ist nicht mein Tag! Ich hätte auf Malcolm hören und den Mund halten sollen. Wilderei und Beleidigung eines Fürsten – das klingt nach einer harten Strafe!

Doch der Fürst schien ihn nicht weiter zu beachten. Fast zärtlich strich er mit seinen kräftigen Händen über das Schwert und steckte es in eine bronzene Scheide. Sogar aus der Entfernung konnte Duncan deutlich die kunstvollen Verzierungen auf dem Griff der Waffe und der Schwertscheide erkennen. Unwillkürlich mußte er an Dougal denken. Das Herz des Freundes hätte bei diesem Anblick sicherlich höher geschlagen!

Als der Fürst sein kostbares Schwert sorgsam verwahrt hatte, erhob er sich und ging auf Duncan zu. Die stahlblauen Augen schienen ihn fast zu durchbohren, und einen Moment lang war Duncan nicht sicher, ob er darin Zorn, Spott oder Anerkennung lesen konnte.

»Warum habt ihr in meinem Jagdgebiet gewildert?« fragte Calgach mit ruhiger, angenehm tiefer Stimme.

Duncan schöpfte neue Hoffnung. Anscheinend war der Fürst gewillt, sich seine Entschuldigung anzuhören.

»Wir sind auf der Flucht!« erklärte er. »Unsere Frauen und Kinder ...«

Der Fürst holte mit der rechten Hand aus und schnitt Duncan mit einer brutalen Ohrfeige das Wort ab. Sein Kopf flog zur Seite, und der mit einem scharf geschliffenen Edelstein geschmückte Ring an der Hand des Fürsten hinterließ einen tiefen Riß auf seiner rechten Wange. Duncan war froh, daß ihn die beiden Krieger immer noch festhielten. So blieb ihm wenigstens die Demütigung erspart, benommen vor dem Fürsten in die Knie zu gehen. Sein Schädel dröhnte von der Wucht des Schlages, und die rechte Hälfte seines Gesichts war taub. Er spürte nicht einmal das Blut, das langsam an seiner Wange hinunterlief.

»Weißt du eigentlich, wie lange ich diesem Hirsch schon auf den Fersen war, bevor ihr zwei mir in die Quere gekommen seid?« Die Stimme des Fürsten klang wie das drohende Knurren eines Wolfes, seine blauen Augen schleuderten zornige Blitze. Er packte Duncans Kinn mit eisernem Griff und zwang ihn, ihm in die Augen zu sehen. »Ich verfolge das Tier bereits seit über einem Jahr. Noch nie war ich ihm so nahe wie heute. Wenn ihr nicht gewesen wäret, würde sein Geweih jetzt mein Haus schmücken! Wenn du also die nächsten zehn Tage nicht an der Eiche hängend verbringen, sondern mein Haus als freier Mann verlassen willst, solltest du dir jetzt eine bessere Geschichte einfallen lassen, Junge!«

Calgach ließ ihn wieder los. Duncan wußte, in welcher Gefahr er sich befand, denn ohne Zweifel meinte der Fürst seine Worte ernst. Aufgehängt an einem Baum, ohne Nahrung, noch dazu bei dieser Kälte, würde er keine drei Tage überleben. Dennoch schien es, als säße ihm plötzlich ein Kobold im Nacken, der seinen Schabernack treiben wollte. Der Fürst wollte eine Geschichte hören? Also sollte er auch eine bekommen! Ohne lange zu überlegen, erzählte Duncan von einer Prinzessin, die von einer Fee dazu verflucht worden war, nur dann heiraten zu können, wenn ihr ein Mann die Felle von tausend einjährigen Hirschen brachte. Und er erzählte von einem Prinzen, der die Prinzessin mehr als sein Leben liebte und ihn und Malcolm um Unterstützung bei der Erfüllung dieser schwierigen Aufgabe gebeten hatte. Als Duncan geendet hatte, sah ihn der Fürst mit gerunzelter Stirn an.

»Du willst mir doch nicht weismachen, daß du mir eben die Wahrheit erzählt hast?«

»Nein. Aber du wirst zugeben müssen, daß es eine wesentlich bessere Geschichte ist!« antwortete Duncan kühn. »Es wäre jetzt also an der Zeit, dein Wort einzulösen und mich gehen zu lassen!«

Duncan wußte, daß er zu weit gegangen war. Seine Antwort kam einer erneuten Beleidigung gleich. Aber ihm war es lieber, auf der Stelle durch das Schwert des Fürsten zu sterben als langsam und qualvoll an der Eiche hängend zu verenden. Mit stolz erhobenem Kopf erwartete er den tödlichen Stoß.

Der Fürst sah Duncan lange an.

»Dafür könnte ich dich auf der Stelle töten.«

»Ich weiß!« antwortete Duncan und erwiderte offen und furchtlos Calgachs Blick.

Um die Mundwinkel des Fürsten begann es zu zucken, und schließlich brach er in schallendes Gelächter aus.

»Du hast eine scharfe Zunge, und du hast Mut! Das gefällt mir! Nehmt ihm die Fesseln ab!« Er ergriff erneut Duncans Kinn und drehte dessen Kopf zur Seite. Prüfend betrachtete er den tiefen Riß auf der Wange. »Kay, laß Gawain holen. Er soll die Wunde so versorgen, daß keine Narbe zurückbleibt. Wäre schade um sein Gesicht!« Er lächelte Duncan zu. »Und wenn der Druide mit dir fertig ist, dann kommst du wieder hierher. Dann will ich nämlich die Wahrheit von dir hören!«

Wenig später betrat Duncan das Haus des Fürsten zum zweiten Mal. Calgach saß immer noch am Feuer, die beiden anderen hatten ebenfalls ihre Plätze nicht verlassen. Er lächelte Duncan freundlich zu und bot ihm einen Platz auf einem Fell in seiner Nähe an.

»Dies ist mein Bruder Kay, und das dort ist Calvin. Er ist mein bester Krieger!« stellte der Fürst die anderen vor.

Mit einer höflichen Verbeugung grüßte Duncan die beiden und nannte seinen Namen, bevor er sich auf dem angebotenen Platz niederließ.

»Und nun berichte mir ausführlich, woher ihr kommt und warum ihr in meinem Gebiet Hirsche jagt! Aber ...«, Calgachs Augen funkelten, »diesmal weder Märchen noch Lügen!«

Duncan lächelte mühsam. Seine Wange schmerzte und spannte, da der warme, seltsam riechende Brei, den der Druide auf die Wunde geschmiert hatte, allmählich hart wurde. Während er von der Niederlage der Lothians gegen die Römer und der anschließenden Flucht erzählte, gab Calgach einer alten weißhaarigen Frau einen Wink. Sofort holte die Alte zwei Becher hervor, zapfte frisches Bier aus einem Faß und reichte sie Calgach und Duncan.

Als Duncan geendet hatte, nickte der Fürst.

»Ich weiß, von welcher Höhle du sprichst. Aber sie ist im Winter kein Aufenthaltsort für Frauen und Kinder. Ihr solltet besser bei uns im Dorf bleiben! Zwei Häuser stehen leer, und sobald der Schnee schmilzt, werden wir noch die fehlenden Häuser errichten.«

Duncan war sprachlos. Vor lauter Überraschung merkte er nicht, daß Kay mißmutig die Stirn runzelte.

»Aber wie ...« Er schüttelte ungläubig den Kopf. »Niemals hätte ich zu hoffen gewagt ...«

»Ich weiß!« antwortete Calgach lächelnd. »Nicht einmal ich habe geahnt, daß ich dir diesen Vorschlag machen würde. Noch vor einer Stunde war es mein größter Wunsch, dich an der Eiche hängen zu sehen!« Er zuckte gleichmütig die Achseln. »Ein Mann muß in der Lage sein, seine Meinung zu ändern! Calvin, reite mit Duncan zu der Höhle und führe die Männer und ihre Familien hierher. Es gibt in den Wäldern zahlreiche Wölfe. Hier sind sie in Sicherheit, und die Männer brauchen nicht mehr meine Hirsche zu wildern!«

Calvin und Duncan erhoben sich und verließen das Haus. Gedankenverloren nahm Calgach wieder sein kostbares Schwert zur Hand und betrachtete es liebevoll.

»Meinst du, daß deine Entscheidung klug ist?« Die mißmutige Stimme Kays ließ Calgach aus seinen Gedanken aufschrecken. »Wir wissen nicht, wie wir unsere eigenen Leute über den Winter bringen können, und du nimmst einfach eine Horde vagabundierender Wilderer auf!«

Calgach sah seinen fast zehn Jahre jüngeren Bruder überrascht an. Obwohl sie Söhne der gleichen Eltern und Brüder waren, waren sie so verschieden, wie zwei Männer nur sein konnten. Und manchmal bezweifelte Calgach, ob er Kay jemals verstehen würde.

»Was willst du damit sagen?«

»Ich will versuchen, dir klarzumachen, daß sie gefährlich sein können!« Kay runzelte mißmutig die Stirn, und Calgach fragte sich, wann er seinen stets mißgelaunten Bruder eigentlich das letzte Mal lachen gesehen hatte. »Wenn schon dieser Duncan ein frecher Lügner ist, dann sind sie vielleicht nichts weiter als eine Räuberbande.«

Calgach brach in schallendes Gelächter aus.

»Unsinn! Duncan hat mich lediglich beim Wort genommen, um seinen Kopf zu retten. Ich an seiner Stelle hätte nicht anders gehandelt!« Er schüttelte den Kopf über Kays mürrische Miene. »Du solltest dir nicht ständig Sorgen machen! Der Junge gefällt mir. Und wenn er nur halb so gut kämpft, wie er reden kann, werden wir noch sehr von ihm profitieren! Und nun mach ein anderes Gesicht, sonst wird die Milch sauer!«

»Du hast wie immer recht, Calgach«, antwortete Kay ehrerbietig und brachte ein Lächeln zustande, obwohl ihn der Spott seines Bruders noch mehr verdroß. Unter seiner glatten, demütigen Oberfläche brodelte es bereits seit Jahren. Und diesmal drohte Calgach, mit seinem Verhalten das Faß zum Überlaufen zu bringen.

26

Die Mittagsstunde war gerade erst angebrochen, und im Speisesaal der Offiziere war wenig Betrieb. Tiberius saß allein an einem Tisch und aß nachdenklich seine ihm zugeteilte Ration – Brot, in Wein gekochtes Hammelfleisch und etwas Käse, der von einem Bauern in der Nähe des Lagers hergestellt worden war. Dieser dunkle, harte, krümelige Käse war natürlich nicht mit den Sorten zu vergleichen, die man in Rom kaufen konnte. Aber mit der Zeit gewöhnte man sich an den herben Geschmack, und Tiberius lebte schon lange genug in Britannien, um die römische Küche nicht mehr zu vermissen. Doch an diesem Tag nahm er den Geschmack der Speisen auf seinem Teller gar nicht wahr. Mechanisch aß er von dem Fleisch und tunkte das trockene, harte Brot in die dunkle, mit Feldkräutern gewürzte Sauce, während er über die Ereignisse des Vormittags nachdachte. Agricola hatte alle Offiziere der in diesem Lager stationierten Hilfstruppen und der Zwanzigsten Legion zu einer Unterredung gebeten. Es ging um den nächsten Feldzug, der den Römern den Weg nach Norden erschließen sollte.

Seit dem nach Tiberius' Meinung unrühmlichen Sieg über die Lothians waren drei Jahre vergangen. In dieser Zeit waren die römischen Truppen immer weiter nach Norden vorgerückt.

Die Lothians waren nicht die einzigen gewesen, die erbitterten Widerstand geleistet hatten. Die meisten Stämme jedoch – Tiberius konnte sich nicht einmal mehr an die Namen dieser Völker erinnern – waren bereits nach kurzen Gefechten besiegt worden, oder sie hatten sich kampflos ergeben. Die Fürsten jener Stämme waren von Agricola als Verwalter eingesetzt worden. So beherrschten sie weiterhin ihr Territorium, waren aber Rom verpflichtet – eine Regelung, die allen Seiten dienlich war.

Dennoch verließ sich Agricola keinesfalls auf die Loyalität der wankelmütigen Fürsten. Die Kelten hatten sich schon oft genug als unberechenbar erwiesen. Und so wurden im Abstand von fünf Tagesmärschen entlang einer Versorgungsstraße befestigte Lager errichtet. Zwischen ihnen befanden sich kleinere Truppenkontingente, die den Weg nach Süden zusätzlich sicherten. In diesem Frühjahr hatte Agricola damit begonnen, die Versorgungsstraße auszubauen. Aus Londinum und Eburacum hatte er Sklaven und Baumeister kommen lassen und zusätzlich Einheimische gegen geringen Lohn für die Arbeiten verpflichtet. Der Statthalter selbst hielt sich die meiste Zeit in einem der caledonischen Lager auf. Um stets erreichbar zu sein, hatte er die Regierungsgeschäfte von Londinum nach Eburacum verlegt und die kleine, im Norden Britanniens gelegene Stadt zur Hauptstadt erklärt. Dennoch war seine Anwesenheit in Eburacum oft notwendig. Und erst vor zwei Tagen war er wieder in das Lager zurückgekehrt.

Innerhalb der fünf Fuß hohen Steinwälle mit den schweren, hölzernen Palisaden fiel es kaum auf, daß dieses das nördlichste der befestigten Lager war. Es hätte genausogut an jedem anderen Ort des Imperiums stehen können, ob in Ägypten, am Rhein oder in Mauretanien. Doch wenn man auf den mächtigen Wachtürmen stand und seinen Blick über den Horizont schweifen ließ, wurde einem plötzlich klar, daß man sich an dem von Rom am weitesten entfernten Ort des Römischen Reiches befand. Schroffe, mit Heidekraut und dichten Wäldern bewachsene Berge erhoben sich ringsum. Wilde Bäche durchschnitten die Felsen und sammelten sich in den Tälern zu abgrundtiefen Seen, die in ihrer unheimlichen Stille wie die Augen der Götter wirkten, in denen sich die Wolken spiegelten. Der Himmel wechselte jede Stunde sein Gesicht. Wenn eben noch die Sonne schien, so kroch gleich darauf dichter, undurchdringlicher Nebel durch die Täler, als wolle er alles verschlingen, was sich ihm in den Weg stellte. Stürme jagten schwarze Wolken in atemberaubendem Tempo über den Himmel, heftige Regengüsse verwandelten den schweren, feuchten Boden in Sumpf. Und einen Augenblick später schien bereits wieder die Sonne, und über den Bergen wölbte sich ein Regenbogen.

Die Unberechenbarkeit dieses Landes machte den Soldaten zu schaffen. Manch einer von ihnen fragte offen, was der Kaiser eigentlich mit einem Land anfangen wollte, in dem es nichts gab, wofür es sich zu kämpfen lohnte – kein Gold, keine Bodenschätze. Normalerweise hätte man die Männer für diese Unverfrorenheit zur Rechenschaft gezogen und mit Stockschlägen bestraft. Doch hier, am Ende der Welt, galten andere Maßstäbe. Rom war weit, und der Arm des Kaisers reichte nicht bis in diesen Winkel hinein. Außerdem stellten sich Tiberius und viele Offiziere dieselbe Frage.

Bis zu diesem Morgen war Tiberius davon ausgegangen, daß dieses Lager der äußerste Posten des Römischen Imperiums bleiben würde. Doch Agricola hatte erklärt, daß er weiter nach Norden vorzustoßen gedachte. Aber wozu? Warum so viele Männer opfern für ein Stück Wildnis, in dem niemand außer den Kelten leben wollte? Tiberius nippte an seinem Wein und versuchte, die Absichten des Statthalters zu ergründen. Wollte er sich vor dem Kaiser profilieren, um sich einen besseren Posten, vielleicht als Konsul von Ägypten, zu sichern? Oder steckte dahinter lediglich ein persönlicher Rachefeldzug gegen den Silurer, der aus Eburacum geflohen war und die Tochter des Verwalters mitgenommen hatte? Wie dem auch sei – war das die Sache wert? Je weiter sie bisher nach Norden vorgedrungen waren, um so unwirtlicher wurde das Land. Diesen Winter hatten sie noch glücklich überstanden. Doch nur die Götter wußten, was sie weiter nördlich erwartete!

Tiberius wiegte bedenklich den Kopf hin und her. Er merkte nicht, daß zwei Junge Offiziere ihn beobachteten und über sein seltsames Verhalten lächelten. Der eine von ihnen war Aulus Atticus.

»Sieh dir Tiberius an, Aulus!« sagte der andere. »Er scheint Selbstgespräche zu führen. Unser Tribun wird auf seine alten Tage noch wunderlich!«

»Du bist ein Schandmaul, Marcellus!« schalt Aulus. »Tiberius dient bereits länger als wir beide zusammen. Wir haben nicht das Recht, uns über ihn oder sein Alter lustig zu machen! Außerdem scheint er sich ernsthafte Sorgen zu machen. Er war von Agricolas Plänen überhaupt nicht angetan!«

»Ich sag's ja, er ist nicht mehr im Vollbezitz seines Verstandes!« Mit einer eindeutigen Geste tippte sich Marcellus gegen die Stirn. »Agricolas Plan ist einfach, direkt und deshalb genial. Das Land liegt uns zu Füßen. Jetzt aufzuhören oder gar umzukehren wäre schwachsinnig.«

Aulus schüttelte nachdenklich den Kopf.

»Ich weiß nicht, Marcellus. Die Frage ist doch, welchen Nutzen Rom von diesem Feldzug hat. Wie ich von einem Cousin erfuhr, ist die Staatskasse so gut wie leer. Es kostet jedoch sehr viel Geld, die Truppen hier zu unterhalten. Und was erhält Rom dafür? Viel Regen, noch mehr Felsen und Schafe! Wenn Kaiser Titus noch im Amt wäre, sähe es anders aus. Wahrscheinlich hätte er seine Augen vor dieser Sinnlosigkeit verschlossen. Aber sein Bruder Domitian ist anders, er gilt als überaus sparsam!« Er seufzte. »Jeder weiß, wie sehr ich Agricola schätze und verehre, und das nicht nur, weil er der Cousin meiner Mutter ist. Aber ich fürchte, daß der Kaiser diesen Feldzug nicht mehr lange dulden wird. Und wenn er uns tatsächlich zurückrufen sollte, dann hätte die römische Armee vor den Kelten für immer ihr Gesicht verloren!«

Zwölf Männer ritten über die kargen Hügel. Ihre langen Haare wehten im Wind wie die Mähnen ihrer Pferde, mit denen sie zu einer Einheit zu verschmelzen schienen. An den Knäufen ihrer Sättel hingen Jagdbogen, Vorratsbeutel und fellbezogene Schweinsblasen mit Wasser. Es war Calgach mit einigen ausgewählten Krieger. Sie befanden sich auf dem Weg in den Süden zu Foith, einem entfernten Verwandten Calgachs, der die Jagd der Fürsten ausrichtete, die traditionell in jedem Jahr zehn Tage nach Beltaine stattfand. Als Krieger an dieser Jagd teilnehmen zu dürfen war eine besondere Auszeichnung, denn Calgach gestattete nur seinen allerbesten Männern, ihn zu begleiten. Duncan strahlte über das ganze Gesicht. Für ihn und Malcolm war es das erste Mal, daß sie zu den Auserwählten gehörten.

Seit über drei Jahren lebten sie nun in Calgachs Stamm. Sie hatten sich ihren Platz unter den Kriegern mühevoll erkämpfen müssen. Calgach selbst war gegen sie angetreten, um ihre Fähigkeiten zu prüfen. Duncan erinnerte sich noch gut an jenen Tag, als alle Krieger des Dorfes, etwa zweihundert an der Zahl, sich auf dem Dorfplatz versammelt hatten, um bei dem Kampf zuzusehen. Jeder der Neuankömmlinge hatte gegen Calgach kämpfen müssen, und der Fürst hatte einen nach dem anderen besiegt. Iain, damals noch nicht an seine Einäugigkeit gewöhnt, hatte nicht einmal den Griff seines Schwertes richtig gepackt, als er schon besiegt am Boden lag. Duncan hatte dabeigestanden und war nicht in der Lage gewesen, seinen Blick von Calgach abzuwenden. Er hatte noch nie zuvor jemanden so kämpfen sehen. In Gedanken übersetzte er den Namen des Fürsten in die römische Sprache – »Schwertmann«. Calgach machte diesem Namen alle Ehre. Er führte die lange, schlanke Klinge, als sei sie ein Teil seiner selbst. Der kunstvoll verzierte Griff lag in seiner Hand, als sei er mit ihm auf geheimnisvolle Weise verschmolzen. Seine Bewegungen waren schnell und kraftvoll. Er hatte die zwanzig Jahre jüngeren Männer mit einer Leichtigkeit und Eleganz besiegt, als hätte er gegen Knaben und nicht gegen tüchtige Krieger gekämpft.

Als letzter hatte Duncan selbst dem Fürsten gegenübergestanden und in seine stahlblauen, funkelnden Augen geblickt. Duncan war schnell und geschickt, und die Tatsache, daß er auch die römische Kampftechnik beherrschte, verhinderte seine Niederlage. Doch auch er konnte den Fürsten nicht besiegen. Schließlich, nachdem sie mehr als eine Stunde miteinander gefochten hatten, erklärte Calgach den Kampf für beendet und unentschieden. Duncan schien eine Ewigkeit vergangen zu sein. Und während man dem Fürsten die Anstrengungen kaum anmerkte, konnte er selbst sich kaum noch auf den Beinen halten.

Doch von diesem Tag an wurden sie im Stamm als Krieger akzeptiert. Duncan verehrte Calgach und hätte, ohne zu überlegen, sein Leben für ihn gegeben. Es erfüllte ihn mit Stolz, daß er zu den Männern gehörte, die ihm dienen durften. Es gab nur einen Mann, der sein Glück ein wenig trübte – Kay, Calgachs jüngerer Bruder. Meist übelgelaunt, hochmütig und geizig, war er das genaue Gegenteil seines Bruders. Niemals hätte sich Kay mit den gewöhnlichen Kriegern abgegeben, niemals hätte er auch nur ein Wort an eine der Frauen gerichtet. Man wußte nie, was Kay dachte, und sein dünnes, seltsames Lächeln erzeugte bei Duncan stets eine Gänsehaut. Aus einem unersichtlichen Grund fürchtete er sich vor Kay. Er versuchte stets, ihm nicht den Rücken zuzukehren. Dabei wußte er selbst nicht, ob er einen hinterhältigen Angriff befürchtete oder lediglich die unheilvollen Blicke dieser durchdringenden grauen Augen nicht in seinem Nacken spüren wollte.

Nach fünf Tagen waren sie nicht mehr weit von dem vereinbarten Treffpunkt entfernt. Jeder der Männer war ein leidenschaftlicher Jäger. Und der Gedanke an Elche, Hirsche, Moor- und Rebhühner, an Lagerfeuer, Bier und das Zusammensein mit Gleichgesinnten ließ ihre Herzen höher schlagen. Sie befanden sich gerade auf der Kuppe eines Hügels, als einer der

Krieger auf einen Reiter aufmerksam wurde, der offensichtlich versuchte, möglichst großen Abstand zwischen sich und sieben andere Männer zu bringen.

»Seht doch!« rief er aus und deutete auf die Reiter. »Wer mag das sein? Sie kommen direkt auf uns zu!«

Überrascht blickten die anderen auf. Sie waren gerade in eine Unterhaltung vertieft, und zügelten nun so abrupt ihre Pferde, daß die Tiere erschrocken wieherten und das Zaumzeug klirrte. Der einzelne Reiter, seiner Kleidung nach ein keltischer Krieger, überquerte einen Fluß. Das Wasser spritzte auf, doch der Mann trieb sein Pferd vorwärts, ohne das Tempo zu verringern. Immer wieder warf er einen hastigen Blick über die Schulter zurück. Noch hatte der Krieger einen Vorsprung. Doch seine Verfolger schienen immer mehr aufzuholen, und ihr grölendes Gelächter war weit zu hören. Beim Anblick ihrer in der Sonne glänzenden Rüstungen und Helme wurden Duncan und Malcolm bleich. Es waren Römer! »Wer er auch sein mag«, bemerkte Calgach. »Sieben gegen einen ist verdammt unfair!«

Mit grimmig entschlossener Miene trat Calgach seinem Hengst in die Flanken und galoppierte dem Fremden und seinen Verfolgern entgegen. Wie Duncan und Malcolm, so zögerten auch die anderen Krieger keinen Augenblick, dem Fürsten zu folgen. Nur Kay blieb in sicherer Entfernung vom Geschehen und sah den anderen Männern mit seinem eigentümlichen Lächeln zu.

Ohne ihr Tempo zu verlangsamen, ließen sie ihre Zügel los, griffen zu ihren Bogen, legten Pfeile auf die Sehnen und visierten die römischen Soldaten an. Noch bevor diese bemerkt hatten, daß sie plötzlich mehr Gegnern als erwartet gegenüberstanden, sanken bereits die ersten beiden tödlich getroffen von ihren Pferden. Ein großer, breitschultriger Mann mit einem roten Federbusch auf seinem Helm hob die Hand und gab lautstark den Befehl zum Rückzug. Doch es war bereits zu spät. Ohne darauf zu achten, daß die Pferde der anderen in dem Durcheinander strauchelten und ihre Reiter abwarfen, suchten drei der Soldaten ihr Heil in der Flucht. Doch vergeblich. Den ersten von ihnen traf eine geworfene Axt am Hinterkopf. Sein Helm hielt der Wucht des Schlages nicht stand, und mit gespaltenem Schädel fiel der Mann vom Pferd. Die beiden anderen wurden von mehreren Pfeilen getroffen.

Duncan und Malcolm zogen ihre langen Schwerter. Mit einem grimmigen Aufschrei, als wollten sie ihre Gegner noch einmal warnen, näherten sie sich den beiden letzten Soldaten. Fast gleichzeitig streckten sie die Römer mit einem einzigen, mächtigen Hieb nieder.

Erst als der Kampf vorbei war, ritt Kay näher. Mit einer Geste des Sieges schwang er seinen Bogen und stieß gemeinsam mit den anderen Kriegern einen triumphierenden Schrei aus. Niemandem war seine Abwesenheit während des Kampfes aufgefallen.

Der junge Krieger wußte kaum, wie ihm geschah, als von einem Augenblick zum nächsten seine Verfolger tot waren. Er war erschöpft und ebenso außer Atem wie sein Pferd, dem der Schaum in großen weißen Flocken vom Maul tropfte. Das Gesicht des jungen Mannes war schmutzig und mit blutverkrusteten Kratzern bedeckt. Sein langes rotes Haar klebte an seiner schweißbedeckten Stirn, seine Kleidung war zerrissen und blutbefleckt. Doch wie durch ein Wunder schien er unverletzt geblieben zu sein. Mühsam rang er nach Luft, um Calgachs Fragen zu beantworten. »Was ist geschehen?«

»Foith ... schickte mich ... und drei andere ... in den Wald, um den ... Lagerplatz für die Jagd ... herzurichten«, erzählte der Rothaarige keuchend. »Wir waren ... auf dem Weg dorthin, als wir ... auf ihr Lager stießen. Wir waren so überrascht ...«

»Was für ein Lager?« unterbrach ihn Duncan schnell und packte den jungen Krieger am Arm. »Wie groß war es? War es mit Steinen befestigt, oder hatten sie Zelte? Rede, Mann!«

Der Rothaarige fuhr sich mit der Zunge über seine Lippen

und starrte Duncan erschrocken an. Offensichtlich wußte er nicht, was er von dem Mann mit den zornig funkelnden Augen halten sollte.

»Keine Steine, sondern Holzpfähle«, antwortete er und schluckte. »Es waren höchstens einhundert Zelte. Alle standen in Reih und Glied und ...«

»Einhundert Zelte, pro Zelt acht Soldaten – also ein Außenlager!« Duncan ließ den Mann los und starrte in die Ferne. Sein Gesicht war ausdruckslos, doch die Muskeln an seinen Schläfen arbeiteten. »Und wo sich ein Außenlager befindet, ist die Legion nicht weit! Wir müssen dorthin und herausfinden, wo die anderen Lager sind und was die Römer planen!«

»Und wie sollen wir das anstellen?« fragte Kay spöttisch. »Wir können wohl kaum in das Lager spazieren und nachfragen.«

Duncan runzelte nachdenklich die Stirn, und plötzlich kam ihm eine Idee. Sie war verrückt, geradezu tollkühn, aber ...

»Warum eigentlich nicht?« antwortete er. »Der direkte Weg ist oft der beste!«

»Wie meinst du das?« erkundigte sich Malcolm. Das eigenartige Funkeln in Duncans Augen machte ihn mißtrauisch.

»Kays Vorschlag war gar nicht so dumm!« Duncan fiel nicht auf, wie sich Kays Mundwinkel bei seinen Worten mißmutig senkten. »Ich werde in das Lager gehen und mich umhören! Sie werden mich nicht erkennen, weil ich eine ihrer Rüstungen tragen werde.«

Die Männer starrten Duncan entgeistert an. Als erster fand Malcolm die Sprache wieder.

»Du bist verrückt!« rief er empört und tippte sich an die Stirn. »Was du vorhast, ist verdammt gefährlich, Duncan! Wenn du dich schon umbringen willst, dann schneide dir lieber selbst die Kehle durch!« Er wandte sich an Calgach. »Du mußt ihn von diesem Wahnsinn abhalten!«

Calgach sah Duncan schweigend an und schüttelte schließlich entschieden den Kopf.

»Du solltest auf Malcolm hören, mein Junge!« sagte er und legte Duncan väterlich eine Hand auf die Schulter. »Es ist zu gefährlich. Ich werde es nicht zulassen, daß du sehenden Auges in dein Verderben rennst!«

Zornig runzelte Duncan die Stirn und schüttelte die Hand des Fürsten ab.

»Was? Das kann nicht dein Ernst sein, Calgach! Ich beherrsche ihre Sprache, ich kenne ihre Bräuche. Wenn ich nicht in das Lager gehe, werden wir nie erfahren, was die Römer vorhaben! Wir werden unsere einzige Chance verpassen, ihnen einen Schritt voraus zu sein. Das wird in der Zukunft vielen Männern, Frauen und Kindern das Leben und die Freiheit kosten.« Er schüttelte heftig den Kopf. »Ich bin nicht bereit, diesen Preis zu zahlen!«

»Und wenn ich dir verbiete, in das Römerlager zu gehen?«

»Werde ich es trotzdem tun!«

»Gegen meinen ausdrücklichen Befehl?«

»Ja!« Duncan verschränkte die Arme vor der Brust. »Und glaube nicht, daß du der erste wärest, dessen Befehl ich verweigere!«

Calgach seufzte und merkte im gleichen Augenblick, daß er vor dem Eigensinn des jungen Mannes bereits kapituliert hatte. Um ihn von seinem Plan abzuhalten, hätte er Duncan wahrscheinlich niederschlagen und fesseln müssen. Gegen seinen Willen mußte Calgach lächeln. Verrückter Junge! Doch wenn einer es schaffen konnte, dieses aberwitzige Vorhaben durchzuführen, dann Duncan!

»Gut, es sei, wie du sagst.« Er wandte sich an die anderen Männer. »Laßt uns sofort aufbrechen!«

Es war um die Mittagszeit, als sie in der Ferne die hölzernen Palisaden des römischen Lagers entdeckten. Mit zweifelndem Blick beobachtete Malcolm, wie Duncan sich seiner Kleidung entledigte, die knielange Tunica überstreifte, die Sandalen an die Füße schnürte und den Brustharnisch festschnallte. Mit einem Ruck beugte er sich vor, ergriff sein langes Haar mit beiden Händen und drehte es zu einem Zopf. Dann setzte er den Helm auf. Der Stirn- und Wangenschutz verdeckte sein Gesicht, so daß nur noch die Augen, der Mund und die Nase sichtbar waren.

»Willst du es dir nicht noch einmal überlegen, Duncan?« fragte Malcolm eindringlich.

»Nein!« Duncan stopfte die noch heraushängenden Haare unter den Helm. Es sah jetzt so aus, als sei er genauso kurz geschoren wie ein Soldat der römischen Armee.

»Verdammt!« schrie Malcolm auf und stampfte mit dem Fuß auf den Boden. »Du mußt es Cornelia auch nicht erklären, wenn dir etwas zustoßen sollte!«

»Du machst dir zu viele Sorgen, mein Freund! Mir wird nichts geschehen.« Duncan streifte seinen Armreif ab und reichte ihn Malcolm mit einem Augenzwinkern. »Verwahre ihn gut. Ich möchte nicht, daß einer der Soldaten auf meinen Schmuck neidisch wird.«

Malcolm nahm das Schmuckstück und schüttelte wieder fassungslos den Kopf.

»Glaubst du, du schaffst es?« fragte er heiser.

Duncan lächelte.

»Solange niemand von mir verlangt, den Helm abzusetzen, sehe ich keine Schwierigkeiten! Du weißt, die Narren sind die Günstlinge der Götter!«

Er ergriff Malcolms Unterarm, und die beiden Freunde umarmten sich zum Abschied. Dann nahm Duncan Calgachs Hand.

»Sei vorsichtig, Junge!«

Duncan nickte und bestieg eines der römischen Pferde. Die Waffen des toten Soldaten hingen noch am Sattelknauf. Duncan war froh, daß die Römer keltische Sättel benutzten, obwohl es ein seltsames Gefühl war, das rauhe Leder an seinen bloßen Schenkeln zu spüren. Besorgt sahen ihm die Männer nach, als er langsam dem römischen Lager entgegenritt.

»Hoffentlich schafft er es!« flüsterte Malcolm.

Calgach legte ihm beruhigend eine Hand auf die Schulter.

»Mach dir um ihn keine Sorgen!« sagte er lächelnd. »Ich zweifle nicht daran, daß er unversehrt wiederkehrt und alles erfährt, was er wissen will.«

Kay stand stumm daneben und starrte Duncan nach. Hilflos hatte er zusehen müssen, wie Duncan innerhalb von drei Jahren mehr und mehr in Calgachs Gunst gestiegen war. Manchmal schien es, als würde Calgach für diesen blonden Wilderer mehr empfinden als für seinen eigenen Bruder. Es gab sogar Gerüchte, daß Calgach Duncan zu seinem Nachfolger bestimmen wollte, ein Platz, der eindeutig ihm, dem Bruder des Fürsten, zustand! Doch was, wenn diese Römer den Spion entlarvten? Wenn sie ihn gefangennehmen oder gar töten würden? Dann wäre dieses Problem auf elegante Weise beseitigt, ohne daß er sich mit dem Blut des verhaßten Nebenbuhlers beschmutzt hatte. Kay wollte sich seine Gefühle auf keinen Fall anmerken lassen. Doch es kostete ihn große Überwindung, sein erwartungsvolles Grinsen zu unterdrücken.

Unterdessen war Duncan nicht mehr weit vom Lager der Römer entfernt. Je mehr er sich dem hölzernen Tor näherte, um so stärker wurde das Kribbeln in seinem Nacken. Er war sich der Gefahr, in die er sich begab, durchaus bewußt. Und dennoch – es war ein angenehmes, ein erregendes Gefühl. Er verschwendete keinen Gedanken daran, was er tun sollte, wenn er das Tor erreicht hatte oder gar im Lager war. Das mußte sich alles aus der jeweiligen Situation ergeben. Er vertraute auf die Gnade der Götter. Sie würden ihm beistehen. Und sollte dies der letzte Tag seines Lebens sein, nun, dann würde er ohnehin nichts daran ändern können!

Duncan rieb sich sein nacktes Knie und fragte sich, wie die Soldaten diese Kleidung ertragen konnten. Seine Beine jedenfalls wurden allmählich kalt. Was würden wohl Agricola und

Frontinus denken, wenn sie ihn jetzt im Brustharnisch, mit Tunica und Helm sehen könnten? Sie hatten schließlich lange Zeit versucht, ihn zu einem Römer zu machen. Duncan, der Sohn des Connor aus dem Stamm der Silurer, als römischer Soldat! Er war sicher, daß sie sich über diesen Anblick freuen würden. Wenigstens für kurze Zeit ...

Die Wachsoldaten auf dem Tor hatten ihn schon lange gesehen, doch sie schienen nichts Verdächtiges an ihm zu bemerken. Die Römer fühlten sich offenbar sehr sicher, denn die beiden Flügel des Tores waren weit geöffnet. Ohne angehalten zu werden, passierte er das Tor, und ehe er sich versah, befand er sich im Inneren des Lagers. Er nickte den Torwächtern zu beiden Seiten kurz zu, versuchte sich daran zu erinnern, was Cornelia und Marcus Brennius ihm über den Aufbau eines römischen Lagers erzählt hatten, und lenkte sein Pferd nach rechts. Tatsächlich befanden sich dort die Ställe, einfache, mit Stroh ausgelegte Bretterverschläge.

Duncan stieg ab und drückte einem eilig herbeilaufenden Jungen die Zügel in die Hand. Dann ging er zum Zentrum des Lagers, dort, wo sich seiner Meinung nach die Zelte der Offiziere und des Lagerpräfekten befinden mußten. Dort würde er am ehesten das erfahren, was er wissen wollte. Nur vereinzelt begegnete er Soldaten, die meisten schienen um diese Zeit beim Essen im Speisezelt zu sein. Doch auch die wenigen beachteten ihn kaum, sondern putzten ihre Waffen und Brustpanzer oder waren damit beschäftigt, Wäsche zu waschen. Gemächlich schlenderte Duncan durch die Reihen der Zelte. Er wußte, daß in jedem acht Legionäre schliefen. Dabei waren sie so niedrig, daß wahrscheinlich nicht einmal die kleinwüchsigen Römer in der Mitte aufrecht stehen konnten. Unvorstellbar, daß viele Soldaten freiwillig zwanzig oder gar dreißig Jahre ihres Lebens in diesen Behausungen verbrachten! Duncan fühlte sich unwillkürlich an einen Ameisenhügel erinnert. Der Vergleich gefiel ihm, und er lächelte amüsiert. Genau das waren die römischen Soldaten – Ameisen. Sie glichen einander wie ein Ei dem andern, folgten auch widersinnigen Befehlen, ohne zu fragen, und verrichteten niedere Arbeiten, ohne nachzudenken. Andererseits jedoch waren zehntausend Ameisen sicherlich leichter zu befehligen als einhundert stolze keltische Krieger, von denen jeder hauptsächlich die eigenen Interessen im Kopf hatte!

Während er noch darüber nachdachte, hatte Duncan das Zentrum des Lagers erreicht. Direkt am Forum, das zum Exerzieren diente, stand ein einzelnes Zelt. Es war größer als die Zelte der Legionäre, die Plane war von rötlicher Farbe, aufgenähte, geschwungene Stoffborten schmückten den Eingang. Es war ohne Zweifel das Zelt des Lagerpräfekten. Doch dummerweise wurde es von einem Soldaten bewacht. Duncan sah sich kurz um. Außer ihnen beiden war weit und breit kein Mensch zu sehen. Vielleicht, wenn er schnell war ...

Doch der Soldat hatte ihn bereits entdeckt.

»He, du!«

»Ja?«

Zögernd trat Duncan näher. Jeder Muskel seines Körpers war gespannt, und er war bereit, sofort das Schwert zu ziehen und zuzustoßen, falls es nötig sein sollte. Doch die Götter meinten es gut mit ihm.

»Dich schickt Mithras! Kannst du mich mal für eine Weile ablösen? Ich muß unbedingt austreten!«

»Aber ...«

»Der Präfekt ist zur Zeit beim Essen. Bis er zurückkommt, bin ich längst wieder auf meinem Posten. Es ist überhaupt kein Risiko!« Unruhig trat der Mann von einem Bein auf das andere und stützte sich auf seinen Speer. Duncan fielen die Schweißperlen auf seiner Stirn auf. »Also, was ist?«

»Gut!« Duncan lächelte. »Aber laß mir deinen Speer hier!«

Der Römer drückte ihm hastig die Waffe in die Hand.

»Du bist ein wahrer Freund! Ich schulde dir einen Gefallen!«

So schnell er konnte, lief der Soldat davon. Sobald der

Mann zwischen den Zelten verschwunden war, schob Duncan vorsichtig die Plane am Eingang zur Seite und spähte hinein. Tatsächlich war niemand darin. Er sah sich noch einmal verstohlen um und verschwand schließlich im Zelt.

Das Zelt war spärlich möbliert. Zwei unbequem aussehende Sessel, ein auf drei hohen Füßen stehendes Messingbecken für Wasser, ein Tisch – das war alles. Auf dem Tisch lagen mehrere Schriftrollen. Neugierig trat Duncan näher und breitete sie aus. Unwillkürlich hielt er den Atem an, als er erkannte, was vor ihm lag. Es waren Landkarten, Pläne und ein Marschbefehl, der Agricolas Siegel trug. Dies war alles, was er brauchte! Sorgfältig las er den Befehl, verglich die dort genannten Orte mit den Karten und Plänen und prägte sich alles genau ein. Gerade als er im Begriff war, die Schriften wieder zusammenzurollen und alles an seinen Platz zurückzulegen, hörte er Stimmen vor dem Zelt. Hastig sah er sich nach einer Fluchtmöglichkeit um. Er mußte jedoch feststellen, daß es nur einen einzigen Ausgang gab – und der war ihm versperrt.

»Wo ist der Wachtposten?« fragte eine tiefe Stimme, und im gleichen Augenblick öffnete sich die Plane.

»Keine Ahnung, Vercantus, ich ...«

Ein großer, breitschultriger Mann mit kurzem roten Haar und zwei Soldaten betraten das Zelt. Bei Duncans Anblick blieb der Rothaarige wie angewurzelt stehen, und eine steile Zornesfalte erschien zwischen seinen hellblauen Augen. Er trug die dunkelrote Tunica des Lagerpräfekten, mehrere goldene Tapferkeits- und Ehrenabzeichen schmückten seinen versilberten Brustharnisch. Duncan fragte sich, wie viele seiner Landsleute er wohl dafür getötet haben mußte. Denn daß der Präfekt ein Kelte war, das stand für ihn außer Zweifel.

»Was machst du hier?« brüllte er in der Sprache der Römer.
»Willst du etwa spionieren?«
»Nein, niemals, verehrter Vercantus!« rief Duncan aus und

tat erschrocken. »Aber ich hörte ein Geräusch im Innern, und da wollte ich sichergehen, daß sich nicht ein Dieb ...«

»Wo ist Marcus?« unterbrach ihn der Präfekt, seiner Stimme nach schien Duncans Antwort ihn bereits gnädig gestimmt zu haben. »Er ist heute zur Wache eingeteilt!«

Duncan senkte scheinbar verlegen den Blick.

»Es plagte ihn ein dringendes Bedürfnis, und da bat er mich, ihn für kurze Zeit abzulösen.«

Vercantus unterdrückte nur mühsam ein Lächeln. Trotz seiner römischen Erziehung und der langwierigen Ausbildung in der Armee hatte er immer noch Verständnis für jede menschliche Schwäche.

»Ist schon gut. Davon bleibt schließlich der beste Soldat nicht verschont!« Er räusperte sich und betrachtete forschend den schlanken Soldaten vor sich, der fast so groß war wie er. »Wie ist dein Name, und welcher Einheit gehörst du an? Ich kann mich nicht erinnern, dich schon einmal gesehen zu haben.«

»Mein Name ist Brutus. Aber ich fürchte, daß ich Euch die Einheit nicht nennen kann! Ich bin noch nicht lange in der Armee und habe leider ein schlechtes Gedächtnis für Zahlen! Ich glaube, es war die fünfte Zenturie der zweiten Kohorte.« Unerschrocken erwiderte er den Blick des Präfekten, während er inständig darum betete, daß Vercantus dieser dünnen, fadenscheinigen Entschuldigung Glauben schenken möge. Doch etwas Besseres war ihm auf die schnelle nicht eingefallen.

»Oder war es die dritte der fünften?«

»Laß es bleiben, Brutus!« Vercantus winkte lächelnd ab. »Dein Gedächtnis ist in der Tat schlecht. Sorge dafür, daß sich das ändert! Morgen früh gleich nach dem Wecken meldest du dich bei mir, damit ich dich prüfen kann. Und solltest du dann immer noch nicht alle Einheiten auswendig kennen, werde ich dich zum Latrinenreinigen schicken!«

»Jawohl, Vercantus!«

»Und nun geh wieder an deinen Posten, damit sich Marcus nicht für dich und sein ›Bedürfnis‹ schämen muß!«

»Jawohl, Vercantus!«

Duncan grüßte, wie er es bei Legionären gesehen hatte, und verließ das Zelt. Doch als er an einem der beiden Soldaten vorbeiging, streifte ihn die Speerspitze des Römers. Duncan erschrak, als sein Helm hinter ihm klappernd zu Boden fiel. Wie vom Donner gerührt starrte Vercantus auf die Fülle der blonden Haare, die sich über den Rücken des »Soldaten« ergoß.

»Das ...«, stieß der Präfekt fassungslos hervor, »... du bist ein Kelte!«

Für den Bruchteil eines Augenblicks sahen sich der Präfekt und der fremde keltische Krieger in die Augen. Dann hatten beide Männer ihre Überraschung überwunden.

»Alarm! Ein Spion!« schrie Vercantus und zog sein Schwert.

Zur gleichen Zeit stieß Duncan dem am nächsten stehenden Soldaten den Schaft seines Speers zwischen die Beine und lief aus dem Zelt. Wie ein gefällter Baum knickte der Mann in sich zusammen, hielt sich die empfindlichen Körperteile und versperrte dadurch seinem Kameraden und Vercantus den Weg nach draußen. Fluchend stieß der Präfekt den vor Schmerz stöhnenden Soldaten zur Seite, während Duncan das Schwert zog und mit zwei gezielten Schlägen die Leinen durchhieb, an denen die rechte Seite des Zeltes aufgespannt war. Das Dach fiel in sich zusammen und begrub den Präfekten und seine Begleiter unter sich. Mühsam, vor Wut laut schreiend, arbeitete sich der Präfekt aus dem Zelt hervor. Doch als er endlich im Freien stand, sah er nur noch, wie Duncan einen ahnungslosen Soldaten von seinem Pferd stieß und sich in den Sattel schwang.

»Haltet den Spion!« schrie Vercantus und rannte dem flüchtenden Kelten nach. »Spion! Schließt das Tor!«

Es dauerte, bis der Befehl zu den Wachtposten durchgedrungen war und sie damit begannen, das sich nur schwerfällig in seinen Angeln bewegende Tor zu schließen. Doch diese kurze Verzögerung war Duncans Rettung. In atemberaubenden Tempo trieb er sein Pferd durch das Lager. Soldaten sprangen zur Seite, um nicht von ihm überrannt zu werden. Duncan ließ sich zur Seite fallen, bis er mit der Hand fast den Boden berühren konnte, und durchschlug mit seinem Schwert so viele Zeltleinen wie möglich. Dann richtete er sich wieder im Sattel auf und hieb dem Pferd seine Fersen in die Flanken. Im letzten Moment, bevor der noch offene Spalt zu schmal für Pferd und Reiter wurde, passierte Duncan die schweren hölzernen Flügel. Hinter ihm hörte er die aufgeregten Schreie der durcheinanderlaufenden Soldaten, von denen die meisten noch immer nicht begriffen hatten, was geschehen war. Er hörte, wie der schwere Riegel vorgeschoben wurde, und er vernahm Vercantus' Stimme.

»Öffnet das Tor! Verdammt noch mal, ihr Dummköpfe! Öffnet sofort das Tor!«

Duncan lachte und stieß einen Siegesschrei aus.

Wie von Sinnen erklomm Vercantus den Wachturm. Der Triumphschrei des Kelten drang ihm durch Mark und Bein. Er hätte ihn verfolgen müssen. Er hätte ihn sogar verfolgen können, wenn nicht ... Kopfschüttelnd sah er in das Lager hinunter. Ohne Sinn und Verstand liefen die Soldaten durcheinander und versuchten, sich und ihre Kameraden aus den eingestürzten Zelten zu befreien. Es würde Stunden dauern, bis er diesen Haufen wieder zu einer Einheit formiert hatte. Und bis dahin war der Spion bereits über alle Berge.

»Verdammt!« Wütend schlug er mit der Faust gegen das Holz der Palisaden. Gleich als er ihm in die Augen gesehen hatte, hätte er erkennen müssen, daß dieser »Brutus« ein keltischer Spion war. Kein Soldat hatte dieses wilde, stolze Funkeln in den Augen! »Welch ein Bastard!« fügte er kopfschüttelnd hinzu.

Welch ein an Wahnsinn grenzender Mut! Schließlich huschte ein Lächeln über sein Gesicht, und er machte dem fliehenden Kelten, der allmählich in der Ferne verschwand, ein heimliches Kompliment.

Vier Tage später, kurz vor Sonnenuntergang, stand Vercantus vor Agricola. Er war erst vor einer Stunde in dem befestigten Lager angekommen, hatte sich nur vom Staub der Straße gereinigt, seine Uniform in Ordnung gebracht und dann vor dem Prätorium auf die Audienz gewartet. Vercantus hatte es vorgezogen, den Statthalter persönlich aufzusuchen, anstatt einen seiner Offiziere zu ihm zu schicken. Sie sollten nicht für einen Fehler ihres Lagerpräfekten Rede und Antwort stehen müssen.

Agricola saß in einem bequem gepolsterten Sessel, und Vercantus nahm Haltung an.

»Seid gegrüßt, verehrter Agricola!«

Lächelnd nickte der Statthalter dem Präfekten zu.

»Vercantus, es freut mich, Euch zu sehen!« Er faltete seine Hände vor dem Bauch, und auch der maßgefertigte, vergoldete Brustharnisch konnte nicht über den beginnenden Bauchansatz hinwegtäuschen. »Gleichwohl ich sehr überrascht bin, daß Ihr mich persönlich aufsucht und nicht einen Eurer Tribune geschickt habt. Welches dringende Anliegen führt Euch zu mir?«

»Vor vier Tagen ist ein keltischer Spion in unser Lager eingedrungen!« begann Vercantus, ohne zu zögern. »Wir haben ihn zwar entlarvt, doch leider war es zu spät. Der Bursche ist uns entkommen.«

Agricola runzelte die Stirn.

»Erzählt!«

Mit verlegen gesenktem Blick berichtete Vercantus ausführlich, was geschehen war. Als er geendet hatte, erhob sich der Statthalter und ging bedächtig im Raum auf und ab. Seine purpurfarbene, am Brustharnisch befestigte Toga raschelte bei jedem Schritt.

»Wie lange dient Ihr schon in der römischen Armee, Vercantus?«

»Fünfzehn Jahre!«

Agricola nickte nachdenklich und hielt vor einem Tisch, auf dem eine mit exotischen Früchten gefüllte Schüssel stand. Er zögerte, wählte schließlich eine Dattel und steckte sie in den Mund.

»Ihr habt Euch in den Jahren Eures Dienstes bewährt, Vercantus. Aber Ihr seid Britannier. Könnte es sein, daß Ihr den Spion aus Sympathie für die Caledonier habt entwischen lassen? Schließlich kämpft Ihr gegen Euer eigenes Volk!«

Vercantus' Gesicht überzog sich mit zorniger Röte. Um nicht die Beherrschung zu verlieren, ballte er die Hände zu Fäusten.

»Noch niemand hat es gewagt, meine Loyalität anzuzweifeln!« erwiderte er mühsam mit bebender Stimme. »Wie vor mir mein Vater, so bin auch ich ein Bürger Roms. Als ich in die Armee eingetreten bin, habe ich wie jeder andere Offizier Rom und dem Kaiser die Treue geschworen. Bis zu diesem Tag habe ich meinen Schwur gehalten! Und niemals würde ich ...«

Lächelnd winkte Agricola ab und spuckte den Dattelkern auf eine Schale.

»Laßt gut sein, Vercantus, ich glaube Euch! Es tut mir leid, wenn ich Euch in Eurer Ehre gekränkt habe!« Er legte dem Präfekten, der ihn um fast zwei Köpfe überragte, beschwichtigend eine Hand auf die Schulter. »Ihr habt einen glänzenden Ruf, und ich schätze Euch als loyalen und Rom treu ergebenen Offizier. Dennoch mußte ich Euch diese Frage stellen. Wir müssen ausschließen, daß der Spion Hilfe aus unseren Reihen erhalten hat.«

Vercantus beruhigte sich allmählich. Seine natürliche Gesichtsfarbe kehrte zurück, und langsam lockerte er die Fäuste. Überzeugt schüttelte er den Kopf.

»Ich habe jeden Soldaten im Lager befragt. Niemand kannte den Mann. Das Westtor stand zur fraglichen Zeit offen, weil mit der Rückkehr von drei Patrouillen gerechnet wurde. Und da der Spion eine römische Uniform trug, sahen die wachhabenden Soldaten keinen Grund, ihn nach seinem Begehr zu fragen. Im Lager ist ihm kaum jemand begegnet, da die meisten Soldaten gerade beim Essen waren. Dem Jungen, dem der Spion das Pferd überlassen hatte, ist nichts an seinem Verhalten aufgefallen. Er sagte, der Mann hätte sich so benommen, als sei er nicht das erste Mal im Lager gewesen.«

»Ja, er muß sich ausgekannt haben. Deshalb bin ich auch überzeugt, daß jemand aus unseren Reihen ihm geholfen hat!« erwiderte Agricola und nahm sich eine weitere Dattel. »Wie sonst hätte er ausgerechnet die Mittagszeit abpassen und sich ohne Schwierigkeiten im Lager zurechtfinden können?«

»Verzeiht mir meine Offenheit, verehrter Agricola. Aber die römische Armee ist so unklug, jedes Lager, egal ob es eine Legion beherbergen soll oder nur ein Außenlager ist, nach demselben Prinzip zu errichten. Die Zelte der Offiziere, die Ställe, das Forum, alles befindet sich stets am gleichen Ort. Ich würde mich in einem Lager am Nil oder Rhein ebensogut zurechtfinden wie hier!« Vercantus lächelte schief. »Ich persönlich vermute, daß er bereits vorher ein römisches Lager von innen gesehen hat. Der Bursche beherrschte die römische Sprache, er kannte sich in militärischen Gepflogenheiten aus. Vielleicht hat er früher unter Römern gelebt.«

»Ihr meint, er ist ein Überläufer mit römischer Erziehung?«

»Möglich!« Vercantus zuckte die Achseln. »Aber was sollen wir jetzt tun?«

»Tja, eine gute Frage, Vercantus. Der Feind kennt jetzt unsere Pläne.« Agricola begann wieder seine Wanderung durch den Raum. »Aber was mich viel mehr interessiert: Wie werden die Caledonier reagieren? Was glaubt Ihr?«

»Sie wissen jetzt, daß drei Legionen und Hilfstruppen bereitstehen, um gegen sie zu Felde zu ziehen. Wahrscheinlich werden sie versuchen, Boten zu allen Stämmen zu schicken und sich vereint gegen uns zu stellen.«

Agricola legte den Kopf zur Seite und fixierte den hochgewachsenen, muskulösen Präfekten.

»Könnten sie Erfolg damit haben?«

Vercantus dachte eine Weile nach, dann schüttelte er den Kopf.

»Das ist unwahrscheinlich. Nicht einmal in Südbritannien ist es damals gelungen, die verschiedenen Stämme zu einen. Dabei sind die dortigen Kelten schon vor römischer Zeit zivilisierter gewesen als die im Norden!«

»Es freut mich, daß jemand, der die Seele dieses seltsamen Volkes kennt, genauso denkt, wie ich!« Agricola lächelte. »Im wesentlichen werden wir also unsere Pläne beibehalten können. Lediglich das Tempo, mit dem wir vorrücken, werden wir beschleunigen. Wir sollten den Umstand ausnutzen, daß die Fürsten viel Zeit und Kraft auf die Verhandlungen untereinander verwenden werden.« Vercantus nickte zustimmend, und Agricola ging zurück zum Tisch und breitete eine Landkarte aus. »In zehn Tagen werdet Ihr, wie verabredet, die Neunte und die Zwanzigste Legion hier treffen, wo diese beiden Flüsse ineinander münden. Von dort aus stoßen wir gemeinsam nach Norden vor. Sobald wir einen strategisch günstigen Punkt erreicht haben, werden wir ein befestigtes Lager errichten, dort den Winter verbringen und im nächsten Jahr Caledonien unterwerfen!«

Vercantus grüßte und verließ den Raum. Agricola nahm sich erneut eine Dattel und starrte nachdenklich auf die Karte. Offensichtlich waren die Caledonier klüger, als er angenommen hatte. Gegen seinen Willen empfand Agricola Bewunderung für den Mann, der es geschafft hatte, unerkannt ein römisches Lager zu betreten. Doch ihre Gier nach Macht und Einfluß, ihre Streitigkeiten würden verhindern, daß sich die Caledonier untereinander verbündeten. Sollten sie doch die Pläne der Römer kennen – es würde ihnen nicht gelingen, das

Wissen für sich zu nutzen! Der Sieg gehörte Rom. Und er würde als der Feldherr in die Geschichte eingehen, der dieses aufsässige Volk endgültig unterworfen hatte.

Leise öffnete sich die Haustür, und Cornelia tat, als ob sie schliefe. Doch mit einem Auge sah sie zu, wie Duncan lautlos die Tür hinter sich schloß und auf Zehenspitzen zu den Schlafplätzen schlich. Bei den Kindern kniete er nieder, beugte sich über sie und gab ihnen einen liebevollen Kuß auf die Stirn. Die mittlerweile fast vierjährige Nuala bewegte sich ein wenig, ihr jüngerer Bruder Alawn schlief jedoch ruhig weiter. Cornelia setzte sich lächelnd auf.

»Du kommst spät, Duncan! Es ist schon weit nach Mitternacht!«

Duncan ließ sich neben ihr auf dem Fell nieder.

»Es tut mir leid, ich wollte dich nicht wecken!«

»Hast du auch nicht. Ich habe auf dich gewartet!« Zärtlich legte sie eine Hand auf seine warme, glatte Wange. Und wieder einmal wunderte sie sich darüber, daß von Calgachs Schlag vor drei Jahren keine Narbe zu sehen war. Die Heilkunst der Druiden war wirklich erstaunlich. »Komm ins Bett. Du siehst müde aus!«

»Das bin ich auch!« antwortete er gähnend. »Wir sind ohne Pause zurückgeritten. Und dann der Kriegerrat ...« Er stützte seine Ellbogen auf die Knie und fuhr sich resigniert über das Gesicht. »Es war grauenvoll. Wir haben geredet und geredet und geredet. Fünfzig Männer, hundert Meinungen, und keiner will auch nur einen Fingerbreit von seinen Ansichten abweichen. Hätte Calgach uns nicht davon abgehalten – Malcolm und ich hätten die Versammlung bereits vor drei Stunden verlassen!«

Cornelia lächelte. Duncans Haar war so zerzaust, als hätte er es sich vor lauter Verzweiflung ununterbrochen gerauft. Zärtlich strich sie ihm eine der wirren Strähnen aus dem Gesicht.

»Seid ihr denn wenigstens zu einem Entschluß gekommen?«

Er nickte.

»Ja. Wir werden versuchen, die anderen Stämme dazu zu bewegen, sich mit uns gegen die Römer zu verbünden. Calgach und Gawain werden zu diesem Zweck ein Treffen aller Fürsten, Druiden und Krieger organisieren. Es soll am Tage des Lugnasad stattfinden. Und damit auch wirklich Vertreter aller Stämme erscheinen, werden bereits morgen Boten zu den Fürsten geschickt.«

»Wer wird das sein?«

Ein schwaches Lächeln glitt über Duncans Gesicht.

»Malcolm und ich!«

»Verdammt! Warum ausgerechnet du?« Zornig schlug Cornelia mit der Faust auf den Boden. Sie war immer noch wütend, weil sich Duncan in das römische Lager geschlichen hatte. Und diese Botschaft ließ ihren Zorn neu aufflakkern. »Warum mußt du schon wieder deinen Kopf hinhalten? Reicht es Calgach nicht, daß du schon vor einigen Tagen dein Leben riskiert hast?« Duncan wollte etwas erwidern, doch Cornelia schnitt ihm mit einer ärgerlichen Geste das Wort ab. »Ich weiß, es war notwendig, und ich weiß auch, daß alles gutgegangen ist. Aber du hättest verletzt oder getötet werden können! Außerdem sehe ich nicht ein, daß immer du derjenige bist, der die gefährlichsten Aufgaben übernimmt! Soll doch Kay reiten und die anderen Fürsten überzeugen. Schließlich will er eines Tages Calgachs Nachfolger werden!«

Duncan seufzte. Er war viel zu müde, um sich mit Cornelia zu streiten. Außerdem wußte Kay nur zu gut, weshalb er sich nicht um diesen Auftrag riß. Duncan hätte lügen müssen, wenn er versucht hätte, die Gefahr herunterzuspielen. Viele der Fürsten, die er und Malcolm aufsuchen sollten, waren Calgach feindlich gesinnt. Sie würden den Schutz der Götter nötig brauchen, um ihre Mission lebend und unversehrt bis

Lugnasad zu Ende führen zu können! Und Cornelia wußte das.

»Ich weiß, daß du recht hast, Cornelia. Aber Malcolm und ich kennen die Römer besser als jeder andere. Wenn jemand die anderen Fürsten von der Notwendigkeit dieses Treffens überzeugen kann, dann wir!« Er nahm sanft ihr Kinn in seine Hand. »Bitte, Cornelia, wünsche mir Glück! Es fällt mir schon schwer genug, dich und die Kinder morgen wieder allein zu lassen!«

Unter seinem flehenden Blick glätteten sich die Zornesfalten auf ihrer Stirn.

»Es tut mir leid!« flüsterte sie. »Aber ich habe Angst um dich. Ich will dich nicht verlieren!«

»Das wirst du auch nicht, meine Wildkatze!« erwiderte er und küßte sie zärtlich. »Die Nacht ist noch lang. Laß uns die Zeit nutzen!«

»Du solltest schlafen, Duncan. Morgen ...«

Doch ihr Protest ging in seinen Küssen unter, und schließlich gab sich Cornelia seiner leidenschaftlichen Umarmung hin.

27

Am Beginn der Zeit hatten die Götter ihre Heiligtümer errichtet. Verstreut über das ganze Land erinnerten sie die Menschen an ihre Anwesenheit und. Macht. Die Druiden sahen in den Steinkreisen Symbole für die Kreisläufe des Lebens und das Universum, sie schöpften ihre Kraft aus ihnen, wie dürstende Wasser aus einer Quelle. Allen anderen jedoch, die nicht in die Mysterien der Heiligtümer eingeweiht waren, erzeugte der Anblick der hoch in den Himmel aufragenden Steine Ehrfurcht und Scheu: Ehrfurcht vor der Macht der Götter, die etwas so Gewaltiges geschaffen hatten; und Scheu vor der Erkenntnis, daß jeder Mensch nur ein winziges Staubkorn in der Unendlichkeit des Universums war.

Einen solchen Ort hatten Gawain und Calgach für die Zusammenkunft der Fürsten gewählt. Beide waren sich der Gefahr eines derartigen Treffens durchaus bewußt. Erbitterte Feindschaft herrschte unter vielen Stämmen, und an jedem anderen Ort wären blutige Kämpfe die Folge gewesen. Doch im Schatten des Heiligtums herrschte der Friedenseid, niemand durfte seine Waffen gebrauchen oder einem anderen Leid zufügen. Alle Stämme fühlten sich an diesen Eid gebunden. Denn jeder, gleich welchen Standes, der es gewagt hätte, den von den Göttern bestimmten Frieden zu brechen, hätte diesen Frevel mit dem Verlust seiner unsterblichen Seele bezahlen müssen. Eine Strafe, vor der sich jeder fürchtete.

Das Heiligtum war von Calgachs Dorf etwa einen halben Tagesritt weit entfernt. Deshalb brachen er, alle Männer sowie viele Frauen und Kinder erst am Tag vor Lugnasad auf. Als sie kurz vor Einbruch der Dämmerung bei den Heiligen Steinen ankamen, herrschte dort bereits reges Treiben. Viele Fürsten waren mit ihren Kriegern eingetroffen. Unzählige Strohhütten und Zelte säumten das Heiligtum zu allen Seiten. Am Eingang zum Inneren des Steinkreises bildeten hölzerne Stangen ein Spalier. Von ihren Spitzen hingen bunte, im schwachen Wind wehende Wollstoffe herab. Sie symbolisierten mit ihren Farben die anwesenden Fürsten. Calgachs Fahne wurde von einem der jüngeren Krieger zu den anderen getragen. Ihr blaues Karomuster auf hellrotem Grund leuchtete in der Sonne. Als Calgachs Wahrzeichen neben denen der anderen Fürsten in den Boden gerammt wurde, zählte Duncan bereits zwanzig anwesende Fürsten. Und immer noch strömten die Menschen aus allen Himmelsrichtungen herbei.

Gawain zog sich gleich nach ihrer Ankunft zu den anderen Druiden in den inneren Teil des Steinkreises zurück, den gewöhnliche Kelten nur unter besonderen Umständen betreten durften. Während die Druiden sich für die bevorstehenden Zeremonien reinigten, begannen die anderen damit, ihr Lager aufzuschlagen. Feindselig starrten zwei Krieger aus dem Nordosten Duncan und Malcolm an, während sie ihr gemeinsames Zelt errichteten. Die beiden Männer gehörten einem jener Stämme an, die mit Calgachs Stamm verfeindet waren – aus Gründen, an die sich kein Lebender mehr erinnern konnte. Herausfordernd rasselten sie mit ihren an den Gürteln hängenden Schwertern. Ihre finsteren Mienen ließen keinen Zweifel daran, daß lediglich der Friedenseid sie daran hinderte, ihre scharfen Klingen auch zu benutzen. Doch Duncan und Malcolm achteten nicht auf sie. Sie waren in Gedanken viel zu sehr mit der bevorstehenden Zusammenkunft beschäftigt. Ob es Calgach gelingen würde, die anderen Fürsten zur Einigung der Stämme zu überreden?

Stunden später lag Duncan auf seinem Fell und lauschte dem

Zirpen der Grillen. Es war ein ungewöhnlich heißer Tag gewesen. Doch jetzt wehte ein lauer Wind durch den offenen Zelteingang herein und strich sanft über seine nackte Haut.

Eine seltsame Nacht – so dunkel und still, dachte er und erschauerte. Geradezu unheimlich!

Fast zehntausend Männer befanden sich mittlerweile in dem riesigen Lager. Doch es war nichts zu hören. Weder die heftigen Wortgefechte noch die Spottlieder, die üblicherweise derartige Treffen begleiteten. Zehntausend Krieger auf so engem Raum beieinander, und es wurde nicht einmal gezecht. Noch vor Mitternacht waren die Feuer erloschen – viel zu früh für ein Volk, das jeden auch noch so geringen Anlaß für ein ausgiebiges Gelage nutzte.

Duncan schob seinen Arm unter den Kopf und starrte in die Dunkelheit hinaus. Malcolm und er hatten das ganze Land durchquert. Sie waren so weit nach Norden vorgestoßen, daß vor ihnen nur noch die endlose Weite des Meeres lag. Sie hatten steile Felsen erklommen, düstere Wälder durchquert, waren sogar zu den Inseln vor der westlichen und östlichen Küste gerudert. Sie waren mehr als zwei Monate unterwegs gewesen, ohne Pausen einzulegen, und oft hatten sie sogar auf Schlaf und Essen verzichtet. Doch als sie wieder nach Hause gekommen waren – erschöpft, wütend und frustriert –, schien es, als seien ihre Bemühungen umsonst gewesen. Die meisten Fürsten hatten ihm und Malcolm mit dem Tod gedroht, sie ausgelacht oder einfach aus ihren Dörfern gejagt. Kaum einer hatte sich von ihren Worten überzeugen lassen. Doch nun waren sie alle hier versammelt, ohne Ausnahme. Warum hatten sich die Fürsten anders entschieden? Hatte der Wille der Götter sie dazu getrieben? Duncan erschauerte wieder, und trotz der Wärme bekam er eine Gänsehaut. Es lag etwas in der Luft, etwas Großes, etwas unvorstellbar Mächtiges. Das spürte er mit jeder Faser seines Körpers.

Die Feierlichkeiten wurden erst am Mittag des nächsten Tages von den Druiden eröffnet. In lange Gewänder gehüllt, zogen sie gemeinsam in das Innere des Steinkreises, wo sie bereits vom Ersten ihres Ordens erwartet wurden. Er war der einzige, dessen Gewand nicht grau, sondern weiß war. Der Altar, ein Felsbrocken mit glatter Oberfläche, befand sich direkt gegenüber dem Eingang des Steinkreises. Um ihn herum waren mannshohe Fackeln in den Boden gerammt, auf seiner rechten und linken Seite hatten die Schüler der Druiden riesige Holzstöße errichtet. Während einer der Schüler ein junges männliches Schaf zum Altar brachte und der Erste Druide sein Messer mit der goldenen Klinge zog, hoben die anderen die Arme und stimmten einen Gesang an. Sie dankten für die Fruchtbarkeit der Felder, für Regen und Sonne. Sie baten um den Segen der Götter für die bevorstehende Ernte. Und sie flehten den strahlenden Lug um seinen Schutz vor allen Gefahren und um seinen Beistand in allen Prüfungen an. Das Schaf wurde mit einem schnellen Stich in die Kehle getötet und das Blut in einer silbernen Schale aufgefangen. Unter den Gesängen der anderen tauchte der Erste Druide ein Bündel Mistelzweige in das Blut, bestrich damit den Altar und tränkte die beiden Holzstöße. Dann häutete und zerteilte er das Tier und warf die Stücke in einen Kessel mit kochendem Wasser. Später würden die Druiden die Brühe trinken und das Fleisch essen, um die Kraft und den Segen des Opfers in sich aufzunehmen. Dann hob auch er seine Arme und stimmte in den Gesang der anderen ein. Die Stimmen der Druiden vereinten sich zu einem kraftvollen Chor, der auch außerhalb des Steinkreises deutlich zu vernehmen war – ein Gesang, der mit seinen tiefen, eindringlichen Tönen die Zuhörer bis ins Mark erschütterte. Cornelia konnte sich nicht daran erinnern, je eine Feier in einem römischen Tempel erlebt zu haben, die sie so tief bewegt hatte. Sie begriff plötzlich die Angst der Römer vor den Druiden. Aus diesen Worten, diesem Gesang erklang eine geheimnisvolle, fremde Kraft, die nicht von dieser Welt zu sein schien und doch tief in ihr verwurzelt war. Und sie war bereit, alle Geschichten über die keltischen Priester zu glauben – angefangen von den Blutopfern bis hin zu der Gabe, abgetrennte Körperteile wieder annähen zu können.

Alle Menschen, gleich ob Männer, Frauen oder Kinder, sanken mit Beginn des Gesangs auf die Knie. Mit demütig gesenkten Häuptern verharrten sie, bis der letzte Ton verklungen war. Erst dann galt das Fest als eröffnet. Die Druiden verweilten im Kreis der Heiligen Steine, um die Opfer zu Ehren des Lug entgegenzunehmen, die nun gebracht wurden. Ehrfürchtig, ohne auch nur einen Fuß in das Innere des Heiligtums zu setzen, reichte man den Druiden die Gaben: Rehe, Hasen und Moorhühner; Goldschmuck, Schnitzereien und Töpferwaren; Schilde, Schwerter und Helme; Musikinstrumente und Kräuter. Denn Lug, der »Herr aller Künste«, war nicht nur ein strahlender Held. Er war auch Jäger, Zimmermann, Schmied, Krieger, Heiler, Dichter und Barde. Und ein jeder erhoffte durch sein Opfer Lugs Segen für seine Fertigkeit.

Auch Duncan und Malcolm brachten ihre Opfer zu den Druiden. Beide hatten eigens für diesen Zweck kostbare Schwerter anfertigen lassen. Die scharfen, bronzenen Klingen waren versilbert und mit kunstvollen Verzierungen bedeckt. Halbedelsteine schmückten die Griffe und die bronzenen Schwertscheiden. Duncan hatte dem Schmied für dieses Schwert seine trächtige Stute und zwei Schafe gegeben. Cornelia hatte den Kopf geschüttelt. Sie waren nicht sehr wohlhabend, und das Opfer überstieg deutlich ihre Möglichkeiten. Doch Duncan verehrte Lug. Und wenn er der Meinung gewesen wäre, der »Herr aller Künste« verlange es von ihm, hätte er ohne zu zögern seinen rechten Arm auf dem Altar geopfert.

Cornelia und Deirdre schlenderten unterdessen über den Markt, der gleichzeitig stattfand. Um den ganzen Festtagsplatz herum kauften und verkauften Bauern Vieh, tauschten ihre eigenen Erzeugnisse gegen Käse, Salz oder Werkzeuge. Händler boten von Ochsenkarren aus buntgewebte Wollstoffe, feinen Schmuck, Töpferwaren, Schwerter und Schilde,

Zinngeschirr, Spiegel und Kämme, Honig und süßes Gebäck an. Spielleute unterhielten die Menschen mit ihren Kunststükken und Musik. Nur verschwommen erinnerte sich Cornelia daran, daß dieser Tag früher einmal für sie die Kalenda des August gewesen war. Sie mochte Lugnasad und wartete jedes Jahr sehnsüchtig auf diesen Tag. Es war ein fröhliches Fest. Es wurde viel gegessen, noch mehr getrunken, gesungen und getanzt. Doch diesmal war die Fröhlichkeit gedämpft. Überall sah man die Krieger mit ernsten, grimmigen Gesichtern beisammenstehen, Frauen unterhielten sich leise und schüttelten besorgt die Köpfe. Alle warteten auf den Sonnenuntergang. Dann nämlich sollte der Rat der Druiden und Fürsten tagen.

Langsam und blutrot versank die Sonne am Horizont, und überall wurden die Feuer angezündet. Unterdessen bereiteten sich die Krieger auf das Treffen vor. Sie säuberten sich, zogen ihre beste Kleidung an und polierten ihre Waffen und ihren Schmuck. Duncan und Malcolm waren schon lange vor Sonnenuntergang fertig. Während Malcolm auf seinem Kissen saß und nachdenklich auf seine Hände starrte, lief Duncan ruhelos im Zelt auf und ab. Sein blaugefärbter Umhang wehte wie eine Fahne hinter ihm her, und die goldene Schnalle, die den Umhang auf seiner Brust zusammenhielt, warf tanzende Reflexe auf die Zeltwand. Keiner von beiden sagte ein Wort, und auch Deirdre und Cornelia waren schweigsam. Das einzige Geräusch waren Duncans Schritte und das regelmäßige Klacken, wenn die mit Bronze verzierte Scheide des Schwertes gegen seine Hüfte schlug.

Endlich erscholl der seltsame Klang der langen, in einen Menschenkopf auslaufenden Trompeten. Duncan stoppte mitten in seiner Bewegung, und Malcolm erhob sich.

»Es ist soweit!« sagte er und holte tief Luft. »Mögen die Götter uns gnädig sein!«

Duncan nickte wortlos und ergriff den Unterarm seines Freundes. Dann verließen beide gemeinsam das Zelt. Cornelia und Deirdre beeilten sich, ihren Ehemännern zu folgen. Als Frauen durften sie dem Rat nur aus der Entfernung zusehen, doch sie wollten sich dafür wenigstens die besten Plätze sichern.

Auf dem Festtagsplatz, vor dem Eingang zum Inneren der Heiligen Steine, hatten sich bereits die Fürsten, Druiden und Krieger versammelt. Die Fürsten saßen auf fellbezogenen Kissen am Boden und bildeten die Hälfte eines ausgedehnten Kreises um fünf Feuer herum. Die andere Hälfte wurde von den Druiden ausgefüllt. Einige Schritte hinter jedem Fürsten standen seine Krieger, die ihn zu dem Treffen begleitet hatten. Im Hintergrund wehten die Fahnen der Fürsten im Abendwind, Feuer warfen ihren zuckenden Schein auf die Felsen des Heiligtums, und auf der gegenüberliegenden Seite standen all jene, die nicht an der Beratung teilnehmen durften: Frauen und Kinder, Greise und Sklaven.

Während einer der Druiden den Segen der Götter erflehte und alle Versammelten zu Zeugen der Beratung erklärte, beobachtete Cornelia Calgach. Es war schwer, sich der Ausstrahlung des Fürsten zu entziehen. Außer Duncan war sie noch nie einem ähnlich faszinierenden Mann begegnet. Sie hatte sich darüber gewundert, daß er, der die Frauen offensichtlich liebte, nicht verheiratet war – bis ihr jemand erzählte, daß Calgachs Frau und sein Sohn bei einem tragischen Unglück ums Leben gekommen waren. Danach hatte er nie wieder den Wunsch geäußert, sich eine andere Frau zu suchen. Cornelia zweifelte keinen Augenblick daran, daß es Calgach gelingen würde, die Versammlung der Fürsten von seiner Meinung zu überzeugen.

»Die Versammlung der Fürsten, Krieger und Druiden gilt hiermit als eröffnet! Erhebe dich, Calgach, und trage dein Anliegen vor!«

Beim vertrauten Klang der Stimme des Ersten Druiden zuckte Cornelia zusammen. Mit zusammengekniffenen Augen musterte sie den weißhaarigen, vollbärtigen Mann. Und schließlich erkannte sie ihn. Es war Ceallach, der ehemalige Diener des Marcus Brennius!

Calgach erhob sich feierlich, erzählte von den Römern und kam zum Schluß auf seine Pläne zu sprechen, die Stämme geeint in den Kampf gegen die Eindringlinge zu führen. Dann erhob sich Foith. Er erzählte von blutigen Kämpfen gegen die immer weiter nach Norden drängenden Römer und von der Niederlage seines Stammes. Doch obwohl er sich formell den Römern ergeben hatte, war Foith nicht bereit gewesen, seine Freiheit aufzugeben und sich den Feinden zu unterwerfen. Mit allen noch kampfeswilligen Männern und ihren Familien war er zu Calgach geflüchtet. Am Schluß seiner Rede ermahnte er die anderen Fürsten, sich Calgach im Kampf gegen die Römer anzuschließen.

»Wenn wir nicht gemeinsam kämpfen, wird uns alle das gleiche Schicksal ereilen!«

Einige der Männer nickten beifällig, und Foith setzte sich wieder. Nach ihm erhob sich ein anderer Fürst. Er war klein und breitschultrig, sein langes schwarzes Haar glänzte im Schein des Feuers wie das Gefieder eines Raben. Eine tiefe Narbe über der linken Augenbraue verunstaltete sein bärtiges Gesicht. Duncan erkannte in ihm Verb. Als er und Malcolm seinen Stamm besucht hatten, hatte dieser sie nicht einmal ausreden lassen und ihnen schließlich seine Hunde auf den Hals gehetzt.

»Calgach hat sich große Mühe gegeben, uns hierher zu locken. Er hat zwei seiner Krieger durch das Land geschickt. Die beiden sind sogar bis in unsere Wälder vorgedrungen. Doch ich konnte ihren Worten keinen Glauben schenken. Sie haben Calgach die Treue geschworen und wären sicher bereit, für ihn nicht nur zu sterben, sondern auch zu lügen. Auch Foith kann ich nicht trauen. Er ist immerhin ein Vetter von Calgach! Deshalb sind wir gekommen, um Calgach selbst sprechen zu hören. Doch er hat uns nicht überzeugt. Denn wenn wir die Aussagen seiner zweifelhaften Zeugen streichen, bleibt von den vielen Worten nur eines übrig: Einigung!« Verb lächelte spöttisch. »Ein Gedanke, der seit jeher in Calgachs Sippe tief verwurzelt ist! Alle Stämme, glücklich und zufrieden vereint, leben unter einer einzigen schützenden Hand, wie die Schäfchen unter ihrem Hirten! Und wer wird wohl unser Hirte sein?« Er streckte seine Hand aus, deutete auf Calgach und rief mit donnernder Stimme: »Wenn ihr mich fragt, dann sind es nicht die Römer, die wir fürchten müssen. Was sollen sie in einem Land, das ihnen keine Reichtümer zu bieten hat? Ich sage euch, der wahre Feind ist Calgach, denn er will sich zu unserem König erheben wie seine Ahnen vor ihm!« Ein Raunen ging durch die versammelten Krieger, Unwillen zeigte sich auf den Gesichtern vieler Fürsten. »Wollt ihr das? Wollt ihr Calgach als Sklaven dienen? Wollt ihr seine Felder bestellen? Dann glaubt seinen Worten, und verbündet euch mit ihm. Wollt ihr jedoch freie Männer bleiben, dann gebt diesem Lügner, was er verdient, sobald er den Schutz der Heiligen Steine verlassen hat!«

Mit Geschrei, Pfiffen und kräftig gegeneinander geschlagenen Schildern und Schwertern bekundeten viele Krieger ihren Beifall. Der schwarzhaarige Fürst nahm wieder Platz, ein zufriedenes Grinsen lag auf seinem Gesicht.

Malcolm brauchte seine ganze Kraft, um Duncan daran zu hindern, in den Kreis der Fürsten zu treten und Verb die Meinung zu sagen. Er war weiß vor Zorn. Doch es war Kriegern nicht erlaubt, ungefragt während des Rates die Stimme zu erheben. Und sosehr sich Malcolm über den Spott des Fürsten ärgerte, so sehr fürchtete er auch die Strafe, mit der eine Mißachtung dieses Verbots geahndet wurde – Ausschluß von allen religiösen Feierlichkeiten. Endlich erhob sich ein anderer Fürst, es war ein rothaariger, bärtiger Mann von der Gestalt eines Riesen, und allmählich beruhigte sich Duncan.

»Noch vor wenigen Tagen hätte ich Verb zugestimmt. Auch ich mißtraue Calgach und jedem, der in seinem Namen spricht. Doch es ist noch keine sieben Tage her, als vor unserer

Küste Schiffe gesichtet wurden. Große Schiffe mit Segeln und doppelten Reihen langer Ruder!« Er sah sich in der Runde der Fürsten und Druiden um. »Solche Schiffe habe ich noch nie zuvor gesehen! Sie segelten gen Norden und blieben immer im gleichen Abstand zur Küste. Um ihre Absichten zu erfahren, schickte ich zehn als Fischer getarnte Krieger auf das Meer hinaus. Sie wurden ohne Warnung angegriffen, und nur einer der Männer kehrte lebend zurück. Mein eigener Sohn Craig starb durch die Hand der Feinde. Hier habe ich die Waffe, mit der Craig getötet wurde!« Er hielt einen Speer in die Höhe. »Und ich frage euch, Calgach, Malcolm und Duncan, bei den Heiligen Steinen, in deren Schutz wir uns befinden, ist dies eine Waffe der Römer?«

Calgach nickte dem hinter ihm stehenden Duncan zu. Duncan trat durch die Reihen der Fürsten, ging quer über den Platz und nahm den kaum zwei Armlängen messenden Speer in die Hand. Ein kurzer Blick genügte ihm. Es war ein Wurfspeer, wie ihn die römischen Legionäre benutzten.

»Ja.«

»Schwörst du bei dem Gott, auf den dein Stamm schwört, daß du die Wahrheit sagst? Vergiß nicht, daß die Götter den Frevler, auf dessen Zunge in ihrem Heiligtum eine Lüge liegt, mit dem Verlust seiner Seele bestrafen!«

Duncan legte eine Hand auf sein Herz und sah dem Rothaarigen gerade in die Augen.

»Ich schwöre, daß dies eine römische Waffe ist!« erklärte er mit lauter Stimme. »Ich schwöre, bei meiner Seele, daß mit Waffen wie dieser bereits ungezählte tapfere und ehrbare Männer getötet wurden. Und ich schwöre bei dem Gott, auf den mein Stamm schwört, daß noch viel mehr Blut fließen wird, wenn es uns nicht gelingen sollte, dem Vormarsch der Römer Einhalt zu gebieten!«

Der Rothaarige strich sich nachdenklich durch seinen Bart, und Ceallach erhob seine Stimme.

»Jeder hat deinen Schwur vernommen!« Er unterdrückte

nur mühsam ein Lächeln. Welcher Krieger hätte es schon gewagt, einen Schwur derart geschickt für eine eigene Stellungnahme zu nutzen? »Du darfst wieder an deinen Platz gehen, Duncan!«

Während Duncan sich wieder neben Malcolm in die Reihen von Calgachs Kriegern stellte, wandte sich Ceallach an den rothaarigen Fürsten, der immer noch stand.

»Willst du noch etwas sagen, Vernon?«

»Ja, ehrwürdiger Vater. Ich habe Duncans Schwur vernommen. Jetzt weiß ich, daß er die Wahrheit, sprach. Ich habe die Feinde mit meinen eigenen Augen gesehen, sie haben mir meinen Sohn genommen. Dafür sollen sie bezahlen. Calgach, wenn du in die Schlacht gegen die Römer ziehst, werden meine Männer und ich an deiner Seite kämpfen!«

Überraschungsrufe gingen durch die Versammlung. Duncan zitterte fast vor Spannung. Wenn Vernon sich ihnen anschloß, würden seine beiden Verbündeten Hamish und Wayne sicherlich ebenfalls zustimmen. Tatsächlich sprachen die beiden Fürsten erregt miteinander. Schließlich nickten sie und erhoben sich.

»Ehrwürdiger Vater, auch ich werde mit Calgach in die Schlacht gehen.«

»Meine Männer und ich ebenfalls!«

Calgach erhob sich, und es herrschte wieder Stille.

»Ich weiß, daß viele von euch mir immer noch mißtrauen. Doch bedenkt, was Vernon euch gesagt hat: Das Land allein reicht den Römern nicht mehr, sie erobern bereits die Meere! Glaubt ihr wirklich, daß Barmherzigkeit oder Angst sie hindern könnte, dieses Land ebenso einzunehmen wie viele andere zuvor? Reitet durch das Land, und seht euch um! Die Römer roden die Wälder, sie legen die Moore trocken. Dort, wo ausgedehnte Sümpfe lagen, wächst jetzt Getreide für die römischen Soldaten. Ihre Straßen zerteilen unsere Jagdgebiete wie Schwerthiebe ein Tuch, ihre Lager erheben sich auf unseren Hügeln!« Er sah von einem Fürsten zum anderen, seine blauen Augen funkelten. »Die Römer sind Raubtiere. Gierig und unersättlich durchstöbern sie die Länder und die Meere nach Beute. Sie sind habgierig, wenn der Feind reich ist, und sie sind ruhmsüchtig, wenn er arm ist. Stehlen, Morden und Rauben heißt bei ihnen ›Herrschaft‹, und wo sie Einöde schaffen, nennen sie es ›Frieden‹. Sie verschleppen unsere Kinder zum Sklavendienst, sie schänden unsere Frauen und Schwestern im Namen des ›Gastrechts‹ und der ›Freundschaft‹. Wollt ihr das? Wollt ihr in Zukunft wie Sklaven in eurem eigenen Land leben und mit Schlägen dazu gezwungen werden, für die Besatzer zu arbeiten, ihre Straßen zu bauen und ihre Soldaten zu füttern? Wenn das euer Wille ist, dann geht nach Hause und erwartet die Römer in euren Dörfern. Doch vergeßt nicht, die letzten Tage eurer Freiheit zu zählen. Ihr werdet nämlich schon bald nur von der Erinnerung an diese Tage leben müssen. Die Römer werden kommen, daran können wir nichts ändern. Doch wir können verhindern, daß sie unsere Herren werden! Aber das wird uns nicht gelingen, wenn jeder Stamm allein für sich kämpft. Denn die Römer schicken nicht hundert und auch nicht tausend Soldaten. Es werden Zehntausende sein! Kein Stamm, sei er noch so tapfer und kampfeswillig, kann sich gegen diese Übermacht wehren. Deshalb haben wir nur diese eine Chance – Einigung! Nur mit allen Stämmen gemeinsam wird es uns gelingen, unsere Freiheit zu bewahren und die Römer in die Flucht zu schlagen!«

»Calgach hat recht. Wir müssen uns ihm anschließen!«

Die Fürsten nickten zustimmend. Immer mehr von ihnen erhoben sich und erklärten, gemeinsam mit Calgach in die Schlacht zu ziehen. Zuletzt blieb nur noch Verb übrig. Doch auch er schien mit sich zu kämpfen. Schließlich sprang er auf und zog sein Schwert.

»Bei den Göttern und beim strahlenden Lug, dessen Fest wir in dieser Nacht feiern. Ich wäre ein Narr, wenn ich sehenden Auges zulassen würde, daß meine Kinder Sklaven werden! Auch mein Stamm wird an Calgachs Seite gegen die Eindringlinge kämpfen!«

Es war ein erhebender Augenblick. Ceallach sah in die Gesichter der Fürsten. Zum ersten Mal seit Jahrhunderten waren die Stämme vereint. In der Gefahr hatten sie ihre Feindschaften vergessen und waren bereit, sich gemeinsam der Bedrohung zu stellen.

»Der Segen der Götter ruht auf euch. Doch wenn ihr in die Schlacht zieht, braucht ihr einen Führer!« sagte er laut. »Wählt einen aus euren Reihen.«

»Der ehrwürdige Ceallach hat recht, wir brauchen einen Anführer!« stimmte Verb zu. »Es ist Calgachs Vorschlag, er hat uns zu diesem Rat zusammengerufen, seine Worte hatten die Kraft, uns zu vereinen. Er soll uns in die Schlacht führen!«

Die Männer bekundeten lautstark ihren Beifall, keiner stimmte gegen diesen Vorschlag. Calgach erhob sich, und der Lärm legte sich.

»Euer Vertrauen ehrt mich, und ich danke euch dafür. Doch ihr bürdet mir eine große Verantwortung auf. Diese Last kann ein Mann allein nicht tragen. Ich habe keinen Nachkommen, der mit mir die Verantwortung teilen könnte. Deshalb werde ich – und ich rufe alle Anwesenden zu Zeugen auf – nun meinen Nachfolger bestimmen. Es liegt mir schon lange am Herzen, doch jetzt scheint der rechte Augenblick gekommen zu sein, vor den Göttern, vor allen versammelten Druiden, freien Fürsten und Kriegern diese Entscheidung zu besiegeln!«

Er zog sein prächtiges Schwert aus der Scheide und hob es über seinen Kopf, so daß jeder die kostbare Waffe sehen konnte. Dann wandte sich Calgach zu seinen Begleitern um.

Kay lächelte siegesgewiß, straffte seine Schultern und trat einen Schritt vor, um das Schwert in Empfang zu nehmen. Doch Calgach ging an ihm vorbei. Ungläubig sah Kay seinem Bruder nach. Und als dieser vor Duncan stehenblieb, erstarb das Lächeln auf seinem Gesicht.

Sprachlos sank Duncan auf die Knie.

»Das Schwert meiner Ahnen! Goibniu selbst hat es in der Glut eines Berges geschmiedet und härtete die Klinge im Blut eines Ungeheuers, so sagt es die Überlieferung. Seit Generationen wird es weitergereicht vom Vater auf den Sohn. Nimm es, Duncan, und halte es in Ehren. Ich kenne keinen Mann, der ein würdigerer Nachfolger wäre als du. Und ich bin sicher, daß du nach meinem Tod in meinem Sinne über den Stamm herrschen wirst!« Calgach lächelte Duncan zu. »Wenn du bereit bist, an meiner Seite die geeinten Stämme in die Schlacht zu führen und dereinst meine Nachfolge anzutreten, dann erhebe dich, und umschließe den Griff dieses Schwertes mit deiner Faust!«

»Ich schätze, ich habe keine Wahl! Du hast mich überrumpelt, Calgach!« flüsterte Duncan dem Fürsten zu. »Vor allen Fürsten und Druiden, noch dazu im Schatten der Heiligen Steine käme eine Ablehnung einer tödlichen Beleidigung gleich!«

»Das weiß ich!« Calgachs blaue Augen funkelten. »Deshalb habe ich auch bis heute gewartet. Ich wollte verhindern, daß du ablehnst.«

Lächelnd erhob sich Duncan und umschloß den wie ein Drachen geformten Griff des Schwertes mit beiden Händen. Laut sagte er:

»Deine Nachfolge anzutreten wird schwierig sein. Mögen die Götter mir Weisheit und Gnade schenken, damit ich mich eines Tages deines Vertrauens würdig erweise.«

Die Fürsten, Druiden und Krieger bekundeten ihren Beifall. Calgach legte Duncan lächelnd eine Hand auf die Schulter. Dann nahm er wieder sein Schwert, hob seinen Arm, und der Feuerschein spiegelte sich in der Klinge.

»Heute ist eine Nacht der Wunder. Niemand hätte es für möglich gehalten, daß wir alle gemeinsam an einem Feuer sitzen. Doch es wurde Wirklichkeit! Und nun fürchte ich die Zukunft nicht mehr. Wir sind die letzten Söhne der Freiheit. Und gemeinsam werden wir Seite an Seite kämpfen und die Römer dorthin zurücktreiben, woher sie gekommen sind! Tod den Römern!«

Die anderen Männer sprangen auf, hoben ebenfalls ihre Schwerter und stimmten in den Ruf mit ein.

»Tod den Römern!«

Auch Kay stimmte in den Ruf mit ein und hielt sein Schwert über den Kopf. Doch seine Gedanken arbeiteten, und in seinen Augen stand der blanke Haß.

Während die Druiden mit den Opfern fortfuhren, die Holzstöße angezündet, Ehen geschlossen und junge Männer in den Kreis der Krieger aufgenommen wurden, berieten die Fürsten über ihr gemeinsames Vorgehen. Kundschafter sollten ausgeschickt werden, die die Römer im Auge behielten und jede Veränderung in ihren Lagern meldeten, während sich alle waffenfähigen Männer auf den Kampf vorbereiten sollten. Vernon erklärte sich dazu bereit, mit einigen hundert Kriegern die Feinde weiter nach Norden in die Berge zu locken. Unweit von Calgachs Dorf, am Fuße des Beinn A'Ghlo, eines der höchsten Berge dieser Gegend, würden die geeinten Stämme auf die Römer warten und die überraschten Feinde in einer Schlacht vernichten.

Rasch kehrten die Fürsten in ihre heimatlichen Dörfer zurück. Denn bis zu dem festgesetzten Tag der Schlacht blieben ihnen nur noch vierzig Tage.

28

Kay ritt über die saftigen grünen Hügel. Freiwillig hatte er sich vor mehr als zehn Tagen als Kundschafter gemeldet. Nicht etwa weil er seinem Stamm damit einen besonderen Dienst erweisen wollte, sondern um Duncan nicht mehr begegnen zu müssen, jenem verhaßten Nebenbuhler, der sich hinterhältig Calgachs Gunst erschlichen hatte. Seit er denken konnte, hatte Kay sein Dasein im Schatten seines älteren, strahlenden Bruders nur in der Gewißheit ertragen, daß er eines Tages über den Stamm herrschen würde, daß Goibnius Schwert irgendwann ihm gehören würde. Da Calgach keine Nachkommen hatte, war er der nächste in der Erbfolge. Es war nur eine Frage der Zeit gewesen. Manchmal, wenn Calgach schlief, nahm er das kostbare Schwert ihrer Ahnen in die Hand, fuhr mit dem Finger über die kunstvolle Gravur der schlanken, funkelnden Klinge und spürte die seltsamen Windungen des drachenförmigen Griffs in seiner Hand. Dabei stellte er sich vor, wie er mit diesem Schwert die Krieger in die Schlacht führen, Ungehorsame bestrafen und Würdige adeln würde. Doch nun hatten sich seine Träume in nichts aufgelöst! Wie konnte Calgach, sein einziger Bruder, es wagen, einen anderen als ihn zu seinem Nachfolger zu bestimmen? Wie konnte Duncan es wagen, seinen Platz einzunehmen? Und das vor allen versammelten Fürsten und Druiden!

Kay beugte sich im Sattel vor und trat seinem Grauschimmel so zornig in die Flanken, daß das Tier vor Schmerz wieherte. Die erlittene Schmach ließ immer noch, selbst fünfzehn

Tage nach Lugnasad, seine Wangen glühen. Er bereute, daß er wieder auf dem Weg ins Dorf war, daß er bald wieder Calgach und Duncan gegenübertreten mußte. Und er wünschte sich, wieder in jenem Versteck auf dem Hügel liegen zu können, abzuwarten und nachzudenken. Es war wider Kays Natur, aktiv zu werden, etwas zu riskieren. In all den Jahren, in denen er stumm unter seinem Bruder gelitten hatte, hatte er gelernt zu warten. Warten und beobachten wie eine Spinne, die tagelang regungslos in ihrem Netz ausharrt, um dann im richtigen Augenblick blitzschnell ihre Beute zu umgarnen. Während Kay aus sicherer Entfernung das Lager der römischen Soldaten beobachtet hatte, war ihm ein Gedanke gekommen, den er kurz darauf in die Tat umgesetzt hatte. Denn manchmal mußte auch eine Spinne zu einer List greifen, ihr Netz an einem anderen Ort errichten oder Fallen legen, um ihre Beute dorthin zu locken, wo sie sie haben wollte.

Der Schrei eines Adlers ließ Kay aufblicken. Das Tier hob sich nur schwach vom wolkenverhangenen Himmel ab, doch sein Schrei hallte laut und deutlich über das Land. Sein Ruf klang zornig, beinahe anklagend, und unwillkürlich erschauerte Kay. Für den Bruchteil eines Augenblicks meldete sich in ihm eine fremde Stimme, die Stimme seines Gewissens. Und für einen kurzen Moment fragte er sich, ob er richtig gehandelt hatte, als er den Römern von Calgachs Plänen erzählt hatte. Er hatte sein eigenes Volk verraten, viele Männer und wahrscheinlich auch Frauen und Kinder würden sterben.

Wen kümmern Bauern, Weiber und plärrende Kinder? Sie haben das alles selbst zu verantworten! schrie ihm eine andere Stimme in seinem Innern zornig zu. Wenn Duncan nicht gewesen wäre, hätten wir die Römer niemals am Hals gehabt. Er ist schuld! Doch statt ihn dafür zu bestrafen, wird er von Calgach zu seinem Nachfolger ernannt, und niemand widerspricht ihm! Also geschieht es ihnen recht!

Noch vor wenigen Stunden war Kay im Lager der römischen Soldaten gewesen. Sie waren immer noch damit beschäftigt, es aufzubauen. Die Nord- und Ostseiten des Lagers waren von einem aus hohen, spitzen Pfählen errichteten Zaun umgeben. Die Westseite bestand aus einer noch höheren Steinmauer mit einem tiefen Graben davor. An der Südseite arbeiteten etwa hundert Männer, um auch dort das Holz durch Steine zu ersetzen. Auch das Innere des Kastells schien noch nicht fertig zu sein. Als Kay durch das Lager geführt wurde, sah er sowohl Zelte als auch langgestreckte Steinhäuser, von denen sich einige noch im Bau befanden. Er dachte daran, wie freundlich ihn die Römer empfangen hatten. Sie hatten ihn zu dem größten der Häuser geführt, ein kleiner Mann mit schütterem, dunklem Haar und einem kantigen Gesicht hatte ihn begrüßt. Aufmerksam hatten sie ihm zugehört. Sie hatten ihm Wein, Gebäck und fremde Früchte angeboten, die süß wie Honig schmeckten. Sie waren äußerst dankbar für die Informationen gewesen, die Kay ihnen liefern konnte. Sie hatten ihm versprochen, ihn nach ihrem Sieg zum Fürsten zu ernennen und ihm zusätzlich die Gebiete weiterer an der Schlacht beteiligter Fürsten zur Verwaltung zu geben. Als sie ihn verabschiedeten, hatte ihm der kleine Mann die Hand geschüttelt und ihn »Freund des römischen Imperiums« genannt.

Calgach und Duncan werden sich wundern, wenn sie am Beinn A'Ghlo bereits von den römischen Soldaten erwartet werden! dachte er. »Und wenn alles vorbei ist, werde ich endlich den Platz einnehmen, der mir gebührt!«

Sein Gesicht wurde hart, ein dünnes, boshaftes Lächeln umspielte seine Lippen. Was seine Person betraf, hatte Kay bereits beschlossen, sich in der Schlacht zurückzuhalten. Es war zu gefährlich. Er wollte auf keinen Fall sein Leben riskieren, kurz bevor er am Ziel seiner Wünsche angelangt war.

Der Adler schrie erneut, und sein Gewissen meldete sich wieder, doch schwach und undeutlich. Es fiel Kay nicht schwer, diese Stimme zu überhören.

Ja, sie hatten es verdient, für ihre Dummheit zu bezahlen: Calgach – Duncan – alle.

In Calgachs Dorf herrschte rege Betriebsamkeit, jeder bereitete sich auf die bevorstehende Schlacht vor. Bis spät in die Nacht hinein waren die Hämmer der Schmiede zu hören, die ohne Unterlaß arbeiteten, um für jeden waffenfähigen Mann Schwerter und Schilde anzufertigen. Die Männer ließen sich von Duncan in die römische Kampftechnik einweisen, die Frauen sammelten Vorräte und brachten sie in sichere Verstecke. Die Kinder spielten mit Holzschwertern. Tag und Nacht beriet Calgach mit seinen Kriegern über die besten Strategien gegen den Feind. Über dem ganzen Dorf lag eine fieberhafte Spannung. Nur Kay schien davon unbeeinflußt zu bleiben. Cornelia fiel auf, daß Calgachs Bruder erstaunlich oft gut gelaunt war. Als sie ihn sogar einmal pfeifend durch das Dorf gehen sah, lief ihr ein Schauer über den Rücken, und sie spürte, daß dies nichts Gutes zu bedeuten hatte.

Zur selben Zeit stand Agricola auf dem bereits fertiggestellten Südtor und beobachtete die Fortschritte der Bauarbeiten an der Lagermauer, als sich ein Bote bei ihm meldete.

»Seid gegrüßt, verehrter Agricola. Vercantus schickt mich zu Euch!«

Aufmerksam musterte Agricola den jungen Soldaten mit den auffallend hellen Augen und dem sommersprossigen Gesicht.

»So, so, Vercantus schickt dich! Nimm deinen Helm ab, Soldat! Ich will mich vergewissern, daß sich unter dem römischen Helm nicht ein caledonischer Spion verbirgt!«

Agricola lächelte spöttisch, als der Soldat, rot vor Scham und Ärger, seinen Helm abnahm. Offensichtlich war es nicht das erste Mal, daß ein Mitglied von Vercantus' Einheit dem Gespött der anderen Soldaten ausgesetzt war. Jeder Soldat wußte bereits von dem caledonischen Spion, der vor den Augen aller in das Lager marschiert war, sogar mit Vercantus gesprochen hatte und doch entkommen war. Und so schnell peinliche Angelegenheiten die Runde machten, so langsam gerieten sie in Vergessenheit.

Um so besser! dachte Agricola. Der Spott ihrer Kameraden wird den Zorn der Britannier schüren, wenn sie in der Schlacht denen gegenüberstehen, die ihnen diese Schmach zugefügt haben – den Caledoniern!

»Also gut, du bist in der Tat ein Soldat!« sagte er laut und registrierte lächelnd die hochroten Wangen des rotblonden jungen Mannes. »Was wünscht Vercantus mir mitzuteilen?«

»Er hat Eure Nachricht erhalten, verehrter Agricola. Und er wird sich an den Plan halten. Doch er bittet Euch um eine Gnade.«

»Sprich!«

»Unsere Einheit hat Schande auf sich geladen. Wir sind zum Gespött der ganzen römischen Armee geworden!« Der junge Soldat drehte den Helm zwischen seinen Händen hin und her. »Wir brennen darauf, den Caledoniern die erlittene Schmach heimzuzahlen. Deshalb bittet Vercantus Euch, uns in vorderster Reihe in die Schlacht zu schicken. Der Feind soll zuerst unsere Klingen fühlen, und die ganze römische Armee soll Zeuge sein, daß wir tapfer zu kämpfen verstehen!«

Agricola tat, als denke er über die Bitte nach. Innerlich amüsierte er sich jedoch über den Eifer des Soldaten, dessen Augen zornig funkelten. Diese Kelten waren so leicht zu durchschauen und zu lenken!

»Melde Vercantus, daß ich ihm seine Bitte gewähre. Du darfst dich entfernen. In zehn Tagen erwarten wir ihn am Ben ...«

»Beinn A'Ghlo!« unterbrach der junge Soldat, sichtlich erleichtert, daß der Statthalter die Bitte seines Präfekten erhört hatte.

»Sag ihm, daß wir ihn am Fuße dieses Berges erwarten werden!«

Agricola runzelte mißmutig die Stirn. »Beinn A'Ghlo – diesen Namen kann sich keiner merken. Den Gipfel dieses Berges wird ohnehin bald der römische Adler zieren. Deshalb wollen wir ihn fortan Mons ...« Er dachte eine Weile angestrengt nach, dann lächelte er. »Ja. Von diesem Tag an soll der Berg nur noch Mons Graupius heißen.«

Duncan hielt Cornelia in seinen Armen und streichelte sanft ihren warmen, glatten Rücken. Alawn und Nuala schliefen, ihre tiefen, gleichmäßigen Atemzüge waren deutlich zu hören. Morgen, gleich nach Sonnenaufgang, würden Calgachs Krieger zum Beinn A'Ghlo ziehen, um sich dort mit den verbündeten Fürsten zu treffen und sich auf die entscheidende Schlacht vorzubereiten. Vielleicht hätte Duncan schlafen sollen, um ausgeruht zu sein. Doch selbst wenn er nicht so aufgewühlt gewesen wäre, daß er ohnehin kein Auge zutun konnte, hätte er Schlaf nur als Zeitverschwendung empfunden. Noch lag Cornelia in seinen Armen. Und er wußte nicht, ob er jemals wieder ...

Gawain hatte vor drei Tagen Schwitzhütten für alle Krieger errichtet. Sie sollten sich vor der Schlacht reinigen, die Götter um Gnade anflehen und sich für den bevorstehenden Kampf stärken. Der Druide hatte jedem Mann einen bitteren Trank gegeben, der die Reinigung beschleunigen und eine Verbindung zu den Göttern herstellen sollte. Seit diesem Tag gingen Duncan die Bilder seiner Vision nicht mehr aus dem Sinn. Während er neben Calgach und Malcolm, nackt und nur mit blauer Farbe bemalt, in dem engen Erdloch gesessen hatte, das Feuer über ihren Köpfen prasselte und der Dampf des über die heißen Steine gegossenen Wassers ihre Sinne benebelte, war ihm die Vision klar und deutlich erschienen. Er hatte die Hänge des Beinn A'Ghlo gesehen, überfüllt mit kämpfenden Männern. Tapfer schlugen sich die geeinten Stämme gegen die anrückenden Römer. Doch an die Stelle jedes toten Soldaten traten zwei lebendige. Unaufhaltsam gewannen die Römer die Oberhand. Schließlich herrschte Stille auf dem Schlachtfeld. Die Hänge des Beinn A'Ghlo waren übersät mit Leichen, und der Fluß am Fuß des Berges war rot vom Blut der erschlagenen Krieger. Soldaten stellten auf dem Gipfel den Goldenen Adler auf; das Symbol des Römischen Imperiums. Doch ein großer, mächtiger Steinadler setzte sich auf den Kopf des Wahrzeichens. Seine scharfen Krallen zerrissen das Holz, die goldene Farbe blätterte ab, und die Fetzen wurden in alle Richtungen geweht, schließlich knickte die Standarte unter dem Gewicht des mächtigen Vogels ein. Und während sich der Adler mit einem lauten Ruf in die Lüfte emporschwang, bedeckten Schnee und Sand, was von dem Symbol der römischen Macht übriggeblieben war. Andere Soldaten in fremdartigen Rüstungen kamen und versuchten, die verlassenen Kastelle der Römer zu bevölkern. Doch auch ihre Wahrzeichen zerfielen zu Staub. Schließlich betraten Männer die Zinnen der Ruinen, die die buntkarierte Kleidung der Caledonier trugen. Ihre Haar war lang und zu Zöpfen geflochten, ihre Haltung stolz, ihre Augen funkelten. Sie waren stark und lebendig. Und über ihren Köpfen schrie triumphierend der Adler.

Duncan erschauerte. Die Vision war beängstigend und tröstlich zugleich. Er hatte Cornelia nichts davon erzählt. Sie war wieder schwanger, und er wollte sie nicht unnötig beunruhigen. Schließlich wußte er nicht, ob nicht auch sein Blut den Fluß gefärbt hatte.

»Duncan, laß dich nicht von ihnen gefangennehmen«, sagte Cornelia leise. »Es wäre besser, wenn du ...«

Wenn du vorher sterben würdest, wollte sie eigentlich sagen. Doch sie brachte es nicht fertig, diese Worte auszusprechen. Aber Duncan verstand sie trotzdem. Er schüttelte den Kopf und küßte sie zärtlich.

»Hab keine Angst. Ich trage gut versteckt einen Dolch bei mir. Seine Klinge ist scharf, niemand wird ihn finden.«

Cornelias Augen begannen vor Tränen zu brennen. Es quälte sie, Duncan von seinem eigenen Tod sprechen zu hören. Doch sich ihn in Fesseln vorzustellen war schier unerträglich.

Duncan fühlte Cornelias heiße Tränen auf seiner Haut, als sie ihn küßte. Er erwiderte ihre Liebkosungen. Und als sie sich liebten, spürte er, daß sie sich voneinander verabschiedeten.

Früh am nächsten Morgen, kaum daß die Sonne aufgegangen war, waren die Krieger zum Aufbruch bereit. Ihre Schwerter, Äxte und Schilde klirrten bei jedem Schritt, über ihren Schultern hingen Bogen und Köcher mit Pfeilen. Duncan sah sich um. Jeder Mann nahm Abschied von seiner Familie. Deirdre klammerte sich schluchzend an Malcolm, andere Frauen baten wimmernd ihre Männer darum, nicht in die Schlacht zu ziehen. Duncan wußte, daß viele von ihnen nicht zurückkehren würden. Er wandte sich Cornelia zu. Ihre braunen Augen wirkten groß und dunkel in ihrem blassen Gesicht. Doch sie weinte nicht, sie schluchzte nicht. Tapfer erwiderte sie Duncans Blick, und nur eine einzelne Träne lief ihr die Wange hinunter.

»Bitte, Duncan, versprich mir, daß ...«

Zärtlich verschloß er ihr den Mund mit einem Kuß. Sie durfte nicht weitersprechen. Denn er konnte ihr nicht versprechen, daß er zurückkehren würde.

»Paß auf dich und die Kinder auf!« flüsterte er und berührte ihren Bauch. Das ungeborene Kind bewegte sich unter seiner Hand, und unwillkürlich mußte er lächeln. Selbst wenn die Römer die Schlacht gewinnen sollten – ihr Volk würde weiterleben. Er zog seine Hand zurück und drückte Cornelia einen länglichen, in derben Stoff eingeschlagenen Gegenstand in die Hand. »Das ist ein Schwert, Cornelia. Ich habe es für dich anfertigen lassen. Halte es immer griffbereit. Die Römer werden sicherlich auch die Dörfer durchstöbern.«

Sie nickte stumm und starrte auf die Waffe in ihren Händen, während Duncan Nuala und Alawn hochhob und ihnen einen Kuß gab. Dann erklangen die Kriegshörner und mahnten die Männer zum Aufbruch. Duncan schlang noch einmal seine Arme um Cornelia, küßte sie voller Leidenschaft und bestieg dann sein Pferd. Als die Männer sich in Bewegung setzten, zu

Fuß, mit Pferden und mit Streitwagen, liefen die Frauen und Kinder noch eine Weile neben ihnen her. Schließlich blieben sie stehen und sahen ihnen nach, bis sie hinter einer Hügelkuppe verschwunden waren.

Nach einem drei Stunden dauernden Marsch kamen Calgach und seine Männer beim Beinn A'Ghlo an. Es war ein herrlicher Anblick. Steile, schroffe Felswände am Gipfel liefen in saftig grüne Hänge aus. Im Süden schlängelte sich zu seinen Füßen der Fluß, im Sonnenschein wie flüssiges Silber funkelnd, und um den Berg herum erstreckten sich dichte Wälder. Er war mächtig und unbezwingbar. Und Calgach hoffte, daß sich diese Eigenschaften auch auf sein Heer übertragen würden.

Als sie schließlich das provisorische Lager am nördlichen Hang des Beinn A'Ghlo erreichten, wurden sie von mehr als zwanzigtausend Kriegern der verschiedenen Stämme erwartet. Duncan hielt den Atem an, angesichts dieser schier unvorstellbaren Zahl. Und doch waren immer noch nicht alle Fürsten mit ihren Männern eingetroffen. Calgach stieg von seinem Streitwagen ab, gab Duncan ein Zeichen, ihm zu folgen, und ging dann mit langen Schritten zu dem Zelt, das den Fürsten für die Dauer der Schlacht als Beratungszelt dienen sollte. Kaum hatte Calgach das Zelt betreten, als ihm auch schon Vernon und Wayne aufgeregt entgegenkamen.

»Calgach, die Römer sind bereits hier!«

»Was?«

»Unsere Späher haben den Feind auf der anderen Seite des Flusses entdeckt. Es sind vielleicht elftausend Mann, die sich dort versteckt halten, und weiter im Süden befindet sich ein weiteres Lager mit der gleichen Anzahl Soldaten.«

»Verdammt!« schrie Calgach wütend auf und schlug mit der Faust gegen eine der Stangen, so daß das Zelt zu wanken begann.

Verrat! dachte Duncan bitter, während Calgach mit langen Schritten im Zelt auf und ab lief.

Schließlich blieb der Fürst stehen.

»Es läßt sich nun nicht mehr ändern, daß die Römer unsere Pläne kennen. Wir werden uns also umstellen müssen! Haben bereits alle Fürsten mit ihren Kriegern das Lager erreicht?«

»Nein, Calgach. Verb fehlt, Hamish, Gareth, Sean und Keith. Sie müßten jedoch bald hier eintreffen.«

»Duncan, schick ihnen Boten entgegen! Sie sollen nicht zu uns stoßen, sondern den Berg umrunden, um auf mein Zeichen hin die Römer von den Flanken aus anzugreifen. Das Signal wird die dreimal geblasene Kriegstrompete sein!«

Duncan wandte sich zum Gehen, doch Calgach legte ihm eine Hand auf die Schulter und hielt ihn zurück.

»Reite nicht selbst, Duncan. Ich brauche dich und Malcolm in meiner Nähe. Achte jedoch sorgfältig auf die Auswahl der Boten. Es müssen unbedingt vertrauenswürdige Männer sein! Und erzähle niemandem von den geänderten Plänen!«

Duncan nickte grimmig und entfernte sich. Ohne Zweifel hatte Calgach den gleichen Verdacht wie er.

Der Fürst sah Duncan nach, dann wandte er sich wieder den anderen zu.

»Es ist eine große Schande, daß unter uns ein Überläufer ist, der sein eigenes Volk den Feinden preisgibt. Und leider können wir uns jetzt nicht darum kümmern, den Verräter zu entlarven. Deshalb müssen wir darauf achten, daß alles, was wir von nun an besprechen, streng unter uns bleibt!« Calgach biß die Zähne zusammen, daß es knirschte. »Jener Überläufer wird den Römern mitgeteilt haben, wie stark unser Heer ist. Das Fehlen von fünftausend oder mehr Kriegern wird ihnen also schwerlich verborgen bleiben. Es sei denn, wir breiten unsere Schlachtreihen über den ganzen Hang aus und bleiben dabei ständig in Bewegung; die Wagenlenker fahren mit viel Lärm und Getöse hin und her, die Reiter vermischen sich immer wieder. Wenn die Römer unsere Zahl abschätzen, werden sie sich verrechnen und glauben, daß wir bereits vollzählig sind.«

»Wird es ihnen aber nicht verdächtig vorkommen, wenn wir uns auf dem Schlachtfeld wie Narren aufführen und sinnlos hin und her fahren?« gab Vernon zu bedenken.

»Nein. Denn für sie sind wir Wilde, unberechenbar und ohne Verstand. Unser Verhalten wird sie nur amüsieren und in ihrer Meinung bestätigen.« Fragend sah Calgach in die Runde, und die Fürsten nickten zustimmend. »Mögen die Götter uns gnädig sein und uns morgen den Sieg schenken! Und möge den Verräter die Strafe ereilen, die ihm gebührt!«

Als die Sonne am nächsten Tag aufging, standen sich die beiden Heere gegenüber. Agricola, der Tribun Tiberius und Aulus Atticus blickten von einer Hügelkuppe aus auf das vor ihnen liegende Tal und den Beinn A'Ghlo, dessen Gipfel in der Morgenröte zu glühen schien. Auf dem Hang des mächtigen Berges bis in die Ebene hinein standen keltische Krieger. Sie hatten ihre Gesichter, Arme und Oberkörper mit blauer Farbe bemalt, jeder Mann trug seine eigenen Zeichen – Punkte, blitze, Tierspuren, Sonnen, Spiralen und andere Muster. Kaum einer von ihnen trug eine Rüstung. Viele hatten sogar auf ihre Hemden und Umhänge verzichtet, als vertrauten sie allein auf die Gnade der Götter, die ihnen Schutz vor den feindlichen Waffen gewähren würden. Zornig schüttelten sie den Römern ihre Waffen, Speere und Schilde entgegen und brachen dabei in ein ohrenbetäubendes Geschrei aus. Sie boten einen furchterregenden Anblick.

»Die Götter mögen uns beistehen!« flüsterte Atticus beinahe ehrfürchtig. »Wie viele mögen das sein?«

»Mindestens zwanzigtausend, vielleicht auch mehr! Und wer weiß, wie viele sich noch auf der anderen Seite des Berges verstecken«, antwortete Tiberius mit versteinertem Gesicht. »Zwanzigtausend zornige, zu allem entschlossene Kelten! Bei Mithras, heute wird viel Blut fließen!«

Agricola lächelte verächtlich.

»Barbarengetöse, nichts weiter! Laßt euch von ihrem Geschrei nicht beeindrucken! Die Legionen werden sich im Hintergrund halten. Zuerst werden die britannischen und germanischen Hilfstruppen gegen den Feind antreten.«

»Achttausend Fußsoldaten und dreitausend Reiter gegen die doppelte Anzahl Kelten? Wir werden keinen der Soldaten lebend wiedersehen!«

Agricola schien einen Augenblick nachzudenken.

»Ihr habt recht, Tiberius«, sagte er schließlich. »Bei der Übermacht der Feinde steht zu befürchten, daß die Hilfstruppen nicht nur von vorn, sondern auch von den Flanken angegriffen werden. Wir ziehen also die Linien auseinander, so daß wir das feindliche Heer in ganzer Breite bekämpfen können.«

Tiberius schüttelte den Kopf.

»Hört auf meinen Rat, und laßt die Legionen sofort aufmarschieren, Agricola. Sie sollen die Hilfstruppen zu den Seiten hin schützen und dem Feind in die Flanken fallen, das ist der sicherste Weg zum Sieg!«

»Es wäre jedoch ein Sieg, der mit römischen Blut erkauft werden müßte. Das möchte ich vermeiden.« Agricola lächelte zuversichtlich. »Ihr seid ein Schwarzseher, Tiberius! Aber Ihr werdet bald merken, daß Eure Sorge unnötig ist. Ich selbst werde die Hilfstruppen in die Schlacht führen und den Sieg für Rom erringen!«

Atticus und Tiberius sahen sich überrascht an.

»Ihr wollt wirklich ...«

»Ich übertrage Euch das Kommando über die beiden Legionen, Tiberius. Sollte sich wider Erwarten das Glück gegen uns wenden, dann schickt sie uns zur Hilfe!«

Agricola wandte sich an den jungen Offizier neben ihm.

»Und du, Aulus? Willst du dir den Ruhm erwerben, Britannien endgültig unterworfen zu haben?«

»Selbstverständlich werde ich dich begleiten«, antwortete Aulus, ohne zu überlegen.

Agricola legte ihm eine Hand auf die Schulter.

»Dein Vater wird stolz auf dich sein!«

Sie ritten davon, um sich an die Spitze der Hilfstruppen zu stellen, und Tiberius sah ihnen kopfschüttelnd nach. Er konnte keinesfalls die Zuversicht der beiden teilen.

Fast gleichzeitig bliesen die Trompeter beider Heere zur Schlacht. In einer langgezogenen, wohlgeordneten Reihe marschierten die britannischen und germanischen Hilfstruppen der Römer voran. Die Bogenschützen knieten nieder und gaben ihre erste Salve auf die heranstürmende keltischen Krieger ab, während hinter ihnen die Katapulte mit Speeren geladen wurden.

Doch Duncan hatte die Männer auf diese Gefahr vorbereitet. Die Krieger duckten sich unter ihren runden Schilden und schlugen mit ihren Schwertern die Pfeile und Speere der römischen Geschütze zur Seite. Kaum einer wurde verletzt. Während die Krieger weiter voranstürmten, gab Calgach den Männern an den Schleudern ein Zeichen, und wenig später flogen den Soldaten Steinklötze und brennende, mit Pech bestrichene Kugeln entgegen. Die Römer versuchten, sich ebenfalls unter ihren Schilden zu ducken. Doch das mit Blech verstärkte Holz hielt der Wucht der Steine nicht stand. Die Schilde zersplitterten oder gerieten unter den Pechkugeln in Brand. Agricola fletschte zornig die Zähne.

»Zum Nahkampf! Geht zum Nahkampf über!« rief er einem der Standartenträger zu, der sofort den Befehl weitergab.

Die Soldaten stürmten voran und prallten direkt auf die keltischen Krieger. Das Geräusch der aufeinandertreffenden Schwerter, Äxte, Speere und Schilde war ohrenbetäubend. Verwundete schrien, Sterbende fielen zu Boden und wurden von ihren nachrückenden Kameraden überrannt.

Calgach befand sich mitten unter seinen Kriegern. Das Schwert in der rechten, die Zügel in der linken Hand, hieb er von seinem Streitwagen aus auf die römischen Soldaten ein. Grimmig stellte er fest, daß viele, die er niederstreckte, keltischen Schmuck trugen. Diese Männer hatten ihr Volk, ihre Ahnen und sich selbst verraten!

Möge uns diese Schmach erspart bleiben! dachte er und schlitzte einem blonden Soldaten mit der scharfen Klinge die Kehle auf.

Plötzlich drang Duncans Stimme über den Kampfeslärm hinweg an sein Ohr.

»Vorsicht, Calgach! Links, Calgach!«

Calgach riß den Kopf herum und wurde im gleichen Augenblick an seine Vision in der Schwitzhütte erinnert. Regungslos, als hielte eine überirdische Kraft ihn fest, sah er den Soldaten, der mit zum Wurf erhobenen Speer auf ihn zulief. Behäbig schien sich der Mann zu bewegen, deutlich sah er sein sommersprossiges Gesicht, die hellen Augen und die rotblonden, unter dem Helm hervorschauenden Haarbüschel.

Auch er ist einer von uns! dachte Calgach bitter.

»Calgach, du mußt ausweichen! Calgach!« Duncans Stimme überschlug sich fast vor Verzweiflung. Hastig riß er den Bogen von seinem Sattelknauf. Während er sich einen angreifenden Römer mit einem Fußtritt vom Leib hielt, fiel der erste Pfeil zu Boden, der zweite zerbrach in seinen nervösen Händen. »Verdammt!« schrie er wütend und zerrte den dritten Pfeil aus dem Köcher, schoß, verfehlte jedoch das Ziel. Seit seiner Kindheit war er nicht mehr so ungeschickt gewesen. »Verdammt, verdammt, verdammt! Calgach!«

Calgach stand immer noch regungslos in seinem Wagen. Langsam und überdeutlich sah er, wie der Soldat mit dem Arm ausholte, um ihm seine Waffe entgegenzuschleudern. Fast gleichzeitig – aber eben nur fast – zuckte der Soldat zusammen und fiel zu Boden. In seinem Hals steckte ein Pfeil, und eine Wurfaxt ragte zwischen seinen Schulterblättern hervor. Doch es war zu spät. Die todbringende Spitze des Speeres funkelte in der Sonne, als er in der Luft einen Bogen beschrieb und direkt auf Calgachs Oberkörper zuflog. Erst in diesem Augenblick konnte er sich wieder bewegen. Er versuchte, den

Streitwagen herumzureißen, um dem Speer auszuweichen. Die beiden Pferde stiegen erschrocken in die Luft – vergeblich. Calgach fühlte, wie sich die eiserne Spitze in seinen Unterleib bohrte. Der heftige Schmerz wurde begleitet von dem häßlichen Geräusch berstenden Holzes. Als die Deichsel brach, hob sich der Wagen wie ein bockendes Pferd, kippte zur Seite, und Calgach verlor den Halt.

Das Schwert Goibnius, das Erbe meiner Ahnen! Ich darf es nicht verlieren! schoß es Calgach im Fallen durch den Kopf, und er packte den Griff der Waffe fester.

Hart prallte er mit dem Rücken auf dem Boden auf. Die Luft entwich aus seinen Lungen, und für einen kurzen Augenblick spürte er einen heftigen, scharfen Schmerz oberhalb der Schulterblätter. Doch der Schmerz verging ebenso schnell, wie er gekommen war, und Taubheit breitete sich in seinem Körper aus. Er fühlte die Wunde in seinem Unterleib nicht mehr, und er fühlte weder seine Glieder noch den Stein in seinem Rücken, auf den er aufgeschlagen war.

Duncan und Malcolm beobachteten mit Entsetzen Calgachs Sturz. Wie von Sinnen erkämpften sich beide ihren Weg zu dem Fürsten, fast gleichzeitig erreichten sie ihn. Sie warfen sich gegenseitig einen Blick zu. Die Kleidung des Fürsten war voller Blut, der Speer hatte sich tief in seine Eingeweide gebohrt. Beide wußten, daß Calgach nicht mehr zu helfen war.

Calgach schlug die Augen auf. Um ihn herum schien die Schlacht abzuebben. Nur von ferne hörte er das Klirren der Schwerter, wenn sie auf das Holz und Metall von Schilden und Rüstungen trafen. Alle – ob Römer oder Kelten – schienen auf den Tod des Fürsten zu warten. Wie würde es weitergehen? Würden die verbündeten Stämme nach seinem Tod wieder auseinanderfallen? Oder würden sie weiterkämpfen? Schließlich beugten sich zwei vertraute Gesichter über ihn.

»Duncan! Malcolm! Die beiden Männer, denen ich mein Leben anvertrauen würde!«

»Und doch konnten wir dein Leben nicht retten!« stieß Duncan bitter hervor.

»Ich habe deine Warnrufe gehört. Doch die Götter haben meinen Körper gelähmt. Es war ihr Wille, daß ich sterben soll. Und dagegen sind wir machtlos!« Calgach lächelte mühsam. »Es ist soweit, Duncan! Von heute an bist du mein Nachfolger. Nimm Goibnius Schwert! Ich würde es dir gern selbst überreichen, doch ich kann mich nicht bewegen!«

Wortlos nickte Duncan und löste die kalten, gefühllosen Finger von dem Griff.

»Führe diese Schlacht zu Ende, Duncan! Wir ...«

Doch was Calgach noch sagen wollte, erfuhr niemand mehr. Er riß die Augen weit auf, und ein Lächeln glitt über sein Gesicht, als könne er die Herrlichkeit der anderen Welt bereits sehen. Dann sank sein Kopf zur Seite, und er war tot.

»Ich schwöre bei meinem Blut, daß ich die Schlacht zu Ende bringen werde!« flüsterte Duncan.

Dann erhob er sich. Der Griff von Calgachs Schwert fühlte sich warm und seltsam vertraut an. Es war, als hätte er dieses Schwert schon sein Leben lang in seinen Händen gehalten. Er sah die Männer an, die um ihn herumstanden. Ihre hellen, vor Zorn funkelnden Augen wanderten von dem Toten zu Duncan. Bereit, den verhaßten Römern ihre verdiente Strafe zukommen zu lassen, warteten sie nur noch auf seinen Befehl. Duncan spürte die Last ihrer Blicke auf sich. Schließlich hob er die Waffe hoch, so daß sich das Sonnenlicht in der glänzenden Klinge spiegelte.

»Der Kampf ist noch lange nicht beendet!« rief er laut. »Kämpft um eure Freiheit! Tod den Römern!«

Mit laut gegen ihre Schilde geschlagenen Schwertern nahmen die Krieger seinen Ruf auf und begannen sich neu zu sammeln und wieder auf die römischen Soldaten einzuschlagen. Doch diesmal war ihr Kampf heftiger, erbitterter.

Duncan fühlte einen mächtigen, heißen Zorn in sich. Sein Schwert fraß sich durch die Reihen der Soldaten wie die Sense eines Bauern durch reifes Korn. Ja, er würde die Schlacht zu Ende führen. Die Römer durften niemals die Herren dieses Landes werden!

Immer tiefer drang er in die feindlichen Linien vor, bis er schließlich in ihrer Mitte war. Direkt vor ihm stand der Standartenträger. Ein einziger Hieb mit der scharfen Klinge reichte aus, und der Mann stürzte wie ein gefällter Baum zu Boden. Dahinter aber stand Agricola. Beim Anblick seines kantigen Gesichts, der kleinen Augen, der zu einem Lächeln entblößten, schiefen Zähne wurde Duncan übel vor Zorn, Haß und Ekel.

»Duncan, es freut mich, dich zu sehen! Um unserer Freundschaft willen gebe ich dir einen Rat!« Agricola lächelte siegesgewiß. »Ihr habt keine Chance, Duncan. Für jeden toten Soldaten stehen zwei ausgeruhte Legionäre bereit, die nur darauf warten, in den Kampf zu ziehen. Ergebt euch, und wir werden euer Leben verschonen. Kämpft weiter, und wir werden euch und eure Familien töten. Du hast die Wahl!« Doch der Kelte sah ihn nur schweigend an. Trotz seiner zahlreichen Wunden stand er aufrecht und stolz vor ihm. Und unter seinem durchdringenden Blick wurde es dem Feldherrn unbehaglich. Das Lächeln auf seinem Gesicht gefror. »Sieh dich um, Duncan, ihr seid besiegt! Wenn die Legionen zu Hilfe kommen, wird keiner von euch das Schlachtfeld lebend verlassen!«

»Mag sein, daß du recht hast! Vielleicht werden wir heute wirklich alle sterben!« entgegnete Duncan. »Doch damit sind wir nicht besiegt. Unsere Söhne werden weiter für die Freiheit kämpfen, wenn es sein muß, bis zum Ende der Zeit. Ihr jedoch seid ein sterbendes, seelenloses Volk. Eure Herrschaft wird bald beendet sein. Ihr glaubt, eurem Tod dadurch zu entrinnen, daß ihr Bauwerke schafft, die euren Nachkommen von euren großen Taten erzählen. Doch es sind eure eigenen Söhne und Töchter, die euch den Tod wünschen und eure Ruhmessäulen zerstören. Euer Reich frißt sich selbst auf. Ihr habt eure Seelen verkauft, und nach eurem Tod warten auf euch nur Leere und Finsternis. Aber wenn wir heute sterben, werden wir gemeinsam mit unseren Ahnen in der anderen Welt am Feuer sitzen und auf den Niedergang des römischen Reiches trinken!«

Weiß vor Zorn stieß Agricola mit dem kurzen Schwert zu, doch Duncan parierte. Funken sprühten, als die Waffen der beiden aufeinandertrafen.

Und dann begann Duncan, sich um seine eigene Achse zu drehen. Vor seinem geistigen Auge sah er Dougal, Alawn, seine sterbende Mutter, Calgach. In seinem Innern hörte er den Schrei des Adlers, und sein Zorn wuchs ins Unermeßliche. Die Klinge in seinen Händen schien ein Eigenleben zu führen, singend durchschnitt sie die Luft. Schritt um Schritt wurde Agricola gezwungen, zurückzuweichen, obwohl er sich nach allen Regeln der Kunst verteidigte. Sein Schwert traf Duncan an der Schulter, schnitt ihm über den ungeschützten Rippen das Hemd und die Haut auf. Doch der Kelte schien die Wunden nicht einmal zu spüren. Während Agricolas Kräfte mehr und mehr erlahmten, schien Duncan von einem inneren Feuer getrieben zu werden. Schließlich stolperte Agricola über einen Stein. Das Schwert entglitt seinen Händen, und er fiel rücklings zu Boden. Als er die Augen aufschlug, stand Duncan über ihm. Die Schwertspitze bohrte sich schmerzhaft in sein Fleisch, und die kunstvollen Verzierungen auf der Klinge funkelten in der Sonne.

»Worauf wartest du noch?« stieß Agricola mühsam hervor. »Bring es zu Ende, und töte mich!«

»Glaubst du, du hast den Tod verdient?«

Die Stimme des Kelten klang so eisig, daß Agricola unwillkürlich erschauerte. Er schloß die Augen, als Duncan sein Schwert hob. Er spürte den Luftzug an seiner Schläfe und einen heißen Schmerz, als ein Stück Haut von seiner Wange geschnitten wurde. Zögernd schlug er wieder die Augen auf, verwundert, daß er noch am Leben war.

»Das Land würde an deinem Blut ersticken. Du hast den Tod nicht verdient!« Duncan beugte sich vor. Seine Stimme war leise, und seine Augen glühten in einem Haß, wie ihn Agricola noch nie zuvor gesehen hatte. »Du hast meine Mutter ermordet, du hast Vergilius' Leben zerstört. Du hast mehr Schuld auf dich geladen, als ein Mensch sühnen kann. Deshalb überlasse ich dich dem Urteil und dem Gericht der Götter. Mögen sie dich am Leben lassen, damit du fühlst, wie sich deine eigenen Waffen und Intrigen gegen dich richten! Mögen sie dich mit jedem Schlag deines Herzens, mit jedem Blick in den Spiegel an den heutigen Tag, den Tag deiner Niederlage, erinnern. Mögen sie dich als ehrlosen Mann in deine Heimat zurückschicken, wo du ein Leben im verborgenen führst, um deine Schande zu verbergen. Mögen sie dich mit jedem Atemzug deines dir noch verbleibenden, jämmerlichen Lebens daran erinnern, daß ein Kelte dein Leben in seiner Hand hielt – und daß er es aus Ekel und Abscheu unangetastet ließ! Mögen die Götter dir ein langes Leben schenken!«

Duncan erhob sich und ließ Agricola im Gras liegen. Eine Zeitlang wagte es der Feldherr nicht, sich zu rühren. Das Blut lief an seiner Wange hinab, doch schlimmer brannten die Worte von Duncans Fluch in seinem Herzen.

Tiberius hatte unterdessen die Legionen zur Unterstützung der Hilfstruppen in den Kampf gesandt. Der seltsame Klang der keltischen Kriegstrompeten ließ die Legionäre erzittern. Und gleich darauf griffen unerwartete Reitertruppen, die sich bis zu diesem Zeitpunkt versteckt gehalten hatten, von den Flanken aus an. Für kurze Zeit sah es so aus, als würde die römische Armee besiegt werden. Doch drei Reiterkohorten, die Tiberius vorsichtshalber noch zurückgehalten hatte, sorgten schließlich dafür, daß die keltischen Krieger wieder zurückgedrängt wurden. Schließlich ergriffen sie die Flucht.

Als Tiberius Agricola fand, lag dieser immer noch rücklings auf dem Boden, sein Gesicht war blutüberströmt. Zuerst glaubte Tiberius, der Statthalter sei tot. Als er sich jedoch über ihn beugte, schlug Agricola die Augen auf. Sein Blick wirkte seltsam leer und hilflos. Mit einem Wink rief Tiberius zwei Soldaten herbei.

»Bringt ihn ins Lager zurück, aber seid vorsichtig!« befahl er.

Doch Agriocla schüttelte heftig den Kopf.

»Nein! Was ist geschehen?«

»Wir haben gesiegt. Die Kelten sind geflohen und haben sich in die Wälder zurückgezogen.«

Agricola setzte sich auf.

»Das ist noch kein Sieg. Ihnen nach!«

»Was?«

»Durchkämmt die Wälder, verfolgt sie, bis ihr auch den letzten dieser Bastarde aufgestöbert habt!«

»Aber wir kennen das Gelände nicht. Es könnte eine Falle ...«

»Dies ist ein Befehl!«

Tiberius seufzte und nickte ergeben. Gehorsam gab er den Befehl weiter, doch ihm war nicht wohl dabei. Und die Ereignisse gaben ihm recht. In den folgenden drei Stunden durchkämmten römische Soldaten die dichten, undurchdringlichen Wälder. Viele von ihnen fanden dabei den Tod. Denn die Kelten erwarteten sie. Aus sicheren Verstecken griffen sie die Feinde an und schlugen sie auf das offene Feld zurück.

Erneut begann die Schlacht zu toben. Beide Heere waren mittlerweile stark geschwächt. Doch unbarmherzig bis zur Besessenheit trieb Agricola die Legionen in den Kampf. Tiberius hatte den Eindruck, als wolle der Feldherr jeden Tropfen Blut aus den Kelten herauspressen. Er ließ die Geschütze abfeuern ohne Rücksicht darauf, daß die Speere auch eigene Soldaten trafen. Und schließlich flohen die Kelten erneut, einzeln und in alle Richtungen, so daß eine Verfolgung diesmal unmöglich war.

Am nächsten Tag war es still auf dem Schlachtfeld. Der Hang des Beinn A'Ghlo war übersät mit Leichen, das Gras war rot von Blut. Krähen ließen sich auf den Toten nieder und begannen mit ihrem grausigen Mahl. Tiberius schüttelte den Kopf. Mehr als zehntausend Kelten waren gefallen. Doch ebenso viele römische Soldaten hatten ihr Leben lassen müssen.

Wofür? dachte er, als er auf den Leichnam eines keltischen Kriegers hinabblickte. Er war höchstens achtzehn Jahre alt. Ein römisches Schwert steckte mitten in seiner mit seltsamen blauen Zeichen bemalten Brust. Und noch im Tod hielt er den Griff seiner Axt umklammert, die ihrerseits in dem Körper eines etwa gleichaltrigen Soldaten steckte. Sie hätten Freunde oder gar Brüder sein können. – Wofür?

Rom war weit. Der Kaiser wußte vielleicht nicht einmal, was hier, am Rande seines Imperiums, geschah. Und selbst, wenn er es gewußt hätte, würde es ihn wohl interessieren? Tiberius schüttelte wieder den Kopf. Wahrscheinlich saß der Kaiser zur gleichen Zeit, als Tausende junger Männer für ihn bluteten und litten, mit seinen Gespielinnen an einem reichgedeckten Tisch und ließ es sich gutgehen. Oder er sah sich im Circus Maximus blutige Gladiatorenkämpfe an.

Wofür? dachte Tiberius wieder und blickte auf, als er Agricolas Stimme hörte. Doch der Statthalter rief nicht ihn, sondern eine der keltischen Frauen, die das Schlachtfeld nach ihren Angehörigen absuchten.

Kurz nach Sonnenaufgang waren die Frauen zum Schlachtfeld gekommen. Duncan und Malcolm waren bisher nicht nach Hause zurückgekehrt. Und die Krieger, die sich in der Nacht im Dorf vor den Römern versteckt hatten, wußten auch nichts über ihren Verbleib. Deshalb hatten sich Cornelia und Deirdre zum Schlachtfeld begeben. Vorsichtig drehten sie jeden Toten auf den Rücken, um ihm ins Gesicht sehen zu können. Bei jedem leblosen, blutüberströmten Körper mit blonden Haaren begann Cornelias Herz vor Angst bis zum Hals zu schlagen. Sie war erleichtert, wenn sie erkannte, daß es nicht Duncan war. Und gleichzeitig empfand sie Trauer und Haß. Viele der Toten kannte sie, sie kannte ihre Frauen, ihre Kinder. Es waren ehrliche, rechtschaffene Männer, manche von ihnen kaum dem Knabenalter entwachsen. So fand sie auch Calgach. Der stattliche Mann lag inmitten von toten römischen Soldaten, der tödliche Speer steckte noch in seinem Körper. Cornelia zog die Leichen der Soldaten von dem Fürsten fort, nahm seinen Kopf und bettete ihn in ihrem Schoß. Sie strich ihm das dunkelblonde Haar aus dem fahlen Gesicht, und ihre Augen füllten sich mit Tränen.

»Ihr Götter, schenkt ihm eine angenehme Reise zur anderen Welt! Nehmt seine Seele in Eurer Mitte auf!«

»Cornelia!«

Der Klang einer vertrauten Stimme ließ sie vor Zorn erbleichen. Es war Agricola! Sie sah auf. Über ihr, so dicht, daß er mit seinen Füßen beinahe Calgachs Körper berührte, stand der Statthalter.

»Was willst du von mir?« fragte sie auf keltisch und versuchte, den Leichnam des Fürsten vor der Entweihung zu schützen.

Agricola beugte sich zu ihr vor.

»Cornelia, deine Mutter schickt mich. Sie möchte, daß du nach Hause zurückkehrst. Sie vermißt dich und ...«

»Ist das der Grund, weshalb ihr Tausende ehrlicher, guter, tapferer Männer getötet habt? Warum ihr das Land geschändet, Familien auseinandergerissen, Frauen und Kinder ermordet habt? Um mich nach Hause zu bringen?« Sie schüttelte langsam den Kopf, kaum noch fähig, ihren Zorn zu kontrollieren. »Sag der Frau, die dich schickt, daß ich keine Mutter habe. Und sage ihr, daß dieses Land mein Zuhause ist und das meiner Kinder!«

»Aber Cornelia! Du bist keine von ihnen! Du bist Römerin!«

Sie legte Calgachs Kopf behutsam auf die Erde und erhob

sich. Ihr Gesicht war weiß vor Zorn, und unwillkürlich wich Agricola einen Schritt zurück.

»Es mag sein, daß ich einmal zu diesem gierigen, blutrünstigen Volk gehört habe. Ihr haltet euch und eure Kultur für den Inbegriff des Guten, für Zivilisation. Doch ihr seid nichts weiter als Parasiten, widerliche Insekten, die anderen Völkern das Blut aus den Adern saugen. Eines Tages jedoch werden sich die Unterworfenen gegen euch erheben. Und die Erde wird jubeln, wenn ihr endlich von ihrem Antlitz gefegt worden seid! Wenn du also zu der Frau, die dich schickt, zurückkehrst, sage ihr, daß es Cornelia nicht mehr gibt. Mein Name ist Gwyneth!«

Nach diesen Worten ließ sie Agricola stehen. Der Statthalter sah ihr fassungslos nach. Tiberius trat an ihn heran.

»War das nicht eben Cornelia, die Tochter des Verwalters von Ebura ...«

»Nein!« schrie Agricola und wirbelte zu Tiberius herum. »Sie war nicht Cornelia. Sie sieht ihr nur sehr ähnlich! Ich habe mich getäuscht, und Ihr habt Euch auch getäuscht! Diese Frau ist keine Römerin, sondern nur eine keltische Hure. Cornelia ist bereits seit einigen Jahren tot!«

»Dann habe ich mich wohl geirrt!« antwortete Tiberius, über den heftigen Ausbruch des Statthaltes überrascht. »Aber die Ähnlichkeit ist wirklich verblüffend!«

Agricola nickte und sah nachdenklich in die Ferne. Er schien wieder besänftigt zu sein, doch sein Gesicht war weiß, und seine Unterlippe zitterte. Tiberius erkannte plötzlich, daß ein gebrochener Mann vor ihm stand.

»Der Winter naht, Tiberius. Wir müssen uns in ein befestigtes Lager im Süden zurückziehen.«

Für einen Augenblick war Tiberius sprachlos. Nach der Zerschlagung ihres Heeres war von den Kelten kein Widerstand mehr zu erwarten. Das Land lag offen und ungeschützt vor der römischen Armee, wie Agricola es immer gewollt hatte. Es jetzt nicht bis zum äußersten Norden zu durchqueren und endgültig zu unterwerfen war, als wenn man monatelang auf die Weinlese wartet, um die Trauben dann doch am Rebstock verfaulen zu lassen. Wozu die Kämpfe, das Blutvergießen, wenn man nun die Früchte dieser Anstrengungen nicht ernten wollte? Doch Tiberius behielt seinen Unmut für sich. Agricola war schließlich der Feldherr, der Statthalter Britanniens. Als Tribun mußte er seinem Befehl gehorchen.

»Wann sollen wir aufbrechen?«

Agricola sah Ihn an, als befände er sich in einem Alptraum, aus dem es kein Entrinnen gab.

»Morgen, Tiberius. Morgen.«

Agricola wandte sich um und ging langsam und schwerfällig davon. Tiberius sah ihm nachdenklich hinterher. Er war sicher, daß er sich keinesfalls getäuscht hatte. Die dunkelhaarige Frau in dem braunen Kleid war Cornelia. Und er hätte seinen Jahressold dafür gegeben, um zu erfahren, was sie zu Agricola gesagt hatte.

Während die Römer unter der Führung Agricolas nach Süden zogen und auch das neue, noch im Bau befindliche Lager hinter sie ließen, kehrten die überlebenden keltischen Krieger in ihre Dörfer zurück. Auch Malcolm und Duncan befanden sich unter ihnen. Sie waren verletzt, von Blutverlust, Schmerzen und Anstrengungen erschöpft. Doch bereits nach zwei Tagen Ruhe war Duncan wieder auf den Beinen. Viele Krieger mußten beerdigt werden. Sie erhielten alle Ehren, die ihnen zustanden. Iain war nun endgültig seinem Bruder in die andere Welt gefolgt, und Malcolm und Duncan trauerten um den Freund.

Kay war von einem römischen Geschütz getötet worden. Seltsamerweise hatte man ihn weit oben am Hang gefunden, an einem Ort, zu dem die Römer gar nicht vorgestoßen waren. Der tödliche Speer war in seinen Rücken eingedrungen und hatte ihm den Brustkorb zerschmettert, und noch im Tod lag auf Kays Gesicht der Ausdruck maßloser Überraschung. Obwohl Malcolm und Duncan sicher waren, daß Kay der Verräter war, wurde er mit allen Ehren bestattet. Sie hatten keine Beweise für ihre Vermutung. Und angesichts des Todes war es besser, einen Schuldigen zu ehren, als einen Unschuldigen seiner Ehre zu berauben. Sollten die Götter ihr Urteil fällen, wenn er sich vor ihnen rechtfertigen mußte.

Calgachs Begräbnis erforderte besondere Vorbereitungen. Für den Fürsten wurde eine große, längliche Grube ausgehoben. Nicht nur sein Schmuck wurde ihm mit ins Grab gegeben, sondern auch die Überreste seines zerschmetterten Streitwagens, seine beiden Pferde, seine Waffen, Schilde und Jagdtrophäen. Die einzige Ausnahme war Goibnius Schwert. Duncan hielt es in seinen Händen, während vier Männer die Grube zuschaufelten und Gawain die rituellen Totengebete sprach. Als die Zeremonie beendet war, kniete Duncan am Grabe Calgachs nieder und schwor vor allen versammelten Männern, Frauen und Kindern, die Nachfolge des Fürsten in seinem Sinne anzutreten und dem Stamm nach besten Kräften und bestem Gewissen zu dienen. Gawain legte ihm zum Segen eine Hand auf das Haar, und als sich Duncan wieder erhob, trat ein Krieger nach dem anderen vor ihn hin. Es fiel ihnen nicht schwer, einem Mann die Treue zu schwören, der wie sie in der gleichen Schlacht geblutet hatte.

Als am Abend die Fackeln auf den frischen Gräbern angezündet wurden und die Totenklage verklungen war, begann die Feier. Alle Dorfbewohner saßen gemeinsam an den Feuern, sangen Lieder, tanzten zu den Klängen der Pfeifen, lauschten den Barden, die mit ihren Versen die Heldentaten der Lebenden rühmten und die Toten ehrten. Sie feierten die Freiheit, die ihnen nicht entrissen worden war, und sie feierten das Leben. Und im zuckenden Schein der Feuer schienen ihre Verstorbenen mitten unter ihnen zu sitzen.

29

Der Winter verging für die Legionen ohne besondere Ereignisse. Die Soldaten murrten, während sie in dem südlichsten der befestigten Lager ausharrten. Sie verstanden nicht, warum sie das Land nicht weiter erobert hatten, sondern sich zurückzogen, als hätten sie die Schlacht verloren. Auch Tiberius wunderte sich. Doch wenn er den nachdenklichen, stillen Agricola betrachtete, der entgegen seiner sonst an den Tag gelegten Geschäftigkeit auffallend zurückhaltend war, dann hatte er das Gefühl, daß zumindestens ein Römer aus dieser Schlacht als Besiegter hervorgegangen war – Agricola.

Zu Beginn des folgenden Jahres erreichte ein Bote das Lager. Er hatte einen Brief bei sich, der das kaiserliche Siegel trug. Feierlich überreichte er die kleine Schriftrolle dem Statthalter. Tiberius bemerkte, wie Agricolas Hände zitterten, als er das Siegel mit dem Daumen brach, sein Gesicht war kreidebleich. Doch bereits nach den ersten Zeilen kehrte ein wenig Farbe auf seine Wangen zurück. Und als der Statthalter von dem Schreiben aufsah, hatten seine Augen beinahe wieder ihren alten Glanz.

»Der Kaiser sagt uns Dank für den ruhmreichen Feldzug. Die Soldaten sollen auf seine Kosten mit Wein und feinen Speisen bewirtet werden. Mich ruft er nach Rom zurück. Ich soll den Posten des Statthalters der Provinz Syrien erhalten!«

Die anwesenden Offiziere gratulierten dem vor Stolz lächelnden Agricola.

»Tiberius, gebt dem Koch den Befehl, ein Festmahl vorzubereiten. Heute abend wollen wir feiern, und morgen breche ich nach Eburacum auf, um meine Abreise vorzubereiten.«

Tiberius verbeugte sich und verließ das Haus des Statthalters. Er war noch nicht bei der Küche angekommen, als der Bote ihn einholte.

»Tiberius? Seid Ihr der Tribun Tiberius?«

Er blieb stehen und wandte sich fragend um.

»Ja, der bin ich.«

»Ich habe für Euch ein Schreiben. Es unterliegt jedoch größter Geheimhaltung! Ihr dürft mit niemandem ein Wort darüber sprechen!«

Überrascht nahm Tiberius die kleine Schriftrolle entgegen, die ebenfalls das kaiserliche Siegel trug. Er entrollte den Papyrus noch am gleichen Ort. Unwillkürlich hielt er den Atem an.

»Verlegt die Truppen nach Süden, sobald Agricola auf dem Weg nach Rom ist. Sichert die bestehende Grenze mit so wenig Aufwand wie möglich. Unternehmt auf keinen Fall weitere Feldzüge nach Norden! Caledonien ist nicht von Interesse! Wir, der Kaiser, wollen den Schaden, den das eigenmächtige Handeln Unseres Statthalters gebracht hat, möglichst begrenzen.«

Tiberius ließ die Schriftrolle sinken.

Im Frühjahr, sobald der Schnee zu schmelzen begonnen hatte und sich das erste frische Grün zwischen den weißen Inseln zeigte, ritten Malcolm und Duncan zum Lager der Römer. Noch vor Beginn des Winters hatten sie beobachtet, wie die Römer ihr Lager verlassen und nach Süden gezogen waren. Und nun wollten sie sich davon überzeugen, daß sich die Soldaten tatsächlich aus dem Land zurückgezogen hatten. Nach vielen Stunden erreichten sie den Hügel, von dem aus sie das Kastell der Römer beobachten konnten.

Die halbfertigen Mauern begannen bereits zu verfallen.

Das Holz der Palisaden war durch Wind, Schnee und mangelnde Pflege morsch geworden, viele Pfähle waren umgestürzt. Vor dem Tor hielten sie an und stiegen von ihren Pferden. Die beiden Flügel hingen schief in ihren Angeln und quietschten laut, als Duncan und Malcolm sie öffneten. Während sie langsam durch das verlassene Lager gingen, tauchten vor Duncans geistigem Auge die Gesichter jener auf, die von den Römern getötet worden waren: Seine Mutter, Alawn, Nuala, Kevin, Dougal, Gartnait, Iain, Calgach ... Es wurden immer mehr. Doch sie wirkten nicht traurig und verzweifelt, sondern lächelten ihm zu.

Die zurückgelassenen Zeltplanen flatterten im Wind, Steinhaufen und gebrannte Ziegel lagen vor halbfertigen Mauern. Das Kastell war immer noch nicht fertiggestellt, und nichts deutete darauf hin, daß die Römer jemals wieder zurückkehren und ihr Werk beenden wollten.

In einem der schon halbverfallenen Häuser fanden sie einen Soldatenhelm. Duncan hob ihn auf, und während er ihn nachdenklich in seinen Händen drehte, hörten sie den Schrei eines Adlers. Duncan blickte auf. Hoch über ihren Köpfen sah er das mächtige, stolze Tier kreisen, und er erinnerte sich an seine Vision. Ja, das Symbol der römischen Herrschaft begann tatsächlich zu verfallen!

Lächelnd warf Duncan den Helm in die Luft und stieß ihn dann mit dem Fuß fort. Der Helm flog quer über das verlassene Forum, stieß gegen die Mauer des ehemaligen Hauses des Präfekten und fiel scheppernd zu Boden. Aufgescheucht durch den Lärm, rannte ein Kaninchen aus seinem Versteck und verschwand in eine der Ruinen. Der Wind frischte auf und wehte durch Duncans Haar. Und plötzlich hörte er eine vertraute Stimme.

»Duncan!« Er wandte sich um und sah nahe bei einem Steinhaufen Alawn stehen. Der Freund nickte ihm zu. »Die Römer sind fort. Sie werden dieses Land nicht mehr schänden, ihr seid frei!« Er neigte den Kopf. »Wie ich sehe, hast du jemanden gefunden, der mich vertreten kann. Doch auch ich bin nicht allein! Hier ist jemand, der dir etwas sagen möchte!«

Alawn trat einen Schritt zur Seite, und aus dem Eingang des nur halbfertigen Hauses trat Dougal. Der Schmied lächelte.

»Ich danke dir, daß du meine Familie gerächt hast. Ich bin jetzt mit ihnen vereint. Seames und Dana haben mich bereits erwartet! Und Alawn erzählt mir oft von dir, wenn wir gemeinsam auf die Jagd gehen!«

Duncan lächelte.

»Haltet mir einen Platz am Feuer frei!«

»Hast du etwas gesagt, Duncan?«

Malcolms Stimme ließ Duncan herumfahren. Als er sich wieder umwandte, waren Dougal und Alawn verschwunden. Wo die beiden Freunde gestanden hatten, lagen nichts als Steine.

»Nein.«

»Glaubst du, daß die Römer noch einmal wiederkommen?«

Duncan sah sich in dem verlassenen Kastell um und schüttelte den Kopf. Er dachte an Alawns Worte und lächelte.

»Vielleicht. Doch sie werden keinen Erfolg haben. Dieses Land wird ihnen niemals gehören! Laß uns gehen, Malcolm!«

Sie bestiegen ihre Pferde. Auf einem nahegelegenen Hügel machten sie noch einmal halt. Vor ihnen lag das Tal. Dichte Wälder erstreckten sich auf den Hügeln. Und wie eine allmählich verheilende Wunde lag inmitten dieser Wälder das Kastell. Die Römer hatten einen großen Teil des Waldes roden müssen, um dort das Lager errichten zu können. Duncan atmete tief die klare, würzige Luft ein. Sie schmeckte nach Wald, nach Torf und Gras – und nach Freiheit. Die Römer hatten die Schlacht gewonnen. Doch damit konnte er leben. Der kurze Blick in die Zukunft, den er getan hatte, hatte ihm gezeigt, daß die Römer eines Tages ebenso wieder verschwinden würden, wie sie gekommen waren. Desgleichen alle Völker nach ihnen. Doch das Land und seine Bewohner würden nie bezwungen werden können.

Über ihm schrie wieder der Adler. Lächelnd wendete er sein Pferd. Und während er und Malcolm nach Hause zu ihren Familien ritten, fühlte Duncan, daß sie in ihren Herzen immer frei sein würden.

Epilog

Als Agricola nach seiner Ankunft in Rom eine Audienz beim Kaiser hatte, war von einer Statthalterschaft in der Provinz Syrien keine Rede mehr. Im Gegenteil. Er mußte feststellen, daß Domitian von dem verlustreichen Feldzug nach Caledonien alles andere als begeistert war. Aus Furcht, den Zorn des Kaisers nur noch mehr herauszufordern, zog sich Agricola ganz ins Privatleben zurück. Er kümmerte sich um sein Haus und seine Familie, traf sich mit Bekannten in den Thermen und lud seine wenigen Freunde zu Gastmählern. Nur selten, wenn ihn sein Schwiegersohn ausdrücklich darum bat, erzählte er von den Feldzügen in Britannien. Niemals schilderte er seinen Kampf gegen Duncan. Seine Angehörigen glaubten, er hätte sein früheres Leben hinter sich gelassen. Die Wunde, die der Kelte ihm geschlagen hatte, war verheilt – doch nur äußerlich. Jedesmal, wenn er in den Spiegel blickte und die entstellende Narbe sah, wurde er schmerzhaft an seine Niederlage am Mons Graupius erinnert. Und nachts raubten ihm schwere Alpträume den Schlaf. Sooft er die Augen schloß, sah er Duncans Gesicht vor sich. Er hörte die Stimme des Kelten, und die Worte seines Fluchs fraßen sich während der schlaflosen Nächte durch seine Seele. Niemals würde er das erreichen, was er sich für sein Leben vorgenommen hatte. Eine weitere Statthalterschaft war in unerreichbare Ferne gerückt, seine Laufbahn war unrühmlich beendet worden. Und mit der Frau, die er liebte, traf er sich heimlich in den öffentlichen Gärten wie ein unreifer Jüngling mit seiner Gespielin. Ihm war nichts geblieben, er hatte verloren.

Nach außen hin wirkte Agricola still und bescheiden. Doch in seinem Inneren nahm die Verbitterung mit den Jahren zu. Der einzige Mensch, der davon wußte, war Octavia. Vergilius hatte sich im Rausch aus einem Fenster gestürzt, und entsetzt hatte sie erfahren müssen, daß ihr Ehemann sein ganzes Vermögen einer Schauspielertruppe vermacht hatte. Mittellos war sie Agricola nur wenige Monate nach seiner Abreise aus Britannien nach Rom gefolgt. Er kaufte ihr ein kleines Haus, und kümmerlich lebte sie von dem, was er ihr heimlich zusteckte. Doch Octavia litt unter Agricolas Niederlage mehr als unter ihrer Armut, sie verstand seinen Schmerz. Den Tod ihrer Tochter, von dem Agricola ihr irgendwann berichtet hatte, hatte sie verkraftet. Doch Agricolas Zustand war für sie unerträglich. Sie konnte es nicht mit ansehen, wie dieser ehrgeizige, begabte Mann immer mehr verfiel. Der Mann, den sie liebte, starb langsam und qualvoll, und die Melancholie in seinen Augen schnitt ihr ins Herz.

Schließlich – es war auf den Tag genau zehn Jahre nach der verhängnisvollen Schlacht in Caledonien – brachte Octavia Agricola einen Krug Wein. Den Tag über hatte die Sonne unbarmherzig auf die sieben Hügel geschienen, die Luft flirrte vor Hitze. Doch am Abend wehte ein leichter, kühlender Wind. Agricola wußte, was er trank, als Octavia ihm den goldenen Becher reichte und ihn anschließend selbst leerte. Arm in Arm lagen sie auf einem Diwan in Octavias bescheidenem Haus. Der laue Abendwind wehte durch die offenen Fenster herein, sie lauschten dem Zirpen der Grillen und dem Plätschern des Brunnens im Garten. Octavia hatte das Gift sorgfältig gewählt. Als es zu wirken begann, hatte keiner von ihnen Schmerzen. Es war, als würden sie langsam in einen tiefen, traumlosen Schlaf hinübergleiten.

Am folgenden Tag wurden die beiden Leichen gefunden. Agricolas Familie versuchte, den unrühmlichen Tod zu vertuschen, doch die Gerüchte, daß der ehemalige Feldherr durch Gift ums Leben gekommen sei, drangen dennoch in die Öffentlichkeit. Um das Ansehen seines Schwiegervaters wiederherzustellen, schrieb Cornelius Tacitus, ein begabter Dichter, eine Rede zum Ruhme des verstorbenen Agricola. Doch kaum jemand kümmerte sich um das Schriftstück. Und wäre es nicht von einem fleißigen Mönch abgeschrieben worden, niemand würde heute noch von der Existenz dieses ehemals so berühmten Feldherrn wissen.

Der spannendste Mordfall der deutschen Renaissance

Anno 1523 wird Edgar Frischlin, Spion im Dienste des Kurfürsten Richard Greifenclau, auf die Schönburg entsandt, da sein Herr die Nachricht erhalten hat, daß eine Verschwörung gegen ihn im Gange sei. Edgar, getarnt als Landsknecht, tritt in den Dienst des Burgherrn, Frowin von Pockheim. Die Schönburg wird von den Schindern bedroht, einer Bande von Gesetzlosen, die das Land terrorisieren. In der Burg selber trifft Edgar auf seine Jugendliebe, die als Alchimistin für den Burgherrn arbeitet. Mit ihrer Hilfe hofft Frowin, Gold gewinnen zu können. Edgar stößt aber noch auf weitere Geheimnisse und Personen. Im Turm entdeckt er Ulrich von Hutten, den Dichter, Ritter und Abenteurer, der sich als Anführer der protestantischen Partei in Deutschland vor seinen Feinden versteckt hält. Edgar, von dem seltsamen Verhalten der Burgbewohner argwöhnisch geworden, versucht hinter die Geheimnisse aller Beteiligten zu kommen. Als eines Tages die Schinder die Burg angreifen und der Burgherr ermordet in einem verschlossenen Raum aufgefunden wird, spitzen sich die Ereignisse dramatisch zu.

ISBN 3-404-12845-1

Amsterdam, 1636. Die ganze Stadt ist vom Tulpenfieber befallen. In speziellen Börsen, aber auch in Wirtshäusern und Gassen der Metropole werden unscheinbare Blumenzwiebeln gegen Gold und Seide gehandelt. Auch der Engländer John Nightingale hofft, dort durch Spekulationen ein Vermögen zu gewinnen. Denn das allein könnte ihn von einer alten Schuld befreien und ihn vor dem Tod durch den Strang retten.
Verfolgt von seinem Erzfeind Malise, gerät der unerfahrene junge Mann in den Sog eines fulminanten Abenteuers, das zu bestehen fast unmöglich erscheint. Aber da sind noch die betörende Marieka und die scheue Zeal, die dem verzweifelten John auf ganz eigene, verführerische Art beweisen, daß es sich zu leben lohnt ...

ISBN 3-404-12660-2

Während einer Besprechung erfährt die Wirtschaftsanwältin Sidney Archer, daß ihr Mann bei einem Flugzeugabsturz ums Leben gekommen sein soll. An Bord der Maschine waren der Präsident des amerikanischen Zentralbankrates – und anscheinend auch Sidneys Mann Jason, ein aufstrebender Computer-Experte. Noch während Sidney versucht, das Unfaßbare zu verarbeiten, teilt ihr Jasons Chef seinen Verdacht mit, ihr Mann habe sich mit firmeninternen Informationen zur Konkurrenz abgesetzt. Sidney will die Wahrheit wissen – und findet Unterstützung bei Lee Sawyer, einem FBI-Agenten, der den Flugzeugabsturz untersucht. War die Ursache des Unglücks Sabotage? Und wenn ja, wer sollte das Opfer sein: der Bankenchef – oder Jason, dessen Leben ein einziges Geheimnis zu sein scheint ...

ISBN 3-404-12976-8